IRIN

Fluturi

Volumul 4

Descrierea CIP a Bibliotecii Naţionale a României
BINDER, IRINA
Fluturi / Irina Binder. - Bucureşti : Bookzone, 2023
4 vol.
ISBN 978-630-305-163-5
Vol. 4. - 2023. - ISBN 978-630-305-166-6
821.135.1

Redactor: **Ana-Maria Niculae**
Grafician copertă: **Cezar Mandă**
Tehnoredactor: **Anca Marisac**

Editura Bookzone
Şoseaua Berceni nr. 104, sector 4, Bucureşti
Comenzi şi informaţii:
Telefon: +40 774 091.579; +40 770 584.429
E-mail: office@bookzone.ro
www.bookzone.ro

IRINA BINDER

Fluturi

Volumul 4

Bookzone
BUCUREŞTI, 2023

Capitolul 1

Atunci când iubești pe cineva, când i-ai dăruit sufletul tău, când doar el este în inima ta, atunci când în îmbrățișările sale simți alinare și împlinire, te simți în siguranță și împăcat cu toate, bune sau rele, știi că ești pregătit să înfrunți toate provocările vieții, pentru că nu ești singur. Lângă tine, cu tine, este omul acela, care te completează, cel care aduce pace, fericire și armonie în viața ta. O simplă îmbrățișare îți poate alina toate dorurile, îți alungă toate temerile și te poate face să crezi că strângi toată lumea la pieptul tău, că ai tot ce e mai de preț în viață, că ești cel mai important, mai puternic și mai împlinit om de pe pământ.

În clipa în care Robert m-a îmbrățișat, după atâtea luni în care am fost despărțiți, m-am simțit din nou împăcată, împlinită și parcă am uitat, dintr-odată, tot ceea ce m-a întristat până atunci, toată depărtarea de cei dragi, toată suferința pe care o trăisem în lipsa lor, toată singurătatea. În brațele lui calde și primitoare, uitasem mai ales durerea pe care mi-o provocasem singură atunci când luasem decizia de a pleca departe de tot ceea ce fusese viața mea, încât el să fie liniștit, să-i fie bine.

Îl iubeam mai mult decât am crezut vreodată că aș putea să iubesc pe cineva, iar cele câteva luni în care nu am știut nimic despre el nu m-au ajutat să-l uit și nici să-l iubesc mai puțin. Dar asta știam deja, avusesem tot timpul din lume, în singurătatea mea forțată, să înțeleg toate astea.

Trebuia să aflu cum ajunsese în Germania, cum mă găsise, cum de stătea în apartamentul de lângă mine. Eram nerăbdătoare să aflu ce i-a spus lui Matei atunci când a plecat de acasă și cât timp avea de gând să rămână în Germania, de aceea, printre lacrimi de bucurie, sărutări fierbinți, cuibărită în brațele lui, am început să-l întreb. Voiam să știu ce făcuse, cum trăise fără mine, ce simțise și, mai ales, dacă și cât mă mai iubea...

— De ce ai venit atât de târziu? Cum ai putut trăi fără mine atâta timp?!

— Dar tu cum ai putut să-mi faci asta, să fugi ca o lașă și să mă lași atât de singur?

M-am așezat pe canapea și el m-a îmbrățișat.

— Nu-mi mai reproșa nimic, i-am spus posomorâtă. Știi bine de ce am plecat.

— Of, Irina, tu o să mă omori într-o zi! Ai idee cât am suferit?

— Îmi imaginez. M-ai urât, așa-i?

— În ziua în care am aflat că ai fugit, da, te-am urât din tot sufletul. Niciodată nu am fost mai supărat și mai furios pe tine și mi-am jurat că te voi urî toată viața.

— Și acum? Mă mai urăști? m-am alintat eu, cu o privire vinovată.

— Încă sunt supărat pe tine. De ce ai fost atât de crudă și nu m-ai sunat măcar?

— Te-am sunat o dată, o singură dată. Apoi am considerat că ar fi mai bine să te las să mă uiți.

— Știi, la un moment dat m-am așteptat să facem schimb de roluri, să mă pedepsești pentru toată povestea cu Prietenul imaginar și să mă suni în fiecare seară, doar să mă auzi. M-ar fi ajutat să-mi dai măcar atât, mă crezi? Să-ți pot povesti tot ce simt, să nu sufăr de unul singur.

— M-am gândit și eu la asta, dar nu aș fi rezistat să te aud și să nu-ți vorbesc. Eu nu sunt la fel de tare ca tine.

— Serios? Ai fugit în lume și te-ai ascuns de mine, ai stat câteva luni fără să mă vezi și fără să mă auzi măcar! Care dintre noi este mai puternic?

— Eu sunt doar mai curajoasă, dar nu și mai puternică. Am suferit enorm, să știi, cât pentru zece vieți.

— Observ că mi-ai furat hanoracul.

Mi-a aranjat o șuviță de păr și m-a sărutat.

— Mi l-am însușit, nu l-am furat. Nu ai observat până acum că-ți lipsește?

— Doar tu mi-ai lipsit, cred că nu am mai observat nimic altceva. Dar de ce mi l-ai luat?

— Pentru că, sub acest hanorac, a bătut inima ta și am vrut să-l am.

— Doamne, Irina... Ce-mi faci tu mie!

L-am sărutat și mi-am dat jos hanoracul, apoi m-am lipit din nou de pieptul lui și mi-am sprijinit capul de umărul său. Toate întrebările mi se învălmășeau în minte – voiam să aflu tot, să știu tot și, astfel, să anulez toate acele luni în care fuseserăm despărțiți și să simt, măcar în acest fel, că am trăit alături de el în tot răstimpul cât am fost departe unul de altul.

Iar el – Doamne, ce fericire – mă adora! Nu reușise să uite dragostea pe care o simțea pentru mine, cu toate că încercase din toate puterile să-mi respecte decizia de a pleca și astfel să mă dea uitării, numai că i-a fost imposibil. Mi-a mărturisit că avusese momente când senzația că nu poate să respire fără mine îl copleșise, așa că hotărâse că a venit timpul să se rupă cu totul de viața lui de până atunci, să se mute definitiv cu mine, să fim împreună. Era momentul să pună punct tuturor ascunzișurilor, să-și asume relația noastră, să înceapă o viață alături de mine și departe de familia lui.

— Lui Matei ce i-ai spus? Unde știe că ești?

— Deocamdată știe că am o iubită în Germania și că am plecat să o vizitez.

— Deci nu i-ai putut spune despre noi...

— Nu, cu atât mai puțin după plecarea ta. Nu se află tocmai într-o stare bună. Știu că poate mă consideri un laș, dar, dacă i-aș fi spus acum, i-aș fi făcut mult rău.

— Nu te consider laș. Înțeleg. Nu vreau să-i facem niciun rău, ți-am și spus asta. De aceea am și luat decizia să plec, pentru că mi s-a părut că să renunț la tine, să nu te îndepărtez de familia ta și să nu-l rănesc nici pe el ar fi calea cea mai cinstită.

— Dar îi voi spune, nu am de gând să amân prea mult. Nu mai pot, Irina! Fără tine nu mai pot trăi, am înțeles asta. Prefer să trăiesc fără ei.

Am încercat să-mi imaginez din nou, pentru a nu știu câta oară, reacția lui Matei atunci când ar fi aflat că eu și Robert ne iubim. Cu siguranță, s-ar fi simțit trădat și probabil că ar fi încercat să se răzbune pe mine, convins că doar am vrut să îl îndepărtez de fratele și, totodată, cel mai bun prieten al său, ca să mă răzbun pentru tot ce mi-a făcut. Nu-mi puteam imagina un Matei înțelegător și înțelept, care să poată accepta că eu și fratele lui ne-am îndrăgostit unul de celălalt, ba chiar încă dinainte să-l cunosc pe el, și că nimeni nu e vinovat pentru asta, pur și simplu s-a întâmplat să simțim astfel. Și, cu toate acestea, nu-mi era teamă de ceea ce ar fi gândit și, mai ales, ar fi simțit Matei pentru mine, de ura lui și de vreun rău pe care ar fi putut să mi-l facă, ci doar de faptul că s-ar fi putut supăra pe Robert, că i-ar fi îndepărtat pe toți de el, jucând rolul de om trădat de fratele său. Nu suportam ideea de a-l vedea pe Robert pus la zid și condamnat de toți cei pe care-i adora, de oamenii pe care-i iubea atât de mult și așa de profund, încât se sacrificase ani de-a rândul doar ca să nu-i facă să sufere. Pierduse o dată o familie, nu-l puteam lăsa să mai treacă printr-un asemenea supliciu.

— N-aș putea trăi știind că din vina mea oamenii pe care-i iubești te detestă, i-am spus oftând, sprijinindu-mi capul de umărul lui. Nu vreau să-ți încarc sufletul cu sentimente de vinovăție, nu vreau să te izolez. Nu pot și nu vreau asta pentru tine, nu meriți să suferi.

— Crezi că fără tine sufăr mai puțin? Nu mă vor detesta, Irina. Când vor afla, da, se vor supăra, dar, cu timpul, vor înțelege și vor accepta, mi-a zis el liniștit, împăcat cu toate.

— Poate că vor înțelege, dar nu te vor mai iubi, te vor privi mereu ca pe un trădător, iar eu nu vreau să-ți iau dragostea și prețuirea tuturor. Meriți iubirea și respectul lor, le-ai câștigat într-o viață întreagă în care ai renunțat la multe pentru a le arăta cât sunt de importanți pentru tine, cât de loial și devotat le ești. Eu, oricât de mult te-aș iubi, nu voi putea compensa lipsa familiei și a oamenilor dragi din viața ta.

— Și-atunci, ce e de făcut? Renunți la mine? se posomorî el dintr-odată.

— Nu pot renunța la tine, Robert. Ești în inima mea, înțelegi? l-am liniștit eu. Ne vom iubi, dar pe ascuns, i-am spus hotărâtă. Dacă și tu ești de acord, desigur.

— Cum așa? Tu aici, iar eu în România? Ce fel de relație sănătoasă și normală e asta? m-a întrebat el cu tristețe.

— Nu. Voi veni și eu în România, mă voi întoarce acasă, mă voi muta înapoi la Brașov și ne vom întâlni atunci când se va putea.

— Ești capabilă să accepți o asemenea relație? Ai nevoie de mai mult, Irina. Meriți mai mult. Și eu merit mai mult de-atât, nu pot să trăiesc doar fragmente dintr-o viață alături de tine, nu e drept față de noi și față de ceea ce simțim unul pentru celălalt.

— Nu am de ales, sigur că accept soluția asta, doar eu am propus-o. Înțelege că nu voi fi niciodată fericită dacă te despart de ai tăi. Și nu e mai bine să avem momente de fericire, chiar și răzlețe, decât să trăim împreună în nefericire pentru că te-am îndepărtat de familie?

Câteva clipe am stat tăcuți, îmbrățișați, gândindu-ne amândoi dacă ar fi posibilă o relație așa cum îi propuneam eu, ce ar implica asta, inclusiv la nivel emoțional, nu doar ca rutină cotidiană.

— Nu suntem nici primii și nici ultimii care se iubesc în secret, l-am încurajat eu să privească optimist soluția mea de compromis. Asta este singura noastră șansă. Deocamdată, nu ştiu pentru câtă vreme. Poate doar un timp, poate pentru totdeauna, cine ar putea şti dinainte...

— Eşti conştientă că nu voi putea fi cu tine mereu, mai ales de sărbători sau când vei merge la petreceri şi la diverse întâlniri cu prietenii tăi? Poţi să suporţi o astfel de situaţie? m-a întrebat mirat, cu neîncredere şi cu aceeaşi tristeţe în glas.

— Voi putea. Sărbătorile mele vor fi atunci când vei fi lângă mine. Şi pot foarte bine să merg la evenimente şi neînsoţită, nu văd de ce ar fi o problemă.

— Irina, cum să-ţi fac asta? Meriţi o familie, meriţi să ai un om lângă tine tot timpul. Tu-ţi dai seama ce-mi ceri? Vreau să-ţi ofer tot ceea ce meriţi, vreau să fii fericită, nu să trăieşti doar jumătăţi de măsură din cauza mea.

— Şi nu putem fi o familie dacă nu eşti tot timpul lângă mine? Crezi că toţi cei care sunt nedespărţiţi se simt mai uniţi şi mai fericiţi, doar pentru că stau mereu împreună? Şi nu este doar din cauza ta. Dacă e să judecăm lucrurile astfel, vina ar fi mai mult a mea, pentru că eu am „îndrăznit" să mă îndrăgostesc de fratele iubitului meu. Iar tu nu trebuie să-mi oferi nimic. Doar iubeşte-mă şi voi fi fericită, l-am asigurat eu încrezătoare.

— Te-ai gândit că lumea se va mira când te va vedea mereu singură, fără un iubit? a continuat el să-mi pună întrebări grele, crezând că voi ceda şi voi renunţa la ideea mea nebunească de a ne ascunde de toată lumea.

— Le voi spune că am un iubit. Voi inventa un nume şi o poveste credibilă, am surâs enigmatic, ghemuindu-mă şi mai mult la pieptul lui, de parcă mi-ar fi fost teamă ca nu cumva ceva, poate chiar ceea ce spuneam, să mă desprindă de el.

— Vor dori să-l cunoască, nu crezi? mi-a răspuns el sărutându-mă şi mângâindu-mi părul revărsat pe spate.

— Voi evita ocaziile în care ar putea să-l cunoască. Nu sunt obligată să-mi expun intimitatea, să fac paradă cu bărbatul pe care-l iubesc şi să-l scot în lume ca pe un trofeu. Fiindcă e al meu, nu al lor.

— Și cât timp vei putea face asta?

— Până la sfârșit, i-am zâmbit eu cu toată iubirea pe care știam că o simt pentru el. Dacă o persoană va merita asta vreodată, va afla cine e, dar pentru ceilalți va fi mereu un mister. Știi ceva? Nu părerea celorlalți mă preocupă. Nu datorez lumii nicio explicație. Fericirea mea nu depinde de alții și nu trebuie să-i dau cuiva socoteală în legătură cu felul în care aleg să-mi trăiesc viața. Este viața mea, nu a lor. Iar cine mă iubește, cine prețuiește prietenia dintre noi, va accepta deciziile mele fără rezerve și fără să caute să afle ceea ce eu nu doresc să spun. Sau să arăt.

Într-adevăr, și mie mi se părea o idee nebunească, nu doar lui. Poate că așa și era, dar rămânea unica șansă de a rămâne împreună fără a ne pune o lume întreagă în cap. Nici eu și nici el nu ne doream să-i rănim pe cei dragi și nici să devenim niște ticăloși în ochii familiei lui și ai prietenilor noștri, iscând conflicte interminabile și dureroase pentru toată lumea. Iar acesta a fost un argument suficient de convingător pentru a-l face pe Robert să accepte, cu mare greutate, soluția extremă, de compromis, propusă de mine.

M-am cuibărit în brațele sale, continuând să reflectez la această alegere. Aveam să regret? *Naiba știe*, mi-am zis. *Trebuie să încercăm! Va fi un test pentru amândoi*. Am închis ochii și, căzând în visare, în mintea mea au trecut anii ca o clipă și mi-am imaginat că într-un final, când toate se vor fi așezat, voi fi aici, în brațele acestea, iubind și fiind iubită.

Mai apoi, ca într-un carusel de gânduri, mintea mi-a hoinărit către prezent. *Ah, apropo de alegeri ciudățele*, mi-am zis zâmbind și am continuat întrebarea cu voce tare.

— De ce nu ai venit direct la mine și ai închiriat apartamentul de lângă? l-am întrebat amuzată de ideea lui năstrușnică de a se muta în mare secret lângă mine.

— Pentru că nu am vrut să dau buzna în viața ta după atâtea luni, după ce ai fugit de mine. Nu știam dacă mai vrei să mă vezi, mi-a fost teamă că mă vei respinge, că poate chiar ai pe cineva şi m-am gândit că voi avea nevoie de timp să te recuceresc, mi-a şoptit el sărutându-mi lobul urechii.

— Eşti cel mai nebun om pe care l-am cunoscut vreodată! i-am răspuns eu răsfăţându-mă, fericită.

— Cel mai nebun după tine, mi-a zis, acoperindu-mi faţa cu sărutări repezi, mărunte, ca o ploaie de început de toamnă.

Capitolul 2

Am plănuit împreună întoarcerea mea în țară, mutarea înapoi la Brașov și am hotărât amândoi că el trebuia să locuiască în continuare la Snagov, alături de familia lui, ca și cum nimic nu s-ar fi schimbat, până când s-ar fi putut desprinde de ei, ca astfel să ne mutăm împreună.

Pentru că le spusese că are o iubită în Germania, avea motive să plece de acasă pentru mai mult timp și oricând, fără a fi nevoit să le dea explicații suplimentare.

Am hotărât să-i ascundem lui Matei faptul că m-am întors în România, iar pe Cesara și pe Oli să le vizitez pe ascuns, fără știrea lui. Nu avea niciun rost să complic o situație deja suficient de dificilă și care nu mai avea nevoie de alte încurcături.

— Pe Cesara va trebui să mă mulțumesc să o văd de la distanță, i-am spus. Nu vreau s-o învăț să se furișeze și să-l mintă pe Matei, e tatăl ei totuși. Mă voi bucura să petrec timp cu ea o dată la câteva luni, când voi veni oficial în vizită, cu știrea lui, iar el va crede că mă aflu doar în vacanță în România, am concluzionat eu, găsind că e o hotărâre cinstită și acceptabilă.

— Iubita mea, cum te gândești tu la toate și la toată lumea! Dar la tine cine se gândește? De binele tău, de fericirea ta, cine are grijă? mi-a răspuns el cu dragoste, cuprinzându-mă cu brațele și strângându-mă la pieptul lui.

— Dumnezeu, i-am zâmbit eu plutind, pierdută în îmbrățișare.

Și am lăsat în grija Lui fericirea mea, m-am încrezut că ne va ajuta să putem fi împreună fără ca din acest motiv să fim detestați de oamenii care acum ne iubeau și pe care și noi îi iubeam foarte mult.

Cu toate că, pentru mine, „acasă" nu putea însemna decât România, aproape de mama și de toți oamenii dragi, nu mi-a fost ușor să las în urmă rutina din ultimele luni și viața aceea, banală poate, dar pe care o construisem prin muncă și cu efort, după plecarea de la Snagov. Iar cel mai greu mi-a fost să-mi iau rămas-bun de la oamenii care-mi deveniseră prieteni dragi.

Vecina mea a plâns când i-am spus că voi pleca, dar ne-am promis că vom rămâne prietene și că ne vom vizita. Și, desigur, nu puteam pleca fără să-mi iau rămas-bun de la prietenii mei de la azilul unde făceam voluntariat. Când Rudi m-a văzut împreună cu Robert, a înțeles imediat cine e și s-a bucurat nespus pentru noi.

— Vă doresc să ajungeți bătrâni ca mine și să fiți împreună, îndrăgostiți ca acum, ne-a spus el emoționat, privindu-ne cu ochii în lacrimi.

I-am spus că voi reveni special pentru el, să-l vizitez, iar la plecare mi-a dăruit o carte împachetată stângaci în hârtie albă și legată cu ață, însă, când am vrut să o desfac, m-a oprit și mi-a spus că este o simplă carte în limba germană, una pe care a avut-o la îndemână, dar pe care mi-o dăruiește ca amintire și voi avea timp s-o răsfoiesc atunci când voi ajunge acasă. Și așa am și făcut, mai ales că am considerat că ambalajul o va proteja în bagaje. Rudi mi-a mai dat o poză cu el și cu Bertha, pe care mi-a scris că mă iubește, iar eu m-am emoționat foarte tare și l-am îmbrățișat cu multă afecțiune – la fel simțisem și pentru Bertha.

— Dacă nu ar fi existat Robert, m-aș fi îndrăgostit de tine, tinere! i-am spus cu toată seriozitatea, știind că îl va amuza complimentul meu atât de special.

— Ei, uite că pe mine nimic, nici măcar bătrânețea, nu m-a împiedicat să mă îndrăgostesc de tine, a glumit el, schițând un zâmbet cuceritor. Ai grijă de tine, *Meine Liebe*. Și să nu uiți să treci pe la mine dacă mai vii pe aici, ții minte unde, da? m-a rugat senin, făcând referire la locul unde avea să-și doarmă somnul de veci, loc pe care mi-l arătase atunci când am fost cu el la mormântul iubitei lui Bertha. Pierdusem deja prea mulți oameni dragi și numai gândul ăsta îmi provoca o durere ascuțită în inimă.

— Mai este mult până atunci, Rudi. Tu trebuie să ai grijă de fetele mai tinere de aici, i-am spus zâmbind, dar cu lacrimi în ochi, privind spre grupul vesel de doamne în vârstă care jucau cărți la o masă.

Știam, fără a accepta asta pe deplin, că-l văd pe Rudi pentru ultima oară – îi cunoşteam prea bine problemele de sănătate – şi poate că şi el ştia asta. L-am îmbrățișat strâns, apoi l-am ajutat să se aşeze în căruciorul cu care se deplasa prin clădirea azilului, iar el ne-a condus până în curte, ajutat de Robert, care manevra cu grijă scaunul cu rotile.

Mi s-a rupt sufletul să-l privesc pentru ultima oară – singur, pierdut ca un copil neajutorat pe aleea înverzită a parcului din jurul azilului, ne privea cu dragoste cum ne îndreptam spre ieșire ținându-ne de mână. Și simțeam, știam, cu siguranță, că era fericit pentru mine.

Și astfel, după câteva zile de la sosirea lui Robert în Germania, am pornit împreună cu el spre România. Am plecat dis-de-dimineață, cu mașina încărcată peste măsură, însă am luat doar o parte din lucruri, restul le-am dăruit cu drag vecinei mele – tot ea urma să-mi trimită printr-o firmă de transport ce nu am putut pune eu în bagaj – și unei colege care venise la studii tocmai din Angola și care avea mare nevoie să-și utileze apartamentul. De asemenea, am lăsat și un cadou pentru Rudi: o poză cu mine și un pulover pe care i-l cumpărasem, un pulover frumos și călduros, cu nasturi, pentru că el detesta fermoarele.

Eu și Robert nu ne mai săturam de vorbă, aveam prea multe să ne povestim, după cele câteva luni în care nu am știut nimic unul despre celălalt, și, după ce i-am spus cum a fost perioada mea de acomodare, iar el m-a pus la curent cu toate noutățile despre cei de acasă, am vorbit mult și cu emoție despre ceea ce am trăit și am simțit profund fiecare în perioada în care am fost departe unul de celălalt. La un moment dat, fără să-l aduc pe Angel în discuție, Robert, ușor mohorât, a vrut să știe ce s-a întâmplat între mine și el.

— Atunci când a fost Angel la tine... El mi-a spus că nu ați făcut dragoste, dar nu prea îmi vine să-l cred, mi-a mărturisit cu tristețe.

— Doamne, Robert, l-ai interogat pe Angel? Și de ce să nu-l crezi? m-am mirat eu.

— A spus că a dormit cu tine, mi-a zis abia șoptit, de parcă l-ar fi durut îngrozitor fie și numai să dea glas acestui lucru.

— Și ce, trebuie neapărat să mă culc cu toți bărbații cu care dorm în același pat? i-am răspuns ușor răstit, pusă în încurcătură de subiectul sensibil pe care-l abordase.

— De ce te irită subiectul?

— Mă enervează că nu ai încredere în mine. Nu ți-a păsat câteva luni cu cine dorm și cu cine mă culc și acum faci investigații..., i-am trântit și eu ce aveam pe suflet.

— Așa crezi tu, că nu mi-a păsat? Ba chiar am încredere în tine, așa să știi. În el nu am...

— Nu s-a întâmplat nimic între noi, i-am zis liniștită.

— Nimic? Chiar nimic?

Nu știam ce i-a povestit Angel, dar, chiar dacă nu i-ar fi povestit nimic despre noaptea aceea în care noi doi era să facem dragoste, nu voiam să-l mint – nu obișnuiam și, oricum, nu era nici normal să am secrete față de bărbatul pe care-l iubeam și împreună cu care urma să-mi construiesc o viață nouă. Aveam să ne ascundem și să mințim o lume întreagă – ar fi fost culmea să ne amăgim unul pe celălalt!

— Nu am făcut dragoste cu el, ce vrei să știi mai mult? l-am întrebat calmă.

— Ce s-a întâmplat exact. Ai dormit cu el. Dă-mi voie să nu cred că a stat lângă tine ca o piatră, e bărbat. Iar tu erai liberă, aveai tot dreptul să faci dragoste cu el, erai singură și vulnerabilă, departe de toți cei dragi. Iar el este un tip care arată foarte bine... Și te place mult, mi-a argumentat el.

În sufletul lui, motivele pentru care nu credea că între mine și Angel nu fusese nimic erau pe deplin justificate.

— Robert, de ce vrei să știi ce s-a întâmplat în noaptea aceea? am insistat eu. Mă pui într-o postură delicată.

— Pur și simplu, vreau să știu ce s-a întâmplat între voi. De fapt, mai mult decât orice, aș vrea să știu ce ai simțit tu.

— Te confrunți cumva cu sentimente de nesiguranță în ceea ce ne privește sau ce?

— Poate că da. Sau poate că vreau, pur și simplu, să știu totul despre tine, nu contează că e bine sau rău pentru mine.

Îmi era greu să-i spun omului pe care-l iubeam și care mă iubea că mi-am dorit să fac dragoste cu alt bărbat, să recunosc că mă simțisem atrasă de altcineva, dar trebuia să fiu sinceră și să-i spun adevărul, să nu las loc de suspiciuni. Nu puteam pleca alături la drum într-o viață nouă, dacă nu eram în stare să fim onești unul față de celălalt, chiar și atunci când adevărul ar fi putut să doară.

— Ne-am sărutat, l-am lăsat să mă dezbrace și să mă mângâie..., am spus repede, direct, dintr-o singură suflare, privind fix înainte spre drumul pe care Robert conducea cu viteză foarte mare.

— De ce l-ai lăsat? m-a întrebat încordat, cu o voce stinsă.

— Pentru că, nu știu, atunci, în momentul acela, simțeam nevoia să fiu iubită.

— Și pentru că te-ai simțit mereu atrasă de el, nu-i așa? a dat el glas celei mai mari îngrijorări ale sale.

— Nu este logic că, dacă nu mă simțeam atrasă de el, nu s-ar fi ajuns până în acel punct? i-am replicat ușor enervată, dar mai mult pentru că mă gândeam la durerea pe care i-o provocam fiind atât de sinceră.

— Și? După aceea?

— Ne-am sărutat, m-a mângâiat și...

— Cum te-a mângâiat mai exact? și-a răsucit el singur cuțitul în rană.

— Robert, te rog...

— Iar eu te rog să-mi răspunzi. Vreau să văd că poți fi foarte sinceră cu mine.

— Eu nu ți-am cerut niciodată detalii atât de intime legate de femeile cu care te-ai culcat. Nici nu aș suporta să le aflu, numai simplul gând că te-ai apropiat de alta mă umple de gelozie!

— Eu vreau să știu. Prefer așa decât să-mi imaginez... s-a justificat el.

— Nu poți doar să nu te gândești la asta, pur și simplu?

— Nu. Te rog să-mi răspunzi, a continuat el să insiste asupra subiectului și aveam impresia că accelera din ce în ce mai tare.

— M-a mângâiat și m-a sărutat peste tot. Mai mult nu-ți spun.

Era în pragul unei crize de nervi, dar a încercat să nu-mi arate asta.

— Și vrei să spui că ați rezistat fără să mergeți până la capăt?

— Da. Nu am putut să fac dragoste cu el. M-am inhibat, el a simțit asta și s-a oprit. Apoi m-a ținut în brațe și am plâns. Atât.

— Ce te-a inhibat? a insistat el.

— Știi bine ce, i-am zis privindu-l pentru prima dată de când începuse discuția.

— Interesant este că ai vrut să faci dragoste cu el, a spus Robert nemulțumit și iritat de ceea ce auzea. Fiecare cuvânt al meu îi provocase durere.

— Chiar tu ai spus-o. Eram o femeie singură, liberă, iar el un bărbat care arată foarte bine, ba chiar... Și m-am oprit brusc, atunci când mi-am dat seama că era să-i recunosc că aveam sentimente pentru Angel.

— Ba chiar ce? Ba chiar ții la el, nu-i așa?

— Țin la el ca la un prieten, am încercat să-l liniștesc.

— De prieteni nu ne simțim atrași fizic.

— Discuția asta nu doar că este inutilă, dar va merge într-o direcție pe care nu mi-o doresc, i-am atras eu atenția cu tristețe. Nu-mi plăceau nicicum curiozitatea și insistența lui.

— Ai dreptate. Am vrut doar să știu ce simți pentru el, a bătut el în retragere.

— Îți este cumva teamă că Angel reprezintă un pericol pentru relația noastră?

— Mi-ar plăcea să nu te mai vezi cu el, a concluzionat el iritat.

— Începi să semeni cu Matei. Crezi că, dacă nu mă mai întâlnesc cu Angel, relația mea cu tine va fi mai trainică?

— Dacă eu aș avea o prietenă de care să mă simt atras și pentru care să mai am și sentimente, tu ai fi liniștită? m-a întrebat el ușor răutăcios.

— Eu am încredere în tine, i-am zis mângâindu-i ușor mâna încordată pe schimbătorul de viteze. Și vreau să fii liber, nu vreau să te constrâng să nu faci ceea ce simți, nu vreau să trăiesc cu teama că te-ai putea îndrăgosti de alta. Dacă va fi să se întâmple asta înseamnă că ea este mai bună pentru tine și că ești mai fericit cu ea.

— Și tu ai putea accepta asta, pur și simplu? a oftat el privindu-mă pentru o clipă, de parcă ar fi vrut să fie convins de sinceritatea mea.

— Ce altceva aș putea să fac? Poți să-i dictezi unei inimi pe cine să iubească?

— Eu încă nu am ajuns să fiu atât de matur și de puternic, a ridicat din umeri neputincios.

— Robert, tu ai idee cât te iubesc? Da, am vrut să fac dragoste cu Angel, l-am dorit foarte mult, dar dorința nu a fost mai presus de dragostea pentru tine. Şi ţine cont că în acele clipe eram supărată pe tine, eram convinsă că ai pe altcineva şi că nu mă mai iubeşti..., i-am zis, hotărâtă să-l conving de adevărul celor spuse de mine, de sinceritatea mea.

A oprit maşina pe banda de urgenţă şi m-a îmbrăţişat strâns, cu toată iubirea pe care o avea în suflet.

— Iartă-mă! Sunt gelos, atâta tot. Am trăit prea mult timp văzându-te a altuia...

— Din vina cui?

— Nu-mi mai aminti, te rog.

M-a sărutat lung, nerăbdător, cu pasiune, ca şi cum l-ar fi cuprins teama că m-ar putea pierde din nou... Apoi, mai liniştit puţin, a pornit maşina şi a condus mai departe, ţinându-mă de mână.

— Dacă tot am atins acest subiect, spune-mi, în toate aceste luni în care am fost despărţiţi, tu nu ai făcut dragoste cu nicio femeie?

Acum declanşasem eu tirul întrebărilor, era rândul meu.

— Irina, eu nu am mai făcut dragoste cu nicio femeie din clipa în care m-am îndrăgostit de tine, mi-a spus calm.

— Eviţi să răspunzi...

— Nu am făcut-o.

— Atunci avem mult de recuperat, am spus izbucnind în râs, ca să mai destind atmosfera apăsătoare.

Când am ajuns la Braşov, după un drum lung şi obositor, dar fericită că eram lângă Robert, am simţit că m-am liniştit. Am ştiut, în acel moment, că nu voi putea trăi niciodată în alt oraş, că, oriunde m-ar fi dus viaţa, m-aş fi întors negreşit, fiindcă doar aici simţeam că sunt acasă. Aici, sufletul meu era liber şi se simţea ocrotit.

— Dacă vrei să fii împreună cu mine, să stai cu mine, va trebui să te muţi la Braşov, i-am spus lui Robert, zâmbind fericită, îndrăgostită ca niciodată de oraşul meu minunat.

— Voi sta cu tine oriunde. Doar că este o chestiune de timp. Însă aş vrea să ştii că nu am de gând să amân mult până ce îi voi spune totul lui Matei. Dacă-l găsesc în toane bune, îi voi spune imediat tot adevărul despre noi.

Primul lucru pe care l-am făcut când am ajuns în Braşov a fost să-i vizitez pe mama şi pe soţul ei. Simţeam o dorinţă arzătoare să o îmbrăţişez cât mai curând, îmi lipsise atât de mult, îmi fusese cumplit de dor de ea, de liniştea pe care simpla ei prezenţă o răspândea în jur. Nu am avut răbdare nici măcar să-mi duc bagajele în apartament, i-am lăsat lui Robert sarcina aceasta şi eu am plecat cu un taxi la ea acasă. Prea mult m-a durut depărtarea de mama şi în clipele acelea mi-am promis că nu voi mai pleca niciodată pentru mult timp departe de ea. Iar, în clipa în care m-a îmbrăţişat şi i-am văzut ochii blânzi, abia atunci am simţit cu adevărat că mă aflam acasă şi că eram în siguranţă. Am îmbrăţişat-o şi m-am bucurat de prezenţa ei, dar nu i-am povestit nimic despre planurile mele, nu voiam să-i încarc sufletul cu griji inutile.

Mama trebuia să ştie doar că sunt bine şi fericită, atât. Era obişnuită cu mine rebelă şi spontană şi nu se îngrijora cu privire la viitorul meu, ştia că nu-mi putea influenţa alegerile, dar şi că eram curajoasă şi descurcăreaţă – avea încredere în judecata mea, în alegerile mele.

Robert a stat trei zile cu mine la Braşov şi au fost trei zile de poveste şi de iubire, iar după ce a plecat şi m-am văzut singură cu sufrageria plină de bagaje, nu m-am întristat deloc. De ce aş fi făcut-o? Eram acasă şi ne despărţea o distanţă de zece ori mai mică decât dacă aş fi locuit în Germania. Şi, oricum, ne aranjaserăm, mai mult sau mai puţin, viitorul, chiar dacă se anunţa a fi unul plin de renunţări. Dar planurile erau cât de cât stabilite şi asta ne dădea curaj să continuăm împreună pe drumul greu, dar fericit.

După plecarea lui, am sunat-o imediat pe Simona, care a venit la mine într-un suflet, împreună cu Timeea, desigur, fiindcă ele două se mutaseră împreună și erau nedespărțite. M-au ajutat să despachetez bagajele și să punem toate lucrurile la locul lor, iar eu eram din nou fericită. Mă aflam acasă, aproape de bărbatul pe care-l iubeam, lângă mama și alături de prietenele mele. Nu mă mai simțeam singură, eram lângă oamenii mei dragi. Știam că Robert avea să vină la mine ori de câte ori va putea, iar atunci când nu ar fi fost posibil să lipsească atât de mult de acasă, ne-am fi întâlnit în apartamentul lui din București.

Totul era bine pus la punct, planurile noastre erau perfecte, viața mea era minunată din nou.

După ce am terminat de pus la loc toate lucrurile cu care venisem din Germania, am ieșit cu prietenele mele în oraș, să bem o cafea în centru, la terasa mea preferată, să ne relaxăm, să mă bucur din nou de atmosfera orașului meu iubit. Iar fetele bineînțeles că erau curioase să afle cum a fost reîntâlnirea cu Robert și ce planuri de viitor aveam.

— Cred că Robert e cel mai nebun tip din lume, mi-a spus Timeea visătoare, la un moment dat, după ce le-am povestit cum m-am trezit cu el ca locatar al apartamentului de lângă mine.

— S-au găsit ăștia doi, a completat Simona, dând din cap aprobator.

— Și ce veți face de acum înainte? a vrut să știe Timeea.

— Ne vom întâlni pe ascuns, am răspuns resemnată.

— Cât timp, Irina?

Simona, realistă, ca de obicei, dar și pentru că ținea la mine ca la ochii din cap, nu era deloc încântată de această soluție.

— Până când îi va putea spune lui Matei despre noi. Asta poate să dureze, poate chiar un an, doi, Dumnezeu știe..., am oftat eu, ridicând din umeri neputincioasă.

— De ce atât de mult? s-a mirat ea, nemulțumită.

— Pentru că vrem să ne asigurăm că Matei nu mai are sentimente pentru mine, că nu-i mai pasă. Poate vom avea noroc și se va îndrăgosti de alta și, atunci, se vor simplifica lucrurile, vom putea fim liberi, fără să ne mai ascundem dragostea de ochii lui și-ai lumii.

— Știi bine că pentru Matei ești și o ambiție, nu doar o femeie pe care o iubește. Nu știe să piardă, ce te face să crezi că va accepta că ești cu Robert? a clătinat Simona din cap, semn că nu avea niciun motiv să creadă că Matei ar putea reveni ușor la sentimente mai bune dacă ar fi aflat.

— Doar n-o să fie legat de mine până la adânci bătrâneți! Uite, a putut sta departe de mine atâta timp, poate i-a trecut... i-am argumentat eu.

— Eu nu cred, a spus foarte convinsă Simona, care-l cunoștea pe Matei destul de bine. Eu cred că doar îți dă puțină libertate, că vrea să-ți arate că s-a schimbat. Poate chiar plănuiește o strategie pentru a te recuceri. Mare mi-ar fi mirarea să nu se ducă în Germania să te caute...

— Nu are cum să facă asta, am avut grijă să nu știe unde m-am mutat.

— Și cum a fost revederea cu Robert, spune-ne detaliile romantice! a sărit imediat Timeea, schimbând subiectul, care nu era oricum unul prea plăcut.

Am zâmbit, amintindu-mi ce am simțit în clipa în care l-am văzut pe Robert pe terasa apartamentului de vizavi, și, oricât de mult mi-aș fi dorit să le transmit prietenelor mele ceea ce am simțit atunci, parcă nu existau cuvinte potrivite pentru a exprima emoțiile intense trăite în acele momente. Ce simțisem în acele momente păstrasem în adâncul sufletului și știam că așa voi simți mereu și că nici nu va mai putea fi egalat vreodată de o altă iubire. Nu aveam cum să le relatez în cuvinte simple cât de mult ne iubeam și cât de frumoasă a fost regăsirea noastră. Era mult prea emoționant, înălțător. Și prea personal...

— Robert mi-a oferit cea mai frumoasă poveste de dragoste, am spus nostalgică. El este povestea mea, nu doar un capitol. El este toată povestea mea...

Simona și Timeea nu m-au mai lăsat să stau singură în apartamentul meu. Știau că mi-e foarte greu după experiența trăită în Germania și plecau doar când putea veni Robert. Uneori se furișa noaptea din casă, conducea două ore până la mine, stăteam împreună o oră sau două, apoi pleca înapoi. Făcea uneori eforturi imense doar ca să mă țină în brațe câteva clipe, să mă sărute, să-mi spună cât îi lipsesc și cât de mult mă iubește și apoi pleca din nou spre Snagov. La rândul meu, evitam să ies în locuri în care m-aș fi putut întâlni cu persoane cunoscute și care l-ar fi putut anunța pe Matei că m-am întors în țară, așa că îmi petreceam timpul mai mult în casă, cu prietenii mei.

Trecuse aproape o lună de când mă întorsesem acasă, când Robert mi-a propus să mergem într-o vacanță.

— Unde am putea pleca? i-am răspuns încântată de perspectiva de a fi doar noi doi, departe de ochii lumii care ne-ar fi putut trăda.

— Oriunde vrei tu, mi-a spus strângându-mă în brațe. Vreau să merg cu tine prin lume ținându-te de mână, să ne sărutăm, să mergem la restaurant, am obosit să mă ascund... a dat el glas dorințelor mele.

— Și lui Matei ce-i vei spune?

— Că merg la prietena mea în Germania, e foarte simplu.

— Nu bănuiește că ai putea veni la mine, dacă tot știe că sunt în Germania?

— Deloc. Am vorbit cu el despre asta, e convins că nu știu unde te afli. Am avut grijă de asta.

— I-a mai trecut dragostea pentru mine?

— Nu cred, a oftat el. Îi lipsești foarte mult, evită să amintească de tine, dar se lovește tot timpul de lucruri și locuri care i te amintesc dureros de bine. Și nici ceilalți nu sunt prea discreți și nu-i respectă intimitatea, îl întreabă mereu ce mai știe de tine...

— Nu are pe nimeni?

— Doar femei cu care se culcă...

— Le aduce acasă?

— Niciodată.

— Dar cu Cesara petrece timp? am mai vrut eu să știu.

— Da, foarte mult. Se joacă tot timpul cu ea, se plimbă amândoi prin parc, o duce la teatrul de păpuși, la înot, doarme cu ea, au o relație tată-fiică foarte frumoasă...

— Mă bucur mult să aflu asta. Cesara este la vârsta la care are nevoie de prezența lui, de acum începe să adune amintiri. Doamne, ce amintiri frumoase am eu cu tata! am zâmbit eu amintindu-mi de trecut și bucuriile păstrate vii în memorie.

— Știai că atunci când vorbești despre tatăl tău își se luminează chipul? mi-a zis sărutându-mi fruntea cu o iubire infinită, senină.

— Păi, el este Lumina mea. El, Luminița, domnul profesor... Doamne, cât sunt de norocoasă că i-am avut, cât de mult mi-au dăruit! Iartă-mă, sunt egoistă. Mă laud în fața ta, iar tu ți-ai pierdut familia de mic... m-am oprit eu brusc, ca să nu-l rănesc, ca să nu-l îndurerez.

— Irina, eu trăiesc fiecare bucurie de-a ta, tot ce te încântă pe tine este o împlinire pentru mine, m-a asigurat el protector, strângându-mă în brațe.

— Of, Robert, te iubesc atât de mult! Ești totul pentru mine!

— Eu te iubesc mai mult. Habar nu ai tu cât de mult...

Iubirea noastră era minunată și în sfârșit liberă și nu ar fi trebuit să fie tulburată de nimic, dar nu am avut acest noroc, pentru că, într-o zi, atunci când eram foarte fericită și când mă așteptam cel mai puțin să se întâmple ceva rău, m-am trezit cu Matei la ușă.

Eram șocată...

Capitolul 3

M-a găsit singură în apartamentul meu – Simona o însoţise pe Timeea în vizită la bunica sa, care locuia la Bran, iar, când i-am deschis uşa, profitând că rămăsesem nemişcată de uimire, uluită că-l văd, Matei nu a aşteptat să-l invit înăuntru, ci s-a strecurat pe lângă mine, s-a dus direct în bucătărie şi s-a aşezat pe un scaun, ca un om aflat la capătul puterilor.

— Îmi poţi da un pahar cu apă, te rog? mi-a spus, evitând să mă privească. Părea obosit, agitat şi foarte nervos.

— Bună, Matei. Sigur... am făcut eu eforturi să-mi revin.

I-am oferit un pahar plin cu apă şi m-am retras la fereastră, să fiu cât mai departe de el. A băut mai mult de jumătate, apoi m-a privit câteva clipe, studiindu-mă foarte atent. Slăbise mult şi arăta rău, avea cearcăne adânci şi părea foarte obosit.

— Stai jos, mi-a spus foarte autoritar.

— Stau bine aici, am încercat eu să mă ţin tare pe poziţie.

— Irina, am luat două calmante ca să pot face faţă acestei discuţii pe care o voi avea cu tine. Nu-mi pune nervii la încercare... mi-a zis pe un ton aparent calm, dar care nu mai admitea nicio replică.

M-am apropiat de masă şi m-am aşezat pe scaun în faţa lui. Nu ştiu de ce, dar ceva îmi spunea că aflase totul despre mine şi Robert. Sau poate că era supărat doar pentru că dispăruseem câteva luni şi acum aflase că m-am întors în ţară de ceva timp fără să-l anunţ.

— Ce ţi-a lipsit, Irina? Ce nu ţi-am oferit? a început el abrupt.

— Tu glumeşti, nu?

— Nu, nu glumesc. Şi-mi datorezi un răspuns, să-mi spui, naibii, ce nu ţi-am oferit.

— Siguranţă. Şi respect. Două lucruri esenţiale într-o relaţie, l-am lămurit eu imediat, încercând să nu sune a reproş răspunsul meu.

— Siguranţă... şi respect, a repetat el.

Mă privea fix în ochi, iar eu îi susţineam privirea, încercând să nu mă las intimidată. Dintr-odată, ochii i s-au umplut de lacrimi şi de ură, ceea ce m-a făcut pentru o clipă să mă tem.

— De când ţi-o tragi cu Robert?

Auzindu-l, am rămas fără aer. Aşadar, ştia. Simţisem bine, instinctul meu încă funcţiona impecabil. Aflase.

— Nu era mai simplu să ai discuţia asta direct cu Robert? N-ai mai fi bătut atâta drum... am încercat eu să lămuresc, cât mai elegant cu putinţă, situaţia neplăcută în care mă găseam.

— El nu-mi datorează nicio explicaţie.

— Păi, nu am făcut totul singură, nu l-am forţat...

— L-ai îmbrobodit, n-are nicio vină, a repetat el acuzaţiile la adresa mea cu voce liniştită.

— În iubire n-are nimeni nicio vină oricum.

— Iubire, zici? Ai făcut totul doar ca să te răzbuni pe mine şi să mă loveşti unde mă doare cel mai tare, aşa-i? a continuat el.

— Chiar nu, Matei. Chiar nu este vorba despre tine în toată această ecuaţie. Nu e totul despre tine în vieţile altora, respectiv a mea, în situaţia de faţă! m-am răzvrătit eu în faţa unor acuzaţii atât de nedrepte.

Privea faţa de masă şi desena cercuri imaginare pe ea. Îi tremura mâna vizibil şi respira greu. Îmi era teamă de el, dar şi pentru el. Îmi era clar că e la pământ cu nervii, într-o vizibilă stare de şoc.

— Cum ai putut, nenorocito, să-mi faci așa ceva? Te divinizam!

Aș fi vrut să-i spun tot adevărul, că n-am vrut să-l trădez, că și eu și Robert ne-am reprimat sentimentele atâția ani, că nu l-am înșelat, că nu am vrut să-l rănim. Dar nu știam cât anume știe din poveste și nu voiam să-i divulg lucruri pe care nu le aflase – ar fi fost culmea să i le dezvălui chiar eu. Oricum, era limpede că știa destul cât să sufere cumplit, i se citea asta pe față, de ce să mai fi turnat și eu gaz peste focul din sufletul lui?

— Niciodată nu am vrut să te rănesc, Matei, i-am zis cu blândețe. Nici măcar atunci când m-ai înșelat, nici atunci când m-ai lovit, când m-ai rănit, când m-ai făcut să mă simt neiubită...

— Și, cu toate acestea, mi-ai dat lovitura de grație și te-ai gândit să mi-l iei pe Robert, a șoptit el, aproape cât să nu-l audă nimeni altcineva.

— Robert nu este al tău. Încetează să mai tratezi oamenii ca pe niște proprietăți.

— Știai bine cât de mult țin la el... și-a continuat el ideea, de parcă nici nu auzise ce-i spusesem.

Câteva clipe nu a mai zis nimic, nici nu m-a privit, a stat cu ochii ațintiți asupra paharului de pe masă.

— Îți place să faci sex cu el mai mult decât cu mine?

— Are vreo importanță chestia asta?

— Răspunde-mi, fir-ar să fie! a bătut el brusc și cu putere cu pumnul în masă, speriindu-mă și cu gestul, dar și cu tonul ridicat și amenințător al vocii.

— Dar de ce nu-mi spui tu mie dacă ți-a plăcut mai mult sexul cu toate femeile cu care m-ai înșelat?! am încercat eu să mă țin tare.

— Nu mi-a plăcut cu niciuna mai mult și știi bine asta. Cu altele doar pot fi relaxat, nu trebuie să le iubesc, pot fi rece. Atâta tot.

— Nu-mi mai explica, oricum nu te înțeleg.

— Cu altele pot fi vulgar și pervers, lucru pe care nu mi l-am dorit niciodată cu tine, tocmai pentru că te iubesc prea mult, pentru că te-am prețuit ca pe o comoară, a continuat Matei de parcă vorbele mele ar fi trecut pe lângă el fără niciun ecou, fără să-l atingă.

— Uite că Robert nu simte nevoia să fie vulgar și pervers...

— Ești o nenorocită. Puteai să alegi pe oricine altcineva, aveai de unde, Alex, Angel, Raul şi o sută de alți bărbați, dar tu ai vrut să mă distrugi, așa-i? Să mă umilești în fața tuturor, să-mi iei tot! a izbucnit el dintr-odată cu o furie necontrolată.

— Tu nu înțelegi că povestea dintre mine şi Robert nu are nicio legătură cu tine? am mai încercat eu să-i aduc argumente, să-i deschid ochii asupra a ceea ce se întâmplase.

— Ce poveste?! Între tine şi el nu există şi nu va exista nicio poveste! mi-a retezat-o el, aruncându-mi vorbe pline de ură.

— Cine te crezi, Matei? De ce ai impresia că tu ai dreptul să decizi pentru alții?

— O să-ți arăt cine mă cred. Mai precis, cine m-ai făcut tu să devin, m-a amenințat el din nou, de data asta mai calm, parcă mai sigur pe el.

— Poți, te rog, să dai dovadă de puțină maturitate? De puțină demnitate?

— Demnitate? Mi-ai călcat-o tu în picioare în momentul în care m-ai înjosit culcându-te cu fratele meu.

— Frate vitreg, de fapt, adoptat, i-am amintit eu.

— Ce contează?! Știai bine ce înseamnă Robert pentru mine!

— Și tu știai bine ce însemni tu pentru mine, dar nu ți-a păsat când m-ai înșelat și m-ai făcut să sufăr! i-am adus eu aminte.

— Și ai găsit cea mai cruntă metodă de a te răbuna!

— Nu, Matei! Nu am făcut asta ca să mă răzbun pe tine, pur și simplu, îl iubesc pe Robert! am încercat eu din nou să-i spun adevărul pe care se încăpățâna să nu-l vadă.

— Taci! Să nu mai spui asta în fața mea, că nu știu ce-ți fac!

— Și dacă nu o spun cu voce tare crezi că este mai puțin adevărat?

Ajunși în acest punct cu discuția, am fost întrerupţi brusc de sonerie. Cineva era la uşă și m-am dus imediat să deschid, fericită că dialogul oribil cu Matei lua o pauză. Dar, din păcate, am fost întrerupţi doar pentru puţin timp. Era doar o vecină, care mi-a adus înapoi o farfurie pe care-i dusesem nişte clătite în urmă cu o zi. Am profitat de ocazie şi am vrut să merg să-mi iau telefonul mobil, ca să-i trimit un mesaj lui Robert, să-l avertizez, dar Matei a anticipat intenţia mea și a venit imediat după mine.

— Nu-i spui nimic, mi-a şoptit printre dinţi. Mai întâi, vreau să auzi tot ce am de zis și decizi apoi dacă vrei să-i mai povestești ceva sau nu despre discuţia noastră. Dacă te sună între timp, nu-i răspunzi, e clar?

— Ce vrei, Matei? De ce ai venit?

Ne-am întors în bucătărie și ne-am așezat din nou, fiecare pe scaunul său, față în față.

— Să mă asculţi cu mare atenţie. Pentru ceea ce ai făcut nu te voi ierta niciodată. Dacă până acum ţi-aş fi iertat orice, dar absolut orice, ei bine, asta nu pot să ţi-o iert. Ai încercat să mă desparţi de Robert, conştientă fiind de cât înseamnă el pentru mine și de câtă nevoie am de el. Nu ai ţintit doar să mă răneşti și să mă umilești, miza ta a fost mai mare, ai vrut să mă distrugi cu totul...

— Nu, Matei, chiar nu este așa, i-am zis, încercând să-i spulber ideile nebune și neadevărate pe care le avea în minte.

— Taci!

— Știi ceva? Ia nu te mai purta tu așa, că nu sunt cârpa ta.

— Nu ai fost, dar vei fi. Exact asta vei fi, o păpușică din cârpe...

— Mă faci să râd, i-am spus ascunzându-mi neliniștea.

— O să vedem mai târziu dacă îți va mai arde de râs...

— Ce naiba vrei, de fapt?

— Să-l lași în pace pe Robert.

— Și crezi cumva că el mă va lăsa în pace?

— Vei face tu tot posibilul să te lase în pace, păpușică nemernică! O să-l convingi că nu-l iubești și că nu-l mai vrei, că la teatru te pricepi bine de tot.

— De ce aș face asta?

— Păi..., dacă nu din respect față de mine, atunci din iubire pentru el. Că așa zici: că-l iubești. Dar ia să vedem, chiar așa este? Pentru că, dacă nu renunți la el, te distrug și pe tine, și pe...

— Știu, nu-mi mai recita poezia veche cu „îți distrug prietenii și familia". Știu deja lista de amenințări, e veche, mi-ai mai adus-o la cunoștință. Îmi vei strica imaginea, nu voi mai avea nicio șansă să-mi găsesc vreodată un serviciu, îmi pui droguri în casă, mă bagi în procese... Mai ai și altele de adăugat?

— Îl voi distruge pe Robert, mi-a răspuns el zâmbind liniștit.

— Poftim?

Îl priveam șocată, iar el îmi susținea privirea, foarte sigur pe el și fără pic de rușine.

— Ai auzit foarte bine, nu te uita la mine cu ochii ăia mari și înspăimântați, că nu mă mai impresionezi. Și, dacă mă cunoști câtuși de puțin, atunci știi că acestea nu sunt niște simple vorbe aruncate la nervi. După cum vezi, sunt cât se poate de calm și, apropo, îți mulțumesc pentru că ți-ai dus la bun sfârșit amenințarea că mă vei face să ajung dependent de calmante. Doar cu calmante mai pot să trăiesc de câteva zile...

— Matei, te rog, fii rezonabil și haide să discutăm ca doi oameni maturi, am încercat eu să-l liniștesc.

— Eu sunt matur, Irina, tu nu ești! Dacă erai matură, nu cutezai să-mi distrugi viața.

— De ce ți-am distrus eu viața? Nu poți trăi cu ideea că eu și Robert ne iubim?

— Nu! Nu pot trăi cu ideea că Robert iubește o nenorocită ca tine. Și o să fac tot posibilul să nu te mai iubească, mi-a răspuns el cu satisfacție.

— Şi cum vei face asta?

— Eu? De ce eu? Tu vei face asta, a rânjit el cu satisfacţie.

— Cum?! Nici nu mai ştiam ce să spun, eram încă în stare de şoc. La orice m-aş fi putut aştepta din partea lui, dar nu la ceea ce-mi spunea, la ceea ce trăiam de când îmi sunase la uşă.

— Păi, pentru început, te vei purta rece cu el. Şi, când te va întreba ce se întâmplă cu tine, îi vei spune că ţi-ai dat seama că mă iubeşti pe mine, a râs el mulţumit de ideea lui.

— Tu suferi de scenarită cronică... am încercat eu să fac pe viteaza, ca să nu-şi dea seama cât sunt de speriată.

— Între timp, vei lua frumuşel jurnalul ăla nenorocit, în care relatezi cu lux de amănunte toate prostiile pe care le faci, şi vei scrie că ţi-ai dat seama că mă iubeşti şi că Robert a fost doar un refugiu ca să mă uiţi pe mine... sau că ai vrut, pur şi simplu, să te răzbuni pe mine folosindu-te de el. Că ai fost confuză, nu ştiu, texte, că ai talent destul, nu-mi fac griji. Şi vei face cumva ca el să citească tot ce ai scris, a continuat Matei la fel de calm să-mi dea indicaţii despre ceea ce urma să fac la comanda sa.

— Eu cred că nu iei calmantele care trebuie şi ţi s-a afectat grav judecata.

— Încearcă să te abţii de la comentarii stupide şi să fii atentă la mine, mi-a zis netulburat. Data viitoare când ajungi cu el în pat, faci o scenă cum ai făcut cu mine de atâtea ori, când nu ai putut să facem dragoste, ca să-i dai de înţeles că ţi-e dor de mine, că între voi nu merg treburile.

Îl priveam pe Matei ca pe un extraterestru. Mi se părea ireal că noi doi aveam acea discuţie şi că el îmi expunea atât de relaxat nişte enormităţi, un plan atât de mizerabil şi făcut parcă special ca să ne sfâşie sufletul mie şi lui Robert.

— Vei avea o discuţie cu el şi, printre lacrimi şi suspine, ştii tu ce şi cum, îi vei mărturisi că mă iubeşti şi că vrei să te întorci la mine, a continuat el. Şi vii la Snagov, iubita mea!

— OK, ți-am ascultat aberațiile, bravo, ai calități, pe care nu le-aș fi bănuit, de scenarist și de regizor, dar ajunge, i-am zis revoltată.

— Ți se pare că glumesc? mi-a zâmbit el.

— Sper. Altfel, ești bun de internat la nebuni.

— Vezi să nu te internez eu pe tine la nebuni, pot rezolva în câteva minute și nu te mai scoate nimeni de acolo, după ce te vor îndopa ăia cu pastile care te vor face legumă!

— Oprește-te, te rog. Am auzit destul.

— Te vei muta la Snagov și te vei preface că mă iubești, că erai disperată de dorul meu, te vei purta exemplar și vei sta până când îl vei convinge pe Robert că nu-l iubești, până când îi va trece ceea ce crede el că simte acum pentru tine. Și, de ce nu? poate chiar până își va găsi o iubită. Apoi te voi lăsa să pleci.

— Nu poți vorbi serios... n-ai cum! am șoptit eu pierdută, șocată de planul lui diabolic de-a dreptul.

— De ce, prințeso? Așa cum stai în apartamentul ăsta, vei putea sta și la noi. La Snagov îți vei putea vedea în permanență iubitul. Nu sună tentant? Vezi ce generos sunt? Iar eu te voi vedea pe tine. Măcar vom vedea amândoi ceva frumos, și eu, și tu.

— Ești nebun...

— Eu sunt nebun? Păi, de ce, nu ai mai trăit așa? Și ai făcut-o fără să te oblig eu! Ba chiar ți-a făcut plăcere. Ai jucat teatru atâta timp, nu mai poți s-o faci câteva luni? Ce sunt câteva luni pentru tine, artisto, ca să-ți recapeți libertatea?

— La Robert te gândești? Spui că ții la el, atunci de ce nu-l lași să fie fericit? am încercat eu din nou să-i amintesc că fratele lui nu merita să-i facă așa ceva.

— Fericit? Cu tine? Nu-l meriți. Cu tine nu va fi niciodată fericit. Și, dacă-l iubești, vei face tot posibilul să-l îndepărtezi de tine. Ia să te văd, poți tu să-l iubești așa de mult încât să-l alungi de lângă tine? Poți tu să te sacrifici pentru el?

— Matei, de ce faci asta?

— Apăr ceea ce este al meu.

— Robert nu este al tău.

— Ba este și tu nu mi-l vei lua, nu te pune cu mine.

— Deci nu-ți pasă deloc de el, de ceea ce și-ar dori el, de cât de mult l-ai putea răni...

— De el îmi pasă cel mai mult, a continuat să-mi spună, poate pentru a se convinge singur.

— Minți, Matei. Ție îți pasă doar de binele tău. De confortul tău. Îți este frică să-l pierzi pe Robert fiindcă ești dependent de el. Ești conștient că fără el nu te-ai descurca deloc cu afacerile, fără Robert s-ar duce totul de râpă. Ce convenabil este pentru tine să ai un om care face totul, iar tu să te bucuri de viață, de abundență, să ai libertate... Dar nu ai niciun sentiment pentru omul ăsta, care ține la tine și care ți-a fost mereu atât de loial! i-am zis direct, fără menajamente.

— Iată că nu mi-a fost mereu loial. M-a trădat în cel mai urât mod, cu toate că știa bine ce însemni pentru mine.

— Ți-a fost loial toată viața lui, inclusiv după ce s-a îndrăgostit de mine! Și-a negat sentimentele cât de mult a putut, și-a refuzat șansa să fie cu mine ca să nu te rănească pe tine! Și eu, și el te-am pus pe tine mai presus de ceea ce simțeam noi... am continuat, încercând să-i arăt realitatea pe care ori nu o vedea, ori se prefăcea de minune că nu o vede.

— Taci!

— Tac, dar eu nu-ți voi face jocul. Poți să-mi zici orice, mă poți amenința oricât, omoară-mă dacă vrei, dar eu nu-ți fac jocul dement.

— O să-l faci. O să faci absolut tot ce-ți spun eu, ca o păpușă drăgălașă din cârpe.

— Și dacă nu?

— Dacă nu faci întocmai ceea ce-ți cer, atunci îi voi face rău lui Robert. Văd că mă obligi să repet și o fac, de ce nu? că poate nu ai înțeles bine din prima.

Afirmația lui, precum și, mai ales, tonul lui sumbru, hotărât și mai mult decât convingător m-au făcut să simt că am în față un om extrem de periculos și, brusc, mi-a înghețat sângele în vine. Matei se transformase într-o fiară.

— Nu cred că spui asta, Matei. Te rog să-ți revii!

— Nici eu nu cred că m-ai putut aduce în halul ăsta, dar, iată, ai reușit! Felicitări! M-ai adus în pragul nebuniei, iubita!

— Și ce rău mai mare i-ai putea face lui Robert decât să-l lași fără femeia pe care o iubește?

— Să-l las fără libertate, de exemplu.

— Poftim?

Din nou mă șoca. Da, Matei devenise, pur și simplu, o fiară hotărâtă să sfâșie pe oricine i-ar fi stat în cale.

— Știi și tu cum e în firme... Pot apărea probleme fiscale, fraude, delapidări... Poate ieși nasol de tot, cu pedepse aspre, chiar și cu închisoare. Dar poate că i-ar fi mai bine decât închis în sufletul tău, acolo unde subjugi oamenii, îi ții prizonieri și-i faci dependenți de tine!

Eram năucită. El mă privea fix în ochi, serios, amenințător, nerușinat.

— Nu ai putea face asta. Matei pe care-l cunosc eu nu ar putea să-i facă rău lui Robert, i-am spus cu jumătate de glas, parcă fără să fiu convinsă că așa ceva nu ar fi cu putință.

— Așa e, dar, ce să vezi? uite surpriza: eu nu mai sunt Matei pe care-l cunoști tu, sunt un nou Matei, unul creat de tine. De prostiile pe care le-ai făcut tu. Să-ți mulțumești pentru realizare, poți să te și premiezi pentru asta.

Simțeam că mi se ridică tensiunea și că mă aflu în pragul unui atac de panică, pur și simplu, nu găseam niciun argument cu care să-l conving pe Matei că Robert nu-i greșise cu nimic, că Robert îl iubea și încercase chiar și acum să-l protejeze, renunțând la viața și la sufletul lui doar ca să-l ocrotească, să nu-l rănească. Din păcate, Matei chiar era nebun de legat. Sau un ticălos nenorocit. Ori amândouă.

— Fii atent la mine, i-am spus. Niciodată, dar niciodată nu am vrut să îl îndepărtez pe Robert de tine. Te-am iubit amândoi și ne-am sacrificat de dragul tău. Dar îi voi spune tot ce am discutat azi și să nu te miri dacă asta îl va îndepărta definitiv de tine...

— Bine, fă-o, m-a întrerupt el. Este alegerea ta. Soarta lui este doar în mâinile tale. Eu ți-am oferit o soluție... a rânjit el sugestiv la mine.

— Băi nebunule, tu te auzi? Ai luat-o razna de tot? Am impresia că nu mă aflu în realitate, ci într-un film foarte prost!

— Și eu la fel. Dar nu mi-ai dat de ales.

— Știi bine că ai de ales, Matei. Că întotdeauna alternativa la rău este binele. Cum să faci un asemenea scenariu, atât de crud și lipsit de omenie? Poți accepta cu demnitate că eu și Robert ne iubim și să ne lași în pace. Asta nu l-ar îndepărta pe el de tine...

— Și cum ar fi, am locui toți trei în aceeași casă și v-ați iubi sub ochii mei? a izbucnit el într-un râs isteric.

— Nu trebuie să locuiască neapărat cu tine.

— Ascultă, prințeso. Eu nu vreau un coleg de serviciu, ci un frate. Și îl vreau și de sărbători, și în vacanțe, vreau să fie mereu cu mine! Că de aceea am construit o casă în care să locuim amândoi! E clar acum?

— Cât poți fi de egoist, Matei! Dar nu te întrebi nicio clipă dacă el își dorește aceleași lucruri? Ce fel de ființă ești? Ce suflet ai? Ca să-ți fie ție bine, ești capabil să calci peste oamenii care te iubesc cel mai mult...

— Ei hai, nu exagera. Nu-i fac niciun rău lui Robert dacă-l scap de tine. Îți reamintesc că mai sunt și alte femei pe lumea asta, în cazul în care crezi că ești singura de pe planetă...

Îl priveam și încercam să-mi dau seama dacă doar avea o criză de isterie sau dacă nu cumva chiar vorbea serios. Știam că este capabil de multe lucruri, dar nu am crezut nicio clipă că poate merge atât de departe și că poate fi cu adevărat un nemernic periculos.

— Deci ce ai de spus? m-a întrebat calm.

— Ce aș putea spune, Matei? Aștept să-ți vii în fire și să-mi zici că-ți pare rău, că ai avut un moment de rătăcire și să fii bărbat. Să accepți că eu și Robert ne iubim și să ne lași în pace. Fă un efort și fii demn, asta am de spus.

— Îmi pierd răbdarea, Irina...

— Îmi pare rău că s-a ajuns aici, că, fără voia mea, te-am rănit. Nicio clipă nu a fost vorba despre vreo răzbunare, iar Robert ține la tine și nu te va părăsi niciodată, am încercat eu încă o dată să-l fac să-și revină.

— Nu te mai strădui să mă convingi. Eu vreau doar un răspuns, faci ce și cum îți cer sau nu? mi-a răspuns el foarte calm, insensibil la tot ceea ce-i spuneam, la toate explicațiile mele.

— Bineînțeles că nu.

— Ești sigură? Mă determini să-i fac rău lui Robert și te voi urî toată viața pentru asta! mi-a reamintit el.

— Dacă îi faci rău lui Robert, voi avea grijă să afle toată lumea ce ai făcut și îi vei pierde pe toți, l-am amenințat și eu cât se poate de serioasă.

— Mă subestimezi?

— Știam că ești un narcisist patologic, dar văd că ai probleme mult mai grave.

— Tu ești de vină pentru tot. Tu m-ai făcut atât de rău, a ridicat el din umeri cu nepăsare, continuând să-mi zâmbească acuzator, de parcă eram cel mai vinovat om de pe pământ.

— Ba nu, Matei. Răutatea este strict o alegere personală. Nu mai da vina pe alții.

A băut toată apa din pahar, iar eu m-am ridicat fără să mai spun nimic, am luat sticla și i-am umplut din nou paharul pe care-l ținea strâns între palme, de parcă ar fi vrut să-l sfărâme.

I-am simțit privirea ațintită asupra mea până când m-am așezat înapoi pe scaun, dar, când m-am uitat direct spre el, a întors capul gânditor, prefăcându-se că admiră peisajul de la fereastra bucătăriei.

— Am simţit cândva că tu mă poţi ajuta să fiu mai bun, doar că nu ai avut destulă răbdare cu mine, nu mi-ai dat destul timp... a schimbat el tonul discuţiei.

— Nu ţi-am dat destul timp? Ai uitat că am stat lângă tine aproape cinci ani? i-am răspuns cu uimire.

— Nu au fost cinci ani, Irina, ştii bine. Te-am pierdut după câteva luni. Te schimbaseşi, nu m-am mai simţit iubit de tine...

M-am ridicat, m-am apropiat de el şi am vrut să-l îmbrăţişez, dar m-a respins. Încercam – pentru a câta oară? – să mă pun în locul lui, doar ca să reuşesc să-l înţeleg.

— Nu am nevoie de mila ta, mi-a şoptit, ferindu-se de mine.

— De ce crezi că este milă?

— Dar ce e?

— Ştii bine că ţin la tine, i-am zis cu toată sinceritatea.

M-am apropiat din nou şi de data aceasta nu m-a mai respins. Am început să-l mângâi pe cap, iar el privea în jos.

— Cum să mai ţii la mine, când eu sunt aici ca să te ameninţ şi să-ţi cer să faci lucruri pe care nu vrei să le faci?

— Crezi că, dacă faci greşeli, dacă din disperare eşti ticălos, nu mai meriţi să fii iubit? i-am zis blând, punând în voce toată afecţiunea pe care o simţeam pentru el.

— Tu nu mă mai iubeşti de mult, a oftat el resemnat.

— Te iubesc şi te voi iubi mereu, dar nu aşa cum te aştepţi tu.

— Ba nu. Tu doar te simţi vinovată pentru tot ce mi-ai făcut, mi-a răspuns cu încăpăţânare.

— Matei, tu nu eşti aşa, nu eşti omul care stă în faţa mea...

— De ce mi-ai făcut asta? De ce tocmai cu el? Ai idee cât de mult mă doare? Ai idee cât de mult te-am iubit?!

Mi-a cuprins talia cu braţele şi m-a strâns tare, ţinându-şi capul la pieptul meu.

— Doamne, cât de mult mi-ai lipsit, nenorocită ce ești! Cât pot să te urăsc!

Tremura și abia reușea să vorbească.

— Dacă te ajută cu ceva, urăște-mă! Dar nu face niște greșeli care te vor face să te urăști numai pe tine mai târziu, care te vor face să regreți și să nu te poți ierta. Tu nu ești un om rău, Matei.

— Haide să ne împăcăm, sunt dispus să iert tot, să uit această rătăcire a ta... Te iubesc, lua-m-ar dracu' de prost ce sunt!

Plângea în hohote și se ținea strâns de mine, iar eu îl mângâiam pe păr ca pe un copil în suferință, rănit și speriat.

— Tu nu poți să-mi faci asta, Irina. Tu ești Irina mea, fata minunată pe care am iubit-o mai mult decât orice pe lume, suspina el pierdut.

— Îmi pare rău, Matei! Te rog să mă ierți, chiar nu am vrut să te rănesc.

Nu mi-am mai putut stăpâni lacrimile și, chiar dacă mă supăra și mă durea ceea ce făcea, nu puteam să-l urăsc, ba chiar îmi era milă, înțelegeam ce simțea și mă durea enorm să-l văd suferind.

— Spune-mi, dar fii sinceră cu mine, te implor. De când nu mă mai iubești?

— Habar nu am, Matei. Probabil că din momentul în care am simțit că nu mă iubești tu suficient încât să-ți fiu de ajuns. Chiar nu știu să-ți spun când s-a întâmplat asta...

— De aceea te-ai atașat de Robert? Pentru că el a fost mereu mai bun decât mine?

— Nu.

— Atunci, de ce?

— Nu cred că ești pregătit pentru o asemenea discuție, am încercat eu să evit subiectul ăsta extrem de dureros pentru el.

— Și nu mă mai iubești deloc?

— Ți-am spus că te iubesc, dar...

— Taci, nu continua. Lasă-mă să cred ce vreau eu. Doamne, cât de dor mi-a fost de tine, este atât de bine în brațele tale, miroși atât de frumos și ești atât de caldă! Tu ești iubita mea, ești tot ceea ce am nevoie ca să fiu fericit, Irina!

A început să mă mângâie și a încercat să mă sărute, dar m-am ferit.

— Oprește-te, Matei.

— Nu pot, mi-ai lipsit atât de mult! Și ești atât de frumoasă, atât de specială, atât de...

Am auzit o bătaie în ușă și, pentru că nu o încuiasem mai devreme, când i-am deschis vecinei, am strigat „Intră!", crezând că este tot ea. Dar în pragul ușii a apărut Robert, care m-a surprins în brațele lui Matei. I-am citit uimirea și durerea în privire.

Nu i-a plăcut deloc felul în care ne-a găsit și, pentru că Matei nici măcar nu și-a dezlipit fața de pieptul meu ca să vadă cine venise, Robert a privit în pământ, dar nu suficient de rapid încât să nu-i observ tristețea, a închis ușa imediat și a plecat.

Disperată, am vrut să mă smulg din brațele lui Matei și să fug după el, dar, înnebunit de apropierea de mine, fostul meu iubit mă ținea cu toate puterile, de parcă ar fi înțeles că, dacă slăbește cumva strânsoarea, avea să mă piardă pentru totdeauna.

— Vii la Snagov. Faci exact ce-ți cer și, dacă nu vei reuși să mă iubești din nou, te voi lăsa să pleci. Îți promit. Acum știu ce greșeli am făcut și știu cum ar trebui să fiu pentru tine, mi-a zis el.

— Tu asta speri, că vom putea fi din nou împreună?

— Poate că da, dar mai mult sper să nu te mai iubesc... mi-a recunoscut el cu disperare.

— Și Robert? Cu el cum rămâne?

— Robert nu trebuie să știe că am aflat despre voi doi. Niciodată. Absolut niciodată. O să mă prefac toată viața mea că nu știu nimic, pentru că nu vreau să-l pierd, nu vreau să existe această umbră, această..., cum să-i spun? istorie neplăcută între noi, să nu ne mai putem privi în ochi. Și fii atentă. Te blestem cu tot sufletul meu, dacă vei spune cuiva vreodată că am aflat de voi doi, să pierzi tot ceea ce iubești! Nu uita ce ți-am spus la începutul discuției, să nu uiți niciodată.

— Nu-mi poți face asta, Matei... l-am implorat, speriată în adâncul inimii de tot ceea ce încerca să facă, de cum își dorea să fie relația dintre mine și el și, mai ales, relația dintre mine și Robert.

— Ba da. Pot, mi-a spus hotărât. E tot ce mai pot face acum, ca să fie liniște în viața mea.

— Du-te acasă, odihnește-te, discută cu Robert, am continuat eu să-l rog, oferindu-i posibilitatea de a se mai gândi înainte de a acționa greșit.

— Tu n-auzi că nu vreau să știe că am aflat de voi?! Niciodată! Pur și simplu, m-ai condamnat să mă prefac toată viața că nu mi-a greșit vreodată. Nu vreau să afle nimeni de voi doi, iar, dacă deja știe careva, nu-i vei spune că eu am aflat și că sunt atât de dobitoc încât să nu mă pot desprinde! Vei învăța să-ți ții gura, iubita.

M-am smuls din strânsoarea brațelor lui și m-am dus la fereastră să văd dacă mașina lui Robert era în fața blocului, dar nu era. Nu mai era. Eram disperată.

— Ai fix o săptămână să te muți la Snagov. Te așteptăm cu toții. Cesara întreabă zilnic de tine.

— Nu voi face asta, știi bine, Matei. Nu am plecat ca să mă întorc.

— Ba o vei face. Va fi singura ta șansă să-l mai vezi pe Robert și să-l ajuți să te uite. Altfel, voi face tot ce pot să vă distrug. Îți jur! Îți jur pe copilul meu că voi face asta, mi-a spus cu un ton sumbru. Vorbele lui mi-au sfâșiat sufletul. Pe de o parte, pentru că îl credeam în stare de orice, pe de altă parte, pentru că mă gândeam la Robert și la toată suferința lui.

— Nu cred că spui așa ceva, măi, tu ți-ai pierdut mințile de tot?!

— Dacă am cea mai mică bănuială că i-ai spus ceva lui Robert, acționez. Îți jur, Irina. Îți dau cuvântul meu de onoare! a repetat Matei amenințarea.

— Te voi urî, tu chiar vrei asta?

— Nu vreau, dar mă mulțumesc și cu atât, mi-a mai zis cu tristețe, apoi s-a ridicat de pe scaun și a ieșit din casă fără să mă privească, fără să rostească un cuvânt în plus. Iar eu am rămas nemișcată. După câteva clipe s-a întors din drum, a intrat și a închis ușa în urma lui.

— Nimeni nu trebuie să știe că am aflat de voi, nici măcar Simona. Nimeni nu trebuie să știe că vei fi la Snagov fără voia ta, fii atentă la ceea ce-ți spun acum. Iar eu îți promit că în casă vei fi tratată regește, că nu te voi forța să faci nimic din ceea ce nu vrei.

— Păi, mă forțezi să fiu acolo, nu e de ajuns?!

— Haide, nu mai dramatiza! Nu va fi așa de rău. Cu cât te vei purta mai frumos, cu atât mai bine îți va fi. Îți voi da orice vrei, bani câți vrei, îți voi ajuta toți prietenii...

— Ești un nenorocit. Ieși afară, Matei! i-am spus indignată.

— Ne vedem acasă, mi-a răspuns el, nepăsător la toată revolta mea.

A ieșit imediat, iar eu am alergat în hol și am încuiat ușa. Am căutat telefonul, pe care-l lăsasem pe pat, și, cu sufletul făcut bucăți, l-am sunat imediat pe Robert.

— De ce ai plecat? l-am întrebat.

— De ce aș fi rămas? Ce naiba căutai în brațele lui? mi-a zis el cu o voce sfârșită.

— Robert...

— De ce i-ai spus că ai venit în țară?

— Nu i-am spus eu.

— Cum nu? Mi-a spus că l-ai chemat la tine...

Am amuțit. Deci Matei își începuse deja jocul dinainte să vină la mine. Cum îi puteam dovedi lui Robert că nu-l chemasem eu pe Matei? Cum aș fi putut să-i spun adevărul?

Dar, oare, dacă i-aş fi povestit totul m-ar fi crezut? Oare, dacă i-aş fi povestit tot ce se întâmplase, Matei chiar i-ar fi făcut rău? Nu aveam nicio certitudine şi de aceea am tăcut.

Matei păruse mai mult decât credibil, iar eu îl ştiam cu adevărat în stare de orice. Mai ales după ceea ce-mi spusese. Eram convinsă 100% că poate să facă absolut tot ce ameninţase că va face. Robert trebuia protejat de ura lui, pentru că Matei îl ura, eram convinsă de asta, chiar dacă mi-ar fi spus orice altceva. Îl iubea şi îl ura, în acelaşi timp, iar o parte din dragostea pentru fratele lui se transformase foarte uşor într-o ură profundă. Sau cel puţin asta era situaţia atunci şi nu aveam siguranţa că se va schimba curând.

— Mai eşti la telefon? m-a întrebat el.

— Da. Te întorci? l-am întrebat plină de speranţă, dar şi speriată, în acelaşi timp. Nu eram sigură că e bine să vină, însă, totodată, aş fi fost distrusă dacă nu s-ar fi întors.

— Nu. Voi veni mâine.

A închis apelul, iar eu am izbucnit într-un plâns isteric. Efectiv, nu ştiam ce să fac. Aveam momente când aş fi băgat mâna în foc că Matei nu era capabil să-şi ducă la capăt ameninţările, dar nu eram dispusă să risc nimic. Puteam să mă joc cu soarta bărbatului pe care-l iubeam? Mai ales că ştiam de la fosta lui soţie că Matei era capabil să facă tot felul de lucruri rele, să se răzbune, să devină oricât de meschin era nevoie ca să obţină ceva. Ştiam că e în stare să distrugă un om. Mai ales în momente de furie oarbă.

După ce am vorbit cu Robert, l-am sunat pe Matei, sperând că pot discuta cu el omeneşte, că-l pot convinge să mă lase în pace, făcând apel la fărâma de sentimente frumoase pe care, cu siguranţă, o mai avea, bine ascunsă în sufletul lui.

— Ce este, iubita mea? mi-a răspuns el imediat.

— Nu sunt iubita ta. Spune-mi că ţi-a trecut, că ai avut o criză, că furia ţi-a întunecat minţile...

— Ţi s-a părut că eram furios? m-a întrebat foarte calm.

Iar calmul ăsta al lui nu-mi plăcea deloc. Matei, calm, era de o mie de ori mai primejdios decât în momentele lui de furie.

— Matei, nu voi face nimic din ceea ce mi-ai spus să fac.

— Bine, eu nu te voi obliga, mi-a zis liniştit, cu o voce gravă.

— Te rog, promite-mi că mă laşi în pace. Uite, dacă renunţ la Robert şi nu-l mai caut niciodată, te linişteşti?

— Nu. Nu este de ajuns să nu-l mai cauţi tu. Ce doresc eu este să nu te mai vrea el vreodată. Înţelegi diferenţa?

— Matei, te rog..., nu te poţi juca aşa cu sufletele şi cu destinele unor oameni, am încercat eu din nou să-l fac să priceapă că planul împotriva noastră era inuman, necinstit şi, mai presus de toate, oribil.

— Cine vorbeşte! Haide, iubita, îmi datorezi asta...!

— Nu-ți datorez nimic și nu voi face nimic din ceea ce îmi spui, l-am asigurat eu din nou.

— Vezi că ești supravegheată atent. Știu tot, dar absolut tot ce faci, m-a atenționat el, probabil ca să-mi înăbușe orice inițiativă care n-ar fi fost conformă cu dorințele și așteptările lui.

— Să te ia naiba, Matei!

— Din momentul acesta, îți voi trimite mesaje pline de declaraţii de iubire, iar tu îmi vei răspunde la fel, clar? Ca să avem dovezi convingătoare, poate te ajută şi scapi mai repede de noi...

Aş fi sunat-o pe Simona să-i povestesc totul, dar îmi era teamă de reacţia ei şi de faptul că i-ar fi spus totul lui Robert. Simona era vulcanică, avea un simţ al dreptăţii foarte bine dezvoltat şi ceda imediat primului impuls, fără să se gândească la pericole sau la consecinţe.

Îmi era din ce în ce mai frică de Matei, înțelegeam că, de data asta, dorința lui de a se răzbuna îi întunecase complet judecata și singura soluție pe care o vedeam era să fac ceea ce-mi ceruse, sperând că voi găsi o cale să-i spun tot adevărul lui Robert, la un moment dat. Nu aveam de ales. Tot ceea ce voiam era să-l apăr pe Robert, indiferent cu ce preț. Pentru că nu merita să-i fie distrusă viața nici pentru ambițiile lui Matei, nici pentru că eu, fără să conștientizez pericolul real, aș fi riscat să-i spun adevărul.

Plângând, decisă că pentru binele lui Robert va trebui să urmez instrucțiunile lui Matei, am luat jurnalul și am scris în el că fostul meu iubit m-a vizitat și că prezența lui m-a răscolit, că mi-a fost dor de el, că mi-am dat seama că încă mai am sentimente pentru el.

Am lăsat jurnalul pe noptiera de lângă pat, sperând că Robert, când ar fi venit la mine a doua zi, va fi tentat să-l citească... Sau că eu îl voi ajuta puțin să fie curios.

În ziua următoare, când a sosit la mine, părea îngrijorat cu adevărat, iar eu, cu inima sfărâmată, am început să-mi joc rolul oribil, tratându-l cu răceală. Nu mi-a fost greu să joc teatru, pentru că eram speriată și tensionată cu adevărat, iar el a observat imediat că nu eram în apele mele. Cu toate astea, nu m-a întrebat nimic, ci a încercat, așa cum obișnuia să facă mereu, doar să mă țină în brațe și să mă lase să-i spun numai ce vreau și să vorbesc doar când simt că doresc să o fac, fără să mă forțeze în niciun fel.

Numai că eu nu am spus nimic. Am tăcut.

— Să înțeleg că te-a răscolit întâlnirea cu Matei? și-a luat el inima în dinți într-un târziu și mi-a pus întrebarea care-l măcina.

— Cred că da.

— Doar crezi că da? Îmi poți spune ce simți?

— Nu știu, Robert, sunt confuză...

— Spune-mi că glumești... s-a îngrijorat el privindu-mă perplex.

— Putem să nu vorbim despre asta?

— Putem, dacă vrei tu așa, ce să mai spun?! Rămăsese să stabilim unde vom pleca în vacanță. Despre asta vrei să vorbim?

— Acum nu vreau să plec în nicio vacanță.

— Asta este o noutate. Zilele trecute voiai... mi-a zis posomorât dintr-odată.

Am tăcut.

— Vorbește cu mine, Irina. Zi-mi ce se întâmplă…

— Poți doar să mă ții în brațe și să nu mă mai întrebi nimic?

M-a îmbrățișat, iar eu am început să-l sărut și să-l mângâi cu tandrețe și cu un soi de disperare pe care mă forțam să o ascund cât mai bine. Voiam să fac dragoste cu el, să profit de fiecare clipă pe care o mai puteam petrece în brațele lui, de parcă ar fi fost ultima, iar el, fericit că lucrurile păreau a fi în ordine, a început să mă iubească cu pasiune. Doar că, deși nu am vrut să stric acel moment pe care mi-l dorisem din tot sufletul, gândindu-mă la ce urma să se întâmple, mi-am imaginat cum va fi viața noastră dacă mă voi întoarce la Snagov și am început să plâng din senin.

În mintea mea se derula o viitoare viață de chin și pentru mine, și pentru el, obligați să trăim în aceeași casă, dar la mii de ani distanță, eu mințindu-l că nu-l mai doresc, că nu-l mai iubesc și că inima mea îi aparține lui Matei. Și, cunoscându-l prea bine, îmi și imaginam suferința bărbatului pe care-l adoram, uimirea lui în fața acelor dovezi pe care Matei m-ar fi obligat să le creez pentru ochii lui, astfel ca împăcarea noastră să fie cât mai credibilă. M-ar fi forțat să-l fac pe Robert să creadă că m-am jucat de-a îndrăgostita, m-ar fi obligat să-l fac nu doar să mă uite, dar poate chiar să mă disprețuiască înainte de toate. Iar asta mi-a făcut inima să se strângă într-un spasm dureros…

Mirat de purtarea mea, bărbatul pe care-l iubeam mai presus de orice și pe care eram conștientă că urma să-l pierd, poate pentru totdeauna, s-a așezat lângă mine și m-a îndemnat să mă apropii ca să mă țină în brațe.

— Ce se întâmplă cu tine, Irina? m-a întrebat cu blândețe.

— Te rog să mă ierți, am reușit să-i șoptesc printre lacrimi.

— Este pentru prima dată când simt că nu mă dorești, mi-a zis privindu-mă pătrunzător, cu ochi triști.

— Dacă ți-aș spune că vreau să mă întorc la Snagov, ce părere ai avea? i-am spus abrupt, din senin, încercând să-mi fac singură curaj și să demarez planul mizerabil al fostului meu iubit.

Nu mai voiam să amân inevitabilul, știam că aș fi putut fi tentată în orice clipă să-i mărturisesc tot ce pusese la cale Matei, intenția sa de a ne despărți în cel mai urât și dureros mod posibil. Numai frica de a nu-l pune în pericol pe Robert mă făcea să tac. Și nici nu puteam juca mult teatru, nu voiam să-l rănesc atât de tare. Numai că, din nefericire, trebuia să-mi fac curaj și să pornesc pe drumul acela cumplit la care mă obligase fratele său prin amenințări, folosind toate armele bunei mele credințe și ale iubirii pe care i-o purtam lui Robert.

— Ai face asta? m-a întrebat el uimit. Te-ai întoarce la Snagov?

— Da.

— De ce? Doar pentru că nu mai poți sta departe de mine?

Nu i-am răspuns. Nu-i puteam spune o minciună atât de mare, cum că eu voiam să mă întorc pentru a fi cu Matei, cu toate că acestea au fost instrucțiunile lui.

— Cu Matei ce faci dacă te întorci în casa aceea? m-a întrebat Robert încet, parcă intuind lovitura pe care avea să o primească, dar nevenindu-i să creadă că s-ar putea întâmpla așa ceva.

M-am ridicat și m-am dus în baie, unde am stat câteva minute și am plâns amar, încercând să-mi spun că nu aveam de ales, că hotărârea pe care o luasem era cea corectă, că Robert nu merita să pățească ceva rău numai pentru că mă iubea și-l iubeam. Mi-l aminteam pe Matei povestindu-mi cândva că aflase de la nu știu care interlop cu care jucase pocker că, pentru doar zece mii de dolari, se poate angaja o persoană din străinătate care să facă rău, să regizeze accidente și m-am înspăimântat îngrozitor.

Când am revenit în dormitor, așa cum mă și gândisem, jurnalul meu nu mai era pe noptieră, ci pe pat, lângă Robert. Din privirea lui fixă, în care citeam și furie, și neîncredere, și o uimire copilărească, am înțeles că a citit minciunile pe care le scrisesem despre sentimentele pe care le aveam pentru Matei. Lângă pat, pe jos, se afla o foaie ruptă și mototolită și, atunci, am fost sigură că a citit ultima pagină de jurnal, pe care, nervos, a rupt-o.

— De când simți asta? m-a întrebat fără să-și poată ascunde durerea și dezamăgirea.

— Nu știu și m-ar ajuta să nu mă mai întrebi nimic, i-am șoptit cu jumătate de glas.

M-am așezat pe fotoliul de lângă pat, iar el mă studia cu atenție.

— Zi-mi că nu e adevărat... mi-a spus cu un ton rugător. Aproape că mă implora să neg tot ceea ce citise.

Nu-l puteam privi, nu eram atât de curajoasă. Trebuia să urmez planul diabolic pe care-l construise Matei, un plan nemilos, lipsit de suflet. Dacă i-aș fi văzut ochii disperați, probabil că aș fi cedat tentației și i-aș fi zis adevărul. Așa că mă uitam în jos, ascunsă după o pernă pe care o strângeam în brațe.

— Irina, uită-te în ochii mei și zi-mi ce vrei. Haide, curaj! m-a îndemnat el cu tristețe. Din vocea lui am înțeles că se aștepta la ce era mai rău.

— Vreau să mă întorc la Snagov, i-am zis repede.

— Adică la Matei?

— Da, am spus hotărâtă.

S-a ridicat și a venit în fața mea.

— Te rog, Robert, nu mă mai întreba nimic. Poți? i-am zis continuând să privesc în podea.

— Sigur că da, Majestate! Dorința ta e lege pentru mine. Vrei să te duc chiar acum la Snagov?

Deși se voia ironică, vocea lui era a unui om care primise cea mai dureroasă lovitură din viața sa.

— Voi veni singură, i-am șoptit.

S-a îmbrăcat în grabă și a plecat cu umerii lăsați, de parcă avea o greutate imensă care-l apăsa, fără să mai spună un cuvânt. Iar eu am rămas să-mi plâng neputința, revolta în fața acestei nedreptăți pe care eram obligată să i-o fac omului pe care-l iubeam. După numai câteva minute s-a întors, a sunat și, când i-am deschis ușa, m-a luat în brațe și m-a strâns tare la pieptul lui, de parcă ar fi vrut să nu-mi mai dea drumul niciodată.

— Nu poate fi adevărat, Irina. Zi-mi ce se întâmplă, ce te-a făcut să te schimbi dintr-odată? Ce e cu tine? m-a întrebat cu gura ascunsă în părul meu, disperat, sufocându-mă în îmbrățișare și sărutându-mă încontinuu.

— Tot ce pot să-ți spun acum este că îmi pare rău, că nu am vrut să te rănesc...

Plângeam în hohote în brațele lui, urându-mă pentru ceea ce eram forțată să-i fac. Dar nu aveam altă alternativă, chiar îmi era teamă că Matei i-ar fi putut distruge viața, eram din ce în ce mai convinsă că amenințările lui, dacă nu-i făceam jocul, s-ar fi transformat în fapte. Și m-ar fi distrus ca Robert să pățească ceva din vina mea, doar pentru că eu nu am fost capabilă să-l protejez.

— Oare am greșit eu că am dat năvală în viața ta după atâtea luni? Oare mai ai nevoie de timp?

— Nu, Robert. Tu nu ai greșit cu nimic. Pur și simplu, există ceva mai presus de noi, ceva care nu ne permite să avem o poveste frumoasă... i-am zis printre suspine.

— Ce anume, Irina?! Ce poate fi mai presus de iubirea noastră?

— Iubirea mea pentru Matei, am răspuns, izbucnind într-un hohot de plâns năvalnic, pe care nu l-am mai putut controla.

M-am așteptat să mă respingă, dar el m-a strâns și mai tare în brațe și a început să plângă. Câteva clipe nu a spus nimic, doar m-a ținut lângă el, iar eu am plâns nestăvilit, gândindu-mă că într-o zi se va face lumină în toate, că Dumnezeu ne va ajuta și că, atunci, eu aveam să-i spun tot adevărul.

Iar el, bărbatul pe care-l iubeam din toată inima, deşi era atât de dureros, tot atunci, cu siguranţă, m-ar fi înţeles.

— Ce simţi pentru Matei este iubire sau vină? Sau poate milă?

— Nu, Robert. Îl iubesc.

Nu a mai spus nimic. Şi, chiar şi în acel moment, în care probabil că oricare alt bărbat m-ar fi respins şi mi-ar fi aruncat reproşuri şi acuzaţii pline de dispreţ, el a fost bun şi blând cu mine. El a fost... el. Cel mai bun dintre toţi oamenii buni. M-a ţinut în braţe şi m-a mângâiat, arătându-mi că mă iubea cu adevărat, chiar mai mult decât se iubea pe sine.

— Iartă-mă, Robert! Te rog. Sau, dacă nu mă poţi ierta, măcar nu mă urî, chiar dacă merit asta...

— Uită-te la mine, mi-a spus ţinându-mi faţa între palmele lui ca să-l privesc. Nu te mai gândi la mine sau la consecinţe. Fă doar ceea ce simţi, Irina. Fii corectă cu tine, m-a îndemnat el, cu toate că, sunt sigură, îi sângera sufletul.

— Ai putea să rămâi şi să dormi cu mine? Să mă ţii în braţe, pur şi simplu?

— De ce, Irina? De ce aş mai rămâne?

— Pentru că eşti prietenul meu cel mai bun, i-am zis.

— Prietenul? Doamne, Irina... Ce-mi poţi face tu mie... mi-a şoptit gâtuit.

A încuiat uşa, m-a luat de mână şi m-a condus în dormitor. S-a dezbracat şi s-a aşezat pe pat, iar eu m-am strecurat sub plapumă lângă el.

— Cu siguranţă, am greşit când am grăbit lucrurile, a spus în şoaptă, mai mult ca pentru el. Am dat buzna în viaţa ta, crezând că încă mă iubeşti... a căutat el o explicaţie pentru comportamentul meu straniu şi neaşteptat, dând vina tot pe el pentru toată nebunia mea.

— Te rog, nu mai spune nimic, i-am zis sfâşiată de durere. Ştiu că nu e corect ce-ţi cer, ştiu că ai avea dreptul să mă certi, să crezi că sunt cea mai rea fiinţă din lume, dar îmi este atât de greu, nu-i nevoie să-mi reproşezi ceva ca să mă simt ca ultimul om... i-am spus printre lacrimi de disperare. Probabil că mă cuibăream lângă el pentru ultima oară...

— O să am răbdare să te liniştești. Până la urmă, îţi datorez asta, a spus resemnat. Eu te-am împins în brațele lui Matei... a continuat el să se învinovăţească. Eu și Prietenul imaginar...

— Și dacă tot ce aş vrea ar fi să mă uiţi?

— Ar însemna să vrei să mor. Să nu mai exist. Poate sună patetic, dar, după ce trăieşte cineva alături de tine, nu mai ştie cum să trăiască fără tine, mi-a spus pe un ton dureros şi, în acelaşi timp, plin de cea mai profundă iubire. Eram distrusă, simţeam că mi se sfărâmă inima în mii de bucăţi.

Am crezut că va adormi, dar nu a fost aşa. A stat tăcut, cu privirea aţintită pe tavan şi nu mi-a mai spus nimic. Oare ce gândea? Ce era în sufletul lui? Cu siguranţă, fusese mai mult decât luat prin surprindere de schimbarea mea de atitudine și nu mai ştia ce să creadă. Din când în când, îi vedeam câte o lacrimă prelingându-se spre tâmple, iar eu simţeam că sunt cel mai slab, mai speriat și mai neputincios om de pe pământ. Am stat toată noaptea lipită de el și l-am mângâiat, iar el s-a purtat la fel, arătându-mi că nu era capabil să mă urască. Lucru care m-a făcut să sufăr și mai mult.

— Iartă-mă, te rog, i-am spus şoptit. Nu am vrut să te rănesc.

— Este numai vina mea. Am greșit de la început... cu Prietenul imaginar, cu lașitatea mea, cu tot ce am făcut... a continuat el să-și asume toată vina pentru durerea pe care o trăiam.

— Într-o zi, vom înțelege de ce ni s-a întâmplat totul, i-am zis, tot sperând în secret că va veni și ziua când adevărul va ieși la suprafață.

— Nu cred. Eu am senzația că nu mai înțeleg nimic, că nimic nu mai este la locul lui.

— Iartă-mă pentru tot răul pe care ți-l provoc, te rog!

— Se pare că iubirea noastră nu a fost atât de mare pe cât am crezut.

— Eu cred că, de fapt, noi suntem prea mici pentru o iubire atât de mare…

Când s-au ivit zorii zilei, s-a ridicat de lângă mine fără un cuvânt și s-a îmbrăcat. L-am condus până la ușă, iar el m-a privit resemnat, ca un om care pierdea totul.

— Are vreun rost să sper, să încerc să lupt cu demonii tăi? m-a întrebat.

— Nu, i-am spus, privind în jos, fără a avea curaj să mă uit în ochii lui.

— Am înțeles. În cazul acesta, nu pot decât să sper că îți va fi bine. Și, chiar dacă tu nu vei mai putea fi pentru mine ceea ce ai fost până acum, vreau să știi că, dacă vei avea nevoie de mine, voi fi mereu alături de tine, mi-a spus cu o tristețe sfâșietoare în glas, dincolo de care simțeam o imensă iubire, o iubire minunată, deși mult prea dureroasă, o dragoste unică, fără asemănare pe lume…

— Să ai grijă de tine, bine? i-am zis mecanic. Mai ales ca să reușesc să ascund de el ce era important, că îl iubeam pentru totdeauna, cu o dragoste deplină…

— Sigur nu vrei să te duc eu la Snagov?

— O să-l rog pe Matei să vină după mine…

— OK. Atunci ne vedem în infern. Dar măcar va fi un chin frumos, că vei fi tu acolo…

A izbucnit în plâns, dar a ieșit imediat din casă. Eu am alergat la fereastră să-l urmăresc cum pleacă, plângând, la rândul meu, disperată, și, când l-am văzut îndepărtându-se, am avut impresia că mi s-a oprit inima…

Am încercat apoi să mă liniștesc, mi-am repetat încontinuu că am luat cea mai bună decizie, că măcar acum puteam fi sigură că Robert va fi ferit de acțiunile demente ale fratelui său și, când mi-am revenit puțin, i-am trimis lui Matei un mesaj în care i-am spus că sunt pregătită să mă întorc și că, dacă mă vrea acolo, n-are decât să vină după mine.

A venit imediat, chiar în aceeaşi zi, după prânz. Când a văzut că pregătisem doar un troler, cu foarte puţine lucruri, şi-a exprimat nemulţumirea, dar l-am asigurat că voi aduce pe rând şi alte bagaje. Eu însă speram că nu va fi nevoie, că nu voi sta prea mult în casa lui. Iar de data aceasta mi-am luat şi câinele – chiar nu mai eram dispusă să fac şi alte compromisuri obligată de Matei.

— Ai vorbit cu Robert despre mine? l-am întrebat când am urcat lângă el în maşină.

— Nu-ţi bate capul cu asta, mi-a zis el dând din mână a lehamite, de parcă era prea puţin important subiectul.

— Răspunde-mi. Trebuie să ştiu, dacă tot vrei să colaborăm în acest plan diabolic pe care mintea ta bolnavă l-a putut imagina.

— Da, am vorbit cu el. I-am spus că te aduc acasă, că ne-am dat seama că ne iubim… a zâmbit el ciudat, răutăcios.

— Idiotul naibii! O să plăteşti cu vârf şi îndesat pentru tot ceea ce ne faci acum.

— Plătesc deja, imbecilo, m-a asigurat el întunecându-se la faţă. Sau crezi că eu mă distrez acum?

— Nu suficient. Într-o zi, tot ceea ce mi-ai făcut va ieşi la lumină. Şi nu mă voi mulţumi să afle doar cunoscuţii tăi, ci cât mai mulţi oameni, l-am asigurat, încrezătoare în puterea adevărului de a răzbi la suprafaţă, oricât de adânc ar fi fost îngropat.

— Bine, draga mea. Dar să fii sinceră şi să le povesteşti şi cum m-aţi trădat, mi-a râs el în faţă, indiferent la tot ceea ce-i spuneam.

— Nu te-a trădat nimeni, închipuitule, i-am aruncat şi eu ceea ce refuza să priceapă.

Simona mă suna disperată, neştiind unde am plecat, de ce nu sunt acasă. Nu i-am dat detalii, i-am scris doar, foarte scurt, că sunt cu Matei în maşină şi că am plecat la Snagov. Probabil uluită de întorsătura pe care o luaseră lucrurile, a continuat să îmi trimită mesaj după mesaj, dar nu i-am mai răspuns. Chiar nu ştiam cum aş fi putut să-i explic decizia mea bruscă de a mă muta din nou la Snagov și eram convinsă că nu m-ar fi crezut dacă i-aş fi spus că mi-am dat seama că-l iubesc pe Matei. Fiindcă adevărul nu aveam cum să i-l spun.

— Nu pari prea bucuroasă că te întorci acasă, mi-a spus Matei.

— Tu chiar ești bolnav, am ridicat eu din umeri scârbită.

— Nu ți-e dor de Cesara? De Oli, de...

— Mi-e dor de toți, dar aş fi putut să-i văd și în alte condiții, i-am amintit eu.

— Egoistă ce ești! Numai la tine te gândești...

— Așa e, Matei, de aceea mi-am sacrificat câțiva ani din viață. Pentru că m-am gândit doar la mine, ai perfectă dreptate, l-am ironizat eu cu amărăciune.

— Să-ți iasă din cap că-l iubești pe Robert, mi-a zis el liniștit. A fost doar curiozitate, ai fost atrasă de faptul că te-a tratat mereu ca pe o prințesă, poate a fost tentant pentru că erai fructul interzis, naiba știe! El a fost acolo când eu nu am fost, chiar tu ai spus cândva că te cunoaște mai bine, că știe cum îți place ceaiul și alte nimicuri din astea care pentru tine contează, a concluzionat el, încercând să-mi inducă, nu prea subtil, adevărul său.

— O să-mi iasă din cap, dar din inimă niciodată. Ai înțeles? Doar el este în inima mea și o să-l iubesc până la ultima bătaie, l-am anunțat cât se poate de sincer, sperând, mereu, în adâncul inimii, că poate o să reușesc să-l conving să ne lase în pace.

— Te încăpățânezi aiurea și faci totul doar ca să-mi faci mie în ciudă.

— Mă lași pe mine să conduc? Că nu mai am răbdare să stau în dreapta, i-am răspuns iritată.

— Te las, iubita mea, cum aş putea îndrăzni să-ți refuz vreo doleanță?

A oprit pe marginea șoselei, am ieșit amândoi din mașină, apoi am urcat la volan și el a luat loc pe scaunul din dreapta mea. După ce mi-am fixat centura de siguranță, privind drept înainte, am pornit de pe loc, demarând cu viteză.

— Mai încet, iubita mea, știu că te grăbești să-ți vezi prințul, dar să știi că el nu prea mai e dornic să te vadă. Și mai avem și cățelul în spate, m-a atenționat el.

— Ai pus destule condiții, va trebui să mă suporți, i-am amintit eu.

— Știi, mereu m-a atras la tine faptul că ești drăcoasă. Toată furia asta a ta, ambiția, mintea sclipitoare pusă pe răutăți, recunosc, m-au atras. Am simțit că trăiesc, relația asta, plină de năbădăi, mi-a făcut sângele să fiarbă.

— Se pare că ești dependent de adrenalină. De ce nu faci și tu un sport extrem? Cum ar fi un bungee-jumping fără coardă elastică.

— Tu ești sportul meu extrem preferat, a râs el încântat. Nimic nu m-ar putea provoca mai tare.

— Hai sictir!

— Și eu te iubesc.

— Doamne, ce coșmar! Parcă joc într-o telenovelă fără sfârșit, am spus încet, ca pentru mine.

— Să știi că ți-am renovat camera, mi-a spus după câteva minute de tăcere absolută. Și baia. Și ți-am comandat mobila aceea superbă pentru dormitor, cea pe care ai văzut-o în catalogul acela.

— De ce, ai vrut să scapi de orice urmă lăsată de mine în casa ta?

— Am vrut să-ți fac o cameră ca în povești, așa cum meriți.

— Mai precis o colivie…

Până la Snagov am fost nevoită să-i ascult lui Matei toate reproșurile, amenințările și indicațiile cu privire la planul lui de a-l face pe Robert să nu mă mai vrea. Reluase cu mai multă îndârjire toate discuțiile purtate deja, adăugând planuri noi, care mai de care mai lipsite de suflet, gândite special ca să-l facă pe Robert să mă deteste, reamintindu-mi neîncetat că trebuia să urmez orbește acele planuri, fără să ezit, altfel, amenințările lui verbale puteau să se preschimbe în fapte.

Când am ajuns, m-aș fi dus direct în camera mea să mă ascund de ei doi și să-mi plâng nefericirea, dar în living mă așteptau Oli, Sandra, Cosmin, mama lui Matei și, bineînțeles, Cesara, care în momentul în care m-a văzut intrând în casă a alergat spre mine, strigând de fericire, și mi-a sărit în brațe. Dar în momentul în care am strâns-o la piept a început să plângă, ceea ce m-a întristat foarte tare, fiindcă mi-am dat seama că lipsa mea a traumatizat-o. Am liniștit-o, apoi i-am dat câteva daruri pe care i le adusesem din Germania.

Ceilalți m-au întâmpinat cu bucurie, mai puțin Cosmin, care cunoștea povestea dintre mine și Robert și m-a privit cu un soi de dezamăgire. După câteva minute de la sosirea mea a apărut și Robert. Când m-a văzut, mi-a zâmbit, s-a apropiat de mine și mi-a pupat mâna foarte protocolar. Doar juca teatru în fața celorlalți, eu simțeam că mă detesta. Eram sigură că mă detesta!

— Bine ați venit, Majestate, mi-a spus făcând o plecăciune, apoi a început să se joace cu cățelușa mea, care a sărit pe el încântată.

Matei era foarte atent la amândoi, la el și la mine, și știam că, începând din acel moment, și eu, și Robert ne aflam sub lupa lui, sub o supraveghere extrem de atentă și deloc de bun augur. Am schimbat câteva vorbe cu fiecare din cei prezenți, am cinat împreună, apoi ne-am retras în living, să stăm la povești, așa cum făceam pe vremuri.

Numai eu știam ce e în sufletul meu, nu-mi ardea de nimeni și de nimic. Poate doar de Oli, de Cesara și de cățelul meu, în rest… La un moment dat, i-a sunat telefonul Elvirei. Convorbirea a fost scurtă, dar ea a devenit din ce în ce mai îngrijorată.

— Era doctorul Damaschin, i-a spus ea lui Matei, după ce a încheiat convorbirea telefonică.

— Și de ce te sună pe tine, și nu pe mine? s-a mirat el.

— Mi-a spus că ai fost la un control și că ai probleme cardiace. Ce se întâmplă?

— Nu exagera, mama, ce probleme?

— Nu exagerez deloc. Se pare că-l moștenești pe taică-tău. Va trebui să mai faci niște investigații, să iei tratament și să te ferești de stres…

Dacă acea veste ar fi venit de la Matei, aș fi crezut că doar încearcă să ne șantajeze emoțional pe mine și pe Robert, dar mama lui nu ar fi mințit niciodată cu ceva atât de serios, își adora fiul, însă nu ar fi fost capabilă să intre în jocurile lui necurate. În plus, era foarte îngrijorată și a început să-i dea lui Matei tot felul de indicații și de sfaturi, amintindu-i de problemele de sănătate cu care s-a confruntat tatăl lui, care a și pierit în urma unui infarct.

— Nu te mai îngrijora atât, a încercat Matei să o liniștească, nu-i plăcea deloc să o vadă atât de agitată.

— Cum să nu mă îngrijorez? De ce nu mi-ai spus că ai fost la medic? Și de ce te-ai dus, înseamnă că ai avut ceva simptome, a continuat ea.

— Nu m-am simțit bine, poate s-a acumulat oboseală, în ultimul timp, am fost cam singur la firmă și a fost destul de solicitant, a spus el, profitând de situație ca să-l facă pe Robert să se simtă vinovat că l-a lăsat singur cu atâtea lucruri de rezolvat.

— Mie de ce nu mi-ai spus nimic? i-a reproșat Robert, preocupat de vestea că Matei ar avea probleme cardiace.

— Tu erai ocupat cu iubita ta din Germania, nu am vrut să-ți tulbur fericirea, i-a răspuns Matei, aparent sincer și nevinovat. Numai eu știam însă că lucrurile nu stăteau deloc așa și-i înțelesesem foarte bine ironia.

— Oricât de ocupat aș fi, știi bine că îți sunt alături dacă e nevoie, i-a răspuns Robert cu sinceritate, fără să bănuiască nimic din jocul fratelui său.

— Gata, nu vă mai stresați atât. Mi-a lipsit mult Irina, dar iată că acum s-a întors acasă și totul va fi bine, a zis el demonstrativ, privindu-mă cu dragoste. M-a pupat drăgăstos și instinctiv m-am ferit, apoi mi-am amintit că trebuia să joc rolul femeii îndrăgostite, oricât de greu îmi venea să fac asta în fața lui Robert. L-am mângâiat pe mână, aprobându-i astfel spusele, moment în care l-am surprins pe Robert privindu-mă cu dezgust.

Simona a fost surprinsă de decizia mea.

Am vorbit cu Robert. Tu nu ești normală la cap???!!!

Vino la Snagov și vorbim.

Mâine la prânz sunt acolo. Sper să ai o explicație pentru tot ceea ce faci. Ești nebună de legat jur!

Gândul că aveam să dorm în același pat cu Matei, Robert fiind la câțiva metri distanță de noi, mă înnebunea. Când a plecat la culcare, ne-a urat tuturor somn ușor, foarte calm și relaxat, fără să insiste să merg împreună cu el. Așa că am tras de timp cât de mult am putut, sperând că Matei va adormi, dar asta nu s-a întâmplat, fiindcă m-a așteptat treaz. M-am așezat cu teamă pe marginea patului, am stins veioza, apoi m-am întins cât mai departe de el, ferindu-mă și de cea mai mică atingere.

— Ți-e silă de mine? m-a întrebat șoptit. De ce stai atât de departe?

— Și lipită de tine dacă aș sta, tot departe aș fi, i-am răspuns.

— De ce, Irina? Sunt atât de dezagreabil?

— Tu ce crezi? Cum te simți? Ești împăcat cu ceea ce faci? Ce crezi, ceea ce faci este minunat, te face agreabil?

— Sunt doar disperat. E posibil ca acum să nu fiu în toate mințile. Cum era poezia lui Păunescu? Că tot ești o mare iubitoare a poeziilor sale.

— *Și brusc am înțeles că fără tine/Nici eu în toate mințile nu sunt/Să fug și să mă-ntorc aici îmi vine/Să nu-mi mai aflu locul pe pământ...* am spus automat, gândindu-mă numai și numai la Robert, simțind profund mesajul versurilor, care parcă fuseseră scrise pentru mine, pentru noi...

— *Și brusc am înțeles că fără tine/Eu însumi mor și nu pot învia/Deși am fost născut, cum știi prea bine/Ca să te apăr și-mpotriva ta!* a completat Matei imediat, uimindu-mă cu faptul că știa versurile poeziei *Eu fără tine*. N-aș fi crezut că-i place poezia, dar să știe chiar și anumite versuri pe de rost era cu adevărat uimitor pentru mine.

Câteva minute nu ne-am mai spus nimic, ci am stat unul lângă celălalt, pe întuneric, ca doi străini, fiecare adâncit în gândurile sale.

Pe mine mă chinuia cumplit gândul că Robert credea că eu și Matei făceam dragoste în acele momente și că suferă cumplit pentru trădarea mea. Și mi-aș fi dorit să înțeleagă, fără să știe Matei, că totul era doar un circ ieftin, pus în scenă de mintea diabolică a fratelui său, incapabil să accepte că mă pierduse și că noi doi, fratele lui și cu mine, ne iubeam la nebunie.

Am adormit ca doi oameni care și-au petrecut noaptea împărțind același pat de nevoie, iar la prima ivire a zorilor m-am ridicat din pat, m-am furișat din dormitor înainte ca el să se trezească și m-am dus la bucătărie, unde am pregătit micul-dejun, așteptându-i cu masa pusă pe toți cei din casă.

— Robert face greva foamei? l-am întrebat pe Matei, când am observat că fratele lui încă nu venise la masă.

— Poate nu s-a trezit încă, a răspuns el cu un ton nemulțumit de preocuparea mea pentru absența lui Robert.

Am luat telefonul și l-am sunat, dar nu mi-a răspuns.

— Câtă grijă ai tu de el... a spus Matei răutăcios, privindu-mă direct, într-un fel nu prea plăcut.

— Și vrei să-l tratez ca și cum nu ar exista sau să mă port firesc, așa cum mă port cu toți cei din casă? l-am întrebat pe un ton cât se poate de normal.

— Cât timp îl tratezi strict ca pe un membru al familiei, este OK, mi-a zis el.

— Aha! Mă mir că ți-a mai rămas un dram de omenie.

— Știi bine că țin la el.

— Ții la el? Vai și amar... i-am răspuns încet, dar cu o silă imposibil de ascuns.

Am urcat la etaj și am bătut în ușa camerei lui Robert, iar după puțin timp mi-a deschis.

— Am pregătit micul-dejun, i-am spus intrând în camera lui.

— Nu voi mânca astăzi, a răspuns fără să mă privească. Își încheia nasturii cămășii privindu-se în oglinda de pe ușa dulapului.

— De ce?

— Pur și simplu, Irina. Continua să fie preocupat de ținuta sa, fără să-mi arunce nici măcar o privire.

— O să mă pedepsești arătându-mi că mă disprețuiești?

— Nu, chiar nu voi face asta, m-a asigurat el, în timp ce își potrivea freza cu atenție, aranjându-și o șuviță rebelă de păr.

— Atunci, vino la masă și haide să ne purtăm normal! Ca doi oameni maturi.

— Normal? Oameni maturi? Abia atunci mi-a aruncat o privire. Apoi a început să râdă isteric, fals.

— Ai fix cinci minute să vii la masă, i-am spus cu un ton autoritar, ca să-mi ascund emoțiile. Era atât de frumos, iar părul lui parcă cerea să fie mângâiat, ca să poată fi disciplinat...

— Și, dacă nu, ce-mi faci? Că ai epuizat tot răul cu care mă puteai răni.

— Ai face bine să te prefaci că totul este OK, la fel ca înainte. După cum ai aflat, Matei are probleme de sănătate și ar fi bine să-l menajăm, i-am atras eu, liniștită, atenția.

— Vezi că nici efortul fizic exagerat nu-i face bine, dacă înțelegi unde vreau să bat...

— Lasă, că, dacă voi avea nevoie să fac efort fizic exagerat, te voi căuta. Nu există nimeni mai performant.

— S-o crezi tu! Nu sunt jucăria ta, s-a rățoit el la mine ofuscat.

Auzindu-l, nu mi-am putut ascunde amuzamentul și am zâmbit cu subînțeles, iar el s-a enervat parcă mai tare.

— Ți-am pregătit omletă cu ciuperci, i-am spus cu un ton plin de răsfăț.

— Doamne, ești de groază... Cred că ești nebună.

Nebună după tine, am gândit în sinea mea. Apoi i-am întors spatele repede și am coborât în bucătărie, unde Matei vorbea la telefon. După câteva minute a venit și Robert și s-a așezat la masă, la locul lui. A început să discute cu Matei despre lucruri legate de firmă, evitând să mă privească, în timp ce acesta mă mângâia pe mână.

Tot ce voiam era doar să rezolv acea situație imposibilă în care mă aflam și apoi să plec unde vedeam cu ochii, sperând ca într-o zi adevărul să iasă la iveală pentru Robert și să afle că tot ceea ce făcusem era numai pentru el, spre binele lui.

După ce ei doi au plecat la birou, am sunat-o pe mama lui Matei, să aflu mai multe detalii legate de problemele lui de sănătate; eram preocupată sincer pentru el.

— Sunt foarte îngrijorată, Irina. Va trebui să fiți puțin atente tu și Oli la regimul lui alimentar, mi-a zis ea imediat.

— Dar Matei nu mănâncă deloc grăsimi, de când îl știu, nici dulciuri, știți bine, i-am spus nedumerită, încercând, în același timp, să o liniștesc măcar din punctul ăsta de vedere.

— E foarte stresat, s-a consumat mult în acest timp în care ai fost plecată, mi-a zis pe un ton ciudat.

— Vreți să spuneți că eu sunt vinovată pentru starea lui de sănătate?

— Nu vreau să spun asta, dar trebuie protejat de orice supărare. Am discutat și cu Robert și mi-a promis că-l va ajuta și îl va menaja.

— Oricum Robert l-a menajat mereu, i-am adus eu aminte, în caz că uitase anumite lucruri.

— Știu, dar acum are nevoie, mai mult ca niciodată, de suportul vostru.

Mă enervasem puțin, mai ales pentru că Elvira lăsa să se înțeleagă că totul era despre fiul ei prețios, pe care îl considera minunat. Totul era despre nevoile lui, despre problemele lui și doar despre ceea ce simțea el. Niciodată nu era și despre ceilalți, desigur. Problemele nu erau nicidecum, Doamne ferește! doar o consecință a purtărilor lui nesănătoase. Nici vorbă, el era mereu perfect. Și complet nevinovat, un înger de băiat. Iar asta mă frustra. Îmi venea să-i povestesc despre toate prostiile pe care le făcea Matei, despre tot răul pe care-l provoca tuturor celor care îl iubeau, dar m-am abținut.

Nu avea niciun rost.

Doamne, când se va termina totul? mi-am spus în gând, înfrântă. Aveam nevoie de un prieten.

Capitolul 4

Simona a ajuns la Snagov după prânz și, de îndată ce am întâmpinat-o, mi-a cerut să ne retragem undeva să vorbim în liniște. Am mers în camera mea, care rămăsese mereu a mea, chiar și după ce plecasem, și, după ce am închis ușa în urma noastră, a început interogatoriul.

— Zi-mi ce se întâmplă, mi-a spus ea, așezându-se pe marginea patului, privind în jur la modificările care s-au făcut în cameră.

— Prefer să nu discut despre asta, am atenționat-o eu.

— Fata mea, tu ai înnebunit de tot? Ce cauți aici? a continuat ea, uimită.

— Te rog, poți doar să-mi fii alături? i-am spus rugător.

— Păi, îți sunt, dar nu pot înțelege schimbarea asta bruscă de planuri. Ce faci, ai venit să fii aproape de Robert, nu mai puteai aștepta până când își rezolva problemele ca să puteți fi împreună?

— Am venit să fiu aproape de Matei, am sucit-o eu.

— Nu te cred... mi-a zis necăjită.

— Nici mie nu-mi vine să cred, dar așa am simțit, am ridicat eu din umeri.

— Doamne ferește, am impresia, la fel ca Robert, că nu te cunosc deloc.

— Nu te mai mira atât și lasă-mă să fac ceea ce simt, am încercat eu să o liniștesc.

— Măi fato, dar tu, când faci ceea ce simți, te gândești și la alții?! Sau numai la tine?

— Uite că nu mă mai gândesc decât la mine, i-am zis în bătaie de joc.

— Nici măcar... s-a întristat ea, lăsând capul în jos.

Mă durea că trebuia să-mi mint prietena, dar nu aveam încotro. Dacă i-aș fi spus tot adevărul, cu siguranță, ea nu l-ar fi luat în serios pe Matei și ar fi existat riscul să facă un scandal uriaș. Simona era sinceră, colerică, de nestăpânit.

— Aștept să-mi explici ce se întâmplă, a insistat ea.

— Simo, nu vreau să vorbesc despre asta, i-am zis.

— Te-ai trezit tu, așa, într-o dimineață și ți-ai dat seama că vrei să fii cu Matei?

— Cam așa ceva.

— Nu pot să cred. Ori ești nebună, ori nu știi ce vrei. Dar la Robert chiar nu te gândești deloc?

— Simona, te rog, nu mă mai chinui și tu. Poți doar să fii prietena mea și atât? am continuat să o rog. Aveam nevoie să fie de partea mea, chiar dacă nu-i puteam spune adevărul.

— Și să asist cum faci alegeri proaste, cum îți bați joc de un om care te iubește? Ce fel de prietenă aș fi? mi-a zis tristă.

— Una care are răbdare cu mine.

— Știi că și Robert îmi este prieten, nu?

— Da, știu. Și m-aș bucura să știu că îi ești alături și lui.

— Și ce să-i spun? Cum să-l consolez? Există vreo explicație logică pentru tot ceea ce faci?

— Spune-i că nu-l merit, că nu știu ce vreau, că sunt intoxicată de Matei. Că sunt imatură, instabilă, nebună, cum vrei. Că merită o altă femeie, una mai bună.

— La naiba, Irina! Chiar că nu te înțeleg! mi-a repetat furioasă.

A ieșit pe terasă și și-a aprins o țigară, iar eu i-am luat telefonul mobil, pe care-l lăsase pe pat, și am căutat mesajele dintre ea și Robert. Am citit ultimele mesaje pe care și le-au dat, iar el i se plângea de faptul că trăiește un coșmar, că am ales brusc să mă întorc la Matei. Când a revenit în cameră, m-a surprins citind mesajele, dar nu s-a supărat, îmi dăduse mereu acces la telefonul ei și viceversa, nu era nicio problemă, nu aveam secrete una față de cealaltă. Mai puțin cel de acum, pe care nu aveam voie să-l divulg nimănui...

— De ce a fost renovată camera asta? m-a întrebat ea, așezându-se pe fotoliul confortabil de lângă fereastră.

— Pur și simplu, Matei a vrut să-mi facă o surpriză. Ți-aduci aminte că mi-a plăcut mult tapetul acesta?

— De parcă ar fi știut că te vei întoarce aici. Și mobila? Era superbă și cealaltă.

— Am înțeles că a mai amenajat un dormitor sus, în mansardă, și a dus-o acolo.

— Mda, să-și umple casa cu oameni, doar-doar nu se va mai simți atât de singur.

A deschis ușile dresingului spațios și a studiat interiorul, apoi l-a închis și s-a dus în baie să vadă dacă și acolo s-au făcut ceva modificări. Matei renovase toată camera, schimbase corpurile de iluminat, perdelele și draperiile și adusese o mobilă de dormitor pe care o văzusem într-un catalog de mobilă fabricată de un designer din Italia. Îi arătasem cândva acel dormitor și i-am mărturisit atunci că îmi place mult, iar el a ținut cont de asta, chiar dacă abia după ce am plecat de la el, ceea ce mă făcea să cred că mereu a sperat că mă voi întoarce.

Mă întrebam de ce Robert a omis să-mi spună acest detaliu, doar nu era ceva minor, eram convinsă că s-au făcut niște eforturi pentru acea renovare și reamenajare. Dacă în trecut camera mea fusese complet albă și minimalistă, singura pată de culoare fiind divanul roșu, acum mobila era în nuanțe de crem foarte deschis, cu inserții aurii și materiale foarte prețioase, catifea, mătase și lemn de esență nobilă. Cu siguranță, angajase un designer, pentru că prea se potriveau toate: perdelele și draperiile erau asortate perfect cu mobila, la fel și covorul, foarte gros, care acoperea aproape toată podeaua. Pe mine nu mă impresiona și nu mă bucura noua mea cameră, pentru mine, acea casă era doar o temniță, chiar dacă una foarte frumoasă.

— Ia te uită, avem așternuturi Frette! a apreciat Simona, trecându-și palma peste o pernă. Văd că Matei ține cont de preferințele prințesei.

— De fapt, sunt așternuturi Sferra. Tot bumbac egiptean, desigur. A comandat câteva seturi, ai și tu două în camera ta.

— În camera mea?

— Da. Și m-aș bucura dacă ai locui și tu aici, i-am spus. M-ar ajuta enorm.

— Te-ar ajuta pe tine sau pe Robert, care are mare nevoie de suport moral acum?

— Pe amândoi, i-am zis cu toată sinceritatea.

— Și Matei? Poate că nu mă vrea aici.

— Știi bine că ține la tine, cu toate ciocnirile voastre din trecut. Dar, ca să fii liniștită, o să vedem ce reacție va avea diseară, când te va vedea.

Spre surprinderea mea, Matei s-a bucurat când a văzut-o pe Simona, cu toate că era conștient că ea știa prea bine povestea dintre mine și Robert. Sau poate că doar juca teatru, poate că Simona făcea parte din planul lui de a mă îndepărta de Robert. Nimic din ce făcea el nu mă mai mira, aflasem între timp că e în stare de orice, că planurile diabolice sunt bucuria lui.

— Sper că ai venit ca să rămâi, i-a spus el încântat, pupând-o pe obraz. Cesara m-a înnebunit că nu mai are cu cine cânta, ca să nu mai spun că m-a pus pe mine să mă îmbrac în prințesă în locul tău...

— Dacă vreți să stau aici, pot rămâne, a acceptat ea.

— Bineînțeles că da, eu cu cine mă mai hârjonesc? Dar sper că nu spui iarăși că ai nevoie de un job. Am înțeles că acum ai două apartamente închiriate, ce-ți mai trebuie serviciu?

— Așa este, am închiriat apartamentele rămase de la ambii bunici și nu depind de un job deocamdată, i-a răspuns ea. Dar te va costa scump șederea mea aici.

— Asta-i muzica ce-mi place, a început Matei să râdă, încântat că, în sfârșit, cineva nu-i mai refuză banii. Și a pupat-o și pe celălalt obraz.

Angel aflase de la Simona că m-am întors la Snagov și îmi trimitea încontinuu mesaje, cerându-mi să ne întâlnim. Am profitat de faptul că Simona s-a dus la Brașov să-și aducă niște lucruri și am mințit că merg cu ea și că ne vom întoarce în aceeași zi, însă ea m-a lăsat la Angel acasă și s-a dus singură la Brașov, urmând să mă ia de la el când avea să se întoarcă.

Angel mă aștepta nerăbdător, mai ales dorind să afle cum de m-am întors la Matei, așa că m-am pregătit psihic de încă un interogatoriu. Știam că nu va fi ușor să-l conving că m-am întors la Snagov pentru Matei și de bună voie. Angel nu era ușor de păcălit, mai ales pentru că avea ceva experiență și cam știa ce-i poate pielea fostului și, se pare, actualului meu iubit.

— Parcă-l iubeai pe Robert, mi-a spus el dezamăgit, de îndată ce m-a văzut.

— Îl iubesc și pe el.

— Irina, mi se pare mie sau tu nu știi deloc ce vrei? Te porți imatur și egoist, mi-a zis el blând, dar sincer și fără răutate.

— Mi-ar plăcea să nu mă judeci...

— Nu te judec, dar încerc să mă asigur că nu faci ceva ce ai putea regreta mai târziu, mi-a zis grijuliu.

— Cine ne poate garanta că nu vom regreta mai târziu o alegere pe care am făcut-o?

— Te-a constrâns Matei să te întorci la el?

— Nu, i-am răspuns repede, încercând să par sinceră.

Era complicat să mint mereu, să-i înșel pe oamenii care mă iubeau, așa cum dorea Matei. Dar nu aveam de ales, din păcate...

— Nu știu de ce, dar îmi este greu să cred că ai decis tu, așa, dintr-odată, că-l iubești pe Matei și că te întorci la el.

— Cu ce să mă fi constrâns? l-am întrebat senină, jucând nedumerirea.

— Nu ştiu, cu ameninţările lui tipice, a pus Angel degetul pe rană fără să vrea. E sportul lui favorit.

— M-am întors pentru că ţin la el.

— Ţii la el? Poţi defini ce înseamnă pentru tine a ţine la cineva? Că și la mine ţii, dar nu m-ai ales pe mine, mi-a atras el atenţia.

— Nu mi-e uşor să nu-l mai iubesc pe Matei după tot ce a fost între noi, ne leagă multe lucruri şi mulţi oameni... i-am zâmbit eu, forţându-mă să par că aş visa la trecut, la amintirile mele legate de Matei.

— Şi ţi-ai dat seama de asta după ce ai stat departe de el atâtea luni?

— Da, mi-am dat seama atunci când am realizat că Robert nu-mi este de ajuns, am adăugat eu pentru mai multă credibilitate.

— Ce-i lipseşte lui Robert, Irina? Parcă erai înnebunită după el. E un tip super mişto, are caracter şi te iubeşte cum nu am mai pomenit vreodată, i-a luat el apărarea. L-am respectat pentru asta, chiar dacă nu am avut cum să i-o spun.

— Eu și el ne-am întâlnit prea târziu. Sau poate că nu în viaţa care trebuie... Știi ceva, am obosit să vorbesc despre asta, să mă tot justific în faţa voastră pentru ceea ce simt. Mai bine lăsaţi-mă pe mine și vedeţi-vă de vieţile voastre, sunteţi cu toţii singuri şi neiubiţi... i-am zis enervată de toate interogatoriile la care mă supuneau oamenii dragi. Şi, mai ales, eram speriată, îmi era teamă să nu mă dau de gol.

Însă, de îndată ce am terminat fraza, mi-am dat seama că am fost răutăcioasă, dar Angel nu s-a arătat deloc deranjat de răbufnirea mea.

— Te cred, dar înţelege-ne şi pe noi că suntem surprinşi de decizia ta și suntem îngrijoraţi. Vrei niște prieteni de carton? Vrei să nu ne pese de tine? Vrei să te aplaudăm când o iei pe arătură?

— Sunt bine! Şi voi fi bine.

— Nu te cred. Și am senzația că-mi ascunzi ceva, mi-a zis el tranșant, fără să se lase intimidat nici de ceea ce-i spuneam, nici de iritarea mea când devenea parcă prea insistent.

Timp de șase ore, cât am stat la el, Angel a încercat să afle motivul real pentru care mă întorsesem la Matei, dar nu am cedat, deși, recunosc, nu mi-a fost deloc ușor. Angel era un interlocutor redutabil și un fin observator, așa că a trebuit să fiu foarte atentă la ce-i spun și cum îi spun, ca să nu își dea seama că ceva este în neregulă cu mine. Tocmai de aceea nici nu am plecat de la el convinsă că a crezut tot ceea ce i-am spus. Când Simona s-a întors să mă ia, Angel m-a rugat să mai trec pe la el atunci când voi putea și i-am promis că îl voi vizita cât de curând. Îmi făcea și mie bine să-l văd, să mai scap de la Snagov și să petrec măcar puțin timp departe de locul care-mi provoca atâta durere, locul unde trebuia să-l văd pe Robert suferind, știind că eu îi produceam toată acea suferință.

După câteva zile, am aflat de la Sandra că Angel a întrebat-o care este atmosfera din casa lui Matei, cum ne înțelegem și dacă el se poartă frumos cu mine.

— Și ce i-ai spus? am vrut eu să știu.

— Că vă înțelegeți foarte bine, că e pace și armonie. Dar mi s-a părut cam sceptic și îngrijorat...

— Așa este el, protector, i-am zis. Știam că Angel era foarte greu de convins că lucrurile sunt în ordine.

— Cred că este mai mult de-atât, mi-a zis ea.

— Ce vrei să spui?

— Poate s-a îndrăgostit de tine...

— Sandra, chiar am vrut să discut cu tine despre asta. Nu vreau să trăiești cu impresia că am intenționat vreodată ca...

— Stai liniștită, știu, m-a întrerupt ea. Și, oricum, el are și alte femei, deci nu am ce revendica, mi-a spus resemnată.

— Eu și Angel suntem doar prieteni și nimic mai mult, am ținut eu să-i precizez.

— Și totuși chiar nu ai fost nici măcar tentată sau curioasă să fiți mai mult de-atât?

Din fericire, a venit Matei și nu am mai fost nevoită să-i răspund Sandrei. Știam că îl iubea pe Angel și că suferea că nu-l poate avea cu totul, numai și numai pentru ea. Și îmi părea rău, știam că o doare.

În schimb, Matei nu știa că eu și Angel eram atât de apropiați încât să ne facem confidențe, știa doar că, din când în când, mai schimbam câte un mesaj sau că el îmi trimitea flori de ziua mea, de Ziua Femeii sau, pur și simplu, când voia să mă surprindă și să-mi transmită că se gândește la mine. Însă eu, ori de câte ori plecam, singură sau cu Simona, la București, mă opream câteva minute și la el, să-l salut, iar dacă nu era acasă, venea să mă vadă acolo unde îi transmiteam că mă aflu.

Într-o zi, nu știu cum și nici de unde a aflat Matei că l-am vizitat pe Angel și mi-a reproșat asta de față cu toți cei din casă, taman într-un moment în care ne aflam la masă și mai era și maică-sa în vizită la noi. Cu siguranță, a făcut-o intenționat, ca să audă Robert, profitând de ocazie ca să-l facă gelos.

— Am aflat că ai fost la Angel, mi-a spus el pe neașteptate, într-un moment în care s-a făcut liniște la masă.

— Așa și? i-am răspuns plictisită, deși eram surprinsă că declanșase o astfel de discuție la masă, de față cu toată lumea.

— Ce ai căutat la el?

— Suntem prieteni, ce caută prietenii unul la altul? i-am răspuns liniștită.

— Prieteni? Ți se pare normal să fii prietenă cu dușmanii mei? s-a mirat el, privind întrebător în jur, de parcă aștepta aprobarea celorlalți.

— El nu ți-e dușman. Și nici tu nu ar trebui să-i fii lui. Nu toți cei cărora le greșim ne dușmănesc. Unii știu să ierte, i-am zis foarte calmă, în tăcerea apăsătoare care se lăsase.

— Te manipulează, m-a atenționat.

— Mă subestimezi. Și-l subestimezi și pe el. Nu toată lumea funcționează la fel ca tine, nu toți sunt la fel de slabi.

— Văd că vă înțelegeți foarte bine, a spus brusc Elvira, deranjată, probabil, de discuția la care asista fără să fie cazul.

— Mama, i s-a adresat Matei. Știi ce se ascunde în ființa asta angelică și cu glas cristalin? O fiară!

— Mrrrr! am răspuns eu amuzată.

— Termină, obraznico! s-a răstit Matei, arătându-mi că nu-l amuza gluma mea.

— Nu mai țipa, că sperii fetița. Dacă vrei să ne batem, haide să ieșim în curte, i-am răspuns și eu, chipurile continuând să glumesc.

— Să ne batem? s-a mirat el de replica mea.

— Da. Pentru că ghici ce? Dacă mai ai de gând să dai vreodată în mine, nu doar că mă voi apăra, dar te voi lovi și eu cu toată puterea mea, l-am atenționat de față cu toată lumea, fără nicio jenă. Te voi călca în picioare, îți promit.

— Cum adică să te lovească? a întrebat Elvira, privindu-mă uimită.

— Vorbește prostii, are o imaginație... a căutat să scurteze Matei discuția, uimit de curajul meu de a vorbi de față cu mama lui despre asemenea lucruri.

— Dacă vreodată te lovește, te rog să-i dai una și din partea mea! a spus ea, probabil convinsă că fiul ei nu era capabil de un asemenea gest.

— În cazul acesta, am niște restanțe de dat, am zis și eu liniștită.

Elvira a pus tacâmurile pe masă și m-a privit serioasă, iar eu i-am susținut privirea.

— Matei, ai lovit-o vreodată pe Irina? Robert?

I-am făcut semn lui Robert să nu-i confirme Elvirei că Matei mă lovise, dar acesta s-a arătat total indiferent la discuția noastră, absent, de parcă nici nu era acolo.

— Și ce ai făcut cu Angel în acest timp în care ai stat la el? a schimbat Matei imediat subiectul, întorcându-se la ceea ce-l durea pe el.

— Ne-am uitat la desene animate, am răspuns râzând.

— Vedeți? Am eu o problemă?! Sunt eu rău cu ea? a cerut el din nou aprobarea celor de la masă, ca un actor care dialoghează cu publicul său.

— Nu, zânule. Tu ești cel mai bun, i-am răspuns batjocoritor, abia abținându-mă să nu-i aplaud măiestria cu care îi îmbrobodea pe toți, jucând rolul iubitului minunat.

— Nu există relații de prietenie între un bărbat și o femeie, dar tu ești încă naivă și nu înțelegi asta, a continuat el să-mi dea lecții.

— Asta în gândirea ta primitivă. Dar uite că unii pot vedea în femei mai mult decât niște obiecte sexuale, l-am pus eu la punct zâmbind.

— Auzi, Matei, a intervenit Simona, rotind furculița în aer ca să-i distragă atenția, dar de ce crezi tu că ai dreptul să-i spui Irinei cu cine poate fi prietenă sau nu? Sau chiar și cu cine să facă sex sau nu? Din câte îmi amintesc, tu te-ai culcat cu cine ai vrut fără să-i ceri Irinei permisiunea, a continuat ea senină, de parcă spunea cele mai drăguțe lucruri din lume, iar mama lui nici nu ar fi fost acolo.

Matei nu i-a răspuns, s-a prefăcut concentrat asupra mâncării din farfurie, însă Elvira, din ce în ce mai șocată, mi-a aruncat o privire întrebătoare.

— Răspunde, Matei, dacă tot deschizi subiecte delicate în momente nepotrivite, a insistat Simona. Cine te crezi și de ce consideri tu că ai dreptul să-i spui cuiva ce să facă sau ce să nu facă?

— Nu am chef de discuții cu tine, nu știu de ce te bagi unde nu-ți fierbe oala, i-a replicat el, semn că intervenția Simonei îl irita.

— Păi, ai deschis subiectul de față cu noi, iar tot ceea ce fierbe în oala Irinei chiar mă privește. Este prietena mea și m-am săturat să văd că o tratezi cu o totală lipsă de respect, că o consideri o proprietate și că pretinzi de la ea lucruri pe care tu nu le oferi. Nu e nevasta ta și, chiar dacă ar fi fost, tot ar fi avut dreptul să facă tot ceea ce vrea, când vrea și cu cine vrea, că o relație de iubire nu înseamnă detenție pe viață pentru unul dintre parteneri, după cum îți imaginezi tu.

Simona se enervase și ea, așa că am făcut tot posibilul și am schimbat subiectul, încercând să destind un pic atmosfera prea încordată. Ce rost avea? Cu Matei nu o scoteai la capăt dacă i te împotriveai și nu aprobai orice ar fi spus. Însă, după ce ne-am ridicat de la masă și toată lumea s-a retras în living, Elvira mi-a cerut să stăm puțin de vorbă. Așa că am urcat amândouă în camera mea și, de îndată ce am închis ușa în urma noastră, m-a întrebat direct:

— Te-a lovit vreodată?

— Poate ar fi bine să nu discutăm acest subiect, i-am răspuns liniștită. Mai ales că Matei nu e de față și ați putea crede că-l vorbesc de rău fără să se poată apăra. Sau chiar că mint.

— Irina, așa ceva este inadmisibil. Eu nu așa l-am educat, s-a scuzat ea oarecum.

— Știu, dar oamenii nu se poartă doar așa cum au fost educați de părinți, sunt influențați mult și de anturaj, și de propriile slăbiciuni, i-am spus cu înțelegere.

— Eu refuz să cred că fiul meu este capabil să lovească o femeie, s-a plâns ea, șocată de ce aflase.

— Nici eu nu l-am crezut în stare să facă asta.

— S-a întâmplat doar o dată?

— Nu. S-a întâmplat de mai multe ori, am spus, fiind dureros de sinceră.

De îndată ce m-a auzit, a ieșit din cameră și a coborât în living. S-a întors după scurt timp însoțită de Matei.

— Te-ai plâns la mama? m-a întrebat el ușor amuzat.

— Taci, Matei! l-a oprit, supărată, Elvira. Zi-mi cum este posibil ca tu să lovești o femeie.

— Irina nu este o femeie, mamă, este un drac, s-a prefăcut el în continuare că glumește.

— Lasă prostiile, nu-mi arde de glumele tale. Cum ai putut să o loveşti?!

— Uite că am putut, a spus el rezemându-se liniştit de uşă. M-a scos din minţi, a găsit el imediat o explicaţie pentru faptele sale. Ca de obicei, nu el era de vină, eu eram vinovată.

— Asta ai văzut tu la noi în casă, măi băiete? l-a întrebat ea, foarte supărată.

— Păi, n-a fost cazul, tata era mai mult plecat, nu aţi avut timp să vă faceţi viaţa amară unul altuia, i-a dat el imediat un răspuns.

— Nu ţi-e ruşine? Cum să loveşti, măi, fata aceasta? a insistat ea, de parcă nu-i venea să creadă, necăjită de tot ce aflase.

— Ea m-a lovit mai rău, mama. M-a lovit direct în suflet, mi-a distrus inima. De ce nu e considerată şi asta o agresiune? a continuat el să pozeze în victimă în faţa mamei lui.

— Ţi-am distrus inima? am sărit ca arsă. Care inimă? Aia cu care m-ai înşelat? am vrut eu să ştiu, dacă tot se dădeau cărţile pe faţă.

— Nu te-am înşelat niciodată cu inima şi ştii bine asta. În schimb, tu ai făcut-o.

— Măi copii, ce se întâmplă cu voi?

Se vedea clar că situaţia o depăşea. Şi, mai ales, că era mai gravă decât îşi imaginase ea, că problemele noastre erau multe şi deloc frumoase.

— Nimic, mama. Da, au fost nişte probleme, dar le-am rezolvat. Acum ne înţelegem bine, nu ştiu de ce dezgropi tu morţii şi de ce nu ne laşi în pace, i-a zis liniştit, de parcă ceea ce se întâmplase în trecut era un moft şi faptul că astăzi suntem din nou împreună era o dovadă că totul fusese uitat şi că ne înţelegeam de minune...

— Pentru că nu accept ca tu să fii un nesimţit şi un agresor, i-a mai zis ea cu tristeţe. Nu ăsta e bărbatul care mi-am dorit să devii.

— Nu mai sunt aşa, mama, linişteşte-te. Nu am mai lovit-o de mult şi nu voi mai face asta niciodată, i-a promis el.

— Asta nu schimbă cu nimic faptul că ai făcut-o cândva. Mi-e rușine cu tine!

Spunând asta, i-a făcut semn să se dea din fața ușii și, când el i-a făcut loc, a ieșit din cameră neagră de supărare.

— Ești mulțumită? m-a întrebat el.

— Știi bine că nu i-aș fi spus nimic, nu am tăcut timp de cinci ani? M-a chemat aici și m-a luat la întrebări, l-am lămurit eu calmă.

— Lasă că abia ai așteptat să-i spui ce nenorocit sunt, nu-i așa?

— Nu, Matei. Nu am așteptat să fac asta, niciodată nu aș răni un suflet de mamă, spunându-i că nu are copilul pe care l-ar merita, am încercat eu să-i explic de ce nu mă consider vinovată pentru tot ce s-a întâmplat.

— Și totuși ai făcut-o.

— Da. Dar tu ești de vină. Nu trebuia să începi să-mi faci reproșuri la masă; dacă aveai ceva de discutat cu mine, trebuia să o faci între patru ochi. Ai vrut audiență, asta ai primit, acceptă și consecințele a ceea ce ai dorit cu orice preț. Uite cum a degenerat totul. Sau te așteptai să tac și să nu-ți spun nimic?

— Să zici mersi că nu-ți interzic orice contact cu Angel, mi-a zis el cu mărinimie.

— Mersi că nu insiști să-mi demonstrezi că poți fi și mai slab, și mai dement decât mi-ai arătat până acum că ești.

S-a enervat și a venit amenințător spre mine, dar, când a ajuns în fața mea, privirea i s-a schimbat și m-a îmbrățișat strâns. Nu l-am respins, am stat cuminte cu mâinile pe lângă corp, așadar, fără să-i răspund.

— Te rog să mă ierți pentru tot, mi-a zis cu o voce caldă.

— De parcă ți-ar păsa dacă te iert sau nu, i-am răspuns eu distantă și cu indiferență.

— Așa crezi, că nu-mi pasă?

— De ce ți-ar păsa? Mi-ai arătat că nu însemn nimic pentru tine, că nu mă respecți, că nu te interesează binele meu, i-am amintit eu.

— Greşeşti, dar într-o zi o să înţelegi adevărul, a găsit el imediat o explicaţie pentru tot ce-i reproşam.

— Singurul adevăr este că m-ai forţat să fiu aici, i-am atras eu atenţia asupra realităţii pe care o trăiam.

— Atât de rău îţi este aici, lângă oamenii care te iubesc? Nici măcar faptul că eşti lângă Cesara şi Oli nu te bucură?

— Ba da, ele sunt singura mea bucurie din casa asta, am fost eu de acord cu el.

— Și Robert, nu?

— Cum ar mai putea fi prezenţa lui Robert o bucurie, cretinule? m-am enervat eu brusc.

M-am smuls din braţele lui şi am vrut să ies din cameră, dar el m-a prins cu o mână și cu cealaltă mi-a ridicat bărbia, să mă poată privi în ochi.

— Îmi este foarte dor de veselia ta, de energia pe care o primeam cu toţii de la tine, îmi e dor să te văd iar cântând şi dansând, îmi e dor de fata care le zâmbea tuturor şi care le trimitea pupici oamenilor când era în maşină, mi-a zis cu căldură, cuprins de nostalgie.

— Fata aceea nu mai există, Matei. Ai transformat-o tu într-o femeie tristă şi anostă, i-am zis liniştită, din nou cu indiferenţă, de parcă nici nu mi-ar mai fi păsat de amintirile lui.

L-am lăsat singur în camera mea, i-am întors spatele și am coborât la parterul casei, să văd dacă Elvira mai era la noi. Am găsit-o vorbind cu Robert în bucătărie şi încă părea destul de supărată. Când m-a văzut, mi-a spus că m-a aşteptat să-şi ia rămas-bun, m-a îmbrăţişat, apoi l-a rugat pe Robert să o conducă, fără să-mi mai spună niciun cuvânt despre ceea ce discutasem.

— Haide să bem ceva! mi-a zis Simona, apărând dintr-odată în bucătărie.

Am băut în seara aceea mai mult decât era cazul, împreună cu Simona şi Sandra, Matei şi Robert refuzând să bea şi mulţumindu-se doar să ne servească pe noi cu tot ceea ce le ceream. Fiind deja amețită bine – nu obișnuiam să consum alcool –, am pus muzică și am început să dansez, gândindu-mă să-i ofer lui Matei puțin din veselia după care tânjea. Apoi am pus cântecul *The Great Pretender*, cântat de Freddie Mercury, și l-am interpretat teatral, la microfon, gesticulând amplu în fața tuturor.

— Ia să vă văd, știți cine a cântat pentru prima oară acest cântec? i-am întrebat răstindu-mă.

— Freddie Mercury, a spus repede Matei, foarte convins că are răspunsul corect.

— Ba nu. The Platters, prin anii ’50, l-am contrazis eu veselă, pe un ton strident.

— Iubita mea deșteaptă, a aplaudat el, mândru nevoie mare.

— Îți dedic versurile, iubitul meu! i-am zis trântindu-mă lângă el pe canapea.

— Cred că ai băut cam mult, a observat el.

— Și totuși nu destul încât să uit că sunt o mare prefăcută, am lăsat eu să-mi scape un adevăr. Unul care-mi ardea inima.

Matei s-a ridicat imediat și ne-a anunțat că merge la culcare, iar după câteva minute au urcat în camerele lor Sandra și Simona, lăsându-ne singuri pe mine și pe Robert. Am luat telecomanda sistemului audio, am pus muzică în surdină, am stins luminile și am lăsat doar o veioză de podea aprinsă, apoi m-am așezat pe canapea și m-am acoperit cu o pătură. Robert mă analiza cu atenție și tăcut de pe fotoliu, fără să schițeze niciun gest, fără să rostească niciun cuvânt.

— Îmi e dor, am spus nostalgică, auzind cântecul *All Behind Us Now*, cântat de Patti Austin.

— De cine? Sau de ce? m-a întrebat el încet.

— De tata. Și de anii copilăriei. Muzica asta îmi amintește de pacea și fericirea de acasă. La noi în casă rar exista câte o zi în care să nu ascultăm muzică. Știam pe de rost fiecare disc, ce cântece conținea, ordinea lor, știam toate versurile melodiilor pe care le ascultam... Muzica era o parte importantă din viața noastră.

— Ce muzică obişnuiaţi să ascultaţi cel mai mult? s-a arătat el interesat de povestea mea, uimindu-mă cu atitudinea lui blândă şi răbdătoare.

— Ascultam aproape toate genurile, chiar şi country, gospel, rock, muzică uşoară românească, dar cu tata îi ascultam cel mai mult pe Etta James, Nina Simone, Aretha Franklin, Shirley Bassey, Ella Fitzgerald, Otis Redding, Patsy Cline, Leonard Cohen, Elvis, Abba, Queen...

— Nimic mai nou, mai modern?

— Ba da, ascultam şi muzică modernă, doar nu crezi că dansam pe jazz şi blues, am râs. Iar la noi se dansa mult, veneau mereu prieteni în vizită, ai tatei, ai mei, şi întâlnirile se transformau adesea în petreceri cu dans şi multă voie bună. Era multă veselie la noi acasă, iar muzica nu ne lipsea niciodată.

— La noi în casă nu-mi amintesc să se fi ascultat altceva decât muzică clasică. Dar eu şi Matei ascultam cu căştile pe urechi ce ne plăcea fiecăruia. Iar gusturile noastre rareori coincideau. Cred că despre mulţi artişti am auzit pentru prima oară de la tine.

— Nici eu nu aş fi ştiut despre ei dacă nu i-aş fi ascultat împreună cu tata.

Am ascultat tot cântecul, privind într-un punct fix pe tavan şi gândindu-mă la întorsătura nefericită pe care o luase existenţa mea.

— Nu eşti obosită?

— Ar trebui să fiu, după cât am băut, aşa-i?

— Nu vreau să insinuez nimic, mi-a răspuns el liniştit. Dar ai cearcăne şi vocea stinsă, se vede că eşti foarte obosită.

— Ce bine mă cunoşti... am oftat gândindu-mă la câte amintiri aveam împreună şi cât de multe ne legau cu un fir nevăzut.

— Se pare că nu atât de bine pe cât aş fi crezut, a spus el cu tristeţe.

— Îmi pare rău că te-am rănit. Sper să mă poţi ierta cândva.

— Cândva...

— Eu voi dormi aici. Vreau să adorm ascultând muzica asta frumoasă, poate așa voi reuși să mă simt ca acasă... i-am zis, visând cu ochii deschiși la ceea ce rămăsese atât de departe, în trecut.

M-am întors pe o parte și am tras toată pătura pe mine. Am închis ochii și am ascultat versurile cântecului, iar în scurt timp am adormit, legănată de sunetele din amintirile mele și vegheată de omul pe care-l iubeam cel mai mult. Și care, cu siguranță, mă iubea cel mai mult...

Capitolul 5

Ce paradox trăiam! Eram atât de aproape de doi bărbați care mă iubeau, dar, în același timp, extrem de singură și lipsită de orice mângâiere, simțindu-mă a nimănui. Noaptea mă culcam lângă Matei, mergeam adesea în dormitor abia după ce el adormea și mă ghemuiam pe o margine de pat, să nu-l deranjez și, mai ales, să nu-l ating. Uneori simțeam că nu doarme, dar nu ne vorbeam. Alteori mă îmbrățișa și mă mângâia timid, mereu parcă temător. Într-o noapte, când deja adormisem, l-am simțit că-mi sărută mâna.

— Te rog să mă ierți pentru tot ce ți-am făcut, a spus abia șoptit.

Dar eu m-am prefăcut că dorm și nu am răspuns nici vorbelor, nici sărutării.

Într-o altă noapte, l-am surprins plângând, atunci când am ajuns în dormitor, la culcare.

— Ce-i cu tine? l-am întrebat.

— Nimic. Culcă-te, mi-a răspuns încet, încercând să-și controleze vocea și să-și stăpânească lacrimile.

— Matei, vorbește cu mine. Nu sunt o străină, l-am îndemnat eu să-și deschidă sufletul.

— Ce să-ți spun, Irina? Că mă simt ca ultimul gunoi de pe lumea asta lângă tine? Și asta doar pentru că te iubesc și pentru că mă tem să te pierd? mi-a zis suspinând, cu glasul gâtuit de efortul de a-și stăpâni emoțiile.

Chiar dacă eram supărată pe el, nu puteam să-l urăsc. Inima mea îmi spunea că este doar un om slab, care greşeşte, care nu ştie să iubească altfel, fără a fi dependent. Dar nu era un om rău, chiar dacă voia să pară unul. Mă învinovăţeam că l-am rănit, trădându-l cu fratele lui, cu omul în care avea cea mai mare încredere, și consideram că eu l-am adus în pragul nebuniei, că avea o scuză mai mult decât întemeiată pentru felul în care reacţionase.

L-am îmbrățișat, iar el m-a strâns tare la piept şi a izbucnit într-un hohot de plâns, pe care nu a mai încercat să și-l reţină. Era din nou sincer şi vulnerabil în faţa mea, după mult timp, nu mai încerca să facă pe viteazul, pe bărbatul dur, pe care nimic nu-l zdruncină.

— Ştii bine că m-ai pierdut de mult, Matei. M-ai pierdut încă de atunci când m-ai făcut să simt că nu sunt suficient de bună pentru tine, când m-ai înşelat, i-am spus cu blândeţe.

Chiar nu-mi doream să-i fac rău, voiam să fiu sinceră cu el, fără să-l scot din minţi. Sau măcar încercam.

— Ştii bine că nu tu ai fost problema, ci eu, cu nebuniile mele, cu mizeria din mine, și-a recunoscut el vina.

— Mi-ar fi plăcut să accepţi că nu suntem făcuţi unul pentru celălalt şi să mă laşi să-ţi fiu prietenă, te-aş fi iubit cu adevărat şi aş fi fost ceva frumos în viaţa ta şi a familiei tale, i-am spus liniştită, cu mult drag, încercând să-i arăt cât de mult îmi pasă de el cu adevărat.

— Eu te-am vrut mereu cu totul, nu mi-ar fi fost de ajuns doar prietenia ta, mi-a răspuns el cu sinceritate, fără ascunzişuri.

— Cândva, atunci când mă aveai trup și suflet, nu-ţi eram de ajuns, căutai cine știe ce pe la alte femei...

— Așa am știut eu să trăiesc, aşa am ştiut eu să fiu. Poate că aşa m-am validat, poate că asta mă făcea să mă simt important, puternic, habar nu am, naiba să mă ia cu felul meu de a fi cu tot, mi-a explicat el ce credea că se întâmplase.

— Despre ce validări vorbeşti, Matei? De ce validări ar avea nevoie un bărbat ca tine?

— Tu nu m-ai validat niciodată. Mereu am simțit că nu sunt suficient de bun pentru tine. Sau că tu ești prea bună pentru mine.

Câteva minute nu ne-am mai spus nimic, el a plâns, iar eu l-am ținut în brațe ca pe un copil rănit, vulnerabil și foarte drag, care avea nevoie să fie consolat și ajutat.

— N-o să mă ierți niciodată, așa-i? Și-i vei spune lui Robert totul, mi-a zis el suspinând. Până la urmă, din cauza asta îl voi pierde și pe el.

— Nu-i voi spune nimic, Matei. Știi de ce? Pentru că nu vreau să-l las fără tine, fără iluzia că are un frate care-l iubește și care nu ar fi capabil să-i facă rău vreodată.

— Dar îl iubesc pe Robert, știi bine asta.

— Da, îl iubești. În felul tău, adică nu destul încât să poți face un sacrificiu de dragul lui.

— Cât de egoistă ești, Irina! Nu te gândești că-mi ceri să renunț la doi oameni pe care-i iubesc și pentru care aș face moarte de om, la tine și la el. Bagatelizezi cuvântul „sacrificiu”, pentru tine e ușor și simplu, dar pentru mine?

— Doi oameni pe care-i iubești? Pe mine nu mă mai iubești de mult, Matei, i-am atras eu atenția.

— Crezi că, dacă nu te iubeam, te voiam aici? Aș fi dormit cu tine în același pat? Aș fi avut atâta răbdare, m-aș fi chinuit atât? s-a precipitat el să-mi dea explicații.

Am tăcut.

— Știu, mă consideri un frate rău, fiindcă-i fac așa ceva lui Robert, nu-i așa? Minunatul Robert, cel pe care-l iubește toată lumea, care a fost mereu băiatul bun și grozav pentru toți. Tu crezi că doar orfanul Robert a avut traume și complexe?

— Hai, Matei, despre ce vorbești?! Ce traume ai avut tu? Eu știu că ai avut o copilărie de vis!

— Asta știi tu. Dar ai idee cum este să vină, într-o zi, un copil străin și să-ți ia familia? Să trebuiască să împarți cu el totul? Dar nu asta a fost problema, pentru că era deja prietenul meu și țineam la el, ci faptul că, din momentul în care el a intrat în casa noastră, eu am devenit invizibil pentru ai mei. Robert avea nevoie de toată atenția și căldura lor, de iubire infinită, că, deh, era orfan și era traumatizat după moartea ambilor părinți și a bunicii sale. Și era și mai mic. Eu deveneam vizibil doar dacă făceam vreo tâmpenie, doar așa le mai puteam atrage atenția părinților mei. Iar, când făceam asta, ghici ce! În loc să-mi dea atenția aia blestemată după care tânjeam, ei mă comparau cu el și mi-l dădeau ca exemplu de cuminţenie și bunătate! Și tot către el se devia toată grija și atenția tuturor, doar o merita, că era un copil minunat și lipsit de noroc, nu o pramatie ca mine, care avea totul și nu prețuia nimic.

— Vrei să spui că părinţii tăi te-au neglijat din cauza lui?

— Nu știu dacă m-au neglijat, dar eu nu m-am mai simțit la fel de important și de iubit, asta pot să ți-o spun cu certitudine.

— Robert a fost mereu bun cu tine. Muncește pentru tine, datorită lui ai succesul pe care îl ai în afaceri, ți-a salvat pielea de multe necazuri, omul ăsta a stat lipit de tine și ți-a dedicat tot timpul lui, toată viața lui de până acum...

— Ai dreptate, așa este, recunosc. Mi-a fost mereu alături, mi-a acoperit multe prostii, a muncit enorm pentru tot ce avem. Dar și eu îi sunt alături, țin enorm la el, știi bine asta. Aș fi construit o casă în care să locuim amândoi, cu familiile noastre, dacă nu însemna atât de mult pentru mine? Îți răspund eu: nu, în niciun caz. Am fi fost fiecare cu ale lui și atât, frați, dar cu vieți separate, așa cum trăiesc atâția frați, buni sau vitregi, pe lumea asta. Iar tu mă condamni că nu sunt capabil să accept că-l pierd?

— Crezi că l-ai fi pierdut doar pentru că mă iubește pe mine? l-am întrebat, încercând să aflu mai mult din ceea ce gândește și cum vede el lucrurile, ca să-l pot înțelege mai bine, pentru că realizam abia atunci că nu știam prea multe despre el, ce simțea el, ce gândea el.

— Da! V-aș fi pierdut pe amândoi, mi-a spus el categoric.

— De fapt, cred că te temi mai mult de gura lumii, de imaginea ta în fața familiei și a prietenilor tăi, de postura nefavorabilă de a mă fi pierdut în favoarea fratelui tău, i-am spus eu ce credeam.

— Tu nu-l iubești pe Robert, Irina. Ești doar atrasă de faptul că el a fost mereu foarte bun cu tine, că ți-a acordat multă atenție și că te-a protejat, că te-a pus pe un piedestal și că mereu te-a făcut să crezi că ești specială, unică pe lume... Te-ai îndrăgostit pentru că l-ai comparat cu mine, care te-am tratat deplorabil – da, așa este, recunosc, e corect. Iar Robert, în schimb, ți-a validat mereu toate calitățile, în timp ce eu...

— Haide să încheiem discuția! Sunt obosită și, oricum, nu cred că discuția asta ne va duce spre ceva bun.

— Poate ar trebui să-ți arăt fața adevărată a lui Robert, a continuat el.

— Ce vrei să spui?

— Ți-aș spune multe, dar nu mă vei crede, vei spune că mint doar ca să te fac să nu-l mai iubești, că sunt din nou un mincinos și un ticălos lipsit de conștiință.

— Se pare că ai un moment de sinceritate, încearcă, atunci, să fii sincer până la capăt și spune-mi doar adevăruri, dacă ai ceva de spus, l-am îndemnat eu, speriată, totodată, de tot ceea ce ar fi urmat să-mi povestească.

— Ești sigură că ar trebui să fac asta? Ești pregătită?

— Mai mult decât sigură și foarte pregătită, i-am zis semeață, cu toate că tremuram de emoție. Poate că nu eram așa de pregătită cum voiam să par...

— Bine. Atunci, poate ar trebui să știi că, de multe ori, atunci când te-am înșelat, Robert a fost cel care a planificat totul, mi-a zis repede, dintr-o suflare.

— Cum adică?

— El a aranjat întâlnirile, el mi-a propus...

— Nu te cred, am spus eu categorică.

Era prea de tot!

— Vezi? Se întâmplă exact ceea ce-ți spuneam, refuzi cu încăpățânare să crezi că minunatul Robert ar fi capabil de așa ceva. Tu ai nevoie de iluzia că Robert este fără de păcat, că nu are defecte, că te iubeşte aşa cum te aştepţi, cum crezi şi cum ai nevoie. Trăieşti din asta, te hrăneşti cu asta.

— Dă-mi un exemplu concret, l-am provocat eu să continue cu destăinuirile, dovedeşte-mi că el a fost capul răutăţilor.

— De exemplu, la Sinaia. Atunci când ai venit... Ştii tu. Nu prea îmi place să-mi amintesc ce s-a întâmplat, dar mă văd nevoit să o fac. Eu i-am spus că ar trebui să chemăm nişte femei doar pentru cei cu care încheiam afacerea, dar Robert a insistat că ar trebui să invităm şi pentru noi doi, ca să nu facem notă discordantă cu oaspeţii noştri. Să nu se simtă ei incomod, chipurile.

Mi-am amintit de îndată de noaptea aceea oribilă în care i-am surprins pe amândoi în vila de la Sinaia, făcând sex cu nişte femei necunoscute: toată suferinţa mea, goana nebună cu maşinile pe serpentine, dorinţa mea de a sfârşi cu totul şi cu toate...

— Poate că el a aranjat şi ca tu să afli că suntem acolo, acum mi-am dat seama că avea tot interesul ca tu să mă urăşti, doar era îndrăgostit de tine, a mai adăugat el trist, văzând că amintirea acelei nopţi încă îmi producea durere.

Auzindu-l, retrospectiv, mi-am dat seama că era posibil ca spusele lui să fie adevărate, mai ales ţinând cont de felul aberant în care Robert manipulase totul până atunci ca să fim împreună... Prietenul imaginar.

— Irina, am obosit să mă urăşti...

— Nu te urăsc, Matei. Dacă te uram, nu aş fi putut dormi lângă tine, nu aş fi putut mânca la aceeaşi masă cu tine, nu aş fi fost în stare să am un dialog cu tine. Nu te urăsc, doar te compătimesc. Şi sper doar că îţi vei reveni din nebunia asta, că mă vei lăsa liberă, fără să-mi mai impui ce să fac.

— Din ce nebunie să-mi revin, din iubirea pe care ţi-o port? m-a întrebat el trist.

— Despre ce iubire vorbeşti, Matei, de vreme ce m-ai adus aici forţat şi m-ai obligat să mint pe toată lumea şi să-l rănesc pe Robert? Ce om care iubeşte poate fi capabil de aşa ceva, de astfel de planuri diabolice, de ameninţări?

— Nu te-ai gândit deloc că poate totul este doar o strategie de a te aduce pe tine aproape de mine pentru că te iubesc? Că poate sunt prea mândru să recunosc că te iubesc enorm, chiar și după ce m-ai trădat, și că tot ce-am făcut a fost în numele iubirii pe care ți-o port?

— Nu. Dacă vrei să întorci totul în direcția asta, chiar nu ține. Un om care iubește nu este capabil să facă rău persoanei iubite. Iar tu mie mi-ai făcut foarte rău, mult prea mult rău, chinuindu-mă și obligându-mă, sub amenințare, să-ți fac jocul murdar îndreptat împotriva lui Robert și a mea.

— Te iubesc, Irina. Te iubesc cum nu-ți poți imagina! Aș fi vrut ca, după tot ce mi-ai făcut, să te urăsc, m-ar fi salvat asta, dar nu pot, efectiv, te iubesc mai mult decât iubesc orice pe lume, mi-a spus disperat.

M-a strâns tare în brațe și a început să plângă din nou.

— Asta nu este iubire, Matei. Iubire este ce arăt eu față de tine, Robert și toți ceilalți, doar față de mine nu, din păcate. Eu, ca să vă iubesc pe toți, am renunțat să mă mai iubesc pe mine. Asta este iubirea, dragul meu, să te sacrifici pe tine pentru cei pe care-i iubești, în niciun caz să-i sacrifici pe toți pentru ca să-ți fie ție bine...

— Te rog, haide să încercăm să uităm totul și să fim fericiți, Irina. Sunt convins că încă mai putem fi fericiți. Aș face orice pentru tine, ți-aș da totul, nu te-aș mai răni niciodată, te-aș proteja, te-aș susține, te-aș idolatriza!

— Eu cred că tu ai nevoie de un psiholog. Te rog mult, ai putea să mergi la unul? Ai nevoie de terapie, Matei, tu chiar nu ești OK, i-am răspuns, îngrijorată cu adevărat de comportamentul lui.

— Ai idee cât de greu îmi este să dorm lângă tine, noapte de noapte, și să nu facem dragoste? Știi tu prin ce chinuri trec, cum sufăr? Dar sunt hotărât să am răbdare cu tine, să-ți acord tot timpul din lume. Știu că te pot face să mă iubești din nou, am certitudinea asta, nu se poate să fie altfel, te iubesc prea mult, dincolo de greșeli și de tot ce a fost urât între noi...

Nu am mai continuat discuţia cu el, nu avea niciun rost, cel puţin, nu atunci, în momentul acela. L-am ţinut în braţe şi aşa am reuşit să adormim amândoi, aveam mare nevoie de odihnă, eram epuizaţi şi fizic, şi psihic de tot ceea ce trăiam.

În dimineaţa următoare, după micul-dejun, m-a anunţat încântat că are o surpriză pentru mine, dar că surpriza va ajunge puţin mai târziu. A vorbit mult la telefon, iar, la un moment dat, a plecat de acasă şi a revenit după câteva ore, la fel de vesel şi foarte emoţionat.

— Iubita mea, surpriza pentru tine a sosit. Te aşteaptă afară, mi-a spus el entuziasmat.

Am ieşit în curte, iar Simona, Oli şi Sandra m-au urmat, curioase să vadă ce surpriză avea Matei pentru mine, de era fericit ca un copil. A ieşit şi Robert, dar mi-am dat seama din atitudinea lui că ştia despre ce surpriză e vorba, nu era deloc surprins. Pe aleea din faţa casei, unde Matei obişnuia să-şi lase mereu maşina, se afla o maşină nouă, un Mercedes argintiu, un model extrem de elegant şi scump, pe capota căruia era lipită o fundă mare roşie.

— Este a ta, ţi-o dăruiesc cu toată dragostea, mi-a spus el, întinzându-mi fericit cheia maşinii, de parcă mi-ar fi dăruit inima lui.

Aş fi vrut să-l refuz, dar am tăcut. Nu am putut să-l umilesc de faţă cu ceilalţi, dar am tăcut mai ales pentru că trebuia să îmi joc rolul de femeie îndrăgostită. Am luat cheia din mâna lui şi m-am dus lângă maşină, să o văd de aproape.

— Dar am o maşină, pentru cât conduc este destul de bună maşina mea, i-am spus.

— Da, dar meriţi cea mai frumoasă şi mai tare maşină, iubita mea trebuie să aibă tot ce este mai bun. Îţi place?

— Este foarte frumoasă, este deosebită, dar nu pot primi un asemenea cadou, Matei. E prea mult şi e un dar... inutil.

— Bineînțeles că poți. Și este cât se poate de util cadoul meu. Să o folosești sănătoasă și fericită! mi-a zis bucuros, de parcă primise el mașina, nu o dăruise. Nu ești fericită? Alți oameni visează să aibă o asemenea mașină!

— Da, dar eu sunt genul de om care visează mai mult să dăruiască, nu să primească. Aș fi mai fericită dacă aș putea dărui o mașină cuiva, decât să o primesc.

Dar tu nu mă cunoști deloc! am gândit. *Mă asimilezi turmei și atât.*

Simona, Sandra și Oli erau foarte încântate de darul pe care l-am primit și s-au dus să observe mașina de aproape, s-au urcat în ea, au pipăit scaunele, bordul, minunându-se de dotările de ultimă generație ale bolidului de lux, extaziate de eleganța feminină a interiorului. Numai Robert nu părea deloc încântat, nici măcar bucuros pentru mine.

— Să te bucuri de ea, Majestate, mi-a spus el distant și fals. Ai grijă că este iute și furioasă, ca tine, m-a atenționat el fără niciun zâmbet.

— Da, dar mașina poate fi controlată și cât de cât strunită, a spus Matei, zâmbind cât pentru amândoi, din moment ce Robert nici măcar din politețe nu o făcuse.

— Se pare că și Irina poate fi controlată, a spus Robert cu un ton care-i trăda gelozia și supărarea.

Apoi a intrat în casă, iar, când am rămas singuri, Matei m-a luat de mână și m-a rugat să intrăm în mașină. A smuls funda de pe capotă și a aruncat-o pe jos.

— Haide să dăm o tură cu ea, să vezi dacă-ți place! mi-a spus el fericit.

Am urcat la volan, Matei a urcat și el în dreapta mea, apoi am studiat un pic bordul, am acționat semnalizarea, luminile, m-am asigurat că știu unde sunt toate, mi-am reglat scaunul și oglinzile, pregătită de drum. Când am pornit motorul, Robert a ieșit din casă și a alergat spre poartă să o deschidă.

— Ce faci, Matei, încerci să mă cumperi? i-am spus calmă, după ce am ieșit din curte.

— Cum poţi spune aşa ceva? Pur şi simplu, vreau să ai tot ce poate fi mai bun, să nu-ţi lipsească nimic!

— Adică lucruri? Crezi că aşa ceva îmi lipseşte mie? l-am întrebat cu subînţeles.

— Ai răbdare, te rog, şi vei vedea că vei avea tot ce te face fericită. Trebuie doar să-mi dai timp şi să priveşti situaţia cu maturitate.

— Matei, tu ce speri că se va întâmpla, de fapt? am fost curioasă să aflu. Nu înţelegeam prea bine ce e în mintea lui şi ce credea el că urmează între noi.

— Sper că ziua când ne vom iubi din nou nu este departe şi că vom fi cu adevărat familia frumoasă care știu că putem fi, mi-a zis încântat de o asemenea perspectivă, convins că totul era posibil.

— Aşa ceva nu se va întâmpla niciodată, i-am zis cu tristeţe şi hotărâre.

— Mai vedem noi, mi-a spus foarte sigur pe el.

Am accelerat, iar el a strâns mânerul de pe portieră, ca să se ţină bine.

— Maşina asta este o bijuterie, într-adevăr, am spus. Era cu adevărat puternică, stabilă, frumoasă, elegantă şi foarte confortabilă.

— Ştiam că o să-ţi placă.

— Nu i-am mai spus că mie îmi plac mult mai mult BMW-urile și asta dintotdeauna, că le consider mult mai potrivite personalităţii mele.

— Nu trebuia să faci o asemenea cheltuială, știi bine că nu vreau nimic de la tine, i-am reamintit.

— Este o investiţie, nu o cheltuială. Atunci când este vorba despre tine, totul este o investiție. Și banii, și timpul, și sufletul... Și sunt fericit că pot să fac toate astea.

— O să mă folosesc de ea, dacă așa vrei tu, dar, când voi pleca de la tine, nu o voi lua.

— Este mașina ta. Și nu vei pleca de la mine niciodată. Vei vedea, mi-a zis, din nou foarte sigur pe el.

Nu am mai insistat, am condus liniștită, bucurându-mă de experiență. Începeam să-mi controlez nervii, conștientă că a avea liniște era mai important decât să încerc să-l conving de anumite lucruri, prin discuții interminabile și în contradictoriu, care nu duceau niciodată nicăieri.

— Să știi că vreau să-ți cumpăr și apartamentul din Brașov, mi-a comunicat senin. Cel pe care l-ai închiriat...

— Tu chiar vrei să mă enervezi?

Am frânat brusc.

— De ce? Vreau să fie al tău, unde e problema?

— Matei, încetează! Sunt eu, Irina. Nu vreau să-mi mai cumperi nimic. Ce te-a apucat? am încercat eu să-l aduc cu picioarele pe pământ, amintindu-i cu cine stă de vorbă.

— Fac ceea ce trebuie, mi-a răspuns cu aceeași bună dispoziție.

— Îmi voi cumpăra acel apartament după ce voi vinde casa de la Zărnești. *Eu*, nu tu.

— De ce să aștepți până atunci? s-a mirat el.

— Te rog să încetezi. Gata! Hai să închidem aici discuția asta fără rost!

— Nu știu dacă ți-a spus Robert, dar ne merge foarte bine, firma este pe creștere, am avut profit uriaș anul trecut, am mai făcut niște investiții imobiliare și vreau să...

— Mă bucur pentru voi, l-am întrerupt eu, dar asta nu mă privește pe mine.

— Tu ești sufletul meu, ești familia mea, ești fericirea mea, femeia cu care vreau să împart tot ce am, a început el să-mi dea explicații pentru ce voia să facă.

— Nu sunt. Și va trebui să începi să te obișnuiești cu ideea că nu voi mai fi mult timp lângă tine, i-am reamintit eu foarte liniștită înțelegerea noastră.

— Nu-mi poți cere asta. Știi bine cât de mult te iubesc, ce însemni pentru mine.

— Și eu îl iubesc pe Robert și totuși tu ai putut să-mi ceri să renunț la el. Sau ai uitat asta?

— Nu-l iubeşti. Cel puţin, nu-l iubeşti aşa cum crezi... a negat el tot ce-i spuneam.

— Repet, ai mare nevoie de un psiholog, Matei. Serios îţi spun. Şi, dacă vrei ca noi doi să avem o relaţie cât de cât bună, vei căuta unul şi vei merge la terapie.

— Dacă vrei tu, voi face şi asta, m-a asigurat el, fără să mă mai contrazică.

Nu am mai continuat discuţia, ne-am întors acasă şi am întrebat-o pe Simona dacă vrea să ne plimbăm cu noua mea maşină. Mi-aş fi dorit să mergem la Angel, dar Sandra şi-a exprimat dorinţa să vină cu noi în oraş.

Mi-am schimbat ţinuta, s-au îmbrăcat şi ele şi am plecat toate trei la plimbare, bucurându-ne de ziua frumoasă, de faptul că eram împreună şi, bineînţeles, de maşina aceea, atât de frumoasă.

— Sper că nu vă deranjează că am venit şi eu cu voi, a spus Sandra când am ieşit din casă.

— Deloc, de ce m-ar deranja? i-am răspuns eu imediat.

— Unde mergem? a vrut ea să ştie.

— Hai până la Angel, a spus Simona, ştiind că mă ajuta. Îmi e dor de el.

— Şi mie la fel, a aprobat Sandra.

Am încuviinţat, iar Simona l-a sunat pe Angel şi l-a întrebat dacă are chef să-l viziteze trei femei care-i duc dorul.

— Ne aşteaptă cu nerăbdare, a spus ea încântată.

— Te-ai aprins şi tu, aşa-i? a întrebat-o Sandra, zâmbind cu înţelegere, ţinându-se cu ambele mâini de tetiera scaunului din faţa ei.

— Ţin la el ca la un prieten, ştiu că nu poate fi mai mult de atât între noi, i-a răspuns liniştită Simona.

— Ştii, nu te-am întrebat niciodată asta, dar tu nu ai pe nimeni? a întrebat-o Sandra pe Simona.

— Am pe cineva de vreo patru ani.

— Serios?! Și de ce nu ni l-ai prezentat până acum?

— Nu este o relație oficială, ne întâlnim uneori, ne simțim bine împreună și cam atât.

— E căsătorit, așa-i?

— Acum nu mai este.

Nu au mai continuat discuția, ambele erau cam în aceeași situație, fiind îndrăgostite de bărbați care nu le ofereau relații stabile și sperând, probabil, că în timp, cu multă răbdare și perseverență, aceștia le vor oferi mai mult.

Când am ajuns la Angel și a văzut mașina, și-a arătat imediat încântarea, m-a felicitat pentru noua jucărie și le-a rugat pe prietenele mele să intre în casă, cât timp aruncă o privire în interiorul mașinii. De fapt, își dorea să rămână singur cu mine, era foarte limpede pentru toată lumea.

— Ești bine? m-a întrebat el, privindu-mă cu atenție.

— Da. Mi-a fost dor de tine, i-am spus zâmbind.

— Și mie de tine. M-a îmbrățișat îndelung.

— Știi că nu-ți pot ascunde nimic. Așa că trebuie să-ți spun că a fost Robert pe la mine, mi-a mărturisit.

— Robert? Eram uimită. Când? Și ce a vrut? Nu reușeam să pricep ce căutase la Angel.

— Zilele trecute. A vrut să povestim puțin despre tine. Mi-a spus că are impresia că eu te cunosc mai bine decât el, că doar cu mine mai ești sinceră. Credea că îi pot oferi răspunsuri la întrebări care nu-i dau pace, rezolvarea, poate, la problemele care-l chinuie...

— Și?

— Și am fost sincer. I-am spus că nu te înțeleg, că, presupunând că te cunosc cât de cât, purtarea ta are o singură explicație și putem alege din mai multe variante de răspunsuri: că te simți vinovată față de Matei. Sau că ți-e milă de el. Sau că el te forțează, că poate te șantajează cu ceva, mi-a zis imediat, cu sinceritatea pe care i-o apreciasem mereu.

— Mai bine tăceai, Angel, i-am spus foarte serioasă.

— Irina, omul acela e distrus. Ai idee cât de tare l-ai rănit? Știi tu, oare, ce e în inima lui și cât suferă, cât de tare se chinuie să înțeleagă de ce te-a pierdut?

— Da, chiar am idee, am murmurat eu.

— Ție îți place să te joci așa de dur cu sentimentele oamenilor? Irina...

— Dacă știam că mă vei lua la rost, află că nu mai veneam la tine.

M-am smuls din brațele lui și m-am încruntat.

— Iartă-mă, gata. Îmbrățișează-mă, mi-a fost așa de dor de tine! Ți-am spus vreodată că, atunci când sunt lângă tine, am senzația că-mi dai putere, că mă încarc cu energie bună?

— Nu mi-ai spus, dar, uneori, am văzut și eu cât de energic devii, am spus râzând.

— Obrăznicătură mică și dulce! mi-a răspuns el, izbucnind în râs. Hai să mergem înăuntru, până nu-mi devastează nebunele alea două casa!

M-a luat de mână și am pornit amândoi spre intrarea în casă, dar eu tot mai voiam să aflu despre întâlnirea cu Robert. Nu mai voiam să fiu certată, dar restul...

— Angel, zi-mi totul despre întâlnirea cu Robert.

— Păi, nu a stat mult. Mi s-a plâns de schimbarea ta bruscă de atitudine, mi-a spus că trăiește un coșmar și că singurul lui motiv de consolare este faptul că Matei se poartă frumos cu tine, că nu te mai înșală, că nu mai e arogant și plin de el în fața ta, că aproape crede că a devenit iubitul ideal...

— Dacă te mai caută, te rog, nu-l mai încuraja, găsindu-mi tot felul de scuze, căutând nu știu ce explicații aberante. Spune-i și tu, ca orice bărbat, să mă uite și să-și vadă de treaba lui, că femei sunt destule pe lumea asta.

— Chiar vrei să te uite? Nu știu de ce, Irina, dar mi se pare foarte stranie schimbarea ta. Și nu pare deloc credibilă...

Mi-am înghițit cuvintele și nu i-am răspuns, apoi am intrat în casă și nu am mai vorbit despre Robert. Sandra nu știa despre povestea noastră și nici nu voiam să afle. Nu-mi mai trebuia încă o persoană care să mă judece și care să mă ia la rost sau să mă eticheteze în fel și chip.

Capitolul 6

Am povestit până seara târziu. M-am mirat că Matei nu mă sună deloc, așa cum obișnuia pe vremuri, ca să vadă pe unde umblu și când am de gând să ajung acasă. Am crezut că, poate, era foarte ocupat, însă, când am ajuns acasă, l-am găsit în living, stând de vorbă cu Robert. Stăteau unul lângă celălalt, pe canapea, liniștiți, cu câte o băutură în față.

— Cum v-ați distrat, fetelor? Cum a fost plimbarea cu bolidul Irinei? ne-a întrebat el bucuros când ne-am întors.

— Minunat, i-am răspuns. Și distracția, și plimbarea. Voi ce faceți?

— Uite, i-am povestit lui Robert că am găsit o altă bonă pentru Cesara.

— De ce o alta? am vrut eu să știu.

— Am dorit pe cineva care vorbește perfect limba engleză, o fată mai rafinată, deosebită, educată. Și mai tânără. Cesara pare că are nevoie de o persoană mai vioaie, mai dispusă să se joace cu ea. Mâine-dimineață o veți cunoaște cu toții, m-a anunțat el.

Nici prin cap nu-mi trecea ce fel de fată va veni să petreacă în casa noastră cel puțin zece ore pe zi, dar, în ziua următoare, când Matei a adus-o acasă, am înțeles imediat că nu era o simplă bonă, ci mai mult o ispită pentru Robert.

Olga, căci așa se numea, era o frumusețe de fată. Nu mai văzusem niciodată o femeie atât de distinsă, pur și simplu, perfectă. Era înaltă, cu o siluetă impecabilă, cu părul lung, brunetă, un ten măsliniu şi nişte ochi negri, migdalaţi, superbi. Purta o pereche de blugi foarte strâmţi şi o maletă albă care-i evidenţia silueta armonioasă, cu proporţii ideale.

— Iubita mea, dragilor, ea este Olga, noua bonă a Cesarei.

Simona, foarte spontană și prietenoasă, a fost prima care i-a întins mâna nou-venitei, apoi mi-a aruncat o privire plină de înțeles. Am făcut și eu cunoștință cu ea – zâmbea cuceritor –, iar, după ce Matei i-a prezentat-o lui Robert, bănuiala mi s-a confirmat, nu am mai avut niciun dubiu că o adusese în casă special ca să-l ispitească. Am refuzat să urmăresc reacțiile lui Robert – nu aș fi suportat să văd că era încântat de prezența ei –, așa că i-am lăsat să stea de vorbă și am urcat împreună cu Simona să aducem fetița, să i-o prezentăm, eu fiind deja convinsă că această așa-zisă bonă se afla acolo ca parte a unui nou plan, la fel de diabolic și de bine pus la punct de Matei.

— Cred că bona e mai mult pentru Matei decât pentru fetiță, mi-a spus Simona când urcam scările, confirmându-mi, fără să știe, temerile. Unde o fi găsit-o? E o bunăciune, nu am văzut în viața mea corp mai grozav, e perfectă, zici că e o panteră, a oftat ea admirativ.

Mi-am ținut părerile pentru mine, nu voiam să pornesc o discuție cu Simona, un dialog din acela în care ea m-ar fi putut răni fără să-și dea seama.

— Nu spui nimic?

— Ce să spun, Simo?

— Păi, nu ai nicio părere?

— Ce părere să am? E o tipă frumoasă, asta e, ce să zic altceva?

— Nu ți se pare dubios?

— Nu e nimic dubios, am refuzat să accept în fața ei evidența.

Cesara nu a primit-o foarte încântată pe noua ei bonă, era rezervată și foarte serioasă, cu toate că aceasta încerca să fie foarte apropiată și iubitoare cu fetița. Ca o adevărată gazdă, i-am făcut Olgăi un tur al vilei, apoi am invitat-o în living, unde se aflau și ceilalți, și am pus-o la curent cu obiceiurile și regulile casei, programul și tabieturile fetiței, precum și așteptările pe care le avem de la ea.

Olga, foarte serioasă, venise pregătită. Și-a notat într-o agendă toate detaliile pe care i le dădeam, iar când i-am spus despre programul alimentar al Cesarei și am rugat-o să nu o lase să mănânce dulciuri, mi-a spus imediat părerea ei.

— Copiii trebuie să mănânce de toate, ce, noi am crescut cu asemenea restricții? Oricum vor merge la școală și acolo nu mai pot fi controlați...

— Ai crescut copii până acum? am întrebat-o imediat, deranjată de opinia, precum și de tonul ei cam neprofesionist.

— Nu, dar...

— Pun pariu că nici bonă nu a mai fost, a adăugat Simona, măsurând-o din cap până în picioare. Și mai pariez și că, judecând după înfățișare, nici vorbă ca ea să fi mâncat de toate. Și, mai cu seamă, nu a mâncat dulciuri după pofta inimii.

— Matei, e vorba despre copilul tău, m-am întors către el, ignorând afirmațiile Simonei. Așadar, te rog să-mi spui dacă noua bonă va trebui să respecte regulile indicate de mine sau noi toți vom asculta de sfaturile ei. Ca să știm de la bun început cum stăm, că așa e normal.

— Olga, te rog să faci întocmai ce spune Irina, a sfătuit-o Matei cu seriozitate.

După incidentul cu noua educatoare-bonă-manechin, m-am retras cu discreție în bucătărie, să pregătesc cina, iar Matei a rămas cu ea să stabilească programul și alte detalii despre noile ei sarcini, îndatoriri de care, spera el, fata se va achita cu succes, fără probleme deosebite.

— Mi se pare mie sau nu-ți prea place noua bonă? m-a întrebat ironic Robert, intrând tiptil în bucătărie.

— De ce crezi asta? Încă nu am avut timp să o cunosc, încât să știu dacă-mi place sau nu. Dar bănuiesc că ție îți place.

— Ești geloasă cumva sau mi se pare?

— Geloasă? De ce aș fi? l-am întrebat făcând pe nedumerita.

— Păi, dacă îl cucerește pe Matei?

— Scumpule, tu crezi că eu am de gând să mă tem că-l voi pierde pe Matei? Crezi că mai iubesc naiv și cu teamă? Dacă-l cucerește, să fie sănătoși și fericiți, așa a fost să fie, cu iubirea nu te pui...

— Și dacă m-ar cuceri pe mine? a insinuat el.

— Probabil că te-a și cucerit, dacă nici n-ai văzut-o bine și deja te gândești la chestii din astea. Eh, ce să faci și tu? Cât de slabi sunteți voi, bărbații...

— Eu sunt slab? Eu, care am rezistat ani la rând farmecelor și provocărilor tale? m-a întrebat brusc, aducând în discuție imediat povestea noastră, în timp ce-mi studia cu atenție reacția.

— Eu nu te-am provocat niciodată, doar ți-a plăcut ție să te flatezi crezând asta.

— N-am văzut niciodată o mincinoasă și o lașă mai mare!

— Cum ți se pare Olga, iubito? a spus Matei, în timp ce dădea buzna în bucătărie. Cu siguranță, îl văzuse pe Robert venind după mine și nu voia să ne lase prea mult timp singuri, ba chiar deloc, dacă era cu putință...

— Nu-mi pot exprima o părere încă, nu am avut destul timp să-mi fac una, i-am spus. Dar, dacă tu ești mulțumit de ea, încât să consideri că e demnă să stea toată ziua lângă copilul tău, iar Cesara e în siguranță cu ea, ce mai pot să spun?

Robert a ieșit din bucătărie, iar eu deja înnebuneam de ciudă că va fi în preajma acelei femei superbe, pe care o consideram o adevărată tentație pentru el. Avea toate motivele să flirteze cu ea, ca să mă facă geloasă sau pentru că îi făcea plăcere cu adevărat. Și era posibil chiar să se îndrăgostească de ea, de ce nu? Doar era un bărbat liber...

— Nu-i așa că mă subestimezi? l-am întrebat pe Matei, care mă urmărea atent cum tăiam o prăjitură.

— Ce vrei să spui, iubita mea?

— Pe tipa asta nu ai adus-o pentru Cesara.

— Ce vrei să spui, crezi c-am adus-o pentru mine?

— Nu m-ar deranja, știi bine. Deși nu ar trebui să-ți aduci amantele în casă, i-am reamintit eu.

— Nu va fi niciodată amanta mea, nu-ți face griji. Dar poate va fi a lui Robert. Poate va deveni iubita lui...

— Stai liniștit. Grijă? Chiar nu-mi făceam nicio grijă că ar putea fi amanta ta la un moment dat. Te-am putut eu opri vreodată când ți-ai pus ceva în minte? Iubita sau amanta lui Robert? Da, mă gândeam eu că, de fapt, acesta e planul. Ești ceva de nedescris, Matei! Un manipulator fără scrupule. Cred că, dacă i-aș povesti cuiva, m-ar crede nebună de legat...

Am crezut că noua bonă va fi o prezență discretă în casa noastră, așa cum fusese cea de dinainte, și că nu voi interacționa prea mult cu ea, că va sta mai mult în camera fetiței sau doar cu ea și că nu va tulbura intimitatea familiei. Dar nu a fost deloc așa. Încă din primele zile a venit dis-de-dimineață și a luat micul-dejun cu noi, iar ziua stătea mai mult acolo unde eram cu toții, argumentând că fetița încă nu se obișnuise cu ea și-i cerea mereu să o aducă să stea cu noi. Și cum să-i refuze asta?!

Așa am înțeles imediat că avea tot felul de explicații pentru faptul că stătea mereu cu noi, una mai justificată ca alta. Sau că, poate, așa i se ordonase să facă...

Eram amabilă cu ea, dar nu o lăsam să se apropie de mine mai mult decât era cazul, nu mă simțeam în stare de asta, mai ales că știam exact pentru ce fusese adusă în casă – Cesara, îngrijirea ei și lecțiile de engleză fuseseră doar pretexte. Plus că mi se părea prea implicată, destul de tupeistă chiar. De exemplu, dacă povesteam cu Simona și Sandra, ea intervenea neinvitată în discuții, încercând să se apropie de noi, iar uneori asta mi se părea total inoportun. Uneori, sătulă de intervențiile ei nesolicitate, i-am arătat că mă deranjează faptul că nu-și vede de treaba ei și că uită că nu se află în casa noastră ca prietenă, ci este o simplă angajată.

La un moment dat, tocmai aveam o discuție aprinsă cu Matei, în urma unei aluzii nepotrivite la faptul că eram mofturoasă și greu de mulțumit.

— Ce nu-i convine Maiestății Sale? a întrebat Robert când l-a auzit pe Matei plângându-se de mine de față cu toată lumea, în timp ce ne aflam la masă.

— Nu știu, că eu îi fac toate mofturile. Poate nu-i priește că doarme în așternuturi de mătase, că este tratată ca o prințesă, vorba aia...

— Scumpule, vorbești de parcă aici am văzut pentru prima dată mătase, i-am spus. Află că eu m-am născut în mătăsuri. Am avut mereu lucruri frumoase și am fost tratată tot timpul cu galanterie, ca o prințesă. Ce-mi oferi tu este ceva normal pentru mine, nu sunt mofturi și nici ceva deosebit nu e.

— Și atunci? Ce nemulțumiri are Majestatea Ta? a vrut Robert să știe.

— Hormonale, a spus Simona, izbucnind în râs.

— Chiar dormi în așternuturi de mătase? a intervenit Olga dintr-odată, mușcând din felia de pâine.

— Nu, dragă. Îmi plac așternuturile din bumbac egiptean, dar am o pernă cu înveliș din mătase. Pentru că este benefic atât pentru păr, cât și pentru ten, i-am răspuns calmă.

— Deci ăsta este secretul unui ten frumos? s-a minunat ea. N-am știut.

— Secretul unui ten frumos este fericirea. Și un suflet frumos, am corectat-o eu. Mătasea nu ajută niciun pic, dacă sufletele sunt negre sau nefericite.

Am observat-o pe Cesara mâncând fără tacâmuri și i-am oferit o furculiță.

— Te rog să te asiguri că va folosi mereu tacâmuri, i-am atras atenția Olgăi.

— M-am gândit că e copil și că e mai comod așa, nu e masă de protocol, suntem în familie, a venit ea imediat cu scuza pe care nu i-o ceruse oricum nimeni.

— Trebuie să învețe să mănânce frumos, Olga.

— Sigur că da, dar poate ar trebui să fii mai tolerantă cu ea, mai flexibilă, măcar acasă, a insistat ea, suficient cât să mă irite cu ideile ei simpliste despre educație.

— Trebuie să se obișnuiască să mănânce frumos, să-și formeze astfel obiceiurile și reflexele, am spus apăsat. Dacă nu și le va forma de-acasă, în public nici atât nu o va face. Și e deja destul de mare ca să înțeleagă asta. Să nu o îndemnăm să se comporte nemanierat, doar pentru că e acasă și „nu o vede nimeni". Tu ce părere ai, Matei? Pe tine și pe Robert v-au lăsat părinții să mâncați ca haiducii?

— Nu ne-au lăsat, așa este, nici vorbă de așa ceva. Da, ai dreptate, Cesara trebuie să învețe să mănânce frumos, trebuie să-i devină reflex, a spus el serios, pentru că trebuie să fie o tânără domnișoară elegantă și grațioasă, cu maniere impecabile.

Olga nu părea a se arăta deranjată nici de tonul meu, nici de observațiile mele, era docilă și supusă, deocamdată puteam să-i zic orice, nu era nici impertinentă și nici nu dădea curs vreunui șir lung de contraziceri. Părea a fi ușor de îndrumat, ascultătoare și dulce. Dar nu mă suporta, asta îmi era evident, iar, la drept vorbind, nici eu nu mă dădeam în vânt după ea.

— Cred că am aflat ce nemulțumiri ai, Majestate, mi-a spus Robert, când m-a surprins singură în bucătărie.

— Dar te interesează cumva dacă am vreo nemulțumire?

— Nu, nu mă mai interesează, dar mi-am dat seama, pur întâmplător. Te simți pusă în pericol de Olga.

— Ce mă?! Mă faci să râd! am spus izbucnind în râs.

— Din cauza asta abia te mai atingi de mâncare de câteva zile?

— Ce spirit de observație ai, dragule! Tu crezi cumva că eu vreau să slăbesc pentru că sunt în competiție cu Olga?

— Păi, nu este așa?

— Credeam că mă cunoşti, dar te-am supraapreciat. Niciodată nu voi intra în competiţie cu vreo femeie, cu atât mai puţin pentru un bărbat. Dacă va fi nevoie vreodată să concurez cu vreo femeie pentru un bărbat înseamnă că acela nu ar fi bărbatul care trebuie. Iar, dacă vreodată va exista un bărbat care mă va face să simt că, pentru a mă iubi, trebuie să schimb ceva, atunci îl voi schimba pe el.

— Şi, atunci, de ce, de câteva zile, ai renunţat la felia dulce?

Felia dulce însemna o felie de pâine cu cremă de ciocolată sau unt şi dulceaţă, pe care îmi plăcea să o savurez, în fiecare dimineaţă, la micul-dejun.

— Dacă am renunţat sau voi renunţa vreodată la ceva, va fi numai şi numai pentru mine, pentru binele meu, pentru plăcerea mea şi pentru fericirea mea. În niciun caz pentru altcineva. Ştii de ce? Pentru că nimeni, dar absolut nimeni, nu merită să renunţi la ceva ce-ţi place.

— Uite că Matei a meritat! mi-a spus el, apoi mi-a întors spatele şi m-a lăsat singură.

Capitolul 7

Pe Robert îl pierdusem cu totul, asta simțeam, asta înțelegeam din comportamentul lui față de mine. Nu-mi mai oferea nimic din ceea ce-mi făcea inima să bată mai tare, ochii să-mi strălucească și speranța să reînvie. Din partea lui, nu mai exista pentru mine nicio privire tandră, nicio vorbă caldă, niciun zâmbet complice, niciun gest mângâietor.

Nimic, absolut nimic.

Se purta de parcă eram o străină, cu o indiferență care-mi zdrobea inima în mii de fărâme. Nu mai căuta să fie în prezența mea, nu-l mai interesa ce fac, dacă sunt bine, dacă am nevoie de ceva ori îmi lipsește vreun fleac, dacă sunt fericită sau nu.

Iar mie îmi era atât de dor de el! Tânjeam după o clipă de atenție, ca în vremurile bune, după un surâs, chiar și abia schițat, și trăiam cu impresia că dacă mă va îmbrățișa, chiar și o singură dată, îmi va da putere să trăiesc mai departe și curaj să înfrunt orice obstacol.

Uneori, intram pe furiș în camera lui și îi căutam parfumul, măcar să-i simt aroma aceea pe care o știam prea bine și o adoram. Iar alteori, seara, înainte de culcare, fără să știe nimeni, intram iar în dormitorul său, luam flaconul cu poțiunea magică și-o pulverizam ușor pe încheietura mâinii, numai ca să păstrez mirosul acela atât de plăcut, să-l simt toată noaptea, să am, astfel, sentimentul că adorm în brațele lui, într-o îmbrățișare care mi-ar fi adus pacea în suflet și m-ar fi împăcat cu mine însămi. Sigur că nu aș fi vrut ca el să afle despre toate acestea, pentru că nu ne-ar fi ajutat cu nimic, dar, într-o zi, când ne-a însoţit pe mine şi pe Sandra la cumpărături şi am intrat într-o parfumerie de unde obişnuiam să-mi cumpăr adesea parfumuri şi cosmetice, una dintre angajate m-a dat de gol.

Fata mă cunoştea deja de câţiva ani, cumpăram adesea din magazinul acela, iar când m-a văzut, s-a oferit să-mi prezinte nişte mostre de produse. Câteva minute mai apoi, mi-a întins, de faţă cu Robert, câteva mostre din parfumul lui.

— Am observat că, de fiecare dată când veniţi aici, vă interesează acest parfum bărbătesc, niciodată altul, şi de aceea, când v-am văzut intrând, m-am gândit să vă ofer câteva mostre, dacă tot vă place atât de mult, mi-a spus ea foarte încântată că-mi poate face o bucurie.

Fâstâcită, am pus repede mostrele în geantă, evitând să-l privesc pe Robert, am bâiguit câteva mulţumiri angajatei, care dorise să-mi facă o surpriză, şi am ieşit urgent din magazin.

— Nu ştiam că-ţi plac parfumurile bărbăteşti, mi-a insinuat el. Parcă tu erai fascinată de un singur parfum.

— Niciodată nu am fost femeia unui singur parfum, am răspuns arogant.

— Nici a unui singur bărbat, m-a ironizat el.

— Înseamnă că încă nu a apărut unul care să mă merite atât de mult încât să nu mai existe altul pe pământ pentru mine, l-am taxat imediat, aşa cum o făceam la începuturi, când abia mă mutasem la Snagov şi ne ironizam tot timpul.

— Te referi la parfum sau la bărbat?

— La ambele.

— Voi iarăşi sunteţi certaţi? a întrebat Sandra în urma noastră, sesizând tensiunea dintre noi.

— Dragă, eu mă cert doar cu oameni care sunt la nivelul meu, nu-mi pun mintea cu cei mai slabi decât mine, i-am răspuns, împungându-l pe Robert cu obrăznicie, cu toate că mi-aş fi dorit să-l strâng în braţe şi să nu-i mai dau drumul niciodată.

Cum ajunsesem deja la maşină, el mi-a deschis portiera să urc la volan, apoi a întrebat-o din nou pe Sandra dacă nu dorește să stea în față, lângă mine. Bineînțeles că plecasem de la Snagov în oraș cu noua mea mașină, dar Sandra a preferat să stea în spate, mai ales că obișnuia să vorbească foarte mult la telefon, și să nu mă deranjeze când șofam.

— Stai tu în față, Robi, îmi place să asist la înțepăturile voastre, ca la o piesă de teatru, jur, s-a amuzat ea, fără să știe ce dramă se consuma în viața noastră.

Galant, Robert i-a deschis și ei portiera, apoi a urcat în față, lângă mine, și am pornit spre Snagov, casa pe care o iubisem cândva, dar care acum îmi devenise închisoare și loc de tortură.

— Irina, cum se numește parfumul acela al tău care-mi place atât de mult? m-a întrebat Sandra, așezată comod în spatele meu, prinzându-se cu mâinile de tetieră, ca să se apropie cât mai mult de mine. Că îi tot uit numele și aș vrea să-l caut.

— Nu știu sigur la care parfum te referi.

— E ceva legat de fluturi.

— *La Chasse aux Papillons*?

— Da, da, da! Exact despre el e vorba! Ce denumire frumoasă are! Vânătoarea de fluturi...

— Cred că-l găsești doar prin străinătate.

— Te prinde atât de bine, este cu totul și cu totul special! Este deosebit, luxos și misterios. Și am observat că-l folosești cel mai des, mi-a zis ea, continuând discuția despre pasiunea noastră comună.

Robert a zâmbit încântat, fiindcă el mi-l dăruise. Cred că i-a făcut plăcere să audă discuția, însă eu m-am întristat. Mi-am amintit de îndată cum mi-a dăruit Robert acel parfum, despre care nu mai auzisem niciodată și pe care îl ascunsese într-o zi sub pilota de pe patul meu. Acolo l-am găsit când m-am dus la culcare – când l-am văzut, am știut că era de la el. Curioasă și impresionată peste măsură de gestul lui, precum și, mai ales, de nume, m-am parfumat imediat ce l-am desfăcut și din acel moment a devenit preferatul meu.

— A fost doar o pasiune trecătoare, nu prea îl mai folosesc, am mințit doar ca să-l tachinez pe Robert. Așa sunt eu, mă îndrăgostesc fulgerător, devastator, apoi...

— Pasiune trecătoare? a râs Sandra. Îl porți foarte des! Dar de unde îl ai, cum l-ai descoperit?

— Mi l-a dăruit cineva care a vrut să mă încurajeze să vânez fluturi.

— Și ai prins mulți? a continuat să glumească Sandra.

— Foarte mulți. Prea mulți chiar. Atât de mulți, încât într-o zi, plictisită de ei, i-am eliberat pe toți.

— Robi, tu ce părere ai, îți place parfumul ăsta? Îl știi? l-a întrebat Sandra curioasă.

— Foarte mult. Este cu adevărat deosebit, așa cum ai spus și tu, este un parfum nobil, mi se pare foarte potrivit cu personalitatea și feminitatea Irinei.

— Așa cred și eu. Dar chiar nu vrei să ne spui de la cine l-ai primit? a încercat din nou Sandra să afle.

— Azi ce parfum porți? m-a întrebat Robert schimbând discuția, cu toate că simțea prea bine aroma fină și delicată de *Aimez Moi* de la *Caron*, un parfum dăruit tot de el.

Robert cunoștea fiecare flacon cu arome pe care îl aveam, știa că purtam parfumurile în funcție de starea de spirit, de fiecare dată când alegeam un parfum – sau, din contră, îl uitam pe raft zile întregi – aveam motive întemeiate, ba că sunt prea dulci, ba, poate, prea discrete. Sau, pur și simplu, mult prea banale pentru zilele în care străluceam și voiam să port câte un parfum puternic, năucitor, care să atragă toată atenția asupra mea și care să-i facă pe cei care mă întâlneau să nu mă uite niciodată. Așa că m-am abținut și nu i-am răspuns.

— Ce se întâmplă cu voi doi de la o vreme? ne-a întrebat Sandra curioasă, așezându-se pe mijlocul banchetei, ca să ne poată vedea mai bine pe amândoi.

— Ți-aș răspunde, dar îi las această onoare Maiestății Sale, a zis Robert insinuant, privind spre mine cu subînțeles.

— De ce crezi că se întâmplă ceva? am întrebat, privind-o atentă în oglinda retrovizoare.

— Nu mai sunteți la fel cum erați, sunteți foarte reci unul cu celălalt, abia dacă vă mai vorbiți și, când o faceți, doar vă împungeți, nu mai sunteți o echipă în toate, așa cum erați înainte. Se vede de la distanță că între voi s-a întâmpat ceva, probabil că v-ați certat foarte rău, nu știu motivul, dar e mare păcat, erați o echipă deosebit de simpatică și de unită.

— Oamenii se mai schimbă, i-am spus cu tristețe.

— Și nu mereu în bine, m-a completat Robert mult prea tăios.

— OK, văd că nu vreți să-mi spuneți de ce sunteți supărați, nu insist, dar dacă aveți nevoie de mine... Știți că vă iubesc pe amândoi, da? ne-a zis ea liniștită.

— Și noi te iubim, i-am spus recunoscătoare.

Câteva clipe, nimeni nu a scos niciun cuvânt, apoi, dintr-odată, Sandra s-a trezit vorbind despre noua bonă, întrebându-ne ce părere avem despre ea. Eu doar am ridicat din umeri, iar Robert mi-a aruncat un zâmbet răutăcios.

— Irina nu o prea place, poate ai sesizat și tu asta.

— Ești geloasă pe ea? m-a întrebat Sandra amuzată.

— Geloasă? Și de ce aș fi?

— Că ar putea flirta cu Matei și știm deja cum e Matei, a fost ea sinceră.

— Nu, nu mai sunt geloasă, i-am răspuns foarte calmă.

— De când noutatea asta? a sărit imediat Robert.

— De când mi-am dat seama că gelozia nu este decât o dovadă a neîncrederii în propria persoană și a imaturității. De când am înțeles că oamenii sunt schimbători, că sunt liberi să aleagă pe cine vor, că nicio promisiune nu-i va face să rămână cu tine, atunci când vor să fie cu altcineva, pentru că simt altfel decât ce simțeau la un moment dat. În asemnea caz, nici actele de căsătorie, nici promisiunile în fața altarului, nici amintirile frumoase, care ar trebui să-i unească, nu-i vor ține împreună pentru totdeauna. Iar gelozia nu este altceva decât o dovadă de slăbiciune și de egoism, de incapacitate de a-l iubi pe celălalt mai mult decât te iubești pe tine. Pentru că iubirea nu înseamnă să-l transformi pe cel iubit în prizonierul tău.

— *Când iubeşti, eşti bun, eşti-nalt, eşti tare./Aperi cu putere orice legi:/Nu faci răni, te-apleci la fiecare./Rupi din tine suflet şi le legi,* a recitat Robert încet, privind îngândurat înainte.

— Ce poezie frumoasă! a exclamat Sandra încântată. Robert, ce surpriză! Ești un romantic! Îți plac poeziile!

— *Când iubeşti,* de Virgil Carianopol. O poezie pe care o știu de la Irina, dar, chiar dacă ea știe multe poezii, nu înțelege mai nimic din ele.

— Ce încerci să insinuezi? l-am luat imediat la întrebări. Nu mă mai puteam abține, tensiunea dintre noi devenea din ce în ce mai apăsătoare.

— Nu insinuez nimic. Îți dai prea mare importanță, a continuat el să mă ia peste picior și să mă atace.

— Îmi place mult să petrec timp cu voi, sunteți fascinanți, parcă mă uit la un film, jur! a spus Sandra încântată. Voi, chiar și atunci când vă contraziceți sau vă înțepați, sunteți frumoși. De multe ori m-am gândit că ați fi fost un cuplu minunat, a adăugat ea cu naivitate, fără să știe unde și cum ne rănește.

— Vreți să oprim să-l salutăm pe Angel? am întrebat brusc, numai ca să schimb subiectul.

— Daaaa! a exclamat Sandra, bucuroasă ca un copil căruia tocmai i se promisese o aventură.

— Bănuiesc că nu contează și ce vreau eu, doamnele au întotdeauna prioritate, a concluzionat Robert zâmbind. Deși mă gândesc că poate ar trebui să ne grăbim să ajungem acasă. Matei a rămas singur cu bona, m-a înțepat el fără milă.

— Și ce-o să-i facă, măi, bona? Poate îl va face să se simtă bine câteva minute, de acord, dar Matei mă iubește pe mine și doar pe mine! Doar cu mine este fericit. Ar trebui să știi asta! i-am răspuns și eu, atingându-l unde știam sigur că-l doare. Chiar dacă și pe mine mă sfâșia că trebuia să fac tot posibilul să-l îndepărtez de mine, ca să respect scenariul pus la cale de Matei...

— Te-ai contrazis! mi-a trântit-o triumfător. Mai devreme țineai pledoarie împotriva geloziei...

— Deci mergem la Angel? ne-a întrerupt Sandra, încântată că mergem într-o vizită nesperată la bărbatul pe care-l adora fără speranță și nebăgând în seamă discuția noastră. Apoi, fără să mai aștepte confirmarea, l-a sunat pe Angel și l-a întrebat dacă este acasă, spunându-i că ne-am dori să-l vizităm, dacă pentru el nu era nicio problemă. Ca un adevărat prieten, bineînțeles că s-a arătat foarte bucuros de vestea că-l vom vizita.

— Ce-a spus? Are chef să ne vadă? am întrebat-o după ce a închis apelul.

— Cică nici nu puteam nimeri într-un moment mai bun, că are mare nevoie de tine, mi-a răspuns ea, fericită că, deși nu fusese programată o astfel de întâlnire, urma să-l vadă pe bărbatul de care era atât de îndrăgostită.

— Toți au nevoie de Irina, a spus Robert zeflemitor. Ghinionul lor! Și norocul ei, că ea nu are nevoie de nimeni. Ea știe că poate fără oricine...

— Știi ce? Dacă ai ceva de zis, spune-o direct, dar termină odată cu ironiile, cu metaforele, cu poeziile și cu toate apropourile penibile!

— Dar de ce v-ați aprins așa, Majestate? Și mai ușor cu accelerația, știu că te grăbești să ajungi în brațele lui Angel, dar nu ne pune pe noi în pericol, a mai azvârlit o săgeată otrăvită înspre mine.

Sandra mi-a aruncat o privire întrebătoare și, privindu-ne în oglinda retrovizoare, i-am zâmbit nevinovat, ca un fel de scuză pentru tot ce debita Robert. Bineînțeles că el și-a dat seama imediat de gafa pe care o făcuse, acum știa că Sandra îl iubea pe Angel de ani mulți și suferea pentru că el nu îi oferea mai mult decât o prietenie și doar din când în când câte o noapte de amor. Orbit de dorința de a mă scoate din sărite, o rănise, fără să vrea, pe nedrept, și pe ea.

Angel nu era singur, ci avea ca musafir un prieten căruia soția îi ceruse de curând divorțul. Așa că, de îndată ce ne-a întâmpinat în curte, mi-a povestit pe scurt despre prietenul său și m-a rugat să încerc să discut cu el, că poate reușesc să-l încurajez puțin, că el a epuizat toate argumentele și e nevoie să-i mai spună și alții, o străină ca mine și, în plus, femeie, că anumite lucruri din viața noastră se întâmplă cu un scop, de asemenea, de multe ori, înspre binele nostru, bine pe care nu-l vedem în momentele de criză. Apoi am intrat cu toții în casă, iar Angel ne-a prezentat prietenului său Vlad, care, într-adevăr, arăta ca un om distrus.

Ne-am așezat în living, fiecare unde a dorit, apoi Angel ne-a anunțat că a chemat bucătăreasa să ne pregătească un șalău de Dunăre la cuptor, pentru că tocmai primise peștele proaspăt de la un amic din Tulcea. Atât Robert, gelos, cât și Sandra, pusă pe gânduri de vorbele scăpate la nervi de el, erau foarte atenți la comportamentul meu și al lui Angel. Cu siguranță, ne studiau să vadă dacă există între noi doi vreo chimie aparte, vreun gest tandru, ceva mai mult decât prietenia despre care știau ei. Dar Angel se purta impecabil și cât se poate de amical, diferit de felul în care se purta cu mine atunci când eram doar noi doi și când era foarte afectuos cu mine, mă ținea mult în brațe și mă privea cu admirație.

După câteva minute de conversații banale, Angel a deschis subiectul despre divorțul prietenul său.

— Irina, prietenul meu tocmai a fost părăsit de soția lui. Și i-am spus că tu ai un fel special de a încuraja oamenii și de a le alina suferința. Mă gândeam că părerea unei femei, în situația asta, ar conta mult pentru el.

— Ei, nu tuturora, unora le provoacă suferință, nu s-a putut abține Robert să comenteze.

— Ce motive a invocat soția ta când te-a anunțat că vrea să divorțați? l-am întrebat pe prietenul lui Angel, ignorându-l pe Robert. Nu mi s-a părut potrivit să ne continuăm luptele în fața unui om care avea propriul război de purtat.

— Nu știu, efectiv, nu știu, totul era bine între noi, mi-a răspuns bărbatul, cu o privire tristă și nedumerită, de om care nu înțelege motivul unei lovituri nemeritate, primită exact de la femeia pe care o iubea.

— Totul era bine sau totul părea că este bine?

— Păi, eram fericiți...

— Ești sigur că nu doar tu erai fericit? Poate că doar se prefăcea că este fericită, am încercat eu să deslușesc mai bine situația lui. Încercam să aflu cât mai multe, nu doar adevărul lui, ci și cealaltă versiune, perspectiva soției sale.

— Nu se prefăcea; eu cred că totuși mă iubește, luna trecută am fost într-o vacanță, a fost totul OK, mi-a răspuns oarecum sigur pe el.

— Uneori, relațiile doar par OK, pentru că merg din inerție, pentru că nu aprofundăm, pentru că trăim superficial, ne mulțumim cu puțin și facem concesii, i-am atras eu atenția cu blândețe. Tot ce-ți pot spune este că o femeie nu renunță ușor la un bărbat, nu fără motive întemeiate și în niciun caz dacă este fericită și împlinită.

— Nu mai spune! a sărit Robert imediat. Era evident că-l irita orice discuție legată de relații și că raporta la noi doi fiecare afirmație pe care o făceam, era un impuls pe care nu și-l putea controla. Ce bună ești tu la teorie, a continuat el ironic. Ne poți spune de ce ai plecat din relații în care erai fericită? Să știm și noi, luminează-ne, că nu reușim să pricepem, suntem, așa, mai grei de cap.

— Nu am plecat din nicio relație în care am fost fericită, fii sigur de asta. Fii convins că nu fuge nimeni de fericire. Și nu te mai purta de parcă ai cunoaște tot adevărul unui om, i-am atras eu atenția cu mult calm, făcând abstracție de furia lui abia stăpânită.

— Deviem de la subiect, a intervenit Angel, care știa despre tensiunea dintre mine și Robert, dorindu-și să înăbușe astfel cine știe ce discuție care ar fi putut să ne dea de gol în fața Sandrei.

— Bănuiesc că ţi-a spus de ce vrea să divorţeze, am continuat dialogul cu Vlad.

— Mi-a spus că, pur şi simplu, nu mă mai iubeşte, a oftat omul cu amărăciune. Iar eu nu mai înţeleg nimic: cu câteva săptămâni în urmă, când eram în vacanţă, totul părea a fi minunat între noi.

— Oare de ce ajunge o femeie să nu te mai iubească, deşi tu o iubeşti enorm şi trăieşti doar ca să o faci fericită? a întrebat Robert, chipurile filosofând, dar făcând, desigur, aluzie la mine şi empatizând în totalitate cu prietenul lui Angel.

— Poate pentru că iubeşte pe altcineva, am răspuns răstit, mai mult pentru urechile lui Robert decât pentru a-i răspunde prietenului gazdei noastre.

— Nu cred că soţia mea iubeşte pe altcineva, a răspuns omul, foarte necăjit, dar din vocea lui răzbătea speranţa că lucrurile nu stau chiar atât de rău.

Sandra, care până în acel moment doar asistase la discuţia dintre noi, a simţit nevoia să intervină.

— Eşti convins că nu iubeşte pe altcineva? Pentru că şi eu cred cu tărie că o femeie nu poate renunţa la un om pe care-l iubeşte. Nu ştiu cum sunteţi voi, bărbaţii, dar noi nu putem pleca uşor dintr-o relaţie. Nu plecăm nici măcar atunci când suntem nefericite, când ne simţim neglijate şi nedorite. Iubim, ne dăruim şi ne amăgim că, poate, prin dragostea ce v-o purtăm, vă determinăm să ne observaţi, că poate învăţaţi de la noi să ne apreciaţi şi să ne oferiţi dragostea după care tânjim, să ne iubiţi aşa cum am merita. Dar, da, plecăm la un moment dat. Plecăm abia atunci când obosim să ne mai amăgim, când simţim că nu mai putem să luptăm de unele singure ca relaţia să fie frumoasă, când realizăm că doar noi am oferit şi nu am primit nimic în schimb, când înţelegem că batem zadarnic la uşi închise. O perioadă putem duce totul singure, apoi, lipsite de iubirea care ne-ar fi dat putere şi încredere, rămânem fără resurse şi fără sentimente... Şi plecăm. Alegem un alt drum.

Câteva clipe, am căzut cu toţii pe gânduri. Fiecare se raporta, probabil, la propria poveste.

Eram cinci oameni neîmpliniți, unii dintre noi iubeau oameni care nu le împărtășeau iubirea, iar alții erau iubiți de cei pe care nu-i puteau iubi. În ceea ce mă privește, părea că mă aflam în cea mai complicată situație cu putință, pentru că iubeam un bărbat pe care nu-l puteam avea niciodată și care, la rândul său, mă iubea, însă mă vedeam condamnată să fiu lângă un om pe care nu-l iubeam.

Robert se simțea cel mai singur, cu siguranță: iubea și nu se simțea iubit de nimeni. Nici Sandra nu era mai fericită, îl iubea în van pe Angel, iar acesta cine știe după cine tânjea, cu toate că era iubit de mai multe femei, care însă doar visau la dragostea lui...

Însă în acel moment toată atenția noastră trebuia să fie concentrată pe suferința prietenului lui Angel, un om lovit prin surprindere și care avea nevoie de susținere și de încurajări. Nu că ar putea cineva sau ceva să-i dea putere cuiva căruia i se ia tot ce iubește, care se trezește dintr-odată cu viața răvășită, dar noi măcar am încercat, l-am ascultat, l-am sfătuit, l-am încurajat că va trece peste această etapă grea și l-am asigurat că, deși în momentele de criză e greu de crezut, viața chiar merge înainte, cu oameni noi, cu povești noi, cu speranțe noi și cu alte iubiri.

— Nu insista să o convingi să nu plece, i-am zis. De ce ai vrea pe cineva care nu te mai iubește? De ce ai amâna un adevăr evident, și anume că momentul despărțirii a venit, de ce ai mai pierde timpul într-o poveste care nu mai este a ta?

— Dar o iubesc, a șoptit el pierdut.

— Te înțeleg, însă nu este suficient să iubească doar unul pentru ca relația să meargă mai departe, înțelegi ce spun? Dacă o iubești cu adevărat, și nu egoist, las-o să plece. Las-o să fie fericită, chiar dacă fericirea ei nu este și fericirea ta. Viața nu se termină atunci când se termină o iubire.

— Eu am trăit numai pentru ea în anii aceștia în care am fost împreună. Totul a fost despre ea, despre ce a vrut ea, despre ce a iubit ea, despre cum a crezut ea, despre ce a visat ea...

— Atunci, la fel ar trebui să te desparți de ea, l-am sfătuit cu tot dragul, cu toate că era dureros și cumplit de greu pentru el. Să fie așa cum vrea ea și când vrea ea, fără să-i îngreunezi situația. Rar, foarte rar am văzut pe cineva care s-a întors din drum după ce a decis să plece dintr-o relație. Fii înțelept și bun cu ea până la capăt, iubește-o până la final, așa cum ai făcut-o în tot timpul cât ați fost împreună. Las-o să plece, fără să te certi cu ea, fără să o implori să rămână. Eu chiar cred că oamenii se pot despărți frumos, cu iubire. Fără circ, fără să-și arunce vorbe urâte și fără să se chinuie reciproc.

— Cred că asta depinde de gradul de educație al fiecăruia, a spus Angel aprinzându-și un trabuc. Felul în care un om se desparte de cineva spune multe despre el, a concluzionat el.

— Așa este, dar mai depinde și de puterea fiecăruia de a înțelege și de a accepta ce nu mai poate schimba, a accepta că oamenii nu-și datorează unii altora relații veșnice, că fiecare este liber să plece atunci când simte că nu mai vrea să facă parte dintr-o poveste. Indiferent cât de nedrept ni se pare asta, oamenii pe care-i iubim chiar au dreptul să aleagă. Chiar și atunci când nu ne aleg pe noi.

— Indiferent dacă ne rănesc, dacă ne distrug viața și visurile? a continuat să întrebe cu tristețe prietenul lui Angel.

— Viața unui om nu ar trebui să fie distrusă doar pentru că nu mai este dorit de cineva, viața lui nu are voie să se rezume doar la un singur om. Iar visurile lui se vor schimba împreună cu direcția de mers, schimbarea face parte chiar din frumusețea vieții, asta ar trebui să înțelegem cu toții.

— Are logică tot ce spui tu, dar cum să fac să accept că ea nu mă mai iubește, de vreme ce eu nu i-am dat niciun motiv să nu o mai facă? Asta mă chinuie și nu reușesc să pricep cum s-a putut întâmpla așa ceva.

— Oricât de greu ți-ar fi să accepți asta și oricât de nedrept ți se pare, trebuie să înțelegi că, la un moment dat, fără să fi făcut ceva greșit, nu mai contezi pentru omul pe care îl iubești cel mai mult. Nimic din ceea ce ești și v-a legat odată nu mai contează pentru cel pregătit să se despartă de tine și să plece pe un alt drum. Nu mai contează cât l-ai iubit pe acel om, că i te-ai dăruit fără rezerve şi nici că ai trăit doar pentru a-l face fericit. Pentru el, nu mai are nicio importanţă, pur şi simplu, doreşte să plece şi să lase trecutul în urmă. Şi pe tine laolaltă cu acel trecut comun. Şi, da, abandonul doare cumplit şi ai impresia că totul a fost în zadar, că nu mai ai nimic şi niciun rost pe lume, fiindcă toată existenţa şi tot universul tău se rezumau la acel om, pentru care acum nu mai însemni nimic. Dar lumea nu se limitează la o singură persoană, nici viaţa, la o singură poveste de iubire. Dacă simţi că nu mai ai loc în viaţa cuiva, lasă omul acela să plece. Şi pleacă şi tu de lângă el. Nu te învinovăţi, acceptă că se poate întâmpla ca, la un moment dat, oamenii să descopere că au alte nevoi, alte priorităţi, că nu se mai regăsesc lângă tine. Că, pur şi simplu, nu mai sunt fericiţi.

— Ar fi trebuit să notez ideea asta, a spus Robert sarcastic şi amar, în acelaşi timp. Nu reuşea să se desprindă deloc de suferinţa lui, îmi era foarte limpede, fiecare cuvânt pe care-l spuneam era ca o lamă de cuţit înfiptă în inima lui...

— Îmi pare rău că v-am încărcat cu problemele mele. Nu prea mă simt în largul meu, sunteţi nişte străini, poate aveţi şi voi problemele voastre şi eu vă încarc cu ale mele, vă expun intimităţile mele, a mai zis, necăjit şi jenat, Vlad.

— Uneori este mai benefic şi chiar mai sigur să-ţi descarci sufletul în faţa unor străini decât în faţa prietenilor sau a familiei, i-am răspuns încurajator. Un străin priveşte situaţia detaşat, nu este implicat emoţional şi asta îl ajută să vadă totul cu mai multă claritate.

— Ai dreptate. Familia doar mă compătimeşte şi mă consolează, iar unii dintre prieteni îmi sporesc furia, mi-a confirmat el.

— Nu te lăsa mistuit de furie, l-am sfătuit eu cu blândeţea de care are mereu nevoie un suflet rănit, nu trebuie să transformi durerea în ură. Dacă o iubeşti, iubeşte-o până la capăt, chiar şi atunci când pleacă şi chiar dacă tu crezi că greşeşte, dacă simţi că îţi provoacă durere şi că îţi face o mare nedreptate. Într-o zi, o vei ierta, te asigur.

— Nu cred că o voi ierta. Îmi ia totul fără să îi fi greşit cu ceva, mi-a zis el cu sinceritate şi cu o iritare abia stăpânită.

— Înţelege că nu este nevoie să îi greşeşti cuiva pentru ca el să nu te mai vrea în viaţa lui, am încercat eu să-l calmez. Este normal ca, la un moment dat, să nu mai vrem să fim alături de anumiţi oameni, indiferent cât de mult i-am iubit cândva, indiferent ce promisiuni le-am făcut. Unii dintre noi evoluăm, nu rămânem aceiaşi, prin urmare, nu mai avem aceleaşi nevoi, gusturi ori valori ca odinioară. Şi, automat, nici sentimentele noastre nu rămân aceleaşi. Se schimbă şi ele.

— Şi tu, când te-ai întors la Matei, ai evoluat? m-a întrebat Robert insinuant.

— Acum nu vorbim despre mine, i-am tăiat-o scurt, văzând că o ţine tot pe-a lui, că se gândeşte numai la problemele noastre, nicidecum nu discută despre situaţia lui Vlad.

— Şi eu ce să fac acum, să accept, pur şi simplu, că ea nu mă mai vrea? a întrebat prietenul lui Angel, deloc distras de intervenţia lui Robert.

— Da, i-am răspuns liniştită, deşi eram conştientă că asta îl va durea. Poţi să o obligi să te vrea? Tu trebuie să înţelegi că aici se termină povestea voastră, atât cât a fost să fie. Că din acest moment voi doi nu mai aveţi niciun rost împreună şi că ar fi inutil, doar o mare risipă de timp şi energie, să mai prelungiţi inevitabilul.

— Nu ştiu cum să fac să accept asta, mi-a răspuns cu o voce gâtuită. Plâng de câteva zile, mă uit la tot ce am construit împreună şi îmi dau seama că trebuie să las totul în urmă.

— După ce anume plângi? Ai o casă, dar nu şi un cămin. Ai o soţie, dar nu şi o parteneră, i-am atras eu atenţia.

— Îmi este atât de ciudă că sunt slab!

— Nu eşti slab, am continuat eu să-l îmbărbătez. Dragostea nu este o slăbiciune, iar omul care suferă din iubire nu este slab, dimpotrivă. Trebuie doar să te aduni, să-ţi înfrângi teama că despărţirea asta te va distruge, că nu mai există niciun motiv pe lume ca tu să mergi mai departe. Pentru că, ai să vezi, totul în viaţă se estompează la un moment dat, chiar şi durerea cea mai cumplită începe, încetul cu încetul, să se diminueze. Și, cine știe? poate chiar veți reuși, după ce se vindecă rănile din sufletul tău, să fiți prieteni. Chiar dacă ea pleacă acum de lângă tine, din viața ta, este aceeași femeie de care te-ai îndrăgostit. Nu este o persoană devenită brusc rea numai pentru că nu te mai poate iubi.

— Ba este rea, Irina! Altfel, cum îți explici că, după ce mi-a spus că vrea să divorțăm, mi-a cerut să mă mut imediat, fără să-mi dea un răgaz și fără să-i pese că sufăr sau că-mi va fi cumplit de greu să mă adun ca să o iau de la capăt. Am rugat-o să-mi mai dea timp, am implorat-o, dar nu-i pasă deloc că sufăr sau că îmi vine așa de greu să mă despart de ea și de tot ce aveam împreună. Și nu mă refer acum la casă neapărat, cu toate că nici asta nu e ușor.

— Și totuși asta nu înseamnă că este rea, ci doar lipsită de empatie. Și egoistă.

— Tu pari foarte matură în gândire și foarte puternică, e logic și de bun-simț ce spui, dar nu este așa de ușor cum pare în teorie.

— Am trecut și eu prin despărțiri, să știi, nu vorbesc doar teoretic. Am abandonat și eu la rândul meu, poate fără pic de înțelegere pentru omul pe care-l lăsam fără dragostea mea.

— De ce ai făcut asta? Nu te-a durut?

Câteva clipe am rămas pe gânduri, iar ceilalți mă priveau curioși în așteptarea unui răspuns. Mai ales Robert și Angel, care nu-și puteau explica împăcarea cu Matei…

— Atunci când doi oameni se despart, nu suferă doar cel părăsit, ci ambii parteneri din relație. Nu ai cum să nu te simți vinovat că părăsești pe cineva care a crezut în tine, nu ai cum să nu regreți că rănești, nu ai cum să nu suferi după un om pe care l-ai iubit și cu care ai împărțit o bucată importantă din viața ta, căruia i-ai dăruit, la un moment dat, sufletul tău. Chiar dacă pare că îi este ușor celui care alege să se despartă, suferă și el, asta ar trebui să înțelegi tu. Nu cred că iubirea dintr-un om moare într-o clipă, nici măcar atunci când se îndrăgostește de altcineva. Pur şi simplu, nu are cum să se întâmple asta cât ai bate din palme.

— Cum se poate îndrăgosti de altcineva un om care iubeşte şi este iubit? Căruia i s-a oferit totul? a continuat să întrebe și să se întrebe Vlad, fără să reușească să înțeleagă.

— Cine poate şti ce e în inima altcuiva? Motive pot fi multe şi foarte diferite, de la om la om. Dar eu cred că, pur şi simplu, găseşte un suflet cu care rezonează mai mult, o persoană în care se regăseşte.

— Şi nu alege neapărat pe cineva mai bun, a adăugat Robert. Cunosc persoane care au renunţat la oameni buni pentru unii net inferiori, mai ales din punct de vedere moral. Poţi explica şi asta, Irina? mi-a zis ironic, dar şi sperând să primească un răspuns care să-l ajute să-mi înţeleagă faptele.

— Nu ştiu de ce aleg unii persoane inferioare, poate au nevoie de cineva care să nu-i facă să se simtă mărunți, pentru ca astfel să se simtă superiori, validaţi.

Bucătăreasa lui Angel a apărut dintr-odată în living și ne-a întrerupt discuțiile chemându-ne la masă. Cât timp am mâncat, nu am mai vorbit despre necazul lui Vlad, le-am făcut uitate pe ale noastre şi am încercat să creăm cu toţii o atmosferă destinsă, astfel încât s-a glumit, s-a râs, punând un punct delicat, temporar, problemelor dureroase dezbătute. Când vizita s-a terminat şi l-am îmbrăţişat de bun-rămas pe Angel, acesta mi-a şoptit:

— Dacă vrei să-l convingi pe Robert că nu-l mai iubeşti, va trebui să nu-l mai priveşti aşa.

— Cum îl privesc?

— Cu ochi scânteind de iubire.

Nu am spus nimic, l-am pupat cu tot dragul, ne-am luat rămas-bun şi de la prietenul său, căruia i-am urat multă putere să depășească situaţia, apoi am plecat împreună cu Robert și cu Sandra acasă.

Acasă..., unde ne aşteptau în continuare propriile probleme și situații de viață, din cauza cărora ne frământam atât de mult...

Capitolul 8

Îmi era tare greu să trăiesc cu gândul că Robert era supărat pe mine, că se simțea trădat și că mă detesta, dar nu aveam de ales, spre binele lui trebuia să-mi joc rolul conform scenariului aberant și diabolic creat de Matei pentru distrugerea iubirii dintre noi. Tânjeam în fiecare clipă după îmbrățișările lui și privirile lui calde și pline de dragoste, dar el mă trata cu indiferență, spre satisfacția tăcută, dar deplină, a lui Matei, care era extrem de atent la comportamentul nostru și la orice detaliu aparent minor.

Mă întrebam, uneori, dacă mai existau pe lume oameni care se iubeau la fel ca noi și care nu puteau fi împreună, dacă mai existau povești atât de absurde și de nebunești ca a noastră. Simțeam nevoia să-mi descarc sufletul, să-i povestesc cuiva tot ce trăiesc, să mă sfătuiesc cu cineva, dar nu puteam discuta cu nimeni, avertismentele sumbre ale lui Matei îmi erau încă mult prea vii în memorie și mă înspăimântau de fiecare dată.

În astfel de momente, îmi aminteam cât de benefică a fost relația cu Prietenul imaginar. În aceste clipe, să am pe cineva căruia să-i mărturisesc toate tainele mele mi-ar fi salvat sufletul de la chinurile pe care le trăiam, m-ar fi ajutat să mă simt măcar puțin mai liberă, ușurată de poveri, ca atunci când mărturisirile ne ajută să ne simțim mai bine, împăcați, în ciuda greșelilor care ne apasă conștiința. Dar nu exista nimeni căruia să îi pot spune povestea mea adevărată. Pentru că niciun om dintre cei care mă cunoșteau și care mă iubeau nu ar fi acceptat ca eu să fiu, în prezent, marioneta lui Matei. Și ar fi stricat totul, divulgând adevărul și punându-l pe Robert în pericol. Așa că, atunci, în lipsa cuiva căruia să-i împărtășesc totul și cu ajutorul căruia să-mi ușurez sufletul, mi-a trecut prin minte să scriu acea carte la care mă tot gândeam. Un jurnal care să devină, cândva, o carte – care să-mi spună povestea, care să reflecte tot ce am trăit frumos împreună cu Robert, precum și toată suferința mea, pagini în care să-i menționez pe toți oamenii pe care i-am iubit și care au contat pentru mine. O mărturie asumată a sentimentelor, a temerilor și a greșelilor mele. A unei perioade bune și nebune din viața mea. Și, pentru că trebuia să încep cu începutul, am recitit jurnalele mele vechi, cele în care mi-am destăinuit, în ultimii ani, toate tainele inimii și am început, rând după rând, pagină cu pagină, să-mi scriu povestea, fără să știu dinainte nici cum va evolua, nici dacă o voi termina vreodată sau dacă măcar o va citi cineva la un moment dat, când ea va fi ajuns la final.

Bineînțeles că nu trebuia să știe nimeni din casă despre cartea mea, trebuia să rămână un secret și m-am asigurat și că nimeni nu va avea acces la ea, căutându-i cea mai sigură ascunzătoare, ferindu-mi astfel destăinuirile de ochi cercetători și curioși. Recitind jurnalele și scriind, retrăiam totul cu aceeași intensitate ca în momentele acelea în care totul se întâmplase aievea și vedeam anumite lucruri mai clar, cu mai multă maturitate. Până la urmă, trecuse ceva timp, nu mai eram fata de nouăsprezece ani care a pornit naivă într-o poveste de iubire care avea să o schimbe radical pe ea și, probabil, cursul întregii ei existențe.

Scriam în momentele în care eram singură și găsisem în scris un refugiu vindecător, de parcă reușeam, în sfârșit, să-mi descarc sufletul în fața unui prieten bun, un prieten care doar mă asculta, fără să mă judece și fără să îmi dea sfaturi nesolicitate, emițând doar teorii lipsite de emoție și imposibil de pus în practică.

Îl iubeam pe Robert tot mai mult, pe măsură ce scriam despre el, eram parcă din zi în zi mai subjugată poveștii dintre noi, dar aveam și momente în care-l detestam pentru povestea cu Prietenul imaginar, învinovățindu-l că, din cauza lipsei sale de curaj de atunci, dragostea noastră nu avea nicio șansă și eu mă aflam, din greșeala lui, e drept, neintenționată, într-o altă poveste, una pe care o detestam: eram iubita lui Matei.

Într-o seară târzie, cu sufletul răvășit după ce recitisem o parte din jurnalul meu, l-am surprins pe Robert singur în living. Citea întins și relaxat pe canapea, ascultând muzică în surdină.

— Ești bine? m-a întrebat strigând în urma mea.

Mă îndreptam spre bucătărie, iar el, când a văzut că nu mă opresc, a venit după mine.

— Ai nevoie de ceva? l-am întrebat aparent liniștită, când s-a oprit în fața mea.

— Te-am întrebat dacă ești bine.

— De ce nu aș fi bine? am zâmbit eu chinuit, cu inima încă plină de amintirile din paginile jurnalului, retrăite atât de intens și dureros.

— Auzi ce cântec! Haide să dansăm! mi-a spus el cu un surâs cald și, fără să aștepte încuviințarea mea, m-a condus în living, unde se auzea de la sistemul audio cântecul *Un'altra te*, cântat de Eros Ramazzotti.

M-a întors cu fața spre el și m-a îndemnat să dansăm, conducându-mi fiecare mișcare cu infinită grijă, dar și ferm, de parcă nu ar fi acceptat nicio împotrivire. L-am studiat puțin să văd dacă nu cumva băuse mai mult decât era cazul, pentru că în seara aceea avusesem musafiri, cu care Matei băuse mai mult decât obișnuia, fapt care l-a determinat să plece la culcare imediat după ce au plecat oaspeții.

Dar Robert nu băuse deloc, îmi era clar că era foarte lucid și probabil că era doar un moment în care nu mă mai ținea la distanță. Aș fi vrut să-l îmbrățișez cât mai tare, să-mi alin dorul de el, iar dansul chiar îmi crea privilegiul perfect să mă apropii de el. Dar nu am îndrăznit. Îmi era teamă că mă voi lovi de răceala lui, că mă va umili, tratându-mă cu indiferență, și nu eram suficient de puternică încât să mă confrunt cu dovada că el nu mă mai iubea deloc. Eram mult prea îndrăgostită de el, sufeream prea tare din cauza depărtării forțate dintre noi și chiar în clipele acelea nu aș fi putut să accept că bărbatul adorat nu mă mai iubește. Aveam nevoie de timp, iar ceasul înțelegerii și al consimțirii nu sosise încă. Știam că îi place mult acel cântec, îmi spusese cândva că rezonează cu versurile lui și speram că încă simte la fel, că încă mai crede că nu va mai găsi niciodată o alta ca mine.

— Poți să te apropii mai mult de mine dacă vrei, mi-a spus în timp ce-mi ghida pașii în ritmul lent și totuși atât de pasional al dansului.

Mi-aș fi sprijinit capul de pieptul lui și mi-aș fi alinat astfel tot dorul de el, însă nu puteam face asta. Nu-mi puteam trăda sentimentele, nu puteam risca să fac vreo greșeală care să-l înfurie pe Matei și care să-i declanșeze ura și, implicit, să ajungă să-și țină promisiunile oribile pe care mi le făcuse în privința lui Robert. Dar el mă cunoștea prea bine și, fără să spună ceva, mi-a mângâiat chipul și m-a îndemnat cu duioșie să vin la pieptul lui.

— Credeam că ești supărat pe mine, i-am spus, încercând să nu izbucnesc în plâns, fericită să-mi sprijin aproape de inima lui nu doar capul, ci întreaga ființă, cu gânduri și sentimente, cu tot.

— Există ceva mai puternic decât supărarea, Majestate. Se numește iubire, mi-a șoptit el.

— Mă minți acum? l-am întrebat timid, cu frică parcă.

— Nu te mint. Iubirea este mai puternică decât tot, chiar și decât durerea...

I-am strâns mâna, am închis ochii și am continuat să dansăm... Iar eu eram fericită că-l aveam atât de aproape, fie doar și pentru câteva clipe, că-i puteam simți respirația și inima bătând atât de aproape de a mea.

Când s-a terminat cântecul, m-am retras din brațele lui și i-am urat noapte bună fără să-l privesc. Nu voiam să-mi citească în ochi toată dragostea și toată vinovăția pe care le simțeam. Apoi am urcat cu tristețe în camera lui Matei. Acesta dormea foarte adânc, nu era obișnuit să-și bea mințile, dar în seara aceea, îndemnat de unul dintre prietenii săi, a băut mai mult decât obișnuia. Au început cu un coniac foarte scump, apoi au continuat să bea whisky până când s-au amețit bine de tot.

M-am așezat lângă el și am stat mai mult de o oră în liniște, pe întuneric, gândindu-mă la Robert și la situația nefericită în care mă aflam.

Oare câți oameni stau acum, la fel ca mine, lângă persoane pe care nu le iubesc și tânjesc după omul de care sunt îndrăgostite cu adevărat și care înseamnă pentru ei mai mult decât orice?...

Abia atunci am înțeles cât de liberi erau cei care puteau pleca oricând voiau, de îndată ce nu mai iubeau pe cineva. Și totuși mulți stăteau lângă oameni pentru care nu mai simțeau dragoste, legați de tot felul de frici – frică de singurătate, teama de a ieși din zona de confort, spaima de a nu-l răni iremediabil pe omul pe care l-ar fi părăsit. Sau nu plecau din cauza prejudecăților, de grija părerilor strâmbe ale lumii.

Nu reușeam să adorm, eram încă sub vraja dansului împreună cu Robert, așa că m-am dus în dormitorul meu și am încercat să scriu. Însă nu mă puteam concentra, orice aș fi vrut să fac, fiindcă tot ce-mi doream era să fiu cu bărbatul iubit, să-l țin încă puțin în brațe, dar să fiu eu, cea reală, fără să mă prefac că nu-l mai vreau în viața mea, că nu-l mai iubesc. Aveam nevoie să fiu măcar pentru câteva clipe sinceră, să las toate măștile să cadă, să redevin cea adevărată, cu sentimentele mele cu tot, chiar cu greșelile mele – dar ale mele, nu cele făcute la îndemnul nemilos și forțat al altcuiva.

Aproape fără să știu ce fac, m-am dus direct în camera lui Robert, am încuiat ușa pe dinăuntru și m-am strecurat în pat, lângă el. Nu știam dacă doarme sau nu, camera era cufundată în întuneric. Era posibil să mă alunge dacă și-ar fi dat seama că sunt acolo, chiar dacă mai devreme spusese că iubirea este mai puternică decât orice, chiar și decât durerea pe care i-o pricinuisem.

Dar probabil că nu putea fi mai puternică decât trădarea...

— Iarăşi ai încurcat dormitoarele? m-a întrebat şoptit.

Am zâmbit, amintindu-mi de prima mea seară în casa aceea, când am confundat dormitorul lui Matei cu al său.

— De fapt, atunci, în prima noapte petrecută în casa aceasta, nu le-am încurcat, am răspuns tot şoptind. Ceva, o forţă necunoscută, poate cineva care pune lucrurile la locul lor în acest univers, m-a dus exact unde ar fi trebuit să fiu. Doar că eu nu ştiam asta şi am plecat acolo unde credeam că ar trebui să mă aflu...

Nu a spus nimic, iar eu m-am apropiat de el şi l-am îmbrăţişat cu un dor infinit şi cu o dragoste pe care nu mai reuşeam să o înfrânez. Mă aşteptam să mă respingă, dar nu a făcut asta. L-am sărutat şi l-am mângâiat, topită de prezența lui atât de dorită și de iubire, asumându-mi riscul de a fi alungată și umilită. Dar el mi-a răspuns la sărutări și la mângâieri, devenind din ce în ce mai înflăcărat, dornic să mă țină în brațe și să mă iubească. Am făcut dragoste cu el cu aceeași pasiune ca în trecut, apoi ne-am îmbrățișat și am tăcut amândoi.

Nu ştiam ce gândea sau ce simţea, speram doar că simte cât de mult îl iubesc, tot ce înseamnă pentru mine. La un moment dat, a adormit, iar eu m-am strecurat tiptil din camera lui şi m-am dus să dorm în camera mea. Nu puteam să merg lângă Matei, nu atât de curând, când încă îi mai simţeam mâinile lui Robert mângâindu-mă şi buzele sărutându-mă. Tocmai când mă aşezam pe pat, am văzut uşa camerei deschizându-se şi pe Simona intrând înăuntru ca o vijelie.

— Ce faci, nebuno?! m-a întrebat agitată.

— Dar tu ce faci, de ce nu dormi la ora asta? am întrebat-o încercând să par calmă.

— Mi-am uitat telefonul jos. Mi-am dat seama că aveam setată alarma şi m-am dus să-l iau, să nu trezesc toată casa când va suna dimineaţă. Zi-mi ce naiba faci! m-a întrebat şuierând printre dinţi.

— Cum adică?

— Te-am văzut ieşind din camera lui Robert, mi-a spus repede, tot în şoaptă.

— Şi ce dacă?

— Te-ai culcat cu el?

— Simona, îmi e somn, nu am chef de poveşti...

— Deci ai făcut-o, a spus dezamăgită.

Nu o puteam minţi. Era prietena mea cea mai bună şi mă cunoştea foarte bine. Am tăcut, dar tăcerea mea era un răspuns.

— Tu te gândeşti la omul ăsta? De ce-i faci asta? Lasă-l naibii să te uite, dacă tot l-ai ales pe Matei! a continuat ea să mă certe.

— A fost o scăpare, o greşeală, nu se va mai întâmpla.

— O scăpare? Draga mea, îţi poate scăpa o înjurătură, un gest necugetat, nicidecum o partidă de sex! Tu nu ştii ce vrei, eşti egoistă şi-l răneşti pe Robert! mi-a mai zis, supărată.

— Mai devreme nu părea rănit, nu-i mai duce tu grija.

— Dacă nu ar avea sentimente pentru tine, dacă ar putea doar să se culce cu tine şi atât, nu aş avea nimic împotrivă, dar ştii bine că nu e aşa, a continuat ea.

— Lasă-mă, Simona, numai lecţiile tale de morală îmi mai lipseau acum...

— Eşti o egoistă. Nu te ştiam aşa!

A ieşit trântind uşa, supărată pe mine, fără să-i pese că ar fi putut trezi toată casa, iar eu am rămas singură cu gândurile, remuşcările şi fluturii mei, care se treziseră din nou la viaţă, după ce în ultima vreme agonizaseră.

Dimineaţă, ca niciodată, am coborât ultima la micul-dejun. Adormisem foarte greu şi m-am trezit abia când i-am auzit pe ceilalţi umblând prin casă. La masă se aflau Matei, Robert şi Simona. Sandra dormea mai mult, ca de obicei, iar Oli era în bucătărie.

— Bună dimineaţa! am salutat eu încă somnoroasă.

— Te rog să te așezi la masă, am pregătit eu tot, a spus Oli întinzându-se spre mine să mă pupe pe obraz, așa cum făcea în fiecare dimineață. I-am luat coșul cu pâine din mână și am pupat-o apăsat.

— Iartă-mă, Oli, m-am culcat târziu, i-am spus, scuzându-mă pentru că nu o ajutasem la pregătirea micului-dejun.

— Dar ce ai făcut, dragă, azi-noapte? m-a întrebat Simona întinzându-se să-și ia o felie de pâine. Speram ca numai eu să fi sesizat ironia din glasul ei, nu și Matei.

— M-am uitat la un film, i-am spus fără să-l privesc pe Robert.

— Ce film? a întrebat și Matei curios.

— Un film superb, de dragoste. Nu știu ce titlu are, nu l-am văzut de la început, am dat peste el din întâmplare. Sau poate că nu.

— Îmi pare rău pentru azi-noapte, s-a grăbit Matei să-mi spună, pupându-mă pe obraz de îndată ce m-am așezat lângă el. Am amestecat băuturile și asta mi-a pus capac.

— Ești mahmur, te doare capul?

— Nu, iubita mea. Doar că-mi pare rău că am adormit, așa, ca un lemn, fără să te iubesc..., a adăugat el, sperând să-l rănească pe fratele său.

Robert mă studia cu atenție, dar eu evitam să-l privesc.

— Și cum s-a terminat filmul? m-a tachinat Simona în continuare, parcă obligându-mă să spun ceea ce nu trebuia.

— Cu *happy-ending*, i-am răspuns zâmbind, moment în care Robert nu s-a mai putut abține și a zâmbit și el sugestiv. Noroc că Matei era precupat de oul lui fiert, pe care trebuia să-l taie, ca de obicei, în jumătăți perfecte, și nu a observat nimic.

— Bună dimineața! ne-a spus Olga tuturor, apărând la masă cu Cesara, urmate imediat de Sandra. Ne scuzați că am întârziat la masă, dar azi mergem la teatrul de păpuși și ne-am decis tare greu cu ce ne îmbrăcăm.

Am avut impresia că Robert a privit-o lung pe bona Cesarei, ceea ce m-a făcut să fiu foarte geloasă, așa cum nu mă mai simțisem vreodată în toată viața mea. De când venise în casa noastră, tipa flirtase întruna cu el, îi căutase mereu prezența și nu scăpa nicio ocazie de a-l aborda și de a-i atrage atenția cu orice chip.

— Nu va mai dura mult până când Robert va ajunge cu ea în pat, mi-a șoptit Sandra, așezându-se lângă mine, fără să-și imagineze că mă lovea fix în inimă...

Eram turbată de gelozie și nu suportam să mai surprind încă o privire de-a lui îndreptată spre ea, așa că m-am ridicat și m-am dus în bucătărie să-mi fac de lucru, ca nu cumva Matei să-mi observe criza pe care cu greu reușeam să o ascund.

După puțin timp, a venit și Robert în bucătărie, să mai ia niște cafea, iar când a trecut pe lângă mine a încercat să mă mângâie pe mână, dar m-am ferit. Mi-a ridicat bărbia cu vârful degetelor și m-a privit fix în ochi.

— Buzele tale încă poartă vina sărutărilor mele, mi-a spus șoptit, cu o privire care spunea multe.

— Iar ochii tăi poartă încă pe retină dosul Olgăi, i-am răspuns eu plină de nervi.

A izbucnit în râs, iar eu i-am întors spatele iritată. Matei îl strigase să aducă mai repede cafeaua, iar el m-a lăsat singură în bucătărie, cu nervii mei, cu tot, și a plecat. Când am revenit la masă, ca să mă facă geloasă, Robert i-a turnat bonei cafea în ceașcă și i-a zâmbit într-un fel cuceritor. Nu o mai suportam pe Olga și făceam eforturi să nu răbufnesc de fiecare dată când deschidea gura. Doar că în dimineața aceea m-a provocat, fără să își dorească asta, desigur, în momentul în care a contrazis-o pe Sandra pe un subiect oarecare, apoi a atenționat-o și că ea nu-și permite vacanțe în străinătate, precum prietena mea.

— Nici Sandra nu-și permite obrăznicii ca tine, i-am răspuns imediat. Oare de ce unii se frustrează atunci când nu au lucrurile pe care le au alții, dar nu și atunci când nu au educația și bunul-simț pe care le au alții? De ce sunt unii invidioși pe vacanțe, pe mașini, pe poșete și alte lucruri, dar nu și pe studiile altora, pe educația și comportamentul lor frumos?

— Scuze, nu am vrut să sune ca un reproş şi nici nu sunt invidioasă pe Sandra, vă asigur. Şi nu e cazul să mă faci needucată doar pentru că mi-am spus o părere.

— Eu nu aş îndrăzni să-i menţionez cuiva că nu îmi permit anumite lucruri, de parcă omul acela ar trebui să se simtă vinovat că şi le permite. Şi chiar ţine de educaţie să nu te compari la modul acesta cu alţii.

Cu siguranţă, şi-ar fi dorit să-mi dea replica, dar nu şi-a permis să facă asta. S-a mulţumit să îmi arunce o privire ameninţătoare, pe care i-am susţinut-o zâmbind relaxată.

În seara aceea, în timp ce mă ocupam de florile din curte, a venit şi Robert să mă ajute. Olga o dădea pe Cesara în leagăn şi încerca să o înveţe o poezie în limba engleză. Când Robert a trecut pe lângă ea, am văzut cum a privit-o lung, iar ea i-a zâmbit fermecător.

— Îţi place de ea? l-am întrebat direct când a ajuns lângă mine.

— De cine, de Olga? Este o femeie frumoasă, mi-a zis el foarte sincer.

Am strâns din buze şi nu am mai spus nimic.

— Irina, ce se întâmplă cu tine? s-a neliniştit el.

— Ce să se întâmple? Cred că sunt geloasă. Contrar teoriilor mele..., am admis îmbufnată.

— Crezi că eşti geloasă?

— Cred că sunt foarte geloasă, i-am confirmat necăjită.

— Doar crezi sau chiar eşti geloasă? a zâmbit el părând încântat.

— Mor de gelozie, Robert, am recunoscut cu vinovăţie în glas, evitând să-l privesc direct, parcă ascunzându-mă, ruşinată de ceea ce simţeam.

Mă studia curios, dar eu îmi vedeam de o floare pe care încercam să o leg. Mi-a îndepărtat mâna şi a prins floarea de tulpină, iar eu am legat-o.

— Irina, tu ce vrei, de fapt?

— Să nu te mai privească nicio femeie. Să nu-ţi mai vadă nimeni genele, gropiţele, să nu-ţi mai simtă nimeni mâinile, să nu mai respire nimeni lângă tine..., i-am zis liniştită, privind în altă direcţie, de parcă nu era vorba despre el.

— Pe cine eşti atât de geloasă?

— Pe orice femeie. Mai ales pe cele frumoase.

— Tu încă nu ai înţeles că, indiferent câte femei frumoase aş întâlni, nu aş vedea decât nişte femei frumoase şi atât? Şi că asta nu este de ajuns ca să o iubesc pe vreuna dintre ele? a continuat el să-mi spună, probabil să mă asigure astfel că gelozia mea nu era întemeiată.

— Dar Olga este aici şi...

— Dar eşti şi tu aici. Iar când eşti tu în preajmă nu există nimeni şi nimic mai frumos decât tine, mi-a zis şoptit, cu o voce blândă şi plină de dragoste.

Afirmaţia lui m-a topit. Dacă am fi fost în altă parte, doar eu şi el, l-aş fi îmbrăţişat şi l-aş fi sărutat şi i-aş fi spus cât de mult îl iubesc, dar tot ce am putut face a fost să îl mângâi discret pe mână, cu o atingere uşoară. Ştiam că de oriunde puteam fi observaţi, chiar Matei îmi spusese asta.

— Mă urăsc, Robert.

— De ce?

— Pentru că nu mi-a mai rămas iubire şi pentru mine...

— Asta pentru că i-ai dat-o pe toată lui Matei, m-a trezit el brusc, răutăcios, la realitate.

Realitatea lui. A mea era cu totul şi cu totul altfel: iubirea mea i-o dăruisem toată lui, fără să mai păstrez nimic bun pentru mine, doar vinovăţia şi durerea.

Mi-a întors spatele şi a intrat în casă, iar în zilele următoare mi-a arătat că era supărat pe mine, m-a evitat şi s-a purtat extrem de distant, spre bucuria triumfătoare a lui Matei, care părea convins că planul lui de a-l îndepărta de mine pe fratele său funcţionează foarte bine.

Capitolul 9

În perioada care a urmat, nu am avut prea multe ocazii să rămân singură cu Robert, până într-o seară, când am mers împreună la bunica lui Matei, la Doamna. Era ziua ei de naștere și, pentru că Matei era plecat din oraș, m-am dus doar împreună cu Robert, să-i ducem un buchet de flori și un tort, să o îmbrățișăm și să-i spunem cât ne este de dragă. Pe drumul către bunica lor am discutat doar banalități, despre ce vile se mai construiau prin zona aceea și despre nunta unor prieteni care ne invitaseră și pe noi la fericitul eveniment – o conversație pe care o puteau purta foarte bine doi străini.

Pe doamna Polixenia am găsit-o neschimbată. Era la fel de misterioasă, de retrasă și de sobră, parcă doar puțin mai greoaie în mișcări și în gesturi. S-a bucurat mult când ne-a văzut și, cu toate că am rugat-o să coboare în living, să mâncăm tort împreună cu ea și cu Elvira, ne-a spus că preferă să guste din prăjitura ei specială în camera sa. Robert a coborât să-i aducă sărbătoritei tortul, iar eu am rămas împreună cu Doamna în camera ei încărcată de cărți, de fotografii cu membrii familiei sale și cu tot felul lucruri care alcătuiau un univers numai și numai al ei, o lume pe care doar ea o cunoștea și o înțelegea pe deplin.

Pe peretele dintre cele două ferestre înalte atârna un portret de-al ei, de când era foarte tânără. Aceiași ochi albaștri, senini precum cerul, pe care-i moștenise și Matei, doar chipul i se încărcase acum, după zeci de ani trecuți de atunci, de riduri delicate, fine ca încrengătura unei pânze de păianjen.

— Câți ani aveați în poza aceasta? am întrebat-o oprindu-mă în fața portretului care parcă îmi zâmbea.

— Douăzeci, mi-a răspuns ea nostalgică.

— Erați foarte frumoasă. Și acum sunteți, desigur, am subliniat eu ceea ce era, oricum, evident.

— Știu, draga mea. Doar că acum am o altă frumusețe, așa cum este și firesc. În tinerețe ne dezvelim pielea ca să fie admirată, la bătrânețe ne dezvăluim sufletul ca să fie iubit...

— Ați avut o viață frumoasă? Ați fost fericită?

Doamna Polixenia, cu toată greutatea anilor care-i șubreziseră oasele, s-a așezat grațios pe fotoliul ei și apoi și-a îndreptat privirea către portretul atârnat pe perete, din care zâmbea delicat și enigmatic o femeie tânără și splendidă, parcă străină.

— Am avut exact viața pe care mi-am construit-o. Nimic în minus, nimic în plus. Cu excepția situațiilor inevitabile care nu au fost create de mine, desigur, mi-a zis ea cu același surâs distant și misterios pe care i-l admirasem întotdeauna.

— Vreți să spuneți că nu există destin?

— Destin? Eu cred că acest cuvânt este doar un derivat al cuvântului destinație. Nimic mai mult, mi-a răspuns, ridicând din umeri abia simțit.

Ușa camerei s-a deschis dintr-odată și au intrat, pe rând, mama lui Matei, Robert și menajera casei. Robert ținea tortul, pe care era aprinsă o singură lumânare micuță, Doamna, cochetă, nedorind în ultimii ani să-și mai recunoască vârsta.

I-am cântat cu toții „La mulți ani cu sănătate”, ea a scos lumânarea care era înfiptă în tort, a ridicat-o și a stins flacăra micuță cu un suflu slab, apoi i-a întins-o lui Robert. Îmi aminteam că la o altă aniversare a ei, când cineva a întrebat-o de ce nu suflă lumânarea direct pe tort, ea a răspuns că nu se cade ca o doamnă să se aplece atât de mult deasupra mesei și nici să sufle peste întregul tort, din care urmau să mănânce și alții. Menajera a pus câteva farfurii pe o măsuță și ne-a servit pe fiecare cu câte o felie din tortul preferat al Doamnei, o prăjitură deosebită cu cremă de cafea și bezea siciliană.

Nu am vrut să prelungim prea mult vizita, să nu o obosim, iar, când Robert m-a întrebat dacă putem pleca, Doamna a dorit să-mi ofere o carte. Ceilalți ne-au lăsat singure, iar ea a început să se învârtă prin camera plină de cărți, căutând cu privirea un exemplar anume.

— Irina, tu ai o viață frumoasă până acum? Ești fericită? m-a întrebat ea dintr-odată, fără a se opri din căutat. Lua câte o carte în mâini, o studia, apoi o așeza exact în locul de unde o luase.

— Am avut o viață frumoasă. Dar nu sunt fericită, i-am răspuns cu toată sinceritatea. Eram convinsă că m-ar putea înțelege și că ar aprecia mai mult un adevăr decât un răspuns diplomat.

— De ce, draga mea?

— Pentru că uneori fericirea nu depinde doar de noi, doamna mea dragă. Nu mereu ne putem construi viața după bunul-plac și sper că nu mă considerați obraznică doar pentru că vă contrazic în legătură cu ceea ce mi-ați spus mai devreme.

— În cazul acesta, dacă nu poți schimba ceea ce trăiești acum, înseamnă că așa trebuie să se întâmple lucrurile, mi-a spus ea nu resemnată, ci cu înțelepciunea pe care, cu siguranță, avusese destul timp și suficiente experiențe încât să o acumuleze. Și mai ales, în egală măsură, să o și aprecieze.

— Chiar dacă mi se face o nedreptate? Chiar dacă sunt nefericită?

— Da, scumpa mea. Înseamnă că trebuie să primești niște lecții foarte importante, care te vor face mai puternică și mai înțeleaptă. Ai răbdare, mi-a mai zis ea. Lucrurile se întâmplă în ritmul lor și la timpul lor. Iar acestea nu corespund mereu ritmului și timpului nostru.

— Păi nu am încotro. Se pare că nu ni se dă de ales...

— Am găsit-o. Vreau să citești această carte, scumpa mea.

S-a apropiat de mine și mi-a întins romanul *Maitreyi*, scris de Mircea Eliade. Nu i-am spus Doamnei că am și eu cartea, nu am vrut să-i stric bucuria și să pară că i-aș nesocoti darul.

— O voi citi și v-o înapoiez curând, i-am spus.

— Cartea este doar un pretext ca să mai stai, mi-a răspuns complice. Sunt convinsă că o ai și tu.

— Ce dor mi-a fost de dumneavoastră! am spus râzând. Dar nu îndrăznesc să vă deranjez, știu că aveți tabieturi și aveți nevoie și de odihnă.

— Dar și de țigări. Spune-mi, scumpa mea, nu te-ai gândit să-mi aduci niște țigări de ziua mea? a șoptit ea, cu un aer conspirativ.

— Ba da, v-am adus, sigur că da. Mă simt vinovată pentru asta, dar v-am adus, i-am spus.

Am scos din geantă cele patru pachete de țigări și o brichetă pe care i le cumpărasem fără să știe nimeni și i le-am așezat în sertarul în care știam că le ascundea de obicei. Elvira, care o iubea foarte mult, nu o lăsa sub nicio formă să fumeze și habar nu avea că Doamna păstra acest viciu de ani buni.

— Să nu te simți vinovată, scumpa mea. Nu-mi faci un rău, ci o bucurie, mi-a zis ea încântată.

Mi-a făcut semn să-i duc un pachet de țigări, iar eu am luat unul din sertar, am luat și bricheta și m-am îndreptat către ea.

— Dar bucuria aceasta nu înseamnă că este și sănătos pentru dumneavoastră, am încercat eu să-i atrag atenția că nu e în regulă deloc ce face.

— Ba este, a spus luând pachetul de țigări și bricheta. La vârsta mea, trăind izolată de lume, bucuria aceasta îmi face mult bine.

— Nu vreau să fiu indiscretă, dar mereu m-am întrebat de ce v-ați izolat de lume, de ce nu mai ieșiți, de ce stați singură aici?

Doamna a desfăcut pachetul de țigări, a scos una, pe care a aprins-o cu eleganță, apoi a tras cu patos un fum, în timp ce eu m-am postat lângă ușă să aud dacă avea să vină cineva.

— Paradoxal, scumpa mea, aici nu sunt singură. Sunt eu cu mine și cu toată viața mea, cu amintirile mele, cu plăcerile mele, cu liniștea mea. Mai bine singură decât într-o companie proastă, e un lucru pe care l-am știut mereu și de care am profitat mereu, de aceea nu mi-a plăcut să am de-a face cu oricine, nici măcar când eram tânără. Cu atât mai mult, după o vârstă, nu mai ești dispus să socializezi din compromis, nu mai simți nevoia prezenței oamenilor superficiali, nici a conversațiilor banale. Cu trecerea anilor, înveți să te bucuri de timpul care ți-a rămas făcând doar ce-ți place. Oamenii pot fi foarte plictisitori, scumpa mea, dar asta te las să descoperi singură. Toate la timpul lor, nu-i așa? a zâmbit ea privind spre fumul albăstrui al țigării, abur care parcă se dădea peste cap, se rotea și se modifica încontinuu în lumina difuză a unei raze de soare care pătrunsese clandestin în încăpere.

— Și nu vă simțiți ruptă de lume și de realitate? Ca să nu mai spun că ați avea atât de multe de oferit...

— Unii au impresia că după o vârstă oamenii devin naivi, că nu mai au habar de ceea ce se întâmplă în jurul lor. De fapt, noi doar ne protejăm. Fiindcă ne-am trăit viețile, nu le putem trăi și pe ale voastre. Nu e nici drept și, desigur, nici cu putință. Suntem prea obosiți ca să mai ducem și luptele voastre. Deja suntem destul de înțelepți încât să știm că nu vă putem influența alegerile și că nici nu vă putem opri să trăiți așa cum vreți. Și cu atât mai puțin vă putem opri să greșiți...

Câteva clipe nu a spus nimic, își savura țigara, eliberând fumul în sus, spre tavan, aparent observându-l cu atenție, deși mi se părea că în tot acest timp, de fapt, mă analiza discret.

— Sunteți atât de puternică, de ce vă temeți totuși să nu afle ceilalți că fumați? am întrebat-o nedumerită de comportamentul ei de fetișcană care trăiește cu frica de a nu o prinde părinții făcând lucruri care nu sunt potrivite pentru o domnișoară de familie bună.

— Elvira este convinsă că țigările mă vor ucide. Și nu vreau să trăiască având acest stres. În plus, a avea secrete, a trișa din când în când și a încălca anumite norme, toate adunate la un loc, stârnesc în noi, oamenii, o avalașă de trăiri și declanșează o anumită cantitate de adrenalină. Lucrurile interzise sunt cele mai sexy.

A râs zgomotos, dar cu grație, mândră de afirmația sa, privindu-mă cu subînțeles. Aveam impresia că mă cunoștea mai bine decât oricine, că-mi știa toate secretele, îmi cunoștea toți demonii și îmi văzuse toate păcatele. Femeia din fața mea era minunată, avea o personalitate impresionantă și o minte cu adevărat sclipitoare.

După ce a terminat țigara, a stins-o pe o farfurioară, apoi a șters toate urmele cu un șervețel umed în care a împachetat bine chiștocul și scrumul.

— Vezi? Cei din casă cred că aceste șervețele umede îmi sunt de folos pentru că sunt prea bătrână să mă deplasez la baie să mă spăl pe mâini sau cine știe ce și-or mai închipui. Habar nu au cât de tânără și de rebelă sunt. Înțelegi? O simplă țigară fumată pe ascuns mă face să mă simt ca o elevă de liceu care face trăsnăi.

Era unică! Am râs de ce-i trecea Doamnei prin minte și m-am dus la fereastră să trag perdeaua, să se aerisească mai bine și mai repede camera. Doamna a luat lumânarea pe care Robert o așezase pe farfuria ei cu tort, a șters-o de șervețel și a studiat-o puțin.

— De ce nu vă place niciodată să aveți lumânări cu vârsta pe care o împliniți? am întrebat-o curioasă.

— Poate pentru că asta m-ar face să conștientizez că mă apropii de finalul drumului meu. De destinație, a spus ea cu tâlc. Și cine își dorește să știe asta? Cu toții sperăm și suntem convinși că mai avem multă cale de bătut din călătoria noastră.

Am auzit două bătăi în ușă și m-am dus repede să deschid. Dacă ar fi fost mama lui Matei, ar fi simțit imediat că s-a fumat în cameră, însă, spre norocul nostru, venise Robert. „Liceana” noastră scăpase cu fața curată și de data asta!

— Mergem?

— Da, i-am răspuns.

Robert s-a dus lângă Doamna și a îmbrățișat-o, i-a șoptit că o iubește, apoi mi-a spus că mă așteaptă jos, la mașină. Am îmbrățișat-o și eu pe femeia extraordinară din fața mea, am luat cartea pe care mi-o dăduse doar ca să am o justificare în fața celorlalți, iar când eram aproape de ușă mi-a spus:

— Scumpa mea, în realitate, nu datorezi nimic nimănui, așa să știi. Nu trebuie să faci nimic din ceea ce nu vrei și nimeni nu-ți poate interzice să faci ce vrei. Mai ales dacă este vorba despre dragoste. Ai voie să iubești pe cine vrei tu, pe cine simte inima ta că iubește. Iubirea nu este un păcat, să ții minte asta.

M-am întors lângă ea și am îmbrățișat-o încă o dată, iar ea m-a mângâiat pe față cu o dragoste părintească, abia atingându-mă cu mâna ei fină și plăpândă.

— Vă voi vizita cât de curând, i-am spus. Iar, dacă rămâneți fără țigări, vă rog să mă sunați, am adăugat zâmbind, mulțumindu-i din priviri pentru tot ce încercase să-mi spună fără să atingă direct subiectul.

— Îți mulțumesc, scumpa mea.

— Cred că într-o zi vă voi aduce și eu o carte, i-am zis cu încredere.

— Ce carte?

— Una care încă nu s-a scris, i-am zis cu un surâs enigmatic, pe care parcă-l învățasem de la ea.

— O aștept cu drag! m-a încurajat ea, întorcându-mi zâmbetul, ca și cum am fi parafat astfel o înțelegere – eu să-i aduc cartea, iar ea să aibă răbdare și să nu plece până ce nu va fi scrisă și nu o va fi citit.

Robert mă aștepta în hol împreună cu Elvira. Ne-am luat rămas-bun și am plecat, iar când am urcat în mașină, mi-a spus liniștit:

— I-ai dus țigări, așa-i?

— Bineînțeles.

— Şi eu i-am adus câteva pachete. Doar că nu am reuşit să scap de mama ca să le iau din maşină. Nu m-am gândit să ţi le dau ţie...

— Elvira chiar nu ştie că Doamna fumează?

— Nu ştie. Dacă ar afla, ar lua foc, o obsedează ideea că ţigările ar ucide-o pe bunica. Şi iată că ea fumează bine-mersi de când o ştiu şi nu a murit. Deşi nu e o regulă...

— Ştiu că tu îi cumpărai ţigări când locuiai aici. Nu te-au prins niciodată părinţii lui Matei?

— M-a prins mama, o singură dată, când aveam vreo doisprezece ani.

— Şi?

— Şi s-a enervat foarte tare, m-a certat, ba chiar mi-a dat şi o palmă.

— Nu cred! m-am mirat eu de ce-mi spunea.

— A fost prima şi ultima palmă pe care mi-a dat-o vreodată. Dar nu palma m-a durut, ci sentimentul de vinovăţie că am minţit-o. De atunci, mama își cere mereu iertare pentru palma aceea.

— Deci tot a aflat de ceva timp că bunica fumează.

— În niciun caz! Nu a aflat. I-am spus că ţigările sunt ale mele. Nu aş fi trădat-o pe Doamna niciodată.

Am zâmbit, habar nu am cum, dar cred că pe chipul meu se putea citi toată dragostea pe care i-o purtam. Norocul meu – oare chiar noroc? – a fost că el era atent la drum şi nu mi-a văzut expresia feţei. Nu aş mai fi fost deloc credibilă când aş fi jucat indiferenţa faţă de el sau marea iubire pe care, chipurile, i-o purtam lui Matei...

O bucată de drum nu ne-am vorbit; eu mă gândeam la ce mi-a spus doamna Polixenia când am plecat, iar el părea atent la trafic.

— Ştii, mă frământă ceva de câteva zile, mi-a spus el dintr-odată.

— Ce anume?

— Nu îmi pot explica noaptea aceea când ai venit în dormitorul meu. De ce ai făcut asta?

— Am avut doar un moment de slăbiciune, nimic mai mult, cine ar putea ști? Motive pot fi multe și foarte diferite, de la om la om, atât și nimic mai mult, m-am eschivat eu, încercând să scap din capcana întrebării lui.

A frânat brusc și a tras mașina pe marginea drumului. M-a fixat cu privirea, dar eu mă prefăceam a nu fi surprinsă, priveam în jos, făcându-mi de lucru și netezindu-mi cu palmele pliurile fustei.

— De ce nu mă privești? m-a întrebat.

— Te privesc, ce motiv aș avea să nu o fac? i-am răspuns înfruntându-i privirea cu mult curaj.

— Te temi că aș putea descoperi adevărul pe care încerci să-l ascunzi, nu-i așa? m-a provocat el.

— Care adevăr? am continuat eu să fac pe nevinovata.

— Indiferent ce rostești cu gurița aia obraznică, ochii tăi nu mint, Irina. Pe mine nu m-au putut minți niciodată, iar tu știi asta, poate că de aceea îmi și eviți privirea de cele mai multe ori.

— În schimb, ochii tăi m-au mințit de prea multe ori, i-am întors-o eu, ca să scap.

— Nu te-au mințit niciodată, Irina. Doar că tu ai fost prea lașă să vezi adevărul din ei, mi-a zis foarte calm.

L-am privit serioasă și eu, căutând în adâncul ochilor săi frumoși acel adevăr despre care vorbea. Aveam atâta nevoie să știu că el încă mă iubește, că, în ciuda a tot ceea ce i-am făcut, mă vede la fel de frumoasă, la fel de demnă de dragostea lui, la fel de minunată cum îmi spunea mereu că aș fi.

— Cum naiba faci de reușești, chiar și după atâta timp, să mă intimidezi într-o asemenea măsură? m-a întrebat el zâmbind.

— Pot să vin la noapte să dorm cu tine? l-am întrebat, evitând iar să-l privesc în ochi.

— Să dormi?

— Da. Să mă ţii în braţe.

— Matei nu te ţine suficient în braţe?

— Ba da, cum să nu? i-am dat şi eu o replică pe măsura întrebării. Haide să mergem acasă! Sunt puţin obosită.

— De ce eviţi să vorbim despre Matei?

— Ce ar fi de vorbit despre Matei?

— Chiar nu este nimic de vorbit? Chiar nu ai de gând să-mi spui ce naiba cauţi lângă el?

Simţeam că îşi pierde răbdarea.

— Îl iubesc, i-am zis încăpăţânându-mă să privesc înainte.

— Nu-l iubeşti. Cred că e vorba despre vreo ambiţie nebunească de-a ta, altfel nu-mi explic. O femeie care iubeşte nu se poartă aşa şi nu arată aşa. O femeie care iubeşte străluceşte lângă iubitul ei. Tu eşti ca o umbră de când te-ai întors la el. Nici măcar nu-l priveşti, toate gesturile tale sunt false, forţate. Despre ce iubire tot vorbeşti tu?! mi-a zis, hotărât să nu-mi mai accepte minciunile mult prea evidente pentru el, care mă cunoştea atât de bine.

— Poate că există răni din trecut care încă nu s-au vindecat, poate că nu mă simt confortabil fiind cu el în prezenţa ta, dar nu înţeleg de ce mă analizezi atât de mult, i-am zis încercând să nu par tulburată de adevărurile pe care mi le spusese.

— Nu te studiez deloc. Din clipa în care m-ai părăsit pentru el, nu mi-a mai păsat de tine, dar nu am cum să nu observ nişte lucruri atât de evidente.

— Chiar nu-ţi mai pasă? l-am întrebat la fel de calmă. Dar sufletul meu era înlăcrimat peste măsură şi lacrimile aproape îmi curgeau şiroaie.

— Chiar nu-mi mai pasă. Vreau să fii bine, desigur, dar nu mă mai afectează nimic din ceea ce faci. Am reuşit, cumva, nu ştiu prin ce minune, să nu te mai iubesc. Poate că S-a îndurat Dumnezeu de mine, după atâţia ani de chin, mi-a zis cu o voce străină, rece, parcă neîndurătoare. Parcă nu a lui.

Auzindu-l, nu am mai putut să-mi opresc lacrimile, deşi nu aş fi vrut să plâng. Aş fi suportat să-mi spună orice altceva, să mă insulte în cel mai urât mod, dar nu înduram să-mi spună că nu mă mai iubește.

— Ei bine, dragul meu, dacă tu spui că eu mă port ca o femeie care nu-l iubește pe Matei, află că nici tu nu te porți ca un bărbat care nu mă mai iubește, i-am zis încercând să-mi dau seama dacă era adevărat ce-mi spusese sau doar voia să mă doară și pe mine ceea ce lui îi sufocase sufletul.

— Faptul că pot locui cu tine în același spațiu, că mă port normal cu tine nu înseamnă că te iubesc, a continuat el să-mi rănească sufletul.

— Și faptul că ai făcut dragoste cu mine cum se poate explica? l-am întrebat, sperând să aud de la el ceva bun și frumos, care să mă mângâie.

— De ce plângi acum? De fapt, de ce nu plângi acum, doar știu prea bine că te străduiești să nu o faci.

— Nu plâng, este doar fotofobia mea, știi bine că mă deranjează lumina puternică. Pornește mașina și du-mă acasă. Acum! i-am zis pe un ton care nu accepta împotrivire.

Era prea mult chiar și pentru mine, eu care făcusem tot ce-mi ceruse Matei, numai ca Robert să nu mă mai iubească. Așadar, reușisem... Din cea mai fericită și iubită femeie din lume, ajunsesem să fiu cea mai detestată și nefericită.

A pornit mașina și până acasă nu ne-am mai vorbit, cu toate că a condus foarte încet, cum făcea pe vremuri ca să poată fi mai mult timp lângă mine. Am reușit să nu plâng, nu știu prin ce minune, dar abia am așteptat să ajung în camera mea, să fiu singură, ca să pot plânge în voie, fără să mă mai tem că voi fi văzută și că sentimentele adevărate îmi vor fi înțelese.

În seara aceea, Matei m-a sunat și mi-a spus că nu se poate întoarce acasă, fiindcă nu reușise să pună la punct documentele pentru care plecase. I-am amintit că e ziua bunicii lui și l-am rugat să o sune, iar el mi-a spus că a vorbit deja cu ea, ba chiar i-a trimis și un buchet de flori. Nu doar ei îi trimisese flori, ci, așa cum aveam să constat, la scurt timp după apelul lui, am primit şi eu un buchet de trandafiri albi, superb, pe care mi l-a adus reprezentantul unei florării. Buchetul era însoţit şi de un bileţel, pe care, după ce m-am asigurat că nu mă vede nimeni, l-am luat şi, fără să-l citesc, l-am aruncat. Nu mă mai interesa nimic din ce avea să-mi transmită Matei, cu atât mai puţin doream să citesc mesaje romantice tardive. Matei reuşise să mă îndepărteze mult prea tare de el, scenariul său oribil nu-mi ieşea din cap, orice gest frumos ar fi făcut.

M-am culcat destul de devreme, singură, în camera mea, reflectând la tot ce mi-a spus doamna Polixenia. Aveam senzaţia că ştie foarte bine tot ce trăiesc şi tot ce simt, că îmi cunoaşte povestea şi mă întrebam dacă nu cumva Robert i se destăinuieşte. Nu m-ar fi mirat prea tare, între ei era o legătură specială dintotdeauna, poate chiar mult mai strânsă decât între ea şi Matei, nepotul ei de sânge.

Am adormit într-un târziu, iar la un moment dat, în miez de noapte, am simţit pe cineva strecurându-se în pat lângă mine. Ştiam că era Robert, l-aş fi recunoscut dintr-o mie de oameni, în beznă, legată la ochi, somnoroasă. Oricum ar fi fost, îl ştiam pe de rost cu fiecare simţ. Dormeam ghemuită, iar el m-a lipit cu spatele de pieptul lui şi m-a îmbrăţişat, aşa cum făcuse mereu, cum îmi era dor să o facă în fiecare noapte. Mi-a fost teamă să mă mişc sau să spun ceva, tot ce voiam era doar să nu-l pierd, să mă bucur de prezenţa lui. Aveam nevoie să cred cu toată fiinţa mea că totuşi mă iubeşte şi-mi aminteam diferite scene care s-au întâmplat între noi, cele care mi-au plăcut cel mai mult, dar şi cele care m-au durut, toate pornite din dragostea noastră atât de specială, şi îmi spuneam în gând că nu-l voi pierde niciodată, că voi avea mereu amintirile cu el şi cartea despre noi, chiar dacă eram nevoită să-l alung ca să-i fie bine.

A început să mă mângâie pe mână cu cele mai delicate şi liniştitoare atingeri pe care le-am simţit vreodată, iar eu retrăiam momente din trecut, de parcă aş fi văzut filmul vieţii noastre. Aş fi vrut să mă întorc cu faţa spre el, să facem dragoste, dar îmi era teamă că aş fi putut să fac un gest nepotrivit şi că-l voi speria şi goni fără să vreau asta; nu voiam să pierd acele dezmierdări minunate, care mă făceau să mă simt iubită și-mi făceau iar inima să bată, după prea mult timp în care sufletul meu se scufundase în nefericire. Mă simțeam extrem de atrasă de el și-mi aminteam cum îmi mărturisise cândva cât mă dorea şi el, cât de greu i-a fost mereu să fie în preajma mea fără să mă iubească. Topită de mângâierile lui calde, am uitat de toate, m-am întors cu fața spre el și l-am sărutat.

Nu am putut rezista și am făcut iar dragoste cu el, dar încercând să nu-i arăt că nu am încetat nicio clipă să-l iubesc.

— De ce faci asta dacă nu-ți dai voie să simți? m-a întrebat când s-a întins din nou lângă mine.

M-am acoperit cu plapuma și mă bucuram că era destul de întuneric în cameră încât el să nu-mi poată vedea chipul. Ce aș fi putut să-i spun? Că fără el sunt ca o frunză purtată de vânt, fără direcție și fără echilibru?

— Cu care dintre noi doi îți place mai mult? a continuat el, punându-mi o întrebare care m-a năucit complet.

— Încetează.

— Matei mi-a povestit că ai un apetit fantastic, că ești de neoprit, că vă iubiți mai mult decât oricând...

— Despre mine discutați voi?

— Dar despre cine, despre Aristotel? Aproape în fiecare dimineață îmi livrează detalii intime din domitorul vostru.

Eram șocată. Dar ce puteam să-i spun? Că Matei mințea, că totul era doar un plan ca să-l facă pe el să nu mă mai vrea? Am tăcut, în timp ce în mine totul era un strigăt de revoltă împotriva mizeriilor pe care i le povestea Matei.

— Până la urmă, uite că poți să faci dragoste și cu mine, și cu el...

— Cu tine fac sex, i-am tăiat-o scurt, știind că trebuie să joc tare, ca să-l știu ferit de răzbunarea fratelui său.

— Oh, mulțumesc pentru sinceritate. Deci mă folosești.

— Adineaori nu mi s-a părut că te-a deranjat să fii folosit.

— Păi, este un câștig de ambele părți. Trebuie să recunosc asta. Dar cum rămâne cu sentimentele tale față de Matei? Nu te simți vinovată că-l înșeli? m-a întrebat el, nevenindu-i să creadă că eu îi vorbeam astfel, femeia care-l iubise atâția ani și pe care o adorase mereu.

— Nu. Nu mă mai simt vinovată pentru nimic, i-am spus cu nepăsare.

— Ce schimbare!

— De ce vorbim acum despre asta?

— Doar încerc să înțeleg de ce mai faci sex cu mine.

— Pentru că-mi place, nu e evident? am jucat eu în continuare frivolitatea.

— Ba e foarte evident și derutant, totodată.

— Te simți vinovat față de Matei?

— Nu. Se pare că și eu, și tu am devenit niște ticăloși, mi-a mai zis cu tristețe, gândindu-se poate la vremurile în care ne-am purtat exemplar față de Matei, dar mai ales față de noi, înfrânându-ne toată dorința numai pentru a fi corecți și pentru a nu trăi cu mustrări de conștiință.

Doamne, cât de greu îmi era să nu-i mărturisesc totul, să nu-i spun cât de mult îl iubeam, cât sufeream pentru că nu puteam fi sinceră cu el și că trebuia să joc atâta teatru. Mă chinuia încontinuu gândul că trebuia să par insensibilă, ușuratică și total altfel decât eram în realitate, în contradicție cu firea și principiile mele.

— M-am gândit că te-am rănit cu schimbarea mea, că poate...

— Irina, nu-mi spune că ți-e milă de mine pentru că m-ai lăsat baltă pentru Matei; chiar nu aș suporta asta, mi-a șoptit în timp ce-mi mângâia părul răsfirat pe pernă.

— Nu este milă. Dar m-am gândit că poate mai ai nevoie de timp ca să accepți schimbarea, că poate trebuie să ne mai domolim dorința asta care este între noi, că poate te vei sătura de mine și-ți va fi mai ușor, am încercat eu să-i dau o explicație plauzibilă.

— Dorința asta care este între noi? a repetat el. Dorința? Să mă satur de tine? Să mă satur de iubire adică? Deci tu crezi că, dacă facem sex de câteva ori, voi ajunge să mă satur de tine și îmi va fi mai ușor să trec peste deziluzia de a te fi pierdut?

— Poate că da.

— Ești... Nu am cuvinte!

— Îmi pare rău că te-am rănit. Nu știu ce să fac..., i-am zis în timp ce gândeam: *Te iubesc, iartă-mă, te iubesc! Nu mi-am imaginat vreodată că vom ajunge aici, nu mi-am dorit decât să te iubesc și să fim fericiți împreună, dar acum trebuie să te apăr cu toate puterile. Iartă-mă dacă sunt slabă și nu mă pot preface până la capăt, iartă-mă că simt nevoia să fiu cu tine, lângă tine, în brațele tale, ca să pot rezista la ce mi se întâmplă, la ceea ce Matei mă forțează să fiu...*

— Nu trebuie să faci decât ce simți, la naiba. Nu te mai gândi la nimeni, fă doar ce vrei și gata. Și dă-ți voie să simți, dacă tot faci tâmpenii și-mi întorci sufletul pe dos..., a șoptit el, de parcă nevoia mea de el îi pătrunsese în sânge și se lăsa ghidat de ea.

A venit deasupra mea și a început să mă sărute pătimaș, iar eu m-am lăsat iubită de el și mi-am dat voie să simt totul. Dar tot fără a-i declara că-l iubesc...

Am adormit apoi în brațele lui, convinsă că va pleca din camera mea mai târziu, poate spre dimineață, și că mă voi trezi singură din visul acela atât de frumos. Dar nu a fost așa. A adormit și el lângă mine, gol, ținându-mă în brațe și ne-am trezit abia dimineață, când Simona a intrat ca un uragan în camera mea.

— Ia te uită la ăștia doi! a exclamat ea, închizând repede ușa.

— Neața! a spus Robert dându-mi drumul din îmbrățișare.

Din fericire, eram amândoi acoperiți cu pilota. Eu nu m-am întors, am rămas cu spatele spre el, ghemuită sub pilotă.

— Ce faceți, fraților? Ce se întâmplă, că eu nu mai înțeleg nimic! a continuat ea interogatoriul.

— Nu se întâmplă nimic, i-a răspuns el expeditiv, parcă fără chef de astfel de discuții la prima oră.

— Nu zău! Și data trecută tot nimic nu s-a întâmplat, atunci când am surprins-o furișându-se din camera ta?

— Ea ce ți-a spus atunci? a vrut el să știe.

— Ceva despre o scăpare, nu mai știu ce a îndrugat acolo, dar părea convinsă că tocmai făcuse o greșeală și că regreta, a fost Simona foarte sinceră.

— Oare ce numește ea „scăpare"? Că, dacă se referă la orgasm, află că a avut mai multe scăpări, i-a spus el ironic.

Simona și-a dat seama că nu era momentul să mai zăbovească în camera mea și a plecat, apoi s-a ridicat și Robert, s-a îmbrăcat și a ieșit și el.

Cei din casă începeau să se trezească, nu era deloc cazul să fim găsiți așa împreună. Am îmbrăcat și eu cămașa de noapte, apoi m-am întins din nou pe pat. Știam că Simona se va întoarce să-mi ceară explicații și nu au trecut nici cinci minute până când a dat din nou buzna în camera mea. Ce bine o cunoșteam!

— Acum îmi spui tot. Dar tot, auzi?! s-a răstit ea, trântindu-se pe pat lângă mine.

M-am ridicat, mi-am aranjat cămașa de noapte și am netezit perna pe care dormisem.

— Vrei să știi și detaliile picante? i-am zis în glumă, clipind des din ochi, mimând nevinovăția.

— Măi nebuno, eu vorbesc serios!

— Știi ceva? Nu e nimic serios în casa asta, în lumea asta sau în viața mea. Eu nu mai iau nimic în serios și ai face bine să te relaxezi și tu, am sfătuit-o privind-o liniștită.

Simona mă privea ca pe un copil care tocmai făcuse o boacănă, iar eu mi-am făcut de lucru prin cameră, adunând câteva haine pe care le aruncasem neglijent pe unul dintre fotolii.

— Parcă eram prietene, mi-a spus ea cu tristețe. De când nu mai vorbim despre tot ce se întâmplă în viețile noastre?

— Chiar nu am ce să-ți spun. Și, da, suntem prietene, ești cea mai bună prietenă a mea, poate singura pe care o am, i-am confirmat serioasă.

— Și atunci? De ce nu știu ce se întâmplă cu tine?

— Pentru că nici eu nu prea știu, Simo. Te rog să ai răbdare, am o perioadă mai ciudată, nimic serios, așa cum ți-am spus. Vom vorbi despre toate, dar acum nu mă simt în stare, am găsit eu rapid o explicație cât de cât mulțumitoare.

— OK, gata, a acceptat ea soluția propusă de mine. Dacă nu vrei să discutăm despre tine, atunci vom discuta despre mine. Să știi că m-am gândit bine și cred că voi pleca din țară. Aici nu mai am mare lucru de făcut, m-am plafonat, m-am rutinat, n-am nicio direcție și nicio perspectivă. Vreau să plec în America, mi-a zis dintr-odată.

M-am oprit și m-am așezat pe fotoliu, ținând în brațe hainele pe care reușisem să le adun.

— Vreau altceva de la viață, nici măcar nu știu ce anume, dar nu-mi mai place în țara asta, a continuat ea cu hotărâre.

— Dar parcă spuneai cândva că nu ai putea trăi în altă țară...

— Vreau să încerc totuși. Aici simt că nu fac nimic bun.

— Și unde mai exact în America?

— În Sacramento, la sora mamei. Mă va ajuta ea la început, până mă stabilesc și mă pun pe picioare. Vreau mai mult de la viață, Irina, s-a justificat ea. Vreau mai mult decât doar să mă mărit, să am un job și să aștept, lună de lună, salariul ca să-mi plătesc facturile și abia să îmi permit câte o vacanță pe an. Aia nu e viață, iar eu vreau să trăiesc din plin, merit asta. Bine, toți merităm asta, nu doar eu. Numai că eu m-am decis să acționez, să nu mă dau bătută, să nu accept fără să lupt tot ce se întâmplă și să-mi caut norocul și fericirea în altă parte.

— Păi, și ce vei face în America, crezi că acolo umblă câinii cu covrigi în coadă?

— Nu știu, poate că nici nu voi reuși acolo, habar nu am, dar măcar încerc. Am șansa aceasta, voi profita de ea. Deși o iubesc, m-am săturat de țara asta a noastră în care nu se schimbă nimic în bine, în care oamenii se schimbă doar din rău în mai rău, mi-a zis ea cu ochii umbriți de tristețe.

— Și când ți-ai propus să pleci? am vrut eu să știu, gândindu-mă că va fi groaznic să nu o mai am lângă mine, chiar dacă sufletește nicio distanță nu ne-ar fi putut despărți vreodată.

— Nu știu, va dura să pun totul la punct, să obțin viza, dar voi începe demersurile.

— Și Radu? Cu el cum rămâne?

— Știi bine că relația noastră nu este una serioasă.

— Dar ții la el.

— Țin la el, este adevărat, dar nu suficient de mult încât să mă mai mulțumesc cu ce-mi oferă.

— Am înțeles. Păi, ce să mai spun? i-am zis fără nicio bucurie.

Eram dată peste cap complet; asta îmi trebuia acum, să rămân și fără ea. Chiar dacă aș fi vrut să fiu tare la primirea unei asemenea vești, să o încurajez și să-i arăt susținere, am lăcrimat.

— Știi bine că e doar geografie, cum spui tu mereu, mi-a zis și ea cu ochii plini de lacrimi. Prietenia noastră nu poate fi distrusă de nimeni și de nimic. Și, dacă vei dori, voi face tot posibilul să vii și tu acolo. Poate te vei hotărî să fugi de nebunii ăștia doi, de viața asta complicată...

— Îmi va fi tare greu fără tine, dar, dacă asta este ceea ce-ți dorești, dacă asta te va face fericită, eu te voi susține, să știi, ca întotdeauna. Ești prietena mea cea mai bună, întotdeauna voi fi alături de tine, indiferent de deciziile pe care le vei lua.

A sărit din pat și a venit lângă mine, iar eu m-am ridicat imediat de pe fotoliu și ne-am îmbrățișat strâns. Am început să plângem amândouă de parcă ne despărțeam chiar în acel moment, cu toate că data plecării ei peste mări și țări era necunoscută și, poate, destul de îndepărtată. Dar numai simplul gând că va veni o zi în care ne vom despărți ne durea pe amândouă și nu știam cum să arătăm altfel cât țineam una la cealaltă.

— Auzi, până la urmă, ai avut câteva „scăpări" și azi-noapte? m-a întrebat ea, încercând să schimbe subiectul și mai ales să mă înveselească.

Am izbucnit în râs și am împins-o pe pat.

— Nici nu-ți poți imagina, i-am confirmat, făcându-i cu ochiul.

— Cine vă mai poate înțelege...

Capitolul 10

Nu-mi puteam lăsa soarta în mâinile lui Matei și am hotărât că trebuie să știu tot ce face, ce planuri are, ce arme folosește împotriva mea și a lui Robert. Poate așa aveam să găsesc o portiță de scăpare din situația în care mă adusese, poate reușeam să-l bat cu propriile lui arme.

Uneori reușeam să-i citesc mesajele de pe telefonul mobil, dar nu am găsit nimic care să mă ajute să aflu detalii despre planul lui diabolic, pentru că nu doar el mă urmărea cu atenție, ci și eu eram în gardă, cu ochii pe el, încercând să-i anticipez orice mișcare. Cu Robert nu comunicam prea mult, nu știam ce discută cu Matei, ce gândește și ce simte, iar eu trebuia să aflu totul, ca să nu-i permit lui Matei să ducă la bun sfârșit ce-și propusese.

Mi-a trecut prin minte să le ascund un reportofon în mașină, cu ajutorul căruia să le înregistrez conversațiile, pentru că dimineața, în drum spre firmă, vorbeau cel mai mult, având destul de rar ocazia să fie doar ei doi. Așa că l-am sunat pe Angel și l-am întrebat dacă îmi poate face rost de un reportofon bun, cât mai performant, iar el m-a luat imediat la întrebări.

— Pe cine vrei să înregistrezi?

— Vreau să știu ce discută Matei cu Robert, i-am zis fără să-i ascund ce aveam în minte, cum aveam de gând să-l folosesc.

— Dar știi că asta nu ar fi OK, nu?

— Vreau un reportofon, nu lecţii de etică, i-am temperat eu avântul pedagogic. Mă ajuţi sau nu? Eu nu pot pleca la cumpărături singură, aşadar, nu am cum să-mi cumpăr aşa ceva din magazin fără să afle ei. Am avut cândva un reportofon, cu care îmi înregistram uneori cursurile la facultate, dar cred că l-am lăsat prin Germania.

— Bine, te ajut, nebuno. Te sun de îndată ce fac rost de unul, m-a asigurat el şi de ajutor, şi de discreţia sa, ca un adevărat prieten.

A doua zi, Angel m-a sunat şi mi-a spus că a făcut rost de un reportofon de cea mai bună calitate de la un amic, jurnalist la un mare post de televiziune, dar i-am explicat că nu pot merge la el acasă să-l iau fără să afle Matei. Atunci mi-a propus să le spun tuturor că merg la cumpărături şi să ne întâlnim într-un centru comercial din Bucureşti, că el va face să pară întâlnirea noastră pur întâmplătoare, iar în cazul în care nu voi fi singură, îmi va strecura reportofonul în geantă.

Un plan care mi s-a părut mai mult decât OK, aşa că i-am spus lui Matei că aş vrea să merg la cumpărături cu fetiţa, iar el, aşa cum era de aşteptat, mi-a propus să iau şi bona cu noi. Nu voia să mă lase singură, mai ales când Robert nu era cu el – dacă m-aş fi întâlnit cu fratele său în mare taină? Ştiam că asta gândea. Am acceptat fără să comentez şi am plecat împreună cu Cesara şi cu Olga la Bucureşti, unde urma să mă întâlnesc cu Angel.

— Ce grozavă e maşina ta! mi-a spus Olga când am plecat de acasă.

— Este doar o maşină, i-am spus cu nepăsare sinceră, cu toate că ştiam că nu mă va crede.

Nu aveam chef de discuţii cu ea şi nu pentru că eram geloasă pe frumuseţea ei, nu pentru că o consideram un pericol, fiindcă l-ar fi putut cuceri pe bărbatul pe care-l iubeam, ci pentru că aveam impresia că între ea şi Matei exista un aranjament mizerabil, care presupunea ca ea să-l cucerească pe Robert şi astfel, fără ştirea ei, dar cu buna ştiinţă a lui Matei, să-l îndepărteze de mine. Aşa încât, pe bună dreptate, nu-mi inspira deloc încredere și nu voiam să mă apropii deloc de ea, cu toate încercările sale repetate de a avea o relație amicală sau chiar de prietenie cu mine.

— Chiar voiam să stăm doar noi două de vorbă, a continuat, când a văzut că eram tăcută.

— Despre ce anume?

— Voiam să te întreb dacă Robert are pe cineva.

— De ce nu-l întrebi pe el? Eu nu-i țin evidența..., i-am răspuns tăios, deranjată de familiaritatea sa nejustificată. În fond, nu eram prietene, nu era normal să-mi ceară astfel de detalii despre membrii familiei unde era doar angajată.

— Mă gândeam că poate știi, a continuat ea să-mi explice motivul pentru care mă abordase.

— Nu, nu știu.

— Îți dai seama că nu-l pot întreba direct. Dar mi se pare că mă place, mi-a zis ea încântată.

Auzind-o, am simțit un val de furie și, dacă până atunci o putusem tolera, acum deja nu o mai suportam. Dar nu i-am arătat asta, am condus cu același calm, cântând împreună cu Cesara cântecele ei preferate în limba engleză.

Când am ajuns în magazinul indicat de Angel, i-am trimis mesaj, iar el mi-a răspuns că mă așteaptă într-o cabină de probă, indicându-mi raionul. Am pus mâna pe o rochie oarecare și i-am spus Olgăi că intru să o probez, lăsând-o să se plimbe printre haine împreună cu fetița. Am căutat cabina de probă în care era Angel și, când l-am găsit, m-am strecurat bucuroasă înăuntru, amuzată de ineditul situației. El m-a îmbrățișat strâns și am început să râdem amândoi pe înfundate.

— Parcă am fi niște amanți. Știi că am putea face dragoste aici? mi-a zis el chicotind complice.

— Ai avea atâta curaj? l-am zgândărit și eu.

— De ce nu?

— Ești nebun de legat, am râs, abia abținându-mă să nu o fac în hohote.

— Haide să fim atât de nebuni încât să trăim momentul și să ne creăm această amintire împreună.

— Cred că am crea doar nişte regrete pe care le-am împărţi împreună...

— Atunci regrete să fie, ce contează? Vor fi ale noastre, mi-a zis el destul de serios.

— Ţin prea mult la tine ca să te fac să regreţi ceva legat de mine, i-am răspuns cinstit şi foarte serioasă.

M-a strâns în braţe în tăcere şi m-a ţinut lipită de el câteva clipe, apoi m-a eliberat şi mi-a dat reportofonul. Şoptind, mi-a arătat cum funcţionează, iar eu i-am mulţumit, l-am pupat apăsat pe obraz şi am vrut să ies din cabina de probă, dar el m-a strâns din nou în braţe, de parcă nu ar mai fi vrut să mă lase să plec.

— Am senzaţia că eşti ca un magnet, ai o putere fantastică asupra mea şi, atunci când te ţin în braţe, simt că mă încarc...

— Eu am impresia că te încarci prea tare şi începe să-ţi fiarbă sângele, am râs pe înfundate, continuând să glumesc cu el.

— Haide să facem dragoste aici! mi-a şoptit iar, ţinându-mă lipită de el. Nu-l iubeşti pe Matei, uită-te ce nebunii faci. Asta nu este iubire...

— Chiar dacă nu l-aş iubi pe el, te iubesc pe tine şi nu aş fi capabilă să te rănesc, i-am zis alinător.

M-am eliberat, încet, dar ferm, din strânsoarea braţelor sale, l-am pupat apăsat pe buze şi am ieşit din cabina de probă. Le-am căutat pe Olga şi pe Cesara, pe care le-am găsit fascinate de bijuteriile dintr-o vitrină, apoi am pornit cu ele prin magazine, sperând că voi găsi ceva frumos de cumpărat, ca să justific acasă dorinţa bruscă de a merge la cumpărături.

Angel ne-a urmărit şi, la un moment dat, a apărut în faţa noastră şi m-a salutat. I l-am prezentat bonei ca fiind un amic, iar ea a adoptat imediat o atitudine de felină languroasă şi cuceritoare. Am schimbat câteva vorbe de complezenţă, apoi mi-am luat rămas-bun de la el, spre dezamăgirea Olgăi, căreia i-ar fi plăcut, cu siguranță, să mai stăm cu Angel. Bineînțeles că după ce ne-am despărțit de el bona a vrut să afle detalii – era în căutarea partidei perfecte, probabil. Sau poate că doar era singură și disponibilă, cine știe?

— Foarte mişto tipul, mi-a spus ea.

— Haide să încercăm să evităm expresii precum *mişto, naşpa* și altele în fața Cesarei! Și, mai ales, să evităm discuţii de genul acesta, te rog.

— Ai dreptate, așa vom face. Dar Angel este căsătorit?

— Nu. Și este un tip foarte bogat şi influent.

— Cu ce se ocupă?

— Are o firmă de transport internaţional, cu multe tiruri, o fabrică de ciment în străinătate şi alte afaceri, dar nu le ştiu pe toate. Și are o vilă splendidă, tot în Snagov. Și câteva mașini bestiale.

I-am oferit acele detalii ca să îi stârnesc interesul, poate așa ar fi devenit interesată de Angel și ar fi uitat de Robert al meu.

— Dacă îți place de el, pot aranja să ne mai întâlnim, i-am spus zâmbind.

— Îți dai seama că mi-ar plăcea! s-a bucurat ea.

— Însă va trebui să ținem secretă chestia asta, să nu mai știe nimeni. Absolut nimeni.

— De acord! a exclamat ea foarte încântată.

O să te bat cu propriile arme, Matei! am gândit eu.

Apoi am primit un mesaj de la Angel.

Nu cumva tipa este mai mult bona lui Matei?

Nu este, dar, dacă vrei, pot aranja să fie bona ta.

Să știi că, în ciuda faptului că m-ai lăsat cu fantezii despre noi doi în cabina de probă, nu-mi place cum arăți. Nu arăți a femeie fericită și iubită.

Nu i-am mai răspuns. Însă îngrijorarea lui față de felul în care arătam m-a pus pe gânduri. Când am ajuns acasă, m-am privit în oglindă și m-am studiat cu atenție, încercând să deslușesc ce vedea el schimbat în rău la mine. Dar nu-mi dădeam seama de nimic, nu reușeam să înțeleg ce vedeau alții în neregulă la mine. Știam să mă prefac că sunt bine, dar, oare, chiar mi se putea citi nefericirea pe chip, chiar atât de tare mi se întipărise în piele, în atitudine, în ochi?

În seara aceea, în timp ce luam cu toții cina, l-am întrebat pe Matei dacă a observat vreo schimbare la mine.

— În afara faptului că ești puțin mai pufoasă, nu observ nicio schimbare, mi-a spus el zâmbind. Apropo de asta, ți-ai propus cumva să te rotunjești?

Robert, Sandra și Simona și-au îndreptat de îndată privirile spre mine în așteptarea unui răspuns acid.

— Da, mi-am propus să ajung la o sută de kilograme, i-am zis ironic, dar fără să zâmbesc niciun pic.

— Ce glumă bună, ha-ha-ha!

— De ce, Matei? Dacă aș avea o sută de kilograme nu m-ai mai iubi? am continuat eu tirul întrebărilor.

— Ba da, te-aș iubi și dacă ai avea două sute. Așa că ai grijă, tu le vei căra, nu eu, mi-a răspuns el serios.

— Am întrebat dacă observi vreo schimbare la mine pentru că astăzi m-am întâlnit cu cineva care mi-a spus că sunt de nerecunoscut. Robert, tu observi vreo schimbare la mine? De ce oare mă compătimesc unii din priviri? Care e motivul?

Robert a lăsat tacâmurile pe farfurie și câteva clipe m-a studiat foarte serios și preocupat, fără să-și imagineze că asta l-ar deranja foarte tare pe Matei. Cu toții eram atenți la el, curioși să auzim răspunsul lui.

— Da, chiar ești schimbată. Nu mai ai energia aceea fantastică pe care o aveai înainte. Nu mai ai strălucirea și veselia cu care schimbai starea de spirit a tuturor.

— Mai precis, arăți ca o femeie nefericită, a completat Simona direct, fără menajamente.

Ca de obicei, Simona tăia în carne vie.

— Ești nefericită, iubita mea? m-a întrebat Matei, mângâindu-mă pe mână, afișând un zâmbet fals, care cerea pumni. Eu, una, i-aș fi aplicat vreo doi fără remușcări.

— Dacă aș ști ce înseamnă fericirea, ți-aș răspunde. Dar nu cred că știu să fac diferența între fericire și nefericire. Și bănuiesc că e una mare de tot.

Au tăcut toți. Un astfel de răspuns din partea mea nu se așteptau să audă, eu eram altfel, gândeam diferit și în niciun caz pesimist.

— Poate ai un început de depresie, a completat Sandra. Și eu am observat că ești schimbată. Adică este o diferență ca de la cer la pământ între felul în care ești acum și cum erai în trecut, când râdeai tot timpul și erai plină de viață...

— Ai trecut prin multe, mai ales pierderea prietenei tale cred că te-a afectat foarte tare, a adăugat Matei imediat, încercând să argumenteze afirmațiile Sandrei, dar, în același timp, făcând tot posibilul să se îndepărteze cu viteză maximă de adevăr. Adevăr pe care îl știa prea bine.

— Îmi dau seama acum cât de dor îmi este de mine. Și mă gândesc că, probabil, de multe ori credem că ne este dor de o persoană anume, dar, de fapt, ne este dor de noi înșine, așa cum eram cu acea persoană, lângă acea persoană, de felul în care ne făcea să ne simțim acel om...

— Ți-e dor de cineva anume? a atacat Simona direct, cum, de altfel, îi era felul.

— Foarte dor, i-am confirmat cu tristețe.

Matei mi-a strâns mâna cu putere, dându-mi de înțeles că era cazul să închei discuția. Era clar că înțelesese tot dorul meu și nu-i convenea deloc unde se îndrepta discuția.

— De cine ți-e dor? m-a întrebat Robert, privindu-mă fix în ochi, parcă provocându-mă.

— De toți cei care m-au făcut fericită. De oamenii care s-au purtat corect cu mine, care nu m-au rănit, care nu m-au mințit niciodată, care m-au făcut să mă simt iubită, i-am răspuns.

— Din păcate, tu și Matei nu vă încadrați aici, i-a spus Simona lui Robert foarte calmă.

Robert a lăsat privirea în jos, iar Matei s-a uitat urât la Simona.

— Tu te-ai întrebat vreodată de ce ești singură? a atacat-o el pe Simona fără menajamente.

— Știu foarte bine de ce sunt singură, Matei. Sunt singură pentru că eu nu sunt omul compromisurilor și nu aș putea iubi pe cineva care nu merită, ți-e clar acum?

— Astea-s doar scuze ca să te consolezi că nu te vrea nimeni, a încercat el să o rănească.

— De unde știi tu că nu o vrea nimeni? am ripostat imediat.

— Păi, nu vezi ce rea e? a încercat el să se scuze.

— Sunt rea? De ce, Matei, pentru că sunt sinceră? Tu ești mai bun? Zi-mi, ești mai bun? Când spui că sunt rea, la cine raportezi situația? Sunt rea în comparație cu cine? Tu ești cumva mai bun decât mine?

— Poate ar trebui să-ți trăiești viața, să nu-i mai porți de grijă Irinei și să nu mai stai atât de lipită de ea. Poate îți vei găsi și tu un bărbat, a continuat Matei să fie bădăran cu prietena mea.

— Răspunde la întrebare, a spus Simona, fără să-i ia în seamă afirmațiile lipsite de tact. Fii bărbat! Ești cumva mai bun decât mine? Atunci când spui despre cineva că este rău, te gândești puțin dacă nu cumva, la un moment dat, în viața ta, ai fost mai rău decât acel om?

— Gata, terminați, am intervenit eu în ceea ce risca să se transforme într-un război în toată regula, cu victime de ambele părți.

— Ți-aș fi răspuns, dar o indispunem și mai tare pe Majestatea Sa, i-a dat imediat replica Matei.

— Irina, eu cred că sunt singura persoană sinceră cu tine, așa că, da, te-ai schimbat enorm, mi-a spus Simona nemulțumită. Măcar îți mai amintești cum erai înainte? Îți mai amintești ce visuri aveai, ce planuri? Erai plină de viață, veselă, lipsită de griji, care-ți sapă riduri pe față. Iar acum ești...

— Gata, te rog. Am înțeles. O să-mi revin, am oprit-o eu.

— Ca să-ți revii, ai nevoie de alt mediu. Nu te afli în locul potrivit. Nici cu oamenii potriviți, a răsucit ea din nou cuțitul în rană.

— Ce vrei să spui? a sărit Robert imediat. Ea a vrut să fie aici. De data aceasta, chiar nu a forțat-o nimeni să se întoarcă, asta în cazul în care tu crezi altceva.

Am tăcut și așteptam curioasă reacția lui Matei, dar Robert, care habar nu avea că Matei aflase despre relația noastră amoroasă, a continuat, întrebându-mă, de data asta, direct:

— Sau ți-ai dat seama cumva că nu asta este ceea ce vrei?

Atenția tuturor a fost distrasă de Olga, care tocmai revenise la masă, după ce dusese fetița în camera ei să se uite la desenele animate preferate.

— Eu sper să afle cât mai curând ce vrea, a continuat Simona. Înainte să facă greșeala să se mărite cu cineva care nu o merită, a mai zis ea cu amărăciune.

— Nici nu mă mir că unele dintre voi nu vă măritați, a spus Matei deranjat de afirmația ei și înțelegând unde bate.

— Și ce dacă nu ne măritām? Crezi cumva că a te mărita este obligatoriu sau că e cea mai mare realizare din viața noastră? Sau consideri că a fi singură este un handicap pentru o femeie?

— Așa vă consolați voi, astea pe care nu le vrea nimeni? a râs Matei, cu gura plină cu mâncare, ceea ce era total lipsit de educație și neobișnuit în purtarea lui.

— Băi infatuatule, tu crezi cumva că unele dintre noi nu ne măritām pentru că nu ne vrea nimeni? s-a răstit Simona la el.

— Haide, uimește-mă cu o scuză din cărțile de dezvoltare personală cu care te consolezi! i-a răspuns Matei sarcastic, simțindu-se deja învingător în fața ei.

— De ce să apelăm la cărți, când avem în față exemple bune de discutat? Mai bine zi-mi tu de ce crezi că s-ar mărita o femeie cu tine. Crezi că este suficient pentru o femeie că arăți bine și ești bogat? l-a întrebat Simona.

— Poate că mai am și alte calități, pe care tu nu le cunoști și pe care nu ai avea capacitatea să le evaluezi obiectiv, chiar dacă, prin absurd, le-ai știi, i-a răspuns el cu obrăznicie.

— Nu contest, dar ai și multe defecte, iar unele dintre ele ar alunga orice femeie care vrea mai mult decât un bărbat frumos și potent financiar, i-a întors-o și ea fără să stea pe gânduri.

— Să știi că afirmația că unele suntem nemăritate pentru că nu ne vrea nimeni a fost răutăcioasă, i-a reproșat Sandra lui Matei.

Nu am înțeles dacă o deranja afrmația în sine, regăsindu-se în postura aceea, sau doar dorea să oprească dialogul tensionat dintre Simona și Matei.

— Nu am vrut să fiu rău, a spus Matei, realizând, poate, că în războiul purtat contra Simonei făcuse și victime colaterale.

— Irina, cum ar trebui să fie un bărbat ca să vrei să te măriți cu el? m-a întrebat Robert serios, dar și oarecum ironic.

— Nu vreți voi mai bine să schimbăm subiectul? am spus fără să-l privesc.

— Vă spun eu cum ar trebui să fie, a spus Simona. În primul rând, ar trebui să fie bărbat. Nu un băiețel răzgâiat, imatur și cu ambiții mici, care-și confundă soția cu un trofeu, crezând că o nevastă e bună doar ca să defileze la brațul său în societate, ca să se valideze.

— Și totuși contează mult și cum arată o femeie, a întrerupt-o Olga. Nu le putem pretinde bărbaților să vrea femei urâte.

— Nu există femei urâte, i-am spus liniștită.

— Nu ne-ai răspuns la întrebare, Irina, m-a abordat Robert din nou. Cum ar trebui să fie un bărbat ca să vrei să te căsătorești cu el?

— Avându-l ca etalon pe tata, care a fost educat și manierat, nu m-aș căsători cu un bărbat care nu are aceste calități, i-am răspuns cât se poate de serioasă, indiferent unde voia să ajungă provocându-mă astfel. Nu aș putea sta lângă un bărbat grobian, pe care nu-l interesează cum se poartă în societate, care m-ar putea pune în situații ridicole, care nu m-ar trata cu atenție și respect și care m-ar face de râs printr-un astfel de comportament. Pe lângă asta, bărbatul meu ar trebui să fie puternic – și când spun „puternic” nu mă refer la mușchi. Să-l pot privi mereu cu admirație, cu respect, să mă simt protejată de el și în siguranță alături de el. Să avem aceleași valori, câteva pasiuni comune, să fie dispus să evoluăm împreună, să ne susținem reciproc, atât în momentele bune, cât și în cele grele, pentru a ne ajuta unul pe celălalt, astfel încât să devenim fiecare cea mai bună versiune. Să nu fim în competiție, ci mereu o echipă, indiferent de parcursul nostru. Asta, așa, în linii foarte mari, pentru că discuția e mult mai lungă și mai complexă.

— Și, cu toate că tatăl tău avea aceste calități, nu a reușit să aibă o căsnicie durabilă, mi-a adus aminte Matei.

— Asta pentru că tata, când și-a dat seama că mama nu este fericită lângă el, când a înțeles că ea merită altceva, a renunțat. A lăsat-o să plece, i-am spus liniștită.

— Ce-i lipsea mamei tale lângă un asemenea bărbat? a continuat Matei, cu toate că a înțeles perfect aluzia mea.

— Știi bine că era o diferență de vârstă prea mare între ei doi. Treizeci de ani este cam mult. Iar tata a fost suficient de puternic și de matur încât să recunoască asta și de aceea a îndrumat-o să aleagă un alt drum. Și a susținut-o. Pentru că așa ar face orice om care iubește, i-am mai zis.

Sigur că făceam aluzie la Matei, dar probabil că Robert a crezut că spuneam lucrurile astea pentru urechile lui.

— Robert, dar pentru tine cum ar trebui să fie o femeie ca să vrei să te căsătorești cu ea? l-a întrebat Olga pe un ton languros, profitând de ocazia de a aborda subiecte atât de personale.

Robert m-a privit imediat, iar ceilalți, inclusiv Matei, au observat asta.

— Nu mi-am creionat un ideal. Cred că am așteptări normale de la o femeie, a zis el cât se poate de firesc.

— Ai întâlnit vreodată o femeie cu care să-ți dorești să rămâi tot restul vieții?

— Doar am crezut că am întâlnit o astfel de femeie, dar fiindcă nu sunt cu ea acum înseamnă că nu era așa cum am crezut, a mai spus el mohorât.

— Ce avea special acea femeie? a insistat Olga să-l descoasă. Era frumoasă?

— Da. Era frumoasă. Și era frumoasă în totalitate: suflet, gesturi, toane, povestea ei de viață...

Matei s-a rezemat de spătarul scaunului și-l urmărea pe Robert cu atenție, conștient că asta mă intimida și mă forța să fiu în alertă.

— Și? De ce nu ai rămas cu ea? Ce i-a lipsit?

Olga nu ar fi renunțat la dialog tocmai acum, când avea ocazia să fie băgată în seamă de el.

— Iubirea pentru mine.

— Cum ar putea o femeie să nu iubească un bărbat ca tine? s-a minunat ea, dându-și ochii peste cap, uimită nevoie mare.

— Dar îl cunoști măcar, ca să faci o asemenea afirmație? i-am spus Olgăi fără să mă pot abține. Dacă ai vrut doar să-i faci un compliment, află că mai tare l-ai insultat.

— Cum adică? s-a mirat ea, deranjată de acuzația mea, dar și de faptul că am intervenit.

— Păi, ce calități apreciezi la el ca să afirmi că oricine l-ar putea iubi? Aspectul fizic și situația materială? Atât ai văzut tu la el? Asta este tot ce crezi tu că are el mai valoros? Sau doar asta e ce contează cel mai mult în ochii tăi și ce-ți dorești să aibă cel pe care l-ai primi în viața ta?

— Dar pentru tine cum arată bărbatul ideal? a întrebat-o Robert pe Olga zâmbindu-i cuceritor, știind că astfel îmi face în ciudă.

M-am ridicat de la masă și m-am dus în camera fetiței pentru că nu mai suportam să asist la discuția lor, mai ales că Olga flirta cu el fără nicio reținere și era toată numai un zâmbet galeș și ochi dați peste cap.

Am stat câteva minute cu fetița, apoi am coborât în living și i-am găsit pe toți împreună, inclusiv pe Olga, care, cu toate că își încheiase deja programul de lucru, uitase să mai plece și îl privea languros pe Robert, provocându-l cu nerușinare. Mi-am propus să schimb puțin atmosfera din casă și să nu-i mai torturez pe toți cu starea mea proastă – trebuia să fac ceva și pentru mine, să fiu mai binedispusă. Sandra și-a exprimat dorința de a bea ceva, iar eu, deși nu obișnuiam să beau, de data aceasta nu am refuzat-o. M-am gândit că poate puțin alcool mă va ajuta să fiu mai relaxată și mai binedispusă, dar nu m-am limitat doar la un pahar, ci m-am pus pe băut cot la cot cu Sandra, fără să mă tem că m-aș putea îmbăta și fără să iau în calcul asta, lăsându-mă dusă de val, dorindu-mi cu orice preț să mă simt bine, să uit de toate grijile.

Robert, care altădată m-ar fi oprit să beau fără măsură, m-a privit doar cum îmi turnam în pahar băutură după băutură, amestecând lichiorul de pepene galben cu cel de cafea și cu proseco. El și Matei se uitau plictisiți la televizor, iar eu, Sandra, Simona și Olga am continuat să dezbatem subiectul femeilor care preferă singurătatea decât relațiile de compromis.

La un moment dat, când am afirmat că o femeie trebuie să fie independentă financiar, Matei a intervenit în discuție și mi-a spus că mentalitatea mea intră în conflict cu proiecțiile oricărui bărbat care se respectă și care nu și-ar lăsa femeia să muncească, femeia fiind mult mai utilă familiei, să știe cum să țină o casă, să aibă grijă de copii și de soț.

— Un bărbat care se respectă nu vrea lângă el o întreținută, ci o femeie independentă, cu activități sociale, utilă celorlalți, un exemplu bun pentru copiii ei, i-am răspuns revoltată de concepțiile lui. Dacă domnul tot se respectă, își poate angaja o femeie în casă, nu să o țină pe femeia lui pe post de menajeră.

— Pe mine nu m-ar deranja să am un soț bogat, care să mă țină acasă, iar eu să mă ocup doar de mine, să fiu frumoasă pentru el, mi-a spus Olga râzând.

— Nu toate ne dorim să fim doar frumoase. Unele avem ambiții mai mari, i-am răspuns deloc mirată de felul în care vedea ea relația cu un bărbat.

— Tu ești o femeie perfectă, iubita mea, mi-a spus Matei.

— Oare de ce mi-e teamă să aflu ce motive ai ca să mă consideri o femeie perfectă?!

— Vrei un răspuns sincer?

— Poți să-mi dai un răspuns sincer?

— Da, chiar pot. Pentru a fi perfectă, o femeie nu trebuie să fie neapărat o frumusețe sau nemaipomenit de deșteaptă, cu toate că pe tine natura te-a înzestrat și cu frumusețe, și cu inteligență. Femeia perfectă este cea care face lucrurile să funcționeze în familie și în lume. Cea care-i face pe cei de lângă ea să fie mai buni, mai frumoși, mai puternici și mai fericiți.

— Dar tu, Irina? Tu cum crezi că ar trebui să fie o femeie ca să fie perfectă? m-a întrebat Robert, dorindu-și să mă atace, probabil, gelos din cauza declarației lui Matei.

— Dar de ce ar trebui ca o femeie să fie perfectă? Dacă ar fi perfectă, s-ar plictisi de ea însăși, nu ar mai avea niciun țel. Perfecțiunea este doar o așteptare aberantă și nerezonabilă pe care oamenii o au de la ei înșiși și de la ceilalți. Dar poate vrei tu să portretizezi femeia perfectă dacă tot m-ai întrebat asta.

Nu mi-a răspuns, ci și-a îndreptat privirea spre Olga, ceea ce m-a făcut să-mi ies din minți. Din fericire, ea nu a fost pe fază, dar ce flatată s-ar fi simțit dacă ar fi observat asta! Însă Matei a văzut și i s-a putut citi de îndată satisfacția pe chip.

Mă amețisem deja binișor și, pentru că încă îmi doream să schimb atmosfera apăsătoare, i-am anunțat că vom face karaoke. Am pornit sistemul audio, am căutat cântecul *She's Not Cryin' Anymore*, cântat de Billy Ray Cyrus, și am început să cânt liniștită, frumos, trăind cu patimă cântecul care îmi plăcea atât de mult. Matei, deloc încântat de mesajul cântecului, mi-a cerut să mergem la culcare, dar eu l-am refuzat.

— Du-te și fă-ți somnul de frumusețeeeee, i-am spus tare, la microfon.

Nu a insistat, probabil că văzuse că nu eram tocmai în apele mele, și s-a dus la culcare, ce rost avea să provoace o ceartă? Eu, Simona și Sandra am făcut echipă și am continuat să cântăm în fața lui Robert și a Olgăi, singurii noștri spectatori. Dacă la cântecele din repertoriul internațional mai mult m-am jucat decât am cântat, când am trecut la șlagărele marilor artiști români, precum Ileana Șipoteanu, Angela Similea, Corina Chiriac, Cătălin Crișan și Gabriel Dorobanțu, am devenit nostalgică și am trăit fiecare piesă muzicală în parte, amintindu-mi cum visam în copilărie să mă aflu, la fel ca ei, pe marile scene și cum le cântam toate șlagărele, pe care le știam pe de rost, în fața celui mai mare fan al meu: tata.

— Irina chiar are voce, i-a spus Olga lui Robert. Cântă foarte bine.

— *Ce-aș fi foooooost, dacă n-ai fi existaaaat, nici nu-mi pot imaginaaaaaa...*, am cântat cu tot sufletul, fixându-l pe Robert cu privirea.

În acel moment, nu s-a mai putut abține, a sărit de pe canapea și a venit lângă mine să cântăm împreună cântecul pe care îl cântasem de atâtea ori amândoi, mai ales atunci când eram în mașină.

Poate nu te merit/Dar sunt fericită și simt c-am câștigat pământu-ntreg... am cântat amândoi, lipiți unul de celălalt, împărțind microfonul. Simona și Sandra se zbenguiau în jurul nostru, erau corpul de balet, dar nici Olga nu a mai rezistat, s-a ridicat și a început să danseze cu ele.

Am cântat apoi *Ai venit prea târziu*, interpretat de Ileana Șipoteanu și compus de îndrăgitul compozitor Dumitru Lupu, pe care Oli îl adora și îl stima foarte mult, așa că a venit și ea în living, foarte emoționată, să cânte cu noi. Cine știe ce nostalgii legate de acest cântec avea și draga noastră Oli... Și astfel, în câteva minute, toată amosfera din casă s-a schimbat, am cântat cu toții și am dansat, însă numai ceilalți erau veseli cu adevărat, eu eram extrem de nefericită și doar mimam bucuria și fericirea...

Petrecerea noastră s-a încheiat în momentul în care Sandra și Simona au anunțat că sunt obosite și au plecat la culcare. Oli s-a retras și ea, nemulțumită că nu am lăsat-o să adune paharele din care se băuse, a plecat și Olga, iar eu și Robert ne-am apucat să facem ordine în living. A spălat el paharele și ceștile, iar eu m-am dus în living și am pus muzică în surdină. Nu voiam să urc în camera mea sau în dormitorul lui Matei, unde m-aș fi întâlnit cu singurătatea mea chinuitoare, cu spaimele și durerile mele. Voiam să mai rămân aproape de Robert, de bărbatul pe care-l iubeam cu o dragoste care devenise imposibilă.

După ce a pus toate lucrurile la locul lor, s-a așezat pe fotoliu, cât mai departe de mine, privindu-mă tăcut și îngândurat. Livingul era luminat difuz doar dinspre scara interioară, iar muzica se auzea în surdină. Urmându-mi starea de spirit adevărată, am căutat cântecul *Je suis malade*, cântat de Lara Fabian, și l-am invitat pe Robert la dans. Nu m-a refuzat, iar eu am profitat de postura în care mă aflam, adică de scuza că eram puțin amețită, și am dansat lipită de el, trăind fiecare vers al cântecului.

Nu știu unde să mă mai duc, tu ești peste tot/Sunt bolnavă, complet bolnavă/Această iubire mă va ucide dacă voi continua... Viața mea încetează când pleci.

Veselia mea de mai devreme se transformase vizibil într-o tristețe de nedescris și, fără să mă pot abține, am început să plâng liniștit, în brațele lui. Am încercat să-i ascund asta și am stat lipită cu fața de pieptul lui, dar i-am udat cămașa cu lacrimile mele și i-am murdărit-o de rimel.

— Spune-mi, te rog, tu când ești sinceră? Atunci când ești trează sau atunci când ești amețită de băutură? m-a întrebat el în șoaptă.

— Dar tu? Tu când ești sincer?

— Acum sunt.

Dansând împreună cu el, lipită de el, mi-am plâns la pieptul lui dorul și iubirea, disperarea că urma să-l pierd atât de nedrept pe cel pe care îl adoram, iar când s-a terminat cântecul am vrut să plec. Dar m-a oprit și am continuat să dansăm împreună și cântecul următor, *Je t'aime*. Nici nu avea cum să urmeze un cântec pe care să nu-l cunosc, pe care să nu-l iubesc și în versurile căruia să nu mă regăsesc, doar melodiile de pe CD-ul acela erau alese de mine...

— Și, până la urmă, ai lămurit-o pe Olga cum ar trebui să fie femeia ideală pentru tine?

— Cui îi pasă? mi-a zis el cu o voce plină de căldură.

— Mie. Cum îți dai seama că ai găsit-o pe femeia vieții tale?

— Îți dai seama atunci când o ții în brațe și simți că ai totul. Că nu contează unde te afli, că ești împlinit și puternic și că tot ce-ți mai poți dori este să fii cât mai bun pentru ea.

— Sper s-o găsești într-o zi pe acea femeie, i-am zis la rândul meu, pierdută în brațele lui puternice și ocrotitoare.

— Acum îmi este clar, tu nu ești sinceră nici măcar atunci când bei.

— Te iubesc atât de mult! i-am șoptit.

— Ce-ai spus?

S-a oprit din dans și mi-a ridicat bărbia cu vârful degetelor, ca să-mi poată vedea ochii.

— Te rog, repetă ce ai spus.

— De ce să repet?

— Pentru că am nevoie de minciuna asta nenorocită...

M-am uitat câteva clipe în ochii lui și am lăsat încă un șiroi de lacrimi să-mi curgă pe față, apoi i-am întors spatele și am plecat în camera mea, unde m-am încuiat pe dinăuntru și m-am culcat sperând să adorm cât mai repede și să uit cât sunt de singură și că doar lângă el pot fi fericită.

Dimineața m-am trezit cu o durere cruntă de cap și, în timp ce mă învinovățeam pentru că băusem mai mult decât eram obișnuită și, mai ales, pentru că am fost vulnerabilă în fața lui Robert, mi-am dat seama că m-am săturat să fiu supărată. Eram supărată pe Matei, pe viață, pe cei care m-au dezamăgit în trecut, dar mai ales pe mine. Îmi era dor să fiu liniștită și fericită, să iau lucrurile așa cum sunt, să nu mă doară nimic, să nu mai trăiesc într-o stare continuă de tensiune și teamă. Îmi era dor de mine, de cea care le ridica moralul tuturor, de persoana caldă care-i îmbrățișa pe oameni și le zâmbea tuturor, care-i asculta și-i alina pe toți.

Îmi aminteam cum îmi mărturiseau în trecut apropiații mei că se simt mereu bine în preajma mea, că sunt o bucurie pentru ei, că reușesc să le schimb chiar și cele mai întunecate zile și-mi dădeam seama că acum nu mai eram la fel ca înainte, că nu mai aveam prea multe de oferit, că pesimismul pusese stăpânire pe gândurile mele, pe toată existența mea. Mi-am propus să renasc, să devin imună la tot ce era toxic în viața mea, să mă preocupe sănătatea, frumusețea și fericirea mea, să redevin senină și caldă, prietenoasă și bună cu mine, nu doar cu cei din jur. Dar mai ales să am grijă de puterea mea și să nu o pierd. Mi-am promis că nu voi lăsa pe nimeni și nimic să mă învingă și să mă îngenuncheze, că voi trata lucrurile cu mai puțină implicare emoțională și că voi face tot posibilul să redevin persoana luminoasă care fusesem cândva.

În timp ce-mi făceam planuri să strălucesc din nou, mi-am amintit și de planul meu de a înregistra discuțiile dintre Matei și Robert. Venise momentul să acționez, nu doar să accept resemnată ceea ce venea de la cei din jur, respectiv de la Matei. Am sunat-o pe Simona și am întrebat-o dacă ei doi sunt la micul-dejun și, când mi-a confirmat, m-am furișat în curte și am ascuns reportofonul în mașina lui Matei, pornit pe funcția de înregistrare. Nu aveam nicio idee dacă se va auzi ceva sau nu, ținând cont că l-am fixat destul de ascuns, lângă scaunul lui Matei, știind că nu-i modifica poziția niciodată. Dar seara, când s-au întors acasă și am reușit să iau reportofonul, am reușit să ascult toată conversația lor din mașină. Era absolut obligatoriu să știu dacă totul era funcțional. Și era.

— Ați mai stat mult aseară? l-am auzit pe Matei întrebându-l pe Robert, după ce au comentat despre starea deplorabilă a drumului și i-au înjurat pe cei responsabili de asta.

— Am stat să mă asigur că Irina se va duce la culcare, era cam amețită și o apucase cheful să facă ordine în living și în bucătărie, i-a explicat Robert.

— Mda, chestia asta cu băutul este ceva nou pentru ea.

— Aveți ceva probleme în paradis?

— Nu, din contră. Chiar ne înțelegem foarte bine, parcă mai bine decât la început. Ne iubim foarte mult, a mințit Matei cu nonșalanță.

— Nu ți se pare deloc stranie schimbarea ei de atitudine față de tine?

— Deloc. S-a maturizat. Este femeie acum, știe ce vrea. Chiar dacă mai are anumite ieșiri, până la urmă, nu poate uita atât de ușor câte i-am făcut.

— OK, dacă spui tu...

— Nu aș mai putea trăi fără ea, frate. Și, chiar dacă e prea orgolioasă să o arate de față cu toată lumea – doar o cunoști –, să știi că mă iubește enorm. Dacă față de voi pare mai rece cu mine, din mândrie și ambiție, când este doar cu mine este foarte caldă și iubitoare. Și are un apetit... a continuat el să mintă cu nerușinare.

— Să înțeleg că nu mai bântui prin alte paturi?

— Deloc. Nu mai am niciun motiv să o înșel.

— Nici înainte nu aveai, i-a amintit Robert.

— La început, nu. Dar apoi s-a schimbat, era rece, nu mă simțeam dorit deloc. Nu știu ce s-a întâmplat în acel moment cu ea. Ei bine, acum e total diferită, îmi arată că mă dorește din toată inima, mă simt foarte iubit. Sunt fericit și, cel mai important, ea e fericită, ăsta e adevărul!

Câteva minute nu s-a mai auzit decât muzica din mașină și mă gândeam cu groază ce simțise Robert auzind acele lucruri și mă întrebam cum de mă mai putea privi, cum de nu mă alungase încă din inima lui și cum putea să mai suporte toată situația.

— Și tu? Aveai o iubită în Germania, nu ai mai spus nimic despre ea de ceva vreme..., l-am auzit pe Matei după puțin timp.

— Ne-am despărțit. Se pare că relațiile la distanță nu funcționează, răspunsese Robert pe un ton firesc.

— Îmi pare rău să aud asta. Sper că nu ești afectat...

— Mă știi pe mine să jelesc după femei? continuase bărbatul meu iubit să facă pe viteazul.

— Poate vei jeli dacă vei întâlni o femeie ca Irina, care să-ți întoarcă sufletul pe dos, îi aplicase Matei o lovitură sub centură. Dar nu este niciuna de neînlocuit, să fim sinceri.

— De aia nu poți trăi fără Irina de atâția ani? Că este ușor de înlocuit?

— Eu pe Irina o vreau pentru felul în care mă iubește, pentru că ea chiar este femeia perfectă pentru mine.

— Te rog, nu o mai răni, Matei. Nu-i mai da viața peste cap, fii corect cu ea.

— Vreau să mă căsătoresc cu ea, dar mai aștept, nu vreau să o sperii cu decizii prea serioase.

— Chiar te rog să-i dai timp, cred că e cel mai bine așa. Pentru amândoi.

— Ia zi-mi, cum ți se pare Olga? Să știi că nu are pe nimeni, îi sugerase Matei fără nicio subtilitate că fata e liberă și disponibilă.

— E drăguță.

— Drăguță?! E o bombă cu ceas! a supralicitat Matei.

— Este, arată bine, dar nivelul conversațional cam lasă de dorit, s-a arătat fratele lui mai puțin convins.

— Eu nu aș rata-o dacă aș fi în locul tău.

— Sincer? Nu mă atrage. Cred că am depășit nivelul acela.

— Eu cred că tu ești încă îndrăgostit de tipa din Germania. Am dreptate?

Matei îl testa neîncetat, voia să afle ce simțea pentru mine, doar știa că nu exista nicio iubită în Germania și că eu eram cea pe care o iubea Robert, însă acesta a schimbat imediat subiectul și a început o discuție legată de firma lor.

Capitolul 11

Mulțumită de faptul că reportofonul își făcea datoria mulțumitor și îmi facilita accesul la conversațiile lor, am început să-l folosesc în mod abuziv și imoral, devenind din ce în ce mai curioasă să aflu tot ce discutau, sperând că astfel voi găsi soluții să ies din situația imposibilă în care mă aflam, crezând că, în acest fel, curând, mă voi elibera și voi reuși să opresc planurile oribile ale lui Matei. Dar, mai mult decât orice, mă interesa să aflu ce simte Robert, ce gândește, ce și cu cine vorbește și, de aceea, când pleca de acasă ascundeam reportofonul în mașina lui. Dar nu am aflat mare lucru, cu excepția câtorva convorbiri telefonice obișnuite, nimic care ar fi putut să răspundă nevoilor mele. Asta până într-o seară când, după ce fusese plecat de acasă vreo trei ore și s-a întors destul de târziu, am înțeles cu adevărat că persoana care ascultă pe la uși riscă să audă ce nu-i place.

Era aproape de miezul nopții când s-a întors acasă, iar eu am așteptat să adoarmă toată lumea din casă pentru a mă strecura afară să iau reportofonul din mașina lui. Matei, cu toate că obișnuia să se culce întotdeauna devreme, a mers la somn destul de târziu în seara aceea, justificându-se că are ceva de lucru pentru firmă și că e necesar să fie totul gata. A tot plimbat niște documente între biroul de la parter și mașina lui și s-a dus foarte târziu la culcare, cu mult după ce a ajuns și Robert acasă, lucru care m-a făcut să stau ca pe ghimpi. Așa că, după ce într-un sfârșit a intrat în dormitorul lui, cu maximum de precauție, m-am furișat în curte și am luat reportofonul din mașina lui Robert.

M-am dus nerăbdătoare direct în camera mea, am derulat caseta și am ascultat înregistrarea. Eram în stare de șoc: Robert se întâlnise cu o femeie! Am auzit-o când a intrat în mașină, iar în loc să-l salute, i-a spus direct că i-a fost dor de el. Vocea ei nu îmi era cunoscută. L-a întrebat ce mai face, dar nu am înțeles dacă și ce i-a răspuns, fiindcă în mașină se auzea muzică. Mi-am dat seama apoi că a pornit motorul și că a condus câteva minute, fără să vorbească niciunul dintre ei, ceea ce mi se părea destul de suspect. Nu mi-am dat seama când a oprit din nou, parcă muzica se auzea și mai tare, dar la un moment dat am deslușit niște foșnete înfundate și niște gemete difuze și am înțeles imediat că el tocmai făcuse sex cu acea femeie. Dintr-odată, toată lumea mea s-a năruit.

Tremuram toată și nu reușeam să-mi revin. Apoi, câteva minute bune mi-am repetat în gând, încercând să mă consolez, că el era îndreptățit să facă asta, de vreme ce tot încercasem să-l conving că nu-l iubesc și că Matei e alesul meu. Cu toate astea, nu puteam nicicum să-mi înfrâng gelozia, dezamăgirea și disperarea. Am ascultat încă o dată înregistrarea, sperând că a fost vorba despre altceva, voiam să aflu un alt adevăr, unul mai blând cu mine, că poate sunetele pe care le auzisem mai devreme erau doar rodul imaginației mele. Dar, din păcate pentru mine, nu exista un alt adevăr. Se auzeau foșnete, respirație sacadată și gemetele de plăcere ale acelei femei.

Îmi venea să urlu, să mă duc în camera lui și să-i arunc tot felul de vorbe, de reproșuri, să-i cer explicații, dar nu aveam niciun drept să fac asta. Pentru tot ce auzisem eu eram vinovată, pe mine trebuia să fiu supărată, mie trebuia să-mi fac reproșuri. Robert avea tot dreptul la viață după ce îl părăsisem.

Am plâns în hohote în camera mea și poate că aș fi plâns până dimineață dacă Matei nu ar fi venit în toiul nopții să vadă ce fac. Nu obișnuia să se trezească în timpul nopții, cu atât mai puțin dacă se mai culca și târziu, iar, când l-am văzut, mi-am ascuns fața în pernă. Era ultimul om pe care mi-aș fi dorit să-l văd, amintindu-mi din nou că din cauza lui suferеam atât de mult și că era numai vina lui că-l pierdusem pe bărbatul pe care-l iubeam mai mult decât pe mine însămi.

— Ce-i cu tine? m-a întrebat așezându-se pe pat lângă mine.

— Lasă-mă singură, i-am zis cu o voce din care și-a putut da seama imediat că plângeam.

— Irina, te rog, vorbește cu mine.

— Lasă-mă și du-te în camera ta, am încercat eu să mă țin tare și să nu fac o scenă.

— Nu plec până nu te văd liniștită.

— Liniștită?! am urlat dintr-odată, fără să mă mai pot controla.

Am sărit din pat și m-am postat în fața lui.

— Cum să fiu liniștită în casa asta, imbecilule?! Te urăsc, înțelegi?!

— Taci, că trezești toată casa, m-a avertizat el calm.

— Foarte bine! Te urăsc! Teeeee uuuuurăăăăăssssc!

Am țipat așa de tare, cu glasul înecat în lacrimi, încât i-am trezit pe Simona și pe Robert, care au dat de îndată buzna în camera mea. Văzându-l pe Robert, criza mea s-a amplificat și a urmat una de isterie în toată regula.

— Ieși afară! Ieșiți afară cu toții! am continuat să urlu, fără să mai reușesc să mă controlez.

Am început să iau diverse lucruri din jur și să le arunc în Matei și în Robert, iar când am luat și perna mea de pe pat ca s-o arunc în ei, au văzut reportofonul.

Matei l-a luat imediat și a plecat din cameră, iar eu am fugit după el să-mi recuperez aparatul, având deja nervii la pământ. Când am ajuns în dormitorul lui, a încuiat ușa în urma noastră, a derulat înregistrarea de pe reportofon, apoi a pornit-o. Stăteam rezemată de ușă, împietrită, și, pentru că nu mai suportam să aud încă o dată acele sunete, mi-am acoperit urechile cu palmele. Matei a ascultat toată înregistrarea, iar eu mi-am închis ochii, numai ca să nu-i văd rânjetul de satisfacție pe care-l avea întipărit pe chip. Când am estimat că a terminat de ascultat totul, am deschis ochii, iar el a lăsat reportofonul pe pat, lângă el. S-a ridicat, a venit lângă mine și a încercat să mă îmbrățișeze, dar l-am respins, însă el a fost mai puternic și a reușit să mă cuprindă și să mă strângă în brațe.

— Liniștește-te, te rog, mi-a spus cu o voce plină de înțelegere. Eu te iubesc.

— Iar eu te urăsc, am spus plângând în hohote. Doar tu ești de vină. Ești cel mai rău om pe care l-am întâlnit vreodată. Ești întruchiparea răului și a nefericirii, i-am spus din nou – oare pentru a câta oară? – tot ce simțeam pentru el și ce credeam despre el.

— Tu m-ai făcut să fiu rău. Dar tot tu mă poți face să fiu bun, mi-a șoptit el rugător.

Simona și Robert băteau în ușa noastră, iar Matei a strigat că suntem bine, cerându-le să ne lase în pace și să meargă la culcare.

— Deschide ușa, că o sparg, a strigat Simona. Sau chem poliția! a amenințat ea.

— Spune-le dulăilor tăi că ești bine și să plece, mi-a dictat Matei cu o voce schimbată dintr-odată, dură și amenințătoare.

— Plecați! Lăsați-ne în pace! am strigat la ei, bătând în ușă cu putere.

— Ești bine? a întrebat Simona, pe care mi-o și închipuiam cu urechea lipită de ușă.

— Da, te rog, du-te la culcare.

— Ești sigură?

— Da, Simona, am spus cu glas sfârșit, lipsit de vlagă.

După plecarea lor, pentru câteva clipe, Matei m-a ținut în brațe, iar eu am plâns în hohote.

— Nu-ți doresc să simți ce simt eu, mi-a spus el la un moment dat.

— Ce simți tu?! Totul e despre tine, așa-i? Dar eu? Ai idee ce simt eu?

— Da, chiar am idee, Irina, suferim amândoi. Când ai de gând să pui capăt acestui chin?

L-am împins cât am putut de tare, iar când a încercat din nou să mă îmbrățișeze, l-am lovit cu putere, izbindu-l cu ambele palme în piept.

— Acum ești fericit? Planul tău a dat roade. Gata, ai câștigat! Nu mă mai iubește, nu-l mai iubesc. E bine așa, ești fericit acum? Pot să plec din casa asta?

— Nu, încă nu.

— De ce?! De ceeee? am strigat la el din toate puterile.

— Pentru că te iubesc, înțelegi? Pentru că te iubesc! a urlat el, fără să mai țină cont că ar fi putut fi auzit și de ceilalți.

I-am întors spatele fără milă, am descuiat ușa și am plecat în camera mea, trecând pe lângă Simona și Robert, care stăteau pe hol, așteptând probabil să se asigure că eu și Matei suntem cu adevărat bine, că nu avem nevoie de ajutorul lor. Matei însă a venit imediat după mine și, când a intrat în camera mea, a închis ușa, trântind-o, și mi-a spus în șoaptă, dar foarte autoritar:

— Robert nu trebuie să afle că ai acea înregistrare, ai înțeles? Nimeni nu trebuie să știe ce ai făcut, mi-a zis pe un ton care nu admitea replică.

— Mi-e milă de tine, Matei. Mi-e milă de ziua aceea în care vei plăti pentru tot, i-am zis cu o voce sfârșită.

— Deja plătesc, nu-ți dai seama?

— Ai dreptate. Simplul fapt că ești atât de rău și de slab este cea mai mare pedeapsă pentru tine, i-am confirmat eu ceea ce, sunt sigură, într-un fel sau altul știa și el.

A ieșit din camera mea, iar eu m-am ridicat să încui ușa, însă Simona a fost mai rapidă și s-a strecurat imediat înăuntru.

— Ce naiba se întâmplă? m-a întrebat ea îngrijorată la maximum, adunând de pe jos lucrurile aruncate de mine mai devreme.

— Nimic. O simplă ceartă, i-am spus, vlăguită de tot ceea ce se întâmplase.

— Ăla era un reportofon? m-a întrebat ea.

— Da, i-am confirmat șoptit, fără putere.

— Pentru?

— Nu contează, nu e nimic de spus. Te rog, Simo, lasă-mă să dorm.

— Te înregistrează Matei cumva sau ce? a continuat ea cu întrebările.

— Nu. Te rog, înțelege-mă și nu mai insista. Nu acum.

M-am așezat ghemuită pe pat și m-am acoperit cu pilota, iar Simona a pus pe fotoliu pernele decorative pe care le adunase, apoi s-a așezat lângă mine și m-a îmbrățișat.

— Nu mai insist, dar știi că poți avea încredere în mine, mi-a spus ea. Sunt aici, orice ar fi.

— Te iubesc și îți mulțumesc, i-am spus printre lacrimi.

— Și eu te iubesc, draga mea!

Simona a adormit imediat, dar eu nu aveam pace și odihnă, nu-mi puteam scoate din minte înregistrarea aceea. Oricât de tare mă străduiam să nu mă mai gândesc la asta, îmi făceam tot felul de scenarii absurde și mai ales încercam să-mi imaginez tot ceea ce auzisem pe înregistrare, nerecunoscându-l niciun pic pe Robert în acea postură.

Mi-l aminteam iubindu-mă pe mine și nu suportam ideea că o altă femeie putea fi în locul meu, cu toate că eram conștientă că eu îl părăsisem pentru Matei. Ba mai mult de atât, fratele lui nu scăpa nicio ocazie în care să nu-i spună cât de mult ne iubim, confirmându-i astfel că și el e liber să-și trăiască viața după bunul-plac. Sufeream ca niciodată în viața mea, nu reușeam să-mi imaginez cum avea să se termine planul nenorocit al lui Matei, pentru că eu deja ajunsesem la capătul puterilor...

Nu am coborât la micul-dejun în dimineața aceea, am aflat mai târziu că nici Matei nu a mâncat și că a plecat la birou singur, înaintea lui Robert. Oli mi-a spus că Matei nu arăta prea bine, că părea obosit și stresat când a coborât din camera lui, dar nu-mi păsa. Durerile și neliniștea lui nu erau importante pentru mine, consideram că le merită pe deplin, ca plată pentru toată suferința pe care ne-o provocase mie și fratelui său. Robert m-a sunat de câteva ori, dar nu i-am răspuns. A rugat-o apoi pe

Simona să-i spună dacă sunt bine, iar ea i-a confirmat că totul e în regulă.

Nici la cină nu am vrut să cobor, chiar dacă Oli a insistat, motivând că a gătit ceva gustos. M-am scuzat spunându-i că am o migrenă îngrozitoare și că mă voi culca devreme, ceea ce am și făcut, reușind să adorm destul de repede, după epuizarea din noaptea trecută. Doar că m-am trezit în miez de noapte pentru că-mi era cald și am deschis fereastra.

În casă era liniște deplină și, pentru că simțeam că mă sufoc în cameră, că nu-mi găsesc locul în casa aceea și nici aer nu mai am, am îmbrăcat un halat peste cămașa de noapte și am ieșit tiptil în curte, încercând să nu fac niciun zgomot și să nu trezesc pe careva. Am mers până la leagănul-pat și m-am întins pe el, iar, după puțin timp, am reușit din nou să adorm, ghemuindu-mă sub răcoarea nopții, ascultând cântecele greierilor, stând singură sub cerul plin de stele. La un moment dat, am simțit cum cineva mă învelește cu o pătură moale și caldă și am deschis ochii.

În întuneric, doar sub lumina slabă a lunii, i-am zărit silueta lui Robert, care stătea în picioare în fața leagănului și mă privea, dar nu am spus nimic, am închis ochii la loc și m-am ghemuit și mai mult, zgribulită. Atunci, el s-a așezat pe colțul leagănului, la picioarele mele, și a continuat să mă privească. Era totuși prea întuneric ca să-mi vadă ochii umflați din cauza plânsului, dar vocea m-ar fi putut trăda, așa că nu am spus nimic, cu toate că aș fi vrut să-i reproșez tot ce mă durea, toată zbaterea și suferința mea.

— Ce se întâmplă cu tine? m-a întrebat grijuliu, în șoaptă.

— Nu te privește, l-am asigurat eu, fără să fiu prea drăguță.

— Dacă nu m-ar fi privit, acum aș fi dormit liniștit în patul meu, în loc să bântui noaptea prin curte, mi-a mai spus el liniștit.

— În mașină nu poți dormi? l-am biciuit eu din vorbe, fără să mă pot abține.

— Poftim?

Am tăcut.

— Ce era cu acel reportofon? a vrut el să știe.

— Din cauza lui nu poţi tu să dormi? am continuat eu să-l ironizez.

— Nu pot să dorm când tu nu eşti bine.

— Sunt bine. Acum du-te să te culci, l-am expediat eu imediat, fără milă.

Dar nu a plecat. A stat tăcut lângă mine, dându-mi timp să mă calmez, iar după câteva minute s-a aplecat peste leagăn şi m-a mângâiat uşor pe faţă. Eu am stat cu ochii închişi, încercând să nu mă gândesc că acele mâini, pe care eu le adoram şi care m-au iubit de atâtea ori, mângâiaseră, cu doar o seară înainte, o altă femeie...

— De ce te încăpăţânezi să rămâi aici dacă nu eşti fericită? a vrut el să ştie.

— Tu crezi cumva că fericirea este o stare permanentă?

— Poate fi, mi-a spus cu încredere.

— Confunzi cumva fericirea cu extazul?

— Nu. Asociez fericirea cu liniştea, cu bucuria, cu pofta de viaţă. Când te-am cunoscut, erai cea mai fericită şi mai senină fată din câte întâlnisem vreodată. Fericirea ta era contagioasă..., a continuat el cu o voce plină de căldură.

— Aş putea fi rea şi să îţi spun că pe atunci nu apucasem să vă cunosc pe voi doi.

— Noi doi suntem sursa nefericirii tale?

— Tu ce crezi?

— Şi, atunci, de nu pleci? De ce mai stai aici? s-a arătat el în continuare nedumerit.

— Poate pentru că m-am obişnuit să fiu nefericită. Sau poate pentru că am ajuns să cred că nu pot mai mult şi că nu merit altceva, i-am spus cu tristeţe şi convingere. Poate că sunt la fel ca păsările care au stat prea mult închise în colivie şi, atunci când li se dă drumul, ele se întorc în colivie pentru că se tem să fie libere.

— Nu cumva te-ai întors pentru că te încăpăţânezi să crezi că vei putea schimba oamenii şi că vei putea uita trecutul?

— Sunt destul de matură încât să știu că oamenii nu pot fi schimbați. Că ori îi accepți așa cum sunt, ori pleci, l-am contrazis eu.

— Și tu de ce nu pleci?

— Știi că tot ce am trăit din clipa în care v-am cunoscut pe voi doi este din cauza ta? i-am zis.

— Da, știu.

— Și? Conștiința ta este OK?

— Nu, nu este, mi-a răspuns trist. Dacă te consolează cu ceva, înmulțește cu o mie toată suferința ta, toate durerile, frustrările și lacrimile, și vei înțelege cum mă simt eu.

— Nu mă consolează deloc, din contră.

— Ce aș putea să mai fac, Irina? Am făcut tot ce mi-ai cerut, m-am retras, te-am lăsat să alegi după bunul-plac, ce să fac mai mult de atât? mi-a zis cu o voce în care-i puteam ghici disperarea.

— Pentru moment, doar să pleci și să mă lași singură.

— Aș pleca dacă aș ști că vrei asta, dar tu minți întruna, îmi spui să plec când, de fapt, mă vrei lângă tine, mi-a mai zis el cu o voce plină de încredere și speranță.

— Te flatezi inutil, i-am răspuns orgolioasă, cu toate că știam că are dreptate. Era adevărat, tot ce-mi doream era să fiu cu el, lângă el.

— Irina, te cunosc mai bine decât crezi tu. Niciodată nu ai vrut să plec cu adevărat când m-ai gonit.

— Atunci, rămâi. Deși nu știu de ce ai face-o. Poate că ar trebui să fii lângă altcineva acum.

— Lângă cine? m-a întrebat el mirat.

Lângă aia cu care te-ai iubit în mașină! îmi venea să-i strig. Dar el nu trebuia să știe că eu am aflat asta, că-l urmăream, că mă interesa ce face cu viața lui. Nu doar că m-ar fi putut da de gol în fața lui Matei, dar nu avea nicio logică să fiu geloasă, doar îl părăsisem pentru alt bărbat... Așa că a trebuit să tac.

Avându-l lângă mine, dar ca pe un străin, fără să pot avea dragostea lui, aveam impresia că nu mai am nimic pe lume, că sunt a nimănui, condamnată pentru totdeauna la singurătate. Cu toate astea, încă simțeam nevoia să-mi confirme că nu mă uitase de tot, că nu mă scosese din suflet, indiferent pe cine iubea cu trupul. Aveam nevoie să știu că încă mai însemn ceva pentru el, ceva frumos, ceva important, ceva minunat...

— Mi-ai spus cândva că există ceva ce îți place mult la mine, i-am spus. Un lucru pe care nu mi-l vei spune niciodată. Acum, după ce te-am rănit și ți-am arătat cât de rea pot fi, când aș vrea să cred că există totuși ceva bun în mine, îmi poți spune ce anume îți plăcea și care era acel lucru?

— Îmi place în continuare, mi-a șoptit el.

— Ce anume? l-am întrebat emoționată. Eram disperată să aflu ce-i mai poate plăcea la mine, după ce-l părăsisem ca să mă întorc la Matei.

— Sunt foarte multe lucruri care îmi plac la tine, știi bine.

— Dar acel lucru deosebit care era?

— Faptul că nu te străduiești niciodată să fii altfel doar pentru a te face plăcută. Ești cea mai naturală și mai autentică persoană pe care o cunosc, mi-a zis firesc, de parcă era vorba despre cel mai normal lucru din lume, fără să mă facă să mă simt rău pentru tot ceea ce-i făcusem, fără să-mi reproșeze că-l părăsisem fără niciun motiv.

— Ce banal! i-am replicat. Și eu care speram că am vreo calitate deosebită, nemaivăzută, care să mă facă să merit să fiu iubită, în ciuda tuturor defectelor mele...

— Știi bine că ai multe calități speciale care ar face pe oricine să te adore, mi-a mai spus el cu o voce ca o mângâiere, exact ce aveam nevoie pentru sufletul meu rănit.

— Nu cred că le mai am. Am devenit rea, imatură, egoistă, slabă și fac mult rău...

— Cel mai mult rău ți-l faci ție, nu altora.

— Și la alte femei ce ți-a plăcut?

— La care dintre ele te referi?

— La ultima cu care ai fost, de exemplu, am spus gândindu-mă, evident, la femeia din mașină. Mă durea îngrozitor că putuse să mă înlocuiască așa de ușor.

— Nu mai țin minte. Poate că, dacă ar fi fost ceva notabil, aş fi reținut.

— Cum să nu mai ții minte? A trecut atât de mult timp încât să uiți ce ți-a plăcut, ce te-a atras?

Nu mi-a răspuns.

— Ai făcut vreodată dragoste în mașină? am continuat eu cu întrebările.

— În mașină? s-a mirat el.

— Da.

— Ar trebui să știi răspunsul.

— De unde să știu eu ce faci tu? a fost rândul meu să mă mir.

— Pentru că dragoste am făcut numai cu tine.

— Ah, am înțeles. Atunci sex. Ai făcut sex în mașină?

— Da.

— Când?

— Nu mai știu, în tinerețe, când aveam aventuri spontane, mi-a răspuns el cât se poate de normal.

Ar fi fost culmea să-mi recunoască, fără pic de reținere, că făcuse asta tocmai în seara precedentă. M-am enervat cumplit și cu greu m-am stăpânit să nu-l fac mincinos și să-i arăt că știam totul și că sufeream enorm.

— Mai ai și alte întrebări, domnița mea? Dacă da, toate sunt la fel de interesante?

— Domnița ta? De când asta? Am căzut de la rang de Majestate la domniță?

— Tu ești domnița mea cu fluturi, mi-a zis blând, cu o voce în care, dacă nu aș fi fost orbită de gelozie și de propriile vinovății, aș fi putut să citesc foarte ușor dragostea.

Și aia din mașină cine mama naibii era? am gândit. Dar am tăcut.

El s-a ridicat şi eu m-am lipit de spătarul leagănului ca să-i fac loc să se aşeze lângă mine. Cu siguranţă, îi era frig şi amorţise stând la picioarele mele, aplecat înspre mine. S-a întins încet lângă mine şi a ridicat braţul, ca să mă aşez cu capul pe pieptul lui, iar eu, deşi ar fi trebuit să simt nevoia să-l resping, m-am cuibărit fericită în braţele lui. Nu am fi avut loc să stăm amândoi întinşi unul lângă celălalt, aşa că eu m-am aşezat pe o parte şi l-am îmbrăţişat. A tras pătura peste noi şi a început să mă mângâie pe mâna pe care o ţineam pe el.

— Tu ar trebui să mă deteşti, nu să mă mângâi, i-am spus cu sinceritate.

— Niciun om nu ar trebui să-l deteste pe altul, indiferent cât de mult i-a greşit sau cât de tare l-a rănit. Ura este o povară greu de purtat, mi-a zis cu blândeţe.

— Şi iubirea este o povară cumplită, uneori imposibil de purtat...

M-a pupat pe frunte, iar eu m-am lipit şi mai tare de el. Căldura lui m-a liniştit şi m-a făcut să uit că eram atât de supărată pe el, dar şi pe mine.

— La ce te gândeşti? l-am întrebat, văzând că stătea cu ochii deschişi şi privea liniştit în sus.

— La noi doi. Încerc să-mi explic, de când te-am văzut pentru prima oară, chimia dintre noi, dar nu reuşesc. Este mai puternică decât orice altceva am trăit în toată viaţa.

— Poate este doar atracţie fizică şi nimic mai mult...

— Ştii bine că nu este doar atât. Este o chimie incredibilă, imposibil de explicat şi de controlat...

Mi-am strecurat mâna sub tricoul lui şi am început să-l mângâi pe piept şi pe abdomen, încercând să uit că nu de mult fusese al altei femei. El mi-a răspuns la mângâieri şi m-a iubit, aşa cum doar el ştia şi putea să o facă. Dar nu am putut uita că înainte cu o seară fusese al altei femei şi am început să plâng încet, liniştit, dar el nu s-a oprit, m-a sărutat, m-a mângâiat şi a făcut dragoste cu mine, simţind probabil că-l doream cu toată fiinţa mea.

— Suntem odioşi, mi-a spus apoi, ţinându-mă lipită de el, deasupra lui.

— Şi ce dacă? Până şi bunica a spus că lucrurile interzise sunt cele mai sexy...

— Ne interzice cineva ceva?

Am stat lipită de el şi mi-am luat doza de căldură şi de dragoste după care tânjisem atât de mult, disperată că am pierdut-o în favoarea necunoscutei din maşină.

— Nu vrei să te duc în camera ta? m-a întrebat când a observat că aţipesc. E cam răcoare aici, n-aş vrea să te îmbolnăveşti.

— Nu. Vreau să rămân aici.

— Bine. Voi sta cu tine, dar înainte să se ivească zorii voi pleca, OK?

— Vei amorţi, leagănul e destul de incomod, am încercat eu să-l trimit la somn în patul lui confortabil.

— Nu este. Haide, închide ochii şi încearcă să te odihneşti! mi-a şoptit el cu blândeţe, strângându-mă în braţele lui ocrotitoare şi puternice.

Oare ce forţă mă determina să uit cu desăvârşire că eram supărată pe el, că am trăit o noapte şi o zi de infern, ştiind că el fusese cu altă femeie? Sau poate că eram totuşi o persoană raţională, conştientă că el nu-mi greşise cu nimic, că, din momentul în care am decis să mă întorc la Matei, Robert era liber şi îndreptăţit să fie cu altcineva, să-şi continue viaţa, poate în adâncul sufletului înţelegeam că, în realitate, el nu-mi mai datora nimic, nici iubire, nici exclusivitate, implicit fidelitate.

Încercam să nu văd mai departe de acele momente în care mă bucuram de prezenţa lui şi mă consolam cu ideea că-l aveam în preajmă, că-l vedeam în fiecare zi, că toate dimineţile şi serile eram împreună, chiar dacă prea rar singuri şi mai mereu de faţă cu alţii. Şi mă mai bucuram că, din când în când, ne iubeam pe ascuns, ca doi amanţi, vinovaţi şi trişti...

— Îţi mai aminteşti când ţi-am spus că nu te-aş părăsi pentru nimic în lume? m-a întrebat cu ochii aţintiţi înspre cer. Când ţi-am promis că, de s-ar întâmpla vreodată să-ţi pierzi vederea, eu aş fi ochii tăi şi ţi-aş descrie tot ce se află în jur:

lucrurile, oamenii, culorile? Sau că, de nu te-ai mai putea mişca, te-aş purta toată viaţa în braţe şi că nu ar exista loc de pe pământul acesta unde tu să nu poţi ajunge cu picioarele mele? Şi dacă ai avea nevoie de o inimă, ţi-aş da-o pe a mea, ca să trăim pentru totdeauna amândoi?...

— Da, am spus emoţionată de amintirea aceea, care era atât de vie în mintea şi în inima mea şi care-mi confirmase atunci cât şi cum mă iubea bărbatul vieţii mele.

— Vreau să ştii că asta nu se va schimba niciodată. Indiferent unde şi cu cine vei fi sau pe cine vei iubi.

— Nu te merit, i-am spus curat, simplu, sincer.

— De fapt, cred că eu sunt cel care nu te merită. Poate că de aceea nici nu te pot avea şi te-am pierdut de atâtea ori. Poate că universul încearcă să te salveze de mine, mi-a zis el posomorându-se.

— Tu meriţi, de fapt, o femeie mai bună decât mine.

— Ţi-aş spune că nu există pentru mine o femeie mai bună decât tine, dar nu vreau să te fac să te simţi vinovată sau să pun presiune asupra ta.

— Crezi că, dacă nu-mi reproşezi că te-am părăsit pentru altul, nu mă simt vinovată în fiecare secundă a vieţii mele? Crezi că nu-mi pasă că te-am rănit? i-am recunoscut în sfârşit ceea ce mă ferisem să las la vedere.

— Ştiu că-ţi pasă. Altfel, nu aş fi fost aici, acum. Însă nu înţeleg ce facem noi aici...

— Poate că doar încercăm să ne alinăm unul pe celălalt. Încercăm să ne vindecăm rănile împreună, am încercat imediat o explicaţie.

— Asta crezi tu că faci? Că mă ajuţi să mă vindec de tine?

Nu am spus nimic. Tăcerea era cea mai bună alegere, când alternativa părea aproape imposibilă în acel moment.

— De fapt, dacă stau să mă gândesc mai bine, nu ştiu cum reuşeşti, dar îmi sfâşii inima, apoi tot tu mi-o vindeci. Apoi mi-o sfâşii din nou şi tot aşa...

— Nu am observat să ai inima sfâșiată în ultima vreme, i-am spus amintindu-mi din nou de aventura lui din seara precedentă. Pari bine, îți vezi de viață, nu suferi...

— Asta crezi tu despre mine? Că, dacă nu plâng în fața altora, dacă nu-mi urlu durerile în gura mare, nu sufăr? Crezi că, dacă încerc să-mi duc zilele în tăcere, sunt bine? Ce gândire infantilă! Și egoistă. De ce să-ți arăt ție sau altcuiva suferința mea? Cu ce m-ar ajuta asta? Te-ai gândit, măcar pentru o clipă, că îmi ascund suferința de tine doar ca să nu te fac să te simți vinovată? Doar ca să te las să te bucuri de alegerea ta, să-ți trăiești viața fericită? Că o fac doar pentru binele tău? Te-ai gândit vreodată că nu e vorba de indiferență, ci de iubire? Că poate te iubesc pe tine mai mult decât mă iubesc pe mine?

Nu am mai spus nimic. Eram fericită!

Nu voiam să mai aud niciun cuvânt dupa ultima frază rostită de el. În acea frază simțeam căldura, iubirea și vitalitatea cu care îmi alinam toate clipele mele de singurătate, în toate momentele în care aveam nevoie de o dovadă că sunt totuși iubită, că totuși contez în această lume și că nu sunt chiar cea mai ingrată ființă de pe pământ. Am stat cu ochii închiși și m-am gândit la el până când am adormit atât de adânc, încât nici măcar nu l-am simțit când a plecat. Sau poate l-am simțit, dar nu-mi mai aminteam. Sau nu voiam să-mi amintesc, trupul meu trebuia să-i păstreze căldura plină de dragoste în continuare, astfel încât senzația de fericire deplină să mai rămână cu mine, în sufletul meu, amprentă de neșters pe trupul meu. Cu puțin noroc, pentru totdeauna...

Capitolul 12

Câteva minute după ce am deschis ochii, nu m-am mișcat, am stat întinsă și am privit cerul, gândindu-mă la tot ce s-a întâmplat în noaptea aceea. Apoi m-am ridicat cu greu, amorțită din cauza leagănului tare, am luat pătura cu care eram învelită și am intrat în casă. Mă întorceam la realitate, lăsam visul frumos și fericit al nopții în urmă... Doar Oli se trezise, iar când m-a văzut venind din curte m-a privit mirată. I-am spus că am dormit afară pentru că mi-a fost prea cald și, atunci, m-a întrebat dacă nu vreau să beau o cafea cu ea. Am acceptat bucuroasă, așa că am urcat în camera mea și m-am pregătit pentru o nouă zi în care trebuia să fiu a tuturor, numai a mea nu, o zi în care să fiu bună, cu zâmbetul pe buze, binedispusă și cât se putea de puternică. Apoi am coborât la Oli, care mă aștepta pe terasă cu două cafele și cu o farfurie pe care erau tăiate câteva bucăți apetisante de prăjitură.

— Ai făcut prăjitură? am întrebat-o încântată, pupând-o pe obraz.

— Nu eu, Elvira. Ne-a trimis-o alaltăseară, când a fost Robert la Doamna, dar am uitat să v-o dau. Am băgat-o în frigider, în spate, și nu am mai văzut-o.

Auzind-o, am tresărit.

— Robert a fost la bunica?

— Da, duminică seara. Polixenia a dat o petrecere la ea acasă, cu prietenele, au sărbătorit-o pe una dintre ele, pe Felicia, cred că o știi.

Toate simțurile mele erau în alertă, nu mai auzeam nimic din ceea ce îmi spunea Oli, pornită să o critice pe acea Felicia, care nu-și serba niciodată ziua de naștere, motivând că locuia într-un apartament mic, nu ca prietenele ei, care aveau vile. Ceva nu se potrivea în tabloul general din povestea mea, pentru că duminică seara eu ascunsesem reportofonul în mașina lui Robert, iar pe înregistrare, câteva ore mai târziu, am auzit că se întâlnise cu o femeie...

— Bună dimineața, doamnele mele! l-am auzit pe Robert spunând în pragul ușii. Mă primiți și pe mine să beau o cafea cu voi?

— Neața! Cum să nu? a sărit Oli de pe scaun cu bucuria unei adolescente. Frumosul meu! Acum îți aduc o cafea, stai cu Irina, te rog, i-a spus ea pupându-l fericită.

El a încercat să refuze și să-i spună că-și va aduce singur cafeaua, dar ea i-a făcut semn că nici nu încape vorbă, să ia loc, că e plăcerea ei să-l servească.

L-am privit zâmbind, iar el a venit lângă mine, și-a așezat perna pe scaun și mi-a zâmbit. Avea cearcăne adânci și părea obosit, dar tot era cel mai frumos bărbat de pe pământ.

— Bună dimineața, Majestate!

— Neața! Acum sunt Majestate?

— Mereu ești, m-a asigurat el.

— Și domniță cu fluturi când sunt?

— Ai reușit să te odihnești puțin?

— Da, am spus sorbind din cafeaua amară, cufundată în gânduri.

Trebuia să-l interoghez fără să-și dea seama, ca să pot să aflu ce s-a întâmplat cu adevărat duminică seara. În sinea mea, speram să descopăr un alt adevăr decât cel de pe înregistrare, iar el să nu fi fost cu femeia aceea, dar pentru asta nu prea exista o explicație logică.

— Asta este prăjitura de la bunica? a întrebat el.

— Oli așa a spus. Dar când ai fost la ea și mie nu mi-ai spus?

— Duminică. Am fost șoferul doamnelor.

Îl priveam cu atenție și încercam să leg lucrurile în mintea mea. Nu avea cum să fie duminică și la bunica, și cu femeia aceea cu care se culcase în mașină – era imposibil. Nu lipsise de acasă suficient de mult încât să poată merge și la bunica, și la o întâlnire, asta era clar pentru mine. Robert mi-a văzut mirarea de pe chip și, fără a avea habar ce știam eu sau ce era în mintea mea, a început să-mi povestească despre vizita la doamna Polixenia.

— A fost ziua Feliciei și bunica i-a pregătit o petrecere surpriză, la noi. Apoi m-a rugat să le duc acasă pe sărbătorită și pe Matilda, că venise și ea. Știi cum se pleacă de la bunica, Felicia nu s-ar fi descurcat cu taxiul, să-și ducă și florile, și cadourile, a mai luat acasă și o jumătate din tort, mai stă și la etajul trei... Apoi, când am ajuns la bunica, îți dai seama că mai întâi m-au chestionat, apoi a trebuit să mănânc tort și într-un final să le duc pe musafire acasă.

Oli a venit cu cafeaua, pe care i-a întins-o lui Robert, iar el, pentru că obișnuia să bea cafeaua exact așa cum o beam și eu, fără zahar și fără lapte, mi-a luat ceașca din care băusem deja mai mult de jumătate și mi-a pus în față ceașca lui plină cu cafea fierbinte.

— A ta s-a răcit, a explicat el gestul.

Mi-a zâmbit drăgălaș, de parcă ar fi vrut să mă topească, arătându-mi gropițele din obraji, apoi a luat ceașca mea de toartă și a băut din ea punându-și buzele exact pe urmele buzelor mele.

— Cea mai bună cafea din lume, a complimentat-o pe Oli făcându-mi cu ochiul, apoi i-a luat mâna și i-a pupat-o apăsat. Te iubesc mult, dragă Oli!

Mi-am amintit că l-am surprins de foarte multe ori bând din ceașca mea de cafea, după ce o lăsam pe masă, și, când l-am întrebat de ce face asta, el mi-a spus că își dorea doar să atingă cu buzele acolo unde se afla urma gurii mele. Din acel moment, nu am mai băut niciodată toată cafeaua din ceașcă îi lăsam mereu și lui câte o gură.

— Mă duc să pregătesc micul-dejun, ne-a anunțat Oli.

— Vin să te ajut, am sărit eu imediat în picioare.

— Nu, te rog, s-a opus ea vehement. Este totul aproape gata, stai și bucură-te de soarele acesta și mă ajuți tu când se trezesc toți, e timp și pentru asta, și, când o să coboare și restul, nu o să te refuz.

Am simțit că, atunci când a spus *soare*, s-a referit la Robert...

Văzând că privesc îngândurată florile din curte, Robert s-a ridicat, a rupt un trandafir și l-a pus în paharul lui cu apă.

— Ești sentimental azi, i-am zâmbit.

— Păi, nu ne-ai învățat tu că trebuie să fie mereu frumos? În jur, în casă, în suflet... Cum să nu ai o floare pe masă, să nu-ți începi ziua cu desăvârșirea lor, cum să nu te binedispui de la prima oră cu mirosul lor divin?

— Doamne, mi-ai amintit cum domnul profesor, am spus nostalgică, avea întotdeauna o floricică pe masă, oricât de mică, atunci când bea cafea...

— Ai gustat prăjitura? m-a întrebat el, luând o bucățică pe care a băgat-o în gură cu totul.

— Nu, am spus privind prăjiturile ca pe ceva nociv. Încerc să mă abțin să mai mănânc dulciuri.

— Iar începi cu chestia asta?

— Am exagerat în ultima vreme, nu vezi că mă rotunjesc?

— Ești frumoasă oricum, m-a complimentat el privindu-mă într-un fel anume.

— Neața! ne-a surprins Simona apărând lângă noi în pijamale. Băi, dar matinali mai sunteți! Voi veți fi moșii ăia care se duc la cumpărături cu noaptea în cap, care așteaptă în fața magazinelor să se deschidă...

Până când s-au trezit și Matei, Sandra și Cesara, am stat pe terasă și am băut cafea într-o atmosferă caldă, minunată, relaxată, lipsită de stres. Eu însă nu mă puteam gândi decât la seara de duminică, încercând să leg totul în mintea mea, și, cu cât suceam povestea pe toate părțile, cu atât îmi dădeam seama din ce în ce mai mult că Robert nu ar fi avut timp și să meargă la bunica, și să o ducă pe Felicia acasă, și să se vadă cu acea femeie. Ba chiar să mai facă și dragoste cu ea.

Nimic nu avea logică și singura explicație pe care o găseam era era aceea că fusese schimbată caseta din reportofon - și cine altul decât Matei putea să facă asta? Dar cum era posibil așa ceva? Să fi aflat Matei de reportofon și să-mi fi înscenat totul doar ca să mă facă să-l uit, ba chiar să-l detest, pe Robert? Mi-am amintit că în seara aceea își făcuse mult de lucru prin birou și afară, pe la mașina lui, chiar și după ce se întorsese Robert, deci ar fi putut foarte simplu să schimbe caseta din reportofon cu o alta, pe care să fi avut deja înregistrată, chipurile, partida de sex a lui Robert.

Așa că, după ce au plecat amândoi la firmă, m-am dus în dormitorul lui Matei și am scotocit prin cameră. Dacă schimbase caseta, trebuia să aibă caseta inițială, poate chiar mai multe, cine știe, în cazul în care plănuia să-mi servească și alte înregistrări cu tot felul de surprize, una mai contrafăcută ca alta. Nu am găsit nici reportofonul, nici casete. În birou sau în seif nu avea rost să caut, fiindcă Robert avea acces la ele și le-ar fi putut găsi chiar el, așadar, era limpede că Matei nu le-ar fi ascuns vreodată acolo. Încercam să-mi dau seama cum și în ce moment a aflat Matei că eu obișnuiesc să ascund reportofonul în mașina lui și a lui Robert și singura mea explicație era că descoperise din întâmplare, la un moment dat, reportofonul pus în mașina lui.

După prânz, m-am dus să o vizitez pe doamna Polixenia. Simțeam nevoia să vorbesc cu ea, habar nu aveam ce anume mă trăgea să merg la ea, dar am anunțat-o că o voi vizita, veste care a bucurat-o mult – de fiecare dată când primea vizite, era fericită, semn că nu era uitată, ci iubită și respectată. Mama lui Matei a stat și ea cu noi vreo jumătate de oră, apoi, spre bucuria mea, ne-a anunțat că va trebui să plece la asociația caritabilă de care se ocupa.

— Ești bine, scumpa mea? m-a întrebat doamna Polixenia, convinsă că vizita mea nu era din simplă curtoazie.

— Nu prea stau să mă gândesc dacă mi-e bine sau nu. Pur și simplu, las viața să curgă. Însă voiam să vă mărturisesc ceva. Sau să mă disculp, nu știu. Am impresia, după lucrurile pe care mi le-ați spus data trecută, că știți mai mult decât cred eu. Și nu aș vrea să aveți o impresie greșită despre mine.

— Despre tine? Ești o fată minunată, scumpa mea, s-a mirat ea de o asemenea idee.

— Nu aș vrea să vă împovărez cu griji și să vă stresez, i-am spus. Nu de asta sunt aici, la dumneavoastră.

— Împovărează-mă, de ce să nu o faci? Viața mea nu mai are nimic palpitant, nimic nou, eu trăiesc prin voi acum, iar atât bucuriile, cât și problemele voastre sunt și ale mele. În plus, aș fi încântată să fiu de folos în orice fel, mi-a spus cu blândețe și bunătate.

— Dumneavoastră aveți multă experiență de viață și înțelepciune, desigur. Și eu nu am cu cine vorbi. Pe mama nu vreau să o încarc cu problemele mele, știți cum sunt mamele, oricât de puternice ar fi, suferă pentru orice durere a copiilor...

— Faci foarte bine dacă discuți cu mine, te asigur, m-a liniștit Doamna.

— Și Robert discută cu dumneavoastră, nu-i așa?

— Bineînțeles. Chiar de când a venit în casa aceasta. Doamne, parcă a fost ieri!

— Deci știți totul...

Doamna a dat ușor din cap și mi-a zâmbit complice.

— Și nu v-ați simțit niciodată vinovată că îl trădați pe Matei? am întrebat-o, curioasă și nedumerită, în același timp.

— Eu nu trădez pe nimeni, scumpa mea. Pur și simplu, îmi văd de treaba mea, ajut doar dacă pot și las lucrurile să se întâmple, nu intervin. Nu este treaba mea să rezolv problemele cuiva, nici măcar pe ale celor dragi mie.

— Sper că nu mă judecați greșit pentru...

— Nu te judec deloc, fetiță dragă. Dar, scumpa mea, viața este prea scurtă ca să te frământe ce gândesc alții. Nu sugerez că ar trebui să fii egoistă și să nu-ți pese de ceilalți, Doamne ferește, ci doar că ești datoare să lupți pentru bunăstarea ta. Și pentru fericirea ta. Nu vei reuși mereu să-i mulțumești și pe ceilalți, și pe tine, în același timp. Uneori, binele tău poate să-i nemulțumească pe alții, să le strice planurile. Cu toate acestea, tu trebuie să-ți vezi de drumul și de planurile tale.

— Uneori, există oameni care intervin în proiectele noastre, în viața noastră și care nu ne lasă să trăim așa cum am vrea.

— Te referi la Matei?

— Da, i-am recunoscut fără să mă feresc deloc de ea.

— Matei, pe care îl iubesc, desigur, că doar este nepotul meu, în ciuda narcisismului patologic de care suferă, chiar este un băiat bun, dar are ambiții prostești, de când îl știu. Este în permanentă competiție cu cei mai buni decât el, dar nu pentru că vrea neapărat să devină mai bun, ci doar ca să le arate că este mai puternic, l-a caracterizat doamna Polixenia cu o finețe și o precizie de psiholog.

— Așa este.

— În ceea ce te privește, fără a dori să te influențez în vreun fel, Matei chiar te iubește, îți pot confirma asta fără să ezit. Știu, e o iubire bolnavă, obsesivă, dar te iubește. Și probabil că și tu îl iubești, mi-a zis ea privindu-mă în ochi.

I-aș fi mărturisit tot adevărul, că nu-l mai iubesc de mult pe Matei, că îl iubesc cu toată ființa mea pe Robert și că mă aflam lângă Matei doar pentru că acesta mă amenințase și mă șantaja cu distrugerea fratelui său, pe care-l considera un trădător. Și totul numai pentru faptul că știa cât de mult îl iubesc pe Robert.

Dar nu am putut face asta, mi-am dat seama că e mai bine să tac și să nu spun o vorbă despre ceea ce trăiam în ultimul timp lângă nepotul ei. Era totuși bunica lui, nu voiam să-i distrug iluzia că Matei este un nepot așa cum ar fi meritat, mai ales că fusese crescut și educat mai mult de ea decât de părinții lui. M-am ridicat de pe scaunul pe care stăteam și m-am așezat pe jos, pe covor, la picioarele Doamnei. Știam din auzite că nu era o fire foarte caldă și afectuoasă, Elvira mi-a spus cândva că nu a avut parte de prea multe dovezi de afecțiune din partea mamei ei, chiar și îmbrățișările îi erau reci și formale.

Fără să iau nimic în calcul, cu toate că poate i s-ar fi putut părea nepotrivit gestul meu de a mă așeza la picioarele ei, mai aproape de ea, am făcut ceea ce am simțit. Dar nu a fost așa, nu i s-a părut nimic nefiresc, fiindcă, de îndată ce m-am așezat în fața ei, a început să mă mângâie pe cap cu gesturi pline de duioșie și afecțiune.

— Vă rog să mă iertați dacă vreodată v-am dezamăgit. Nu aș face nimic care să vă întristeze, i-am spus din toată inima.

— Nu m-ai dezamăgit niciodată, scumpa mea. Ba chiar te-am admirat mereu pentru forța de care ai dat dovadă în viață, precum și pentru altruism și bunătate. Și, nu în ultimul rând, pentru tot ce ai adus bun în viața băieților mei.

— Mă bucur atât de mult că Robert vă are aproape! L-am rănit, fără să vreau, i-am mărturisit cu tristețe.

— Robert este un bărbat foarte puternic. Mult mai puternic decât Matei, să știi, m-a asigurat ea liniștită.

— Dacă vreodată mi se va întâmpla ceva, vă rog mult să-i spuneți că nu mi-am dorit niciodată să-i fac rău sau să-i provoc vreo suferință și că nu am iubit pe nimeni mai mult decât pe el, i-am zis repede, parcă înspăimântată că nu voi apuca să spun tot ce am pe suflet.

— Ce să se întâmple, scumpa mea? De ce ești atât de pesimistă? s-a îngrijorat ea.

— Nu știu, nu vedeți câte nenorociri se întâmplă? Cine ne poate garanta că mai apucăm clipa următoare?

— Atunci, trăiește ca atare. Nu mai amâna să faci ce simți, m-a sfătuit ea cu înțelepciunea pe care o câștigase o dată cu vârsta, precum și datorită experiențelor trăite.

— Chiar dacă asta ar însemna să rănesc oameni care mă iubesc?

— Îi vei răni, desigur, pe cei care au așteptări de la tine. Dar tu nu le datorezi nimic altceva decât să te porți corect. Iar dacă vei fi corectă cu tine, vei fi corectă și cu ceilalți, despre asta e vorba, a mai adăugat ea.

Teoria Doamnei era simplă, dar deloc aplicabilă în situația mea complicată. O cunoșteam prea bine, dar acum era altceva, dacă o aplicam, îl puneam în pericol pe bărbatul pe care-l iubeam mai presus de orice. Am mai stat câteva minute de vorbă cu ea, i-am mulțumit pentru tot și apoi am plecat. Când menajera casei m-a condus până la poartă, am întrebat-o despre petrecerea Feliciei și, din vorbă în vorbă, am aflat de la ea la ce oră a ajuns Robert acolo și când a plecat să le ducă acasă pe musafirele Doamnei, confirmându-mi că nu putea să plece nicăieri în altă parte, deci exclus să se fi putut întâlni cu vreo femeie în seara aceea.

Nu m-am dus direct acasă, ci la Matei, la firmă. Nu știam dacă este acolo și nici nu voiam să-l anunț că vin, pentru că speram să pot avea acces la biroul lui și să văd dacă nu cumva avea acolo un reportofon și casete.

Am avut norocul să nu-l găsesc la birou, el și Robert erau plecați la masă cu juriștii din firmă, pentru un prânz de afaceri. Secretara lui Matei, foarte amabilă, m-a invitat să-i aștept și i-am spus că voi aștepta în biroul lui Matei, că e mai confortabil pentru mine să stau liniștită, pe canapea. Mi-a adus o cafea și un pahar cu apă, iar eu am luat o revistă, pe care am început să o răsfoiesc, părând preocupată doar să mă relaxez cât timp așteptam să se întoarcă Matei.

După ce secretara lui m-a lăsat singură, m-am dus rapid la biroul lui Matei și am început să scotocesc serios prin sertare. Așa cum am sperat, am găsit într-un sertar un reportofon și două casete care păreau noi. Le-am ascultat, dar nu aveau nimic înregistrat pe ele. Am pus lucrurile cap la cap și mi-am dat seama imediat că Matei aflase de acțiunile mele cu reportofonul și a profitat de ocazie ca să-mi întindă o capcană, cu ajutorul căreia a sperat să mă facă să cred că îl înregistrasem pe Robert când era cu o altă femeie. Acum îmi dădeam seama că pe caseta din seara aceea în care pusesem reportofonul în mașina lui Robert nu am auzit deloc vocea lui, ci doar vocea femeii care i-a spus că i-a fost dor de el.

Nu eram deloc surprinsă de ceea ce făcuse Matei, realizam foarte bine asta. În schimb, încercam să-mi dau seama cum și când aflase despre reportofon și nu am putut găsi nicio explicație, dar era mai puțin important, probabil. Cu siguranță, mă urmărea cu mare atenție și abia atunci mi-am dat seama că am fost naivă să cred că el putea trăi relaxat cu mine și Robert sub același acoperiș. Nu era deloc liniștit și avea ochii în patru în fiecare clipă. Cum deja aflasem ceea ce mă interesa și nu mai aveam niciun motiv să-i aștept pe cei doi să se întoarcă la birou, am pus la loc reportofonul și casetele și i-am spus secretarei lui că nu mai pot rămâne să-l aștept. Am plecat acasă împăcată și liniștită, fericită că nu Robert fusese înregistrat în seara aceea, că el nu mă uitase și nu avea niciun fel de altă relație, nici serioasă și nici pasageră.

Matei m-a sunat de îndată ce a aflat de la secretara lui că-l căutasem, iar eu mi-am justificat vizita neașteptată cu faptul că am vrut să discut cu ei doi după ce fusesem la bunica lor și că tot ce voiam era să-i rog să fie mai prezenți în viața ei.

— Și nu-mi puteai spune toate acestea acasă? se mirase Matei.

— Am avut chef să mă plimb, să mai conduc, unde să mă fi dus și eu? M-am săturat să stau numai în casă, mă simt ca într-o închisoare, i-am explicat eu iritată.

— Dar poți pleca oricând vrei și oriunde vrei, știi bine, mi-a răspuns el părând cât se poate de relaxat.

— De tot? l-am provocat eu.

— Doar ca să te plimbi, iubita mea. Vorbim acasă, te iubesc!

Mi-a închis, iar eu am căzut din nou pe gânduri, încercând să înțeleg tot scenariul pus la cale de Matei. Cu siguranță, aflase că foloseam un reportofon ca să culeg pe ascuns informații despre toate mișcările lor și a așteptat momentul în care aveam să-l spionez direct pe Robert. Atunci a făcut rost de o înregistrare pe o casetă identică cu cea pe care o foloseam eu – mai mult ca sigur chiar el fusese în mașină cu acea femeie – și a păstrat caseta până când avea ocazia perfectă să o schimbe și astfel să ajungă la urechile mele toată înscenarea pusă la cale de el.

Scopul său era evident: trebuia cu orice preț să mă facă să-l urăsc pe Robert și să mă dezic de el, să mă determine să nu-l mai iubesc.

În ziua aceea, am decis să-i mărturisesc totul Simonei, fără să omit nimic, adică din clipa în care Matei a venit la mine și mi-a spus că știe despre mine și despre Robert. Dar nu am scos niciun cuvânt înainte de a o implora să nu îi spună nimic lui Robert, pentru că situația era destul de gravă. Și să nu se dea de gol nici în fața lui Matei că ar ști ceva despre planurile lui mizerabile.

— Nu pot să cred cât de murdar poate juca nenorocitul ăsta de Matei! a izbucnit ea plină de furie și dezgust după ce i-am povestit absolut totul.

— Te rog, jură-mi că nu-i vei spune niciodată vreun cuvânt lui Robert. Chiar mă tem pentru el, vezi bine că Matei este capabil de orice. Și-l cunoști destul de bine și tu, realizezi că nu e de glumă.

— Nu-i voi spune, îți dau cuvântul meu de onoare, doar nu mi-am pierdut mințile. Dar de ce nu ai avut încredere să-mi spui totul de la bun început, de ce m-ai lăsat să cred ori că nu te mai cunosc deloc, ori că ești instabilă emoțional și ai luat-o razna?!

— Nu am avut curajul să-ți povestesc nimic, m-am temut că, vulcanică după cum știi și tu că ești, vei reacționa imediat și vei strica lucrurile. Și, atunci, Matei s-ar fi răzbunat pe Robert și pe tine.

— Nu aș face nimic care să vă pună în pericol pe tine și pe Robert, știi bine asta, mai ales când este vorba de un dement ca Matei, care, da, așa este, e în stare de orice. Doamne, Dumnezeule, omul ăsta e nebun de legat; cât trebuie să fi suferit în tăcere, fără să poți să-mi împărtășești aceste lucruri!

— Acum mă înțelegi?

— Vino încoace, prostuță ce ești! Niciodată să nu-mi mai ascunzi ceva, niciodată să nu mai suferi de una singură și să ai mereu încredere în mine că nu te voi trăda și nu voi face nimic care te-ar putea pune într-o situație periculoasă.

M-a strâns în brațe tare, apoi m-a privit foarte serioasă.

— Matei vrea război? Atunci război să fie. Îl vom bate cu propriile arme, a spus ea dintr-odată, cât se poate de hotărâtă.

— Ce ai de gând să faci? m-am mirat eu de siguranța cu care-mi spunea toate acele lucruri.

— Nu știu în clipa asta, dar, efectiv, va trebui să facem un plan ca să scapi de el pentru totdeauna. Dar pus la cale cu minuțiozitate, să nu dăm greș. Fiindcă situația asta nu mai poate continua, nu e drept nici față de tine și nici față de Robert. Între timp, tu va trebui să te prefaci că nu știi nimic despre matrapazlâcurile făcute de acest dement, să-i arăți că i-a reușit planul cu înregistrarea și că îl urăști pe Robert.

— Îmi este atât de greu să mă prefac că nu-l iubesc și să stau departe de el!

— Te cred. Dar trebuie să ai încredere, te voi ajuta să fii cât se poate de mult în preajma lui, să faceți dragoste, ce vreți voi, dar trebuie să fim cu mare băgare de seamă. Matei este mult mai vigilent decât pare și nici prost nu e și, atunci, automat, e greu de păcălit. Nenorocitul! E bolnav, omul ăsta e bun de internat la nebuni!

— Va trebui să fim foarte precaute, Simo. Matei este în stare să-ți facă mult rău, îmi este foarte frică pentru tine – și nu degeaba, știi bine. Nu aș vrea să regret vreodată că te-am implicat în asta.

— Ce poate să-mi facă?

— Știi bine ce amenințări folosește și care sunt preferatele lui: că va pune pe cineva să ne pună droguri în genți sau în casă și apoi trimite poliția, naiba să-l ia! Ne poate înscena orice, posesie de droguri, furt, cine știe ce altceva mai poate să-i treacă prin minte, nu vezi că-l duce capul la toate prostiile, numai ca să fie lucrurile așa cum dorește el?

Faptul că-i mărturisisem Simonei totul mă ajuta enorm. Parcă îmi luasem o povară imensă de pe inimă și nu mă mai simțeam singură și neputincioasă în lupta mea de a-mi recâștiga libertatea și de a-i zădărnici lui Matei planurile nenorocite. Am rugat-o să nu-și schimbe atitudinea față de el, ca nu cumva nemernicul să-și dea seama că i-am mărturisit totul și să-și îndrepte ura asupra ei.

— Voi juca teatru mai bine decât își imaginează el. Si va vedea ce înseamnă să se joace cu noi și să ne subestimeze inteligența, a spus ea hotărâtă.

— Sper să scap cât mai repede din povestea asta, mă doare enorm că îl chinui pe Robert, nu merita așa ceva sub nicio formă. Și din partea cui? A oamenilor pe care-i iubește cel mai mult: fratele său și eu...

— Robert nu a crezut nicio clipă că nu-l mai iubești.

— De ce zici asta, de unde știi?

— Mi-a spus. Atunci când am încercat să ne explicăm de ce te-ai întors la Matei, îți dai seama că am discutat asta – chiar avea nevoie de un om cu care să poată sta de vorbă despre ce-l măcina. A spus că singura explicație plauzibilă este că ți-ai dat seama că voi doi nu veți putea fi niciodată împreună și că te mustră conștiința că, din cauza ta, i-ar pierde definitiv pe Matei și pe toți cei dragi.

— Bine, dar îl puteam părăsi, pur și simplu, fără să mă întorc la Matei.

— Robert crede că te-ai resemnat cu ideea că va trebui să trăiești așa cum ai trăit și până acum și că te vei mulțumi să-l vezi, să fii aproape de el și să furați, din când în când, clipe pe care să le petreceți împreună. La un moment dat, când era furios pe tine, mi-a spus că te bănuiește de instabilitate emoțională, că poate vrei să te răzbuni pe el pentru povestea cu Prietenul imaginar și pentru tot ce ți-a tăinuit legat de Matei. În plus, e convins că-l consideri vinovat pentru tot ce ai trăit lângă Matei.

— Te implor, Simo, lasă-l să creadă ce vrea, numai să nu cumva să-i spui adevăratul motiv pentru care m-am întors aici.

Ar fi o tragedie, Matei nu s-ar da în lături de la nimic și mi-e teamă pentru el.

— Nu-i voi spune niciun cuvânt despre asta, îți promit, te rog să fii liniștită, nu vreau să-i fac chiar eu rău lui Robert.

După ziua aceea plină cu atâtea evenimente fericite, am așteptat cu nerăbdare să vină Robert acasă. I-aș fi sărit în brațe și i-aș fi cerut iertare că m-am îndoit de el, l-aș fi sărutat de zeci de ori și i-aș fi spus cât de mult îl iubesc, dar nu am putut face altceva decât să-l privesc cu indiferență, pentru că Matei era de față și, după cum știam prea bine, era foarte atent la toate gesturile mele. Dar asta nu însemna că aveam de gând să-l menajez pe Matei, dimpotrivă, voiam să-i fac viața imposibilă, pentru că o merita cu vârf și îndesat. Așa că l-am anunțat că voi merge la Angel, care mă rugase să-l vizitez ca să discutăm ceva.

— Extraordinar! a exclamat enervat Matei. Și tu te aștepți ca eu să fiu de acord?

— Nu ți-am cerut voie, Matei, te-am anunțat doar. Și asta numai din respect, pentru că locuiesc în casa ta.

— Știi bine că nu sunt de acord cu prietenia dintre tine și Angel, mi-a zis el furios.

— De când ai tu dreptul să decizi cu cine ar trebui sau nu să fiu prietenă? Ți-am spus eu vreodată cu cine ar trebui să fii prieten și cu cine nu? Așa că nu înțeleg cum de-ți permiți să faci tu asta, cu cine crezi că stai de vorbă, cu vreun subaltern, vreo sclavă care trebuie să-ți dea ascultare fără să comenteze?

Apoi i-am întors spatele și m-am dus în camera mea să-mi schimb ținuta. Așa cum era de așteptat, Matei a venit după mine și mi-a spus printre dinți că nu mă va lăsa să plec.

— Uiți că nu mă aflu aici ca să-ți fac ție pe plac? Că nu ai dreptul să-mi mai ceri nimic în plus? i-am atras eu atenția.

— Nu te duci la Angel, clar? Și nu mă enerva. Îți dai seama în ce situație ingrată mă pui?

— Mai ingrată decât cea în care te afli deja? A unui șantajist, narcisist și psihopat? am supralicitat eu cu indiferență. Puțin îmi păsa de crizele lui de nervi.

— Irina, încetează! Nu mă enerva! a început el să ridice tonul, abia reușind să se abțină.

— N-ai decât să faci spume la gură, Matei, eu tot plec, e clar? Și, dacă nu mă lași, o să-ți fac viața amară, o să fac totul împotriva ta. Lasă-mă în pace și nu exagera, mi-ai cerut deja prea mult și nu sunt dispusă să mai fac niciun alt compromis!

— Măi femeie, tu ești zdravănă vreun pic? Pune-te în locul meu!

— Doamne ferește să fiu într-o asemenea postură, să ajung în asemenea hal, l-am ironizat eu fără nicio milă.

— Irina, repet: nu mă enerva. Dacă pleci la el, o să îți pară rău! m-a amenințat cu o privire întunecată.

— Pe bune? Păi, îmi pare deja rău în fiecare secundă a vieții mele, deci mai rău de atât ce poate fi? am concluzionat eu, ridicând din umeri cu nepăsare, imună la amenințările sale, arătându-i că nu mă sperie.

M-am îmbrăcat în grabă, iar el a încercat în fel și chip să mă convingă să nu mă duc la Angel, ba calm și cu binișorul, ba furios și cu amenințări, asta până când ne-a întrerupt voit Simona.

— Parcă voi vă înțelegeați perfect, i-a spus ea lui Matei, făcând pe nevinovata, ce se întâmplă de ați început iar cu năbădăile?

— Numai tu o înveți la prostii și o instigi împotriva mea! a strigat el la ea, parcă fericit că are pe cine să-și descarce nervii.

— Nu toată lumea o tratează ca pe o marionetă. Și nu ne mai subestima! i-a răspuns ea, fără să se enerveze deloc, cu tot calmul de care era în stare.

Mi-am luat geanta și am ieșit pe ușă fără să mă uit la el, lăsându-l pe Matei plin de nervi și de frustrări. Când am trecut prin living, Robert stătea de vorbă cu Olga, care-i povestea ceva despre mașina ei, cerându-i sfaturi.

M-am dus lângă el, l-am luat de mână și am ieșit în curte.

— Pot să-ți cer ceva? l-am întrebat.

— De ce am impresia că e ceva greu de făcut? mi-a zâmbit el.

— Vreau ca din acest moment să te prefaci cât poți tu de bine că mă detești, i-am zis cu glas rugător.

— De ce aș face asta?

— Mă ajută pe mine.

— Te ajută o minciună? a continuat el să se mire.

— Da. Enorm chiar! Te rog mult. Mai ales în fața lui Matei. Te rog, arată-i că nu mă suporți, că mă urăști dacă se poate.

— Știe că nu te-aș urî, ce motive aș avea?

— Nu contează ce crede el, te rog. Fă asta pentru mine, i-am cerut insistând.

— Dar măcar ajută-mă să înțeleg de ce îmi ceri să fac așa ceva.

— Robert, uită-te în ochii mei. Ai încredere în mine?

— Culmea, dar chiar am, mi-a confirmat el liniștit.

— Atunci, te rog, fă ceea ce-ți cer.

— Doamne, cu tine chiar nu pot fi lucrurile normale? a părut el a încuviința.

L-am pupat apăsat pe buze și am fugit către mașina mea. Ca de obicei, a alergat spre poartă și mi-a deschis-o, apoi a închis-o în urma mea, privindu-mă cum plec, întrebându-se, probabil, ce anume puneam la cale de-i cerusem să se poarte de parcă m-ar fi detestat, când așa ceva chiar era cu neputință...

Capitolul 13

Angel mă chemase la el ca să mă roage să-l însoțesc la o nuntă la care nu voia să meargă singur. Și mai ales să mă vadă.

— Și, din câte femei cunoști, tocmai pe mine ți-ai găsit să mă inviți?

— Știi bine că nu există nicio altă femeie cu care să mă distrez atât de bine, cu care să pot vorbi câte în lună și în stele fără să mă plictisesc vreodată și cu care să mă mai și mândresc, mi-a răspuns el zâmbind.

— De ce nu o inviți pe Simona? am încercat eu o strategie, știind că prietena mea îl plăcea.

— O ador pe Simona, este o tipă de milioane, dar eu rezonez atât de bine cu tine, mă simt minunat în prezența ta, mi-a dat el o explicație în fața căreia nu mai aveam ce să spun.

Încercarea mea fusese sortită eșecului. Angel mi-a povestit apoi despre nunta la care ar fi urmat să mergem, despre miri și despre locație, iar eu am acceptat. Până la urmă, de ce să nu-l fi însoțit? Angel era prietenul meu bun și un om în care știam că pot să am încredere, de ce să nu-i fi fost alături și să-i fi refuzat invitația?

După ce am lămurit subiectul referitor la nuntă, m-a întrebat dacă am reușit să-mi ating scopul cu reportofonul pe care i-l cerusem, dar i-am spus că încă nu și am schimbat subiectul. Nu era momentul să-i înșir toată povestea – care era destul de ciudată și poate greu de crezut, cu toate că, știind despre cine era vorba, eram convinsă că nu s-ar fi îndoit nicio clipă de ce i-aş fi spus.

Mă pregăteam să plec spre casă când s-a auzit sunând interfonul de la poartă, iar Angel, mirat că-l putea căuta cineva la ora aceea, a răspuns. Era Matei, care, pe un ton autoritar, i-a zis că-l roagă să iasă afară să stea de vorbă.

— Te invit în casă. Dacă vrei să discutăm, să o facem ca oamenii, i-a răspuns foarte civilizat Angel. Mi-a aruncat o privire întrebătoare, iar eu am ridicat din umeri.

— Nu i-a convenit că am venit la tine, i-am zis, intuind întrebarea doar privindu-l.

— Haide să vedem ce vrea! a răspuns el foarte liniştit.

— Vezi de ce nu dau curs tuturor invitaţiilor tale? Pentru că eu mereu vin la pachet cu tot felul de neplăceri.

S-a dus afară şi a revenit după scurt timp însoţit de Matei. Ştiam că şi-a călcat pe orgoliu ca să vină acolo şi chiar eram curioasă să văd ce anume dorea şi, mai ales, ce avea de revendicat. Angel, foarte politicos, l-a invitat să se aşeze, iar Matei, stânjenit, a luat loc pe marginea canapelei. Îl priveam amândoi, aşteptând să-şi înceapă discursul, dar el privea în jos, îngândurat, fără să spună încă niciun cuvânt.

— Bei ceva? l-a întrebat Angel foarte firesc, încercând să spargă gheaţa.

— Nu, mulţumesc, sunt cu maşina.

— O apă? Un suc?

— Nimic, mersi.

— De ce ai venit, Matei? l-am întrebat eu, văzând că nu are de gând să spună nimic.

— Să-l avertizez pe Angel, a început el brusc să vorbească, de parcă atât aşteptase, să deschid mai întâi eu gura. Chiar dacă mă consideră un trădător care i-a luat iubita, poate acum am ocazia să mă revanşez, avertizându-l cu privire la tine, a răspuns Matei, şocându-mă, pur şi simplu.

— De ce crezi că este nevoie să mă avertizezi, Matei?

Angel şi-a aprins un trabuc şi s-a aşezat comod pe un fotoliu, nu lângă mine, unde stătuse mai devreme.

— Ființa aceasta, așa inocentă cum pare, are capacitatea de a distruge tot în jurul ei. Chiar și pe cei mai puternici oameni, i-a spus Matei zâmbind, aparent foarte liniștit.

— Pe mine nu mă va distruge, te asigur. Suntem prieteni, o respect foarte mult și am încredere în ea, a răspuns calm, dar categoric Angel.

— Și eu am avut încredere în ea, dar...

— Și cine a trădat primul? am sărit imediat, revoltată de prefăcătoria și minciunile lui, de felul în care căuta să mă ponegrească în fața lui Angel. Care dintre noi a trădat prima oară încrederea celuilalt?

— Matei, tu ai propriile tale nesiguranțe, de aceea ai venit, nu ca să mă ajuți pe mine, i-a spus Angel foarte sigur pe el și pe fiecare cuvânt pe care-l rostea. Ne cunoaștem de când eram niște puștani, acum suntem bărbați în toată firea, ar fi cazul să discutăm matur, fără ocolișuri. Direct, limpede.

— Am bănuit că vrei să te răzbuni pe mine folosindu-te de ea, a admis Matei.

— Deci nu pe mine vrei să mă aperi de ea, ci pe ea de mine. Sau pe tine de mine? a continuat Angel, mai ales că era sigur că are dreptate și că adevărul, oricât ar fi încercat Matei să-l acopere, era foarte evident. Matei era turbat de gelozie și de teama că l-aș fi putut alege tocmai pe așa-zisul lui dușman.

— Mi-ar plăcea să iau parte la o discuție matură și sinceră între voi, am spus în special pentru urechile lui Matei. Să lăsați orgoliile, să fiți, pur și simplu, bărbați. Și umani, dacă se poate. Altfel, plec, nu am chef să asist la un dialog penibil și degradant. Și nici nu doresc să fiu spectator la o reprezentație teatrală prost interpretată, sunt sătulă de minciuni și situații ridicole și, chiar dacă tac și le ignor, asta nu înseamnă că nu le văd și că nu mă dezgustă.

— Poate că nu intenționezi să mi-o iei pe Irina, a continuat Matei, dar asta nu înseamnă că nu ai putea să o instigi împotriva mea, poate chiar să o încurajezi să fie cu oricine altcineva, a dat el cărțile pe față, recunoscându-și temerile.

— Tu chiar crezi că toată lumea se folosește de oameni pentru jocuri murdare? Oricât de acută ar fi fost dorința mea de a-ți întoarce răul făcut, pentru mine, Irina nu poate fi o armă de care să fac uz ca să mă răzbun. Nu aș putea să-i fac așa ceva, să o tratez în acest fel. Țin la ea, să știi. Și îi vreau binele, pentru mine, femeia aceasta nu este oportunitatea aceea îndelung așteptată pentru a-ți plăti ce mi-ai făcut.

— De ce ai vrea să te răzbuni pe mine? Știi bine că nu ți-am luat-o pe Silvia cu forța.

— Știu, dar m-ai trădat, Matei. Și cel mai tare nu m-a durut că mi-ai furat iubita, pentru că, până la urmă, s-a lăsat „furată" de bunăvoie, ci că nu ți-a păsat deloc de prietenia noastră, că nu te-a interesat deloc ce simt eu și cât de tare m-ai rănit. Un simplu *îmi pare rău că ți-am făcut asta* ar fi ajutat, mă crezi ce-ți spun acum, la distanță de atâția ani de când faptul s-a consumat? Dar tu nici măcar atât nu ai putut face, m-ai lăsat să trăiesc cu gândul și convingerea că nu dai nici măcar doi bani pe mine, tu, prietenul meu bun.

— Chiar crezi că nu mi-a părut rău, asta ai simțit în toți anii ăștia? Nu a fost deloc așa, Angel. Pur și simplu, lucrurile s-au întâmplat foarte repede, ea a rămas însărcinată, iar părinții mi-au impus mariajul cu ea pentru că erau prieteni de familie cu părinții ei. Eu ce mai puteam face în situația aceea?

— Mie mi-ai arătat că nu regreți. Și a trebuit să sufăr atunci de două ori, pentru că pierdeam, în același timp, doi oameni care contau pentru mine: pe femeia iubită, cu care am vrut să mă căsătoresc, și un prieten la care țineam și în care credeam.

Ascultându-i, exact în clipa aceea mi-am dat seama că destinul, soarta, karma sau cum s-o mai numi, probabil că îi plătea lui Matei, prin mine, cu aceeași monedă: cel mai bun prieten îi luase iubita, deci el îi pierdea, la fel ca Angel, pe femeia pe care o iubea, adică pe mine, și pe prietenul cel mai bun, pe Robert. Aș fi vrut să-i arunc asta în față, dar nu voiam să fac așa ceva în prezența lui Angel, nu puteam din mai multe considerente: el habar nu avea că Matei aflase despre relația mea cu Robert, iar Matei nu trebuia să știe că Angel cunoștea povestea dintre mine și fratele lui.

— Cred că ar fi cazul să plec, a spus Matei ridicându-se, cu o față mohorâtă, tristă. Poate că nu a fost o idee bună să vin aici.

— Chiar nu a fost, i-am spus. Mai ales dacă ai crezut că vei găsi altceva decât doi buni prieteni sau dacă ai intenționat să creezi zâzanie între noi, i-am confirmat eu că o dăduse rău în bară.

— Matei, haide să facem pace! Suntem maturi acum. Eu am trecut peste, i-a spus Angel liniștit, cu o voce calmă, împăcată.

— OK. Îmi pare rău, i-a răspuns Matei întinzându-i mâna cu vinovăție, dar și cu multă recunoștință pentru iertarea primită. Tu ai fost un prieten bun, eu nu am reușit să fiu. Asta e.

Angel i-a strâns mâna cu fermitate, bărbătește, fără ranchiună, iar Matei s-a îndreptat spre ușă.

— Vin și eu acasă, m-am ridicat imediat urmându-l. Ne auzim la telefon, bine? i-am zis apoi lui Angel.

L-am pupat pe obraz, iar acesta ne-a condus, fără să mai rostească niciun cuvânt. Eu am urcat în mașina mea, iar Matei a ieșit din curte, pentru că își lăsase mașina în fața porții lui Angel. După ce m-a așteptat să ies, a condus liniștit în urma mea, doar că, la un moment dat, m-a sunat și m-a rugat să opresc undeva să stăm de vorbă.

Am căutat un loc unde puteam staționa în siguranță, am oprit pe marginea drumului și l-am așteptat să oprească și să vină în mașina mea.

— Îți mulțumesc că ai plecat cu mine. M-am simțit mai puțin umilit, mi-a spus el urcând în dreapta mea.

— Te-ai umilit singur venind la el, cine te-a pus, Matei? De ce n-ai avut niciodată niciun pic de încredere în mine, în acțiunile și judecata mea? Însă acum, măcar acum te-ai liniștit în ceea ce privește relația mea cu el?

— Nu, dar voi încerca să accept ideea că sunteți prieteni, mi-a zis liniștit, cu sinceritate, fără să mai facă niciun fel de criză. Pentru că sunt convins că sentimentele lui pentru tine nu sunt de simplă prietenie, ăsta e adevărul.

— De ce ai vrut să oprim aici? Nu puteam discuta acasă? Era chiar atât de important încât nu suferea amânare?

— Nu, Irina, nu acasă, nu am vrut să discutăm acolo. Pentru că acasă ești alt om, probabil că te influențează mult prezența lui Robert, de parcă ar fi peste tot, în fiecare încăpere...

— Robert nu mai există pentru mine, Matei, chiar nu poți să vezi asta? După experiențele avute cu tine, detest trădătorii. Nu voi mai ierta niciun bărbat care mă înșală, i-am spus cu toată convingerea și pe un ton dur.

— Robert te-a înșelat de mai multe ori, doar că nu ai avut habar.

— Nici nu mă mir, a avut de la cine să învețe, i-am răspuns, jucând nepăsarea, dar fără să uit să-i amintesc că la fel de trădător era și el, fiindcă mă înșelase mereu, degeaba arăta cu degetul înspre Robert.

Numai că, indiferent de ceea ce-i spusesem, bineînțeles că nu l-am crezut, mi-am păstrat luciditatea. Iar asta m-a ajutat să primesc informațiile lui mincinoase cu detașare, în timp ce lipsa unei reacții pasionale din partea mea speram să-l convingă că într-adevăr nu mă mai afectează ce-mi spune despre Robert. Și nici orice ar face fratele lui.

— Știi, Matei, aștept deja de mult timp să văd că-ți revii și că-ți dai seama cât de mult greșești forțându-mă să stau la Snagov. Încă mai sper că se apropie ziua când mă vei lăsa să plec pentru totdeauna din casa ta, de lângă voi și să ne vedem fiecare de drum și de viață.

— În egoismul tău, te-ai gândit vreodată cât de greu îmi este să te văd aproape de Robert? a continuat el de parcă nu auzise niciun cuvânt din tot ceea ce-i spusesem.

— Tu ai vrut asta! i-am amintit eu.

— Pentru că nu am avut încotro. Pentru că te vreau lângă mine, Irina, și pentru că, în ciuda a tot ceea ce mi-a făcut Robert, îl vreau și pe el lângă mine. Vă vreau pe amândoi aproape, fiindcă faceți parte din sufletul meu și vă iubesc pe amândoi.

Iar în ceea ce-l privește pe el, pentru mine nu este idiotul care s-a îndrăgostit de iubita mea și mi-a furat inima ei, ci fratele meu minunat, cu care am crescut și cu care am împărțit totul, fratele meu minunat, care a mințit de multe ori pentru mine, care a încasat mustrări, ba chiar și palme, de la tata, pentru că lua mereu vina asupra lui atunci când numai eu făceam prostii, fratele meu deosebit, unic, cel care m-a salvat când am pierdut o avere la jocurile de noroc, cel care abia m-a scos din mâinile cămătarilor, cel care a renunțat la o avere consistentă, la banii lui munciți cu greu, numai ca să-mi plătească mie datoriile și, mai ales, ca să nu afle tata ce tâmpenii am făcut!

A început dintr-odată să plângă, iar eu aveam impresia că era mai sincer ca niciodată. Felul în care-și deschisese sufletul în fața mea era ceva nou pentru mine.

— Crezi că, după ce el a făcut atât de multe pentru mine, îmi este ușor să mă port așa cu el? Să fiu trădător, laș și egoist, să-i fac rău cu bună știință? Noi doi nu am avut niciodată secrete până când nu ai apărut tu în viața noastră, noi doi nu am avut niciodată nimic de împărțit unul cu celălalt, mereu am fost uniți în fața lumii și câteodată chiar în ciuda ei.

— Nu-mi spune că ai totuși conștiință... Speram în adâncul sufletului că nu asistam încă o dată la un teatru ieftin și odios, cum se pricepea Matei să facă.

— Ba am, Irina. Chiar am conștiință, nu e nevoie să fii rea cu mine, știu prea bine ce defecte am, dar nu și acesta; conștiință chiar am, mereu am avut. Dar, da, sunt slab, sunt slab ca naiba în fața iubirii, recunosc. Iar pe tine chiar te iubesc, cu toată ființa mea, și nu știu să mai trăiesc fără tine – aici e adevărata mea problemă. Nu vezi că prefer iadul lângă tine, numai să te am aproape? Numai să nu te pierd? Stau de atâta timp fără să te ating, când eu sunt disperat măcar după o îmbrățișare. Asta nu-ți dă de gândit? Dacă asta nu este iubire, atunci ce este? Spune-mi tu.

— Patologie, Matei. Obsesie. Iubirea nu poate face rău, i-am șoptit, ferm convinsă de fiecare cuvânt pe care-l rosteam...

Și-a rezemat capul de tetieră și a închis ochii. Pe obraji îi curgeau șiroaie de lacrimi, iar eu, oricât de supărată eram pe el, nu puteam rămâne indiferentă la durerea lui. Părea a fi cu adevărat sincer și vulnerabil; faptul că eram circumspectă în ceea ce-l privește m-ar fi putut face să-l judec greșit.

M-am apropiat de el și i-am șters lacrimile cu dosul degetelor, doar că el nu voia mila mea. A făcut un efort să se stăpânească, a coborât din mașină și mi-a spus că ne vedem acasă. Am coborât și eu imediat după el și l-am strigat. Nu-l puteam lăsa să se urce la volan și să conducă în starea în care era, la cât părea de tulburat și nefericit. S-a oprit și, atunci, m-am apropiat și l-am îmbrățișat strâns, moment în care el a izbucnit și mai tare în plâns, ținându-mă cu putere și disperare lipită de el.

— Avem atât de multe de iertat, Matei. Trebuie să ne iertăm, în primul rând, pe noi și, apoi, pe ceilalți, ca astfel să reușim să ne vindecăm.

— Dacă aș ști cum să fac să fiu mai puternic, să-mi înving toți demonii aceștia nenorociți, crede-mă că aș face-o, mi-a zis el cu vocea întretăiată de plâns.

— Trebuie doar să lași binele din tine să fie mai puternic, Matei. Se poate, crede-mă că e cu putință, te cunosc și știu că poți să faci asta.

— Nu mai am nimic bun în mine, Irina. Nu vezi?

— Așa vrei tu să crezi. Dar, pur și simplu, doar ți-e frică să-ți arăți bunătatea. Ți-e teamă că astfel vei deveni vulnerabil. Cred că tu confunzi puterea cu răutatea și nu e deloc așa. Bunătatea este putere, răutatea e slăbiciune.

— Poți, te rog, să dormi în noaptea asta cu mine? Măcar pentru câteva ore să nu mă mai simt atât de singur și de nedorit, mi-a mai șoptit, în timp ce mă strângea încă la pieptul lui.

— Haide să mergem acasă, Matei! Îmi este cam frig, i-am zis, fără să-i răspund dacă-i accept sau nu invitația.

În momentul în care m-am desprins din brațele lui, am văzut mașina lui Robert pe partea cealaltă a străzii, destul de departe de noi, în urma mașinii lui Matei, și mi-am dat seama imediat că văzuse toată scena dintre noi. Cu siguranță, l-a urmărit pe Matei atunci când acesta a plecat spre Angel, dorindu-și să se asigure că fratele lui nu făcea vreun lucru necugetat, mai ales că știa că pornise după mine, să mă aducă acasă. Ne văzuse, eram convinsă de asta și cine știe ce era în mintea lui când asistase la o asemenea scenă, care ar fi putut părea una de iubire.

Matei m-a condus înapoi la mașina mea, mi-a deschis portiera, iar eu am plecat de pe loc în viteză, sperând că mă va urma la fel de rapid și că nu va avea timp să-l vadă pe Robert în urma noastră. Când am ajuns acasă, nu mi-a mai spus nimic. A urcat în camera lui, iar eu m-am dus direct în camera mea, unde mi-am urmat rutina de seară, întrebându-mă în continuare dacă ar trebui sau nu să merg să dorm cu el, așa cum mă rugase. Și poate că bunătatea din mine a fost mai puternică decât rațiunea, cea care-mi spunea că Matei nu merita să-l consolez sau să-l cred, că îmi greșise impardonabil și că mă făcuse să sufăr enorm. Chiar dacă știam prea bine toate acestea, bunătatea, totodată, mă făcea să cred că era doar un om disperat, trădat, slab, care nu știa să piardă, care nu era capabil să gestioneze cu maturitate situația în care se afla.

Îmi spuneam că, dacă eu îl voi trata cu răutate în astfel de momente de cumpănă, pe care le trăia cu toată ființa, ce pretenții pot avea ca el să mă trateze cu bunătate? Astfel că am hotărât să dorm cu el, să-i arăt că nu este cel mai dezagreabil și mai nedorit om de pe pământ, așa cum credea. Și că am putea avea o relație frumoasă în continuare dacă am fi doar prieteni, dacă ne-am sprijini unul pe celalat în clipe grele.

Probabil că Robert, ajuns acasă la scurt timp după noi, m-a pândit, fiindcă exact când am deschis ușa camerei lui Matei l-am văzut în capătul holului, privindu-mă fix, acuzator, cum intru în camera fratelui său. Dar asta nu m-a oprit. Am intrat și am închis ușa în urma mea. Era întuneric în dormitorul lui Matei, cu siguranță, nu se aștepta să răspund afirmativ rugăminții lui. Am mers tiptil până la pat și m-am așezat încet, mai întâi pe marginea lui, apoi m-am apropiat de silueta care se ghicea sub așternuturi.

Matei stătea pe o parte, ghemuit, cu spatele către mine, ca un copil înspăimântat care are nevoie să fie ocrotit. Și, atunci, m-am apropiat de el și l-am îmbrățișat. S-a întors imediat și, fericit, m-a luat la rândul său în brațe, m-a pupat mai întâi pe frunte, apoi a încercat timid să mă sărute. M-am ferit. Faptul că eram acolo nu însemna că între noi poate fi mai mult decât o legătură creată de manifestarea compasiunii și a grijii pe care i-o arăți unui prieten drag aflat într-un moment dificil. Pentru că doar asta era, atât și nimic în plus. Nu a ripostat, m-a strâns la pieptul lui și m-a acoperit cu plapuma, iar eu am continuat să stau cuminte lângă el, ținându-l în brațe ocrotitor.

— Știi ce regret cel mai mult? mi-a spus în șoaptă, cu o tristețe care m-a întors pe dos. Că nu vei ști niciodată cât te-am iubit. Și mai ales că nu am știut să-ți arăt și partea bună din mine.

Am adormit înaintea lui, iar la un moment dat, ca prin vis, am simțit că mă mângâia cu atingeri foarte timide, străduindu-se parcă să nu mă trezească, fiindu-i teamă, probabil, că-l voi respinge și că voi pleca în camera mea. Dar mă trezisem.

— În prima noapte în care am dormit cu tine am simțit că am găsit cea mai minunată fată din lume, mi-a șoptit. Eram fascinat de tine, mi se părea că tu miroși cel mai frumos, că pielea ta este cea mai fină din câte există, că nimeni nu va mai putea avea atâta putere asupra mea vreodată. Abia acum îmi dau seama că acele lucruri erau infime pe lângă toate calitățile tale și pe lângă ce am simțit mereu pentru tine, începând din clipa în care te-am întâlnit. Și încă sper să nu fie prea târziu...

M-am prefăcut că dorm și că nu-l aud, iar el m-a mângâiat în continuare până când, într-un târziu, a adormit, liniștit că sunt acolo, cu el, lângă el. Am stat nemișcată în brațele lui și m-am gândit la toată povestea noastră complicată, amintindu-mi de primele zile în care l-am cunoscut și de cât de mult visasem atunci să fim împreună, cum mă fascina prezența sa, masculinitatea lui, eleganța și felul în care se comporta cu mine. Dar și că m-am simțit precum Cenușăreasa, convinsă că nu meritam un prinț ca el și că nu mă ridic la nivelul lui din niciun punct de vedere. Mi-am amintit de prima noastră noapte de dragoste, când am crezut că nu există oameni care să se iubească mai frumos și mai mult, când m-am îndrăgostit nebunește, sigură fiind că el este cel mai minunat bărbat de pe pământ și eu cea mai norocoasă fată. Și chiar era un bărbat special, e adevărat că avea foarte multe calități, dar, totodată, avea și slăbiciunile, și demonii lui, lucruri care-l făceau, din multe puncte de vedere și în foarte multe momente, toxic și imposibil de suportat. Cel puțin pentru mine...

Poate că această împăcare cu situația dintre noi ne-a adus o oarecare pace în suflete, astfel încât am dormit amândoi mai mult decât obișnuiam și cine știe cât am mai fi dormit, dacă Robert nu ar fi venit să-l trezească pe Matei.

Înainte să apar eu în viața și în casa lor, obișnuiau să dea buzna unul în camera celuilalt, dar, după venirea mea, nu s-a mai întâmplat asta, pentru că nu era ceva normal și le făcusem teoria intimității, așa că s-au conformat. Robert a bătut în ușă, însă eu, somnoroasă, am auzit doar când Matei i-a strigat să intre. Așa că ne-a surprins lipiți unul de celălalt, dormind ca doi oameni foarte apropiați. Pe mine nu m-a privit, i-a spus, sec, lui Matei că este târziu și că ar trebui să plece într-o jumătate de oră, apoi a închis ușa în urma sa. Matei m-a pupat pe frunte cu un aer fericit și s-a ridicat grăbit.

— Bună dimineața! mi-a spus zâmbind.

— Bună dimineața! i-am răspuns senină.

M-am ridicat și eu, iar când a observat că mă îndreptam către ușă, a venit lângă mine.

— Îți mulțumesc, Irina.

L-am îmbrățișat și am plecat în camera mea, să mă pregătesc pentru micul-dejun. Evident că, târziu fiind, atunci când am coborât la masă, toată lumea era deja acolo, inclusiv Cesara și bona.

— Cineva a avut o noapte lungă! a constatat Sandra zâmbind, văzându-mă apărând la masă urmată de Matei, care venea grăbit după mine.

Robert m-a privit abia atunci, dar cu dezgust și nu știam dacă așa simțea cu adevărat, fiind supărat că mi-am petrecut noaptea cu Matei, sau dacă nu cumva juca teatru, așa cum îl rugasem când am vorbit ultima oară. Încă mai speram că nu-și închipuia că eu și Matei avusesem o noapte plină de dragoste și că era gelos, cu toate că motive avea destule să-și imagineze orice și să fie supărat și gelos. Am pupat-o pe Cesara, apoi pe Oli – ca în fiecare dimineață – și m-am așezat lângă Matei, fix în fața lui Robert, care nu a mai sărit să-mi ofere cafea și nici nu mi-a mai zâmbit ca de obicei, cum o făcea de fiecare dată când ne întâlneam la micul-dejun.

Mi-am turnat cafea în ceașcă și i-am făcut semn cu ochiul, zâmbind. Era gelos, acum știam, altă explicație nu era.

— De ce nu mănânci nimic? m-a întrebat Matei când a văzut că beau doar cafea.

— Azi voi încerca să mănânc doar fructe.

— De ce?

— Ca să mai slăbesc puțin, i-am explicat eu cochetă.

— Încetează, ești bine așa, mi-a răspuns pupându-mă pe obraz, de parcă ar fi vrut să-mi sublinieze că-mi dă voie să fiu așa cum sunt, lucru care, dintr-odată, m-a enervat.

— Eu decid cum sunt bine și cum nu, i-am răspuns iritată. Nu am nevoie de aprobări din partea nimănui.

— Pe cuvânt dacă înțeleg de ce ai stările acestea oscilante și de ce avem discuții doar de față cu ceilalți. De parcă ți-ai dori să-i faci să creadă că nu ne înțelegem, că avem probleme.

— Nici eu nu înțeleg de ce te prefaci că te preocupă starea mea și asta tot numai de față cu ceilalți, de parcă ți-ai dori să-i faci să creadă că nu mai poți de grija mea, i-am răspuns.

— Chiar mă preocupă starea și binele tău. Iar dacă tu simți altceva, atunci doar ți se pare, s-a apărat el în fața tuturor.

— O știți pe aia cu „ți se pare”? Scuza celor care nu au curaj să-și asume comportamentul, neglijențele, minusurile, lipsa de respect și uneori chiar și lipsa iubirii? Ei bine, de fapt, nu ți se pare. Atunci când te simți neglijat, rănit, abuzat, nedreptățit, chiar nu ți se pare că este așa. Când simți că o relație îți provoacă griji, disconfort, nesiguranță și suferință, atunci când te simți singur, nedorit și neiubit, nu ți se pare. Așa că nu-i mai lăsați pe alții să vă convingă că nu este real ce simțiți.

Spunând asta, le-am zâmbit, dar nimeni nu a mai spus nimic. Știam că, la un moment dat, Matei va taxa ieșirea mea în fața celorlalți, că îmi va reproșa că nu mi-am jucat rolul de iubită mulțumită și fericită. În ziua aceea am mâncat doar pepene, dar după masă mi s-a făcut foarte rău. Am crezut că pepenele a fost cauza, încât seara, la cină, nu am mai băut decât ceai. Mă simțeam slăbită și îmi era greață, nu suportam nici măcar cuvântul „mâncare". Și mai ales aveam o senzație de somnolență și de-abia mai reușeam să-mi țin ochii deschiși.

— Ai dormit toată ziua, mi-a spus Simona când i-am anunțat, în timpul cinei, că mă voi culca devreme.

— Ești bine? m-a întrebat Matei îngrijorat.

— Sunt doar obosită, am încercat eu să-l liniștesc și să-l asigur că totul e în regulă.

— Dacă nu o lași să doarmă noaptea, a comentat Robert, încercând să facă o glumă, dar a fost una neconvingătoare, fiindcă s-a simțit frustrarea în tonul lui.

Le-am urat o seară bună și am urcat în camera mea. Nici ceaiul din plante nu-mi mai plăcea, mă deranjau toate mirosurile și-mi era greață de la orice, numai gândindu-mă la orice fel de aliment sau un miros oarecare. Abia atunci, dintr-odată, s-a făcut lumină în mintea mea și mi-am dat seama că era posibil să fiu însărcinată, cunoșteam deja genul acela de rău, îl mai trăisem cândva. Am încercat să stau liniștită câteva minute, să respir adânc și mi-am evaluat simptomele cu mult calm, încercând să nu intru în panică din cauza stării de rău. Iar când Simona a venit în camera mea să vadă cum mă simt, am anunțat-o imediat că trebuie să-mi fac un test de sarcină.

— Nu-mi spune că e posibil să fii gravidă! s-a arătat ea îngrozită.

— Ba da, i-am zis calmă. Mai mult ca sigur sunt, acum îmi dau seama că nu am mai fost atentă la calendar și...

— Doamne, ce ne facem dacă ești? s-a speriat ea de-a binelea.

În acel moment, cu toate că ar fi trebuit să fiu și eu panicată de gândul că aș putea fi însărcinată cu Robert, am simțit o bucurie de nedescris.

— Ar fi cel mai minunat lucru care mi se poate întâmpla, i-am zis prietenei mele izbucnind în lacrimi.

Simona mă privea uimită, căutând măcar o urmă de îngrijorare și teamă în ochii mei, dar nu avea cum să găsească nimic de felul acesta. Cum aș fi putut să mă tem, când să am un copil cu Robert era cel mai frumos vis posibil? Și aș fi avut astfel, pentru totdeauna, lângă mine, alături de mine, întruparea celei mai frumoase minuni pe care bărbatul iubit mi-ar fi putut-o dărui.

— Tu îți dai seama ce se va întâmpla dacă va afla Matei? m-a întrebat Simona albă ca varul la față.

Numai gândul la ceea ce s-ar fi putut întâmpla o înspăimânta.

— Acum nu vreau să mă gândesc la asta, nu vreau să-l las pe Matei să-mi strice și bucuria aceasta, i-am zis cu hotărâre, decisă doar să mă bucur și atât, fără să-mi doresc să mai anticipez vreo nenorocire. Erau suficiente cele pe care le trăiam deja, fără voia mea.

Am auzit două bătăi în ușă, iar Simona s-a dus să deschidă. Era Matei, care s-a strecurat pe lângă ea și a venit lângă pat.

— Te simți mai bine? m-a întrebat el grijuliu.

— Da, mult mai bine, am mințit zâmbind.

— Încetează să mai ții cure de slăbire drastice. Dacă vrei, îți aduc un nutriționist care să-ți facă un plan alimentar, cu toate că nu ai nevoie, faci și puțină mișcare, dar nu te mai înfometa, te rog. Ești frumoasă, de ce te îngrijorează atât silueta? Nu ai nicio problemă de greutate.

— Mă îngrijora și când eram slabă, darămite acum când mă îngraș văzând cu ochii, i-am răspuns oftând.

— Dulciurile sunt problema, ți-am spus. Uneori am impresia că nu mănânci nimic în afară de bomboane și prăjituri...

— Bine, dottore, i-a scurtat Simona prelegerea, haide că vrem să stăm și noi de vorbă ca fetele! Poate ai treburi și noi te reținem...

— Dulăul ăsta mai trebuie dresat, mi-a spus Matei arătând spre Simona, care aştepta nerăbdătoare, cu mâinile în șolduri, ca el să plece. M-a pupat pe frunte liniştit, apoi s-a îndreptat spre Simona, ca să-i dea de înțeles că vrea să o pupe și pe ea, dar, când ea i-a oferit obrazul, el i-a prins cu mâna cercelul și l-a studiat.

— Ți s-ar potrivi mai bine o sabie sau o mitralieră, ce cauți tu cu floricele la urechi? a ironizat-o el.

— Dar tu ce cauți cu pantaloni, că ți s-ar potrivi mai bine o fustiță! i-a plătit ea cu aceeași monedă.

Matei a izbucnit în râs.

— Voi două sunteți dovada clară că femeile nu vin de pe altă planetă, ci că au fost alungate de acolo.

A ieșit din cameră, iar Simona, rânjind la el cu toți dinții, a închis ușa în urma lui.

— Ce facem, nebuno? m-a întrebat ea cât se poate de serioasă și îngrijorată, aruncându-se pe pat lângă mine.

— Nu știu, dar cred că abia încep problemele mele.

Și nu eram deloc departe de adevăr...

Capitolul 14

În dimineața următoare, după ce Matei și Robert au plecat la firmă, eu și Simona ne-am dus la farmacie să cumpărăm teste de sarcină. Am cumpărat trei, să mă testez în momente diferite ale zilei, să fiu sigură de rezultat, să nu am niciun dubiu înainte de a merge să consult și un medic.

Am făcut un test de îndată ce am ajuns acasă, iar rezultatul a fost pozitiv. Simona mă privea speriată, dar eu eram, spre uimirea ei și, mai ales, a mea, foarte liniștită. Pentru prima oară în toată viața mea de până atunci nu simțeam niciun fel de teamă, ba chiar mă simțeam mai puternică decât oricând. Și, într-un fel complet nou pentru mine, fericită cum nu mai fusesem vreodată până atunci. Am făcut mai târziu și celelalte teste și ambele rezultate au fost la fel: pozitive.

Nu mai aveam nicio îndoială, în mine creștea o nouă viață, copilul bărbatului pe care-l iubeam mai mult decât orice pe lume, copilul lui Robert...

— Nu mai pot continua să stau aici, i-am spus Simonei. Va trebui să plec.

— Unde, cum? De parcă Matei te-ar lăsa...

— Voi încerca diseară să am o discuție cu el, i-am spus hotărâtă.

— Doar nu-i vei spune adevărul!

— Niciodată.

— Și Robert? Lui când ai de gând să-i spui?

— Deocamdată nu pot să-i spun, trebuie să-l protejez de Matei, dacă Robert ar ști asta, ar da cărțile pe față și, atunci, fratele lui chiar ar fi în stare de orice...

Dacă până atunci am putut sta în casa aceea, dorindu-mi să-l protejez pe Robert de furia fratelui său și să-i dau lui Matei timp să se calmeze, consolându-mă că măcar sunt aproape de Robert, de fetiță și de Oli, acum nu mai puteam rămâne sub același acoperiș cu ei.

Devenise absolut obligatoriu pentru mine să mă distanțez de orice sursă de stres și nefericire, să mă protejez nu doar pe mine, ci mai ales viața pe care o purtam acum în pântece, fructul minunat al iubirii dintre mine și bărbatul pe care-l adoram. Așa că trebuia să plec de acolo și să găsesc o cale pentru asta fără ca Matei să ne poată face vreun rău mie sau lui Robert.

M-am gândit, într-un moment de disperare, să-i întind o capcană, să-l provoc la o discuție pe care să o înregistrez și pe care să le-o arăt apoi lui Robert, mamei lui și oricui ar fi putut să-l oprească din nebunia sa, dar știam că, dacă aș face asta, dacă aș divulga relația mea cu Robert, ceilalți l-ar fi putut condamna pentru că și-a trădat fratele. Matei ar fi jucat perfect rolul victimei și i-ar fi îndepărtat pe toți de Robert.

Ajunsesem la concluzia că eu eram piesa în plus în tot jocul acela și, atunci, într-adevăr, ca totul să se întoarcă la normal și să le fie bine tuturor, trebuia să dispar din jocul lor. Să renunț definitiv la Robert, să i-l las lui Matei, iar el să fie fericit alături de toți cei dragi lui. Oricât de mult mi-aș fi dorit să-mi fac dreptate, nu-i puteam implica pe ceilalți în lupta mea, nu eram atât de slabă încât să-l demasc pe Matei în fața mamei lui, în fața lui Oli, nu voiam să-i rănesc pe toți, așa cum nu voiam să-l rănesc nici măcar pe el. Poate că oricine ar fi aflat despre ceea ce îmi făcea Matei l-ar fi considerat un monstru, dar eu nu-l vedeam așa. Era doar un om care avea nevoie de multă iubire și care, atunci când nu o primea, încerca să o obțină cu forța și cu orice preț, atât de dependent era de ea. Pentru mine, el era același bărbat minunat de care mă îndrăgostisem cândva, dar care avea, la fel ca toți oamenii, defectele lui, păcatele lui, momentele lui de disperare și decădere. Cine ne poate garanta că vreodată, provocați de dureri și frici, forțați de conjuncturi care ne depășesc, nu vom comite greșeli pe care ne grăbim să le condamnăm la ceilalți?

Eram supărată pe el, eram furioasă, eram dezamăgită, dar nu puteam să nu mă pun și în locul lui, al bărbatului care nu suportă să piardă o femeie pe care o iubește, al omului care se învinovățește că a greșit mult și că nu a putut fi suficient de bun pentru a fi demn de iubirea ei, în locul fratelui trădat de omul în care credea cel mai mult sau al tatălui care nu a fost în stare să o țină lângă fetița lui pe femeia pe care o iubea enorm, care îi era copilului ca o mamă și-l crescuse de când era doar un bebeluș. Nu-l puteam pune la zid pentru că greșise, fiindcă nici eu nu eram mai presus de orice păcat, greșisem și eu, greșise și Robert. Probabil că l-am trădat amândoi din momentul în care nu am avut curaj să-i spunem că ne iubim, chiar dacă noi ne-am negat sentimentele și am luptat să fim corecți, să nu-l trădăm, să nu-i greșim...

În seara aceea, după cină, i-am cerut lui Matei să mergem undeva să stăm de vorbă doar noi doi, iar el s-a întristat dintr-odată, amintindu-și că l-am refuzat de fiecare dată când m-a invitat să mergem să cinăm doar noi doi în oraș ori să mergem la Paris, la Milano sau în destinații exotice...

— Vreau doar să stăm de vorbă, nu o întâlnire romantică, i-am răspuns liniștită, încercând să nu fiu nici rece, nici rea.

Ne-am dus împreună în camera lui și ne-am așezat pe marginea patului, unul lângă celălalt.

— Matei, te-ai mai gândit la toată situația în care ne aflăm?

— Nu. Pur și simplu, mă bucur că ești aici, am învățat să mă mulțumesc doar cu atât, a oftat el.

— Cum te poți bucura de răul cuiva?

— Poate că nu văd răul tău, ci doar binele meu.

— Care bine? Faptul că ai lângă tine, în aceeaşi casă, o femeie care nu-şi doreşte să fie aici? O femeie nefericită, care speră în fiecare secundă a vieţii ei că te vei trezi şi că-ţi vei da seama că trăieşti într-o mare eroare, că greşeşti şi că te vei ruşina de ce ai ajuns să faci şi să gândeşti?

— Ai vreo doleanţă sau doar m-ai chemat să-mi faci morală?

— Vreau să punem capăt acestui circ şi să plec de aici.

— Nu, chiar nu...

— Matei, dacă ţi-e teamă că între mine şi Robert...

— Nu pleci, m-a întrerupt brusc, ridicând uşor tonul.

— Nu mă mai poţi ţine aici. M-am săturat, am ajuns la limită.

— De ce nu poţi trăi în casa mea, lângă mine? Nu-ţi fac nimic rău, te las să faci ce vrei...

— Pentru că nu mai am ce căuta aici.

— Ţie chiar nu-ţi pasă de Cesara, de ceilalţi?

— Îmi pasă, dar înainte de toate trebuie să-mi pese de mine, i-am atras atenţia.

— Ia te uită cine vorbeşte de egoism...

— Matei, nu-mi pot sacrifica viaţa de dragul altora. Trebuie să fiu acolo unde mi-e locul, să-mi caut calea, oamenii, să trăiesc. Înţelegi? Aici doar supravieţuiesc, nu sunt nimic din tot ce aş putea fi.

— Credeam că ne-am înţeles, m-a atenţionat el asupra pactului dintre noi.

— Nu, nu ne-am înţeles. Am venit aici doar din disperare şi de teamă că ai luat-o razna şi că ai putea face lucruri regretabile. Am venit să te ajut.

— Ai venit doar ca să-l protejezi pe Robert?

— Am venit să te protejez pe tine de nebunia ta, de furia asta care te transformă în neom. Am crezut că vei înţelege ce greşeală ai făcut, că te pot ajuta să te linişteşti...

— Nu pot să te las să pleci.

— Plec, Matei. Cu orice risc. Cu riscul să-ți duci la bun sfârşit toate amenințările, să-mi faci rău, să-i faci rău și lui Robert... Aş fi putut să-i spun totul, să-l avertiez să-şi ia măsuri de protecţie împotriva ta, dar nu am făcut asta. Nu am vrut să vă stric relația și să-l fac să te deteste. Am fost corectă, am respectat înțelegerea noastră. Numai că am ajuns la concluzia că eu sunt piesa în plus în tot acest joc și, dacă voi dispărea din peisaj, voi doi veți rămâne la fel de uniți ca întotdeauna.

— Vrei să spui că nu-l mai iubești și că poți trăi fără el?

— Da, pot trăi și fără el, dacă tu tot faci pe Dumnezeu și nu lași oamenii în pace să-și trăiască viața după bunul lor plac, după propriile alegeri.

— Nu mi-ai răspuns la întrebare.

— Mereu îl voi iubi pe Robert, așa cum mereu te voi iubi și pe tine. Pentru că voi păstra mereu în inima mea tot ce a fost bun și frumos legat de voi, i-am zis cu toată sinceritatea.

— Te eschivezi, mi-a atras el atenția.

— Ce sens are să discutăm despre ceea ce simt eu, dacă știi prea bine că nu-ți pasă de sentimentele mele? Îți pot promite, în schimb, că nu-l voi mai căuta, că el nu va mai exista pentru mine, poate chiar voi pleca din țară pentru totdeauna, undeva unde să nu știe nimeni de mine.

— Tu chiar nu înțelegi că nu e vorba despre Robert aici? Că eu te iubesc atât de mult încât sunt dispus să iert tot și să mă prefac toată viața că nu am aflat de aventura voastră? Că sunt dispus să trăiesc toată viața sub același acoperiș cu doi trădători, doar pentru că vă iubesc pe amândoi?

— Tu nu ne iubeşti, Matei. Cel puțin pe mine nu mă iubeşti. Tu eşti doar dependent de anumiți oameni, te simți legat de ei, iar în cazul meu, pur și simplu, ți-e frică să pierzi. În plus, nu vrei să pierzi nici din ambiție. Te-ai obișnuit cu mine, ți-ai creat o zonă de confort, tu mă vrei aici pentru că toți cei dragi ție mă iubesc, dar... atât.

— Irina, tu nu vrei să accepți că eu chiar te iubesc pentru că, deși crezi despre tine că ești tolerantă și înțeleaptă, nu poți înțelege că și oamenii care iubesc pot greși!

— Oare chiar aşa să fie, doar cred asta despre mine? Ai uitat câte greşeli ţi-am iertat în toţi aceşti ani?

— Nu, nu am uitat. Dar iată că m-am revanşat, ţi-am iertat şi eu multe, mai ales o greşeală mai mare decât toate greşelile mele la un loc!

— De când naiba se măsoară greşelile? Şi de când le poţi compara unele cu altele?!

Câteva clipe am stat tăcuţi, unul lângă altul, căutând în minte tot felul de argumente cu care să ne convingem unul pe celălalt: eu pe el că trebuie să plec, iar el pe mine că trebuie să rămân.

— Și Cesara? Cum ai putea să o părăseşti, când ea te iubeşte ca pe o mamă?

— Nu sunt mama ei, Matei, și firesc ar fi să se apropie mai mult de Silvia, aşa cum îţi repet de când am venit aici. Știi bine cât de mult o iubesc pe fetiţa ta, dar nu pot trăi în minciună doar de dragul ei. Ce exemplu aş fi pentru acest copil, cum aş putea-o educa drept și cinstit, dacă eu nu aş fi dreaptă și cinstită cu mine?

— Și pe mine nu mă mai iubeşti deloc? Nu ţi-a mai rămas niciun pic de iubire și pentru mine? s-a posomorât el dintr-odată.

— Te iubesc ca pe omul cu care am împărţit o parte din viaţă, ca pe bărbatul cu care am trăit clipe foarte frumoase şi împreună cu care am o mulţime de amintiri minunate. Îl iubesc pe acel Matei care ştiu că poţi fi, care este cel mai frumos bărbat din lume, educat, manierat, elegant, foarte inteligent, carismatic, un tată minunat, un frate minunat, un prieten foarte bun. Și chiar mi-ar plăcea ca mai târziu, când sufletele noastre se vor vindeca, să fim prieteni. De dragul Cesarei și al tuturor.

— Vei rămâne aici încă un timp. Dacă nu voi reuși să te fac să mă iubeşti din nou, atunci te voi lăsa să pleci, mi-a zis într-un târziu, cu o voce hotărâtă.

— Nu, Matei. Ți-am dat destul timp, nu mai pot, am răspuns categoric.

— De ce, ai ceva mai bun de făcut?

— Da, am. Să fiu liniştită. Aici nu am linişte, sunt nefericită, ce nu înțelegi?! Nu vezi că sunt nefericită, că mănânc dulciuri compulsiv, că mă îmbolnăvesc pe zi ce trece?

— Ei bine, dacă nu ți-a plăcut cum au decurs lucrurile, revenim la stadiul relației din ziua în care am venit după tine la Braşov. Nu pleci decât dacă vrei ca tu și Robert să aveți de suferit, s-a înfuriat el și a pornit atacul.

— Plec cu orice risc. Chiar nu-i pot salva pe toți, nici pe el de răzbunarea ta, nici pe tine de nebunia care te-a subjugat. Dar vei regreta, Matei. Într-o zi, vor afla toți ce mi-ai făcut și te vor detesta. Vei ajunge singur și neiubit! i-am zis cu tristețe, văzându-l cum alunecă din nou, probabil din disperare și slăbiciune, pe panta aceea a furiei și a răzbunării pornite din ură.

— Cine te va crede după ce le voi povesti cum m-ai trădat?

— Toată lumea, l-am asigurat cu tărie.

— Tu nu vei mai avea acces la lumea asta, prințeso. Din momentul în care vei pleca de aici, toți vor afla numai ce vreau eu să știe despre tine, îți voi dărâma piedestalul și te voi denigra, de nu va mai crede nimeni în minunata Irina și toți te vor detesta și te vor ocoli. Nu vor mai vrea să te vadă vreodată sau să mai aibă de-a face cu tine!

— Atunci, așa să fie, dacă tu așa crezi că e bine și că e soluția care să-ți mângâie orgoliul și să te facă fericit. Dar într-o zi tot vor afla adevărul. Toată povestea noastră.

— De unde, de la știri? m-a persiflat el.

— Voi scrie o carte în care voi spune toată povestea...

— De parcă ți-ar publica-o cineva. Că de citit, nici atât, a hohotit el cu dispreț.

— Mai vedem noi, i-am răspuns eu cu încredere în mine la toate jignirile pe care încerca să mi le aducă. Am crezut că meriți să rămâi în viața și în sufletul meu, dar se pare că vei fi doar un personaj din cartea mea. Nimic mai mult!

M-am ridicat și m-am îndreptat către ușă.

— O să-ți pară rău, Irina, m-a amenințat el direct, șuierând cu ură cuvintele printre dinții strânși.

— Îmi asum totul. Nimic nu poate fi mai rău decât să rămân aici, i-am zis cu toată sinceritatea. Apoi am ieșit din camera lui trântind ușa.

— Atunci, pregătește-te să vezi ce înseamnă să-ți fie rău! a strigat el în urma mea, ca o promisiune nefastă.

Chiar am crezut că nimic nu poate fi mai rău decât să stau în casa aceea, fără a avea habar că urma cea mai urâtă perioadă din viața mea...

Capitolul 15

Am plecat în noaptea aceea, pe furiș, după ce toți cei din casă au adormit. Nu mi-am luat rămas-bun de la nimeni, doar pe Cesara am pupat-o când am plecat. Să plec din nou de lângă ea, de data aceasta fiind convinsă că pentru totdeauna, era un chin de nedescris.

Of, cine va mai inventa povești pe care să ți le spună seara? i-am șoptit micuței. Îl voi ruga pe Robert să o facă, îi voi scrie eu povești pe care să ți le citească! Obișnuiam să inventez câte o poveste în funcție de purtarea ei, iar atunci când făcea câte o greșeală, când era răutăcioasă sau pur și simplu nu o puteam convinge să facă sau să nu facă ceva, inventam o poveste drăguță al cărei mesaj să o impresioneze. De multe ori, ea mă ruga să-i spun din nou câte o poveste dintre cele inventate de mine, printre preferatele ei fiind povestea cu mărul singurel, pe care nu voia să-l mănânce niciun copil și asta doar pentru că era pricăjit și urâțel. Inventasem această poveste ca să o conving să mănânce mere sănătoase și să nu aleagă neapărat frumusețea și perfecțiunea, iar ea a fost foarte impresionată de tristețea mărului pe care nu-l voia nimeni și care, de singurătate și supărare, a îmbătrânit, apoi s-a stricat. Poveștile mele aveau mereu impact pozitiv asupra ei, spre uimirea celor din casă, care nu înțelegeau cum reușeam să o conving pe fetiță să facă anumite lucruri.

Am privit-o îndelung cum dormea liniștită și senină, am mângâiat-o ușor și i-am șoptit de foarte multe ori că o iubesc, de parcă mi-aș fi dorit să se imprime în memoria ei afectivă toată dragostea pe care i-o port. Dar ea dormea somnul adânc al unui copil fericit, nu mă auzea și nu mă vedea plângând. Știam că Oli mă va ajuta să o văd pe ascuns dacă mi-aș fi dorit asta, știam și că toți o vor ajuta pe micuță să înțeleagă plecarea mea, că o vor asigura că o iubesc și că nu am abandonat-o. De data asta, crescuse suficient încât să știe să mă sune și puteam vorbi oricând, o învățasem că, orice supărare sau teamă va avea, să-mi dea un telefon imediat, că eu voi face tot posibilul să fiu lângă ea și astfel să depășească orice obstacol. Mi-am scos medalionul cu cruciuliță și i l-am lăsat pe marginea noptierei, așezat pe o foaie pe care i-am scris un mesaj.

Îți las acest medalion, fetița mea scumpă, să ai grijă de el și el să aibă grijă de tine. Să știi că eu îți voi fi mereu aproape și să nu uiți că te iubesc enorm!

Știam că Oli îi va citi mesajul meu dimineață, când o va trezi, și că tot ea știa cum să-i spună cel mai bine că am fost nevoită să plec.

Între timp, încercând să se miște rapid și în cea mai mare liniște, Simona mi-a dus lucrurile în mașina ei, apoi a dus și câinele și am plecat împreună, plângând amândouă.

— Îmi pare rău că suferi și tu, i-am spus, știind că nici ei nu-i era ușor să plece de lângă oamenii pe care îi îndrăgea atât de mult, cu care se obișnuise în toți anii de când îi cunoștea și care, cu bune și cu rele, îi deveniseră și ei familie.

— Îmi va fi dor de Cesara, de Oli, de Sandra, de Robert..., chiar și de idiotul de Matei. Nu e un om rău, păcat că este atât de nebun...

— Măcar tu vei pleca în America, îți va fi mai ușor, am suspinat eu la gândul că o voi pierde și pe ea la un moment dat.

— Așa crezi tu? Că îmi va fi ușor? Crezi că le este ușor celor care pleacă din țară în necunoscut, care renunță la locurile dragi, care pleacă de lângă toți oamenii pe care-i iubesc, neștiind ce-i așteaptă printre străini?

— Ai dreptate, Simo, de parcă eu nu aş fi fost în locul tău de atâtea ori când am plecat în Germania.

Doar că eu vorbeam din punctul de vedere al celui care rămâne...

O bucată de drum nu ne-am mai spus nimic, eu suferеam că îi lăsasem în urmă pe cei de la Snagov şi că în curând aveam să o pierd şi pe Simona, care avea să plece mai departe decât mi-aş fi putut imagina vreodată. Şi cu toate acestea, simţeam că port acum în mine lumea întreagă şi toată bucuria vieţii: copilul meu. Şi eram decisă să lupt pentru binele lui, să fiu o mamă bună, demnă şi să fac tot posibilul să aibă o viaţă fericită şi împlinită.

— Şi Robert? m-a întrebat Simona dintr-odată. Cu el cum rămâne?

— Habar nu am. Tot ce îmi doresc acum este să nu-i facă Matei vreun rău. Nu am curaj să sper la mai mult, i-am răspuns tristă şi îngândurată, cu gândul la iadul care s-ar fi putut dezlănţui în urma plecării mele.

— Matei nu se va linişti, sunt sigură. Va veni după tine, m-a asigurat Simona foarte convinsă.

— Ar trebui să mă mut în altă parte, să nu mă mai poată găsi, aşa este.

— Te gândeşti să pleci în Germania?

— Nu, Simo, doar aici mă simt acasă. Oricât de mult mi-ar plăcea în altă ţară, oricât de bun ar fi traiul în altă parte, nimic nu se compară cu sentimentul de bine, de pace şi de siguranţă pe care-l ai acasă, aşa simt, asta e părerea mea. Am avut încercările mele de a pleca şi vorbesc în cunoştinţă de cauză. Indiferent cât de mică este casa ta, cât te lupţi pentru existenţă, acasă este cel mai bine. Şi mi-am dat seama, în timp, după toate încercările mele de a fugi de Matei şi de Robert într-o altă ţară, că, pentru mine, acasă este acolo unde este mama mea. Poate că sunt eu o sentimentală, nu ştiu, însă aşa va fi mereu, chiar şi după ce ea nu va mai fi aici, pe pământ.

— Nici nu vreau să mă gândesc cât de greu îmi va fi departe, cât de dor...

Pe Simo o podidiseră iar lacrimile, de data asta doar la gândul că va pleca la capătul lumii, în America.

— Nu te gândi că-ți va fi greu, am încurajat-o eu cu blândețe. Încearcă să pleci cu bucuria de a descoperi o altă lume, de a-ți construi un viitor frumos, de a cunoaște oameni noi. Până la urmă, dacă nu-ți va fi bine, dacă acolo nu va fi lumea ta, dacă unde vei ajunge nu vei reuși să te simți acasă, te poți întoarce, drumul spre casă e mereu deschis. Eu te voi aștepta mereu, să știi. În fiecare toamnă, îți voi pune murăturile pe care le adori și te voi aștepta.

A început să plângă din nou, iar eu am mângâiat-o pe păr încet, încercând să-i arăt astfel că-i sunt alături orice-ar fi și mai ales cât îmi e de dragă.

— Nu am stat niciodată să mă gândesc dacă îți sunt o prietenă bună, i-am spus gândindu-mă cu tristețe la plecarea ei. Și nu aș vrea să pleci fără nimic, după toți acești ani în care am fost atât de apropiate...

— Ești cea mai bună prietenă pe care o poate avea cineva, să ții minte asta. Pentru mine nu ești doar o prietenă, ci o familie. Și, cel mai important dintre toate, ai fost pentru mine un exemplu de cum ar trebui să fie un om. Un om bun, cu suflet.

Am auzit telefonul sunând și mi-am dat seama că Matei sau Robert s-au trezit în toiul nopții și au descoperit, probabil, că plecasem.

Era Robert. Inițial, nu i-am răspuns, dar a sunat din nou. Știam că va insista cu apelurile. Pe de altă parte, nu avea niciun rost să păstrez o tăcere copilărească, nejustificată.

— Unde ești? m-a întrebat îngrijorat.

— Am plecat, i-am răspuns liniștită.

— Știu asta, te-am întrebat unde ești.

— Pe drum spre Brașov, cu Simona.

— De ce ai plecat?

— Pentru că s-a încheiat toată povestea aceasta.

— Care poveste?

— Dintre mine și Matei, i-am precizat eu, realizând că era nevoie să subliniez asta.

— Spune-i Simonei să oprească și așteptați-mă, vin să vorbim.

— Nu, Robert. Și te rog să nu-l trezești pe Matei. Te rog.

— Nu-l voi trezi, plec fără să știe, m-a asigurat el.

— Nu, te rog, nu ai de ce să vii.

— Nu-mi spune tu mie ce trebuie să fac. Plec acum. Dacă nu te oprești, vin oricum după tine! mi-a răspuns categoric și apoi mi-a închis apelul.

— Ce spunea?

— Să oprim, că vine după noi.

Simona s-a conformat și a oprit la primul refugiu de pe marginea drumului. A pus avariile, apoi și-a luat pachetul de țigări și bricheta și a coborât din mașină să fumeze.

— Parcă te lăsaseși de fumat, i-am reproșat ieșind și eu din mașină.

— M-am lăsat și eu la fel cum s-a lăsat și doamna Polixenia, mi-a spus ea râzând, trăgând cu sete din țigara aprinsă. Dar mă voi lăsa, promit, doar să mă mai liniștesc și eu puțin cu toate...

Drumul era cufundat în beznă și doar câte o mașină care mai trecea din când în când îl lumina în noapte, iar noi stăteam și admiram cerul înstelat de deasupra noastră, fiecare cu gândurile ei...

După ce și-a terminat țigara, am intrat amândouă în mașină și l-am așteptat pe Robert, pe care mi-l imaginam conducând cu viteză, ca un nebun, ceea ce mă neliniștea, cunoscându-i temperamentul. A ajuns după vreo patruzeci de minute și a oprit în fața mașinii Simonei. Când am văzut că e lângă noi, am coborât și m-am dus la el.

— Este răcoare, haide să vorbim în mașină! i-am spus când a vrut să vină spre mine.

— Ce se întâmplă? m-a întrebat el de îndată ce m-am așezat pe scaunul din dreapta.

— S-a terminat totul. Pur și simplu.

— Păi, ieri erați bine, nu vă mai săturați să vă îmbrățișați pe străzi, prin patul lui, mi-a zis pe un ton ușor răutăcios și cu o durere prost ascunsă în glas.

— Nu eram bine, Robert. Doar l-am consolat. Am încercat doar să-i arăt compasiune, nimic mai mult. A avut un moment de sinceritate, a fost vulnerabil, m-a rugat să dorm cu el... Iar eu l-am înțeles, în virtutea a tot ce ne-a legat cândva.

— Și acum îl părăsești?

— Da.

— Măcar i-ai spus sau iarăși ai de gând să fugi undeva prin lume?

— Am avut o discuție cu el, dar refuză să accepte orice argument când vine vorba să ne despărțim.

— Nu-l mai iubești?

— Poți, te rog, să nu mă mai chestionezi?

— Dar tu poți, te rog, să nu mai tratezi oamenii ca pe niște jucării?

— Cine vorbește! Maestrul păpușar, Prietenul imaginar!

Câteva minute nu a mai spus nimic. Privea înainte, în bezna de afară, iar eu ascultam muzica din mașină. Ori de câte ori îi aminteam de jocul lui de-a Prietenul imaginar, era copleșit de sentimente de vinovăție și nu mai avea curajul să riposteze.

— Robert, de data aceasta plec definitiv. Și, dacă m-ai iubit vreodată, dacă-l iubești pe Matei, ne vei ajuta. Pe mine să scap de el, iar pe el să-l ții la distanță de mine.

— Și pe mine cine mă ajută să scap de tine?

— Păi, scapi, am plecat.

— Ai plecat doar din casă, Irina. Atât. Și nu e prima oară. Doar că niciodată nu mi-ai ieșit din suflet, acolo ai rămas mereu, indiferent de distanța pe care ai pus-o între noi de fiecare dată când ai fugit de Matei, de mine...

La radio se difuza cântecul *When I need you*, iar noi l-am ascultat tăcuți, eu privind înainte, în întunericul nopții, iar el privindu-mă pe mine. Cândva, am dansat amândoi pe acea melodie, iar eu simțeam și acum acele emoții de nedescris, când pluteam în brațele lui, fericită. Parcă trecutul se întorcea înspre noi, cuprinzându-ne sufletele și făcându-le să danseze...

— Dacă tot ai vrut să pleci, dacă ești împăcată cu decizia ta, de ce ești atât de nefericită? mi-a întrerupt Robert visarea.

— Crezi că este ușor să pleci și să te desparți de oameni pe care îi iubești? Robert, am senzația că ți-am zis de zeci de ori asta și parcă tot nu mă înțelegi când vine vorba despre Matei. Doamne, acum îi înțeleg pe cei care rămân în relații rutinate, lipsite de iubire. Rămân pentru ceilalți, din iubire pentru copii, pentru familie, să nu le tulbure liniștea celor dragi... Plătind, de cele mai multe ori, cu liniștea și fericirea lor, la care renunță fără să se gândească nicio clipă că au doar o viață, una singură, și că ar merita să o trăiască altfel și să se bucure de ea.

— Știi, înainte să-mi faci surpriza de a te întoarce la Matei, luasem decizia să-i mărturisesc totul despre noi. Chiar dacă tu ai propus să ne întâlnim pe ascuns o perioadă, să-i mai dăm lui Matei timp să accepte că te-a pierdut, eu nu am vrut să mai amân. Am vrut să-i spun totul, să-mi iau asta de pe suflet și să plec, dacă el nu ar fi putut să mă ierte. Bine măcar că nu am apucat să fac asta, să-i fac atâta rău. Îi ajunge ceea ce-i faci tu, a concluzionat el amar, fără să-mi știe zbuciumul și sacrificiile.

Am tăcut. Iubirea mea pentru el era mai puternică decât nevoia mea de a-i dovedi că greșește, că mă judecă eronat, că eu merit, de fapt, să mă iubească măcar tot atât cât îl iubesc și eu pe el, dacă nu chiar mai mult. Dar, ca de obicei în tumultoasa noastră poveste de dragoste, nu era momentul să-i spun adevărul, nu acum, când fratele lui era atât de furios pe noi. Preferam să mă disprețuiască decât să-i periclitez siguranța și pacea din familia pe care o iubea atât de mult și fără de care se amăgea că poate să trăiască, atunci când plănuia să-i mărturisească fratelui său adevărul despre noi.

— Mă ajuți să-l țin la distanță de mine? l-am întrebat.

— Nu știu dacă voi putea. Dar aș face orice ca să-l văd liniștit, să nu se mai chinuie, mi-a spus sincer, oftând.

— Eu acum fac doar ce trebuie, Robert.

— Pentru cine?

— Pentru noi toți. Și pentru el, și pentru mine, și pentru tine, i-am spus cu aceeași sinceritate, știind dureros de bine realitatea de care el n-avea habar.

— De parcă ai ști tu ce este bine pentru mine! Și de parcă ți-ar păsa...

— Așa crezi, că nu-mi pasă? l-am întrebat cu tristețe.

— Cred doar ce văd.

— Din contră, nu ar trebui să crezi tot ce vezi.

— Cred că singurele momente în care ai fost sinceră cu mine au fost cele în care am făcut dragoste. Și nici măcar atunci nu ai fost complet sinceră.

Am simțit dintr-odată că mi se face rău, că nu mai am suficient aer, că-mi este foarte cald și greață. Emoțiile pe care le trăiam erau tot ce-mi lipsea. Am deschis portiera și am ieșit din mașină, iar el a venit lângă mine, crezând probabil că vreau să plec.

— Poate ar trebui să te întorci acasă, să nu se trezească Matei și să vadă că lipsim amândoi, i-am spus.

— De ce te temi atât de tare de el?

— Pentru că este instabil emoțional și nu vreau să-i fac și mai mult rău. Robert, nu ți-am cerut prea multe lucruri în tot acest timp, dar acum te rog din suflet doar atât: să mă ajuți și să-l ții pe Matei departe de mine.

— Mi-ai cerut de multe ori – chiar și acum! – cel mai greu și mai imposibil lucru pe care mi-l puteai cere în viața asta: să trăiesc fără tine. Ți se pare puțin?

Am oftat și am întors capul într-o parte, evitându-i privirea.

— N-am venit să te torturez cu reproșuri. După cum bine ai văzut în tot acest timp de când te-ai întors, m-am străduit să nu-ți întunec fericirea.

— Dar de ce ai venit după mine? am vrut eu să știu, așa că am întors din nou capul și l-am privit iar, încercând să aflu în ochii lui răspunsul.

— Ca să aflu ce se întâmplă, să mă asigur că ești bine.

— Voi fi bine.

— Tu chiar ești sigură de decizia ta?

— Da, Robert. Niciodată nu am fost mai sigură, l-am asigurat cu fermitate.

— Mi se pare suspect, m-ai părăsit pentru el, acum îl părăsești iar pe el...

— Am crezut că-l mai iubesc, acum știu sigur că nu-l mai iubesc, i-am dat eu o explicație incompletă.

— Dar pe mine? Pe mine mă mai iubești?

— Pot să nu-ți răspund?

— Nu, Irina. Îmi datorezi asta, fir-ar să fie! Vreau să fii sinceră, dar sinceră! mi-a zis cu o voce care implora pur și simplu.

— Din prima clipă în care mi-am dat seama că te iubesc nu a mai existat nicio secundă, nici măcar una, în care să nu te iubesc. Nici măcar atunci când m-am îndoit de tine, nici măcar atunci când am fost supărată pe tine, nici când m-ai rănit, nici când m-ai dezamăgit, niciodată nu am încetat să te iubesc! i-am mărturisit din tot sufletul, izbucnind în plâns.

El mă privea cu o expresie plină de uimire, iar eu plângeam în fața lui, sinceră după atâta timp în care făcusem jocul murdar al lui Matei.

— Te-am iubit și te voi iubi până la sfârșit, am continuat. Oricât voi greși, oricât voi minți, oricât voi fugi, te iubesc și te voi iubi până la ultima bătaie a inimii mele, i-am spus dintr-o suflare, fără să-mi mai controlez sentimentele.

M-a strâns în brațe și a început să plângă ușor, emoționat de neașteptata și sincera mea declarație de iubire.

— Și, atunci, ce a fost tot jocul acesta cu întoarcerea la Matei? De ce m-ai chinuit atât de mult?!

— Am crezut că așa este bine pentru noi toți, m-am justificat eu, începând din nou să mint.

Câteva clipe m-a ținut în brațe, iar eu abia mă mai puteam abține să nu-i mărturisesc tot adevărul.

— Și acum? Acum ce vom face?

— Nu știu, Robert. Vom încerca să trăim, pur și simplu. Vom merge înainte. Așa cum putem, încercând să ne facem viața mai ușoară și, atât cât se poate, să nu ne rănim unii pe ceilalți – asta ar fi ideal.

Mă ținea strâns lipită de el, iar eu plângeam în brațele lui, dorindu-mi să nu ne mai despărțim niciodată. Dacă aș fi putut, aș fi oprit toată povestea noastră în acel loc, în acel moment, să nu mai fiu nevoită niciodată să plec din brațele lui. Pentru că doar alături de el eram fericită, doar când mă ținea strâns la pieptul lui eram împăcată cu toate și în siguranță.

— Dacă aș ști că într-o zi vom putea fi împreună, peste un an sau peste zeci de ani, te-aș aștepta și te-aș iubi până atunci din ce în ce mai mult, mi-a șoptit cu gura cufundată în părul meu.

— Dar, dacă ai ști că nu vom putea fi împreună niciodată, ce ai face?

— La fel. Aș aștepta. Și aș continua să te iubesc și să sper. Nimeni nu-mi poate lua asta. Speranța ar fi cea care m-ar ține în viață și iubirea mi-ar da puterea să cred că orice e posibil.

Am încercat să mă retrag din strânsoarea brațelor lui, dar el m-a cuprins cu și mai multă putere.

— Atunci când te țin în brațe, am impresia că îmbrățișez viața, nu doar un om pe care-l iubesc, mi-a mai zis cu o voce plină de dragoste nesfârșită.

Acum ții în brațe două vieți, iar una este a copilului nostru, am gândit fericită.

Aveam senzația că fiecare secundă în care-i ascundeam faptul că va deveni tată era o secundă pe care i-o furam din viață. Mă simțeam cumplit de vinovată, dar nu-i puteam spune nimic despre copilul nostru. În acel moment, ar fi fost o greșeală care ar fi putut să ne coste scump – și pe el, și pe mine.

Am ales tăcerea. L-am strâns în brațe cât de tare am putut și l-am sărutat. A rămas privindu-mă cum mă îndepărtam. Când am intrat în mașina Simonei, am găsit-o plângând foarte tare.

— Ce filme, ce cărți, uite aici poveste, și-a justificat ea criza sentimentală, udată din belșug cu lacrimi. Viața bate orice film...

— Haide să mergem acasă! i-am zis cu vocea tremurând.

Robert a venit lângă portiera ei, iar ea a deschis imediat geamul.

— Ai grijă de ea, te rog, i-a spus el rugător.

— Voi avea, i-a promis Simona. Să ai și tu grijă de tine. Și să nu ne uiți.

El s-a aplecat, ea s-a întins ca să o pupe pe obraz, apoi a pornit mașina și am plecat lăsându-l acolo singur, în noapte, privind în urma noastră.

Nu exista om care să-l cunoască pe Robert și să nu-l iubească. Era bun cu toți, era un prieten mereu prezent, atent la nevoile fiecăruia și foarte generos. Nu exista problemă pe care Robert să nu o poată rezolva, putea fi sunat și în toiul nopții, niciodată nu refuza pe cineva. Era genul de om care mânca ultimul, abia după ce se asigura că s-au săturat toți ceilalți. Știa ce probleme are fiecare, știa povestea de viață și necazurile celor apropiați, era genul de prieten care nu aștepta să fie sunat, găsea timp să-i sune pe toți și să-i întrebe ce mai fac, dacă sunt bine și dacă au nevoie de ceva. Bineînțeles că și Simona îl iubea foarte mult.

— Nu știu dacă îți dai seama, dar viața noastră se învârtește doar în jurul tău, mi-a spus ea oftând. Și a mea, și a lui Robert. Parcă am fi sateliții tăi... Dar nu e rău, cel puțin pentru mine e minunat, știu că așa pot fi lângă tine mereu, mai ales că ți se întâmplă atâtea și că ai nevoie să nu fii singură... Iar de Robert ce să mai zic? El ar fi fericit să poată fi în locul meu și să nu se mai desprindă de tine niciodată...

— Îmi promiți că, orice se va întâmpla, îi vei rămâne mereu prietenă lui Robert?

— Promit, mi-a zis ea solemn.

Am ajuns la apartamentul meu din Brașov pe la ora cinci dimineața. Aș fi vrut să-mi despachetez bagajele, dar Simona nu m-a lăsat și mi-a reamintit că ar trebui să mă odihnesc și să fiu mai responsabilă în privința odihnei, alimentației și a stresului. Am dormit amândouă până aproape de prânz și, când ne-am trezit, m-am mirat că Matei nu mă sunase și nu-mi trimisese niciun mesaj. Era ciudat din partea lui, după toată discuția.

Am sunat-o pe Oli ca să aflu ce face fetița și m-am bucurat când am aflat că nu era supărată, că reușise să-i spună că am plecat cu treburi și copilul era liniștit. I-am cerut iertare pentru că am plecat fără să-i spun, iar ea mi-a răspuns că tot ce își dorește este să fim bine cu toții. Se săturase de atâtea tensiuni, de atâtea plecări și mă bucuram că nu știa toate dramele care avuseseră loc în casa aceea, probabil că i-ar fi dat toată lumea peste cap dacă ar fi aflat ce se întâmplă cu adevărat dincolo de toate zâmbetele noastre și de aparențele de normalitate pe care le creasem și pentru ea.

I-am trimis un mesaj lui Robert și l-am întrebat care este atmosfera, dar nu mi-a răspuns. Când am văzut că a trecut aproape o jumătate de zi și nu-mi răspunde, îngrijorată, l-am sunat.

— Nu pot vorbi mult, mi-a spus repede. Avem o problemă la firmă și trebuie rezolvată.

— Ce problemă? am întrebat cu un presentiment urât.

— Se pare că am făcut eu o greșeală și avem o eroare mare în contabilitate...

— Spune-i că se va rezolva până ajunge ea înapoi acasă, l-am auzit pe Matei strigând.

Când l-am auzit, am înlemnit. Era cât se poate de clar, Matei trecuse la represalii în urma plecării mele, așa cum spusese că va face...

— Mi-l poți da pe Matei la telefon?

— Da, imediat.

— Ce faci, iubita mea? mi-a spus Matei părând foarte relaxat.

— Ce se întâmplă la firmă, ce probleme aveți? l-am întrebat, încă sperând că nu este o înscenare, ci chiar o problemă, cum sunt mereu, în toate firmele.

— Se pare că, atunci când Robert era îndrăgostit de tipa din Germania, a încurcat niște lucruri, dar le rezolvăm. Tu ce faci? Cât stai la Brașov? mi-a zis cu o voce insinuantă, aparent nepăsătoare. Și tocmai de aceea periculoasă.

— Toată viața, i-am răspuns cu tot calmul de care eram în stare, dată fiind situația.

— Bagă-ți mințile în cap și vino acasă. După cum observi, eu nu mă joc, mi-a spus confirmându-mi bănuielile.

Așadar, începuse să pună în aplicare planul de a-l distruge pe Robert dacă nu-i urmez întocmai toate instrucțiunile...

Capitolul 16

Mi-am dat seama că ieșise din birou ca să nu-l audă fratele lui amenințându-mă.

— Nu mă voi întoarce. N-ai decât să faci ce vrei, am continuat eu să fiu fermă, sperând că nepăsarea mea jucată îl va aduce cu picioarele pe pământ și-l va opri din nebunia pe care o declanșase. Și, mai ales, dorindu-mi din tot sufletul să pună punct planului oribil de răzbunare pe care-l pusese la cale împotriva lui Robert.

Am închis apelul și am încercat să rămân calmă. Știam că au contabili foarte buni în firmă și că Robert verifica totul, că nu avea cum să nu rezolve problema provocată de Matei, probabil doar ca să mă sperie pe mine și să mă aducă înapoi la Snagov.

— Acum îmi pare rău că nu l-am înregistrat pe Matei amenințându-mă, i-am spus Simonei disperată.

— Nu este târziu nici acum. Putem înregistra apelurile telefonice. Sau să montăm o cameră video aici și să-l chemi să aveți o discuție.

— Acum e târziu pentru asta, Matei e foarte precaut, se așteaptă la așa ceva, mai ales după faza cu reportofonul, i-am spus eu clătinând din cap cu neîncredere.

— Poate că nu trebuia să plecăm de la el până când nu aveai niște probe pe care să le poți arăta la nevoie.

— Și cui să le arăt? Elvirei? Doamnei Polixenia? Lui Oli? Merită oamenii aceia să-i întristez cu așa ceva, să le distrug iluzia că Matei este omul minunat pe care ei îl iubesc și care le-a împlinit toate așteptările?

— Ba eu chiar cred că ar trebui să știe toți cine este Matei, mi-a zis furioasă prietena mea.

— Chiar dacă vor afla, sunt oameni din familia lui, nu-l vor iubi mai puțin. Iar pe mine nu mă vor putea ajuta cu nimic. Și atunci, la ce bun?

În ziua următoare Matei m-a sunat și mi-a cerut să merg la Snagov, la ziua mamei lui. În fiecare an, de ziua ei, organiza o masă la ea acasă, unde invita toată familia și pe cei mai apropiați prieteni. Să lipsească cineva din familie de la acest eveniment era de neconceput, chiar și doamna Polixenia, care nu-i putea tolera pe invitații fiicei ei, cobora din camera sa și suporta cu stoicism toate discuțiie frivole, laudele și bârfele despre alții. Trebuia să fim cu toții îmbrăcați la patru ace și să fim amabili de dragul Elvirei, care ținea foarte mult la acea chermeză, devenită de mult tradiție în familie.

Pentru masa de ziua ei, Elvira angaja întotdeauna un chef bucătar care lucra la un restaurant renumit din București, iar acesta venea cu o armată de oameni, care umpleau bucătăria și pregăteau, într-o harababură de nedescris pentru un ochi neavizat, tot felul de preparate sofisticate, aperitive, prepelițe, foie gras și alte bunătăți cu care ea încerca să-și impresioneze musafirii în fiecare an.

I-am răspuns lui Matei foarte liniștită că eu nu voi merge la ziua mamei lui, iar acesta mi-a spus că nu are chef să le dea explicații tuturor când îl vor întreba de ce nu am venit și eu.

— Poate că a sosit momentul să spui și tu o dată adevărul, să le comunici oficial că ne-am despărțit.

— Tu nu înțelegi că nu am chef de asemenea discuții, de întrebări și de păreri?

— Nici eu nu am chef să mă prefac că fac parte din familia voastră, i-am răspuns și eu cu indiferență.

— Voi trimite vineri după-amiază un șofer să te aducă. Sâmbătă este petrecerea.

— Nu voi veni! Nu voi veni, ce nu ți-e clar? i-am spus răspicat, ca o sentință.

— Dacă nu vii, voi avea grijă ca prietena ta Simona să nu primească în veci viza pentru America!

Nu mai suportam să-i aud amenințările, eram sătulă de ele până peste cap. Am închis apelul, apoi am închis telefonul de tot. Am scos și telefonul fix din priză și am rugat-o pe Simona să-și închidă și ea telefonul, măcar o zi să nu ne mai poată suna Matei și să ne deranjeze cu toate aberațiile și planurile lui de a-i distruge pe oamenii pe care-i iubeam.

Astfel, am avut liniște în ziua aceea, am făcut amândouă ordine în apartament, am vizitat-o pe mama, care ne-a pregătit o senzațională tocăniță de ardei copți, cum numai ea știe să facă, iar seara ne-am întâlnit cu câțiva prieteni pe care nu-i mai văzusem de mult, am depănat amintiri și m-am simțit ca pe vremuri – lipsită de griji și fericită cu foarte puțin. Însă, când am ajuns acasă, după miezul nopții, în fața blocului mă aștepta un bărbat necunoscut, de care și eu și Simona ne-am speriat în momentul în care m-a abordat. Mi-a spus că are un colet pentru mine și mi-a înmânat un pachet mic și destul de ușor. Am urcat în casă și am desfăcut pachetul în care se afla un telefon mobil, care a început să sune de îndată ce l-am scos din ambalaj.

Pe ecranul telefonului am văzut numele „Matei".

Am răspuns.

— Ce vrei, dobitocule? l-am întrebat, enervată că, până la urmă, îmi strica ziua aceea plină de pace și de întâmplări frumoase.

— Am crezut că ți s-a stricat telefonul și ți-am trimis altul. Dacă-l închizi și pe acesta, voi veni personal și să vezi circ ce voi face acolo, mi-a replicat el cu un calm care nu prevestea nimic bun.

Mi se părea că trăiesc un coșmar fără de sfârșit.

— Ce vrei, Matei?

— Să mă asigur că vineri seara vii la Snagov, ca să mergem sâmbătă la ziua mamei.

— Dacă mă obligi să vin, te voi face de rușine de față cu toți și voi strica toată petrecerea mamei tale, i-am zis hotărâtă.

— Merită mama să-i faci așa ceva?

— Dar un fiu ca tine merită mama ta? Nu merită, știu bine, și totuși tu nu vrei să fii altfel! Așa cum tu te răzbuni pe oamenii nevinovați pe care-i iubesc, mă voi răzbuna și eu, folosindu-i pe cei iubiți de tine. Vrei război, război va fi! Și eu pot, nu doar tu, așa să știi, i-am promis eu foarte liniștită.

— Te aștept. Vineri, după prânz, va veni cineva după tine. Poți să-ți iei și dulăul cu tine, mi-a spus referindu-se la Simona. Cesarei îi este dor de ea. Copil nevinovat...

— Nu voi veni, Matei.

— După petrecere, îți promit că te las să te întorci la Brașov.

— Mă lași? Dar cine ești tu ca să mă lași să fac sau să nu fac ceva?

— Chiar vrei să-ți arăt cine sunt? m-a avertizat iritat.

— Dacă nu încetezi cu amenințările, te voi reclama la poliție. Voi depune plângere împotriva ta pentru amenințări și hărțuire! i-am răspuns.

A izbucnit într-un râs batjocoritor.

— Bine, frumoaso. Ne vedem vineri.

Încercam din răsputeri să nu mă consum, să fiu cât se poate de calmă și să găsesc o soluție ca să scap de el, pur și simplu, depășise toate limitele. Aș fi vrut să o sun pe mama lui, să-i povestesc că fiul ei nu mă lasă în pace și să o rog să intervină, dar era o oră prea târzie, în plus, o asemenea discuție nu se putea purta la telefon, ci numai față în față.

Am decis să merg la Snagov și să vorbesc cu ea, să-i mărturisesc că nu-l mai iubesc de mult pe fiul ei, dar că el nu vrea să accepte asta și mă forțează să rămân lângă el. Și, dacă nici ea nu va reuși să-l convingă să mă lase în pace, voi fi nevoită să-l reclam la poliție – în starea aceea mă adusese prin comportamentul lui aberant.

— Îi vei spune tot adevărul și despre Robert? m-a întrebat Simona gânditoare.

— Nu, nu vreau să-l implic pe Robert. Nu vreau să cadă vina pe el, nu vreau să creadă nimeni că Robert a intervenit în relația mea cu Matei și că de aceea nu a funcționat... Pentru că nici măcar nu este așa, Matei mă îndepărtase deja din cauza felului cum mă tratase – ca pe un trofeu, ca pe o prostuță. Ceea ce simțeam pentru el a început să dispară încetul cu încetul și din cauza multiplelor lui derapaje. Inclusiv pentru că mă înșela mereu.

Cu Robert am vorbit doar de două ori în săptămâna aceea, cu toate că el mă suna de câteva ori pe zi. Eram convinsă că Matei îi urmărea lista de apeluri telefonice și nu voiam să vadă că vorbeam prea mult cu fratele său. O suna și pe Simona, dar și ea era destul de laconică, știind că Matei putea bănui că Robert mă suna pe telefonul ei.

Mă așteptam ca, în vinerea în care trebuia să vină un șofer să ne ducă la Snagov, Matei să-l trimită pe același bărbat care-mi adusese telefonul mobil, dar, surprinzător, l-a trimis pe Robert. M-am bucurat când m-a sunat și mi-a spus că pleacă spre noi, iar când ne-am întâlnit în fața blocului, i-am sărit în brațe.

— Să înțeleg că ți-a fost dor de mine? m-a întrebat pupându-mă apăsat pe buze.

— Foarte dor.

— Și, atunci, de ce nu-mi răspunzi la telefon?

— Văd că nu vă mai puteți dezlipi unul de celălalt, poate vreți să mergeți puțin în casă, eu îmi fac de lucru pe aici cu bagajele, ne-a sugerat Simona, zâmbind cu subînțeles.

Robert mi-a dat drumul din îmbrățișare și a luat repede gențile din mâinile Simonei.

— Și câinele? Unde e? a întrebat Robert, văzând că nu luam și cățelușa cu noi.

— La mama.

— Păi, parcă mama ta nu era de acord să țină un câine în casă...

— Nu era, dar dimineață ghici ce făcea? Ouleț fiert pentru câine, i-am spus râzând. Tare m-aș mira să nu-mi spună că nu mi-l mai dă înapoi...

Robert a băgat gențile în portbagaj, apoi a îmbrățișat-o și pe Simona.

— Doar câte o geantă aveți? Să înțeleg că v-ați luat doar cosmetice? ne-a întrebat el zâmbind.

— Nu vom sta mult, va fi doar o plimbare de weekend, i-am spus convinsă.

— Mai vedem.

Ne-am urcat în mașină și am pornit spre Snagov, iar pe mine mă îngrozea gândul că îl voi vedea pe Matei, dar eram hotărâtă să-i fac viața imposibilă și să mă răzbun dacă tot mă forța să merg la el.

Pe drum nu am discutat decât generalități, am cântat și Simona ne-a distrat spunându-ne bancuri. Mă gândeam că era posibil ca Matei să fi instalat vreun dispozitiv de înregistrare în mașina lui Robert și trebuia să fiu precaută cu discuțiile și reținută în declarațiile de iubire față de Robert, așa că impusesem o altfel de atmosferă, una amicală, pe motiv că e și Simona de față și că nu e frumos să o excludem din conversații, doar ca să ne declarăm iubirea.

Când am ajuns la Snagov, Matei ne-a întâmpinat în curte, dar, când a întins mâinile să mă îmbrățișeze, l-am ocolit ca pe o statuie și am intrat în casă, nerăbdătoare să le văd pe Cesara, pe Oli și pe Sandra. Pe masa din living mă aștepta un buchet uriaș de trandafiri albi, dar m-am prefăcut că nu-l văd. Oli ne aștepta cu cina și am mâncat cu toții, dar la masă l-am ignorat cu desăvârșire pe Matei, care a încercat în fel și chip să converseze cu mine, dar fără succes.

Nemulțumit de purtarea mea, a așteptat un moment în care, după cină, am rămas singuri în bucătărie și mi-a spus, folosind un ton autoritar și amenințător, că mă așteaptă să dorm cu el.

— Voi dormi cu Simona, i-am spus liniștită.

— Nici măcar nu mă privești, mi-a reproșat. Atât de îngrozitor sunt?

— Nu sunt atât de puternică încât să pot privi oameni care îmi provoacă repulsie.

— Repulsie? Cândva mă adorai...

— Cândva credeam că meriți, că ești altfel. Acum știu exact cine ești.

— Sunt același om, doar ți se pare că sunt altfel. Iar dacă am ceva rău în plus, ți se datorează.

— Așa te consolezi tu? Dând vina pe alții pentru mizeria din tine? Ce simplu e, nu-i așa? Bine că am aflat cum faci să te mai suporți.

S-a rezemat de ușă și mă privea cum puneam tacâmurile uscate în sertar. Când a văzut că îl ignor, s-a apropiat de mine și a încercat să mă îmbrățișeze, dar l-am respins. S-a enervat și a încercat din nou, dar l-am împins cu putere și hotărâtă m-am îndreptat către ușă.

— Să nu mă mai atingi. Nu te suport, l-am avertizat.

În noaptea aceea, am dormit cu Simona în camera ei. Știam că Matei va încerca să se apropie de mine și nu ne-am mirat când a început să mă caute prin casă în miez de noapte. Când a intrat în camera Simonei, eu dormeam deja, iar ea se uita la televizor. L-am auzit ca prin vis deschizând ușa și pe Simona spunându-i că voi dormi cu ea. Matei i-a urat supărat noapte bună, iar ea s-a ridicat și a încuiat imediat ușa în urma lui.

Nu m-am trezit, ci am căzut într-un somn adânc, până când, la un moment dat, am simțit că sunt îmbrățișată.

— Nu te trezi, mi-a șoptit Robert.

— Unde e Simona?

— La mine în cameră. Am făcut schimb.

— Matei umbla prin casă mai devreme, l-am anunțat.

— Matei doarme și noi oricum am încuiat ușile.

— Îmi este foarte sete...

Robert a aprins veioza, mi-a dat sticla cu apă pe care o aveam pe noptieră, iar eu am băut jumătate din ea, cu poftă, fără să deschid ochii, evitând lumina. Apoi i-am dat sticla, el a pus-o la loc și a stins lumina.

— Mi-a fost atât de dor de tine! i-am șoptit.

— Și mie, Irina...

— Spune-mi că nu este foarte târziu, că mai avem multe ore până dimineață, i-am zis de parcă ar fi putut să-mi împlinească această dorință...

— Este abia ora două.

M-a sărutat, iar eu m-am cuibărit fericită în brațele lui. În noaptea aceea a plouat torențial, cu tunete și fulgere, dar pentru noi o furtună nu conta deloc, atâta timp cât eram împreună. Ne-am iubit mult, cu dor și disperare, fără să reușim să ne săturăm unul de celălalt și fără să ne mai pese că Matei dormea la câțiva pași distanță de noi, de parcă am fi fost singuri pe lume, doar noi, dragostea noastră și natura dezlănțuită...

Am adormit amândoi abia spre dimineață și, dacă Simona nu l-ar fi sunat pe Robert înainte să se trezească ceilalți, ne-am fi răsfățat cu un somn lung și ne-am fi dat jos din pat cine știe când – cu siguranță, foarte târziu.

— Te iubesc, mi-a spus când m-a sărutat, înainte să plece în camera lui.

— Eu mai mult. Până la sfârșit...

Ne-am mai îmbrățișat o dată, i-a mulțumit Simonei și a plecat, dar numai după ce aceasta s-a asigurat că nu e nimeni pe hol și că nu-l vede nimeni ieșind din camera ei.

— Doamne, cum a plouat toată noaptea! a exclamat Simona când s-a așezat pe pat lângă mine.

— Ai reușit să dormi?

— Cum să dorm, cu tunetele alea? Îmi venea să mă bag sub pat. I-am controlat camera lui Robert, m-a anunțat ea încântată.

— De ce? am întrebat-o uimită.

— Să văd dacă nu cumva nebunul ăla i-a montat ceva camere video, microfoane...

— Ah, da, corect. Și? Ai găsit ceva suspect?

— Nimic. M-am uitat și în lustre, și sub pat, nimic.

— Ce nebună ești! am izbucnit eu în râs.

— Păi, n-ai încotro aici, a ridicat ea din umeri.

— Dar camera asta ai verificat-o?

— Bineînțeles! Poți să fii sigură de asta! Și o voi verifica de fiecare dată când voi veni aici. La fel și camera ta.

M-am băgat la loc în pat și am dormit până târziu, profitând de faptul că era sâmbătă și că toți cei din casă obișnuiau să doarmă mai mult în weekend.

Când am coborât la micul-dejun, Olga, bona-manechin-ispită, tocmai pleca împreună cu Cesara la un spectacol pentru cei mici, care se ținea la Palatul Copiilor. Am îmbrățișat-o pe micuță și i-am spus că o iubesc, iar ea mi-a spus încântată că abia așteaptă să vină acasă, să ne jucăm împreună.

Matei și Robert erau deja la masă, iar când ne-a auzit vorbind, a venit și Sandra. Adoram diminețile în casa aceea și mă gândeam cu tristețe cât de dor îmi va fi să iau micul-dejun cu oamenii care deveniseră lumea mea, bună, rea, dar una familiară și pe care o iubeam...

Oli a vrut să-mi toarne cafea în ceașcă, iar pe Simona a luat-o gura pe dinainte:

— Nu mai are voie să bea cafea.

În acel moment, Matei, Robert și Sandra și-au îndreptat privirile spre mine.

— Mi-am impus să țin un regim strict, le-am spus, încercând să-mi păstrez calmul.

— Fără cafea? s-a mirat Sandra. Cu toate că mereu o bei fără zahăr?

— Da, este un regim de detoxifiere.

— Sau ești gravidă? a insistat Sandra zâmbind.

În acel moment, oricât de mult mi-aș fi dorit să nu mă dau de gol și să păstrez secretul, m-am înroșit.

— Ești! a exclamat Sandra încântată. Eram sigură că nu de la pepene ți-a fost rău atunci!

Matei a înlemnit, în timp ce Robert mă studia cu atenție. În acel moment, mi-am dat seama că nu aveam de ce să mai ascund că eram însărcinată, că era viața mea, dreptul meu să o trăiesc așa cum doresc, că nu trebuia să mint și nici să-mi pese de ce gândesc sau simt ceilalți, pentru că eu aleg ce vreau să fac cu ea.

— Da, sunt gravidă, am spus calmă, moment în care Matei aproape s-a înecat cu gura de cafea pe care o sorbise, doar ca să-și ascundă surprinderea față de cei prezenți de la masă.

Simona m-a privit dezaprobator, iar Robert mă privea insistent. Eu însă nu am avut curaj să-i înfrunt privirea. Oli, fericită de o asemenea veste, m-a pupat și m-a îmbrățișat încântată, apoi Sandra s-a ridicat și a venit lângă mine să mă felicite. M-a pupat și ea, apoi l-a pupat și pe Matei, spunându-i cu nevinovăție și naivitate:

— Felicitări, tati! De când îți dorești tu un frățior pentru Cesara!

Nu m-am așteptat ca Matei să recunoască în fața tuturor că nu avea cum să fie el tatăl copilului meu, că noi doi doar ne-am prefăcut că suntem un cuplu de când mă întorsesem în casa aceea, dar nici să zâmbească și să joace teatru, arătându-se fericit, nu mă așteptam.

— Iubita mea, așa se fac surprizele? m-a întrebat el, dând să-mi pupe mâna. Însă m-a strâns atât de tare de mână, încât abia am reușit să nu țip de durere și să nu-mi dea lacrimile. Și, pentru prima dată de când îl cunoșteam, am văzut cu adevărat ură în ochii lui.

— Da, așa se fac. De la tine am învățat, i-am spus zâmbind la fel de fals ca el, făcând pe inocenta.

Era atât de nervos, încât i se zbăteau vizibil toți mușchii obrazului stâng – ceea ce i se întâmpla mereu când era în culmea furiei –, dar a reușit să se adune imediat și m-a pupat pe obraz.

Robert privea în jos, în farfurie, iar când ni s-au întâlnit privirile, probabil arătam ca fiind cel mai vinovat om de pe pământ.

— Duceso, oare Robert de ce nu te-a felicitat? a întrebat Matei.

— Vrei să spui „Majestate”, i-a replicat Robert privindu-l serios.

— Eu îi voi spune „ducesă”, tu n-ai decât să-i spui cum vrei. Sau cum vrea ea. Se pare că tu mereu faci doar ce vrea ea, n-a pierdut el ocazia de a trimite o săgeată otrăvită înspre fratele lui.

— Și ai o problemă cu asta? l-a înfruntat Robert direct și foarte serios, privindu-l fix în ochi.

— Nu, de ce aș avea? Doar că mă așteptam să ne felicIți că vom deveni părinți, a făcut Matei pe nevinovatul.

— Felicitări, Majestate! Felicitări, Matei! a spus el zâmbind, dar cu un ton sarcastic, pe care nu a reușit deloc să-l mascheze.

Sandra și Oli au sesizat tensiunile de la masă și preț de câteva minute s-a lăsat o liniște apăsătoare, toți mâncau preocupați, privind doar în farfuriile lor. Probabil că Sandra se simțea vinovată că m-a deconspirat și că ne-a stricat momentul, crezând, poate, că eu aveam alt plan pentru a-i da minunata veste lui Matei.

— Trebuie să facem o plimbare doar noi doi, mi-a spus Matei cu un ton drăgăstos. Avem nevoie de un moment al nostru, după o asemenea veste minunată...

— Nu, a spus Simona. Nu aveți timp, trebuie să se pregătească pentru petrecere.

— Petrecerea este diseară, i-a răspuns tăios Matei.

— Ea trebuie să se odihnească, a insistat prietena mea.

— Știu, ieșim doar câteva minute, ne vom plimba pe lângă lac, chiar vreau să fiu doar cu mama copilului meu, a spus el categoric, pe un ton care nu mai admitea nicio replică.

— Știi bine că nu este copilul tău, l-am lovit cu adevărul în fața tuturor.

Ceilalţi şi-au îndreptat imediat privirile spre mine şi o tăcere grea s-a lăsat la masă. Toată lumea îngheţase.

— Nu vă îngrijoraţi, ştiţi bine că iubita mea avea crize şi înainte să intervină problemele hormonale, darămite acum, m-a scuzat Matei zâmbind, încercând din răsputeri să pară relaxat.

— Ştii, Matei, cred că ajunge cât i-am minţit pe aceşti oameni. Nu merită asta, am continuat eu.

— Încetează cu circul, Irina, mi-a scurtat-o el nemulţumit. Probabil că nici măcar nu eşti gravidă...

— Ba sunt. Şi nu este copilul tău, l-am asigurat eu foarte senină şi cât se poate de serioasă, fără niciun zâmbet.

— De ce faci asta?

— Dar tu de ce îţi minţi familia? Oamenii aceştia sunt familia ta, te respectă şi ţin la tine. Merită să ştie adevărul despre tine, nu să-i înşeli în fiecare clipă şi să joci rolul băiatului minunat cu viaţă perfectă, care nu dă greş niciodată! am continuat eu fără milă.

— Haide sus să stăm de vorbă!

Apoi, cu un aer furibund, s-a ridicat brusc şi m-a prins de mână.

— Ia mâna de pe ea, că te omor, l-a avertizat Simona sărind de pe scaun.

— Matei, te rog să te calmezi, i-a spus şi Robert, încercând să-şi păstreze calmul.

M-am ridicat şi eu şi l-am luat de mână.

— Staţi liniştiţi, chiar trebuie să discut cu el, le-am spus zâmbind în sfârşit.

Am pornit spre camera mea, iar el m-a urmat. Nu-mi mai era teamă de el, aveam în mine toată puterea din lume: pe copilul meu.

Matei era atât de şocat, încât, de îndată ce am intrat în camera mea, şi-a pierdut tot aerul bătăios de mai devreme şi s-a aşezat sleit de puteri pe colţul patului. A stat tăcut câteva minute, în timp ce eu m-am așezat pe fotoliu și l-am privit fără să clipesc. Nu se uita la mine, ci în pământ.

— Al cui este copilul? m-a întrebat când a reușit să-și ridice ochii spre mine.

— Chiar nu te privește. Este copilul meu și atât.

— Răspunde-mi, Irina, nu mă mai chinui! m-a atenționat el furibund, încercând din răsputeri să se controleze.

— Ești sigur că vrei să afli? Pentru că nu o să-ți placă deloc răspunsul.

— Zi-mi odată!

— Al lui Angel, i-am spus senină, privindu-l în ochi cu mult curaj.

S-a ridicat brusc și a vrut să vină să mă lovească, probabil, dar s-a oprit la timp în fața mea. S-a întors apoi, s-a așezat înapoi pe pat, iar eu am continuat să-i înfrunt privirea. Tremura incontrolabil.

— Ai spus că între tine și Angel nu a fost nimic, a șuierat printre dinți.

— Și așa a fost, dar am avut un moment de slăbiciune și uite că până la urmă s-a întâmplat...

— Moment de slăbiciune? Și când ai momente de slăbiciune te culci cu oricine îți iese în cale?

— Dar ce, eu nu sunt om? Nu mi-e permis să fiu slabă, să simt nevoia să fiu iubită? M-ai ținut aici ca într-o închisoare! Iar Angel nu este oricine și nu e ca și cum abia îmi ieșise în cale...

— Dar nici prieten nu-ți este, așa cum m-ați aburit amândoi!

— Ba chiar îmi este prieten și asta nu se va schimba, l-am lămurit eu imediat.

— Sigur nu este copilul lui Robert?

— Cum ar putea fi al lui Robert? Eu și el abia ne vorbim de când m-am întors aici, n-ai văzut? Mă urăște, am încercat eu să-l liniștesc, înțelegând că asta era pentru el o problemă mai mare decât să știe că e al altcuiva.

— De ce te-aș crede?

— Dacă nu mă crezi pe mine, întreabă-l pe el! Dă odată toate cărțile pe față, spune-i că ai aflat despre noi, nu vezi că nu-mi mai pasă de nimic? Ți-am zis că, dacă mă forțezi să vin aici, nu o să-ți placă?!

— Și ai rămas gravidă cu Angel accidental sau sperând că vei scăpa de mine?

— Accidental, desigur. Nu m-aș juca cu așa ceva, nici măcar pentru a te face pe tine să mă urăști.

— Angel știe? m-a mai întrebat el cu o privire întunecată.

— Nu. Și nici nu vreau să afle, nu vreau să mă leg pe veci de el și nici să-i complic viața. Și sper că nu vei fi atât de imbecil încât să-i spui vreodată, l-am avertizat eu.

— Doamne, ce-mi faci tu mie...

Câteva clipe nu a mai spus nimic. A privit în jos, îngândurat, ținându-se cu mâinile de marginea patului, de parcă i-ar fi fost frică să nu cadă, secerat de lucrurile pe care le afla.

— Angel a reușit, până la urmă, să-mi plătească totul cu aceeași monedă, a spus resemnat. Eu am lăsat-o gravidă pe iubita lui, el, pe a mea. Ți-am spus că te va folosi! a concluzionat el.

— Nu a fost niciun act de răzbunare și nu m-a folosit deloc. Eu l-am folosit pe el. În atâția ani de când ne cunoaștem, a avut ocazia să mă seducă de multe ori, dacă asta ar fi vrut, să știi. Și chiar știi. De data aceasta, eu am fost cea care a vrut, efectiv, am avut un moment pe care acum, recunosc, îl regret.

— Și ce vei face, vei păstra sarcina?

— Copilul, i-am replicat eu apăsat. Este un copil, nu o sarcină. Și, da, îl voi păstra, este copilul meu. Este un suflet care m-a ales să-i fiu mamă.

— Termină cu tâmpeniile tale, mi-a zis furios.

— Tu să termini!

— Dovedește-mi că nu este copilul lui Robert!

— Poftim? Nu sunt datoare să-ți dovedesc ție nimic, dar, ca să te liniștești și să poți avea o relație bună în continuare cu fratele tău, îți voi dovedi. Se poate face test de paternitate acum? Sau doar peste câteva luni?

Am reușit să fiu foarte convingătoare și eram decisă să fac orice numai să nu afle că Robert era tatăl copilului meu.

— Mergem la medic acum, amândoi, mi-a spus.

— Perfect, am fost eu imediat de acord.

M-am ridicat, mi-am luat geanta, iar Matei s-a dus până în camera lui. Simona aștepta în fața camerei mele și, de îndată ce a ieșit Matei, a intrat și a închis ușa.

— Ce naiba faci? m-a întrebat îngrijorată, albă la față ca varul.

— Te rog să-l suni urgent pe Angel și să-i spui că, indiferent ce-i voi scrie sau îi voi spune la telefon, îl implor să-mi facă jocul.

— Bine, dar ce joc, ce se întâmplă?

— I-am spus lui Matei că am rămas însărcinată cu Angel.

— Doamne, ce nebună ești!

Simona era perplexă și nu mai pricepea nimic.

Matei a revenit în camera mea și mi-a spus că a vorbit cu un medic și că ne așteaptă la București, la clinică.

— Vin cu voi, a spus Simona.

— Nu, Simona, stai liniștită, i-am spus.

— Ăsta e în stare să-ți facă rău! a strigat ea îngrijorată.

— Nu-i voi face nimic, i-a spus Matei calm. Vreau doar să mă conving că este gravidă. Va fi strict un control de rutină, i-a zis el ca să o liniștească.

— Dacă îi faci ceva, dacă îi atingi măcar un fir de păr, nu doar că va afla toată familia ta ce ticălos ești, aduc poliția, presa și te distrug! a amenințat Simona, fără să mai glumească deloc.

— Nu fi paranoică, nu i-aș face nimic rău. Și mai scutește-mă, numai crizele tale nu-mi lipsesc acum! a sărit și Matei în sus, enervat de suspiciunile prietenei mele.

Am plecat împreună de acasă, lăsând-o pe Simona îngrijorată și disperată, și am trecut prin fața lui Robert și a Sandrei, care stăteau de vorbă în living. Matei discutase cu un medic care avea o clinică privată și care, deși era liber în ziua aceea, a venit special să mă consulte. După o scurtă discuție, medicul m-a consultat. Ne-a felicitat pe amândoi și ne-a spus că sarcina mea are șapte săptămâni. Știam că Matei calcula în minte ca să vadă dacă mă întâlnisem cu Angel în perioada aceea, iar eu am căutat să-mi amintesc o ocazie în care plecasem singură de acasă și care să se potrivească bine cu perioada în care rămăsesem însărcinată. Totul coincidea cu o zi anume, în care mă certasem cu Matei după ce acesta aflase că am fost la Angel. Era cum nu se poate mai bine!

Când am ieșit din clinică, m-am temut că Matei va deveni agresiv, dar nu a fost așa. Era extrem de nervos, dar se străduia să nu-și iasă din fire, se vedea că face eforturi să se liniștească. Mi-a deschis portiera mașinii și, când a urcat lângă mine, nu a pornit motorul, ci a stat tăcut, privind înainte la oamenii care, preocupați de ale lor, treceau pe stradă și pe lângă mașină, fără să aibă nicio idee despre drama noastră, care avea loc atât de aproape de ei.

— Credeam că m-ai adus aici pentru un test de paternitate, de ce nu l-am făcut?

— Taci, Irina, mi-a zis printre dinți. Îmi vine să te omor...

— Tu crezi că, dacă m-ai ucide, mi-ar fi mai rău decât mi-a fost în viața lângă tine? i-am zis cu tristețe.

— Când ai fost la Angel? m-a întrebat, de parcă nici nu ar fi auzit ce-i spusesem.

— Am fost de multe ori la el, nu doar o dată.

— Ce nenorocit e! Și tu cât de proastă ai fost să te lași folosită de el...

— Tu nu înțelegi că eu am fost cea care l-a provocat?

— Scrie-i un mesaj. Acum. Ceva legat de faptul că te-ai culcat cu el. Că regreți, că a fost o greșeală... mi-a zis pe un ton categoric.

— Doar dacă-mi promiți, dacă-mi juri că nu-i vei spune niciodată despre copil.

M-a studiat cu atenție, apoi mi-a răspuns:

— Nu i-aş da niciodată satisfacţia asta. Şi nici nu l-aş vrea legat de tine pe veci.

Am luat telefonul mobil, sperând că Simona apucase să-l avertizeze pe Angel și felicitându-mă în gând că i-am anticipat mişcările lui Matei. *Cât de bine îl cunoşteam!*

— Ce vrei să-i scriu?

— Nu ştiu, formulează un mesaj în care să-i spui că regreţi că ai stricat o prietenie pentru un moment de slăbiciune, cum ai spus mai devreme, naiba să te ia...

Știind că n-am nicio șansă să-l fac să renunțe la ideile sale, i-am scris lui Angel.

Mă tot gândesc la acea zi în care am fost slabă și vulnerabilă și sper că rătăcirea mea nu a stricat prietenia dintre noi.

I-am arătat mesajul lui Matei, iar el mi-a făcut semn, fluturând degetele în fața mea, că pot să-l trimit. Am așteptat amândoi răspunsul lui Angel, care a venit după puțin timp.

Nimic nu poate strica prietenia dintre noi, stai liniștită.

— Asta nu-mi dovedește nimic, a spus Matei nemulțumit de răspunsul lui Angel.

I-am trimis încă un mesaj.

Mi-a fost teamă că, după ce m-am culcat cu tine, mă vei vedea altfel, nu doar ca pe o prietenă. Și nu vreau să te pierd.

Scrâșnind din dinți, Matei a aprobat din privire mesajul, iar eu l-am trimis, rugându-mă ca răspunsul lui Angel să fie satisfăcător. Angel era un bărbat foarte inteligent și, dacă Simona reuşise să-l alerteze, cu siguranţă, avea să-mi dea un răspuns pe măsură. După câteva minute, mi-a răspuns.

Irina, a fost doar sex, nimic mai mult. Tu ai avut un moment de rătăcire, eu am fost prea slab, îmi pare rău că nu am fost mai puternic decât curiozitatea și tentația.

I-am arătat răspunsul primit lui Matei, iar el s-a relaxat vizibil.

— Nu există nicio posibilitate să fie copilul lui Robert? m-a întrebat încă neîncrezător, privindu-mă fix în ochi, încercând să afle din privirea mea adevărul.

— Nu. Ştii bine că Robert nu m-a mai atins de când am venit înapoi, au trecut mai mult de trei luni de când între mine și el nu s-a mai întâmplat nimic. Îl cunoşti prea bine pe fratele tău. Tu ce părere ai, ar fi acceptat întoarcerea mea la tine? Și crezi că ar fi capabil să te înșele când ştie că mă iubeşti?

— Mereu a ştiut că te iubesc.

— Da, dar eram despărțiți când noi doi...

— Taci! Nu suport să aud nimic despre voi doi, s-a răstit el.

— Dacă nu mă crezi pe mine, întreabă-l pe Robert.

— Niciodată. Aşa cum ţi-am spus, Robert nu va trebui să ştie niciodată că eu am aflat despre voi. Lasă-mi familia în pace, ai stricat destul!

— Eu am stricat? m-am mirat eu.

— De ce a trebuit să le spui tuturor că nu este copilul meu?

— Pentru că nu mai vreau să-i mint pe toţi. Cel puţin, nu cu aşa ceva!

— Ai vrut doar să mă umileşti şi să te răzbuni...

— Şi tu m-ai umilit în faţa lor de nenumărate ori. Toţi ştiu că m-ai înşelat nu o singură dată, ci de nenumărate ori, doar că tu nu ai venit acasă gravid, asta e diferenţa. Iar eu nu te-am înşelat când eram împreună, ci numai după ce ne-am despărţit.

Am zâmbit la ideea că ar fi putut fi gravid, ceea ce l-a enervat foarte tare, cu toate acestea, nu a fost violent, așa cum m-aș fi așteptat. S-a controlat foarte bine, probabil că era prea șocat ca să mai poată reacționa. Sau chiar încerca să-și schimbe atitudinea față de mine și să-și controleze reacțiile.

Simona, îngrijorată, mă tot suna, dar i-am trimis un mesaj în care i-am scris că sunt bine și că venim imediat acasă, iar Matei, după ce mi-a luat telefonul și a citit mesajul, a pornit mașina și câteva minute a condus îngândurat.

— Știi, sunt dispus să accept și asta. Și să creștem acest copil împreună, m-a surprins el. Dar le vei spune tuturor că este copilul meu și că doar ai vrut să mă enervezi când ai spus că nu este. Că ai spus asta la nervi, pentru că eram certați, mi-a sugerat el și scuza.

— Nu, Matei. Nu voi spune așa ceva și nici nu vom crește acest copil împreună, i-am respins eu oferta.

— Și ce vei face, îl vei crește singură?

— Da.

— Ai idee ce înseamnă asta?

— Mă voi descurca, nu sunt nici prima și nici ultima femeie care va crește singură un copil. Nu toate mamele au avut mulți bani, bone, menajere și o armată de profesori și totuși au crescut copii minunați, care au devenit buni și valoroși pentru societate și au fost fericiți.

— Ești doar o copilă visătoare, m-a întrerupt el.

— Sunt o femeie în toată firea. O copilă visătoare am fost doar când am venit în casa ta și, cu toate acestea, ți-am crescut copilul cu maturitate și responsabilitate. Și l-am crescut singură, cu toate că avea un tată și că nu eu îi eram mamă. Ai adus bone doar când am plecat de la tine. Sau ai uitat?

— Vom crește împreună acest copil, îl voi iubi ca și cum ar fi al meu și-i voi oferi totul.

— Copilul meu nu va avea nevoie să-i oferi tu ceva.

— O să-ți dau timp de gândire, iar dacă îți iubești copilul și îi vrei binele, înseamnă că știi că eu îi pot oferi o viață bună și că nu-i va lipsi absolut nimic.

— Ce înseamnă viață bună? Abundență de lucruri? am vrut eu să știu.

— Și educație, și multă dragoste, a adăugat el cu un ton de reproș.

— Încetează! O să plec și o să ne vedem fiecare de viață.

— O să-ți iau tot, Irina. Nu vei avea cu ce să-ți crești copilul. Te voi lăsa fără nicio resursă și chiar și fără libertate, dacă nu-ți bagi mințile în cap.

— Știi ceva, Matei? Cred că tocmai mi-am băgat mințile în cap și pentru prima oară, după atâtea greșeli pe care le-am făcut, iau o decizie corectă și chiar fac ceea ce trebuie.

— Tu nu știi ce vrei, nu știi ce trebuie să faci, trăiești în lumea ta și pui orgoliul și ambițiile înaintea rațiunii!

— Tu vorbești de orgolii și de ambiții? Tu care vrei alături o femeie care nu te iubește, tu care ești capabil să accepți un copil care nu este al tău tot din orgoliu și ambiție? Ce te face să fii atât de slab, Matei?

— Dragostea pentru tine, mi-a răspuns calm, împăcat parcă nu doar cu ce trăia, ci chiar și cu el.

— Dragostea te face puternic, nu slab, am încercat eu să-i deschid ochii.

Până acasă ne-am certat încontinuu, dar fără să țipăm unul la celălalt, ca alte dăți, încercând să fim cât se poate de calmi. Eu am ridicat însă tonul atunci când am simțit că argumentele mele nu erau suficient de convingătoare sau când nu mă lăsa să-mi duc ideile până la capăt.

— Te rog să nu mai deschizi subiectul în fața celorlalți, mi-a spus când am intrat în curte. Lasă-mă pe mine să repar lucrurile, mi-a zis.

— Să le repari? Asta crezi tu că faci atunci când minți, când ești fals și când îi înșeli pe toți? Că repari ceva? Imbecilule!

M-a ignorat și a intrat în casă. Simona fuma nervoasă pe terasă și, când m-a văzut, m-a luat de mână și m-a condus până în fundul grădinii.

— Doamne, ce coșmar! mi-a spus ea șoptit. Robert e distrus!

— Ce i-ai spus?

— Nimic, îți dai seama. El crede că ești gravidă cu Matei. Am încercat să-l liniștesc, a făcut atac de panică sau așa ceva, tremura și abia respira, cu toate că făcea eforturi să se controleze.

— Unde e acum?

— L-a chemat Elvira să o ajute cu pregătirile pentru petrecere, să pună mesele, scaunele – să așeze tot mobilierul greu.

— Cu Angel ai vorbit?

— Da, l-am sunat imediat și i-am spus ce mi-ai cerut.

— I-ai spus și de ce?

— Da, i-am zis că ești gravidă și că lui Matei i-ai spus că el e tatăl copilului.

— Și el ce a zis?

— A râs. Și a zis că până la urmă tot i-a plătit-o lui Matei, chiar dacă totul este doar o minciună.

— Foarte bine, am respirat eu ușurată, fericită că Angel chiar se dovedea a fi un prieten de nădejde.

I-am povestit și ei cum a decurs consultația, dar ea îmi repeta întruna că va trebui să-l liniștesc cumva pe Robert, fiind îngrijorată de starea lui sufletească și fizică.

— Din păcate, nu-i pot spune adevărul acum. Nu până când nu se va liniști Matei. Robert ar fi în stare să-i mărturisească totul. Nu am de ales, oricât mi-aș dori!

— Păi, Matei știe deja despre voi!

— Matei nu vrea ca Robert să știe că a aflat despre noi. Și e mai bine așa, nu vreau să-i facă rău lui Robert, să-i îndepărteze pe toți de el și să iasă un scandal monstru în familie.

— Și atunci? Îl lași să creadă că e copilul lui Matei?

— Nu va crede asta. Matei abia așteaptă să-i spună că e copilul lui Angel, conștient că asta l-ar face pe Robert să mă deteste și mai tare. Să mă urască Robert e țelul lui.

— Doamne, ce casă de nebuni! a izbucnit Simona într-un râs nervos.

— O scoatem noi la capăt. Deocamdată, vreau să merg la Elvira, poate reușesc să discut cu ea înainte să vină toată lumea și să-i spun ce îmi face fiul ei. Pur și simplu, nu mai am alte soluții, chiar dacă bănuiala mea este că dialogul cu ea nu-mi va fi de vreun mare folos.

— Ia mașina mea, eu mă duc să-l țin ocupat pe Matei, ca să poți pleca fără să te vadă.

Când am ajuns la Elvira, l-am găsit pe Robert în fața casei, stând singur în mașină. Am parcat mașina Simonei și m-am dus în mașina lui, dar se purta de parcă aș fi fost invizibilă.

— Ce faci aici? L-am întrebat.

— Ai ceva să-mi spui?

— Nu neapărat.

— Atunci, te rog să cobori. Vreau să fiu singur.

— Robert...

— Te rog, Irina. Chiar am nevoie să fiu singur.

I-am respectat dorința și, pentru că tot nu puteam face nimic în acel moment ca să-i alin durerea, am ieșit din mașină și m-am dus în casă să vorbesc cu Elvira. Aceasta era foarte agitată și îi dădea indicații menajerei cum să așeze sfeșnicele, cicălind-o, ca de obicei, pe biata femeie, care era un munte de răbdare și de blândețe și chiar se pricepea la ce făcea.

— Ai venit să ne ajuți? m-a întrebat când m-a văzut intrând în sufrageria ei spațioasă.

— La mulți ani! i-am spus și am îmbrățișat-o strâns. Vă ajut cu drag, dar aș vrea să discutăm ceva.

— Mulțumesc! Spune, dragă. Cu ce te pot ajuta? s-a oferit ea să-mi fie de folos, chiar dacă era în toiul pregătirilor.

I-a făcut semn menajerei să plece, s-a așezat pe un scaun și mi-a făcut și mie semn să mă așez în fața ei.

— Nu pe mine aş vrea să mă ajutaţi, ci pe Matei. A luat-o razna, nu ne mai înțelegem, i-am spus direct.

— Bine, dar voi aţi avut mereu o relaţie cu năbădăi, a ridicat ea din umeri, de parcă nu auzea ceva nou.

— Dar acum nu mai avem o relaţie şi nu vrea să mă lase să plec, mă amenință și mă obligă să stau la el.

— Cu ce te amenință? O fi disperat, poate nu mai are argumente cu care să te convingă, dar ştii că nu este capabil să facă rău nimănui...

— Ba chiar este capabil, să ştiţi. Cât se poate de capabil, când e vorba să se răzbune.

— Vrei să insinuezi că eu nu-mi cunosc băiatul? s-a întunecat la faţă mama lui.

— Nu-l mai cunoaşteţi. Nu mai este cel care era când a plecat de acasă. Mă amenință că-mi ia totul, că îmi pune droguri în geantă sau în casă și apoi trimite poliția să mă aresteze, că îmi lasă prietenii fără serviciu...

— Oprește-te, dragă! Nu cred că vorbeşti despre fiul meu, m-a întrerupt mama lui Matei cu un aer de superioritate, de parcă stătea de vorbă cu cineva care-și pierduse mințile și nu mai știa ce spune.

— Nu mă credeţi?

— Sincer? Ceea ce-mi spui tu e demn de serialele acelea argentiniene...

— E chiar mai rău de atât! De ce credeţi că v-aş minţi?

— Nu spun că minţi, ci că exagerezi. Poate că a aruncat niște vorbe la nervi, omul la disperare mai spune și enormități, dar de la a spune şi până la a le pune în practică e cale lungă. Matei te iubește foarte mult, m-a asigurat ea.

— Matei nu iubește pe nimeni, el doar depinde de ceilalți. Sigur, mă refer la cei dragi. Și îi consideră proprietăți.

— Eu cred că tu ești doar supărată acum și...

— Știți ceva? am întrerupt-o. Nu v-am spus niciodată ce probleme avem cu adevărat, nu am vrut să vă implic în certurile noastre, v-am protejat, pentru că nu am vrut să vă întristez, să vă încarc cu lucruri urâte și să vă risipesc iluzia că aveţi un fiu perfect, dar se pare că oricum nu sunteți dispusă să auziți adevărul. Așa că vă mulțumesc și uitați că v-am deranjat.

M-am ridicat de pe scaun și am pornit spre ieșire.

— Irina, de ce te superi pe mine? mi-a spus ridicându-se, dar fără să vină înspre mine. Indiferent ce ar face Matei, crezi că eu îl pot opri? Crezi că, dacă eu îi cer să te lase în pace, o va face? Sunt doar mama lui, nu vreo autoritate supremă.

— În cazul în care nu mă va lăsa în pace, voi fi nevoită să apelez la justiție ca să mă apăr de el, i-am zis ca să pun punct dialogului inutil pe care l-am avut cu ea.

— Exagerezi, zău, a închis și ea discuția, vizibil iritată, probabil, de încăpățânarea mea de a o contrazice și de a-i ponegri fiul.

Ieșind din casă, i-am răspuns imediat Simonei, care mă suna încontinuu și nu fără motiv.

— Matei a descoperit că ai plecat, l-a sunat pe Robert și acesta i-a spus că ești la maică-sa. Vezi că vine acolo, mi-a comunicat ea fără să respire.

— Foarte bine, că eu tocmai plec de aici.

— Vă aștept diseară, mi-a spus Elvira, venind în sfârșit după mine. Te rog să o iei și pe Simona, face parte din familie.

— Nu face parte din familie, vreți doar să fiți amabilă ca să-mi faceți mie pe plac. Și nu o iau cu mine, că nu e cățel de dus în lesă, dacă vă face plăcere să vină, atunci ar fi frumos să o invitați personal. La revedere!

I-am întors spatele și am ieșit din casă, lăsând-o privind uimită în urma mea.

Era pentru prima oară când mă purtam așa și, cu siguranță, era un pic șocată, dar nu regretam. Îmi era de ajuns că, în situația aceea complicată, eram nevoită să vin seara acolo și să joc rolul norei drăguțe și amabile în fața familiei sale, așa cum făcusem în ultimii cinci ani.

A venit repede după mine și m-a strigat, iar eu m-am oprit în fața porții și am așteptat-o.

— Irina, tu crezi că tatăl lui Matei, Dumnezeu să-i odihnească sufletul în pace, nu m-a înșelat niciodată? A făcut-o, dar am trecut peste. Am avut și noi probleme, ne-am certat, dar am lăsat și eu de la mine, a lăsat și el...

— Ce mă interesează pe mine cum ați ales dumneavoastră să vă gestionați relația cu soțul? Nu e treaba mea cum alege fiecare să acționeze într-o situație similară, fiecare are felul lui de a vedea lucrurile, de a simți, de a reacționa. Doar că acum e vorba despre mine, și nu despre faptul că Matei m-a înșelat, ci despre faptul că nu-l mai iubesc, nu-l mai vreau în viața mea, dar el nu acceptă asta și îmi face viața imposibilă. Și poate că nu mă așteptam ca dumnevoastră, mama lui, să îmi luați apărarea, dar, ca femeie, am sperat la puțină empatie, am crezut că sunteți dispusă măcar să încercați să mă ajutați. Și, până la urmă, să-l ajutați și pe el, că se chinuie inutil. Pentru că nu are rost să fim împreună, când eu nu mai simt niciun fel de iubire pentru el.

— Voi încerca. Voi discuta cu el, a acceptat ea punctul meu de vedere.

— Mulțumesc. Acum plec. Ne vedem mai târziu.

— Dar Robert de ce stă în mașină? m-a întrebat ea contrariată.

— De unde să știu eu? Mai bine îl întrebați direct pe el.

Am plecat de acolo și, când m-a văzut, Robert a pornit și a condus în urma mea. Mă suna, dar nu i-am răspuns, iar pe drum ne-am întâlnit cu Matei, care conducea cu viteză. Când m-a văzut, a întors mașina și m-a urmat până acasă. Nu voiam încă o discuție cu el, îmi era suficient timpul petrecut sub tirul întrebărilor sale din ziua aceea, așa că am urcat în camera mea și m-am încuiat acolo cu Simona, căreia i-am povestit șoptit despre discuția pe care am avut-o cu Elvira.

— M-a sunat și pe mine adineauri, mi-a spus Simona. M-a invitat la ziua ei, ba chiar și-a cerut scuze că nu mi-a spus de zilele trecute, dar a considerat că voi veni oricum cu voi. Cică fac parte din familie.

— Și vrei să vii?

— N-aş rata pentru nimic în lume o masă cu atâtea bunătăţi, dar nici spectacolul amuzant făcut de rudele ei scorţoase, a zâmbit ea ironic.

— Tu ce ai mai făcut cât am fost eu plecată la Elvira?

— M-am certat cu Matei. El crede că e mai deştept decât mine şi m-a interogat, m-a provocat în fel şi chip. Nu ştiu ce părere are el despre mine, că poate-s o proastă pe care poate să o păcălească uşor.

— Sper că nu m-ai dat de gol în vreun fel.

— Stai liniştită, absolut deloc, în niciun fel. Dar i-am pus sare pe rană. I-am spus că era o chestiune de timp până când aveai să te culci cu Angel, că mereu te-ai simţit atrasă de el şi că nu ai fi făcut aşa ceva dacă relaţia dintre voi era OK şi mai ales dacă l-ai mai fi iubit.

— Şi ce reacţie a avut?

— Mi-a spus ceva de genul: *Nici pe Robert nu-l mai iubea?*

— Hopa! Nu cred! Cu alte cuvinte, a recunoscut în faţa ta că ştie de mine şi de Robert! Şi ce i-ai spus?

— Că eu te cunosc cel mai bine şi că pe Robert nu l-ai iubit niciodată, aşa cum ai crezut la un moment dat, doar ai găsit un refugiu, când erai rănită de el şi de comportamentul lui. Că ai confundat sentimentele de prietenie cu dragostea şi nimic mai mult. Trebuia să fi văzut ce satisfăcut arăta, dar şi ce trist era când se gândea că era vinovat, că el îţi dăduse brânci în braţele fratelui său prin felul în care s-a purtat cu tine.

— Nu te-a ameninţat cu nimic?

— Ei, cum să nu? Păi, nu ar mai fi Matei dacă nu ar umbla cu chestii de astea. La început, m-a ameninţat, apoi, după ce i-am spus ce îi place să audă, m-a rugat să nu spun nimănui că el ştie de tine şi de Robert şi mi-a promis că mă va ajuta cu viza pentru State, cu procesul pe care îl are mama pentru terenul din Bran... Probabil că mi-ar fi adus şi pământ de pe Marte dacă ar fi ştiut că-mi trebuie!

— Lasă-l să te ajute. Să nu-l refuzi, am sfătuit-o.

— Păi, eu nu o să procedez ca tine, stai liniştită, că nu l-am refuzat! Până la urmă, l-am calmat, i-am spus că nu simţi nimic pentru Angel, că doar ţii la el, la fel ca la Robert, şi că regreţi că ai mers atât de departe şi cu unul, şi cu celălalt. Iar el ce crezi că mi-a spus? A început să te scuze şi a fost de acord că ai făcut totul din vina lui, după ce te-a înşelat, că aşa ai ştiut tu să-ţi vindeci rănile. Mi-a explicat chestiuni psihologice, cum că el te-a descurajat ca femeie şi că, poate, tu nu ai căutat doar iubire la alţi bărbaţi, ci şi să-ţi confirmi că eşti dorită, când credeai că nu-l mai atragi.

— Doamne, dă-mi putere! m-am minunat eu de felul în care Matei evita adevărul...

— Eu nu am mai văzut un om care să refuze realitatea în halul acesta...

— Cu Angel ai mai vorbit? Îi datorez nişte explicaţii.

— Angel nu aşteaptă nicio explicaţie de la tine, ştii bine, m-a asigurat Simona.

— Trebuie să-l sun; dă-mi telefonul tău, pun pariu că Matei îmi urmăreşte toate apelurile.

— Am ceva mai bun pentru tine. Telefonul lui Oli, pe acela nu l-ar verifica, mi-a făcut ea cu ochiul.

Sandra a bătut la uşă, iar Simona i-a deschis imediat. Eram convinsă că venise să ne întrebe cum ne îmbrăcăm pentru petrecere, dar avea o expresie ciudată, părea dezamăgită, supărată, în orice caz, foarte tristă.

— Eşti bine? am întrebat-o.

— Nu la fel de bine ca tine, mi-a răspuns ironică.

— Ce ai, fată? a luat-o Simona la rost.

— Tocmai l-am auzit pe Matei spunându-i lui Robert că eşti gravidă cu Angel.

Am înmărmurit. Nu m-am mai gândit şi la ea, care-l iubea pe Angel şi pentru care vestea că eu aş fi fost însărcinată cu copilul acestuia era foarte dureroasă.

Acum suferea şi ea, suferea şi Robert şi totul doar pentru o minciună care să ne apere de furia lui Matei. Aş fi vrut să-i mărturisesc imediat adevărul Sandrei, dar nu aveam încredere că nu-i va spune totul lui Matei, erau foarte apropiați, iar ea nu-i ascunsese niciodată nimic, singura excepție fiind dragostea ei pentru Angel.

— Știi, am avut încredere în tine, mi-a spus ea văzând că tac. Eram convinsă că ești cel mai bun om din câți am cunoscut, că ai coloană vertebrală, a continuat ea cu o voce pierită, de om lovit.

— Nu o mai judeca, a sărit Simona. Nu știi ce conjuncturi au dus la ceea ce s-a întâmplat.

— Ba tocmai că știu bine ce conjuncturi duc doi oameni în pat, i-a dat Sandra replica imediat.

— Îmi pare rău, Sandra, am reușit eu într-un târziu să-i spun. Nu-l iubesc pe Angel, doar țin la el ca la un prieten, nu vreau o relație cu el. Niciodată nu va fi între noi mai mult decât o prietenie, i-am explicat, încercând, oarecum, să o consolez – asta dacă ar fi fost cu putință.

— Și, atunci, de ce mama naibii te-ai culcat cu el? Și ai mai rămas și gravidă! Știai că e îndrăgostit de tine!

— Nu, nu știam asta, Sandra, de unde ideea asta? Știu doar că mă place ca om, de ce s-ar îndrăgosti tocmai de mine, când în jurul lui roiesc femei de o mie de ori mai frumoase decât mine?

— Nu mai face pe proasta și pe sfânta, s-a enervat ea.

— Hei, nu-ți permit să-i vorbești așa, m-a apărat Simona.

Dar Sandra nu a mai zis nimic și a ieșit iritată din cameră, trântind ușa în urma ei.

— A mai rămas cineva care nu mă urăște în casa asta? am întrebat tristă, trântindu-mă pe pat, epuizată de toate dramele pe care le trăiam cu toții, într-un fel sau altul.

— Da. Cesara și Oli. Haide să ne îmbrăcăm! Dacă-ți pui mintea, îi faci și pe musafirii Elvirei să te urască, găsești tu calea cea mai scurtă și mai sigură pentru asta, a încercat să glumească Simona.

După ce m-am schimbat în ținuta de petrecere, am coborât în living și mi-am văzut telefonul pe măsuța de cafea. Mi-am dat seama că nu-l lăsasem acolo, ci în geanta pe care o uitasem în mașina Simonei și, atunci, am înțeles că Matei nu doar că îi spusese lui Robert că Angel era tatăl copilului meu, ci îi arătase și mesajele. Nici nu voiam să-mi imaginez ce simțea Robert.

Aveam impresia că mă aflu într-o încurcătură pe care nu o voi mai putea rezolva niciodată, joc în care toți ar fi fost răniți la un moment dat, într-un fel sau altul. M-am gândit să mărturisesc totul la petrecerea Elvirei, să le spun tuturor că tatăl copilului meu este Robert, pe care îl iubesc din clipa în care am venit la Snagov, și să scap astfel de tot chinul și de toate prefăcătoriile, de lanțul de minciuni în care mă simțeam prinsă fără scăpare, dar nu aveam destul curaj să fac asta, neștiind ce consecințe ar fi fost nevoit Robert să suporte.

Am ieșit să-mi iau geanta din mașina Simonei și l-am găsit pe Matei afară, fumând.

— Ce faci, te-ai apucat și tu de fumat? Asta îți trebuie ție la astm? L-am certat imediat.

— Nu am mai fumat de ani de zile. Bine, nu am fumat niciodată cu adevărat, dar acum aș face orice ca să mă calmez, mi-a zis cu tristețe.

— Stinge țigara aia. Acum, i-am ordonat, pur și simplu.

A tras cu putere încă un fum din țigară, apoi a stins-o.

— Nu-mi ajungea ce mi-ai făcut? De ce a trebuit să mi-o pui și pe mama în cap? m-a întrebat fără să mai ridice tonul.

— Eu ți-am făcut ție ceva? Tu nu înțelegi? Ce fac eu nu are nicio legătură cu tine. Nu îți dai seama că nu eu mă bag în viața ta, ci tu în a mea? Că eu nu-ți aduc ție niciun prejudiciu, indiferent ce aș face?

— Să zici mersi că nu i-am spus mamei despre sarcina ta. I-am închis telefonul când a început să mă ia la rost...

— Și tu să zici mersi că i-am zis doar că nu mă lași în pace, nu și câte tâmpenii ai făcut de când te cunosc. Cum ai pierdut o avere la cazinouri, cum ți-au incendiat mașina interlopii care nu voiau să te lase să renunți la jocuri...

— Te rog să te porți decent azi la masă. Nu vreau să-i stricăm ziua și nici să ne facem de tot râsul în fața musafirilor.

— De tot râsul? De ce m-aș face de râs, doar pentru că nu ne înțelegem? De tot râsul sunt cei care joacă teatru doar de dragul aparențelor. Nefericiții care fac pe clovnii, l-am lămurit eu foarte direct.

— Te rog, Irina. Poți face asta? Sunt obosit, stresat, am senzația că-mi crapă inima în mine. Poartă-te frumos azi.

— Ce înțelegi tu prin a mă purta frumos? Să zâmbesc ca o cretină, să joc teatru și să-i lingușesc pe musafirii Elvirei?

— Da, vezi că știi?

— Tu nu obosești niciodată să fii imbecil?

— Dar tu nu obosești niciodată să fii curvă?

— Măcar nu am fost curva ta, i-am zis sfidător, privindu-l drept în ochi.

S-a enervat și s-a ridicat să vină spre mine, dar am intrat în casă și am fugit pe scări. Am dat nas în nas cu Robert, care m-a prins de mână și m-a tras în spatele lui, ca să mă apere de Matei, care venea nervos după mine.

— Mi-ai promis, i-a spus el calm lui Matei, care gâfâia în fața lui. Dacă o atingi, nu mă mai vezi în viața ta.

— S-o ia dracu! Sper să moară! Să moară, ca să scap de ea! a urlat Matei.

— Dacă voi muri, pe piatra mea funerară să scrieți: *Sunt fericită că am scăpat, în sfârșit, de Matei!* am strigat și eu.

— Cred că nu mai durează mult și voi muri eu, a spus Robert, dar Matei nu l-a auzit, pentru că a coborât scările furios și în grabă, ieșind iar în curte.

Eu am urcat în camera mea și nu i-am mai văzut pe niciunul până seara, când am plecat la petrecere.

Capitolul 17

Când am ajuns la vila Elvirei, sosiseră deja toți musafirii invitați la petrecerea ei aniversară. I-am găsit așezați la masă, la fel ca întotdeauna, în aceeași ordine, de parcă fiecare scaun ar fi fost proprietatea celui care îl ocupa: Elvira în capul mesei, bunica Polixenia în celălalt capăt, pe o parte a mesei stăteau cumnata Elvirei, soțul și fiica acesteia, o verișoară venită de la Constanța împreună cu soțul ei, nașa de botez a lui Matei, care venise însoțită, ca de fiecare dată, de fiica ei, Denisa, care era necăsătorită și pe care știa toată lumea că a visat mereu să o mărite cu Matei, iar lângă ea stăteau cele trei prietene de-o viață ale mamei lui Matei, Victoria, Matilda și Aretina. Pe cealaltă parte eram noi, ultimii sosiți, lângă verișorul lui Matei, un tânăr înfumurat și, din câte auzisem, mare afemeiat și risipitor al averii părinților.

M-am străduit să fiu relaxată și amabilă, cu toate că m-am plictisit după primele minute de conversații goale, amabilități și laude la adresa Elvirei, care era ridicată în slăvi pentru preparatele desăvârșite, de parcă ea le-ar fi gătit, nu cei patru angajați care roboteau de zor în bucătărie.

— Și? Voi doi când aveți de gând să vă căsătoriți și să-i faceți un frățior Cesarei? a aruncat bomba, la un moment dat, mătușa lui Matei – o femeie pe care eu nu o plăcusem niciodată, pentru că era o persoană falsă, foarte lingușitoare, extrem de invidioasă și jenant de curioasă.

— Încetați să mai întrebați oamenii lucruri atât de intime, i-am răspuns zâmbind, uimindu-i pe toți cei care se așteptau, probabil, să răspund cu aceeaşi amabilitate cu care se discutase până în acel moment.

— Dar de când este nunta ceva intim, dragă? s-a mirat ea.

— Nunta nu o fi, dar căsătoria este. Decizia unor oameni de a se căsători sau de a aduce pe lume un copil chiar este ceva intim şi în niciun caz nu se face la presiunea familiei sau a societăţii.

— Au timp, a intervenit repede Elvira, de parcă uitase că mai devreme i-am spus că nu-l mai iubesc pe fiul ei. Sunt tineri, au toată viaţa înainte.

Acum ştiam cu cine semăna Matei atunci când minţea fără să clipească...

— Sunt nişte copii tare frumoşi, a spus Matilda, prietena Elvirei, cu care aceasta se cunoştea de când erau amândouă eleve de liceu. Felicitări, Elvira, ai copii frumoşi!

— Mulţumesc, s-a bucurat mama lui Matei.

— Ce ţi-ai mai putea dori? a continuat cu laudele verişoara ei, privind atentă la bucata de terină de foie gras pe care şi-o tăia pe farfurie. Îmi venea să-i spun că, atunci când discuţi cu cineva, te uiţi în ochii lui, nu la bucata de mâncare, că nu mâncării te adresezi, dar m-am stăpânit. Băieţii sunt la casa lor, a continuat ea privind în farfurie, sunt realizaţi.

— Mda, realizaţi... am bombănit eu.

— Vrei să spui că nu suntem realizaţi? m-a întrebat Matei, zâmbind rugător să mă opresc, să nu fiu răutăcioasă.

— Chiar sunteţi de apreciat, l-a încurajat verişoara, care nu obosea niciodată să-i linguşească, mai ales după ce Elvira îi cedase drepturile pe care le avea asupra unui teren.

— Ce este de apreciat? am întrebat-o fără să dau curs rugăminţilor lui Matei. Că au moştenit totul? Realizat e omul care chiar a făcut de unul singur ceva. Matei a primit totul pe tavă, nu a realizat nimic prin propriile puteri. Iar de apreciat sunt cei care muncesc pe rupte, care fac sacrificii, care au credite şi care trebuie să construiască totul cu mintea lor, prin munca lor. Haideți să nu-i mai lăudăm gratuit pe cei care nu au niciun merit, pe cei care au primit totul de-a gata!

Simona jubila lângă Robert, care evita cu desăvârșire să mă privească. Era atent doar la Cesara, pe care o ajuta să mănânce, sacrificându-se de dragul ei și mâncând tot ce o tenta pe ea să guste, cu toate că lui nu-i plăcea.

— Iubita mea nu prea apreciază anumite lucruri, a spus Matei, încercând să îndulcească spusele mele.

— Ce nu apreciez? Copiii răzgâiați care se cred grozavi doar pentru că au mai mult decât alții? Pe tine pentru că ai avere și mașini scumpe? Îl apreciez mai mult pe unul care are o mașină simplă, cumpărată în rate, pentru că face niște eforturi și chiar trebuie să-l ducă mintea să-și gestioneze resursele, să se descurce cu toate – rate, familie și copii, poate părinți cărora nu le ajung pensiile, traiul de zi cu zi.

— Vă rog s-o scuzați pe iubita mea, este puțin cam indispusă azi, a încercat din nou Matei, diplomat, să remedieze situația.

— De ce mă scuzi? Pentru că spun ce simt și ce gândesc? Am jignit pe cineva? Sau mai nou trebuie să ne cerem iertare atunci când spunem adevărul și când nu ascundem ce gândim?

— Mama, ce i-ai pus Irinei în pahar, oțet cumva? a glumit el printre dinți.

— Nu fi răutăcios, i-a replicat mama lui imediat, dar cu un ton calm și zâmbind. Irina a fost mereu foarte francă, așa este ea, mai directă, spune mereu ce gândește.

— Suntem în familie, ne permitem, a încercat să mă apere mătușa lui Matei.

— Sunteți doar rude de sânge, am spus. Familia înseamnă mult mai mult.

— Ce înseamnă, dragă, familia? m-a atacat nașa lui Matei, care nu mă plăcuse niciodată din cauză că avea impresia că i-am luat mult visatul ginere.

— E ciudat că mă întrebați asta, cu toate că aveți o vârstă respectabilă și multă experiență de viață.

— Păi, ne acuzi că nu ştim ce este aceea o familie tocmai tu, care nu ai una şi care nu vrei să te căsătoreşti?

— Poţi fi căsătorit şi să nu ai o familie, am spus. Şi poţi avea o familie minunată chiar dacă membrii ei nu-ţi sunt rude de sânge, am fost eu, probabil, mult prea subtilă pentru nivelul de inteligenţă al multora din cei prezenţi la masă.

— Poveşti, m-a contrazis acră naşa lui Matei.

— Familia înseamnă mult mai mult decât întâlniri la sindrofii ca să se laude fiecare cu realizările ori copiii săi, cu vacanţele, cu nivelul de trai şi cu achiziţiile de tot felul.

La masă s-a lăsat tăcerea, iar eu am privit-o, pentru prima dată, pe bunica. Mi-a zâmbit aprobator şi m-am liniştit. Pe ea chiar nu voiam să o supăr, cu toate că ştiam că nu-i suporta pe majoritatea celor care se aflau la masă. Îmi mărturisise, la un moment dat, cât de tare o plictisesc aceste persoane fără spirit şi fără haz, făcându-le apoi fiecăreia câte o caracterizare succintă, dar elocventă.

— Pentru mine este un chin fiecare chermeză cu insipidele acelea care abia aşteaptă să-şi etaleze ostentativ bijuteriile şi blănurile vulgare, mi-a spus doamna atunci. Că atât le duce mintea şi nu pot înţelege mai mult din viaţă.

Seara a continuat la fel cum începuse, cu discuţii lipsite de substanţă, cu galanterie forţată şi amabilităţi siropoase – unele dintre ele, majoritatea, false. Matei era foarte atent cu mine, mă întreba dacă vreau una sau alta de pe platouri şi încerca să joace rolul bărbatului îndrăgostit şi foarte atent cu femeia pe care o iubeşte.

— Şi tu, Robert? Tu nu ai de gând să te însori? l-a întrebat naşa lui Matei, de parcă era amnezică şi nu-şi mai amintea reacţia mea de mai devreme.

— Dar ce aveţi toţi cu chestia asta, generaţia voastră se gândeşte numai la căsătorie, a răspuns el zâmbind, evitând să dea un răspuns.

— Păi, nu e normal să îți faci și tu o familie, să faci copii? Nu te-am văzut cu nicio fată...

— Păi, n-are loc de Matei, a spus și Simona cu gura plină.

— Cum adică? a ripostat Matei, prefăcându-se că nu pricepe subtilitatea afirmației Simonei.

— Păi, îl muncești prea mult, nu-l lași și pe el să respire, a dres-o ea foarte credibil.

— Pe Sandra nu o mai întreb dacă nu are de gând să se mărite, că văd că vă deranjează întrebarea, a continuat nașa lui Matei, neștiind când să se oprească...

— Da, chiar ne deranjează, i-a răspuns Sandra. Mi se pare cea mai deplasată și mai lipsită de sens întrebare. Nu ne căsătorim pentru că poate nu avem cu cine, v-ați gândit la asta? Că poate iubim oameni care nu ne iubesc și care nu ne vor. Nici fiica dumneavoastră nu este căsătorită, dar nu a luat-o nimeni la întrebări, i-a reproșat ea fără menajamente.

— Sau poate că, pur și simplu, nu vrem să ne căsătorim, a completat Simona. Pentru unii, nu e o realizare să te căsătorești și să faci copii.

— Dar ce anume ar fi o realizare, dragă?

— Să trăim fericiți, nu legați de niște cutume sociale.

— Altă generație, a concluzionat Victoria, prietena cea mai tăcută a Elvirei.

— Denisa dragă, i s-a adresat Elvira fiicei nașei lui Matei, încercând să îndrepte discuțiile către alt subiect. Ție cum îți mai merge? Ai mulți pacienți la cabinet?

— Îmi merge binișor, vă mulțumesc. Nu prea vin pacienți, oamenii nu sunt educați să prevină, vin doar când au probleme grave.

— Matei, ziceai zilele trecute că trebuie să mergi la stomatolog, i-a spus Simona lui Matei. Uite, doamna doctor abia așteaptă să-ți atingă gura.

Eu și Robert am zâmbit la aluzia Simonei, iar Sandra abia se putea abține să nu râdă în hohote.

— Ai ceva probleme? l-a întrebat Denisa pe Matei.

— Nu neapărat, știi doar că sunt obsedat de îngrijirea danturii și totul e în regulă, dar mi s-a părut că un dinte se mișcă ușor..., i-a răspuns el foarte serios.

— Dacă vrei, putem să ți-i mișcăm noi pe toți, i-a spus Simona râzând. Eu aștept de mult să fac asta. Și am fi cu toții fericiți, mai ales doamna doctor, care va avea un pacient frumos și asta o va ține mult timp ocupată, dacă tot nu-i prea vin pacienți la cabinet.

Denisa a privit-o pe Simona cu reproș, iar ceilalți au început să râdă.

— Mi se pare mie sau tu ești cam răutăcioasă? a înfruntat-o Denisa pe Simona, riscând mult să intre în polemici cu prietena mea, care avea mereu replici acide când nu plăcea pe cineva sau o deranja vreo situație.

— Sunt, dar vrei să spui că nu ți-ar plăcea să stea Matei cu gura căscată în fața ta? Cred că visezi de mult la asta...

— Încetează cu glumele, Simona, i-am spus încercând să-i temperez avântul de a o ataca pe doamna doctor. Nu toată lumea este obișnuită cu felul tău de a fi...

— Mă scuzați, dar eu nu am crescut în înalta societate, glumele din cartier sunt mai picante, așa, nu nesărate, ca ale nobililor.

— Doamnă, vreți să ieșim puțin la aer? am întrebat-o pe bunica Polixenia, convinsă că își dorea cu ardoare să fumeze, dar și pentru că voiam să ies un pic de acolo, simțindu-mă vinovată pentru energia negativă pe care le-am transmis-o celorlalți. Eu aș ieși puțin, azi nu m-am simțit prea bine, m-a durut capul...

— Chiar mi-ar prinde bine să fac câțiva pași după o masă atât de copioasă, mi-a răspuns ea imediat, răsuflând ușurată că poate să nu mai asculte, măcar pentru câteva minute, discuțiile sterile ale invitaților fiicei ei, ridicându-se de pe scaun cu mișcări greoaie.

I-am oferit brațul și am ieșit amândouă în grădina mare, plină cu pomi și flori, care abunda de trandafiri, hortensii, regina-nopții, dalii și tuberoze.

— Mă duc în cameră să vă aduc un pulover, i-am spus zâmbind, iar ea a știut că, de fapt, mă duceam să-i aduc țigările, mulțumindu-mi din priviri, fără să rostească niciun cuvânt.

Am lăsat-o singură și am urcat în grabă în camera ei de la mansardă, am luat un pachet de țigări și o brichetă, am înșfăcat un pulover lung și greu, care era așezat pe spătarul unui scaun, și am coborât înapoi în grădină.

— Ce plictiseală! a exclamat ea, aprinzându-și țigara și suflând fumul în sus, mulțumită.

— Acum vă înțeleg.

— Eu trebuie să tolerez asta de mulți ani. Și azi avem noroc că nu au putut veni toți, sunt plecați pe la nunți, pe la mare... Și stai că încă nu au apucat să se laude cu copiii și cu nepoții, că au absolvit liceul, că și-au luat bacalaureatul sau că au intrat la facultate, de parcă asta ar fi o mare reușită, și nu ceva obișnuit, ce poate realiza orice copil normal, fără să fie vreun Einstein. Te doare mintea, nu alta. Vor mai trece mulți ani până când absolvirea va fi văzută ca emiterea unui act de identitate. Cum adică trebuie lăudați copiii că fac ceva ce este obligatoriu, singura lor responsabilitate fiind să învețe și, astfel, să-și construiască un viitor? Și de ce m-aș lăuda eu, ca părinte, cu notele copilului meu? De unde obiceiul ăsta prost și vulgar? Ce vor să arate, că ai lor sunt mai deștepți ca alții sau cum?

— Sper că nu v-am indispus cu starea mea proastă.

— Pe mine? Nici vorbă, dragă! Am savurat dialogul tău și m-am distrat copios, mai ceva ca la o piesă bună de teatru, chiar mi-ar fi plăcut să-i pui și mai tare la punct.

Am admirat împreună trandafirii Elvirei, de care aceasta se ocupa personal, dedicând mult timp grădinăritului, care era una dintre marile ei pasiuni, iar Doamna și-a fumat țigara liniștită, savurând amândouă aerul curat al serii și parfumul învăluitor al florilor.

— Ai vrut să vorbești ceva cu mine, scumpa mea? m-a întrebat ea.

— Nu neapărat. M-am gândit doar că poate doriți o țigară după ce ați mâncat. Dar, dacă tot a venit vorba despre ce aș fi vrut să vorbesc cu dumneavoastră, da, este posibil ca eu să plec la Brașov și voiam să vă întreb dacă îmi permiteți să vă mai vizitez din când în când.

— Bineînțeles, draga mea. Tu ești slăbiciunea mea, știi bine asta. Ești binevenită oricând în casa mea, m-a asigurat ea zâmbindu-mi cu căldură.

— Vă mulțumesc!

— Spune-mi, te pot ajuta cu ceva?

— Nu cred. Până la urmă, trebuie să-mi rezolv singură problemele. Și sper să fac asta fără a provoca prea multe daune, am spus încet, de parcă aș fi spus-o doar pentru mine...

După ce a fumat țigara, am condus-o pe doamna în sufragerie, iar eu am urcat să duc, chipurile, puloverul în camera ei. Profitând de faptul că era pentru prima oară când mă aflam singură în camera aceea parcă din alte vremuri, am stat câteva clipe și am privit în jur, ca să am amintiri din universul ei, care mi se părea fascinant, parcă dintr-un alt timp și spațiu. Prin ferestre pătrundea în cameră o lumină caldă și blândă de apus, făcând fotoliul ei preferat, tapițat cu mătase aurie, să strălucească. Am așezat puloverul lung și greu pe scaunul de pe care îl luasem, apoi am privit biblioteca ticsită de cărți, care acoperea un perete întreg. Pe un raft al bibliotecii, deasupra unui teanc de cărți aliniate frumos, am văzut așezată o carte cu poezii din care știam că Doamna citește adesea și mi-a trecut prin gând să-i las între pagini un mesaj pe care să-l găsească într-o zi și să o surprindă plăcut. Nu aveam certitudinea că voi mai veni vreodată în casa Doamnei și voiam să-i las o amintire, să știe ce simt pentru ea. Am luat o hârtie din teancul de foi care era pe măsuța ei de lucru și stiloul cu peniță din aur, cu care obișnuia să scrie uneori, și i-am scris un mesaj.

Sunteți o minune de femeie, să nu uitați asta. Mi-ar plăcea să fiu ca dumneavoastră, dar e imposibil, știu că sunteți unică și irepetabilă. Însă vreau să știți că mi-ați insuflat multe trăiri frumoase și m-ați inspirat deseori, lucruri pentru care vă sunt recunoscătoare. Vă iubesc mult!

Cu drag, Irina!

Am pus biletul în cartea cu poezii, pe care am așezat-o după aceea la locul ei, apoi am coborât în sufragerie și am încercat să fiu amabilă și veselă, ba chiar am glumit și i-am distrat pe musafirii Elvirei, făcându-i să se simtă bine.

Când s-a servit tortul, m-am bucurat, știind că nu va mai dura mult și voi putea pleca de acolo, dar erau cu toții foarte binedispuși și nu ar mai fi vrut să plece. Cum Cesara avea program strict de culcare, am profitat și m-am scuzat, anunțându-i că va trebui să plec cu ea acasă ca să o culc. Matei s-a oferit să vină cu mine, dar mama lui l-a rugat să rămână și să-l lase pe Robert să mă ducă acasă. Fiind încolțit de față cu toți ceilalți și poate convins că Robert mă ura oricum acum, după ce aflase că eram însărcinată cu Angel, Matei a acceptat imediat și l-a întrebat dacă vrea să ne ducă pe mine și pe Cesara acasă. Acesta a fost de acord, dar doamna Polixenia l-a rugat să mai aștepte puțin, spunându-i că vrea să îmi dea ceva din camera ei.

M-a rugat să o însoțesc și am urcat împreună cu ea la mansardă, unde, fără să-mi spună nimic, s-a dus direct la comoda din lemn masiv pe care ținea multe fotografii înrămate și, dintr-un sertar mare, a scos o cutie neagră. Apoi s-a așezat pe fotoliul ei auriu, ținând cutia în brațe ca și cum ar fi fost o comoară.

— Știi ce se află aici, draga mea? m-a întrebat privindu-mă cu un aer melancolic. Un vis.

— Un vis? am întrebat-o mirată.

— Da.

A deschis cutia și a scos din ea, cu multă grijă, o geantă Chanel, de culoare neagră, modelul clasic cu clapetă.

— Am visat mereu să am o geantă Chanel, mi-a spus ea zâmbind nostalgic. Am visat la ea de când eram foarte tânără, dar pe atunci nu se putea pleca ușor din țară și, chiar dacă aveai bani, nu aveai acces la anumite lucruri, mai ales la casele de modă pariziene. Eu am avut mereu posibilități, doar m-am născut într-o familie bogată și, cu toate acestea, nu am îndrăznit să-mi ofer un asemenea lucru. Mi s-a părut întotdeauna nerezonabil să le spun părinților sau soțului meu că-mi doresc o asemenea geantă, atât de greu de procurat și deloc ieftină. Și vreau să-ți mărturisesc că m-am simțit cu adevărat bogată abia atunci când am reușit să mi-o ofer. Asta a fost visul meu de femeie cochetă.

A privit geanta cu admirație și încântare și a mângâiat-o ca pe ceva extrem de prețios. Eu m-am așezat pe jos, în fața ei, și o priveam ca un copil fascinat care asculta cea mai interesantă poveste.

— Poate că te întrebi de ce neapărat o geantă Chanel, mi-a spus ea. Nu este o chestiune de snobism, să nu mă bănuiești de așa ceva. Pentru mine, Chanel este simbolul luxului, al eleganței și al puterii feminine. Poate că unii consideră simplu acest model de poșetă, dar eu îl văd sofisticat. Nu este o simplă creație, este o întreagă istorie, este artă pură.

— Oare v-am spus vreodată că o ador pe Coco Chanel? Cu toată povestea ei de viață, creațiile ei și cu tot ce a realizat?

— Nu mi-ai spus, dar mă bucur să aflu asta. Înseamnă că gândim la fel și asta înseamnă că meriți această geantă, pentru că vreau să ți-o dăruiesc ție.

— Mie? m-am mirat eu. De ce să mi-o dăruiți? Este visul dumneavoastră...

— Acum este doar un trofeu foarte drag, triumful meu de femeie care a reușit să-și împlinească un vis frumos. Nu am purtat-o decât o dată, să știi. Nu am mai avut ocazii să o port. Cred că mi-am oferit-o prea târziu, a concluzionat ea fără amărăciune, ca o constatare.

— Niciodată nu este prea târziu ca să ne împlinim un vis.

— Știi, aș fi putut să mi-o ofer mai de mult, dar ceva m-a reținut de fiecare dată. Am considerat că este doar un moft, că am alte priorități, că ar trebui să fiu rezonabilă și să-mi folosesc banii altfel, poate chiar făcând un bine cuiva. Iar când, în sfârșit, mi-am oferit-o, am regretat că am așteptat până atunci, că mi-am refuzat atâta timp această bucurie. Așa că, draga mea, te rog să o primești, ți-o dăruiesc din toată inima.

Mi-a întins geanta, iar eu am luat-o cu reținere, dar și cu sfială din mâinile ei delicate.

— Nu știu ce să spun, mă faceți să mă simt atât de importantă, am senzația că îmi oferiți prea mult și că nu merit...

— Ba chiar o meriți. Și ți se potrivește. Nu este la fel de încăpătoare ca genţile pe care le porți tu, dar poate reușești să mai renunți la tot ce cari inutil cu tine, de ce nu?

— Oare se poate purta doar la ocazii speciale?

— Din contră, scumpa mea. Fiecare zi este o ocazie specială. Bucură-te de toate lucrurile, de oameni, nu păstra și nu amâna nimic din ce te-ar putea face fericită. La sfârșit, vei afla că oamenii greșesc foarte mult când amână să-și ofere ce îi face fericiți. Sau chiar renunță, crezând că e prea mult pentru ei și că nu merită...

Apoi mi-a întins și cutia, pe care am luat-o, am pus-o pe jos și am așezat cu grijă geanta în ea, m-am ridicat și am îmbrățișat-o pe Doamna.

— Vă mulțumesc mult! Sper să o merit și să fiu demnă de ea. Vă promit că o voi purta cu drag și tare cred că mă va inspira foarte mult să visez măreț. Și când spun asta nu mă refer la lucruri de lux, ci la fericire. Pentru că, nu-i așa? un vis împlinit, de orice fel ar fi el, este egal cu fericirea.

— Ești minunată, scumpa mea. Dar, stai, mai am un dar pentru tine. Știi, m-am gândit să ți-l las moștenire, să-l primești după plecarea mea, dar apoi mi-am dat seama că nu trebuie să amân atât. Nimic nu trebuie amânat, mai ales că eu sigur voi trăi cel puțin o sută de ani, a spus amuzată.

S-a ridicat și s-a îndreptat spre comoda din care scosese geanta, a deschis un alt sertar, din care a scos o cutie învelită într-o superbă catifea bordo. A deschis cutia și a căutat prin ea, apoi a ridicat o bijuterie, pe care a studiat-o cu atenție.

— Brățara aceasta, mi-a spus ea venind înspre mine, îmi este la fel de dragă ca poșeta Chanel. O am de când eram cam de vârsta ta. Mi-a întins brățara pe care am luat-o și am privit-o cu admirație. Era foarte frumoasă, din aur alb cu diamante. O bijuterie adevărată.

— Ce frumoasă este, ce delicată și fină, prețioasă, dar nu ostentativă!

— Și brățara aceasta are o poveste, mi-a spus Doamna, așezându-se înapoi pe fotoliu. Am primit-o de la un bărbat pe care l-am iubit enorm. Ți-am povestit, oare, despre el? Nu ne-am putut căsători, era un băiat simplu, un oarecare, i-aș fi distrus pe ai mei dacă aș fi ales un băiat de condiția lui. Dar băiatul acela a muncit foarte mult și a devenit un bărbat bogat și puternic, depășindu-și condiția modestă. Numai că, atunci când și-ar fi permis să mă ceară în căsătorie și să fie pe placul părinților mei, eu eram deja măritată și aveam copil…

Nu puteam spune nimic. Doamna zâmbea și, cu toate că avea un zâmbet trist, părea împăcată.

— M-a căutat atunci când și-a permis să apară în fața mea îmbrăcat ca un om cu stare, când m-a putut invita la un restaurant elegant, abia atunci când eu m-aș fi putut mândri cu el în fața părinților mei. Și mi-a dăruit această brățară…

— Doamnă, vă rog mult să-mi povestiți tot, cu detalii.

A zâmbit misterios și a încercat timid să se eschiveze.

— Te așteaptă Robert și Cesara…

— Vă rog, mă mai pot aștepta câteva minute, nu mă lăsați să plec fără o mică speranță că ați avut măcar câteva clipe fericite împreună…

— Din păcate, nu am avut atâta curaj cât să-mi ofer acele clipe fericite după care tânjea sufletul meu. Dar am avut o iubire platonică minunată, care mi-a ținut inima vie, tânără și puternică toată viața. Nu e puțin lucru să te iubească un om atâta timp, mai ales un bărbat frumos și bun ca el.

M-am întristat dintr-odată. Nu știu de ce sperasem că doamna Polixenia reușise să-și trăiască până la urmă iubirea aceea unică, irepetabilă, iar gândul că asta totuși nu se întâmplase m-a copleșit.

— Vreau să-ți dăruiesc această brățară, draga mea, mi-a spus zâmbind.

— Nu se poate, ar fi prea mult, vă rog, asta chiar nu e posibil, este mult, mult prea prețios darul, ca să-l pot primi cu inima împăcată.

— Nu accept un refuz, brățara este a ta. Vreau să ai această amintire de la mine, e dorința mea.

— Atunci, vă rog să mi-o lăsați moștenire, nu vreau să vă iau din casă un lucru atât de prețios!

— Lucrurile prețioase nu se țin în casă, dragă Irina, ci în suflet. Și știi când devine un lucru cu adevărat prețios? Atunci când este dăruit, atunci când bucură pe cineva, mi-a mai spus cu același zâmbet plin de căldură și cu un ton blând.

— Doamne, chiar merit eu să-mi dați cele mai frumoase lucruri? Mă ridic eu la valoarea unor astfel de povești pline de semnificații și amintiri?

— Da, chiar meriți. Nu sunt doar lucruri, Irina, ci dragoste și încredere. Îți las o moștenire. De care te rog să te bucuri și, la timpul potrivit, să o transmiți mai departe, așa mi-ar plăcea...

— Vă mulțumesc! atât am putut să-i mai spun și am îmbrățișat-o din nou, copleșită de emoții, adăugând cu o voce plină de emoție: eu ce aș putea să vă dăruiesc în schimb, Doamnă? Că tare mult mi-ar plăcea să vă dăruiesc ceva care să vă lumineze privirea mereu!

— Tu, mie? Hm…, stai să mă gândesc puțin…, gata, am găsit! Știi că sunt pretențioasă, așa că-mi doresc în dar ce e cel mai important pe lume: să fii fericită, draga mea, atât. În rest, sunt sigură că va veni și vremea ta, un timp binecuvântat, când vei dărui mult la rândul tău și astfel vei face mulți oameni fericiți.

Am lăcrimat, iar Doamna m-a mângâiat pe față, privindu-mă cu dragoste maternă și cu o bunătate pe care rareori o lăsa să se vadă, preferând să joace mai curând rolul unei femei dure, distante și prețioase. Numai că puțini știau că, de fapt, inima ei era una de aur... Mi-a luat brăţara din palmă şi mi-a pus-o pe mâna dreaptă, cu multă îndemânare şi siguranţă, apoi a privit brăţara pe mâna mea, zâmbind, de parcă era pregătită să se despartă de ea şi de povestea care îi ţinuse inima în viaţă atâta timp, luându-şi atunci rămas-bun.

— Gata, nu mai zăbovi, m-a zorit ea ca să-şi ascundă emoţiile. Te aşteaptă Robert.

— Vă mulţumesc pentru tot, i-am spus strângând-o în braţe. Am sărutat-o timid pe obraz şi i-am simţit din nou mirosul inconfundabil al pudrei Caron pe care o folosea dintotdeauna, fidelă în cochetăria sa.

Am coborât în living şi mi-am luat la revedere şi de la musafirii Elvirei şi abia atunci mi-am dat seama că era posibil să-i văd pentru ultima oară. Sentimentală, dintr-odată i-am văzut într-o altă lumină, cu ochi blânzi şi îngăduitori pentru limitele lor, şi am regretat că am fost răutăcioasă şi intolerantă cu ei. I-am pupat şi i-am îmbrăţişat pe fiecare în parte şi am plecat spunându-le lucruri frumoase, urându-le să le fie bine. Şi am făcut-o din toată inima, sperând că-mi vor accepta şi ierta sinceritatea din acea seară.

Matei ne-a condus până la poartă şi, când a văzut cutia pe care o duceam în braţe, m-a întrebat ce se află în ea.

— Un vis, i-am răspuns. De fapt, o promisiune, i-am răspuns vag, fără să-i dau alte detalii.

Cesara era foarte curioasă să afle ce era în cutie şi, după ce ne-am urcat în maşina lui Robert, amândouă pe banchetă, i-am arătat geanta, ca să-i satisfac nevoia de a descoperi totul, orice.

— Ai primit-o de la străbunica? m-a întrebat ea, mângâind pielea fină.

— Da. Şi am mai primit ceva, această brăţară.

— Uoaaaa, ce frumos sclipeşte! a exclamat ea încântată.

Robert mi-a aruncat o privire întrebătoare în oglinda retrovizoare, iar eu am întins mâna spre el ca să-i arăt brăţara.

— Deci este pregătită să se despartă de ea... a spus el încet.

— Nu s-a despărţit de ea, doar a dat-o mai departe. Nu este o simplă brăţară, este iubire.

A condus încet, amuzat de felul în care cântam împreună cu Cesara, iar la un moment dat, nu s-a mai putut abţine şi a intrat în jocul nostru, cântând cu noi. Atunci mi-am imaginat cum am fi fost noi doi în aceeaşi ipostază, fericiţi, împreună cu copilul nostru. Mi-am dat seama în clipa aceea că pe Cesara o crescusem noi doi, ajutaţi doar de Oli, pentru că Matei, lipsit de răbdare şi timp, nu se implicase aproape deloc în creşterea ei şi că noi aveam deja experienţă în legătură cu nevoile unui copil, cu tot ce însemna asta, de la problemele de sănătate specifice copilăriei, educaţie şi, mai ales, multă dragoste şi timp dedicat.

Asta m-a făcut fericită...

Capitolul 18

Când am ajuns acasă, am pregătit-o pe Cesara de culcare și, cât timp am așteptat să adoarmă, i-am scris lui Angel. Trebuia să continui acel joc, nu aveam de ales. Dacă nu aș mai fi comunicat cu el, Matei ar fi intrat la bănuieli și, dacă tot avea de gând să-mi verifice toate mesajele, trebuia să profit ca să fac povestea dintre mine și Angel cât mai credibilă.

Ne-am trimis câteva mesaje și m-am bucurat să-mi dau seama că el continua să mă sprijine.

M-am gândit mult la ce s-a întâmplat între noi și cred că ar fi bine dacă nu ne-am mai întâlni o perioadă.

Îți respect alegerea, dar îmi va fi foarte dor de tine, acum îmi dau seama că ești cea mai bună prietenă a mea și îmi pare rău că nu am fost suficient de tare încât să nu stric lucrurile.

A fost vina mea, știi bine.

Aș fi continuat să-i scriu lui Angel, dar m-am oprit când Robert a venit în camera Cesarei și m-a întrebat dacă vreau să-mi pregătească un ceai de mușețel.

— Chiar mi-ar prinde bine unul, i-am spus. Mulțumesc!

— Ți-l voi aduce imediat.

— Îl voi bea în living, i-am șoptit, privind ochii fetiței care nu mai reușeau să rămână deschiși, cu toate că și-ar fi dorit să mai stea trează.

După ce copila a adormit adânc, am sunat-o imediat pe Simona, să verific care mai este atmosfera la petrecerea mamei lui Matei.

— Cum e atmosfera acolo? Totul e bine, Elvira e fericită?

— Distracție mare, nu dă niciunul semne că ar vrea să plece.

— Tu nu vii acasă?

— Nuuu, îi fac în ciudă lui Matei, care s-ar fi așteptat să mă ofer eu să vin cu tine acasă. Stai liniștită, sunt aici, de pază, și o să te anunț când se sparge petrecerea sau măcar când va pleca Matei spre casă. Ai ocazia să fii doar tu cu Robert, cred că aveți multe de vorbit...

După ce am încheiat convorbirea cu Simona, am coborât în living, unde Robert mă aștepta cu ceaiul de mușețel preparat exact așa cum îmi plăcea: cu o linguriță de miere și o felie de lămâie. Am sorbit din ceai de câteva ori, privindu-l cum stătea întins pe canapea și schimba din telecomandă canalele la televizor.

— Pot să vin lângă tine? l-am întrebat timid.

— De ce ai face asta? Nu ar trebui să fii lângă tatăl copilului tău? mi-a răspuns cu aparentă nepăsare.

M-am dus lângă canapeaua pe care stătea și, când a văzut că stau în picioare, mi-a făcut loc să mă așez. M-am întins lângă el și l-am îmbrățișat strâns.

— Vezi cum e să fii gelos? Acum înțelegi ce am simțit eu când flirtai cu bona?

— Știi bine că am flirtat doar ca să nu devină Matei suspicios. Doar am flirtat cu ea, nu am lăsat-o gravidă, ce comparație e asta între două situații complet diferite?

— De ce nu mă privești?

— Pentru că nu pot, Irina.

— De ce?

— Măi, dar tu chiar ești fantastică! și-a arătat el brusc enervarea. Cum poți să vii ca o pisică lângă mine, după tot ce mi-ai făcut?

A sărit de lângă mine și a plecat în bucătărie, dar m-am ridicat și m-am dus după el.

— Mă detești, așa-i?

— Da, Irina. Dacă asta ți-ai propus, felicitări, chiar ai reușit să distrugi tot ce simțeam pentru tine, mi-a confirmat el cu un ton plin de durere.

— Cât de puțin mă cunoști...

— Nu te cunosc deloc, dar absolut deloc! Aș fi jurat că între tine și Angel nu a fost niciodată nimic, dar iată! Ești plină de surprize! Mai ai? Mai poți să ne chinui pe toți? Acum suntem trei pe lista ta. Care este următoarea victimă? Câți bărbați îți mai trebuie ca să-ți satisfaci capriciile?

— Știi ceva? m-am enervat eu brusc, înțelegând că nici prin cap nu-i trecea adevărul și că mă judeca atât de greșit. Nu-ți permit să mă tratezi așa. Du-te naibii!

— Ba tu să te duci naibii! a strigat în urma mea.

Am luat un pahar care era pe blat și l-am aruncat spre el, dar l-a prins cu o mână de parcă i-aș fi aruncat o minge de tenis. M-am enervat și m-am dus în fața lui, dorindu-mi să-l lovesc, dar nu am putut și, atunci, i-am întors spatele, hotărâtă să plec, dar el m-a prins de mână și m-a întors cu fața spre el.

— Cine naiba ești și ce ai de gând să faci cu viața ta? m-a întrebat el, năucit de toate schimbările pe le văzuse sau doar le bănuise în comportamentul meu, reacții de neînțeles care-i bulversaseră existența și toate sentimentele.

Mama copilului tău! mi-a venit să-i strig, dar m-am abținut.

— Știi, chiar am crezut că mă iubești atunci când am făcut dragoste... Dar tu erai când în patul meu, când în patul lui Angel, când în patul lui Matei. Ce femeie face așa ceva?!

— Exact cum ți-am spus mai devreme: spre uimirea mea, tu chiar nu mă cunoști deloc și probabil că, dacă până acum nu ai fost în stare să mă cunoști, nici nu mă meriți!

Am vrut să plec, dar m-a oprit din nou, strângându-mă de mână.

— Tu nu ai nicio limită? m-a întrebat. Nici inimă?!

Mi-am smuls mâna din strânsoarea sa și am plecat în camera mea, iar după puțin timp a venit și el, fără să bată la ușă.

— Ce mai vrei? Și parcă v-am învățat să bateți la ușă, nu să dați buzna ca animalele...

— Ți-am adus telefonul, l-ai lăsat în living, după ce ți-ai dat mesaje cu tatăl copilului tău, mi-a spus răstit, cu toate astea, i-am ghicit în voce o durere cumplită.

— Cum îți permiți să-mi umbli în telefon?

— Scutește-mă de lecții de educație, chiar n-am chef acum de tot felul de prostii lipsite de importanță.

Mi-a aruncat telefonul pe pat și s-a rezemat de ușă, în timp ce eu m-am așezat la măsuța de toaletă și am început să mă demachiez, aruncându-i câte o privire în oglindă.

— Tu chiar că ești un drac de femeie, mi-a spus, privindu-mă uimit de liniștea aparentă de pe chipul meu, apoi a ieșit din cameră, trântind ușa.

Am stat câteva minute și m-am gândit iar dacă ar trebui să-i spun tot adevărul. Nu mai suportam să-l știu neliniștit, că era neliniștit și mă ura, îmi era greu să știu că se chinuie, că suferă și e nefericit. Dar încă nu-i puteam spune că el e tatăl copilului meu. Îmi era mult prea teamă...

M-am dus să văd dacă era în camera lui și l-am surprins complet dezbrăcat, când tocmai ieșise de la duș.

— Mai devreme îmi dădeai lecții de bune maniere și că ar trebui să batem la uși, nu să dăm buzna ca animalele, a spus el înfășurându-și în jurul taliei prosopul cu care își ștersese părul.

— Eu nu voi bate la nicio ușă, clar?

Am reușit să-i smulg un zâmbet.

— Ce vrei, Irina?

— Am uitat de ce am venit, am clătinat eu din cap făcând aluzie la ținuta lui, dar el a rămas foarte serios.

— Atunci pleacă, poate-ți reamintești, a devenit el serios dintr-odată.

Exact atunci m-a sunat Simona cu o voce foarte veselă și mi-a spus că s-a încheiat petrecerea și că nu va mai dura mult până când vor veni cu toții acasă, iar Robert, care a auzit-o, mi-a zâmbit strâmb.

— Acum ți-ai amintit de ce ai venit?

— Da, dar nu mai avem timp, am zâmbit și eu, dar parcă nu a gustat gluma mea.

— Eu am. Tu nu mai ai, mi-a adus el aminte.

— Mi se pare mie sau tu mă persiflezi?

— Știi ce e culmea? Tu ești cea care comite tot felul de enormități, greșești, îi rănești pe toți, dar faci cum faci și tot tu te simți lezată. Mai ai puțin și mă convingi că eu sunt cel care te tratează necuviincios.

— Pune ceva pe tine, ca să stăm de vorbă, l-am rugat.

— De ce, așa nu putem?

— Nu, nu mă pot concentra.

— Atunci, dezbracă-te, așa te vei putea concentra sigur. Haide, nimic nu este mai ușor pentru tine decât să-ți scoți hainele! mi-a răspuns el acid, fără nicio intenție de a fi subtil, ci doar direct și răutăcios.

— Idiotule!

Am ieșit trântind ușa.

— Nimfomano! a urlat și el în urma mea.

Peste câteva minute, în timp ce stăteam întinsă pe pat în camera mea, am auzit o bătaie în ușă.

— Intră!

Robert a deschis ușa încet și a intrat în camera mea.

— Ți-ai amintit ce voiai de la mine? Uite, m-am și îmbrăcat special pentru tine, ca să nu mai ai pierderi de memorie.

— Eu m-aș fi dezbrăcat special pentru tine, i-am zis ademenitor.

— Te-ai dezbrăcat cam rar pentru mine, dar presupun că numai pentru că abia le faci față lui Matei și lui Angel. Te înțeleg, nu ți-o fi ușor, a continuat el să-mi reproșeze.

— Încetează, că mă scoți din sărite. Am nevoie de un telefon. Mai ai telefonul Prietenului imaginar?

— Da, îl mai am.

— De ce-l mai ții?

— Am în el mesaje la care nu pot să renunț, să zicem. Dar de ce-ți trebuie un telefon, tu nu ai unul?

— Ca să sun pe cineva.

— Sună de pe al meu.

A venit lângă patul unde stăteam lungită, încercând să mă relaxez, și mi-a întins telefonul, iar eu am format imediat numărul lui Angel. De îndată ce a început să sune, am pornit difuzorul.

— Alo?

— Bună, Angel. Te deranjez?

— Nu, deloc.

— În sfârșit pot vorbi cu tine!

— Dar mă suni de pe numărul lui Robert, mi-a zis el circumspect.

— Da, l-am rugat să-mi dea telefonul lui, telefonul meu este sigur urmărit de Matei și nu putem vorbi în deplină siguranță.

— Ești bine, copil nebun?

— Da, chiar sunt bine. Vreau doar să-mi cer iertare că te-am implicat în povestea asta urâtă. Îmi este rușine de tine...

Angel nu spunea nimic, probabil că se gândea că și acel apel făcea parte din jocul meu și că trebuia să fie precaut.

— Putem vorbi liniștiți, Angel. Nu mai este nevoie să te prefaci, i-am zis zâmbind, mulțumindu-i în gând încă o dată pentru cât era de atent și de bun cu mine.

— Am înțeles. Sigur ești bine? a vrut el să se asigure mai întâi de toate.

— Da.

— OK. Spune-mi și mie, tu chiar ești însărcinată sau ai vrut doar să-l enervezi pe Matei?

— Chiar sunt, i-am confirmat eu.

— Atunci, te felicit, ce să spun? Măcar acum are Matei motive să mă urască, deși oricum mă ura deja, dar degeaba. Asta până când îi vei spune adevărul. Deși tare mi-ar plăcea să creadă în continuare că între noi chiar a fost ceva, a chicotit el.

— Nu am avut încotro, Angel. Ești singurul bărbat credibil, doar cu tine m-am întâlnit în perioada aceasta.

— Chiar nu trebuie să-ți faci griji. Bine că te-ai gândit la asta și că a apucat Simona să mă pună la curent.

— Îți mulțumesc că m-ai ajutat, i-am zis recunoscătoare.

— Știi bine că aș face orice pentru tine. Deci, dacă ai nevoie de ceva, te rog să-mi spui.

— Mulțumesc, prieten drag! Te rog doar să mă susții dacă îți mai trimit mesaje aberante și aparent fără înțeles. Matei stă cu ochii pe mine și sunt hipercontrolată.

— Of, tare rău îmi pare... Dar așa voi face. Însă el cum de nu m-a abordat până acum?

— I-am spus că tu nu știi nimic despre sarcină și că nu-ți voi spune niciodată.

— Ceea ce îi convine de minune...

— Exact. Acum te las, să nu fiu prinsă vorbind cu tine de pe telefonul lui Robert. Îți mulțumesc!

— Irina... Ai grijă de tine, te rog.

Am închis apelul și i-am întins telefonul lui Robert, care asistase la toată convorbirea dintre mine și Angel cu ochii măriți de uimire.

— Este de ajuns ca să mă crezi că între mine și Angel nu a fost nimic? l-am întrebat liniștită. Deși, dacă nu ai fi luat foc și, mai ales, dacă ai fi avut puțină încredere în mine, ai fi putut să-ți dai seama că efectiv nu am avut când să mă culc cu Angel.

— Cine naiba mai poate ști? Totul e un haos în jurul tău...

— Nu vreau să-ți dovedesc nimic, dar nu suport să te îndoiești de mine. Iar dacă totuși te îndoiești, măcar nu-mi mai arăta asta. Nimic nu mă poate insulta mai tare, Robert. Iar ăsta e cel mai mare chin pentru mine.

— Irina...

— Noapte bună, Robert.

— Singurele mele nopți bune au fost cele în care ai dormit lângă mine...

Robert s-a dus în camera lui, iar eu am coborât în living să văd de ce Simona, Sandra și Matei făceau atât de multă gălăgie.

Cum bănuiam deja, erau toți beți criță, cu excepția lui Oli, care îi adusese acasă. Fetele erau vesele nevoie mare, dar Matei părea amărât. Însă, când m-a văzut, a început să-mi declare că e fericit că va fi tată și că mă iubește. Simona a început să-mi dea detalii și să-mi spună cât de bine s-au distrat la sfârșit, după ce au plecat musafirii scorțoși și au rămas doar tinerii și bunica, făcându-mi rapid rezumatul petrecerii, povestindu-mi cum au dat iama în coniacurile scumpe ale Elvirei și cum s-au distrat după ce aceasta a plecat să-și ducă musafirele acasă ca pe niște prințese, precum și cum au reușit să o țină trează pe bunica până la ora aceea târzie din noapte.

— A băut bunicuța cot la cot cu noi. Și mai mult de atât, află că ne-a băgat sub masă, ia uită-te la noi, mi-a spus Simona încântată. E super de gașcă, am râs cu ea de ne-am prăpădit! O femeie și jumătate, cred că a făcut ravagii la vremea ei.

— O să leșine Elvira când va vedea că i-am băut coniacurile și șampaniile ale scumpe, s-a amuzat Sandra.

— Sper că nu ați lăsat-o singură pe bunica.

— Nu, dragă, verișoara Elvirei nu a plecat, doarme la ea. Și este oricum menajera acasă. Dar Elvira face pe taximetrista prin București, să vezi ce-o să-i facă mâine lui Matei că a băut și nu le-a dus el acasă pe fete, adică pe ciudatele ei de prietene...

Râzând și povestind, Sandra și Simona au urcat să se culce, Oli s-a dus în camera ei, bombănind nemulțumită că se făcuse prea târziu, iar Matei s-a trântit pe o canapea și a închis ochii.

— Du-te în camera ta să dormi, i-am spus, nu te odihnești bine pe canapea.

— Rămân aici. Acolo mă simt prea singur.

— Te simți bine, vrei să-ți fac un ceai?

— Vreau să mă iubești, dar se pare că-ți cer prea mult...

— Eu mă voi duce în camera mea, sunt obosită, i-am zis. Tu faci ce vrei.

Am pornit spre scara care duce la etaj și, când am pășit pe prima treaptă, l-am zărit pe Robert pregătindu-se să coboare în living, însă, când m-a văzut, s-a oprit.

— Nu vrei nici măcar să dormi cu mine? a strigat Matei în urma mea. Ți-am dovedit în aceste luni că sunt capabil să nu te ating deloc și mă mulțumesc doar să te am lângă mine, ce vrei mai mult?

În acel moment, l-am privit pe Robert ca să-mi dau seama dacă a auzit ce a spus Matei, iar când i-am văzut privirea înmărmurită, am înțeles că auzise foarte bine.

Astfel aflase că doar el putea fi tatăl copilului meu. Fără voia mea, chiar din gura lui Matei.

Probabil că mi se citea vinovăția pe chip – normal că mă simțeam vinovată că-i ascunsesem un lucru atât de important și de aceea am urcat scările privind în jos, sperând că el nu va mai fi în capătul lor când aveam să ajung acolo. Însă, când am ajuns pe ultima treaptă și am ridicat privirea, el încă stătea acolo, nemișcat, împietrit.

Am vrut să trec pe lângă el, dar m-a oprit și m-a strâns în brațe fără să rostească niciun cuvânt, și-a cufundat fața în părul meu și a șoptit ceva, dar nu am înțeles ce. A început să plângă ușor, iar când am încercat să-l îndepărtez, a îngenuncheat în fața mea și m-a cuprins foarte strâns cu ambele brațe. Gestul și emoția lui nestăpânită mi-au pătruns direct în suflet și, sub imperiul trăirilor foarte puternice de care aveam parte, am început să plâng și eu. Îmi era ciudă că Matei ne furase chiar și acel moment, unul dintre cele mai frumoase din viața unui cuplu, și sufeream enorm că nu am putut chiar eu să-i dau lui Robert vestea că va fi tată, așa cum ar fi meritat.

— Cum să nu-mi spui aşa ceva? m-a întrebat în şoaptă. Cum? Şi lacrimile îi inundau faţa...

L-am mângâiat pe păr, apoi m-am smuls din strânsoarea braţelor lui, călcându-mi pe inimă, şi am plecat în camera mea. Abia am reuşit să adorm, tot gândindu-mă la ceea ce ar fi trebuit să fac, şi m-am trezit aproape de miezul zilei. Când am văzut cât de târziu era, am sărit ca arsă din pat. Robert era în camera mea, pe fotoliu, dormea.

— Ce faci? De când eşti aici? l-am întrebat speriată.

— De vreo oră, am aţipit aici, mi-a spus dezmeticindu-se.

— Unde sunt ceilalţi?

— Dorm toţi, doar Oli şi Matei s-au trezit, Oli s-a dus la biserică, iar Matei a plecat să o ducă pe Cesara la Silvia.

M-am ridicat şi m-am dus la baie, mi-am făcut ritualul de dimineaţă, iar când am ieşit, l-am găsit dormind liniştit în patul meu. Am încuiat uşa, ferindu-mă să fac zgomot, şi m-am aşezat încet pe marginea patului, dar el m-a simţit şi a întins braţele spre mine.

— Nu am dormit toată noaptea, mi-a spus cu vocea unui om ostenit, dar fericit.

— Atunci, dormi liniştit, l-am mângâiat eu.

— Perna ta miroase minunat. Ca tine, a oftat el şi a întins braţele spre mine.

Am luat telefonul şi i-am trimis mesaj Simonei să o întreb dacă s-a trezit, apoi am rugat-o să stea de pază şi să mă anunţe când se va întoarce Matei. Apoi m-am cuibărit în braţele lui Robert. Când m-a simţit, mi-a desfăcut halatul pe care-l îmbrăcasem după duş şi a început să mă pupe pe burtă.

— Trebuia neapărat să pup pe cineva, mi-a spus zâmbind. Apoi a continuat să mă sărute şi să mă iubească, aşa cum numai el mă putea iubi, cerându-şi iertare şi spunându-mi încontinuu că mă iubeşte şi că numai în braţele mele e fericit.

Capitolul 19

Matei s-a întors târziu, abia spre seară, cu toate că l-am sunat când am mâncat de prânz, dar nu mi-a răspuns. Mi-am imaginat că fusese să caute alinare prin patul vreunei femei, nu avea unde să dispară atâtea ore, singur, într-o zi de duminică.

— Cea la care ai fost măcar te iubeşte? l-am întrebat ca pe un bun prieten, când am rămas singuri în curte.

Ieşisem amândoi să o aşteptăm pe Cesara, după ce Silvia l-a anunţat că va aduce fetiţa acasă.

M-a prins de umăr şi m-a tras aproape de el, apoi m-a pupat, părinteşte, pe frunte.

— Da, ea mă iubeşte, a recunoscut el spre uimirea mea.

— Şi tu? De ce nu o iubeşti?

— Pentru că te iubesc pe tine, iar eu nu pot iubi două femei în acelaşi timp, a ridicat el din umeri a neputinţă.

— Dă-i o şansă. Şi nu o face să sufere, te rog. Nu o folosi.

Mă privea uimit, de parcă i-aş fi spus cine ştie ce grozăvie.

— Uite, până şi asta mă face să te iubesc.

— Ce anume? am vrut eu să ştiu, poate pentru a mă abţine pe viitor, în speranţa că Matei nu mă va mai iubi...

— E prea greu de explicat. Dar am impresia că este de ajuns doar să respiri lângă un om pentru a-l face să te iubească.

— Dacă mă iubeşti, aşa cum spui, vei accepta că locul meu nu este aici şi mă vei lăsa să fiu fericită.

— Nu te iubesc încă atât de mult, va trebui să mai aștepți până voi ajunge în punctul acela, mi-a răspuns el ori luându-mă peste picior, ori vorbind cât se poate de serios.

Câteva clipe am stat tăcuţi unul lângă celălalt, el mă ţinea de umăr şi amândoi priveam înspre poartă.

— Te deranjează că am fost cu altă femeie?

— Deloc. Eşti om, ai şi tu nevoie de puţină afecţiune, i-am spus cu sinceritate.

— Nu de afecţiune am avut nevoie...

Silvia sosise la poartă, iar când Matei a văzut-o, s-a dus să-i deschidă. M-am dus și eu și am salutat-o, ea ne-a mulțumit amândurora pentru că i-am oferit o zi cu Cesara, apoi a plecat.

— Tati, tati, azi a fost cea mai frumoasă zi cu mami! ne-a spus micuţa încântată.

— Da? Ce aţi făcut?

— Păi, am fost la bunica Marta, apoi la mall şi am făcut cumpărături, apoi am mâncat la restaurant, apoi am fost în parc!

— Mă bucur că ai avut o zi aşa de frumoasă.

— Data viitoare să veniţi şi tu, şi Irina să ne distrăm cu mami. Irina, vii la mine în cameră să-ţi arăt ce mi-a cumpărat mami? Mi-a luat culori...

— Creioane colorate, i-am spus zâmbind. Nu culori.

— Creioane colorate şi o carte cu pisici, dar vii?

— Desigur, abia aştept să văd ce ai primit! i-am spus. Am ridicat-o în brațe și am pupat-o apăsat pe obraz, bucurându-mă de mirosul ei la fel cum făceam atunci când era bebeluș și când mi se părea cel mai minunat din câți ar putea exista.

Matei mi-a luat-o imediat din brațe și a pus-o jos, iar micuța a pornit în fugă spre casă.

— Nu ar trebui să mai ridici, Cesara a crescut și este destul de grea, mi-a spus el grijuliu.

— Tu chiar mă iubeşti... am constatat eu zâmbind.

— Nici nu-ţi imaginezi cât de mult, mi-a confirmat el.

— Da, dar uite, cu mine ești rău. Poate că tipa aceea la care ai fost azi te va face să fii bun, poate că ea este cea care trebuie să fie cu tine.

— Chiar și în rău poate exista un bine, Irina. Trebuie doar să-l scoți la suprafață...

— Te rog, Matei, haide să punem punct aici poveștii noastre și să încercăm să rămânem prieteni! Ți-aș fi loială ție, Cesarei și tuturor, v-aș iubi enorm ca prietenă...

— Tu ești femeia vieții mele și vei pleca de aici doar dacă eu voi muri și cu asta basta, mi-a spus el sumbru, întunecându-se la față.

A intrat în casă, iar eu, cuprinsă de fiori auzindu-l, m-am dus în camera Cesarei și m-am jucat cu ea, încercând să uit sentimentul straniu pe care-l avusesem în urma a ceea ce-mi spusese.

În seara aceea, la cină, Matei ne-a anunțat că nu de mult a câștigat la licitație un contract foarte important și că va trebui să plece din țară să mai cumpere niște utilaje pentru a dezvolta firma.

— Nu vrei totuși să vin cu tine? l-a întrebat Robert.

— Știi bine că trebuie să fii aici, i-a răspuns Matei. Vei avea multă treabă, abia vei avea timp să respiri. Și va trebui să te asiguri că Irina nu va pleca. Se pare că trece iarăși printr-o criză...

— Cum adică să mă asigur că Irina nu va pleca? De ce continui să mă implici în problemele voastre?

— Începi să exagerezi, Matei, i-a spus și Oli.

— Exagerez? Foarte bine. Atunci, vă las tuturor sarcina să aveți grijă de Irina. Iar dacă ea va pleca din casa asta, puteți să plecați cu toții, pentru totdeauna.

Ne uitam la el ca la o ciudățenie și nu ne venea să credem că a spus așa ceva, era prea mult chiar și pentru el, care nu avea mai mereu nicio măsură. Din fericire, la masă nu era şi Cesara, ea se juca în living, dar Oli, Sandra şi Robert s-au indispus imediat.

— De ce aveţi feţele astea? ne-a întrebat Matei. Nu v-am cerut niciodată nimic. Nu pot să vă cer acum să mă ajutaţi? Sunt disperat şi am ajuns la capătul puterii. N-am voie? Nu sunt şi eu om?

— Asta putem să înţelegem. Dar, cu toate astea, ţie ţi se pare normal ce ne ceri? a ripostat Oli supărată. Eu pot să plec de acum, dacă vrei. Pentru că nu voi împiedica niciodată pe cineva să facă ce simte, iar pe Irina cu atât mai puţin.

S-a ridicat de la masă şi a plecat în bucătărie mândră, cu fruntea sus, iar Matei s-a dus repede după ea – să o împace, probabil.

— Îmi şi imaginez cum încerc să plec de aici şi voi mă ţineţi cu forţa, am râs eu. Mă legaţi de scară şi-mi daţi apă şi mâncare ca unui căţel.

— Băi fraţilor, râdem, glumim, dar vouă nu vi se pare că Matei a cam luat-o razna? a spus Simona.

Din bucătărie se auzea cum Oli ridica vocea la Matei, iar Robert a vrut să meargă să-i împace, dar Simona l-a prins de mână şi i-a făcut semn că nu ar fi cazul să se amestece. Era momentul ca Matei să se descurce singur şi să suporte consecinţele vorbelor sale. Eventual, poate reuşea să înveţe şi să-și ceară iertare când greşea.

— Cum faci? m-a întrebat Sandra dintr-odată. Cum îi faci să-ţi ciugulească din palmă, să fie atât de dependenţi de tine, încât să te vrea chiar şi după ce îi înşeli şi rămâi gravidă cu altul?

— De parcă nu ai şti cum e Matei, m-a apărat Simona.

— Și Angel? El nu este ca Matei, nu dezvoltă obsesii, a observat Sandra cu tristeţe.

— Asta e problema ta? m-am răstit. Ce şi cum fac eu nu ştiu ce? Aşa m-am săturat de judecăţile voastre!

M-am ridicat și am plecat în living, de unde am luat-o pe Cesara să o pregătesc de culcare. În timp ce îi făceam baie fetiței, Sandra a venit și m-a întrebat dacă sunt supărată pe ea. I-am spus că nu și am rugat-o să aștepe să o culc pe fetiță și să stăm de vorbă după aceea. După ce am adormit-o pe micuță, am chemat-o pe Sandra afară, pe leagănul-pat, știind că acolo puteam discuta liniștite, fără să fim auzite de cineva.

— Iartă-mă, mi-a zis ea când a ajuns lângă mine.

— Și eu te rog să mă ierți că mi-am ieșit din fire, i-am răspuns împăciuitoare.

— Nu am niciun drept să fiu geloasă pe Angel, cu toate că-l iubesc de atâta timp.

— Sandra, tu mi-ai încredințat secretul tău, și anume că te întâlnești cu Angel fără știrea lui Matei, și eu nu i-am spus niciodată. Nu am suflat o vorbă pentru că nu te-aș trăda pentru nimic în lume, nu mi-aș trăda niciodată o prietenă.

— Știu și îți sunt recunoscătoare pentru asta.

— Crezi că poți și tu să păstrezi un secret, să nu mă trădezi vreodată, orice s-ar întâmpla?

— Da, pot. Nu te-aș trăda nici eu, m-a asigurat ea.

— Dă-ți cuvântul de onoare în fața lui Dumnezeu.

— Știi bine că eu nu cred în Dumnezeu, nu vreau să fiu ipocrită...

— În ceva mai puternic decât orice și oricine tot trebuie să crezi. Altfel, te-ai simți singură pe lume...

— Îți dau cuvântul meu de onoare că nu voi spune nimănui ce-mi vei spune acum.

— Bine, atunci. Între mine și Angel nu s-a întâmplat nimic, nu el este tatăl copilului meu.

— Tu vorbești serios?!

— Da, foarte serios. Îți dau cuvântul meu de onoare în fața lui Dumnezeu și știi bine că eu cred în El.

— Tu știi că m-am gândit la posibilitatea asta? Că este totuși copilul lui Matei, dar că nu ai vrut să-i spui ca să poți pleca de aici şi să nu aibă pretenţii asupra copilului. Nici nu mă mir că procedezi aşa după tot ce i-a făcut Silviei...

S-a aşezat lângă mine pe leagăn şi m-a îmbrăţişat, iar eu nu i-am mai spus şi că, de fapt, copilul nu este al lui Matei. Era suficient să ştie ce o durea pe ea cel mai rău, şi anume că între mine şi Angel nu era şi nu fusese niciodată nimic.

— Îţi mulţumesc că mi-ai spus adevărul, Irina. Şi te rog să mă ierţi că am fost rea, mi-a zis emoţionată de aflarea adevărului.

— Nu m-am supărat, ba chiar m-am imaginat în locul tău. Îmi pare rău că Angel nu-ţi împărtăşeşte sentimentele, dar nu cred că este îndrăgostit de mine, aşa cum ai spus, am încercat eu să o liniştesc din toate punctele de vedere.

— Este foarte îndrăgostit de tine, nu am niciun dubiu.

— Poate a fost puţin, dar la început...

— Oricum, nu din vina ta nu mă poate iubi pe mine, a concluzionat ea cu înţelepciune.

Am stat amândouă de vorbă până când Matei a venit la noi, iar ea s-a ridicat să-i facă loc să se aşeze lângă mine.

— Dacă va pleca Irina, vei avea nevoie de noi, i-a spus ea. Suntem singurii care te iubim, aşa tâmpit cum eşti.

— Şi eu vă iubesc, ştii bine asta.

Sandra a plecat în casă, iar Matei s-a aşezat lângă mine.

— Mai ţii minte când am adus acest leagăn acasă? După ce mi-ai spus că ţi-ar plăcea să dormi afară uneori, la fel cum dormeai în casa ta, când erai copil.

— Da, îmi amintesc. Ştii care este prima mea amintire frumoasă cu acest leagăn?

— Care?

— Noaptea aceea când am stat aici cu Luminiţa până dimineaţa, la cinci, şi am povestit privind cerul plin de stele, înfofolite cu pături. Nu ştiu ce tot aveam de vorbit amândouă, dar nu terminam niciodată. Când am intrat în casă, ne-am pus pe mâncat slănină cu ceapă şi salată de vinete, flămânde de parcă veneam de la cosit...

— Și ultima ta amintire frumoasă cu acest leagăn care este? a mai vrut el să știe.

Mi-am dat seama că ultima amintire de acolo era noaptea aceea în care făcusem dragoste cu Robert. Doar amintindu-mi mângâierile și sărutările lui simțeam fiori calzi și reci în tot corpul și mă bucuram că Matei nu-mi putea vedea chipul vinovat, fiindcă era prea întuneric afară.

— Te-ai împăcat cu Oli? l-am întrebat ca să schimb subiectul.

— Da, dar a trebuit să o las să-și facă numărul, a avut multe de reproșat. Dar tu și Sandra despre ce ați povestit?

— M-a întrebat cum îi fac pe bărbați să fie dependenți de mine. Probabil că a vrut să zică obsedați, nu dependenți.

— Și ce i-ai răspuns?

— Nu i-am răspuns, dar ar fi trebuit să-i spun că e doar ghinion pur.

— Trebuia să mă întrebe pe mine, a răsuflat el adânc.

— Și ce i-ai fi răspuns? Vreun clișeu din acela că sunt minunată și că nu poți trăi fără mine?

— I-aș fi spus că, după ce apucă omul să te cunoască, nu mai vrea să trăiască fără tine, fiindcă tu faci ca totul să fie mai frumos. Lucrurile, oamenii, viața...

— Vezi? Deci ai putea trăi fără mine, dar nu vrei.

— Nu aș putea, s-a încăpățânat el să o țină pe a lui.

— Cum să nu poți? Cum ai putut trăi fără mine înainte să mă cunoști?

— Dacă mi-ai fi spus înainte să te cunosc că voi ajunge să iubesc așa, să fiu atât de dependent de cineva, să sufăr atât de tare, să-mi calc peste orgoliu și să renunț la demnitate, să fiu bolnav și nebun de iubire, aș fi spus că așa ceva nu va fi posibil niciodată. Și aș fi putut să bag mâna în foc pentru asta.

— Tu asociezi iubirea cu niște ambiții absurde și cu slăbiciunea...

— Eu asociez iubirea doar cu tine. Atât.

Câteva clipe am stat tăcuți, unul lângă celălalt, ca doi străini care doar împărțeau o bancă pe peronul unei gări, așteptându-și fiecare trenul, ca să pornească în direcții diferite.

— Cum să fac să plec fără să te rănesc, fără să te înverșunez, fără să te determin să comiți niște greșeli pe care le vei regreta mai târziu, atunci când îți vei da seama că eu am fost doar un capitol din viața ta, nu toată povestea?

— Dar eu cum să fac să te conving că te iubesc, cu adevărat și ca un adult, nu la fel ca atunci când ne-am cunoscut? Că m-am schimbat, că m-am maturizat, că acum știu ce vreau și că te-aș iubi și te-aș prețui până în ultima clipă a vieții mele, că aș face tot ce-mi stă în putință să repar tot ce am stricat?

— De parcă sufletul omului ar putea fi reparat la fel cum repari vreun obiect oarecare, Matei... Anumite răni, pe care le credem vindecate, se pot deschide la cea mai mică lovitură. Poate că așa ne este dat, să avem doar puterea de a răni ușor, nu și puterea să vindecăm la fel de ușor. Altfel, nu-mi explic de ce, uneori, nu ne ajunge nici măcar o viață întreagă pentru a vindeca anumite răni...

— Dar îi putem ierta pe cei care ne-au rănit...

— Așa este, îi iertăm, dar nu-i mai putem iubi, nu mai putem rămâne lângă ei, ne-ar aminti doar de răni și de cum au decăzut în ochii noștri.

— Eu când te văd nu-mi amintesc că am fost rău și decăzut, ci că trebuie să fiu puternic și să fiu demn de tine.

— Dar purtarea te contrazice, când amenințí și urzești planuri de distrugere a oamenilor.

— Ți-e teamă de mine, așa-i?

— Mult mai teamă decât că mi-ai putea face mie vreun rău îmi este că i-ai putea răni pe alții. Dar și pe tine. Că aș fi, fără să vreau, cauza vinovăției tale și a suferinței unor oameni care nu ar trebui să treacă prin chinuri și dureri numai pentru că noi doi nu ne-am înțeles până la sfârșit.

— Mai dă-mi o șansă să-ți arăt cine pot fi, Irina. De când am aflat că ești însărcinată, mă gândesc doar la asta și vrei să știi ceva? Nu-mi pasă cu cine ai conceput acest copil, pentru mine este doar copilul tău, este parte din tine și deja îl iubesc. Și îmi doresc să-i fiu tată.

Nu mai suportam aceleași discuții care nu duceau nicăieri, nici să mă roage, nici să-mi facă promisiuni, voiam doar să pot pleca de acolo liniștită și să-mi văd de viață. Trebuia să schimb subiectul, obosisem să-l aud vorbind mereu despre un viitor lângă el și promisiunile sale de viață fericită alături de el.

— Cum de nu te-ai împrietenit cu vecinii? l-am întrebat numai ca să discutăm despre orice altceva, doar despre noi nu.

— Nu știu și nici nu m-am gândit la asta vreodată. La început ne-am salutat, discutam mereu atunci când ne întâlneam pe afară, pe stradă. Pe cel din partea aceasta l-am ajutat cu gardul, apoi a devenit, din senin, ostil. Și acum chiar se vede clar că nu mă suportă.

— Ce motiv ar avea pentru asta?

— Oamenii nu au nevoie de motive să nu te placă. Este suficient să ai mai mult decât ei, să fii mai bun sau mai fericit. Cel puțin, să pari așa, văzut din afară, că în sufletul tău oricum nu au habar ce este. Nu am văzut niciodată vecini care să se înțeleagă prea bine atunci când au existat diferențe majore de nivel intelectual sau material. Cu timpul, mi-am dat seama ce s-a întâmplat, de fapt, și mi-am dat seama de unde au pornit privirile lor urâte, realizând că oamenii sunt doar invidioși pe faptul că am o casă mai mare, mai mult teren, mașini frumoase...

Au urmat iar câteva minute de tăcere; la un moment dat, Matei a început să mă mângâie pe mână.

— Știi, cred că în noaptea aceasta voi dormi aici, i-am spus. Ca atunci când eram copil și visam cine știe la ce. Acum voi privi cerul și-mi voi imagina că acolo sus, printre stele, se află tata, Lumi, domnul profesor, Rareș..., câinele meu din copilărie...

— Este cam răcoare să dormi afară, s-a îngrijorat el.

— Îmi voi aduce o pilotă și o pernă.

— Vrei să dorm cu tine? Nu avem loc amândoi pe leagăn, dar eu pot aduce un pat pliant și să-l pun aici, lângă...

— Nu, Matei. Chiar vreau să fiu singură, cu gândurile mele.

— Am înţeles, dar nu uita că nu mai eşti singură. Eşti cu copilul tău. Eu sunt foarte obosit, știi că nu sunt obişnuit să beau atât de mult şi chiar voiam să îţi spun că-mi pare rău că am venit atât de băut de la mama. M-am îndemnat cu vărul meu și cu fetele...

— Nu trebuie să te scuzi, mie nu mi-ai adus niciun prejudiciu, i-am răspuns.

— Da, dar mi-ai spus mai demult că nu suporţi beţivii, că-ţi provoacă repulsie şi că nu mai respecţi un om dacă-şi bea minţile.

— Matei, tu nu eşti beţiv pentru că ai întrecut o dată măsura, beţivii sunt cei care nu lasă o zi să treacă fără să bea și să se îmbete. Și, așa cum ziceam, oare există cineva care suportă beţivii? Că eu una nu înţeleg lipsa asta de măsură şi de respect faţă de alţii, până la urmă. De ce te-ai face de rușine în faţa altora? Niciun om beat nu e simpatic, cui i-ar plăcea un om incoerent şi care mai vorbeşte şi prostii? Bine că ne ruşinăm cu o haină murdară sau ruptă, dar nu cu un comportament jenant, cu o astfel de decădere...

— Bine, eu nu m-am îmbătat niciodată atât de tare încât să nu mai știu ce spun... Am fost doar obosit și euforic, dar nu se va mai întâmpla niciodată, îţi promit.

— Nu-mi faci mie un favor dacă nu te mai îmbeţi. Dar ar fi bine Cesara să nu aibă amintiri cu tine băut, asta da. Eu pe tata nu l-am văzut niciodată beat. Cred că ar fi intrat în pământ de rușine dacă l-aș fi văzut să-și bea mințile. Și m-aș fi rușinat și eu cu el, așa cum se rușina o prietenă al cărei tată umbla mereu băut...

— Ai dreptate. Așa cum ai spus cândva, anturajul poate strica un om...

— Nu mai da vina pe anturaj pentru deciziile tale și pentru lipsa ta de măsură. Nu trebuie să imiţi comportamentul deplasat al altora, l-am sfătuit plină de intenţii bune.

Simona mă striga prin curte și abia atunci mi-am dat seama că nu luasem telefonul cu mine. I-am răspuns că sunt la leagăn și a venit la noi.

— Fraților, am o durere de cap, m-a chinuit toată ziua, ne-a spus ea. Nu mai beau în viața mea! a promis ea.

Matei s-a ridicat ca un cavaler ce era și i-a oferit locul de lângă mine, iar ea s-a trântit de sus pe leagăn.

— V-am întrerupt din vreo discuție importantă? ne-a întrebat ea.

— Deloc, a liniștit-o Matei.

— Îmi dau seama acum că nu am sunat-o azi pe bunica! am sărit imediat în sus. Oare se simte bine?

— E bine, m-a asigurat Matei. Am vorbit eu cu ea.

— Pe ea n-o doare capul? a râs Simona.

— Voi chiar ați vorbit serios când ați spus că bunica a băut cot la cot cu voi?

— Chiar a băut mai mult decât am văzut-o să bea vreodată, a spus Matei amuzat. Bunica a băut foarte rar în toată viața ei, mai mult a ciocnit cu noi câte un pahar de șampanie, ocazional, la evenimente, foarte rar, iar extrem de rar a gustat câte puțin coniac sau câte un vin cu care s-a lăudat careva.

— Lasă că a recuperat ieri, a spus Simona râzând. Irina, dacă ai fi auzit ce bancuri ne-a spus! Ne-am tăvălit pe jos de râs! Nu mi-am imaginat că o doamnă cum este ea știe atâtea prostii, a hohotit ea amintindu-și.

— Și pe mine m-a uimit, a confirmat Matei. Știam că bunica este o enciclopedie vie, că știe foarte multe poezii, fabule și povești, când se dădeau petreceri la noi acasă, ea era sufletul petrecerilor, dar nu am văzut-o niciodată să spună asemenea bancuri, chiar a fost o surpriză. Plăcută, recunosc, a fost cel mai plin de viață participant la petrecerea mamei.

Am stat până târziu cu Matei și Simona și am povestit afară, la leagăn, ca în vremurile de la începutul relației noastre, când ne înțelegeam foarte bine cu toții. Văzând că nu ne mai întorceam în casă, au venit și Sandra, și Robert și ni s-au alăturat. El a aprins câteva lumânări în jurul leagănului, a adus trei scaune de pe terasă, ne-a adus apă și un castron plin cu struguri și, odihniți, după somnul lung de după petrecere, am stat la fel ca în trecut.

Am povestit și am râs până în zori...

— Știi la ce mă gândeam, mi-a spus Robert la un moment dat, de față cu toți ceilalți. Că mi-e dor să ies cu tine la o cafea, așa cum obișnuiam odinioară. Doar noi doi. Mai ții minte cât ne mai distram înainte? Erai cea mai bună prietenă a mea, mi-a spus cu reproș.

— Haide că deja mă faci geloasă! a spus Sandra zâmbitoare. Parcă eu eram cea mai bună prietenă a ta!

— Eu ce să mai zic? a spus Matei zâmbind și el. Credeam că...

— Ce te gândeai, Matei, că ești cea mai bună prietenă a lui Robert? l-a întrerupt Simona râzând. Nu degeaba vă spune Irina, uneori, „fetelor".

Am izbucnit cu toții în râs.

— Păi, și de ce nu ieșiți să beți o cafea amândoi? ne-a întrebat Matei. Părea sincer și împăcat, numai că eu nu știam ce să cred, dacă e sincer și bine intenționat sau nu.

— Înainte ieșeam mult și datorită Cesarei, am spus. Dar chiar ne distram împreună, ne amuzam când tipele care-l admirau credeau că suntem împreună și eu le spuneam că sunt sora lui, ca el să poată flirta cu ele. Mai ții minte? l-am întrebat pe Robert. Îmi reproșai mereu că din cauza mea nu poți agăța nicio tipă, i-am zis râzând.

— O mai ții minte pe ospătărița aceea care se lipise de masa noastră și căreia, când a adus nota de plată, i-ai scris pe bon numărul meu de telefon? și-a amintit Robert.

— Daaaa, am continuat eu să hohotesc. Dar știi ceva? Nu mi-ai spus niciodată dacă te-a sunat, așa face cel mai bun prieten? am glumit eu.

— M-a sunat, cum să nu? și chiar m-a chemat la cafea pe tura ei.

— Şi te-ai dus? a fost curioasă Simona.

— Bineînţeles, a răspuns el.

— Vreţi să vă spun un secret? le-am făcut eu celorlaţi un semn. Mereu mi-a plăcut să ies cu Matei şi cu Robert. M-am mândrit mereu cu ei.

— Serios? a întrebat Matei.

— Da. Şi nu pentru că aţi avut mereu maşini frumoase sau chestii de genul acesta. Ci pentru că am avut toate motivele care nu ţin de bani ca să fiu mereu mândră de voi. Pentru că sunteţi frumoşi, eleganţi şi manieraţi, le-am spus sincer, din inimă, ceea ce crezusem mereu despre ei.

Matei s-a ridicat de pe scaun şi m-a îmbrăţişat, dar Robert a rămas pe scaunul lui.

— Eu nu te îmbrăţişez, încă sunt supărat pe tine, mi-a zis el posomorât.

— De ce? am întrebat liniştită, ştiind că doar juca teatru de faţă cu ceilalţi.

— De ce, mă întrebi de ce? Pentru că nu ai mai făcut un tiramisù de o mie de ani, de asta! a venit răspunsul lui imediat.

— Da, chiar, că bine zici, Robert, nu se poate aşa ceva! a exclamat şi Sandra.

— Ştiţi ceva? am sărit eu imediat în picioare. Cred că am tot ce-mi trebuie în casă, merg să vă fac tiramisù, le-am comunicat hotărâtă.

— Îl facem împreună, a sărit şi Simona.

— Nu fără noi, a spus şi Matei, întinzându-i mâna lui Robert să se ridice.

— Eu cred că sunt singura normală din casa asta, a bombănit Sandra în urma noastră. E ora cinci dimineaţa şi ăştia fac pe cofetarii.

Capitolul 20

În următoarele zile a fost liniște și pace în casa de la Snagov, așa cum nu mai fusese de multă vreme, din timpurile de la începutul relației mele cu Matei. Care, de la seara și noaptea de pomină de după petrecerea mamei sale și ziua aceea când anunțasem de față cu toată lumea că nu e copilul lui cel pe care-l port în pântece, se purta ireproșabil. E adevărat, nici eu nu i-am mai vorbit despre despărțire, am decis să aștept să plece liniștit în străinătate, ce rost avea să purtăm la nesfârșit acel dialog în care eu îi spuneam că vreau să plec și să ne despărțim pentru totdeauna și el mă amenința numai ca să nu o fac?

El avea programată o călătorie de afaceri în China, era stresat cu noul contract și nu voiam să-l tulbur. Așa că am conviețuit frumos și în pace cu toții în casă și ne-am văzut fiecare de rutina sa: eu m-am ocupat mai mult de Cesara și de mesele familiei, Matei și Robert de tot ce ținea de noul lor proiect. Ca întotdeauna, ne întâlneam dimineața la micul-dejun și seara la cină, iar după ultima masă a zilei, relaxați, încercam să le fac serile agreabile, ne uitam la filme sau ieșeam la plimbare.

Matei nu a mai abordat deloc subiectul sarcinii, era mulțumit că mă aflam acolo și că nu-mi mai exprimam dorința să plec. Și, cu toate că Robert m-a rugat de câteva ori să stăm de vorbă, i-am spus de fiecare dată că am nevoie de puțină liniște și că vom sta de vorbă, doar noi doi, după plecarea lui Matei, când nu va mai fi niciun pericol să izbucnească un nou scandal. Speram că amânând acea discuție cu el aveam destul timp să mă gândesc bine și fără să mai fiu sub presiune gândindu-mă ce ar fi trebuit să-i spun, dar, cu cât mă gândeam mai mult, cu atât îmi pierdeam orice curaj și-mi pierea dorința de a-i mărturisi tot adevărul despre motivul real pentru care m-am întors la Matei.

Îmi repetam încontinuu că nu voiam să stric relația dintre ei, știam că ar fi fost distrus sufletește să afle că fratele lui îl considera un trădător, mai ales după ce toată viața i-a fost loial și l-a iubit mereu, punându-se mereu pe ultimul loc, doar ca să-i fie bine lui Matei.

În ziua precedentă plecării lui în China, Matei și-a exprimat din nou dorințele, planurile și visurile aprinse încă de acea scânteie nebună a speranței.

— Mi-am dat seama că te-am neglijat, mi-a spus el blând ca niciodată. Acum sunt foarte prins cu acest proiect, dar după ce se vor liniști lucrurile aș vrea să mergem undeva, într-o vacanță, oriunde vei dori tu. Cu toată familia, desigur, sunt convins că încă nu-ți dorești să plecăm undeva doar noi doi și nu mă opun dorinței tale. Iar când spun toată familia, mă refer și la Simona, și la Sandra. Pentru că voi toți sunteți familia mea.

— Bine, i-am spus, cu toate că eu în mintea mea plănuiam să plec defintiv din viața lui și a familiei sale. Nu voiam să-l supăr, să plece stresat și îngrijorat, trebuia să rămână concentrat pe munca lui.

— Legat de Robert... Vreau să știi că m-aș bucura dacă voi doi ați fi la fel ca la început, prieteni. Dar aș vrea să știu adevărul, dacă ai de gând, cumva, să mai fii cu el, să mă trădați... A lăsat fraza neterminată și am putut să-i citesc amenințarea în glas.

— Nu, Matei. Între mine și Robert a fost doar o greșeală. Știi bine asta, am încercat eu să-i sugerez. Nu ar fi mers între noi. Mai mult decât m-ar fi putut iubi pe mine, el te iubește pe tine și își iubește familia.

— Să nu mă minți, te rog, Irina.

— Nu te mint. Dar nici nu vreau să-ți dau speranțe că între mine și tine va mai fi ceva. Sunt cinstită cu tine, Matei, nu te mint, dovadă e și ceea ce-ți spun acum.

— Nici nu-ți cer asta, înțeleg, nu vreau să fac nicio presiune asupra ta. Irina, de data aceasta chiar vreau să fac lucrurile altfel.

Am tăcut, nu i-am făcut nicio promisiune, l-am rugat doar să aibă grijă de el și i-am urat drum bun și mult succes și să se întoarcă sănătos acasă. A plecat dimineața foarte devreme, dar nu înainte să vină să-și ia rămas-bun. L-am simțit când a intrat în camera mea și m-a pupat.

— Te voi găsi aici când mă întorc, da? m-a întrebat cu o voce rugătoare...

— Nu știu, Matei, poate voi merge la Brașov.

— Poți merge oriunde vrei, doar să nu mă părăsești. Irina, dacă mă părăsești, o să distrug toată lumea. Eu fără tine nu mai sunt om și nu mai pot fi bun. Te iubesc!

M-a durut că nu i-am putut spune și eu ceva frumos, dar m-am bucurat când a închis ușa în urma lui, de parcă, făcând asta, mi-ar fi redat libertatea.

Știindu-l departe, nu m-am grăbit să plec. Voiam să o pregătesc pe Cesara și am avut o discuție cu ea în care i-am explicat, cu mult tact, că va trebui să lipsesc o perioadă pentru că voi avea niște treburi de rezolvat. Știam că nu era cazul să-i spun că voi pleca definitiv, era încă un copil, care nu trebuia supus unui astfel de stres.

— Și vii când apare bebelușul? m-a întrebat ea.

— De unde ai aflat despre bebeluș?

— Mi-a spus tati. Că o să vină o surioară sau un frățior. Dar eu aș vrea un frățior, nu-mi plac surioarele. Ai văzut ce soră rea are Anastasia...

— Nu toate surioarele sunt rele, te asigur.

I-am explicat că trebuie să mă ocup de actele casei în care am copilărit, că asta presupune să stau mai mult timp la Brașov, că apoi voi dori să vând casa și să-mi cumpăr un apartament, că și pentru asta trebuie să umblu mult, să văd multe apartamente, iar ea a înțeles. I-am mai povestit despre distanțele dintre oameni, că acestea nu există atâta timp cât cineva ne iubește, și am asigurat-o că eu o iubesc enorm și că mereu voi fi prietena ei, indiferent unde mă voi afla. Apoi, când am simțit că se îngrijorează, i-am spus că și mama mea are nevoie de mine, că am stat mult timp departe de ea și că a sosit momentul să mai petrecem timp împreună.

Robert își dorea mult să fie doar cu mine, mai ales că aveam nevoie de intimitate ca să vorbim despre noi și mi-a propus să mergem împreună la o cabană izolată, în Bucovina, ținând cont de faptul că-mi exprimasem dorința de a merge într-un loc nou, cât mai departe de civilizație, într-un vârf de munte dacă s-ar putea.

— Cred că Matei s-ar bucura să te duc acolo, mi-a spus cu naivitate, fără a avea habar că pe Matei l-ar fi îngrozit și l-ar fi adus în pragul nebuniei gândul că noi doi am putea fi singuri undeva.

— Prefer să nu-i spui, mai bine să știe că mergi în altă parte și că eu voi fi la Brașov, i-am spus. E mai bine așa, mai ales că el e departe.

Nu a insistat și, ca să nu dăm nimănui de bănuit, eu și Simona am plecat la Brașov, iar el m-a luat de acasă în ziua următoare și am plecat doar noi doi la cabana despre care îmi spusese.

— Să știi că această cabană este foarte izolată, mi-a spus el când m-a luat de acasă. Vom fi doar noi doi în mijlocul pădurii. În zona aceea mai este doar o stână, mi-a povestit el încântat.

— Perfect. Dar cum ai aflat despre ea?

— Este a lui Cosmin. A cumpărat-o în primăvară.

— Păi, are de gând să se mai întoarcă în țară?

— El așa spune, dar, dacă ne luăm după frecvența cu care a venit acasă în ultimii doi ani, nu știu ce să cred...

Cosmin se mutase la New York, după ce fusese în vizită la un prieten bun care-și cumpărase un apartament în Manhattan și i-a plăcut atât de mult, încât nu a mai vrut să se întoarcă în țară. Câștiga enorm din chiria pe care o încasa pentru halele comerciale pe care le deținea în București, așadar, putea trăi decent oriunde și-ar fi dorit, chiar și fără să muncească.

— Mi-e dor de Cosmin, i-am spus. M-am întrebat mereu de ce nu a funcționat relația lui cu Sandra. Păreau a fi compatibili.

— Nu a fost o iubire prea mare între ei, ci mai mult o relație de compromis. Erau amândoi singuri, făceau parte din același anturaj, era confortabilă relația lor.

— Crezi că Sandra nu l-a iubit deloc?

— Țin unul la celălalt, dar nimic mai mult, ca prieteni sunt minunați împreună. Dar mi se pare mie sau tu vrei să discutăm despre alții, nu și despre noi?

— Discutăm și despre noi, dar dacă am putea să facem asta fără a vorbi despre Matei... Pur și simplu, vreau două zile doar cu tine, să ne bucurăm unul de celălalt și să nu ne gândim la nimeni și la nimic altceva.

— Bine, atunci. Așa vom face, e o idee foarte bună și chiar avem amândoi nevoie de asta. Hai să-ți povestesc despre stâna care este în apropierea cabanei. Terenul este tot al lui Cosmin. Și acolo se află o cabană pe care folosesc ciobanii de la stână. Cică fac niște brânzeturi foarte bune și le prepară în condiții de igienă exemplară.

— Mmm, ce bun ar fi un bulz copt pe jar! Era preferatul Luminiței, ne făcea tata pe grătar, în curte.

— Dacă vrei, mergem mâine la stână și vedem dacă ne pot face bulz, dacă nu, facem noi la cabană.

— Fac eu mămăliga, am aplaudat eu, încântată de idee. Mai ții minte când ți-am făcut mămăliga aia eșuată, la Peștera?

Am izbucnit amândoi în râs, amintindu-ne de o mămăligă pe care o făcusem atunci cu mixerul, fără gust, fără textură și lângă care i-am oferit brânză brie, pentru că nu mai aveam nimic de mâncare la cabană.

— Ce alte pofte mai ai? m-a întrebat el.

— Pofte? Ah, tu ai crezut că am pofte din cauza sarcinii? Nu am, să știi. Nici nu prea cred în pofte, mai mult cred că oamenilor le este dor de un preparat anume și l-ar savura cu plăcere în acel moment. Poate că asociem un anumit fel de mâncare cu o amintire anume, cu un eveniment fericit din viață sau cu vreo persoană dragă și o numim, pur și simplu, poftă. Cel puțin așa cred eu.

— Pot să te întreb ceva?

— Dacă nu-l implică pe Matei în discuție, da, am fost eu imediat de acord.

— Nu-l implică. Voiam să știu dacă atunci când ai aflat că ești însărcinată te-ai bucurat sau...

— M-am bucurat enorm din clipa în care am avut doar o simplă bănuială. Cum aș fi putut să nu mă bucur, când port în mine o bucățică din tine? Este ca și cum din inima ta și din inima mea se va naște o inimă nouă. Ce miracol de nedescris, ce binecuvântare divină pentru doi oameni care se iubesc!

— De ce m-ai lăsat să cred, în tot acest timp, că tu și Matei... Iartă-mă, nu vorbim despre el, nu știu ce mi-a venit. Adică știu, dar...

— Și ce voiai să-ți spun? Știi, Robert, eu m-am întors la Matei, dar nu formăm un cuplu, suntem doi străini? Știam că Matei îți spune tot felul de povești și că te minte că ne iubim.

— Încerc să înțeleg de ce a făcut asta.

— Ca să le arate tuturor că totul este în regulă, că eu m-am întors la el cu adevărat și să joace fericirea.

— Dar de ce te-ai întors, te rog, explică-mi, tot mă chinui să înțeleg și nu reușesc.

— Parcă am convenit că nu-l luăm cu noi în excursia asta, că nu discutăm despre el, i-am zis cu o urmă fină de reproș în glas.

— Ai făcut-o de teamă că, dacă îi vom mărturisi totul, îmi voi pierde familia? Ai preferat să stai în casă cu noi, doar ca să fii aproape de mine? Sau mai există și alte variante? Ori, poate, sunt mai multe motive care mie îmi scapă?

— Te rog, haide să vorbim despre toate acestea într-o zi când voi avea putere și curaj, să-l lăsăm pe Matei și să ne bucurăm de clipele noastre împreună, mult prea rare și, tocmai de aceea, extrem de prețioase.

Nu a mai insistat, a condus liniştit, iar eu m-am gândit la ale mele, imaginându-mi copilul şi pe noi trei ducând o viaţă fericită, plină de iubire şi de clipe minunate...

— Eşti foarte îngândurat, i-am spus după ce tăcuse destul de mult timp.

— Pur şi simplu, mă bucur de prezenţa ta şi nu vreau să te supăr cu nimic. Când eşti lângă mine, simt că am tot şi nu simt nevoia să spun nimic altceva decât că te iubesc...

— Dar nu mi-ai spus că mă iubeşti.

— Îţi spun în gând de multe ori, m-a asigurat el zâmbind.

Am întins puţin centura de siguranţă, ca să mă pot apropia de el, şi l-am pupat pe obraz.

— Şi totuşi, la ce te gândeai mai devreme, când conduceai atât de concentrat?

— La noi. La câte amintiri avem. Şi la câte am mai putea avea de acum înainte!

— Unii nu trăiesc nici într-o viaţă întreagă tot ceea ce am trăit noi deja.

— Dar nici nu plâng cât am plâns noi...

— Te rog să mă ierţi că te-am făcut să suferi, i-am şoptit, îndurerată de amintirea lacrimilor lui mai mult decât de suferinţele care le-au făcut să curgă nestăvilit pe ale mele...

— Nu-ţi mai cere iertare, te rog. Tu nu eşti capabilă să faci rău voit, ci doar din prea multă dragoste şi grijă faţă de ceilalţi.

— Mă vezi tu mai bună decât sunt. Şi mai frumoasă.

— Şi cu toate că am plâns cât pentru zece vieţi de când te iubesc, am fost dumnezeiesc de fericit şi am şi râs mult împreună cu tine. Nimeni nu m-a mai făcut să râd atât de mult şi din orice.

— Dar nici nu te-a enervat nimeni atât cât te-am enervat eu.

— Într-adevăr. Cel mai tare mă scoteai din minţi atunci când îmi închideai telefonul în nas. Şi când făceai cu intenţie chestii care mă enervau...

Am ajuns în Bucovina seara târziu şi am mâncat la un restaurant unde am găsit mult visatul bulz copt pe grătar, lucru care mi-a adus în minte amintiri prețioase, care m-au făcut să devin nostalgică și tristă. Mă gândeam cât de dor i-o fi fost Luminiței de aromele de acasă, dar și cât de dor mi-a fost și mie de ele, ori de câte ori am fost în Germania.

Se întunecase când am plecat de la restaurant și am găsit cu greu cabana, abia după ce ne-am rătăcit pe un drum forestier. Robert avea portbagajul plin cu mâncare, fructe și tot ce a considerat că ne-ar fi trebuit pentru cele trei zile și, cât timp a dus toate bagajele înăuntru, eu am făcut un tur al cabanei.

Cosmin angajase o persoană care avea grijă de casă, un soi de administrator, așa că totul era bine pus la punct, totul pregătit foarte frumos pentru noi doi. Paturile din cele trei dormitoare aveau așternuturi albe, impecabile, iar pe masa din living lăsase o vază cu dalii colorate și un platou cu câteva felii de cozonac. Și chiar dacă ne-am imaginat că vom sta să privim stelele și că vom vorbi mult, eram ca doi magneți atrași unul de celălalt și ne era prea dor să fim unul al altuia, să ne iubim, fără să ne temem că ni s-ar putea descoperi dragostea tainică.

În ziua următoare, după ce mi-am dat seama că Robert cumpărase mâncare cât pentru zece persoane, am pus într-o sacoșă din bunătăți, cafea, fructe, vin și am plecat la stâna despre care îmi povestise. Ciobanii, uimiți nu doar de vizită, ci și de generozitatea oaspeților neașteptați, s-au bucurat de fiecare lucru în parte, iar eu mă simțeam ca Heidi în munții Alpi, alergam de colo colo și mă bucuram de priveliște, de oi și de cățeii de la stână, spre disperarea lui Robert, care se temea că aceștia ar putea fi agresivi.

— Robert, câinii ăștia trebuie toaletați puțin, i-am spus. Uite-l pe ăsta săracu', are botul plin de căpușe. Îmi trebuie o pensetă.

— Cum să nu, dragostea mea, suntem exact în locul potrivit ca să găsesc o pensetă, s-a amuzat el.

— Am la cabană. Te duci să o aduci? Te rooog, m-am alintat eu.

— Și să te las singură aici?

— Da, că până vii tu eu voi tunde câinele ăla plin de lațe și ciulini.

— Oprește-te, cum să tunzi câinele? Dacă te mușcă?

— Pe mine doar oamenii mă mușcă, nicidecum câinii, i-am zâmbit eu cu veselie.

— Degeaba îi scoateți căpușele, domniță, că e plin aici de ele, mi-a zis unul dintre ciobani.

— Nu-i nimic, dacă se va simți puțin mai bine, măcar o zi, două, eu mă bucur... Și poate vă învăț și pe voi cum să îi scăpați de căpușe, că nu e greu și așa îi păstrați sănătoși, căpușele sunt purtătoare de boli mortale nu doar pentru ei, ci și pentru oameni, le-am spus, sperând că vor avea grijă pe viitor ca bietele sufletele să nu mai sufere.

Robert nu a vrut să mă lase singură la stână, așa că ne-am dus împreună după pensetă și am căutat în cabană o foarfecă, dorindu-mi tare mult să-l scap pe unul dintre câini de lațele pe care le avea atârnate de blană.

— Cum vei convinge tu câinele ăla să stea la tuns? m-a întrebat el, îngrijorat și neîncrezător când ne întorceam la stână. Dacă se sperie și te mușcă?

— Vorbesc cu el. Nu mai subestima animalele. O să vezi că îi explic frumos că vreau să-l ajut și el va sta cuminte, nu va exista niciun motiv să se sperie, va ști că-i doresc binele și mă va asculta liniștit.

Și exact așa s-a întâmplat, câinele a fost foarte cuminte și am reușit să-i tund blana încâlcită, bătătorită și plină de ciulini, spre uimirea și amuzamentul lui Robert, dar și al celor doi ciobani. Apoi, dacă tot mă apucasem să fac pe frizerița, am tuns toți câinii de la stână și i-am curățat de căpușe, iar ei zburdau după aceea fericiți, de parcă se eliberaseră de o mare greutate, iar viața părea mai veselă și mai frumoasă.

Ciobanii s-au oferit să ne gătească, dar le-am propus să fac eu asta, așa că am pregătit o tocăniță de ciuperci la ceaun, o mămăligă mare și am mâncat împreună afară, în jurul focului, înconjurați de câini și de oi, după cină stând de vorbă până târziu în noapte. Unul dintre ciobani alesese viața aceea solitară, departe de civilizație, după ce divorțase. Mare ne-a fost uimirea să aflăm că era om cu școală, că lucrase într-o firmă mare și că, după divorț, a simțit nevoia să fugă de oraș, de munca stresantă și că a ales viața aceea plină de pace, chiar dacă era plină și de muncă fizică grea, epuizantă uneori. Îi plăcea, era mulțumit cu cât câștiga din oierit și plănuia să-și cumpere un apartament pentru anii bătrâneții, fiindcă îi lăsase fostei soții casa în care au locuit, fără a avea pretenții de partaj. Acum se bucura de libertatea și liniștea la care visase în toți anii în care a muncit pe rupte în firma unde fusese angajat și simțea că viața are, în sfârșit, altă valoare, una reală, una despre care habar nu avea când era doar un robot.

Pe celălalt cioban, mult mai tânăr, un băiat care crescuse în orfelinat, l-a luat ca ajutor la stână după ce fugise, bietul de el, de la o altă stână, unde ciobanii îl munceau mult, nu-l plăteau, îl batjocoreau și îl mai și băteau. Era un băiat cuminte și harnic, bucuros și recunoscător că avea un acoperiș deasupra capului, un loc de muncă, un salariu îndestulător și, mai ales, un șef bun, care îl respecta. Impresionat de povestea tânărului, Robert i-a dat bani să-și cumpere haine pentru iarna care urma să vină, o geacă groasă și bocanci, iar în ziua următoare, când am plecat de la cabană, i-a dus două dintre hanoracele lui și i-a lăsat și telefonul mobil. Băiatului nu-i venea să creadă că i se întâmplă așa ceva, s-a bucurat enorm, iar Robert i-a promis că-i va trimite, prin persoana care avea grijă de cabana în care am stat, o cartelă de telefon, alte haine și din nou bani. Iar celuilalt cioban, omul care lăsase orașul și bunăstarea aparentă a unei vieți comode, urma să-i trimită cărți, pentru că îi plăcea tare mult să citească, dar și cafea, neapărat. Și tot ce le-ar mai fi fost de trebuință amândurora, era suficient să-l caute la telefon și să-l anunțe.

Ne-am luat rămas-bun de la ei ca de la niște prieteni pe care-i cunoșteam de o viață și am plecat înapoi la cabană, cu amintiri frumoase și cu lecții de viață primite de la ei și învățate, lăsând în urmă acele două suflete care nu știau nimic despre noi, pe care nu știam dacă aveam să le mai întâlnim vreodată, dar pe care, cu siguranță, nu aveam să le mai uităm.

— Sunt atât de mândră de tine! i-am spus când am intrat în mașină.

— Am avut un exemplu bun, știi bine că ți se datorează ceea ce am devenit.

— Nu este adevărat. Tu ești bun, pur și simplu. Au fost mulți oameni care au stat lângă mine și care nu au deprins nimic din exemplul pozitiv pe care l-am dat.

— Alexandra, de exemplu.

— Nu, nu la ea m-am gândit. Sper că știi că nu am vrut niciodată să te coving că eu sunt mai bună ca iubitele tale.

— Știu asta, am avut suficient timp să mă conving. Dar eu am observat diferența. Îți amintești seara aceea în care ne-ai propus să ne plimbăm pe afară și Alexandra a venit cu ideea năstrușnică să sunăm la porțile oamenilor și să fugim?

— Da, dar de ce ți-ai amintit acum de seara aceea?

— I-ai spus atunci că tu te distrai făcând așa ceva când aveai zece ani, că acum nu ai mai putea deranja niște oameni care poate se odihnesc, care poate au copii mici care dorm, și că am putea mai bine să scriem pe câteva foi mesaje frumoase pe care să le lăsăm în cutiile poștale ale oamenilor, să îi surprindem frumos.

— Îmi amintesc, da. S-a cam ofticat Alexandra atunci. Dar îți voi spune un secret. Printre mesajele frumoase pe care le-am scris și le-am lăsat atunci în cutiile poștale ale oamenilor, unuia dintre vecini i-am scris să-și curețe bălăriile din fața casei.

— Tu vorbești serios? a izbucnit Robert în râs.

— Da. Și după o săptămână am văzut zona toaletată ca la carte. Deci a funcționat.

— L-ai amenințat?

— Nu, cum să fac așa ceva? I-am scris că este păcat de casa lui frumoasă, că trecătorii trebuie să se bucure de o priveliște frumoasă, desăvârșită, că își strică imaginea fiind neglijent cu zona verde din fața casei, că pe acolo trec copii și bătrâni pe care acele bălării îi încurcă. Sau ceva de genul acesta.

— Manipulatoare mică! Apropo de asta, mi-a povestit Lumi că pe scara blocului tău aveai o vecină care avea probleme financiare și că i-ai lăsat mult timp câte un plic cu bani și câte un mesaj în cutia poștală, dar totul sub anonimat.

— Ți-a povestit Lumi chestia asta? m-am însuflețit eu toată.

— Da. Și am fost curios să aflu ce îi scriai acelei femei, cum îi justificai gestul tău frumos.

— I-am scris că sunt o persoană anonimă care vrea doar să o susțină și să nu se îngrijoreze, că nu vreau nimic de la ea, că vreau doar să fac lucrurile să funcționeze în lume și să împart cu ea din puținul pe care l-am primit. Era o mamă singură, avea un băiețel cu sindrom Down. Îmi amintesc că, la o ședință cu vecinii de pe scară, unii au umilit-o, reproșându-i că are datorii la întreținere. I-am plătit eu datoria atunci, dar am trimis un prieten la asociația de proprietari ca să facă asta, să nu afle cumva că banii erau de la mine. Și de atunci i-am lăsat frecvent bani în cutia poștală și poate că aș mai fi făcut și azi asta, dacă nu s-ar fi mutat. A plecat din țară, din câte am înțeles de la vecini. Dar, de fiecare dată când i-am lăsat bani, i-am scris ori că sunt de la Moș Crăciun, ori de la Iepuraș, profitam de orice ocazie și de fiecare sărbătoare ca să îi las niște bănuți.

A oprit mașina pe marginea drumului, a pus avariile, a ieșit din mașină și mi-a deschis portiera, întinzându-mi mâna să ies. Am ieșit fără să știu de ce oprise, iar el m-a îmbrățișat de îndată. M-a pupat pe creștet, așa cum obișnuia să facă de multe ori, cu o iubire cum nu mai simțisem vreodată, iar eu m-am topit în îmbrățișare.

— Atât de mult mi-am dorit să te strâng în brațe atunci când mi-a spus Luminița povestea aceasta! mi-a spus emoționat.

— Ți-am spus vreodată că nimeni nu m-a îmbrățișat așa cum o faci tu, cu atâta drag și iubire, cu atâta blândețe?

— Te iubesc enorm!

Am stat câteva clipe îmbrățișați, apoi ne-am urcat în mașină și am plecat mai departe.

— Acum putem vorbi despre noi? m-a întrebat Robert.

— Oare chiar este nevoie să vorbim? Ce părere ai avea dacă ți-aș cere să trăim, pur și simplu, fără să ne mai facem planuri? Să ne bucurăm de ceea ce ne aduce fiecare clipă.

— Eu trebuie să știu ce ai de gând să faci. Nu te mai întreb de ce te-ai întors la Matei, știu ceea ce mă interesează și te las să-mi mărturisești ce vrei și când vrei. Dar ce facem de acum înainte?

— Eu vreau să rămân la Brașov.

— Mă refer pe termen lung, Irina.

— Nu mai vreau să mă întorc la Snagov. Niciodată.

— Adică îl părăsești pe Matei?

— Da.

— Atunci, îi voi mărturisi totul despre noi, inclusiv despre copil, mi-a zis hotărât.

— Nu, nu vreau să faci asta, l-am rugat eu.

— Dar așa ar fi corect să fac. Corect față de tine, față de mine și față de Matei.

— Matei nu va face față unei asemenea vești. Încă nu este pregătit, l-am prevenit, eu știind despre fratele lui mult mai multe decât avea să știe el vreodată.

— Păi, și crezi că va fi vreodată pregătit?

— Va fi, după ce voi sta o perioadă departe de el.

— Eu nu mai pot trăi așa și în niciun caz nu te voi lăsa să stai singură în situația în care ești acum. Nu-mi poți cere asta, vreau să fiu alături de tine, să mă bucur de noi și de toată perioada asta în care ești însărcinată.

— Fii realist, Robert. Tu crezi că eu nu mi-aș dori asta? Dar trebuie să înțelegi că nu-i putem spune nimic lui Matei. Nu acum.

— Dar când, Irina?

— Mai târziu, nu știu. Hai să mai așteptăm, să vedem cum vor evolua lucrurile.

— Nu te înțeleg. Îți este ție mai frică de el decât îmi este mie.

— Chiar mi-e frică de el, să ştii. Matei este imprevizibil, ştii bine asta. Aşa cum ai avut răbdare cinci ani, va trebui să mai ai câteva luni.

— În câteva luni vei naşte, doar nu vrei să mă ţii departe de tine şi de copilul nostru! mi-a spus revoltat şi rugător în acelaşi timp.

— Nu te voi ţine departe, ne vom întâlni, am încercat eu să-l liniştesc.

Ajungând într-o zonă cu semnal, am văzut că mă suna Matei şi l-am rugat pe Robert să oprească să vorbesc cu el de afară, să nu-şi dea seama că sunt în maşină.

— Unde eşti? m-a întrebat de îndată ce mi-a auzit vocea.

— În loc să mă întrebi ce fac, cum mă simt, tu mă întrebi unde sunt, de parcă asta ar fi important. Sunt pe afară, am ieşit să-mi cumpăr nişte fructe.

— Ştii ceva de Robert?

— Nu, de ce?

— Îl tot sun şi are telefonul închis.

— Sau poate nu are semnal, i-am spus minţind cu seninătate. Eu nu vorbesc cu el. Ai sunat acasă? Pe Oli?

— Nu e acasă, a plecat la o cabană, nu ştiu pe unde.

— Dacă e la o cabană, e clar că poate nu are semnal acolo.

— Bine, lasă că dau eu de el. Tu cum te mai simţi?

— Bine, mă bucur de Braşov, diseară mă văd şi cu Timeea, poate ieşim în oraş, ca fetele.

— Mă bucur. Te rog să ai grijă de tine, să nu te extenuezi. Te iubesc.

Am urcat în maşină şi i-am relatat lui Robert discuţia. Cu toate că ne propusesem să nu vorbim despre Matei, era imposibil...

— Trebuie să-mi cumpăr un telefon nou. O să-i spun că l-am pierdut pe celălalt. Of, aşa m-am săturat să mă ascund şi să mint!

— Crezi că mie îmi face plăcere să mint? Dar cu unii oameni nu avem încotro, mai ales cu cei care nu acceptă adevărul. Mințim ca să ne apărăm de gelozia lor, de furia lor și de răul pe care ni l-ar putea face – și asta numai pentru că nu sunt capabili să accepte că noi ne dorim altceva și că avem dreptul să alegem altfel decât vor ei. Știi bine că Matei este un astfel de om...

— Sunt așa derutat, nu știu ce ar trebui să fac, ce n-ar trebui să fac, pur și simplu, nu mai pot lua o decizie fără să mă tem că greșesc, mi-a zis Robert supărat.

— La fel sunt și eu și tocmai de aceea te rog să nu luăm acum nicio hotărâre, să așteptăm și să facem lucrurile cu calm. Cu Matei nu se poate discuta acum, crede-mă. Oricât de bine ai tu impresia că-l cunoști, eu cred că îl cunosc mai bine decât tine, drept dovadă toate minciunile pe care ți le-a spus despre renăscuta relație dintre mine și el, laptele și mierea în care se scaldă dragostea noastră nemaivăzută și nemaipomenită, povești despre nopți de amor cum nu mai există altele pe lume și alte aberații...

— Știi, m-am întrebat în tot acest timp cum este posibil să faci asta, cum poți să te duci în brațele lui și din când în când să te arunci și în brațele mele și am fost convins că nu mă iubești și că ceva urât se întâmplă cu tine, mi-a mai spus Robert cu sinceritate. Iar în glasul lui se simțea încă toată neputința și durerea pe care le trăise atunci, în perioada aceea.

— Acum mai ești convins că nu te iubesc?

— Tocmai asta m-a derutat, când erai cu mine simțeam că mă iubești cu toată ființa ta, dar ceea ce-mi povestea Matei mă făcea să nu mai știu ce să cred. Pentru că aveam încredere în el, eram convins că-mi spune adevărul.

— De azi înainte să nu mai crezi nimic din ce-ți va spune Matei despre mine. Dar nimic. Niciodată, l-am atenționat eu.

— Dar de ce mă minte? De ce ar vrea să știu că vă iubiți, când mereu mi s-a destăinuit și mi-a spus deschis despre toate problemele dintre voi? Oare bănuiește ceva, oare a aflat despre noi? N-ar avea de unde, n-ar avea cum, nu ar putea fi atât de liniștit... Și în niciun caz nu te-ar mai vrea în aceeași casă cu noi, poate că nici pe mine în aceeași casă cu el.

L-am lăsat să facă tot felul de presupuneri și bineînțeles că nu i-am spus adevărul. Știam că, dacă l-ar fi aflat, nu ar mai fi putut juca teatru în fața lui Matei, ar fi avut o discuție foarte dură cu el și poate că s-ar fi certat foarte tare, poate că asta ar fi dus la alungarea lui din familie și ar fi rămas fără niciunul dintre ei și fără tot ceea ce câștigase prin ani de muncă și sacrificii. Singurele capabile să-l înțeleagă pe Robert erau Doamna și Oli, dar ele nu l-ar fi putut apăra de furia lui Matei și nici nu l-ar fi putut împiedica pe acesta să nu-și pună planurile de răzbunare în aplicare.

Când am ajuns la Brașov, Robert și-a pus cartela SIM în telefonul Simonei și l-a sunat imediat pe Matei. Au vorbit câteva minute și i-a spus că nu are semnal la cabana la care se află, iar de îndată ce a încheiat convorbirea, Matei m-a sunat pe mine. Am ieșit pe balcon, ca să audă un alt zgomot de fond și am vorbit puțin.

— Încep să urăsc chestia asta, mi-a spus Simona, care venise să ne vadă când a auzit că ajungem la Brașov. Să vă văd cum vă temeți de Matei de parcă ar fi Dumnezeu.

— O să vină și ziua aceea în care nu ne vom mai ascunde, trebuie să vină!

Robert a rămas la Brașov în noaptea aceea, iar în ziua următoare a plecat la Snagov, trist și nemulțumit de decizia mea de a amâna să-i spunem lui Matei despre relația noastră, dar înțelegându-mi raționamentul, fără să știe adevăratul pericol. Era neliniștit și nefericit pentru că nu-mi putea fi alături, dar l-am rugat să aibă încredere în mine și să aibă răbdare.

— Tocmai, că nu prea mai am încredere în tine, mi-a spus când l-am condus în fața blocului. Cum să mai am, după ce te-ai întors la Matei și mi-ai spus că-l iubești? mi-a mărturisit el cu tristețe.

— Așa am crezut atunci că este bine să fac. Iartă-mă!

— Irina, ți-am iertat orice și poate că ți-aș ierta orice, dar nu mai pot trăi în toată incertitudinea și nesiguranța asta. Acum nu mai suntem doar noi doi, este și copilul nostru la mijloc, trebuie să ne liniștim, să ne așezăm odată, să fim responsabili și maturi. Dacă vrei asta, desigur.

— Bineînțeles că asta vreau, cum poți să-mi spui așa ceva?

— Dar nu mi-ai arătat asta, nu mi-ai spus asta, tot ce-mi ceri este să nu fac presiuni asupra ta, să nu te întreb nimic. Nu ți-am cerut explicații, dar m-ar ajuta să înțeleg ce se întâmplă.

— O să-ți spun totul, dar te rog să îmi mai dai timp. Încearcă să mă înțelegi și mai ales să ai încredere în mine. Gândește-te că, dacă îi vei spune totul lui Matei, el va face scandal și asta nu-mi face bine, nu am nevoie de stres acum, vreau să-mi protejez copilul de emoții negative.

— Bine. Îți voi da timp, dar, Irina, te rog, fără jocuri, fără minciuni, fără întoarceri la Matei. Pot accepta că nu mă vrei, oricât de mult voi suferi, ce aș putea face, să te oblig? Dar nu mai accept ceea ce ai făcut în ultimele luni. Nu mai pot. Dacă mă vei mai minți cu un singur lucru, mă poți uita, mi-a spus categoric și simțeam că nu glumește deloc.

— Cum să-mi spui asta? Tocmai tu, care m-ai mințit atâția ani!

— Așa este, ai dreptate, dar am mințit amândoi, am greșit amândoi. Tu chiar nu-ți poți imagina iadul prin care am trecut în aceste luni de când te-ai întors la Matei? Dar gata, nu mai suport. Te iubesc enorm, dar nu mai pot continua așa. Sunt dispus să le spun tuturor adevărul despre relația noastră, să-i pierd pe toți, dacă nu vor înțelege că ne iubim, dar să fiu cu tine.

— Eu tocmai asta nu am vrut să se întâmple. Să-i pierzi pe toți, să devii indezirabil pentru ei, un trădător și un nerecunoscător doar pentru că mă iubești. Poți să înțelegi și punctul meu de vedere, lupta mea, visul meu ca ei să rămână familia ta, dorința mea de a-ți păstra alături oamenii dragi?

— Lasă-mă să-mi asum totul, dă-mi voie să fiu sincer cu ei. Cred că este mai greşit să-i minţim decât să-i protejăm.

— Să ştii că, indiferent ce şi cum le vom spune, ei tot ne vor judeca. Dar nu-l voi lăsa pe Matei să-i manipuleze pe toţi prin minciună, să se victimizeze şi să-i determine pe toţi să rămână cu impresia că noi doi am fost nişte trădători şi nişte ticăloşi. Voi avea grijă să afle toţi adevărul, toată povestea noastră, pentru că eu îţi jur că voi scrie acea carte.

— Tu nu ai curaj să-i mărturiseşti nici măcar lui Matei adevărul, darămite să scrii o carte din care să afle toată lumea ce am făcut, mi-a spus el cu neîncredere.

— Într-o zi voi avea curajul ăsta, ai să vezi.

— Nu ţi-e teamă că toată lumea ne va judeca?

— Cine? Cei care trăiesc cu impresia că sunt mai buni decât noi şi că ar fi procedat altfel dacă ar fi fost în locul nostru? Să ne judece atunci, pentru că mie nu-mi pasă... Să mă judece după ce vor trăi tot ce am trăit eu, după ce vor plânge toate lacrimile mele, după tot ce am simţit eu...

Ne-am îmbrăţişat şi ne-am luat rămas-bun, iar el mi-a promis că va veni la noi cât de des va putea. La mine şi la copilul nostru, desigur.

— Poate ar trebui să cumpăr sau să închiriez un apartament undeva la mijocul distanţei, să nu mai pierd pe drum timp pe care l-aş putea petrece cu tine. Şi să ne întâlnim acolo. Ce zici?

— Pot veni eu în Bucureşti, aşa vom avea şi mai mult timp, i-am sugerat eu.

— Perfect, atunci, voi închiria un loc despre care să ştim doar noi doi. Vrei să te muţi la Bucureşti?

— Nu, dar pot sta acolo până când ne rezolvăm problemele, i-am spus eu.

— Perfect. Voi căuta ceva frumos şi spaţios, să o poţi lua şi pe Simona cu tine. Apropo, Matei o va ajuta cu viza. Ştii că are relaţii la ambasadă.

— Mă bucur pentru ea, Simona chiar merită tot ajutorul să-şi împlinească visul, e un om minunat!

— Of, tu te bucuri pentru oameni chiar şi când aceştia te părăsesc...

— Te iubesc enorm, să nu uiţi asta nicio secundă din viaţa ta.

— Nici tu să nu uiţi că te iubesc. Inima mea nu bate *tic-tac*, ci *te-iubesc*, *te-iubesc*, *te-iubesc*, mi-a spus zâmbindu-mi cu toată fiinţa.

Nu l-aş mai fi lăsat să plece, iar el abia s-a putut desprinde din braţele mele, astfel încât niciunul dintre noi nu s-a gândit că făceam o mare imprudenţă să ne îmbrăţişăm în faţa imobilului în care locuiam. Pentru că în fiecare bloc poate exista cel puţin un vecin uşor de corupt şi de manipulat...

Capitolul 21

În următoarele două zile nu l-am văzut pe Robert, pentru că a fost foarte ocupat la firmă, dar am vorbit foarte mult la telefon. Și-a cumpărat două telefoane, dintre care unul cu un număr nou, de pe care să putem vorbi fără să afle Matei, a închiriat mansarda unei vile din Cotroceni și ne-a chemat pe mine și pe Simona să o vedem și să-i spunem dacă ne place, pentru că el fusese încântat. Aveam încredere în el, știam că are gusturi bune, cunoștea și gusturile mele și nu ar fi închiriat orice. Matei se întorsese deja în țară și abia când am plecat spre București mi-am dat seama că nu mă mai sunase de două zile, ceea ce era foarte neobișnuit, dar m-am gândit că poate a fost prea ocupat și că a fost oricum mai mult pe drumuri, așa că nu am intrat în panică.

Mansarda vilei pe care o închiriase Robert era foarte mare, avea două dormitoare mari, un living spațios, bucătărie, două băi și un balcon cochet. Fusese renovată și remobilată recent, cu multă atenție la detalii, iar proprietarii locuiau la parter, doi oameni foarte cumsecade, care ne-au întâmpinat cu multă căldură, spunându-ne că putem să ne folosim și de curte, și de grădină după bunul-plac și că au o menajeră care se ocupă de curățenie în toată vila, așa că noi nu trebuia să ne ocupăm de curățenia apartamentului nostru, că totul era deja stabilit.

— Este cel mai frumos apartament pe care l-am văzut vreodată, i-am spus lui Robert foarte încântată, iar Simona a confirmat spusele mele, sărindu-i în brațe fericită și pupându-l zgomotos.

Ne-am mutat imediat la Bucureşti, dar pentru că Simona trebuia să-şi pună lucrurile la punct pentru plecarea în America, iar eu trebuia să umblu ca să rezolv problema actelor casei de la Zărneşti, stăteam mai mult la Braşov. La Bucureşti am reuşit să merg doar de trei ori într-o săptămână, fără Simona, şi m-am bucurat să petrec de fiecare dată câteva ore doar cu Robert.

— Matei este bine? l-am întrebat într-o seară.

— Da, de ce?

— Nu m-a sunat încă dinainte să se întoarcă în ţară.

— Tu vorbeşti serios? s-a mirat el.

— Da.

— Oare de ce?

— Nu ştiu, dar mi se pare suspect. Ştiind cum e şi având în vedere comportamentul lui din ultima vreme, e cel puţin ciudat. Nu a amintit nimic despre mine, la birou sau acasă?

— Nu, a căzut pe gânduri şi Robert. Acum îmi dau seama că nu cred că a mai amintit cineva ceva de tine de ceva timp. De fapt, a spus Cesara, într-o dimineaţă, la micul-dejun, că aţi vorbit la telefon, dar atât. Şi nimeni nu a comentat nimic.

— Nu ţi se pare ciudat că Matei nu mă întreabă când am de gând să mă întorc la Snagov? Sau doar eu am impresia că ceva nu e în regulă?

— Ba da, chiar este, dacă mă gândesc la ce-mi spui. Bine, adevărul este că a fost foarte ocupat de când a venit, a stat la birou mai mult decât acasă, dar chiar e dubios că nu te-a sunat, a fost şi el de acord cu mine.

— Sau poate că s-a săturat să ne prefacem că suntem împreună şi mă va lăsa în pace.

— Nu cred că ar trece el atât de repede de la o stare la alta.

— Poate a avut timp de gândire şi nu mă mai vrea, după ce a văzut că nu-l mai iubesc şi mai ales că el crede că sunt însărcinată cu copilul lui Angel...

Trebuia să-l îndepărtez pe Robert de adevărata problemă, şi anume că exista riscul ca, în urma plecării mele de la Snagov, Matei să pornească represaliile împotriva lui, aşa cum mă ameninţase tot timpul că va face, fiindcă fără mine nu mai poate fi bun și va distruge lumea – și înțelesesem mesajul: lumea lui, lumea lui Robert și, implicit, lumea mea...

— Și tu nu l-ai sunat deloc?

— Deloc. Mie îmi convine dacă nu mă sună.

— O să fiu atent, să văd în ce ape se scaldă. Chiar mi se pare ciudată purtarea lui.

— Pe mine mă sperie liniștea lui. Singura explicație logică ar fi că s-a îndrăgostit de alta, am spus eu cu speranță.

— Matei nu se îndrăgostește așa ușor și nu ar fi avut timp de așa ceva, m-a asigurat Robert, adevăratul motiv e altul.

Probabil avea dreptate... Motivul tăcerii lui era altul, iar asta mă speria...

Ca să nu pară suspect că Robert nu-l întreba pe Matei nimic despre mine, l-a abordat într-o zi și l-a întrebat cum de nu îi mai vorbește despre mine, iar acesta i-a spus că mă lasă, pur și simplu, să mă liniștesc, să-mi pun ordine în gânduri și că nu vrea să mă streseze acum când sunt însărcinată. Eu nu l-am crezut pe Matei, dar Robert a făcut greșeala asta. Sigur, asta pentru că el nu știa despre amenințările de care fusese capabil fratele lui. Și, pentru că nu aveam sufletul împăcat, l-am sunat eu într-o seară.

— Ce faci, ești bine? l-am întrebat când mi-a răspuns.

— Da, cam ocupat. Tu? mi-a zis destul de rece.

— Sunt bine și eu. Nu m-ai sunat de ceva timp și voiam să mă asigur că ești bine.

— Sunt. Tu ce mai faci? mi-a spus cu o totală lipsă de interes, doar ca să facem conversație.

— Bine, pe la Brașov, încerc să rezolv actele casei de la Zărnești, nu fac ceva special. Mă bucur că îmi revăd prietenii vechi, diseară mergem în clubul unde ne-am cunoscut noi, este ziua Roxanei...

— Mă bucur pentru voi. Distracție plăcută!

Și, pentru că-mi era clar că nu părea foarte dornic să vorbim, i-am urat o zi frumoasă și am închis apelul.

— Ce zicea? m-a întrebat Simona.

— Se poartă ciudat. Am senzația că îmi pregătește o surpriză, nu știu...

— O fi angajat pe cineva să te urmărească și a aflat că te vezi iar cu Robert? a semnalat ea o posibilitate.

— Nu cred, iar noi am fost foarte discreți, cine ne putea urmări pe drumul de la Brașov la București fără să-l observăm?

— Și, chiar dacă ar fi aflat, nu ar fi stat așa de liniștit, a fost ea de acord cu mine.

— La fel cred și eu.

— Va trebui să-i spui lui Robert totul. Cât mai ai de gând să amâni? m-a sfătuit prietena mea.

— Mi-e teamă că ei doi s-ar putea certa foarte tare, poate e posibil chiar ca relația lor de familie să se rupă definitiv.

— Se vor certa oricum, tu doar amâni inevitabilul, mi-a spus înțeleapta mea Simona.

Se spune că în viață întâlnim oameni care ne ies în cale doar ca să ne învețe lecții despre cum ar trebui să nu fim niciodată, iar mie mi s-a întâmplat asta exact în seara aceea, la petrecerea din clubul în care îi cunoscusem pe Matei și pe Robert, când în viața mea a apărut una dintre cele mai odioase ființe din câte aveam să întâlnesc vreodată, Delia.

Fiind o zi lucrătoare, clubul era gol, la o altă masă se aflau doar doi turiști străini, care au și plecat la un moment dat, când au văzut că nu mai vine lume, iar la o altă masă se afla Delia cu încă o fată. Amândouă, singure și părând cam plictisite, ne-au privit toată seara cum ne-am distrat. Când i-am adus tortul Roxanei, l-am rugat pe ospătar să le ducă și celor două fete câte o felie și câte un pahar de șampanie, iar ele, încântate de atenția primită, au venit și ne-au mulțumit, au felicitat-o pe sărbătorită. Prietenii mei le-au invitat să rămână și se distreze alături de noi, dacă nu aveau alte planuri.

Cine știe, poate aș fi crezut că totuși există o soartă care îi aduce pe oameni împreună sau că Simona are dreptate și eu chiar am magnet la ticăloşi, dar pentru felul în care am cunoscut-o pe Delia şi pentru tot răul pe care mi l-a făcut aceasta l-am bănuit mereu pe Matei.

După petrecere, când prietenii mei au decis să plecăm, am întrebat-o şi pe Delia dacă ea şi prietena ei au cu ce să plece acasă şi, când mi-a spus că vor chema un taxi, m-am oferit să le iau cu noi, care veniserăm cu maşina Simonei.

Pe drum spre Braşov, Delia ne-a povestit că este din Bacău, că locuieşte cu iubitul ei şi cu mama lui, cu care nu prea se înţelege, că mama lui este rea, posesivă, că o tratează ca pe o servitoare şi că nu o place deloc, din simplul motiv că şi-ar fi dorit pentru fiul ei o fată de condiţie mai bună, cu şcoală şi dintr-o familie bogată, nu o fată simplă ca ea. Dar, în acelaşi timp, că nici nu o lasă să se angajeze şi să se înscrie la o facultate cine ar mai fi slugărit-o dacă ar fi avut atâtea pe cap? Când le-am lăsat pe ambele la adresa pe care mi-a indicat-o Delia, aceasta mi-a cerut numărul de telefon, spunându-mi că i-ar plăcea să ne mai întâlnim la o cafea şi să se revanşeze astfel pentru că s-a distrat aşa de bine cu noi.

— O fi mă-sa ăluia rea, dar ea ce caută noaptea în club fără el? a remarcat Simona.

Însă, aşa cum mi-au reproşat apropiaţii mei de câteva ori, eu nu eram obişnuită să analizez oamenii, nu-i bănuiam că ar putea fi răi, le acordam mereu credibilitate de la început, nu eram absolut deloc suspicioasă. Și asta cu toate că avusesem destule surprize neplăcute în viaţă, chiar din partea unor oameni în care am crezut, şi ar fi trebuit să-mi învăţ lecţia şi să nu mai am încredere în oameni la prima vedere.

Fără să piardă timpul, Delia m-a sunat în ziua următoare să-mi mulţumească pentru că am dus-o acasă şi m-a întrebat dacă pot bea o cafea cu ea, dar, cum trebuia să mă întâlnesc cu Robert la Bucureşti şi eram pe picior de plecare, i-am spus că nu pot, promiţându-i, în schimb, că o voi suna eu când voi avea mai mult timp la dispoziţie.

Nu am sunat-o, dar după două zile mi-a telefonat din nou ea. Ruşinată că nu mi-am ţinut promisiunea, am chemat-o la mine acasă, spre nemulțumirea Simonei, care mi-a reproșat că aduc o străină în casa mea, în loc să mă întâlnesc cu ea undeva în oraș.

— Era supărată tare, cred că are probleme și vrea să vorbim, i-am zis Simonei. În oraș nu avem intimitate să stăm de vorbă liniștite, într-o atmosferă mai caldă, prietenească.

— Și te-a găsit tocmai pe tine să se plângă? Nu are alți prieteni? Doar un om cu caracter schimbător, îndoielnic nu are nici măcar un prieten apropiat și apelează la ajutorul primei persoane pe care o cunoaște...

Am ignorat nemulțumirile Simonei, apoi ea a plecat de acasă ca să-și mai rezolve din probleme, pentru că se apropia data plecării în America, iar eu am rămas singură, așteptând-o pe Delia.

Când a ajuns la mine, părea plânsă și foarte tristă, așa că am invitat-o în sufragerie, am servit-o cu o cafea și prăjituri și am încurajat-o să-mi spună ce probleme are, ascultându-i toate ofurile. Mi-a povestit că mama iubitului ei i-a pus în vedere să plece din casă cât mai repede și că nu are unde să se ducă, mai ales că, atunci când a părăsit casa părintească, s-a certat foarte urât cu mama ei. Mi-a mai zis și că tatăl ei este plecat în străinătate, dar oricum nu-i pasă de ea. Astfel că acum nu avea nici unde să se ducă, nici un loc de muncă și nici bani, fiindcă nici iubitul ei și nici mama lui nu au lăsat-o să-și ia un serviciu, ca orice om, și nici să se înscrie la școală și să facă o facultate, așa cum ar fi vrut, să-și croiască și ea un viitor mai bun. A plâns în hohote în fața mea și mi-a spus că are doar câteva haine, iar pe mine m-a sensibilizat, am încercat să mă pun în situația ei și mi s-a făcut milă pentru ce îndura fata aceea blândă din fața mea.

I-am spus că o primesc la mine pentru o perioadă, până când avea să-și găsească un loc de muncă și își va permite să se mute în chirie, că puteam să o ajut doar în acest fel. Desigur, ajutorul venit din partea mea a făcut-o să verse din nou șiroaie de lacrimi și să nu mai contenească cu mulțumirile.

Când s-a întors Simona acasă și i-am povestit totul, a luat foc.

— Ți-ai pierdut mințile?! m-a întrebat furioasă. Nu o cunoști deloc, cum să aduci în casa ta o persoană despre care nu știi nimic?

— Nu are pe nimeni în Brașov, e într-o situație disperată. Când un om are nevoie de ajutor, ce faci, acționezi imediat sau aștepți să-l cunoști mai întâi?

— Dar iubitul ei? Părinții ei? Nu are alți prieteni? De ce nu merge la tipa aceea cu care era în club?

— Iubitul ei este de partea mamei lui, se pare că a reușit să bage intrigă între ei cotoroanța aceea, iar ea o are doar pe mama ei, dar la Bacău. Are mulți frați, sunt săraci, iar tipa cu care era în club este doar o amică și nimic mai mult, care a invitat-o pentru că avea întâlnire cu unul care nu a mai venit și nu a vrut să meargă singură în club.

— Irina, ce-i cu tine, ce e cu naivitatea asta? Că asta nu e bunătate, este de-a dreptul inconștiență cum ai procedat cu străina asta. Eu îl sun pe Robert să-i spun ce vrei să faci. Nu-mi place deloc ideea.

— Simona, calmează-te, ajut o fată, îi ofer un acoperiș deasupra capului până când se va putea integra undeva și va fi pe picioarele ei. Poate că Dumnezeu mi-a trimis-o în cale ca să o ajut, n-avem de unde să știm. Noi stăm oricum foarte puțin aici, vom fi mai mult la București, îi dăm ei camera mică, are baia ei, nu o să ne deranjeze cu nimic, am încercat eu să o liniștesc pe grijulia mea prietenă.

Dar, așa cum știa Simona deja despre mine, nu i-am oferit Deliei doar un acoperiș deasupra capului, ci o viață cu totul nouă.

I-am cumpărat haine, pentru că venise cu puține lucruri la ea și acelea vechi, demodate și de proastă calitate, i-am amenajat camera după bunul ei plac și, ca să se simtă cât mai bine, i-am cumpărat un televizor în camera ei pentru că era pasionată de telenovele. Sigur, eu și Simona nu voiam să stea toată ziua să se uite la televizorul din sufragerie și, de vreme ce și ea, și noi aveam nevoie de spaţiu personal, am făcut tot ce mi-a stat în putinţă încât să se simtă preţuită.

Nu am lăsat-o singură, am luat-o peste tot cu mine, am introdus-o în anturajul meu şi am tratat-o ca pe o bună prietenă, poate chiar ca pe o soră. Ea se arăta de fiecare dată foarte recunoscătoare şi nu mai contenea cu mulţumirile şi cu asigurările că va face tot posibilul să se înscrie la facultate şi să muncească, să îşi construiască un viitor frumos şi-mi promitea că mă va face să fiu mândră de ea.

— Are noroc cu carul fiinţa asta, mi-a spus Simona într-o seară, după ce Delia tocmai îmi mulţumise pentru că fusesem în oraş şi i-am cumpărat două perechi de pantofi şi câteva produse cosmetice.

— Poate că eu sunt cea norocoasă, pentru că sunt cea care o poate ajuta, şi nu cea care are nevoie de ajutor, i-am zis eu liniştită.

— Dacă tot ai adoptat-o, va trebui să o duci şi la salonul de cosmetică, mie îmi este ruşine să ies cu ea aşa cum este, cu manichiura neîngrijită, cu părul acela...

— O voi duce, bineînţeles. Nu fi rea, Simo, fata asta nu a avut posibilităţi...

— Să ce, să se îngrijească? Mama îşi făcea unghiile noaptea, când venea de la schimbul doi ca să fie impecabilă. Nu există scuză să umbli cu oja sărită din era mezozoică...

— E o fată simplă, fără prea multă educaţie, poate că nu a avut un exemplu bun, haide să-i dăm o şansă, cu ce suntem mai bune decât ea dacă o criticăm şi nu o ajutăm să se schimbe în bine?

— O ajutăm, dar nu o fac cu toată inima, să ştii. Nu-mi place de ea. Deloc.

— Nu cumva eşti doar geloasă? Şi egoistă?

— Egoistă?

— Păi, tu vei pleca în America, iar eu rămân aici fără o prietenă apropiată, la asta te-ai gândit? Timeea are viaţa ei, pe cine mai am eu aici?

— Și tu ce faci acum, îți cumperi o prietenă? mi-a spus ea supărată.

— Cum adică o cumpăr? O ajut, e altceva.

— O ajuți, dar te rog să nu ai așteptări că îți va fi prietenă. Nu este potrivită să-ți fie prietenă, sunteți diametral opuse, nu are educația ta, cultura ta, sper să nu-i dai mai multă credibilitate și să nu te apuci să investești în relația cu ea sentimente pe care, probabil, nu le merită.

Am pus nemulțumirea ei pe seama geloziei și a grijii exagerate față de mine și nu am văzut nicio clipă în Delia ceea ce încerca Simona să-mi arate. Asta poate și pentru că, la început, Delia era o prezență extrem de discretă, făcea tot posibilul să nu ne deranjeze, găseam mereu casa curată și părea recunoscătoare pentru șansa pe care i-o dădusem. Ajunsesem chiar să țin la ea și să ne facem anumite confidențe, dar bineînțeles că nu i-am vorbit deloc despre Robert. Când plecam la București, o mințeam că plec la Angel, pe care îl și cunoscuse într-o zi, când acesta m-a vizitat. Nu i-am povestit nici despre Matei, care reprezenta pentru mine o rană încă deschisă, despre care nu-mi făcea plăcere să povestesc. Aflase despre el de la prietenii mei, dar cu ea nu am intrat niciodată în amănunte, de fiecare dată m-am limitat să fac referire la el ca fiind doar un fost iubit, în timp ce prietenii mei se refereau la el ca fiind *bucureșteanul ăla bogat care ne-a furat prietena.*

Cu toate că Simona nu o suporta deloc, eu nu am găsit niciun motiv ca să fiu nemulțumită de ea. Numai în primele zile de când se mutase la mine a stat toată ziua acasă, apoi a început să iasă, spunând că își căuta un serviciu, ceea ce s-a și întâmplat destul de repede, angajându-se după puțin timp ca secretară la o firmă de transport.

Când ieșeam cu prietenii mei și era liberă, o luam cu noi și de câțiva dintre ei s-a atașat mai mult, ceea ce a făcut-o pe Simona să aibă bănuieli că ar avea o relație cu unul dintre bărbații din grup. Iar omul era căsătorit. Bănuielile Simonei ni s-au confirmat când Delia ne-a mărturisit că-l iubește pe prietenul nostru comun și că suferă din cauză că acesta nu doar că este căsătorit, ci mai are și o relație extraconjugală de câțiva ani, iubindu-se pe ascuns tocmai cu fina lui de cununie, veste care ne-a lăsat mute de uimire pe mine și pe Simona.

— Deci tu ești amanta numărul doi, i-a trântit-o Simona fără pic de menajamente.

Ar fi trebuit să îmi dau seama de caracterul Deliei atunci când am aflat că le-a lingușit atât pe soția prietenului nostru, cât și pe amanta lui, căreia i-a câștigat încrederea și pe care a provocat-o să-i mărturisească totul despre relația ei extraconjugală.

— Tu va trebui să te distanțezi de anturajul acesta, mi-a spus Simona într-o seară când am povestit despre prietenii noștri. Vor ieși discuții, nu ar trebui să fii implicată în niciun fel. Și, oricum, gașca aceasta nu mi-a plăcut niciodată. Nu știu cum și când s-au aciuat pe lângă noi...

Ca întotdeauna, Simona mă sfătuia bine, însă eu eram prea preocupată de viața mea cu Robert și nu aveam timp și interes să deslușesc dramele altora.

Deliei nu-i spusesem nimic despre sarcină, cu toate că am trecut preț de câteva zile prin niște stări destul de ciudate și nu m-am simțit deloc bine. Ea devenise bănuitoare la un moment dat, dar a aflat – sau cel puțin așa am crezut eu – în ziua în care m-am dus la medic.

Ar fi trebuit să fie o zi obișnuită, în care să fac un simplu control de rutină, dar medicul meu ginecolog mi-a dat o veste care a venit ca un trăsnet asupra mea: că sarcina mea se oprise din evoluție. Câteva ore nu am fost bună de nimic, am plâns încontinuu și m-am învinovățit, așa cum poate au făcut multe alte femei care au trecut prin această experiență și care s-au întrebat de ce nu merită și ele să devină mame. Simona nu m-a putut liniști până când nu mi-a dat un calmant, cu toate că-mi tot reamintea ce spusese medicul meu, care m-a asigurat că asemenea situații sunt întâlnite destul de des, iar asta nu înseamnă că nu voi putea avea copii mai târziu. Nu am lăsat-o să-l sune pe Robert, mai ales că, în urmă cu două zile, îmi zisese că este foarte stresat la muncă din cauza unor probleme fiscale care pot fi din vina lui. Atunci am înlemnit și am asociat această problemă cu tăcerea lui Matei – imediat mi-a trecut prin minte că poate aflase despre noi și că începuse să-și pună în funcțiune planul de răzbunare cu care mă amenințase.

— Trebuie să-l suni pe Robert și să-i spui! insista necontenit Simona.

— Nu, te rog, nu-l stresa acum. O asemenea veste nu se dă la telefon, nu așa, i-am răspuns izbucnind din nou în plâns. Trebuie să fim doar noi doi, să-l țin în brațe, habar nu ai cât de fericit era că va deveni tată!

Delia a asistat la toată suferința mea și încerca să se facă utilă, îmi prepara ceaiuri, încerca să mă consoleze și, când m-a întrebat de ce nu-i spun lui Angel că am pierdut sarcina, l-am sunat imediat și mi-am alinat sufletul îndurerat.

Ca un adevărat prieten, s-a urcat în mașină și a venit de îndată la Brașov, confirmându-i astfel Deliei că el era tatăl copilului pe care îl pierdusem. Angel a rămas să doarmă cu mine în noaptea aceea și m-a ținut în brațe, ca de fiecare dată când avea ocazia să mă consoleze. Adică exact ca un prieten bun care încerca să-mi aline durerea și să-mi fie alături în împrejurările nefericite pe care le trăiam. Doar că, pe neașteptate, Robert a venit în acea noapte și, pentru că Simona nu era acasă, i-a deschis Delia ușa și l-a lăsat să vină la mine în dormitor de parcă l-ar fi cunoscut. Iar eu, fiind atât de supărată, nici nu mi-am mai dat seama de asta.

Angel dormea când Robert a intrat în dormitorul meu, iar eu mă uitam la televizor, încercând să uit de ale mele. Când l-am văzut pe Robert intrând în cameră, m-am speriat. El a sesizat asta și fără să spună nimic, privindu-mă într-un fel ciudat, a plecat. M-am ridicat din pat și am alergat după el, dar nu l-am mai prins din urmă, când am ajuns în fața blocului, pornise deja mașina. Am urcat în casă și l-am sunat, dar nu mi-a răspuns, iar când a văzut că insist, și-a închis telefonul. Aș fi plecat după el, dar nu aveam mașină și, chiar dacă aș fi avut, luasem calmante și niciodată nu mă urcam la volan după ce luam medicamente, nici măcar dacă luam un banal antiinflamator.

Încercam să înţeleg de ce venise Robert în toiul nopţii, taman când era Angel la mine, şi mai ales de ce plecase, aşa, fără să-mi spună un cuvânt. Doar ştia că Angel îmi era prieten, îmi venea greu să cred că îşi putea imagina că l-aş fi putut înşela.

Am tot încercat să-l sun, între timp s-a întors şi Simona acasă şi l-a sunat şi ea, dar avea telefonul închis.

— Idiotul, tu ai pierdut copilul şi el face crize de adolescent! s-a enervat Simona, uitând că de faţă este şi Delia, fără să-şi mai dea seama că aceasta ştia că fusesem însărcinată cu Angel.

— O voi suna pe Sandra să vorbesc cu ea, dar mai aştept, să ajungă Robert acasă.

Nu am avut răbdare să treacă două ore, cât am estimat că i-ar trebui lui Robert ca să ajungă la Snagov, asta în cazul în care s-ar fi dus acasă, şi i-am trimis un mesaj Sandrei. Nici ea nu mă căutase de când plecasem de la Snagov şi abia acum îmi dădeam seama că era destul de straniu. Eu îi mai trimisesem un mesaj sau două, la care mi-a răspuns distant, dar atât. Iar eu crezusem în tot acest timp că lucrurile sunt OK între noi!

Nu mi-am imaginat nicio clipă că între timp ea se făcuse vinovată de ceva atât de grav, încât s-ar fi putut gândi că eu eram cea care nu mai voia să audă niciodată de ea. Spre surprinderea mea, chiar dacă era trecut de ora două noaptea, mi-a răspuns la mesaj şi m-a întrebat dacă pot vorbi la telefon. I-am confirmat, apoi m-a sunat după vreo două minute şi, de îndată ce i-am răspuns, am întrebat-o dacă nu o aude cineva.

— Nu mă aude nimeni, Robert e plecat de acasă, iar Matei, Oli și Cesara s-au culcat de mult. Ești bine?

— Da, sunt bine.

— Irina, trebuie să-ţi mărturisesc ceva. Am vrut să-ți spun mai demult, să-ţi scriu, să vin la Brașov să vorbim, dar nu am avut curaj.

— Ce s-a întâmplat?

— Îmi e foarte rușine de ce am făcut, mai ales că ți-am promis că nu te voi trăda niciodată, dar...

— Nu-mi spune că i-ai zis lui Matei că nu Angel era tatăl copilului! am îngăimat speriată, fără să-mi dau seama că vorbeam la trecut despre copilul meu.

Am pus telefonul pe difuzor, ca să audă și Simona conversația, iar Angel s-a trezit și a venit în bucătărie. Simona i-a făcut semn să nu vorbească, el și-a turnat un pahar cu apă, apoi s-a așezat pe un scaun.

— Ba da, i-am spus, mi-a mărturisit Sandra cu glasul plin de remușcări. Și îmi pare atât de rău, nu știu dacă mă vei ierta vreodată, dar...

— De ce naiba ai făcut asta?! am strigat la ea disperată. Am avut încredere în tine, ți-am încredințat un secret ca să-ți iau de pe suflet teama că între mine și Angel a fost ceva și tu... tu...

— Iartă-mă, chiar nu am vrut...

— Cum nu ai vrut? Atunci, de ce ai făcut asta, de ce nu m-ai lăsat să-i spun singură tot adevărul, atunci când aș fi considerat eu de cuviință?

— Nu vreau să mă scuz, dar Matei a făcut o criză urâtă într-o seară, imediat după ce s-a întors din China. Și nu mai știam cum să-l liniștesc, repeta întruna că ești o nenorocită și că te urăște, că nu mai vrea să te vadă, că pentru el nu mai exiști, se jura că îți va face rău, iar pe mine și pe Oli ne-a amenințat că nu mai vorbește cu noi, ne-a interzis să mai luăm legătura cu tine și a spus că va pune sub urmărire toate telefoanele, toată casa, că va instala camere de luat vederi în toată casa... O luase complet razna.

— Robert era de față? am întrebat-o cu calm.

— Nu, nu era acasă. Și ne-a pus să jurăm că nu-i vom spune nimic despre criza lui. Iar eu nu mai știam cum să-l liniștesc, eram sigură că este atât de furios din cauză că l-ai înșelat cu Angel, că ai rămas gravidă cu el și, atunci, i-am spus că eu știu tot adevărul, că mi-ai mărturisit totul. Eram sigură că-l pot calma, dându-i o veste atât de bună.

Simona și-a pus mâinile pe cap, iar Angel părea foarte dezamăgit de trădarea Sandrei.

— Ce i-ai spus mai exact? am întrebat-o pe Sandra.

— Că mi-ai mărturisit că nu Angel este tatăl copilului, că între voi doi nu a fost niciodată nimic și că doar l-ai rugat pe Angel să mintă pentru tine. Adevărul, nu? Așa cum mi l-ai spus mie.

— De ce ai făcut asta, trădătoare nenorocită? a strigat Simona lângă mine, fără să se mai poată abține.

Sandra a tăcut câteva clipe și mi-am dat seama că începuse să plângă.

— Am crezut că-l liniștesc, nu-l mai văzusem niciodată așa, am zis că va face infarct, credeți-mă! Tremura de nervi, plângea, scria mesaje, nu știu cui, m-am speriat că va face ceva rău. Amenința întruna, tot repeta că Irina va plăti pentru toată umilința lui. Oricum ar fi aflat că este copilul lui, doar nu crezi că nu ar fi cerut un test de paternitate!

Mi-l imaginam pe Matei făcând acea criză de nervi din cauză că aflase că, de fapt, copilul meu era al lui Robert și că noi doi ne iubeam în continuare pe ascuns, chiar sub același acoperiș cu el.

— Era dreptul meu să-i spun lui Matei ce vreau și mai ales când vreau, i-am subliniat Sandrei. Dar se pare că tu chiar nu ai meritat să am încredere în tine. Ești o trădătoare și din acest moment nu mai exiști pentru mine!

Am închis apelul și am încercat încă o dată să-l sun pe Robert, dar avea telefonul tot închis.

— Deci Matei a aflat că Robert este, adică a fost, tatăl copilului, a concluzionat Simona.

— Așa se justifică tăcerea lui Matei, faptul că nu m-a căutat deloc. Iar eu am greșit când m-am culcat pe o ureche și am crezut că și-a dat seama că nu este cazul să mă mai forțeze să stau lângă el...

— Probabil că știe mai mult decât asta, poate știe și că vă întâlniți pe ascuns, a adăugat și Angel.

— Cu siguranță, știe. Mă tem foarte tare pentru Robert!

— Va trebui să vorbeşti cu Matei, mi-a zis Simona.

— Îl voi suna mâine şi îl voi implora să nu îi facă rău...

— Ce rău ar putea să-i facă? m-a întrebat Angel neîncrezător, neştiind nimic despre toate ameninţările lui Matei.

— Nu ştiu, dar, când este furios, nu mai gândeşte, este în stare de orice...

— Irina, vrei să discut eu cu Matei? s-a oferit să ajute Angel. Sau cu Robert? Cum să fac să-ţi fie bine şi să te linişteşti?

— Nu ştiu, Angel. Tot ce ştiu este că Matei este ca o bombă cu ceas şi că trebuie să discut cu el. Nu ştiu de ce am impresia că este mai periculos când tace decât atunci când tună şi fulgeră.

Capitolul 22

Am avut o noapte lungă și grea, dar Simona și Angel mi-au stat alături, iar spre dimineață am adormit toți trei în același pat. Delia dormea de mult în camera ei și, cu siguranță, nu avea habar prin ce treceam eu sau cel puțin asta îmi imaginam. Am dormit doar câteva ore, iar când m-am trezit, am luat telefonul să văd dacă îmi scrisese Robert, dar, spre surprinderea mea, primisem doar un mesaj de la Matei, care îmi scria că ar vrea să stăm puțin de vorbă, dar fără să știe absolut nimeni.

Îmi era teamă de el, dar mai teamă îmi era de furia lui, dacă aveam să-l refuz și, implicit, să-l supăr și mai tare, așa că am decis să nu spun nimănui că mi-a scris. I-am răspuns și mi-a propus imediat să ne vedem la vila lui din Poiana Brașov, în seara aceea, după ora opt. I-am confirmat. A continuat să mă amenințe.

> Să nu îndrăznești să vii cu cineva sau să-i spui cuiva că ne vom întâlni. Și nu te teme, nu-ți voi face niciun rău!

Simona avea treabă cu mama ei în seara aceea, Angel pornise către București, iar Deliei nu trebuia să-i dau raportul unde plec și cât stau, așa că am plecat cu un taxi în Poiana Brașov, la vila lui Matei. Pe drum am avut niște emoții teribile, nu știam la ce să mă aștept, mi-am făcut tot felul de scenarii și de planuri cum să-l abordez. Și, mai cu seamă, mi-am adunat curajul și determinarea ca să îl apăr pe Robert de orice rău ar fi avut de gând să-i facă.

Când am ajuns, am intrat cu teamă în vilă și am mers până în living. Matei stătea întins pe o canapea, dar, când m-a văzut, s-a ridicat și s-a dus lângă o comodă de care s-a rezemat, de parcă ar fi vrut să-mi transmită că vrea să stea cât mai departe de mine.

— Bună seara! i-am spus privindu-l în ochi.

— Bună seara!

Părea trist, obosit și distant, pentru că mă privea într-un fel în care nu mă mai privise niciodată: cu ciudă, ură și dezgust. Mi-l imaginam în ziua aceea în care făcuse criza de nervi despre care îmi povestise Sandra și mi s-a făcut milă de el, mă simțeam responsabilă pentru suferința, pe care, fără voia mea, i-o provocasem. Mi-am amintit că am citit undeva că o persoană furioasă, pornită să se certe cu tine, își dorește doar puțină dragoste.

— Pot să te îmbrățișez? l-am întrebat cu tot dragul.

— Niciodată, mi-a răspuns calm, dar cu o privire plină de dispreț, menită să mă umilească. Ia loc, dacă vrei, arăți destul de obosită.

Nu m-am așezat, iar el mă studia din cap până în picioare. Purtam o pereche de jeanși strâmți, o tunică din mătase albă, cu mâneci largi și niște balerini roșii. Părul îl aveam prins într-o coadă lejeră și nu mă machiasem deloc, poate pentru că în seara aceea îmi doream să fiu cât mai ștearsă.

— De ce mă privești așa? l-am întrebat după câteva clipe în care nu a spus nimic, continuând să se uite la mine.

— Încerc să-mi dau seama dacă tu chiar ești frumoasă sau doar am fost eu vrăjit și atât.

— N-am fost niciodată suficient de frumoasă pentru tine. Drept dovadă, ai căutat mereu femei mai frumoase.

— Asta crezi tu că am căutat? Femei mai frumoase?

— Mai deștepte sigur nu ai căutat, că tu nu suporți ca o femeie să-ți fie superioară în niciun fel. Nici măcar egală cu tine nu-ți dorești să fie.

— Nici nu cred că aş fi găsit una mai deșteaptă decât tine, de asta sunt sigur.

— Ăsta e un compliment? Că am senzaţia că sună ca o insultă.

— Ar fi fost un compliment dacă te-ai fi folosit de isteţimea ta ca să faci lucruri bune, dar tu ai fost diabolică. Stau și mă întreb: la asta ţi-a folosit inteligenţa, pentru asta ţi s-a dăruit?

— Iată un lucru pe care îl avem în comun, i-am întors eu aşa-zisul compliment.

— Da, dar m-ai învins, m-ai făcut şah mat. Numai că, vezi tu, eu îmi iau mereu revanşa, m-a atenţionat el.

A oftat adânc, apoi s-a întors cu faţa la comodă și a luat de pe ea un dosar albastru, din plastic, pe care l-a aruncat pe canapeaua de lângă mine.

— Ce este acolo? l-am întrebat fără să mă mişc din loc.

— Ia-l și studiază-l, dar aici. Ia-ţi cât timp doreşti, iar dacă nu înţelegi ceva, mă poţi întreba și îţi explic.

Nu m-am atins de dosar.

— Mai bine spune-mi tu ce se află între copertele acelea albastre.

— Viitorul lui Robert. Și, ca să nu crezi că fabulez, ţi-am adus dovezi.

Mi-am lăsat geanta pe marginea canapelei și am luat dosarul, l-am răsfoit, dar nu am înţeles nimic din ce se afla în el. Erau tot felul de copii ale unor acte, contracte, ordine de plată, bilanţuri contabile, tot felul de notiţe, pe majoritatea aflându-se numele lui Robert şi al firmei lor. L-am privit întrebător, iar el mi-a făcut semn să răsfoiesc mai departe.

— Acum chiar poţi spune că ţii în mână viitorul lui Robert, mi-a zis. Nu cred că ţi-ai dat seama, dar este un dosar întreg care îl incriminează de evaziune fiscală și delapidare.

— Și chiar a făcut aşa ceva?

— Știi bine că nu. Robert este cel mai corect om posibil atunci când vine vorba despre afaceri, bani și bunurile altora. Bine, se pare că mai puţin când discutăm despre iubita fratelui său, dar asta e altă discuţie.

— Și atunci? Dacă e așa corect, de ce există dosarul acesta? m-am prefăcut eu că nu aud partea în care nu era vorba despre afaceri.

— Ca să te fac conștientă de ce-i poți face tu lui Robert.

— Nu cred că ai fi capabil de așa ceva, am zis cu încredere.

— Atunci, de ce ai venit aici? a vrut el să știe. Că doar nu de dorul meu.

— Nu poți, Matei. Nu-i poți face rău. Pur și simplu, nu ai cum să faci asta.

— Atunci, pleacă în acest moment. Și vei vedea ce va urma. Șansele să scape basma curată sunt minime.

— De ce îi faci așa ceva?

— Eu? Tu îi faci tot răul. Îți mai dădusem o șansă, te-am prevenit, te-am amenințat, dar tu ai continuat să mă subestimezi și ți-ai bătut joc de mine.

— Cu ce mi-am bătut joc de tine, Matei?

— Nu ți-e rușine să mă întrebi asta? Sau ești imbecilă și nu conștientizezi gravitatea faptelor tale? Ai uitat cumva că m-ai mințit atâția ani, că m-ai trădat, că m-ai înșelat cu fratele meu, că mi-ai ascuns că ești gravidă cu el, apoi m-ai umilit și în fața lui Angel și a familiei mele?! Și nu te-ai oprit nici în ceasul al doisprezecelea, ai continuat să te întâlnești cu Robert, ați fugit împreună în Bucovina și v-ați continuat relația pe ascuns. Frumos, nu-i așa? Sau ai crezut că sunt prost și nu aflu? Ai crezut că voi mai avea vreodată încredere în tine, după tot jocul cu sarcina?!

— Dacă asta te face fericit, află că am pierdut sarcina.

— Știu și, nu, nu mă face fericit, dar îmi dă satisfacția că trădătorii nu au nicio șansă, mi-a zis calm.

— Știi ceva? Copilul meu nu a fost rodul unei trădări, ci m-a ales să-i fiu mamă! aproape că am strigat la el, încercând să-l opresc, spunea numai lucruri îngrozitoare.

— Se pare că Dumnezeu l-a salvat de tine, a continuat el cu blasfemiile.

— Cum îndrăznești tu să vorbești despre Dumnezeu?! am urlat, izbucnind în plâns din cauza vorbelor lui care mă dureau enorm.

— Este al doilea copil pe care-l pierzi, crezi că asta este o pură întâmplare? m-a lovit el fără milă unde știa că mă doare cel mai tare.

— Sufletul acela mă va alege din nou și din nou până când eu voi deveni mama lui, așa să știi. Iar, dacă nu va fi să-l nasc eu, atunci el va veni oricum pe lume, adus de o altă mamă, iar eu îl voi întâlni și-i voi fi prietenă, îi voi fi sprijin, voi însemna ceva bun în viața sa. Așa cum am fost și pentru copilul tău, dar tu binele și frumosul din mine nu le-ai văzut niciodată, dacă tot contabilizezi cu atâta precizie, ba chiar inventezi contabilitatea. Și pe cea din afaceri, și pe cea „legată", între ghilimele, de sufletele omenești.

— Apropo de copilul meu. Din acest moment, îți interzic să o mai suni vreodată pe Cesara, să te mai apropii de ea, să mai întrebi de ea. Și nu mai ai voie să o suni nici pe Oli, nici pe mama, nici pe bunica, pe absolut nimeni din familia mea și dintre cunoscuții mei, ai înțeles?

— Doar atât vrei de la mine? Sau mai vrei și altceva?

— Știi bine ce vreau. Să-l uiți pe Robert definitiv, să nu mai iei niciodată legătura cu el, să nu-l mai cauți, iar dacă te va căuta el cumva, să nu îi răspunzi, să fugi de el până la capătul pământului, așa cum ai fugit de mine de atâtea ori. Dacă vrei, te plătesc să pleci din țară, îți asigur un viitor oriunde vrei în lumea asta, nu e o problemă, atâta timp cât vei fi cât mai departe de noi.

— Ție chiar nu ți-e rușine să mă tratezi așa? Mă confunzi cumva cu prostituatele tale?

— Dar ție chiar nu ți-a fost rușine să faci tot ce ai făcut? Ce tupeu ai! Zi mersi că îți dau de ales! Că te-aș fi putut distruge până acum.

— Și dacă nu voi face ceea ce-mi ceri?

— Vei suporta consecințele. Te voi îndepărta oricum de familia mea, de prietenii mei, de prietenii tăi și îți voi lua tot. Absolut tot.

— Tu chiar nu înțelegi că nu-mi poți lua ce este menit să fie al meu?

— Mai vedem noi, aș dori să văd cu ce fel de citate motivaționale vei ieși atunci la atac.

— Trăiești cumva cu impresia că vei reuși să faci rău la nesfârșit? Să te joci cu viețile oamenilor și cu sentimentele lor? Ceea ce nu știi tu, iar eu cred cu tărie, este că există cineva mai puternic decât toți oamenii care distrug, cineva care pune toate lucrurile și oamenii la locul lor. Care vindecă orice rană și care așterne uitarea peste orice durere.

— Stai departe de Robert, a continuat el de parcă nu ar fi auzit niciun cuvânt din cele pe care i le spusesem. Dar nu doar câteva zile, o lună sau un an. Toată viața. Și nu mă mai subestima, știu tot ce faci, chiar nu mă mai poți minți și înșela, Matei cel fraier nu mai există.

Câteva clipe nu a mai spus nimic, doar mă privea sfidător, triumfător, iar eu mă simțeam mică și fără importanță în fața lui. Mă privea cu silă tocmai pe mine, care altădată eram centrul universului său, adorata lui, pentru care ar fi întors lumea pe dos și pe care a implorat-o de nenumărate ori să nu-l părăsească, cerșindu-i iubirea. Am făcut doi pași spre el, dar mi-a făcut semn să mă opresc, însă eu nu m-am oprit. M-am apropiat de el și l-am îmbrățișat, chiar dacă a stat nemișcat, ca o statuie. Tremura de nervi, dar nu-mi mai era frică de el. Nu mă mai temeam că m-ar putea lovi, că m-ar putea umili, mă simțeam oricum golită de tot ce aveam mai de preț, îmi pierdusem puterea, adică pe copilul meu, iar acum știam că aveam să-l pierd și pe Robert.

Tăcerea lui și discuția cu Matei mi-o confirmaseră deja.

— Te rog să mă ierți, i-am spus plângând, ținându-mi brațele în jurul lui. Chiar nu am vrut să te rănesc, nici să te trădez, dacă aș fi știut că suporți adevărul, ți l-aș fi spus de la bun început.

— I-ați mâinile de pe mine, Irina. Nu te mai suport, mi-a zis cu glasul sugrumat.

— Te rog să nu-i faci niciun rău lui Robert, te implor.

— De asta mă îmbrățișezi tu acum?! De asta? M-a prins cu putere de umeri și m-a scuturat violent. Ca să implori îndurare pentru el?!

— Da! Te implor să nu-i faci nimic rău. Fac orice îmi ceri, doar să-l lași în pace.

M-a împins de lângă el și s-a așezat pe o canapea, iar eu m-am rezemat de comodă în locul lui. Am plâns câteva minute, privindu-l cum stătea cu tâmplele sprijinite de palme și ochii în pământ.

— M-ai obligat să te mint, Matei. Ne-ai obligat să ne ascundem, nu ai vrut să accepți adevărul...

— Nu-l mai învinovăți pe Robert, doar tu ești vinovată pentru tot ce s-a întâmplat. Tu, cu dorința ta de a te răzbuna pe mine pentru că te-am înșelat, l-ai atras pe Robert în capcană! mi-a aruncat el în față perspectiva sa, la care nu voia nicicum să renunțe.

— Ești prea laș ca să accepți adevărul. Numai un laș nu poate accepta când pierde și numai un laș caută să se răzbune și să facă rău dintr-o ambiție nemăsurată! Ești un laș! Cel mai mare laș din lume! am strigat cât de tare am putut, plângând în hohote.

— Și tu cum ești? m-a întrebat el liniștit dintr-odată.

— Te-ai întrebat vreodată de ce am amânat să-ți spun adevărul, de ce nu l-am lăsat pe Robert să-ți mărturisească totul despre noi?

— De lașă, cumva?

— Ei bine, nu! Pentru că nu am vrut să ți-l iau pe Robert, nu am vrut să vă certați, să vă iau tot ce aveți frumos, poate una dintre cele mai frumoase relații între frați sau prieteni din câte am văzut vreodată. Cel puțin așa a fost până la un moment dat.

— Mie chiar mi-ai luat asta. Mereu am să-l privesc ca pe un trădător. El, cu puțin noroc, nu va afla niciodată că știu despre trădarea voastră. Asta tot lașitate este?

— Da. Să nu recunoști în fața unui om că știi că ți-a greșit, să nu fii capabil să discuți sincer cu el, ca în acest fel să vă rezolvați problemele, este lașitate. Să te prefaci toată viața că totul e perfect între voi este lașitate. Ți-e teamă că, dacă-i vei spune că știi totul despre noi, nu-l vei mai putea ține lângă tine! Vei pierde zona de confort și vei pierde un om care ți-a fost loial și care ține la tine cu adevărat!

— Indiferent dacă îi voi spune sau nu că știu totul despre relația voastră, Robert nu va mai veni la tine, de asta te asigur.

— De ce ești atât de convins de asta?

Nu mi-a răspuns, dar a zâmbit diabolic.

— I-ai spus minciuni despre mine? l-am întrebat. Îl amenințí și pe el că, dacă mai vorbește cu mine, îmi vei face rău?

— Nu te privește ce metode folosesc doar ca să-l scap de tine.

— De ce vrei să-l scapi de mine?

Tăcea și stătea cu capul întors, privind perdeaua fluturând. Mi-am amintit de prima mea seară în livingul acela și de primul nostru sărut, de parcă totul se întâmplase doar cu o zi înainte. M-am apropiat și m-aș fi așezat pe canapea, lângă el, dar am rămas în picioare, în fața lui. Nu mă privea.

— Matei, te rog, oprește-te din nebunia asta...

— Prea târziu. M-aș fi oprit dacă și tu ai fi știut când să te oprești.

— Măcar îmi spui de unde ai aflat că am pierdut sarcina?

— Asta te interesează pe tine? De unde am aflat? Știu tot și voi ști totul despre tine, atâta timp cât voi dori asta. Știu inclusiv că ai o cămașă de noapte de culoarea piersicii, care îi place lui, ce spui de treaba asta?

Am înlemnit. Nu avea de unde să știe despre acea cămașă de noapte, pe care o aveam doar de câteva zile, decât dacă i-ar fi spus despre ea chiar Robert sau Simona, ceea ce era exclus, băgam mâna în foc pentru asta. I-ar mai fi putut spune și Delia, dar de unde să-l cunoască ea pe Matei? Și de unde să știe Delia că acea cămașă de noapte îi plăcea lui Robert, despre care nu știa că are o relație cu mine?

O clipă m-am gândit că intrarea Deliei în viața mea fusese plănuită chiar de Matei și m-am înfuriat.

— Deci tu m-ai chemat aici doar ca să mă ameninți?

— Dar pentru ce credeai că te chem?

— Nu știu, am sperat că ți-ai recăpătat omenia, că te-ai maturizat, că ai crescut, că, dacă ai ieșit din anturajul acela toxic de jucători de cazinouri și interlopi, scapi și de obiceiurile proaste deprinse de la ei.

— Și ai sperat cumva că vin să-ți mulțumesc pentru că ți-ai bătut joc de mine? De exemplu, că m-ai mințit că ai terminat-o cu Robert, în timp ce v-ați continuat relația în aceeași casă cu mine, sub același acoperiș cu mine?

— Cine m-a forțat să stau în aceeași casă cu tine? Sau ai uitat cumva că m-ai obligat să vin, folosindu-te de șantaj și de amenințări?

— Ce convenabil pentru tine, nu-i așa? Ai avut șansa să-ți faci de cap cu el în continuare – și asta la doar câțiva pași de mine, când eu dormeam liniștit, încrezător în promisiunile tale și în dragostea de frate! Chiar așa, unde se consumau partidele voastre de amor? În camera lui? În camera ta? Unde, nenorocito?!

— Peste tot! am continuat eu să-l înfrunt, convinsă că nu mai am ce să pierd. Iar când te vei duce acasă și atâta timp cât vei trăi acolo, când vei privi un loc anume din casa aia, să-ți imaginezi că în locul acela am făcut dragoste cu Robert. În fiecare dormitor, pe fiecare canapea din living, pe fiecare fotoliu, pe masa pe care mănânci în fiecare zi, pe pian, în leagănul din curte, în cabinele de duș, rezemați de fiecare ușă și de fiecare perete din casa aia!

A sărit brusc de pe canapea și mi-a dat o palmă, dar eu am rămas dreaptă în fața lui și i-am înfruntat privirea.

— Te simți mai puternic acum? l-am întrebat calmă. Crezi că palma aceasta, amenințările și tot răul pe care mi-l faci te fac să fii mai puternic decât mine?

S-a așezat înapoi pe canapea și se străduia cu greu, mușcându-și buzele, să-și păstreze cumpătul.

— Nu mă provoca să-ți arăt cât de puternic sunt! mi-a șoptit printre dinți.

— Dacă tu te simți puternic atunci când îi controlezi și îi rănești pe alții, află că, de fapt, ești foarte slab. Să știi asta de la mine și să nu uiți niciodată.

Tremura de nervi și nu mă privea, ținea capul întors într-o parte și își frângea mâinile încercând să se controleze până la capăt, probabil, regretând amarnic că-și pierduse stăpânirea de sine și mă pălmuise.

— Acum pot să plec? l-am întrebat mândră, ținându-mi capul ridicat și ațintindu-l cu privirea...

— Poți să mai rămâi dacă vrei.

— De ce aș mai rămâne?

— Nu știu, ai vreun motiv?

A întors capul spre mine și s-a uitat la mine sugestiv, cu un zâmbet arogant, de bărbat puternic și lipsit de scrupule.

— Ai fi în stare să te culci cu mine ca să-l protejezi pe el, așa-i? m-a întrebat.

— Nu, nu aș putea face asta. Ar însemna să mă prostituez și nimeni nu merită să decad până într-atât.

Mi-a zâmbit cu o privire rece, goală și lipsită de orice sentiment, care m-a făcut să simt fiori reci în tot corpul. S-a ridicat și s-a uitat puțin la mine, dar nu am cedat demonstrației lui de forță și am rămas dreaptă în fața lui, înfruntându-i privirea. A întins mâna și m-a mângâiat cu blândețe pe obrazul pe care mă lovise puțin mai devreme.

— Te-am iubit cum nu voi mai iubi niciodată. Tu ai fost raiul și iadul meu, lecția vieții mele, tu ai scos la suprafață tot binele și tot răul din mine.

— Eu nu văd binele de care spui, văd doar răul, i-am atras atenția.

— Pentru că tu ai ucis tot ce a fost bun în mine.

— Ce convenabil e să dai vina pe altcineva pentru că tu ești slab și nu-ți poți înfrânge demonii, nu-i așa?

— Singura mea slăbiciune a fost iubirea pentru tine. Și regret amarnic că te-am iubit, a tras el imediat o concluzie menită să mă rănească.

— M-ai iubit? Și acum mă urăști?

A întors capul și nu a spus nimic.

— Vezi, ești atât de laș, încât nici măcar să-mi zici că mă urăști nu poți.

Mi-am luat geanta de pe canapea și am făcut câțiva pași spre ieșire.

— Te vei convinge singură dacă te urăsc sau nu, m-a prevenit. Și vom vedea dacă tu vei fi mai puternică decât mine și-ți vei putea învinge demonii, atunci când vei fi nevoită să te aperi de trădări. Să vii atunci să-mi explici cum e și, mai cu seamă, să faci pe moralista legat de subiectul „Cum putem rămâne buni în fața răului"...

— Deci mă avertizezi că-mi vei face rău? l-am întrebat, întorcându-mă cu fața spre el și fixându-l cu privirea.

— Te informez că îți voi da o lecție. Că îți voi lua tot, așa cum mi-ai făcut și tu.

— Robert este totul pentru mine, asta nu vrei tu să înțelegi. Nu există nimic altceva ce ai putea să-mi iei și fără de care să nu pot trăi, iar pe Robert, chiar dacă-l vei îndepărta de mine, vei avea doar iluzia că mi l-ai luat. Pentru că există un loc de unde nu mi-l vei putea smulge niciodată: din suflet. Îl voi purta mereu cu mine, îl voi iubi și mă voi ruga pentru binele și pentru fericirea lui, voi adormi cu el în gând și mă voi trezi cu el în gând, mă voi hrăni cu amintirile cu el și voi muri fericită că l-am cunoscut, iubindu-l, sperând că vom avea o altă viață ca să fim împreună, după cum ne-am dorit și ar fi meritat o iubire ca a noastră. Iar în viața aceea viitoare sperată de mine tu să nu exiști.

— Pleacă! Să nu mai apari niciodată în fața mea! Și sper să nu mai aud niciodată de tine!

— Ba o să mai auzi de mine! i-am zis liniștită, apoi i-am întors spatele și am plecat, convinsă că îl vedeam pentru ultima oară.

Afară ploua torențial și eu, ca de obicei, nu aveam umbrelă, dar nu am vrut să mă adăpostesc lângă vila lui, am plecat pe jos, sperând că voi găsi un taxi în strada principală. Nu am apucat să ajung până la stația de taxiuri, când am văzut o mașină oprind lângă mine. Era Matei, care a coborât și a venit grăbit lângă mine, mi-a deschis portiera din dreapta, dar eu am plecat mai departe, pășind grăbită, cu toate că eram deja udă până la piele, sub rafalele nemiloase de ploaie. A venit cu mașina după mine, a oprit-o mult mai în față, apoi a coborât și a venit înaintea mea.

— Te duc eu, mi-a spus când a ajuns în fața mea.

— Nu vreau, lasă-mă, i-am spus încercând să trec de el.

— Nu te las, ești udă leoarcă, vrei să răcești? Asta îți mai trebuie după ce ai pierdut sarcina și ești oricum slăbită și sensibilă la orice?

M-a prins de mână și m-a dus la mașină, mi-a deschis portiera și m-a ajutat să intru. Și el era ud până la piele și chiar mă temeam că ar putea răci, mai ales că suferea și de astm, iar o răceală i-ar fi agravat starea de sănătate.

— Va trebui să te întorci la vilă să te schimbi, i-am spus. Nu e cazul să răcești, și tu ai probleme de sănătate, știi bine.

— Pe lângă ce trăiesc acum, o răceală ar fi doar o mângâiere.

— Încetează să mă faci să mă simt un om de nimic, i-am zis liniștită.

A pornit căldura în mașină și a condus încet, nici nu ar fi putut altfel pe ploaia aceea torențială, căreia ștergătoarele de parbriz abia îi făceau față. Pe la jumătatea drumului, am început să tremur foarte tare, poate din cauza ploii reci, care mă udase până la piele, sau poate că organismul meu se resimțea după pierderea sarcinii, după stresul și oboseala pe care le acumulasem.

— Ai frisoane? m-a întrebat el și i-am simțit îngrijorarea în glas.

— Da.

A tras mașina pe dreapta, în parcarea în care oprise în seara în care ne cunoscusem, atunci când m-a îmbrățișat pentru prima oară. Și-a desfăcut centura și a desfăcut-o și pe a mea, apoi a coborât din mașină și a venit lângă portiera mea, pe care a deschis-o și mi-a întins mâna.

Ar fi culmea să mă lase aici, așa, udă, înghețată și pe întuneric, am gândit îngrozită.

Din fericire, ploaia se oprise, abia mai picura. Am coborât din mașină, el a închis portiera din față și a deschis-o pe cea din spate, făcându-mi loc să urc. A venit și el pe partea cealaltă și s-a așezat pe banchetă, lângă mine. Mi-a aranjat părul, apoi m-a îmbrățișat și a început să mă maseze pe spate, să-mi pună sângele în mișcare și să mă încălzească. Nu am spus nimic, nu m-am opus, am stat inertă. Ploaia se pornise din nou cu putere, iar noi am stat mai mult de o oră pe banchetă, tăcuți, ascultând muzică.

— Îți mai amintești de noaptea aceea când te-am urmărit până aici și te-am îmbrățișat afară? m-a întrebat.

— Da, i-am răspuns, fără să-i spun că mă gândisem deja la asta când oprise.

— De fiecare dată când trec pe aici, îmi amintesc de asta și am aceleași sentimente ca atunci.

— Mă poți duce acasă acum?

— Mai stai puțin să te încălzești. Oricum plouă prea tare și nu vei putea ieși din mașină. Ai mult de mers pe alee până în scara blocului și nu am nicio umbrelă în mașină.

Nu l-am mai contrazis, am stat tăcută, în brațele lui, iar el m-a mângâiat pe spate și pe brațe.

— De ce tocmai el, Irina? m-a întrebat dintr-odată cu o voce blândă.

— Nu știu. Nu cred că putem alege, cred că există ceva mai presus de noi. Dar, dacă te ajută cu ceva, să știi că am luptat din răsputeri să-mi înfrâng sentimentele, să nu se ajungă aici... Am făcut tot ce am putut, dar totul a fost în zadar, acel ceva mai presus de noi și-a dorit, se pare, altceva...

Plângea, iar eu i-am șters lacrimile cu dosul degetelor.

— Iartă-mă, Matei! Nu am vrut să te rănesc.

— Te-aş minţi dacă ţi-aş spune că te pot ierta. Sunt un om rău dacă nu te iert? mi-a recunoscut printre lacrimi.

— Nu, nu eşti rău. Doar nu eşti suficient de puternic.

— Nu mă voi linişti până când nu te voi face să plăteşti pentru tot, mi-a zis pe acelaşi ton, de parcă îmi spunea ceva care nu avea nicio legătură cu mine, cu noi.

— Dacă trebuie să plătesc pentru ceva, ar trebui să laşi universul să se ocupe de asta, nu să intervii tu. Nimeni nu merită să te răzbuni şi să îi faci rău, viaţa oricum nu-l va ierta dacă a greşit.

— Nu am mai simţit niciodată ce simt acum şi cred că mă voi linişti doar după ce te voi face să suferi. Să mă urăşti!

— De suferit, mă poţi face să sufăr, dar de urât niciodată. Eu nu pot să urăsc un om pe care l-am iubit, Matei. Dar vreau să ştii că, indiferent ce se va întâmpla, cât rău îmi vei face, am te iert.

— Nu-mi spune asta.

— Ba îţi spun, Matei. Ai zis că nu vei avea linişte până când nu mă faci să plătesc pentru tot răul pe care crezi tu că ţi l-am făcut. Ei bine, eu nu voi avea linişte până când nu te voi ierta. Vei avea oricum pe conştiinţă răul pe care mi-l faci, nu vreau să ai şi povara gândului că nu te-am iertat. De acela te poţi elibera de pe acum.

Câteva clipe nu a zis nimic, a plâns tăcut, privind înainte la luminiţele oraşului, care abia se puteau distinge printre şiroaiele de apă care curgeau pe parbriz.

— Mai devreme, la vilă, când ţi-am spus că încerc să-mi dau seama dacă eşti într-adevăr frumoasă, aş fi vrut să-ţi spun, de fapt, că nu eşti o frumuseţe, ai doar o putere fantastică de seducţie. Dar adevărul este că eşti cea mai frumoasă fiinţă pe care am întâlnit-o vreodată, că aşa aş vrea să fie şi fiica mea. Şi, dacă am spus asta, înseamnă că nu se poate mai frumoasă de atât. Să nu uiţi asta.

Am mai stat împreună câteva minute, iar când s-a oprit ploaia, l-am rugat să mă ducă acasă.

A pornit mașina și a condus tăcut, iar eu știam că în el se dădea o luptă foarte grea între inima și conștiința lui. Când am ajuns în fața blocului meu, i-am mai zis doar noapte bună și am ieșit din mașină, dar, după ce am făcut câțiva pași, a coborât geamul portierei din stânga și m-a strigat. M-am întors și, când am ajuns lângă mașina lui, mi-a zâmbit.

— Să știi că mereu am o umbrelă în mașină. Chiar și acum, mi-a spus.

— Știu, i-am răspuns zâmbind la rândul meu, apoi am plecat grăbită în casă.

Capitolul 23

Când m-a văzut intrând pe ușă, Delia s-a arătat îngrijorată și s-a oferit să îmi pregătească un ceai, dar nu m-a întrebat de unde vin așa răvășită și udă până la piele sau ce s-a întâmplat. Atunci mi-am dat seama că ori de câte ori m-a văzut supărată, tristă sau plânsă, nu m-a întrebat niciodată de ce, iar asta m-a dus imediat cu gândul că parcă ar fi știut deja. Încercam să corelez în mintea mea diferite episoade din ultima perioadă și începeam să mă îndoiesc tot mai mult de ea.

Simona a venit acasă după vreo oră și i-am povestit despre întâlnirea cu Matei, dar în camera mea, cu ușa închisă, să nu ne poată auzi Delia.

— Nu trebuia să te duci singură să te vezi cu el, trebuia să îl înregistrezi, să vin și să-l filmez, să ai o dovadă măcar cum te amenință.

— Și la ce mi-ar folosi? Matei ar ieși basma curată, le-ar spune tuturor că l-am înșelat cu fratele lui, că l-am trădat. Eu aș fi cea ticăloasă, nenorocita care l-a ademenit pe Robert numai pentru a se răzbuna pe Matei, care o înșelase.

— Și ce ai de gând să faci?

— Nimic.

— Așa, pur și simplu?

— Da, așa, pur și simplu. Cred că a venit momentul să nu mai lupt, să mă liniștesc și să aștept să coboare pacea peste toată lumea.

— Și Robert?

— Nu m-a sunat deloc, nu mi-a răspuns la mesaje, poate că și-a schimbat și numărul de telefon. Dacă nu mă mai caută înseamnă că asta vrea și îi voi respecta dorința. Ce pot să fac, Simo? Pot să fac ceva împotriva voinței lui?

— Și nu ți se pare ciudat să nu mai vrea să te vadă așa, dintr-odată, deși știe că îi porți copilul? Sau o fi aflat că ai pierdut sarcina?

— Nu știu ce a aflat, îmi ajunge doar că nu mă caută, că a renunțat la mine și la noi... Am obosit, Simona. Nu mai pot. Și, dacă stau bine și mă gândesc, nici nu mai vreau.

— Zi-mi cum să te ajut, ce să fac, cu cine să vorbesc, pe cine să omor!

— Nu mă poți ajuta. Tu vei pleca peste câteva zile, poate ar trebui să nu te implici în prostiile acestea, să te bucuri de zilele pe care le mai petreci acasă și apoi vei avea și tu, la rândul tău, de înfruntat o lume nouă, străină, după ce ai lăsat în urmă tot ce ți-era drag și cunoscut.

— Nu plec liniștită, îți dai seama. Mi-e groază că te las singură.

— Nu sunt singură, îi am pe ai mei, o am pe Delia, am încercat eu să o liniștesc.

— Nu-mi pomeni de ciudata asta, bine ar fi să plece de la tine! Are serviciu acum, de ce nu se mută undeva cu chirie?

— I-am spus că poate sta până când își mai adună niște bani și se poate muta în siguranță, nu e din cauza ei.

— Zău? Și cam cum adună ea bani, că fata e mereu plecată să se distreze și, culmea! tocmai cu prietenii tăi. Noroc cu tine că o întreții, îi cumperi haine, cosmetice, am înnebunit când te-am auzit că îi spui că-i vei da tu bani să-și plătească taxa la facultate, numai să se înscrie. Da' ce, e fiică-ta? E soră-ta? Cine e, mă rog, fetișoara asta?

— Simo, oare ar fi posibil ca ea să fie adusă de Matei în casa mea? am întrebat-o în șoaptă.

Simona mă privea foarte serioasă.

— Ai ceva bănuieli? m-a întrebat ea la fel de încet.

— Mi s-a părut ciudat că Matei mi-a spus că știe că am o cămașă de noapte de culoarea piersicii, care îi place lui Robert.

— Du-te de aici! Nu avea cum să știe un asemenea detaliu.

— La asta m-am gândit și eu. Și mi se pare suspect că de câteva ori, când am fost supărată și am plâns, nu m-a întrebat ce am, de ce plâng, de ce sunt tristă, de parcă ar fi știut oricum...

— Mâine, cât timp ciudata asta e la serviciu, vom căuta în toată casa, să vedem dacă există cumva microfoane, camere sau ceva suspect. Ți-am spus de la început că nu-mi place de ea, că nu este normal să aduci o necunoscută în casă, mi-a zis prietena mea cu hotărâre.

În ziua următoare, imediat după plecarea Deliei la serviciu, eu și Simona am început să căutăm prin toate colțurile casei, luând fiecare lucru în parte și analizându-l. Am chemat un amic electrician, care a desfăcut toate prizele și întrerupătoarele și ne-a povestit despre toate posibilitățile de a monta dispozitive de urmărire, ca să știm cum să ne ferim pe viitor. După câteva ore de scotocit peste tot, nu am găsit nimic. Simona mi-a propus să căutăm și în lucrurile Deliei, dar eu m-am opus.

— Auzi, mă lași în pace cu scrupulele astea ale tale? Nu cumva ciudata asta ține în casa ta, închiriată pe numele tău, vreo armă sau poate niște droguri, cum te-a tot amenințat Matei?

— Eu cred că, dacă face pe spioana și este pusă de Matei, nu este atât de proastă încât să ne lase dovezi la îndemână, știind că putem să-i scotocim printre lucruri. Orice dovadă incriminatoare ar avea, o ia cu ea, o ține în altă parte, poate la serviciu, i-am spus îngândurată.

— Ai dreptate, dar eu tot vreau să mă asigur, a ridicat ea din umeri, fără să-i pese de niciun fel de probleme de moralitate, dacă e frumos sau nu să-i scotocim printre lucruri.

Simona a pornit hotărâtă spre dormitorul Deliei, iar eu am urmat-o, decisă, la rândul meu, să mă asigur măcar că greșeam, dacă nu găseam răspunsul la întrebarea: „Cine sunt spionii lui Matei?”

A căutat în toate sertarele, sub pat, apoi în dulapul mare, plin cu hainele pe care i le cumpărasem eu. Nu mai avea nimic din lucrurile cu care venise la mine, aruncase cele câteva hăinuțe amărâte aduse într-o sacoșă din plastic, o pereche de șlapi, o periuță de dinți și o cremă de mâini pe care o folosea și pentru ten. În buzunarul interior al unui sacou, Simona a găsit un CD cu muzică blues, pe care mi-l împrumutase un prieten cu câteva săptămâni înainte și mă implorase să am grijă de el, pentru că-l avea de la cineva drag și ținea foate mult la el, conținând piese foarte rare, greu de găsit.

Doar că eu, după câteva zile, l-am rătăcit. Când mi-am dat seama că nu-l mai găsesc, l-am căutat în toată casa, exceptând camera Deliei, unde nu avea cum să ajungă, și am fost nevoită să-i spun prietenului meu că i-am pierdut CD-ul la care ținea atât de mult. Acela s-a supărat destul de mult pe mine și, chiar dacă am început să caut cu disperare o soluție, ca să-i fac rost de melodiile respective, a fost imposibil să rezolv problema: era o muzică deosebită – cântăreți de blues din America și care nu aveau discuri imprimate.

Am suportat rușinea de a-l fi păgubit pe prietenul meu și nici după ce m-am oferit să-i dăruiesc colecția mea, care conținea peste două sute de CD-uri, nu i-a trecut supărarea pe mine.

— Acum ți-e clar?

— Doamne, de ce o fi făcut asta? i-am zis privind siderată dovada din mâinile ei.

— Pentru că a vrut să te cerți cu Sorin. Nu ți-ai dat seama că-l place?

— Și pe Sorin? Păi, nu se culcă cu Dan?

— Se culcă, dar îl place și pe Sorin, iar el nici nu se uită la ea, pentru că tu ai fost mereu slăbiciunea lui, m-a lămurit ea imediat.

— Doamne, nu pot să cred că fata asta îmi face așa ceva!

— A făcut CD-ul pierdut doar ca să se supere Sorin pe tine, gândindu-se, poate, că așa are o șansă cu el, a găsit imediat Simona explicația logică.

În clipa următoare, l-am sunat pe prietenul meu să-i dau vestea bună. Acesta a venit imediat la mine și l-am rugat să nu mai spună nimănui că i l-am dat înapoi, nici măcar Deliei, căreia nu voiam să-i spun că am aflat ce a făcut. Am tăcut, m-am prefăcut că este totul OK, dar am devenit foarte atentă la toate mișcările ei.

Câteva zile nu s-a întâmplat nimic nou în viața mea. Robert nu m-a căutat deloc, iar eu am înțeles astfel că nu mai era cazul să insist. Dacă nu-i mai păsa de mine, indiferent dacă știa că am pierdut sarcina sau nu, nu mai avea niciun sens să-l caut. Poate că era chiar mai bine așa, renunțând din senin la mine, era la adăpost de răzbunarea lui Matei.

Am suferit în tăcere, fără să spun nimănui despre situația prin care treceam, oricum, nu aş fi avut cui să mă plâng în afară de Simona și Angel. Fiindcă prietenii mei, mai precis grupul de oameni pe care îi crezusem prieteni și care altădată îmi umpleau casa și dormeau zile în şir la mine, se distanțaseră de mine şi nu mă mai căutau deloc – alt lucru pe care nu-l înțelegeam. Nu am avut timp sau energie să-i caut și să-i întreb de ce s-au supărat. Știam că Delia se întâlnea mereu cu ei, totul era bine, dar mă durea că, deși știau că am pierdut sarcina și că sufeream, nu se gândeau că poate am nevoie de o vorbă bună, de o îmbrățișare caldă, de cineva care să mă scoată din casă ca să mai uit de durerile mele.

Pur și simplu, oamenilor mei dragi părea că nu le mai pasă deloc de mine. În ziua în care a plecat Simona în America, am simțit că am rămas singură pe lume. Am condus-o la aeroport plângând tot drumul, vorbind prea puțin, de parcă pentru prima oară de când ne cunoșteam nu mai aveam ce să ne spunem. În aeroport ne-am despărțit cu greu, după ce am lăcrimat mult, ținându-ne strâns în brațe, iar când am văzut-o plecând către zona de control al bagajelor – locul până unde mai aveam acces să o văd –, am avut impresia că fiecare pas pe care-l făcea, îndreptându-se spre poarta de îmbarcare, smulgea o bucată din inima mea. Ca un bun prieten, venise și Angel la aeroport să-și ia rămas-bun de la ea.

M-a rugat să merg să stau la el câteva zile, să nu fiu singură, dar l-am mințit că am prieteni la Brașov, oameni minunați care îmi erau alături. De fapt, știam că nu mai aveam niciun prieten acasă și hotărâsem că nu e cazul să-mi bat capul să înțeleg de ce se îndepărtează oamenii, atâta timp cât nu le greșești, le ești loial și îi iubești. Trebuia doar să accept că oamenii vin și pleacă din viața noastră atunci când vor, când nu mai au nevoie de noi sau, pur și simplu, atunci când valorile și nevoile noastre nu mai coincid, când nu mai există o apropiere reală. Fiindcă acum știam că oamenii pot fi departe unii de alții chiar și atunci când fizic sunt aproape, așa cum pot fi aproape unii de alții chiar și atunci când îi despart mii de kilometri.

Un lucru era cert: îl aveam aproape de mine pe cel mai important și mai bun om din lume, mama mea, cea care era întotdeauna alinarea mea, chiar dacă nu i-am spus nimic despre grozăvia pe care o trăiam, jurând că nu o voi supăra vreodată cu dramele mele și că o voi proteja, indiferent de ce mi se va întâmpla în viață. Faptul că aveam o mamă pe care să o pot vizita, pe care să o pot suna, care să mă întrebe dacă am mâncat și care să mă dojenească, atunci când mă vedea îmbrăcată prea subțire în zilele răcoroase, însemna enorm pentru mine. Era totul.

Ajunsă în apartamentul meu, singură, mi-am dat seama că acum, în afară de mama, care era mângâierea sufletului meu, cel mai bun și mai loial prieten pe care-l aveam era câinele meu. Delia venea din ce în ce mai rar pe acasă, mi-a spus că are un nou iubit și că își petrece nopțile la el, iar eu, continuând să fiu naivă, am crezut-o.

Nu am mai bănuit-o că ar putea fi spioana lui Matei, uitasem chiar și de incidentul cu CD-ul și nu mai știam nimic despre cei de la Snagov. Dar, într-o seară, când am plecat cu taxiul la mama, am aflat ceva care m-a pus pe gânduri.

— Ce mai face domnișoara Irina? m-a întrebat șoferul, dornic de conversație.

Mi-am dat seama imediat că nu pe mine mă întreba ce mai fac, mă întreba de o altă Irina.

— Care Irina? l-am întrebat.

— Cea care locuieşte în acest bloc, care circulă des cu firma noastră.

— Eu sunt.

— Nu, de domnişoara Irina vă întreb.

— Păi, nu cred că mai există o altă Irina în acest bloc, l-am lămurit eu, crezând că la mijloc e o confuzie.

Taximetristul a sunat pe cineva şi l-a întrebat cum arată domnişoara Irina, cea care locuieşte la adresa mea.

— Cum, nu este brunetă și tunsă scurt? Am înțeles. Bine, mulțumesc. Îmi cer scuze! mi-a spus el de îndată ce a închis apelul. Eu eram convins că am dus-o pe acea domnișoară Irina...

— Cum adică *acea*?

— Păi, atâtea am auzit de la colegi despre domnișoara Irina de la adresa asta, că e foarte drăguță, haioasă și foarte generoasă, și am fost curios să o cunosc și mă ofticam că nu mă nimeream niciodată în apropiere să preiau și eu măcar o dată o cursă cu ea. Și acum câteva zile, de fapt, cred că au trecut vreo trei sau patru săptămâni de atunci, am luat din blocul dumneavoastră o fată. Și am întrebat-o dacă ea este domnișoara Irina și mi-a spus că da.

— Cum arăta acea fată?

— Micuță de statură, îndesată, brunetă, tunsă scurt.

— Este Delia, prietena mea, l-am lămurit imediat. De fapt, nu suntem prietene, este doar colega mea de apartament, am spus ca pentru mine.

— Păi, și de ce m-a mințit că ea este domnișoara Irina?

— Habar nu am, i-am răspuns ridicând din umeri.

— Chiar m-am mirat când am dus-o cu mașina. Mă întrebam ce or fi văzut colegii mei drăguț la ea, că era acră ca oțetul.

— Și unde ați dus-o atunci, vă mai amintiți?

— Da' cum să nu? În Poiana Brașov. Nu uit eu cursele lungi, cursele bune.

— Unde anume în Poiană?

— A vrut s-o las chiar în faţă la poliţie, dar, când am întors, am văzut-o traversând şi mergând pe strada aceea care duce la Ana Hotels şi chiar m-am mirat, că puteam să o duc eu exact acolo, nu să o las mai departe.

Auzindu-l, mi-am dat seama că Delia ar fi putut merge chiar la Matei atunci, dar că, din precauţie, nu s-a dus cu taxiul până în faţa vilei. Mă bucuram că universul îmi trimitea această informaţie, chiar dacă nu puteam fi convinsă că ei doi se cunoşteau, fiindcă ar fi existat posibilitatea ca ea să meargă totuşi în altă parte.

Acum îmi aminteam de-a valma o mulţime de lucruri ciudate pe care le făcea, printre care şi faptul că nu stătea nicio clipă fără telefonul mobil, că-l lua cu ea şi în baie, că nu-l lăsa niciodată în bucătărie sau în sufragerie nesupravegheat.

Mi-am propus să o confrunt, să aflu dacă îl cunoştea pe Matei, iar în seara aceea, când a venit acasă, i-am spus că trebuie să stăm de vorbă.

— Despre ce? mi-a răspuns ea cu un aer plictisit, ba chiar cu o atitudine obraznică.

— Ia loc, discuţiile se poartă faţă în faţă, i-am spus liniştită.

Ne-am aşezat amândouă la masa din bucătărie şi pentru prima dată am privit-o cu atenţie.

— Ai vrut doar să mă admiri sau chiar ai ceva să-mi spui, mi-a spus ea cu mult tupeu.

— Voiam să te întreb cum de te cunoşti tu cu Matei.

— Cu cine? Care Matei?

— Ştii bine care Matei.

— Eşti paranoică. Eu nu cunosc niciun Matei.

— Bine, atunci te întreb altceva. Ce căuta CD-ul lui Sorin ascuns în dulapul tău?

— Mi-ai căutat prin lucruri? s-a minunat ea.

— Da, am surprins-o eu spunându-i adevărul, fără să neg nimic.

— Uite de aia am decis să mă mut de aici, că eu nu mai suport să stau în casa asta, a început ea, ușor-ușor, să se isterizeze.

— Serios? Ce nu mai suporți? am continuat eu cu același calm.

— De când am venit aici, numai drame, numai lacrimi, numai secrete. Tu cu Simona ați complotat mereu împotriva mea, nu vezi? mi-ați căutat prin lucruri, nu am pic de intimitate! a turuit ea în continuare.

— Ție nu ți-e rușine? am întrebat-o curioasă, dar senină.

— Nu, nu îmi e, ție să îți fie că nu mi-ai fost alături niciodată, mai ales după ce am avut încredere în tine și ți-am zis ce simt pentru Dan.

— Și cam ce voiai? Să te laud că ești amanta unuia care era însurat și care avea încă o amantă?

— Eu o să plec, să știi. Mă voi muta mâine.

— Unde să te muți? Că eu nu te dau afară, vreau doar să discutăm, stai totuși în casa mea, e normal să-ți pun anumite întrebări când am niște nelămuriri.

— Nu e casa ta, e doar închiriată de tine.

Obrăznicia ei nu avea limite, iar eu mă abțineam cu greu să nu mă cert cu ea și să rămân liniștită.

— Mă mut cu iubitul meu, mi-a spus foarte mândră.

— Dar chiar există un iubit? Că noi nu l-am văzut.

— Și ce voiai, să-l aduc să-l analizați, să vă dați sau nu acordul?

— Delia, explică-mi și mie de ce ești așa de obraznică și de furioasă? Am fost eu vreodată rea cu tine?

— Ei na! Hai, acum vei începe să te preaslăvești că m-ai luat de pe străzi și că m-ai îmbrăcat. Și că m-ai făcut prințesă.

— Și nu este așa? Mai puțin partea cu prințesa, că văd că ești mai mult o broască și, orice s-ar întâmpla, mi-e greu să cred că există șanse să te transformi vreodată în prințesă...

S-a ridicat brusc și s-a dus în camera ei, unde a început să-și adune lucrurile trântind și bufnind. Doar că juca un teatru foarte prost, de fapt, era pregătită să se mute, avea sacoșe și saci la îndemână, în care își îndesa lucrurile cu furie. Am lăsat-o în pace și m-am dus în camera mea, iar când a terminat de adunat lucrurile a venit și mi-a spus că pleacă.

— Uite cheile, mi-a spus ea, așezându-le pe comodă. Îți mulțumesc pentru găzduire, mi-a zis de parcă nu avea pentru ce să fie recunoscătoare.

— Nu mi-ai răspuns la întrebare. Ce căuta CD-ul acela ascuns în dulapul tău?

— L-am luat și eu să-l ascult și mi-a fost teamă că te vei supăra, apoi am uitat de el și l-am ascuns după ce am văzut că erai supărată că l-ai pierdut. Am vrut să-l las într-o zi prin casă, să-l găsești întâmplător, ce mare lucru?!

— Ești cea mai mincinoasă ființă din câte există și îți doresc să primești fix ceea ce meriți, i-am zis liniștită în continuare, fără niciun pic de enervare.

— Hai, lasă blestemele, nu ți-ajunge cât ai tras? Abia ai pierdut un copil, ești singură, vai de capul tău, mi-a aruncat disprețuitor, privindu-mă cu milă...

M-a lăsat perplexă. Nu-mi venea să cred că ființa aceea care până de curând nu mai contenea cu laudele și cu mulțumirile la adresa mea se purta acum așa. Nu reușeam să înțeleg cum de nu o ghicisem până atunci, cum de reușise să mă păcălească, mai ales că nu deborda de inteligență.

Profitase din plin de buna mea credință, își bătuse joc, pur și simplu, de bunătatea și omenia mea, iar eu, orbită, nu am văzut nimic. Sigur, după dialogul îngrozitor cu ea, circul pe care-l făcea a continuat, așa că și-a scos în fața ușii sacii și sacoșele cu lucruri, apoi, cu un zâmbet sfidător, a închis ușa în urma ei.

M-am uitat pe fereastră să văd dacă o ajuta cineva, mă gândeam că o aștepta iubitul ei, dar am avut surpriza să constat că o aștepta tocmai unul dintre prietenii mei. Abia am așteptat să se facă noapte, să mă sune Simona, cu care vorbeam foarte des, iar când i-am povestit ce-am pățit cu Delia, s-a înfuriat foarte tare.

— Nu-i este rușine, ai luat-o de pe străzi ca pe o maidaneză, era murdară și neîngrijită, nu avea nimic în afară de trei zdrențe, i-ai dat totul, ai îmbrăcat-o, ai hrănit-o, ai scos-o în lume și i-ai arătat simpatie, cum să facă așa ceva, că vin și o calc în picioare! s-a înfuriat instantaneu Simona. Probabil că, dacă ar mai fi fost acasă, Deliei nu i-ar fi fost așa de ușor cum îi fusese cu mine și ar fi dat socoteală atât pentru faptele, cât și pentru atitudinea sa.

— Bine că am scăpat de ea, am încercat eu să o calmez. Cred că ea era camera de supraveghere a lui Matei, degeaba am căutat noi dispozitive electronice prin toate cotloanele...

După plecarea Deliei, m-am hotărât să mă mut și eu într-un apartament mai mic, unde să locuiesc doar cu câinele meu. Simona nu mai era lângă mine, prietenii dispăruseră din viața mea, ce rost avea să păstrez și să plătesc pentru un spațiu inutil?

Am început să-mi caut un apartament, căutam în paralel și unul de cumpărat, pentru când aveam să vând casa de la Zărnești, și l-am anunțat pe proprietarul locuinței în care stăteam că intenționez să mă mut. Voiam să scap de toate amintirile, să o iau de la început, într-un loc nou, cu oameni noi, și de data aceasta mi-am promis că vor fi aleși cu mult simț de răspundere, nu doar pe bază de impresii la prima vedere sau pentru că păreau a fi neajutorați. După două zile, când să-i plătesc utilitățile proprietarului, acesta a venit foarte supărat și mi-a spus că a primit o factură de telefon uriașă, de câteva mii de dolari.

I-am spus că nu putea fi decât o greșeală, că nu aveam cu cine să vorbesc atât de mult și, atunci, omul s-a dus la firma de telefonie și a cerut detalii. S-a întors și mi-a adus desfășurătorul cu apelurile făcute de pe numărul meu de telefon și abia atunci am aflat că Delia vorbise foarte mult la hotline, la tot felul de concursuri care promiteau câștiguri în mașini și în bani. Așadar, mă lăsase cu o datorie uriașă, pe care nu aveam suficienți bani să o plătesc.

I-am promis proprietarului că voi face rost de bani ca să-i achit factura, dar singura soluție ca să pot să strâng atâția bani într-un timp atât de scurt era să vând niște bijuterii. Aveam un amic care cumpăra și vindea aur și care îmi propusese de câteva ori să îi vând din aurul pe care-l aveam, măcar piesele pe care nu le puteam purta, moștenite de la familia mea, printre care se aflau și inele bărbătești, și chiar un ceas din aur care nu mai funcționa.

M-am hotărât să aleg câteva bijuterii la care aș fi putut renunța, dar, când am deschis cutia în care le țineam, am constatat că nu mai aveam absolut niciuna. Le-am căutat prin toată casa, dar bineînțeles că nu le-am găsit. Toate bijuteriile mele, ale familiei mele, câteva sute de grame de aur cu pietre prețioase, ceasul de aur al bunicii mele, verighetele bunicilor și lănțișorul cu delfin de la Luminița, absolut totul dispăruse.

Am crezut că înnebunesc. Am sunat-o pe Simona și am trezit-o din somn, pentru că nu mai puteam aștepta.

— Când ai observat că lipsesc? m-a întrebat ea șocată.

— Abia azi, când le-am căutat.

— Nu cumva le-ai pus în altă parte? m-a întrebat ea cu speranță în glas.

— Nu, Simona. Aș fi pus o singură bijuterie în altă parte și doar una pe care aș fi folosit-o, dar nu pe toate, știi bine că pe multe dintre ele nici măcar nu le puteam purta.

— Numai Delia le putea lua, a concluzionat ea cu fermitate.

— Bineînțeles că ea, mai e vreo îndoială?

Nu i-am mai spus Simonei și de factura telefonică uriașă, aș fi vrut să nu-i spun nici despre bijuterii, fiindcă de când ajunsese în America era destul de tristă, nu se putea acomoda și nu voiam să o mai supăr și eu cu problemele mele, care păreau nesfârșite. Am încercat să o sun pe Delia, dar avea telefonul închis. Mi-am dat seama atunci că plănuise totul în detaliu: să se mute, să-mi fure bijuteriile și să dispară fără urmă. L-am sunat pe prietenul care venise să o ia în seara în care s-a mutat și l-am întrebat dacă știe ceva de ea.

— De ce te mai interesează? m-a întrebat el deranjat de telefonul meu.

— Am ceva de discutat cu ea, a uitat ceva la mine.

— Nici nu mă mir, din felul în care ai dat-o afară din casă, mi-a zis pe un ton acru.

— Așa v-a mințit, că am dat-o afară din casă? m-am minunat eu încă o dată de ideea sa.

— Am văzut cu ochii mei, m-a sunat seara și m-a chemat să o ajut, ai dat-o afară cu sacii, de ce minți?

— Eu mint? Ți-a spus măcar că tot ce avea în sacii aceia era cumpărat de mine? Că la mine s-a mutat cu o sacoșă de plastic.

— A muncit și ea, doar ți-a dat banii înapoi, m-a certat el.

— Poftim?!

Primeam șoc după șoc – mi se părea ireal ce scenariu îngrozitor pusese fata aceea la cale și cum complotase împotriva mea. Îmi era foarte clar că Delia i-a mințit pe toți și că ei, naivi, au crezut-o, de parcă nu m-ar fi știut pe mine de dinainte să o cunoască pe ea. Dar, cu siguranță, ea și-a pregătit bine terenul înainte, în așa fel încât să mă facă pe mine să nu mai fiu credibilă în fața lor, și le-a spus atât de multe minciuni, încât să nu mă creadă niciunul, orice le-aș fi spus vreodată despre ea. Încercam să găsesc un motiv pentru care ar fi făcut toate acestea și singura explicație era că fusese instruită de Matei, iar dacă nu era asta, atunci pentru că se temea că aș putea să le spun tuturor despre relația ei cu Dan, ceea ce ar fi însemnat ca ceilalți să o excludă din grup, ei iubind-o mult pe soția lui.

Dacă până atunci am regretat că prietenii mei s-au distanțat de mine și m-am întrebat cum a fost cu putință să se întâmple așa ceva, acum îmi dădeam seama că doar Dumnezeu mă scăpase de ei. Ce am considerat atunci a fi o pierdere nu a fost altceva decât un câștig enorm, ba chiar greu de cuantificat. Nu aveam nevoie de oameni proști, ușor de influențat și de manipulat şi chiar nu regretam că au plecat din viaţa mea. Îmi dădeam acum seama că nu avusesem niciun câştig de pe urma lor, că nu învăţasem nimic bun şi frumos de la ei, că îşi petreceau timpul împreună cu mine din plictiseală şi poate pentru a avea ceva beneficii materiale. Iar atunci când nu am mai fost bine, când am început să am probleme şi eram tristă, când nu mai eram gazda bună care îi primea la orice oră din zi şi din noapte şi nu mai aveau niciun câştig de pe urma mea, nu le-a mai păsat de mine.

Trebuia să o găsesc pe Delia şi m-am dus să o caut la firma de transport la care ştiam că lucra. Ajunsă acolo, am aflat că ea nu lucrase niciodată în acea firmă, aşa că îmi era limpede că banii pe care îi câştiga, bani pe care eu nu i-am văzut oricum niciodată, proveneau din alte surse. Unele, cu siguranţă, necurate. Trebuia să o găsesc, să îmi recuperez bijuteriile, dar nu aveam cum să dau de ea şi îmi băteam capul să găsesc o cale care să mă ducă direct la ea.

Ştiind că obişnuia să meargă împreună cu foştii mei prieteni în clubul în care o cunoscusem, l-am sunat pe prietenul meu care administra acel club şi l-am rugat să mă anunţe dacă va merge acolo.

— S-a întâmplat ceva? m-a întrebat omul îngrijorat.

— Da, mi-a furat ceva.

— Îmi pare sincer rău! Să ştii că eu chiar m-am mirat când am văzut că umbli cu una ca ea.

— Ce vrei să spui? Ştii ceva despre ea?

— Normal că ştiu. Tipa merge pe aici, prin Poiană, pe bani. E ea discretă, dar unii dintre noi cunoaştem exact cu ce se ocupă şi cum îşi câştigă banii, că nu ne-am născut ieri.

Eram şocată. Din nou. Delia mă uimea în fiecare zi tot mai mult. Acum aflam că am ţinut în casa mea o prostituată, o mincinoasă şi o hoaţă.

Mi-a trebuit o zi întreagă ca să-mi revin după acea veste şi, cu cât mă gândeam mai mult la tot ce se întâmplase, cu atât desluşeam mai mult. Totul fusese o minciună de la bun început, locul ei de muncă, proveniența banilor pe care îi cheltuia cu prietenii mei, pe care îi cumpărase cu ieșiri prin oraș unde ea plătea totul, iubitul la care pleca nopțile, când, de fapt, ea mergea să se prostitueze, poate chiar și fostul iubit și mama lui cea rea erau doar produsul imaginației ei, parte din povestea sa lacrimogenă, numai bună de servit naivilor ca mine.

M-am gândit să-l urmăresc pe cel care o însoțise atunci când se mutase de la mine și am avut norocul să aflu exact în aceeași zi unde locuia Delia, noul loc de întâlnire al celor pe care îi crezusem prieteni.

Se mutase într-un bloc, într-un apartament aflat la utimul etaj – acolo unde am văzut-o fumând pe balcon pe una dintre fostele mele prietene. Am urcat și i-am bătut la ușă și, pentru că nu se aștepta să primească vizita mea, mi-a deschis ușa larg, cu un zâmbet pe față până la urechi. Când m-a văzut, s-a speriat. Am intrat repede în casă, pe lângă ea, cu toate că a încercat să mă oprească.

În apartament am avut surpriza să-i găsesc pe toți foștii mei prieteni, stând la cafele și bârfă, ascultând muzică.

— Nu aș fi crezut vreodată că sunteți atât de proști, le-am spus după ce am reușit să identific sursa de unde venea muzica și s-o opresc. Ființa asta, luată de mine de pe străzi, cred că a fost marioneta lui Matei în casa mea. Nu a lucrat niciodată la firma la care a mințit că lucrează, se prostituează, mi-a furat din casă toate bijuteriile, m-a tratat mizerabil, ca răsplată pentru tot binele pe care i l-am făcut, și mi-a lăsat de plată câteva mii de dolari pentru convorbirile ei la hotline și tot felul de concursuri aiuristice, numai ca să mă lase cu o pagubă imensă. Iar voi, dragii mei foști prieteni, văd că vă simțiți minunat în compania ei, dar nu mă mir, cine se aseamăna se adună!

Se uitau toți la mine de parcă eram o nebună și mie nu-mi venea să cred că pot fi atât de orbiți, de limitați, de spălați pe creier. Sau cumpărați cu doi bani de femeia aceea abjectă, cu mese plătite la restaurante ori cafenele și două pahare de poșircă atunci când ieșeau în cluburi. Cu siguranță, nu credeau nimic din ce le spuneam, ci mă priveau ca pe o nebună.

Delia îmi tot spunea să ies din casa ei, iar eu mă uitam în jur după o cutie sau vreun sertar unde ar fi putut să pună bijuteriile mele.

— Dă-mi înapoi bijuteriile! m-am uitat fix în ochii ei și i-am spus calmă.

— Ce bijuterii visezi? Poate ți le-a luat prietena ta Simona și s-a cărat cu ele în America, a avut ea nesimțirea să-mi răspundă.

— Nu ți-e rușine? Dă-mi-le imediat, că altfel vin cu poliția! am anunțat-o liniștită.

— Gata, termină, Irina, pleacă și lasă-ne, au început să o apere ceilalți.

— Vă meritați unii pe alții, le-am spus uitându-mă cu tristețe în jurul meu. Vă las, nicio grijă, și vă mulțumesc că m-ați scăpat de voi!

Am ieșit din casă trântind ușa, hotărâtă să o reclam pe nemernică la poliție, doar că acasă mă aștepta proprietarul apartamentului, care mi-a spus că nu mai are încredere să mă lase să stau la el și că vrea să eliberez apartamentul cât se poate de repede, dar că-mi va reține toate lucrurile până când aveam să îi plătesc factura telefonică.

Mi-a dat termen să mă mut într-o săptămână, iar eu, de urgență, m-am apucat să-mi caut o altă locuință. Singurul meu venit erau banii din închirierea casei din Sinaia și nu mai aveam bani pentru a plăti câteva chirii în avans, comisionul la agenția imobiliară și garanția pe care o solicitau proprietarii. Eram disperată și nu aveam cui să-i cer ajutorul. Dar nici nu voiam să împovărez pe nimeni cu necazul meu și nu voiam să știe nimeni ce mi se întâmpla și încotro mă purtase încrederea mea în oameni.

Am găsit destul de repede un apartament micuț, pe care l-am închiriat imediat, nu aveam timp să caut mai mult, iar proprietarul a fost foarte înțelegător și cumsecade când i-am spus că deocamdată nu-i pot plăti decât chiria pentru o lună, că nu am nimic altceva decât hainele și câinele, dar că îi promit că la următoarea plată a chiriei îi voi achita anticipat pentru trei luni, așa cum solicitase în anunț.

În schimb, proprietarul apartamentului în care locuisem atâția ani a fost de neînduplecat. Nu a vrut să-mi dea lucrurile, mi-a reținut toată mobila cumpărată de mine, televizoarele, electrocasnicele și mi-a permis să-mi iau doar hainele, obiectele personale și cărțile, nici măcar vesela nu m-a lăsat să mi-o iau. Când i-am spus că în noul meu apartament nu am pe ce dormi, s-a îndurat și mi-a dat voie totuși să-mi iau salteaua de pe patul din dormitor și câteva așternuturi.

Probabil că era mai mult decât încântat că toate lucrurile pe care le lăsasem în apartamentul lui – mobila de dormitor din frasin alb, colțarul din living adus tocmai din Italia, mobila de bucătărie și electrocasnicele – costau de câteva ori mai mult decât valora acea factură telefonică pe care mi-o imputa și sigur că îi convenea să rămână cu lucruri atât de frumoase și de calitate. După ani de zile de locuit cu chirie la el și fără să-i fi creat vreodată o problemă, lăsând în urmă tot ceea ce agonisisem, am plecat cu două valize mari și cu câteva genți de voiaj pline cu haine, o saltea și câteva așternuturi și m-am mutat într-un apartament în care nu aveam decât un dulap mic în bucătărie, un frigider vechi, o masă cu un scaun și o găleată nouă cu mop. Salteaua am pus-o direct pe jos și singura mea consolare era că apartamentul era renovat complet și foarte curat.

Prima noapte petrecută în noua mea locuință a fost foarte deprimantă. Pierdusem tot: prietenii, lucrurile mele frumoase, bijuteriile și, mai ales, încrederea în oameni. Am adormit plângând, ținându-mi câinele în brațe și în următoarele zile am plâns fără oprire. Nu știa nimeni prin ce trec, nu i-am spus nici mamei, nici Simonei. Dacă mă suna cineva, mă scuzam că mă grăbesc, mințind că am treabă. De fapt, doar mama, Angel și Simona mă mai sunau, iar eu îi mințeam de fiecare dată că sunt bine.

Nu am avut putere nici măcar să merg să o reclam pe Delia pentru furtul bijuteriilor sau poate m-am temut că nu mă va crede nimeni, că putea să fie suspectată și Simona, căreia, fiind nevinovată, nu voiam să-i fac probleme. Eram oricum convinsă că nu mai exista dreptate pe lume, nu mai aveam încredere în nimeni și în nimic, probabil că mă confruntam deja cu depresia și mă luptam să nu mă las înfrântă.

Într-o seară, m-a sunat cineva de pe un număr necunoscut, iar când am răspuns, acea persoană mi-a spus că este o fostă prietenă a Deliei, cea cu care era în club în seara când ne-am cunoscut, și că voia neapărat să stea de vorbă cu mine. Sigur că am acceptat și, atunci, mi-a povestit că Delia este un om pe care trebuie să-l evite oricine, fără scrupule și fără caracter, că i-a făcut mult rău, că a mințit-o, că a înșelat-o, că i-a furat bani din casă și că a aflat că Delia mi-a furat bijuteriile din casă și de aceea m-a sunat, să-mi spună că mă crede, nu cum a auzit de la alții, că am luat-o razna. Și mai ales că mă înțelege, știe prin ce trec și ce lovitură a fost pentru mine, la fel cum a fost și pentru ea, când a fost folosită și păcălită. Mi-a mai zis că, în mod sigur, bijuteriile au fost amanetate, că Delia are mereu nevoie de bani, pentru că-i place viața bună fără muncă, și, când am întrebat-o dacă știe cumva și la ce casă de amanet le-a dus, mi-a răspuns că de când o știe frecventează mereu un anumit loc și mi-a spus apoi și adresa exactă...

Am mers în următoarea zi la acea casă de amanet și am cerut detalii, dar nu au vrut să-mi dea nicio informație. Mi-au zis că doar cel care amanetează bunurile le poate lua înapoi, nimeni altcineva. Nu cunoșteam procedurile, dar persoana de la ghișeu mi-a explicat că îmi poate spune dacă bijuteriile mele sunt amanetate acolo doar dacă am contractul încheiat între casa de amanet și cel care a amanetat bunurile.

Am sunat-o pe fosta prietenă a Deliei și am întrebat-o dacă vrea să vină cu mine la Delia, să o confruntăm împreună, iar aceasta s-a bucurat când a aflat că știu unde locuiește cea care i-a făcut atâta rău. Ne-am dus împreună la ușa Deliei, iar de data aceasta am găsit-o singură. Nu am crezut că ne va primi în casă, dar se temea că am putea face scandal pe scara blocului și că ar afla toți vecinii și, poate, proprietarii locuinței în care stătea cu chirie că este o persoană îndoielnică.

Fosta ei prietenă a început să-i reproşeze tot felul de lucruri, dar, evident, Delia nu recunoştea nimic și ne trata cu indiferență şi cu un calm ieşit din comun. I-am văzut geanta pe cuierul din hol şi, în timp ce discuta cu fosta ei amică, am luat-o şi m-am uitat repede în ea. Am găsit imediat o agendă, am scos-o repede și am răsfoit-o. Delia m-a observat și s-a repezit să-mi ia agenda din mână, numai că prea târziu – am ieșit repede din casă și, până a alergat după mine, am găsit în agendă mai multe foi pe care le-am luat imediat.

Erau contracte de amanet, exact ce aveam nevoie.

I-am aruncat apoi agenda pe scări și am plecat, hotărâtă să merg la poliție dacă avea de gând să facă scandal, mai ales că acum aveam și dovezile furtului de care se făcea vinovată. Probabil că și-a dat seama de asta și ea, pentru că a renunțat să vină după mine când și-a găsit agenda aruncată pe scări. Am așteptat-o liniștită pe prietena ei în fața blocului, timp în care am citit contractele în care mi-am recunoscut bijuteriile pe care le amanetase pentru foarte mulți bani, apoi m-am dus cu actele direct la casa de amanet și am întrebat cât ar trebui să plătesc pentru a le recupera, dar mi s-a spus că numai titularul contractului le poate retrage. Aveam nevoie de Delia pentru asta și m-am dus din nou la ea, dar nu mi-a mai deschis ușa. Am așteptat-o în fața blocului până când a ieșit și am rugat-o să vină cu mine la casa de amanet, să-mi recuperez bijuteriile, promițându-i că nu-i voi cere niciun ban, că voi plăti eu totul și că nu voi depune plângere împotriva ei.

Însă, tupeistă cum o știam, nu a vrut, ba chiar mai mult, m-a amenințat că, în situația în care o mai caut fie și o singură dată, mă va reclama la poliție pentru hărțuire. Scârbită de toată povestea, tot gândindu-mă că prea era sigură pe ea și, atunci, era clar că se baza pe cineva foarte puternic – iar eu eram mai mult ca sigură că știu cine este acea persoană –, câteva zile am căutat tot felul de soluții să îmi recuperez bijuteriile fără scandal, cu toate că suma pentru care le amanetase Delia era foarte mare și nu mai aveam bani, dar am tot sperat până în ultimul moment că nu le voi pierde. Iar Delia nu le amanetase cu scopul de a le recupera, știam asta.

Apoi am renunțat.

Mi-am luat gândul de la bijuterii, de la toate lucrurile pe care le lăsasem în fostul apartament și mi-am propus să consider că le-am pierdut, să nu mă mai gândesc la ele. Doar că, de parcă toate astea nu ar fi fost suficiente să mă pună la pământ, cineva, persoana care uneltise împotriva mea toate relele din ultimul timp, nu s-a mulțumit ca eu să pierd tot ce aveam, ci a continuat să-mi facă rău, anunțându-mi familia din Germania, mai precis pe fratele tatei, că eu tocmai ce am vândut toate bijuteriile familiei și am pierdut toate lucrurile pe care le aveam. Am aflat asta chiar de la unchiul meu, care mi-a spus că l-a sunat o femeie și i-a spus toate aceste lucruri. Nu l-am mințit, i-am spus că, da, am fost furată și înșelată, că am pierdut tot, iar el mi-a reproșat că nu am fost capabilă să am grijă de bijuterii atât de scumpe și de dragi familiei noastre și m-a anunțat că-mi ia dreptul de a primi chirie de pe urma casei din Sinaia, că pot să-i uit și că i-am dezamăgit foarte tare. Nu-l puteam învinovăți, avea toate motivele să mă considere neserioasă, imatură și iresponsabilă, poate chiar risipitoare, doar renunțasem la studii de câteva ori, pierdusem tot ce aveam, se alesese praful de eforturile familiei mele, de ce aș mai fi meritat ceva?

Și astfel am rămas și fără singura mea sursă de venit. Probabil că acel cineva care-mi pusese la cale distrugerea era, în sfârșit, fericit.

Capitolul 24

Mă simțeam fără speranță, vlăguită, disperată. Nu mă puteam organiza nicicum, nu mai știam ce era prioritar: să găsesc o sursă de venit, să încerc să-mi împac familia sau să-mi fac dreptate?

Am început să-mi caut un loc de muncă, dar fără a-mi face prea mari speranțe, neavând experiență, că voi reuși să găsesc un serviciu care să-mi permită să mă întrețin, pentru că aveam și o chirie de plătit. Câteva zile nu am făcut nimic altceva decât să ies cu câinele să-l plimb și să plâng ascunsă în casă de ochii lumii, fără să mă știe nimeni.

Angel mă suna și mă invita la el, mă ruga să ne vedem, dar eu nu mă simțeam în stare să mă întâlnesc cu el, în niciun caz în situația în care mă găseam. Ajunsesem să nu mai am nici măcar bani să cumpăr un bilet de tren ca să merg până la București, dar nu i-am spus asta. Când mi-am dat seama că mai rămăsesem cu foarte puține resurse pentru supraviețuire, am început să-mi calculez bine fiecare cheltuială și m-am limitat cât de mult am putut la strictul necesar. Câteva zile am mâncat doar câte trei felii de pâine cu margarină pe zi, însă câinelui îi dădeam pâine cu pateu, pe care îl ungeam într-un strat extrem de subțire, pentru că pâine goală sau cu margarină nu mânca. Îmi cumpărasem și o pungă cu zahăr și, când îmi era poftă de ceva dulce, mâncam puțin zahăr pe pâinea unsă cu margarină și astfel îmi rezolvam și nevoia asta.

Am trăit așa peste două săptămâni, îngrozită că se apropia data la care trebuia să plătesc chiria pentru următoarele trei luni, că nu mai aveam bani să-mi achit abonamentul telefonic și nici măcar să cumpăr ceva de mâncare pentru mine și pentru câinele meu.

La mama evitam să merg, nu o puteam minți că sunt bine, ea mă cunoștea dintr-o privire și îmi era teamă că-și va da seama că am probleme mari, iar după ce m-a întrebat o dată ce se întâmplă cu mine, de nu mai port nicio bijuterie – știa cât de mult îmi plac –, am evitat să mai merg pe la ea. Nu o mai puteam suna deoarece aveam abonamentul telefonic suspendat, puteam doar să primesc apeluri, dar nu era nicio problemă, ea oricum mă suna zilnic și mă chema la ea.

Într-o după amiază, m-a invitat pentru că gătise ceva bun, care știa că-mi place mult, și m-am dus pe jos cu câinele meu, că nu aveam bani de transport. De îndată ce m-a văzut, mama și-a dat seama că nu sunt bine deloc, a început să-mi pună o sumedenie de întrebări, dar am mințit-o că sunt doar puțin obosită și un pic supărată pentru că m-am despărțit de iubitul meu – ea știind că fusesem doar cu Matei.

— Lasă, mamă, că viața merge înainte, m-a consolat ea, încurajându-mă. Tu ești fată frumoasă și deșteaptă și-ți vei găsi un băiat bun și sufletist ca tine, când va veni momentul. Știi bine că nu mi-a plăcut niciodată frumosul acela înfumurat.

Atunci am mâncat, la mama, pentru prima oară după trei săptămâni de „post”, altceva decât pâine cu margarină, iar felul de mâncare gătit de ea, care oricum era unul dintre preferatele mele, mi s-a părut a fi cea mai delicioasă mâncare din lume. Am înghițit cu noduri și cu lacrimi, simțindu-mă vinovată de eșecurile din viața mea și, mai cu seamă, de faptul că nu eram copilul bun pe care l-ar fi meritat mama. Abia am așteptat să ies pe poartă ca să pot plânge în voie, să nu mă vadă, și m-am dus spre casă pe jos pentru că nu îmi mai permiteam nici măcar un bilet de autobuz.

Angel mă sunase de câteva ori în timp ce eram la mama și pe drumuri, dar nu i-am răspuns, nu-l mai puteam refuza, obosisem să-l mint, așa că am preferat să nu-i mai răspund o perioadă la telefon, chiar dacă aveam nevoie disperată de un prieten, de puțină căldură omenească, de un sfat bun de la un om cinstit, care ținea la mine cu adevărat, nu mă mințea și nu mă folosea pentru interesele proprii.

Mama locuia în centrul vechi al orașului și, cu toate că aș fi făcut orice ca să evit aglomerația, nu aveam alt traseu pentru a merge spre casă, așa că am grăbit pasul, trecând printre oameni, fără a mă bucura, la fel ca alte dăți, de clădirile istorice și de orașul pe care îl iubeam atât de mult. Eram ca o umbră și mi-aș fi dorit să fiu invizibilă, dacă s-ar fi putut. Să nu mă vadă nimeni și să nu văd pe nimeni.

— Irina? am auzit în urma mea.

M-am întors și l-am văzut pe Angel, însoțit de un cuplu.

— Ce faci? Te-am sunat toată ziua, de ce nu-mi răspunzi? a continuat el.

— Ăăă, mi-am uitat telefonul la mama, am fost după el, l-am mințit.

Angel m-a strâns tare în brațe și m-a pupat pe frunte, apoi m-a prezentat prietenilor lui.

— Tu ce faci la Brașov? l-am întrebat.

— Prietenii mei și-au cumpărat o casă aici și m-au invitat la ei. Haide cu noi, mergem să mâncăm și să bem ceva!

— Nu pot, am treabă acasă, m-am scuzat eu cu stângăcie, știind prea bine că iar îi spun o minciună bunului meu prieten.

— Ce treabă? Nu poate fi amânată?

— Nu prea.

— OK, atunci pot să vin la tine mai târziu?

— Știi, eu mă mut, sunt cu lucrurile împrăștiate, e o harababură totală la mine, i-am explicat, căutând să scap din încurcătură, numai să fiu sigură că nu va veni, ca să nu vadă cum trăiam.

— Irina, eu vin să petrec timp cu tine, nu în inspecție. Te sun mai târziu, OK?

Nu l-am mai putut refuza, ar fi fost deja prea mult. Am plecat acasă și m-am rugat să nu mă mai sune, să nu aibă timp pentru mine, dar la ora opt seara a telefonat și i-am dat adresa unde mă mutasem. A venit după o jumătate de oră și, de îndată ce a intrat pe ușă, m-am scuzat că nu am reușit să-mi aduc lucrurile, că depind de cineva care s-a oferit să mă ajute cu o mașină.

— De ce nu mi-ai spus mie, știi bine că am dube la firmă, te pot ajuta, s-a oferit el imediat.

— Mă descurc, am mințit, încercând să fiu cât mai convingătoare.

A intrat în apartamentul micuț și l-a analizat, apoi a venit în bucătărie, unde aveam doar un scaun.

— Ți-am spus că nu am condiții de primit musafiri, nu am vase, nu am nimic în casa asta.

— Nu-mi pasă. Uite, eu mă așez pe scaun și tu în brațe la mine. Sau știi ceva? Mă primești să dorm cu tine?

— Aici? Ai dormi tu aici?

— Aș dormi cu tine oriunde, chiar și afară, sub cerul liber, mi-a zis el fără să ezite.

Am acceptat imediat, bucuroasă că, după atâta timp, aveam să simt și eu căldura unui suflet sincer, că puteam vorbi și cu altcineva decât cu câinele meu și că, mai ales, aveam șansa să mă țină cineva în brațe, și nu oricine, ci un om foarte bun și care ținea la mine.

Angel a făcut un duș, i-am dat un tricou alb, simplu, în loc de pijama, iar el s-a amuzat teribil pentru că avea șansa să doarmă lângă mine îmbrăcat doar cu acel tricou și cu boxeri.

— De când aștept eu o scuză să dorm lângă tine cât mai sumar îmbrăcat, mi-a spus pe un ton glumeț.

— Poți dormi și gol, dacă asta te face să te simți bine, l-am invitat eu în glumă.

— Aș putea, dar știu că nu mi-ai rezista, nu vezi ce frumos și ce sexy sunt?

— Și modest...

Am început să râdem amândoi, apoi m-am dus în baie și m-am pregătit de culcare. L-am găsit vorbind la telefon, nu știam cu cine, dar când am apărut în dormitor îmbrăcată în cămașă de noapte a încheiat convorbirea și mi-a făcut loc să mă așez lângă el. Momentul în care m-a cuprins cu brațele a fost copleșitor și am început să plâng, cu toate că nu aș fi vrut să fac asta. Dar nevoia să mă eliberez de toată durerea a fost mai puternică decât mine. M-a strâns la pieptul lui și m-a mângâiat pe păr ca pe un copil nefericit, așteptând liniștit să plâng atât cât am avut nevoie.

— Iartă-mă, i-am spus. Nu mă aflu în cel mai fericit moment al vieții mele, i-am mărturisit printre lacrimi.

— De ce spui asta? Ce să mai zică un om care tocmai a aflat că nu mai are mult de trăit? Ce să mai zică un om care tocmai a aflat că a pierdut pe cineva drag? Ești în viață, ești sănătoasă, momentele nefericite din viață se vor termina dacă ai puțină speranță și încredere.

— Ai dreptate, dar, atunci când suferi, nu te mai poți gândi că alții au necazuri mai mari. Durerile tale ți se par cel mai greu de dus...

— Spune-mi ce ai pe suflet, eliberează-te de toată durerea, sprijinită de umărul meu, la mine în brațe. Ia să vezi, în doi va părea mult mai ușor de suportat.

— Prefer să mă bucur de prezența ta. Nu mă ajută cu nimic să-ți vorbesc despre durerile mele, despre oameni care m-au rănit, nu vreau să-i aduc pe toți urâții aceia aici, cu noi, în pat.

— Weekendul trecut l-am văzut pe Robert, mi-a spus. Bănuiesc că pe el vrei să-l luăm cu noi în pat acum...

— Unde l-ai văzut? mi-a tresărit inima numai când i-am auzit numele. Eram fericită chiar și numai pentru simplul fapt că-i auzeam numele pronunțat de cineva.

— La o nuntă, în București. La Silviu și Diana, îi cunoști?

— Da. Și? Robert era bine?

Speram să-mi spună că era bine, fericit, numai să nu-mi spună că era cu vreo femeie, asta cred că nu aș fi suportat.

— Da, ne-am salutat, am schimbat câteva vorbe, părea bine.

— Nu te-a întrebat de mine, așa-i? l-am întrebat cu tristețe.

— Nu, deloc. Dar ce s-a întâmplat, de fapt, între voi, Irina?

— Nimic. Nimic despre care să știu ceva. Nici măcar nu știu de ce nu mai existăm unul pentru celălalt. Dar, gata, a stat destul cu noi în pat, nu mai vreau să vorbim despre el. Nu mai vreau să vorbim despre trecut, nici despre oamenii pe care i-am lăsat în urmă, nu are sens, nu mă ajută cu nimic.

— Bine, atunci, povestește-mi despre planurile tale de viitor.

— Nu am prea multe planuri, deocamdată m-am mutat aici, i-am spus.

— De ce te-ai mutat? Ce nu ți-a mai plăcut la apartamentul acela?

— Am vrut un loc nou, mai mic, mai intim, după cum vezi, am rămas doar cu câinele, nu mai este hotel pentru așa-zișii prieteni la mine.

— Ai vrut cumva și să nu-ți mai știe adresa anumiți oameni din trecut?

— Da, i-am confirmat.

— Eu cu ce te pot ajuta? Îți trimit o mașină și oameni să te ajute să-ți aduci lucrurile?

— Nu este nevoie, am vorbit deja cu cineva, l-am mințit din nou, speriată de perspectiva ca el să știe adevărul.

Am mai povestit puțin, apoi am adormit pe jos, pe salteaua mea, în brațele lui. Iar el, simțind probabil toată durerea din inima mea, m-a mângâiat și m-a pupat de fiecare dată când m-am mișcat lângă el. Exact ca pe un copil necăjit, căruia nu știi ce să-i mai faci ca să-i treacă supărarea.

Dimineață, mi-am dat seama că nu aveam cafea și că nu aveam nimic să-i ofer la micul-dejun și m-am scuzat din nou, spunându-i că sunt cu lucrurile împrăștiate în ambele apartamente.

— Știi bine că nu prea obișnuiesc să iau micul-dejun, m-a liniștit el. Dar tu nu mănânci nimic?

— Nu, eu țin regim, nu vezi că m-am rotunjit?

— Și cine spune că așa nu ești la fel de frumoasă? m-a complimentat el.

— Sincer? Nu-mi mai pasă. Eu nu voi mai ține niciodată cură de slăbire ca să fiu plăcută de cineva sau ca să fiu acceptată de societate, ci doar dacă voi considera eu că nu-mi mai place de mine.

— De acord cu tine și chiar așa să faci, tu trebuie să fii fericită cu tine, asta e important.

— Sunt sigură că nu există cineva care să merite să mă înfometez doar ca să-i fac pe plac. Nu sunt o marfă, sunt un suflet, în primul rând. Iar sufletul meu nu are nevoie de cântar.

Am ieșit cu cățelușa afară, iar când m-am întors, i-am dat să mănânce două felii de pâine cu pateu.

— Atât am aici, m-am scuzat în fața lui Angel. Mâncarea ei este în frigiderul din celălalt apartament.

— Vrei să mergem acolo să o luăm? Poate te mai ajut să-ți aduci câteva lucruri? Cele esențiale, de care ai nevoie urgent.

— Nu, nu, stai liniștit, voi merge mai târziu. Acum doarme cineva acolo, proprietarul are niște musafiri și m-a rugat să-i permit să se folosească de apartament câteva zile, am mințit ca să scap.

— Atunci, vino la mine în aceste câteva zile, m-a invitat el din nou.

— Nu pot.

— De ce nu? Te rog! Hai, Irina, vino și stai cu mine, îmi e dor să-mi petrec timpul cu tine, să ne plimbăm, să ne uităm la filme, să luăm masa împreună. Mai știi de când mă tot aburești că ne vom uita împreună la *Închisoarea îngerilor*?

— Nu ai altă treabă? am vrut eu să mă asigur că nu l-aș fi deranjat dacă-i acceptam invitația.

— Chiar dacă aș fi avut, nu aș fi ratat șansa să petrec câteva zile cu cea mai bună prietenă a mea. Haide, îmbrăcarea, ia-ți câteva hăinuțe, ia câinele și haide să mergem, că avem multă treabă!

Aș fi fost tare bucuroasă să fi plecat cu el, dar mi-am dat seama că nu aveam bani ca să mă întorc acasă și nici nu aveam garanția că m-ar fi adus el cu mașina. Așa că l-am mințit că am niște treburi de rezolvat, că trebuie să mă întâlnesc cu niște potențiali clienți interesați de casa de la Zărnești, iar el mi-a spus că va veni să mă ia la el peste o săptămână. Nu l-am mai refuzat, dar mi-am propus să-i spun atunci o altă minciună care să mă scuze.

După ce a plecat, am plâns o jumătate de zi. Ajunsesem în pragul disperării, proprietarul apartamentului în care deja locuiam m-a sunat să-mi spună că va veni săptămâna viitoare după banii de chirie, iar celălalt îmi scrisese un mesaj în care m-a anunțat că avea de gând să-mi vândă din lucruri ca să plătească factura telefonică.

Și, ca și cum nu mi-ar fi fost de ajuns atâtea necazuri, atâta tristețe și singurătate în viața mea, în seara aceea am primit încă o veste rea, de la azilul din Germania, de unde m-a sunat una dintre îngrijitoare și mi-a spus că Rudi, prietenul meu despre care am crezut că-l voi sărbători când va împlini o sută de ani, murise împăcat și lin, în scaunul lui cu rotile, în timp ce se uita la un film. De când plecasem din Germania, l-am sunat destul de des pe Rudi; ultima veste bună pe care i-o dădusem a fost că sunt însărcinată cu Robert, iar el s-a bucurat foarte tare. Apoi nu i-am mai telefonat, fiindcă viața mea a devenit un haos și abia am reușit să supraviețuiesc.

Atunci când pierdem pe cineva drag, căutăm cu disperare orice lucru care ne-ar putea aduce aproape de acea persoană, orice amintire, poate de aceea mi-am amintit și eu că, atunci când m-am despărțit de Rudi, mi-a dăruit o carte împachetată în hârtie, pe care nu am despachetat-o niciodată.

Nu îmi luasem toate cărțile din fostul apartament, nu aș fi avut unde să le pun, și așa aveam foarte multe, pe care le așezasem într-un colț al camerei, pe jos, însă cartea primită de la Rudi o luasem, îmi era nespus de drag felul în care mi-o dăruise în acea ultimă zi petrecută împreună cu el. Și cu Robert...

Am căutat-o și, când am găsit-o printre cărțile puse pe jos, am strâns-o la piept și am început să plâng, amintindu-mi chipul lui blând, ochii senini și strălucitori și mâinile ridate, pline de pete maronii, dar fine și delicate, ca o atingere de înger. Am desfăcut hârtia groasă, care era legată cu o sfoară subțire, și am scos cartea, curioasă să văd ce îmi dăruise. Era *Marele Gatsby*, în limba germană, o ediție veche, cartonată.

Mi-am amintit că povestisem cândva cu el despre filmele care mi-au plăcut și că i-am mărturisit că *Marele Gatsby* a fost unul dintre filmele mele preferatele și că îl adoram pe Robert Redford. Atunci Rudi m-a întrebat dacă am citit cartea și a părut mirat când i-am spus că nu.

De data aceasta o voi citi, Rudi, am spus cu voce tare.

Nu doar că am nevoie să citesc o poveste care să mă ajute să uit de tristețe, dar mă va ajuta să îmi îmbunătățesc și nivelul de limbă germană, mi-am spus. Am întors cartea ca să o răsfoiesc, dar s-a deschis singură, iar când am privit paginile am avut un șoc. În mijlocul cărții, paginile erau decupate, în locul lor, era, de fapt, o scobitură dreptunghiulară, așa cum îmi povestise Rudi că făceau evreii în cărți, în timpul Holocaustului, ca să-și poată ascunde bijuteriile, actele și banii. În acea scobitură se afla un pachet de bani înfășurat doar pe jumătate într-o foaie de hârtie și legat cu două elastice. Am scos pachetul de bani îndesat acolo și am văzut că sub el se afla un lănțișor din aur cu un medalion în formă de îngeraș. Am studiat bijuteria și mi-am amintit că Rudi îmi spunea că sunt un înger de fată și mi-am dat seama că acel medalion nu era o simplă coincidență, ci un semn că viața nu-ți ia niciodată ceva fără să-ți dea înapoi altceva, și că o bijuterie dăruită din iubire valorează mai mult decât toate bijuteriile pe care le-am pierdut eu și care nu reprezentau pentru mine decât o moștenire, cu care, probabil, nu aș fi putut face nimic altceva mai bun decât să o transmit mai departe. Exceptând lănțișorul cu medalion în formă de delfin de la Luminița, desigur, care fusese o amintire tare prețioasă și dragă.

Mi-am pus imediat medalionul la gât, de parcă aș fi vrut să mă asigur că nu mi-l va putea fura nimeni niciodată, apoi am desfăcut cu grijă elasticele cu care erau legați banii și am citit biletul pe care Rudi îmi scrisese câteva rânduri.

Sunt sigur că în acest moment tu poți face ceva mai bun decât mine cu acești bani. Te iubesc, înger de fată, și îți mulțumesc pentru tot!

— Nu cred! am spus cu voce tare.

Până în acel moment, nu am crezut că banii erau pentru mine, ci că poate mi-i lăsase să-i duc cuiva, să-i trimit cuiva, să fac ceva anume cu ei. Am luat teancul și i-am numărat. Erau șase mii de dolari. Câteva minute nu am avut nicio reacție, doar am studiat banii, biletul și cartea și m-am amuzat de faptul că nu avea decât copertele cartonate și doar două dintre primele pagini și două dintre ultimele erau întregi, restul fiind decupate.

Doamne, Rudi, tu chiar și după ce ai plecat le faci bine oamenilor! am gândit cu o recunoștință mai presus de cuvinte. Mi-l imaginam decupând cu o lamă paginile cărții, punând banii acolo, poate toți bănuții pe care reușise să-i adune cine știe în cât timp, și mi-l imaginam scriindu-mi, pe una dintre mesele din salonul azilului sau poate chiar în camera lui, cu mâini tremurânde și cu chip senin, de tată bun.

Banii aceia erau salvarea mea. Îmi puteam plăti cu ei chiria, datoriile și, dacă eram cumpătată, îmi ajungeau să mă întrețin până când aveam să-mi găsesc un loc de muncă și până când reușeam să vând casa de la Zărnești. În noaptea aceea, am plâns mult, de dorul lui Rudi, de singurătate, dar și din recunoștință că prietenul meu drag mă salvase. Pentru prima oară după atâta timp, mă simțeam din nou vie și plină de speranță.

Primul lucru pe care l-am făcut cu banii a fost ceva ce mi-a lipsit enorm: i-am dus mamei un buchet mare de flori. Și cât timp am stat la ea am făcut-o să râdă așa cum o făceam înainte, am râs amândouă cu lacrimi și m-am asigurat astfel că am luat din sufletul ei grija că aș putea fi nefericită. Apoi m-am dus la biserica mea de suflet și am aprins niște lumânări pentru Rudi, pentru tata, pentru Luminița și pentru domnul profesor. Și abia atunci mi-am dat seama că aș fi o proastă să plâng după niște oameni care nu au însemnat nimic în viața mea, în loc să mă bucur în fiecare secundă de oamenii minunați care au însemnat așa de mult pentru mine și care mă iubeau în continuare de acolo, din cealaltă viață a lor. Când am plecat de la biserică, m-am dus cu cățelușa mea în oraș și am cumpărat două înghețate, pe care le-am savurat amândouă în parcul central.

În ziua următoare, mi-am achitat chiria pentru următoarele șase luni, apoi m-am dus și m-am întâlnit cu proprietarul fostului apartament în care am locuit și i-am propus să-i dau o parte din banii pentru factura telefonică restantă, iar pentru restul datoriei să-și țină o parte din mobilă, dar el mi-a propus să nu-i dau bani deloc, ci să-i las mai bine mobila de bucătărie și mobila dintr-un dormitor, că l-ar ajuta foarte mult la următoarea închiriere.

Am decis că e mai bine să-i las toată mobila și mi-am luat doar lucrurile la care țineam.

— Sigur îmi lași mie atâta mobilă? s-a mirat el. Nu vreau să te simți jecmănită, sunt totuși lucruri scumpe. Ar trebui să-ți dau eu bani pentru ele, eventual, te mai pot lăsa să locuiești aici doi-trei ani, fără să-mi mai plătești chirie. Așa ar fi corect.

— Vi le las cu drag pe toate. Și, nu, nu mai vreau să locuiesc aici, apartamentul acesta îmi amintește de oameni și de povești pe care vreau să le uit.

— Cum crezi tu, dragă Irina. Cred că până la urmă va lua fiul meu mobila aceasta frumoasă și va aduce mobila lui aici. Chiriașii nu merită lucruri atât de bune.

— Ba eu cred că oricine merită lucruri bune.

Dar nu am stat să-l conving că nu trebuie să-și subestimeze chiriașii, de pe urma cărora el câștiga bani, să-i explic că fiecare om merită să aibă lucruri bune și frumoase. Ne-am strâns mâna și ne-am despărțit prieteni, iar eu am plecat doar cu câteva lucruri, după o „viață" petrecută în acel apartament, dar împăcată.

Nu mai aveam de gând să plâng după ce pierdusem, ci să apreciez tot ce aveam. Nu-mi păsa că nu am nici măcar strictul necesar în noul apartament, îmi ajungeau salteaua și televizorul, dar nu am renunțat la așternuturile deosebite pe care le adusesem din străinătate, nici la porțelanurile pe care le-am moștenit de la familia mea. Aveam pe ce să dorm, chiar așternuturi luxoase, aveam un televizor, deci eram mulțumită. Alții nu au nici măcar atât, m-am consolat și, după multe săptămâni de zbucium, am adormit împăcată.

Știam că acea perioadă în care abia am avut ce să mâncăm eu și câinele era lecția vieții mele. Și mi-am promis atunci că niciodată nu voi lăsa pe cineva flămând, că voi ști mereu realitatea din viața prietenilor mei și că nu voi aștepta ca vreunul dintre ei să-mi bată la ușă ca să-mi ceară ajutor, că mă voi oferi singură să ajut, că nu voi pune mâncare în gură până când nu voi fi sigură că toți cei pe care îi cunosc sunt bine și sătui.

Capitolul 25

Angel m-a anunțat că în weekend va veni să mă ia la București, iar eu m-am pregătit, am fost la coafor, la salonul de înfrumusețare și m-am ocupat din nou de mine. Mă simțeam din nou femeie și nu mai voiam să fiu invizibilă. Chiar dacă trecusem printr-o perioadă cumplită, nu aveam de ce să mă rușinez sau să-mi plâng de milă, eram demnă și liniștită că puteam privi pe oricine în ochi fără să-mi fie rușine cu mine sau faptele mele.

Abia am așteptat să vină, iar când i-am deschis ușa, i-am sărit în brațe și l-am pupat apăsat pe buze.

— Încă nu ți-ai adus mobila și ce mai aveai de luat din vechiul apartament? m-a întrebat el privind împrejur.

— Le voi aduce, ți-am zis că mai durează câteva zile...

Mi-am pus câteva lucruri într-o geantă, dar Angel s-a arătat nemulțumit.

— Ia-ți mai multe, nu te las să pleci prea curând, mi-a atras el atenția.

Am mai pus două bluze și o pereche de jeanși, dar el mi-a făcut semn să continui, să mai adaug ceva. Am mai pus două rochițe, o salopetă din blugi, iar el s-a arătat, în sfârșit, mulțumit.

— Să zicem că acum e bine. Oricum, dacă vei mai avea nevoie de haine, mergem și cumpărăm, mi-a spus. M-ai lăsat cândva cu niște fantezii legate de o cabină de probă, a izbucnit el în râs.

Am plecat împăcată la București, dar când m-am văzut pe drumul acela, pe care îl străbătusem de atâtea ori, m-am întristat. Cu toate că-mi impuneam să nu mă mai gândesc la trecut, îmi aminteam de Robert, de Matei, de tot felul de episoade legate de ei, îmi aminteam fraze pe care mi le-au spus, chiar și mirosul parfumului pe care îl purtau în respectivele momente, chiar și cântecele pe care le ascultasem uneori...

— Drumul acesta este plin de amintiri, așa-i? m-a întrebat Angel delicat, văzându-mă atât de îngândurată.

— Da. Parcă am trăit o viață mergând pe acest drum.

— Am vorbit zilele trecute cu Simona și mi-a povestit despre prietenii tăi din Brașov, a schimbat el subiectul, probabil ca să-mi abată atenția de la durerile mele nespuse.

— Despre *ne-prieteni*, vrei să zici.

— Eu nu pot înțelege de ce s-au distanțat de tine, de ce s-au purtat așa, tu chiar nu le-ai greșit cu nimic.

— Nu trebuie să faci nimic greșit ca oamenii să te abandoneze. Este de ajuns doar să fii mai bun decât ei ca să nu te mai placă și să nu te mai vrea. Sau să știi ceva compromițător despre ei, ceva care-i face să se simtă mici în fața ta. Sau, cine poate ști? poate fi orice alt motiv, care nici prin cap nu-ți trece.

— Am înnebunit când am aflat că acea Delia ți-a furat bijuteriile. Nu ai putut face nimic?

— Nu.

— Și le-ai pierdut pe toate, definitiv?

— Da. Dar mi-a rămas brățara de la bunica lui Matei, i-am spus, arătându-i brățara pe care nu o scoteam niciodată de pe mână. Este foarte valoroasă pentru mine și o sursă de inspirație. Și mai am acest medalion pe care l-am primit de la Rudi.

I-am povestit despre surpriza pe care mi-o făcuse Rudi, dar fără să-i mărturisesc că banii primiți de la el au fost salvarea mea, după ce nu mai aveam nimic.

— Și totuși, chiar nu putem recupera acele bijuterii? s-a mirat el. Nu se poate, trebuie să existe o soluție. De ce nu m-ai sunat să-mi spui, de ce?!

— Nu le mai putem recupera. Ticăloasa aia a amanetat aur și pietre prețioase care costau zeci de mii de dolari, pentru doar vreo trei mii.

— Și nu ai de gând să iei măsuri împotriva ei?

— Nu. Nu are rost. Efectiv, mi-e silă de ea. Vreau doar să uit tot și să nu-mi mai amintesc niciodată de ea. Nu aș suporta să o mai văd, să-i mai aud vocea, este cel mai odios om pe care l-am cunoscut vreodată. Va plăti pentru tot ce mi-a făcut, sunt convinsă de asta.

— Dacă mi-ai fi spus, te-aș fi ajutat. Nu înțeleg de ce mi-ai ascuns așa ceva, Irina, de ce ai ales să treci singură prin încercările astea.

— Nu am vrut să te împovărez cu problemele mele. Erau necazurile mele, de ce le-aș fi adus și în viața ta?

— Irina, suntem prieteni sau nu? Te-aș fi ajutat, știi bine. Un bărbat știe să se descurce altfel în asemenea situații.

— Suntem cei mai buni prieteni, dar de data aceasta așa am simțit. Că trebuie să-mi duc problemele singură, cu demnitate.

— Eu cred că tu ești prea mândră, prea independentă și nu vrei să ceri ajutor, a concluzionat el.

— Acum sunt bine și asta este tot ce contează. Trecutul să rămână în urmă, cu toți oamenii lui. Toți cei care nu m-au meritat se află exact acolo unde le este locul: în urma mea. Și nu vor mai avea nicio șansă să stea în fața mea.

— Atunci, iartă-i și uită-i.

— Nu știu dacă pot ierta și nici nu am de gând să mă mint că i-am iertat, doar ca să mă simt mai bine sau ca să par puternică și bună. Experiențele din ultima perioadă m-au trezit brusc la realitate și m-au învățat că nu sunt datoare să-i înțeleg pe cei care mi-au greșit și că nu trebuie să mă simt vinovată dacă nu-i pot ierta.

— Dar ai încercat să discuți cu ființa aceea, să-i ceri explicații?

— Din nou îți spun: ce rost ar fi avut? Și ce explicații să-i mai cer? Să o întreb cum a putut să îmi facă asta, când este evident că a putut fără pic de remuşcare? Să o întreb de ce mi-a făcut asta tocmai mie, care am ajutat-o, deşi acum ştiu că eu sunt vinovată, pentru că am avut încredere în ea şi i-am arătat că sunt vulnerabilă, că sunt o ţintă perfectă pentru escroci? Doar aş fi pierdut timp şi nu s-ar fi schimbat nimic, ea aşa este: o ticăloasă fără caracter și lipsită de scrupule. Am fost în fața ei și am văzut-o atât de mică și de decăzută, încât, pur și simplu, nu am putut să o confrunt, nu aveam pe cine, am simțit că doar m-aş înjosi dacă i-aş adresa vreun reproş.

— Sper să plătească pentru tot ce face...

— Va plăti. Va veni o zi în care va plânge şi se va întreba de ce i se întâmplă tocmai ei nenorocirea pe care o trăieşte şi, atunci, conştiinţa îi va aminti de răul pe care mi l-a făcut. Sunt convinsă de asta. Nu există om căruia să nu-i vină rândul să plătească pentru greşelile sale.

— Ba eu cred că există. Matei, de exemplu. Nu cred că va plăti vreodată pentru greşelile lui. Nu ştiu cum face, dar scapă mereu basma curată din orice situaţie şi asta se întâmplă de când îl cunosc...

— Asta pentru că are mulţi îngeri păzitori în preajmă, i-am dat eu o explicaţie plauzibilă. Dar va plăti şi el atunci când se va aştepta mai puţin, când va fi vulnerabil şi lipsit de apărare.

Am ajuns la Angel seara şi mi-am dat seama cât de dor îmi fusese de casa aceea frumoasă, de cât de bine mă simţeam acolo şi de câinii lui, care au fost foarte încântaţi de căţeluşa mea, pe care au primit-o foarte prietenoşi, deloc supăraţi că li se încalcă teritoriul.

— Ce ţi-ai dori să facem? m-a întrebat după ce mi-a dus bagajul într-un dormitor pregătit special pentru mine.

Am zâmbit, iar el a început să râdă.

— Irina s-a întors, am spus cu un aer încrezut.

— Mi-a lipsit enorm această Irina!

— Aş vrea să o sunăm pe Simona, se va bucura mult că sunt cu tine, dar trebuie să aşteptăm să se facă dimineaţă la ea...

— Perfect, pentru că-mi este dor de o noapte albă cu tine. Şi cred că ai multe să-mi povesteşti.

— Haide, mai bine să ne uităm la un film, vrei?

— Sigur! Am o colecţie întreagă şi nu te voi lăsa să pleci până când nu le vom vedea pe toate, mi-a promis el cu mâna pe inimă.

Am mâncat împreună, apoi ne-am schimbat în pijamale şi ne-am uitat la filmul *Pacientul englez*, unul lângă celălalt, pe canapea, îmbrăţişaţi. Dacă ne-ar fi văzut cineva, ar fi crezut că suntem un cuplu fericit, nicidecum doar doi prieteni care ţineau enorm unul la celălalt.

Am plâns amândoi la sfârşitul filmului, cu toate că eu îl mai văzusem de două ori, fiind unul dintre filmele mele preferate, şi cu toate că Angel încerca să se ţină tare. Apoi am povestit până noaptea târziu, aşteptând amândoi să vorbim cu Simona, dar până la urmă am adormit.

Ne-a trezit ea din lumea viselor şi ne-a povestit foarte amuzată că avea un job part-time care presupunea să se costumeze în găină ca să facă reclamă unor produse avicole şi era nevoită să poarte timp de patru ore pe zi un costum imens din burete. Şi, pentru că în general viaţa Simonei era plină de peripeţii, ne-a povestit cum în ziua precedentă i s-a blocat fermoarul costumului şi nu l-a mai putut scoate ca să meargă la toaletă. Ne-a făcut să râdem cu lacrimi, povestindu-ne cu lux de amănunte cum abia a încăput într-o toaletă, cum a încercat cineva să-i scoată costumul şi a renunţat când a văzut că nu poate, cum alerga ca o nebună pe stradă și se uita lumea la ea ca la balamuc.

— În orice caz, fac saună gratis în costumul ăsta, a concluzionat ea cu umor. Bine măcar că o să slăbesc fără să mă coste nimic, ba chiar încasând un salariu.

— De ce ai vrea să slăbeşti? a întrebat-o Angel.

— Ești deja foarte slabă, cu toate că mănânci zilnic jumătate din greutatea ta, i-am spus râzând.

— M-am îngrășat, să știți. Ăștia nu au mâncare aici, au nutrețuri concentrate! a izbucnit ea în râs.

— Zi-ne de tine, cum ești, cum te înțelegi cu familia ta de acolo? am întrebat-o curioasă.

— Mi-e dor de voi și de casă. Și atât. Asta este tot ce simt de când am venit aici. Doamne, ce n-aș da să fiu acolo cu voi!

— Și nouă ne este dor de tine, i-am spus.

— Simo, îți promit că vom veni să te vedem, i-a spus Angel.

— Tu vorbești serios? Te iubeeeesc! a țipat ea fericită, mai să ne spargă timpanele.

— Și eu te iubesc și o voi aduce pe Irina să te vadă.

— Vă iubesc mult. Sunteți cei mai buni oameni pe care i-am cunoscut vreodată, să nu uitați asta!

Ne-am luat rămas-bun de la ea și, după ce a închis apelul, am început să plâng, pentru că îmi era dor de ea și nu aveam nicio certitudine că aveam să o revăd prea curând. Dar acum nu mai plângeam singură, îl aveam pe Angel alături, iar el m-a strâns în brațe și m-a mângâiat până când am reușit să adorm din nou.

După aproape o săptămână petrecută la Angel, mă simțeam mult mai bine, mai încrezătoare, mai liniștită și mă gândeam din ce în ce mai puțin la toți cei care m-au trădat.

Angel pleca de acasă în fiecare zi, trebuia să se ducă la firmă să-și rezolve diferite treburi, avea diverse întâlniri, iar eu stăteam acasă și scriam la noua mea carte, mă jucam cu câinii și îi găteam tot felul de bunătăți. Mă simțeam bine în casa lui, dar... mă gândeam că eram atât de aproape de Robert, de Cesara și de Oli și, cu toate acestea, nu-i puteam vedea.

Am avut, de câteva ori, impulsul să merg la casa lor, care nu se afla prea departe, și să stau ascunsă, sperând că-l voi vedea, fie şi de departe, pe vreunul dintre ei trecând. Dar nu am avut atâta curaj. Îmi era teamă că, dacă l-aş vedea pe Robert, aş alerga spre el şi l-aş strânge în braţe, implorându-l să-mi spună de ce nu mă mai iubeşte şi cum a putut să mă uite atât de uşor. Să-l întreb cum poate trăi fără dragostea mea, fiindcă eu abia reușeam să-mi duc zilele și-mi era cumplit de greu fără el. Angel a anticipat ceea ce simțeam și m-a întrebat într-o seară dacă nu-mi este dor de cei de la Snagov.

— Sunt sfâșiată de dor, i-am recunoscut. Aş da orice să o pot îmbrățișa pe Cesara...

— Am văzut-o și eu pe fetiță. Este splendidă!

— Seamănă cu Silvia.

— Da, seamănă bine, dar Cesara are și trăsăturile lui Matei. Chiar este un copil superb.

— Am o curiozitate. Tu o mai iubești pe Silvia? l-am întrebat direct.

— Nu. Nu o mai iubesc de mult timp.

— Cum ai reușit să nu o mai iubești? Poate învăț și eu asta. Și nu-mi spune că ți-a trecut iubirea pentru ea de îndată ce te-a trădat, că mi-e greu să cred.

— Nu mi-a trecut, știi bine că nu așa se întâmplă lucrurile. Ce bine ar fi să ne treacă iubirea imediat ce suntem trădați, să nu mai fim nevoiți să suferim, să trecem prin toate etapele acelea dureroase, de la negare la acceptare, de la furie la resemnare...

— Eu cred că fiecare om trebuie să treacă prin iadul acesta, am fost eu de acord cu el.

— Unii sunt mai norocoşi, se iubesc de la început până la sfârșit. Așa sunt bunicii mei din partea tatălui, au avut cea mai frumoasă poveste de dragoste, o poveste pe care oricine și-ar dori să o trăiască.

— Cred că am văzut poze cu ei, să știi. M-am uitat în toate albumele foto pe care le ai în biblioteca din living.

— Haide să punem și o poză cu noi doi într-unul dintre albume!

— Ce poză?

— O poză de familie. Cu noi doi. Miri, mi-a zis el privindu-mă în ochi.

— Ce trabuc ai fumat mai devreme, că nu cred că îți priește, am început eu să râd, dar el mă privea serios.

— Tu știi că aș fi în stare să mă căsătoresc cu tine chiar acum? m-a întrebat zâmbind.

— Eu cred că tu meriți mai mult. O femeie mai bună decât mine.

Doar a continuat să zâmbească, iar eu mă gândeam că femeia care îl va avea pentru totdeauna va fi o norocoasă. Era un bărbat adevărat, puternic, ambițios, demn, foarte inteligent și avea un suflet foarte bun. Știam că, dacă inima mea nu i-ar fi aparținut pentru totdeauna lui Robert, m-aș fi îndrăgostit nebunește și pentru totdeauna de Angel, pentru că era un om minunat, nu doar un bărbat pe care să ți-l dorești ca partener. Am profitat de faptul că nu era atent la mine, ci la telefonul mobil, și l-am privit cu atenție. Avea o aură de mister, părea greu de deslușit și era foarte atrăgător. Era impozant prin atitudine, dar, totodată, un bărbat cald, fermecător și foarte sexy.

În noaptea aceea, după ce ne-am pus să dormim și el a stins luminile ambientale, mi-am dat seama că poate prezența mea îl incomoda și mă întrebam dacă nu cumva eram prea egoistă, pretinzându-i să se poarte de parcă nu ar fi fost mereu atras de mine.

— Crezi că ar fi mai bine să dorm în celălalt dormitor? l-am întrebat în șoaptă.

— Ai putea dormi și pe alt continent, tot la fel aș simți.

— Credeam că după atâta timp nu te mai simți atras de mine, am căzut eu pe gânduri.

— Iar eu, din contră, că vei începe să te simți atrasă de mine...

— Și crezi că nu sunt? Crezi că mi-e ușor să mă controlez uneori?

— De ce te controlezi? De ce nu faci ceea ce simți? De ce nu lași lucrurile să se întâmple? m-a îndemnat el. Și nu neapărat pentru că mă dorea, ci mai mult pentru că știa că am nevoie să-mi spună cineva asta, să mă încurajeze să fiu eu.

— Pentru că încă nu sunt atât de liberă. Și mi-e teamă să nu te rănesc.

— Când am decis că te vreau în viața mea, mi-am asumat și să fiu rănit de tine.

— Uite, îți spun un secret. Nu am nimic special, să știi, nu sunt cu nimic mai bună decât alte femei.

— De aceea sunt înnebuniți Matei și Robert după tine? Că nu ai nimic special?

— Mă refer acum strict la partea sexuală, nu sunt vreo expertă, sunt sigură că nu te-ai simți cu mine la fel de bine cum te simți cu Sandra, de exemplu.

A râs.

— Tu crezi că există experți în chestia asta? Există doar chimie, dorință, pasiune, iubire, totul vine natural, mi-a spus convingător.

— Dacă aș fi avut certitudinea că nu s-ar schimba nimic între noi, poate că aș fi făcut dragoste cu tine, i-am spus consolator.

— Nu ai fi putut, pentru că tu încă îl iubești pe Robert. Poate că ai fi putut face sex cu mine doar din pură atracție, din curiozitate sau ca să-ți confirmi că poți merge mai departe...

— Mă simt vinovată că nu-ți pot oferi tot ce...

— Irina, nu-mi datorezi nimic. Nu vreau să faci nimic din ce nu vrei și nu simți și, chiar dacă îmi este greu, ador relația noastră, fiindcă este cea mai sinceră și mai frumoasă dintre toate cele pe care le-am avut până acum. Am cu cine face sex, știi bine. Tu pentru mine însemni mult mai mult de atât. Faptul că dorm lângă tine mă face să mă simt iubit. Nu sexul cu altele.

— Te iubesc, chiar te iubesc! i-am spus venind aproape de el. Și, dacă vreodată te supăr, te rog să-mi spui.

Câteva minute am stat tăcuţi, mi-a sprijinit capul pe umărul lui, iar eu l-am mângâiat pe faţă şi pe gât, cu atingeri uşoare, ca de fulg.

— La ce te gândeşti? l-am întrebat.

— La cât de norocos este Robert să fie iubit aşa. Altul visează o viaţă întreagă la o asemenea iubire şi nu are parte de ea, a filosofat el cu amărăciune. Probabil că se identifica destul de mult cu cel care visa...

— Norocul lui este ghinionul meu. Şi norocul meu este ghinionul lui.

— Până la urmă, ce ai de gând să faci? Nu-l vei mai căuta niciodată?

— De ce l-aş căuta? De ce aş vrea un om care-mi arată că poate trăi fără mine şi că nu mă vrea?

— Faptul că este în viaţă nu înseamnă că poate trăi fără tine. Poate că nu are încotro.

— Măcar de mi-ar fi spus asta, să-mi spună că tot ce face este împotriva voinţei lui, dar tăcerea lui îmi arată doar că nu-i mai pasă de mine.

— Nu cred asta. Voi încerca să aflu ce se petrece cu el. Poate aflu ceva de la Sandra...

— Te-ai mai întâlnit cu ea?

— Nu. M-am supărat pentru ce ţi-a făcut, a fost foarte urât să nu-şi respecte promisiunea.

— Iart-o! Aşa a crezut ea că este bine în acel moment. Ea nu ştia că, de fapt, copilul era al lui Robert, ea era convinsă că era al lui Matei, s-a gândit că poate îmi face un bine.

— Cu atât mai mult nu ar fi trebuit să-i spună, ţinând cont că a văzut ce i-a făcut Matei Silviei, cum i-a luat copilul. Dacă nu ai fi fost tu, Silvia nici acum nu şi-ar fi putut vedea fetiţa în mod regulat.

— Eu nu am crezut-o pe Silvia când mi-a spus că Matei este în stare de orice... A trebuit să mă conving singură, am fost eu de acord.

— Știi, Matei nu este un om rău. Dar a luat-o razna, a început să facă prostii, apoi nu s-a mai putut opri. Păcat! Dacă va continua așa, va fi mereu nefericit. Și singur.

Angel s-a ținut de cuvânt și i-a cerut Sandrei o întâlnire pentru a afla de la ea detalii despre Robert, i se părea aberant comportamentul lui față de mine, nu putea să înțelegă cum o iubire ca a lui dispăruse parcă dintr-odată. A chemat-o într-un apartament de protocol pe care îl avea într-un imobil istoric din centrul Bucureștiului și a petrecut cu ea câteva ore. Eu l-am așteptat acasă nerăbdătoare, cu sufletul la gură.

— Cred că am aflat motivul pentru care Robert este supărat pe tine, mi-a spus de îndată ce a intrat în casă.

M-am așezat pe canapea, de parcă mi-ar fi fost teamă că voi auzi o veste care mă va face să mă prăbușesc. Inima îmi bătea nebunește.

— Mi-a povestit Sandra că Matei le-a spus tuturor celor din casă că tu ai ales să faci întrerupere de sarcină. Nu că ai pierdut copilul, ci că nu l-ai vrut.

— Nu cred! Abia am reușit să îngăim. Nu poate fi chiar atât de ticălos...

— Omul este diabolic, așa este.

— Deci Robert mă urăște pentru că este convins că am renunțat la copilul lui? am continuat eu printre lacrimi.

— Mai mult ca sigur. Cică Matei s-a victimizat în fel și chip, le-a spus că nu te va ierta niciodată pentru că l-ai mințit că ai rămas însărcinată cu mine și i-a amenințat pe toți că, dacă mai vorbește vreunul cu tine, atunci o să dispară definitiv din viața lor și se va răzbuna pe tine, că îți va înscena ceva care îți va distruge viața.

Imaginându-mi durerea și dezamăgirea lui Robert atunci când a aflat că nu am mai vrut să aduc pe lume copilul lui, nu mă mai puteam opri din plâns, iar Angel, care până în acel moment îmi relatase totul stând pe fotoliul din fața mea, a venit lângă mine și m-a îmbrățișat din tot sufletul.

— Aş putea trăi în continuare dacă aş şti că Robert mă iubeşte, chiar dacă nu-l voi mai vedea niciodată, i-am spus hohotind de plâns.

— Vrei să-l vezi?

— Nu, nu vreau. Nu aş suporta să fiu privită dispreţuitor şi să mă respingă. Prefer să mă amăgesc toată viaţa că totuşi mă iubeşte. Ştii, eu uneori mi-l imaginez privindu-mă aşa cum făcea în trecut, uneori mă privea cu atâta dragoste...

— Ar trebui să-i spui adevărul, Irina. Să nu-l laşi să creadă că nu ai vrut copilul, că nu l-ai vrut pe el, m-a sfătuit Angel ca un adevărat prieten.

— Oare m-ar crede?

— O simplă mărturie a medicului tău va fi de ajuns ca să se convingă, e foarte simplu.

— Poate că e mai bine să nu afle adevărul şi să mă urască. Aşa poate va reuşi, după perioada aceea de iad de care spuneai, să nu mă mai iubească. Măcar el să se liniştească şi să poată merge mai departe şi să rămână în continuare cu familia sa, pe care o iubeşte atât de mult, până la sacrificiu chiar.

— Şi tu?

— Eu îl voi iubi în continuare. Iar asta îmi va da putere să merg, la rândul meu, mai departe. Să fiu omul cu care s-ar mândri, să vadă că am meritat iubirea lui...

— Şi-l laşi să creadă o minciună toată viaţa?

— Într-o zi va afla adevărul, îţi promit. Fiindcă voi scrie o carte despre povestea noastră.

— Tu chiar ai avea atâta curaj?

— Da. De ce să nu am? Am început să o scriu...

Nu voiam să-i stric toată seara lui Angel, aşa că m-am adunat şi i-am gătit pastele preferate, cu hribi şi sos alb, apoi ne-am uitat împreună la un film care se difuza la televizor.

— Sandra m-a întrebat dacă te-am mai văzut, mi-a spus Angel, simţind că nu mă preocupa filmul.

— Şi ce i-ai spus?

— Că nu mai am încredere în ea ca să-i spun asemenea lucruri. Am fost tranşant. Şi sincer.

— Nu trebuia să fii rău.

— Chiar nu am fost rău. Dar nu mai am încredere în ea. Poate că tocmai de aceea mi-a povestit detalii atât de intime din casa lui Matei, ca să-mi arate că merită totuşi încrederea mea.

— Te-ai culcat cu ea?

— Da.

— Mă bucur pentru tine. E sănătos să faci sex...

— Este. Tocmai de aceea ar trebui să faci şi tu, m-a sfătuit el amical, făcându-mi cu ochiul.

— Iar ai găsit un argument ca să mă seduci? am râs eu, privindu-l cu drag.

— Nu trebuie neapărat să mă culc cu tine ca să mă ocup de sănătatea ta, ca să zic aşa. Ştii că orgasmul eliberează endorfine, m-aş ocupa strict de asta.

— Asta ar fi extrem de egoist din partea mea, ar însemna că te folosesc.

— Ar însemna doar că m-ai lăsa să te iubesc, să-ţi ofer ce te-ar ajuta să te detensionezi, să fii relaxată, fericită şi să te simţi femeie.

— Sună extrem de tentant propunerea ta şi, dacă nu te-aş fi iubit atât de mult, acum mi-aş fi dat frâu liber dorinţei, l-am complimentat eu.

A început să râdă, iar eu l-am îmbrăţişat strâns.

— A fost bine? l-am întrebat.

— Ce anume, sexul cu Sandra?

— Da.

— De ce vrei să ştii asta? Mă pui într-o postură delicată, nedemnă pentru un bărbat.

— Nu ştiu, din curiozitate. Sau poate că mă hrănesc cu poveştile altora, habar nu am. Dacă eu nu mai am parte de acţiune...

— Tu ai idee că mă ispiteşti când îmi spui aceste lucruri?

— Bine, nu te mai întreb nimic, am spus bosumflată. Am şi eu imaginaţie, să ştii, aşa că-mi imaginez că a fost prea rapid şi foarte incomod, ai dreptate să nu doreşti să-mi povesteşti, adevărul e că nu prea ai avea ce!

Angel a izbucnit în râs, apoi m-a pupat şi m-a gâdilat, făcându-mă să râd în hohote. Până la urmă, am reuşit să ne uităm la două filme în seara aceea şi eu am mai uitat de ale mele măcar pentru câteva ore, binecuvântându-i pe cei care scriu cărţi şi fac filme, pentru că datorită lor oamenii pot să evadeze din realitate, atunci când aceasta nu este tocmai fericită, şi să trăiască şi alte poveşti. Astfel că, pentru mine, a fost o seară minunată.

În dimineaţa următoare, i-am spus lui Angel că poate ar fi cazul să plec la Braşov, să nu mai stau pe capul lui, dar mi-a spus că nici nu poate fi vorba de aşa ceva.

— Ce să faci acasă? m-a întrebat nemulţumit.

— Păi, va trebui să-mi fac şi eu puţină ordine în noul apartament, să-mi mai aduc din lucruri, ca să am nişte condiţii decente de trai, şi mai ales să-mi caut un loc de muncă.

— Ai timp să faci toate astea, n-au intrat zilele în sac. Mai stai la mine, te rog. Dacă aş putea, te-aş convinge să te muţi aici, să rămâi cât vrei, să vii când vrei, să pleci când vrei...

— Adică să te torturez? am glumit eu.

— Adică să faci ce vrei. Iar eu să mă bucur fiind alături de tine.

— Bine, mai stau câteva zile, am fost eu de acord.

După ce a plecat de acasă, m-am apucat de scris, deoarece în ultimul timp cu greu mai puteam să stau o zi fără să scriu. Fiindcă, scriind, retrăiam totul şi aveam senzaţia că-i am aproape pe cei de care îmi era dor, mai ales pe Robert...

Singurul adevăr atunci când iubeşti este cel din inima ta, am scris, începând un nou capitol al poveştii mele.

După-amiază, când Angel s-a întors acasă, m-a întrebat dacă vreau să-mi prezinte pe cineva şi am acceptat, dar nu a vrut nicicum să-mi spună unde vom merge. Am plecat împreună şi ne-am oprit în faţa unei case superbe din Cartierul Primăverii, iar eu îmi aminteam că îmi spusese cândva că părinţii lui locuiesc în zona aceea.

— Mă prezinţi părinţilor tăi? l-am întrebat amuzată.

— Da, dar nu numai lor.

Am intrat în curte, unde am fost întâmpinaţi de doi copii, o fetiţă şi un băieţel, care aveau, poate, în jur de şapte şi opt ani, din ceea ce am estimat eu, dar sigur fetiţa era mai mare decât băieţelul. Micuţii i-au sărit în braţe lui Angel, l-au pupat şi apoi m-au analizat, curioşi, stând lipiţi unul de celălalt şi amândoi de Angel.

— Irina, ţi-i prezint pe Iulia şi pe Andrei. Sunt fraţi, mi-a spus el.

Mama lui Angel a ieşit din casă, am salutat-o politicos – *sărut mâna*, apoi m-am prezentat copiilor.

— Eu sunt Irina. Îmi daţi voie să vă îmbrăţişez?

Copiii s-au năpustit în braţele mele, iar eu i-am strâns tare la piept, aşa cum o strângeam pe Cesara.

— Haideţi în casă, am pregătit o plăcintă cu dovleac şi una cu mere! ne-a spus mama lui Angel.

Nu am întrebat cine erau micuţii, am intrat în casă şi l-am cunoscut şi pe tatăl lui Angel, un bărbat impozant, cu o voce baritonală superbă, foarte sobru, cu o alură elegantă şi care m-a întâmpinat cu căldură şi nişte remarci simpatice la adresa lui Angel, care nu prea ducea femei pe acasă.

Cunoscându-i pe părinţii lui Angel, pe care acesta îi respecta cu sfinţenie, am înţeles de unde proveneau educaţia lui aleasă, moralitatea sa şi, mai ales, generozitatea. Nu au fost curioşi, nu m-au întrebat nimic despre mine, m-au tratat cu multă căldură, iar micuţii nu s-au dezlipit de noi. Mi-au arătat camera lor, jucăriile preferate, apoi câinele, pe care l-au îndopat pe ascuns cu nişte plăcintă. Am petrecut o seară foarte frumoasă la familia lui Angel, iar când am plecat, mama lui ne-a pus în maşină plăcinte, tot felul de gemuri, nişte fructe, iar tatăl lui ne-a adus o sticlă de afinată făcută de el.

— Ţi-a plăcut la părinţii mei? m-a întrebat el când a pornit maşina.

— Enorm! Sunt minunaţi, adorabili!

— Haide, întreabă-mă! Ştiu că nu mai poţi de curiozitate...

— Cine sunt copiii?

— Sunt copiii mei. I-am adoptat.

Am rămas mută de uimire.

— Nu ştie nimeni încă, doar părinţii mei, mi-a spus văzându-mă atât de uluită.

— Poţi opri maşina puţin?

— Te simţi rău?

— Nu, te rog doar să opreşti.

A semnalizat, a oprit pe marginea carosabilului, iar eu mi-am desfăcut centura, m-am întins spre el şi l-am îmbrăţişat foarte strâns.

— Te iubesc! i-am spus.

— Doar pentru atât? a zâmbit el.

— Dar ce altceva mai mult ai putea face ca să fii minunat?

— Ar mai fi câte ceva, a glumit el ca să iasă din încurcătură. Nu-i plăcea să fie lăudat sau admirat pentru lucrurile de suflet pe care le făcea cu generozitate, din toată inima, fără să aştepte nimic în schimb.

L-am îmbrăţişat din nou şi l-am pupat apăsat pe buze, aşa cum obişnuiam noi să ne pupăm. Apoi el a pornit maşina şi am plecat spre casa lui, zâmbind. Pe drum mi-a povestit că şi-a dorit mult să înfieze doi copii şi că a avut norocul să-i găsească pe aceşti doi frăţiori, cărora şi-a propus să le ofere o viaţă bună. Părinţii lui nici nu concepeau să nu-i crească ei, erau pensionari şi datorită micuţilor aveau acum o viaţă foarte activă şi erau foarte fericiţi.

— Ai avut o copilărie fericită? l-am întrebat, curioasă să aflu mai multe despre el.

— Da. Ai mei nu s-au purtat doar ca niște părinți, ci și ca niște prieteni foarte buni. Ți-am spus că până la vârsta de opt ani m-a crescut mătușa Eleonora, cea care mi-a lăsat apartamentul din centru?

— Da, mi-ai spus.

— Mama, fiind medic, avea un program foarte încărcat, făcea și gărzi, iar tata, având afacerile de administrat, era la fel de ocupat și pleca adesea din țară. Dar nu pentru asta m-au lăsat la mătușa, s-ar fi descurcat și ei să mă crească, dar mătușa mea a suferit enorm toată viața din cauză că nu a putut avea copii. Ea a fost cu treisprezece ani mai mare decât mama, iar soțul ei a părăsit-o, după douăzeci de ani de căsnicie, din cauză că nu i-a putut dărui un copil.

— Ce ticălos! m-am înfuriat eu imediat.

— Nu era un tip rău, dar era sub papucul mamei lui, care era o ființă imposibilă. În fine! Când m-am născut, mama i-a spus mătușii că mă vor crește împreună și că poate considera că sunt copilul amândurora, dacă și ea dorește asta. Și, cum mătușa Eleonora a fost notar și a avut cabinetul ei notarial, a avut un program mai flexibil și mi-a putut dedica mult timp, de aceea am crescut mai mult cu ea, la ea.

— Cred că ai fost o bucurie pentru mătușa ta...

— M-a iubit foarte mult. Și eu pe ea. A fost cea mai bună prietenă a mea și pot spune că i-am schimbat viața. Ne-am distrat foarte mult împreună, mi-o amintesc doar râzând în hohote, cântând și dansând. Era un spirit foarte liber, o copilandră. Așa ca tine.

— Și nu a suferit când te-ai mutat cu părinții tăi?

— Nu, deloc. Trebuia să încep școala, ai mei m-au înscris la școală cu un an mai târziu decât ar fi trebuit și m-am mutat împreună cu ei la bunici, în casa din Primăverii. Dar mătușa venea la noi aproape zilnic, de multe ori rămânea și peste noapte. Și am crescut acolo, răsfățat de toată familia. Bunicii mei au fost fabuloși, mi-au oferit o copilărie de poveste, m-am plimbat cu ei prin toată țara, aveau o gașcă de prieteni foarte faini, majoritatea medici, colegi cu bunica, și făceau multe drumeţii prin munţi, plecam cu corturile, dormeam la cabane, exact tot ce-şi poate dori un băiat. Da, m-am distrat mult cu ei şi am învăţat foarte multe lucruri.

— Mă bucur pentru tine. Dar tu cum ai ajuns să locuieşti la Snagov? Ai fi putut sta în apartamentul din centru sau în casă cu ai tăi.

— Tata a cumpărat terenul acela cu mulţi ani în urmă, cu intenţia să le construiască o casă de vacanţă bunicilor, să se poată aduna cu prietenii lor acolo, să facă petreceri. Dar nu a avut timp să facă asta şi oricum bunicii aveau casa lor, ai văzut cât este de mare. Aşa că mi-am construit eu o casă pe terenul acela.

Câteva minute am căzut pe gânduri amândoi, iar eu m-am gândit la copilăria mea şi mi-am amintit de tata, de care m-a cuprins un dor sfâşietor. Îmi aminteam câtă putere îmi dădeau îmbrăţişările lui atunci când eram tristă şi descurajată şi îmi dădeam seama cât de greu îmi era acum, fără el.

— La ce te gândeşti? m-a întrebat Angel, văzându-mă atât de îngândurată, fără să înţeleagă cum lucrurile frumoase despre care vorbeam putuseră să aducă nori pe cerul meu.

— La tata. Când eram copil şi tata mă îmbrăţişa, mi se părea că este cel mai mare om de pe pământ, cel mai puternic şi că în braţele lui mă simţeam protejată. Apoi, când am crescut mare şi tata a îmbătrânit, am avut impresia că el devenise micuţ, doar o mână de om, iar eu păream a fi mult mai mare decât el. Acum ştiu că părinţii devin micuţi ca să-i putem îmbrăţişa. Cu toată lumea lor, cu tot, i-am spus, liniştită şi tristă.

Dar nu voiam să-l întristez şi pe el, îmi promisesem că nu voi fi o pacoste pentru oamenii dragi, că nu-i voi împovăra cu necazurile mele şi nu le voi amărî sufletele cu durerile mele, aşa că mi-am schimbat rapid starea de spirit şi, mai ales, am abordat alt subiect.

— Nu prea mi-ai vorbit despre prietenii tăi, i-am spus. Ai prieteni mulţi? Ai prieteni buni?

— Mulţi în niciun caz. Aşa ceva nu există şi cred că acum te-ai convins şi tu că este o mare diferenţă între cunoştinţe şi prieteni. Dar am câţiva oameni apropiaţi, cu care îmi place să mă întâlnesc, să merg în vacanţe şi cărora să le fiu oricând de ajutor.

— Sunt foarte rari oamenii care vor să fie de ajutor, şi nu doar să fie ajutaţi. Unii vor doar să aibă prieteni, nu şi să fie prieteni.

— Prietenii trebuie aleşi cu atenţie, asta e marea provocare.

— Şi tu cum ţi i-ai ales?

— În niciun caz nu m-am grăbit să-mi fac prieteni de conjunctură, doar ca să nu fiu singur. Mi-am făcut un cerc de oameni buni, serioşi, cu valori morale şi cu un caracter frumos. Sunt foarte selectiv pentru că nu sunt dispus să-mi pierd timpul cu oricine sau să am surprize cum ai avut tu cu gaşca aia de inutili.

— De unde să fi ştiut eu că oamenii aceia pot fi aşa?

— Pentru că nu te-a interesat să ştii cum sunt acei oameni cu adevărat, Irina. Dacă te-aş întreba acum ce anume ţi-a plăcut la fiecare în parte, tare cred că nu ai şti ce să-mi răspunzi, mi-a zis el cu înţelepciune.

— Dacă mă gândesc mai bine, ai dreptate. Şi nu doar că nu găsesc vreo calitate nemaipomenită la vreunul dintre foştii mei *ne-prieteni* – că prieteni nu-i pot numi –, dar acum, când îi văd de la distanţă, îmi dau seama că sunt nişte neciopliţi şi nişte needucaţi. Că m-au pus adesea în situaţii jenante, că m-am chinuit mereu să-i educ şi să-i învăţ cum să se poarte în societate şi, mai cu seamă, cum să fie oameni buni.

— Şi măcar ai reuşit să-i schimbi puţin? Măcar ei să fi rămas cu ceva bun după prietenia cu tine.

— Nu cred. Ori de câte ori le făceam vreo observaţie – şi făceam asta mereu cu eleganţă şi cu dragoste –, îşi dădeau ochii peste cap şi-mi spuneau că sunt prea pretenţioasă şi că exagerez. Iar dacă îi rugam să fie buni cu alţii, atunci când se dovedeau a fi intoleranţi şi egoişti, se scuzau că nici ceilalţi nu sunt mereu buni cu ei, aşa că ei de ce ar fi?

— Bine că ai scăpat de ei și sper că ți-ai învățat lecția. Nu mai primi pe oricine în viața ta. Și nici în casa ta. Acum te-ai convins cum se aleg oamenii unii pe alții. Ei au ales-o pe nemernica aia care ți-a făcut atâta rău. Au ales-o pentru că sunt toți la fel și au aceleași apucături.

— Haide să nu mai vorbim despre nimicuri! Nu merită. Mai bine povestește-mi despre copiii tăi. Cum ai luat decizia să-i adopți?

— Mi-am dorit de mult timp să fac asta, încă de când eram adolescent și mi-a povestit mătușa că regretă că nu a adoptat un copil.

— Dar de ce nu a făcut-o?

— De teama gurii lumii, dar și din cauza soțului ei, care nu a fost de acord. Toți, inclusiv el și familia lui, au descurajat-o, spunându-i că un copil adoptat nu va fi niciodată ca propriul copil, convingând-o că va avea probleme cu el și că lumea va bârfi, că oamenii nu văd cu ochi buni adopția.

— Ce oameni limitați!

— Iar eu mi-am promis că, dacă voi avea vreodată posibilitatea să adopt un copil, o voi face. Și i-am găsit pe acești doi frățiori, pe care nu am vrut să-i despart.

— De când sunt la părinții tăi?

— De câteva luni.

— Nu ai vrut și tu, ca toată lumea, să adopți copii foarte mici?

— Din contră. Știam că toți cei care adoptă vor bebeluși, iar cei măricei au tot mai puține șanse de a fi înfiați.

— I-ai ales după ce ai văzut mai mulți copii? Iartă-mă că te interoghez, dar sunt atât de curioasă! Recunosc, nu te-aș fi văzut niciodată în ipostaza asta. Care, între noi fie vorba, ți se potrivește perfect.

— Nu îi văzusem înainte. Când depui dosarul de adopție, ai posibilitatea să bifezi niște opțiuni. Eu le-am spus că vreau un copil, că nu contează vârsta, naționalitatea sau cum arată. Și, când mi l-au propus pe unul dintre acești frățiori, i-am luat pe ambii fără să mai stau pe gânduri. Cum aş fi putut să-i despart?

— Ți-am mai spus că te iubesc?

— Da, dar nu mi-ai spus și de ce, a spus zâmbind.

— Din mai multe motive. Unul dintre ele este că ești plin de surprize.

Capitolul 26

Dar nici nu-mi imaginam cât de mult era capabil să mă surprindă, însă am aflat după două zile, când seara, după ce îmi făcusem ritualul pentru culcare, m-a anunțat brusc că trebuie să mergem undeva.

— Unde plecăm, așa, pe nepregătite? l-am întrebat mirată.

— Am ceva de rezolvat, mi-a zis el misterios, fără să-mi dea detalii.

— Și trebuie neapărat să vin și eu cu tine?

— Da, clar. Nu m-aș duce singur. Mai ieși și tu din casă și din scrierile tale, e foarte bine să mai ieși și tu la aer.

— OK. Dar nu am părul aranjat, abia l-am spălat, zici că am ieșit dintr-o centrifugă.

— Chiar nu contează, mergem doar să iau ceva de undeva, nu te va vedea nimeni, m-a asigurat el.

Am îmbrăcat ceva în grabă și am plecat împreună cu el, iar când am văzut că am ajuns în centrul Bucureștiului, mi-am dat seama că mergem la apartamentul de protocol, despre care îmi povestise că l-a moștenit de la mătușa Eleonora.

A oprit în fața unei clădiri superbe și am crezut că îmi va cere să-l aștept în mașină până când avea să-și ia din apartament ce îi trebuia, dar el m-a rugat să merg cu el, să-mi arate apartamentul, dacă tot mă aflam acolo. Am intrat și am urcat în clădire până la primul etaj, iar el s-a oprit în fața unei uși, a deschis-o și mi-a spus că a uitat ceva în mașină.

— Te rog să intri, mi-a spus el, mă întorc imediat. Apoi a închis ușa și m-a lăsat singură.

Când am intrat, mi s-a părut ciudat că în hol era lumina aprinsă, dar m-am gândit că poate avea un senzor care aprindea lumina deodată cu deschiderea ușii sau poate că o uitase aprinsă menajera care se ocupa de întreținerea apartamentului.

Am pășit cu timiditate spre prima încăpere, de unde se zărea o lumină foarte slabă, ca și cum ar fi fost de la vreo veioză aprinsă, și, când am ajuns în pragul ușii din lemn masiv, neobișnuit de înaltă, am descoperit o cameră foarte spațioasă, cu ferestre mari și cu pereți albi, care păreau și mai înalți. Era un dormitor de mari dimensiuni, în care patul uriaș, din lemn masiv, cu așternuturi albe, părea prea mic. Am intrat în cameră și abia atunci l-am văzut pe Robert stând în picioare lângă una dintre ferestre.

Am rămas înmărmurită.

Nu am putut spune nimic, nu mai puteam să respir.

Câteva clipe doar l-am privit, șocată de prezența lui. Îmi era teamă că de undeva din spatele meu va apărea Matei și nu mă puteam bucura deloc de întâlnirea cu Robert. El mă privea fix în ochi, cu tristețe și cu dor, dar cu multă dragoste, și abia când el a făcut primul pas spre mine m-am convins că nu am vedenii și m-am repezit spre el, aruncându-mă în brațele lui. Când l-am simțit aproape de mine, am avut senzația că țin tot universul în brațe, că nu mai există nimic și nimeni altcineva de iubit pe pământ și nici fericire mai mare decât cea pe care o simțeam în acel moment. Dar nici durere... Era un fel de fericire care durea îngrozitor... Robert m-a îmbrățișat și am izbucnit în plâns amândoi. Nu am avut curaj să spun nimic, de fapt, nici nu era nevoie să ne spunem ceva, pentru că inimile noastre își spuneau totul.

Câteva minute doar ne-am ținut în brațe, apoi am început să ne sărutăm și să ne mângâiem, cu dorul și disperarea unor suflete care au tânjit atât de mult unul după celălalt și care fuseseră prea mult și prea nedrept despărțite de împrejurări ciudate, ilogice. Nu se schimbase nimic între noi, iar ceea ce ar fi trebuit să descurajeze și chiar să ucidă iubirea dintre noi nu a făcut altceva decât să o facă și mai puternică, ăsta era adevărul, oricât ar fi încercat oricine să impună un altul.

Ne-am iubit cu o dorință nebună, nefirească pentru doi oameni obișnuiți, aproape nepământeană, plângând și spunându-ne încontinuu *te iubesc*, dornici să recuperăm atâta timp pierdut. Apoi ne-am odihnit ținându-ne în brațe și niciunul nu a simțit nevoia să vorbească despre trecut, să-și ceară iertare sau să facă promisiuni. Știam deja tot ce trebuia să știm unul despre celălalt și nu aveam nevoie de nicio confirmare că ne iubeam pentru totdeauna.

— Spune-mi doar că nu ți se va întâmpla nimic rău, asta e tot ce vreau să știu, i-am spus la un moment dat.

— Singurul rău care mi se poate întâmpla în viața aceasta este să te pierd pe tine. Am trăit asta și nu mai vreau să trec prin ce-am trecut. Este iadul.

— Nu mă vei pierde niciodată, pentru că eu te iubesc până la sfârșit. Sau ai uitat? i-am șoptit cu o iubire infinită în glas.

Nu i-am spus că și eu am trecut prin iad fără el, nici că am avut o perioadă de coșmar. Nu voiam să-i spun nimic care l-ar fi putut întrista și îngrijora, dar nici lucruri care l-ar fi făcut să-l urască pe Matei. Eram mândră de mine, fiindcă eram mai puternică decât mi-aș fi imaginat și tot ce voiam era ca el să fie liniștit și fericit. Nu i-am spus nici că Matei aflase despre noi, știam că va trebui să tac și să mă mulțumesc să ne iubim pe ascuns, probabil, toată viața. Acum văzusem cât rău este capabil să facă Matei și chiar îmi era frică de el, nu mă mai îndoiam că ar putea să-și ducă la bun sfârșit amenințările și să îmi înscenеze ceva sau poate chiar să lovească în cei pe care știa că îi iubesc. Sau, cel mai grav poate, să-i răpească libertatea lui Robert numai pentru că eu și el ne iubeam.

Nu aș mai fi plecat niciodată din brațele lui, dar Angel l-a sunat și i-a spus că s-a întors după mine. M-am uitat la ceas și abia atunci mi-am dat seama că am stat împreună peste două ore, ceasuri care mie mi s-au părut a fi două clipe. Înainte să plec, m-a ținut în brațe mult și cu disperare, iar când am ieșit pe ușă, am avut senzația că inimile noastre erau legate indisolubil și cu fiecare treaptă pe care o coboram, depărtându-mă de el, a mea se frângea în bucăți.

Când am ajuns afară, Angel mă aștepta lângă mașină și fuma obișnuitul lui trabuc cubanez. I-am sărit în brațe și l-am strâns tare, iar el m-a mângâiat pe păr cu duioșie, ca un frate aproape.

— Te iubesc! Ești cel mai bun prieten pe care-l poate avea cineva, i-am spus cu vocea înecată de lacrimi.

— Haide în mașină, este răcoare! mi-a spus.

Nu i-am putut spune nimic până acasă, iar el mi-a înțeles și mi-a respectat tăcerea. Plângeam, dar nu știam dacă de fericire sau de durere, însă nu mă mai simțisem niciodată așa, fericită și nefericită în același timp. M-a lăsat să mă liniștesc și a condus calm, ascultând cântecul *Just Want to Be With You*, cântat de Chris Rea.

— Spune-mi că nu va suferi nimeni pentru că noi am fost fericiți azi, i-am spus speriată, când am intrat în casă.

— Nu va suferi nimeni, stai liniștită.

— Dacă ar afla Matei...

— Nu va afla niciodată. Ne-am asigurat de asta, nu-ți face griji.

— Îți mulțumesc pentru tot! Uneori mă gândesc că faci atât de multe pentru mine!

— Am făcut doar ce ar face un prieten. Sau un frate. Sau cineva care chiar te iubește...

L-am îmbrățișat strâns, iar el a oftat.

— Va trebui să te porți în continuare la fel ca până acum, mi-a spus foarte serios. Să nu-l cauți pe Robert, să nu spui absolut nimănui, nici măcar în gând să nu îți spui că te-ai întâlnit cu el.

— Îl voi mai vedea vreodată? am dat eu glas celei mai mari dureri ale mele.

— Bineînțeles, de asta poți să fii sigură. Dar trebuie să fim precauți. Eu voi face tot ce pot ca să vă puteți întâlni în siguranță, mi-a promis el.

— Ți-a spus ceva despre Matei?

— Doar că nu este de glumit cu el, că nu-i în toate mințile și că trebuie să ne protejăm de el.

— Dar cum ai făcut de l-ai adus pe Robert acolo? Te rog să-mi povestești tot, tot, l-am rugat nerăbdătoare.

Ne-am așezat unul lângă celălalt pe canapea, cu câte un picior îndoit sub noi, ca să putem sta față în față, iar el, ca de obicei, mi-a întins o pernă, pe care mi-am așezat-o la spate ca să stau confortabil.

— Când Sandra mi-a povestit că Matei le-a zis tuturor că ai făcut întrerupere de sarcină, i-am spus că, de fapt, sarcina ta s-a oprit din evoluție și că ai suferit foarte mult, fiindcă nu am putut să tac în fața unei astfel de nedreptăți. În plus, adevărul era atât de simplu de aflat! O singură vizită la spital, o discuție cu medicul și gata, totul ar fi fost foarte clar. Pentru că nu toți oamenii pot fi cumpărați de Matei, asta e sigur. Dar i-am cerut să nu-i spună lui Matei că a aflat asta, ci lui Robert, că nu ar fi corect ca el să rămână cu o impresie greșită despre tine. Și ea a fost de acord, a spus că Robert ține mult la tine și că te-a respectat mereu, că ar fi corect să știe adevărul.

— Și i-a spus?

— Da. Sandra m-a sunat în ziua următoare și mi-a povestit că i-a spus lui Robert adevărul pe care l-a aflat de la mine și că eu am fost alături de tine încă din prima clipă. Sunt sigur că el și-a amintit că m-a găsit la tine atunci când a venit în miez de noapte, când ghici de ce a venit? Matei i-a spus că tocmai a aflat că eu sunt la tine, că noi doi încă ne mai întâlnim și că știe sigur că între noi chiar este ceva, că are dovezi...

— Eram convinsă că tot ce s-a întâmplat a fost doar rezultatul uneltirilor lui Matei. Și doar Delia l-ar fi putut anunța că ai venit la mine.

— Sau poate a pus pe cineva să te urmărească.

— Orice e posibil, dar nici nu mai contează. Povesteș-te-mi mai departe, despre Robert, i-am zis nerăbdătoare.

— Robert m-a sunat într-o seară de pe un număr de telefon necunoscut, atunci când am ieșit în curte să vorbesc, dacă-ți mai amintești.

— Deci nu tu l-ai sunat?

— Nu, eu am avut grijă doar să ajungă adevărul la el. Și m-a întrebat dacă este adevărat ce i-a spus Sandra, iar eu i-am confirmat. Nu am putut să mă abțin și i-am atras atenția că tot nu-l cunoaște pe Matei și că este naiv că încă mai crede în el. Și iar nu am putut să mă abțin și i-am reproșat că te-a lăsat singură într-un moment atât de greu. Iar el mi-a spus că a fost, într-adevăr, supărat pe tine, că și-a jurat că nu te va ierta niciodată pentru că ai renunțat la copil.

— Normal ar fi fost să discute cu mine, nu să plece urechea la toate uneltirile lui Matei.

— Așa am zis și eu, dar mi-a explicat că nu ar fi avut curaj, chiar dacă ar fi vrut să discute cu tine, fiindcă a descoperit niște lucruri îndoielnice despre Matei, care l-au speriat.

— Ți-a spus ce lucruri?

— Nu, nu l-am întrebat, nici nu era relevant. Precis un mod în care Matei ți-ar fi putut face rău. Poate a aflat chiar ceva legat de acea Delia, poți să știi? Pentru că eu o cred în stare de orice pe ființa aia abjectă.

— Vreau să te rog ceva. Să nu-i spui niciodată lui Robert de Delia, de bijuterii, nu-i spune nimic. Nu vreau să-l mai încarc cu așa ceva, sunt fapte consumate și nu mai poate face nimic, nu-l ajută cu nimic dacă află acum toate cele prin care am trecut.

— Nu-i voi spune nimic, îți promit.

— Și? Ce ți-a mai spus atunci când te-a sunat?

— Bineînțeles că în primul rând m-a întrebat dacă ești bine, iar eu i-am spus că ești la mine. Și că, dacă vrea, pot ieși cu tine la o plimbare, ca să te vadă, măcar de la depărtare.

— Și a vrut?

— Da. Și i-am spus că vom merge în ziua următoare la cofetăria de pe Lipscani, iar el a stat ascuns undeva ca să te vadă.

Mi-am amintit de ziua aceea în care fusesem la cofetărie, când dragul de Angel mi-a spus că poftește teribil la niște prăjituri, și cum mi s-a părut ciudat că m-a ținut afară, în fața cofetăriei, ca să vorbească la telefon cu cineva.

— Și azi? Cum a ajuns în apartamentul tău? l-am întrebat fără să încetez să mă minunez ce om bun era Angel, ce prieten desăvârșit, ce înger cu adevărat pentru mine.

— M-a sunat zilele trecute să-mi mulțumească pentru că l-am ajutat să te vadă și m-a întrebat dacă ești supărată pe el, dacă îl detești. Nu i-am răspuns, trebuia să se convingă singur. L-am întrebat dacă poate veni într-o zi să bem o cafea, dar fără să știe nimeni. M-a întrebat unde și eu i-am dat adresa apartamentului meu, dar mi-a spus că nu-mi poate spune decât cu maximum o oră înainte să poată veni.

— Și-a dat seama că, de fapt, nu-l chemai să beți o cafea?

— Bineînțeles. Știi bine că Robert e foarte deștept. Imaginează-ți că noi doi nu ți-am menționat nicio clipă numele în conversațiile noastre, chiar dacă el a sunat de pe un număr despre care Matei nu știe nimic. Am schimbat câteva vorbe, dar ne-am înțeles de parcă ne-am fi putut citi gândurile unul altuia, am fost mereu pe aceeași lungime de undă, fără să folosim prea multe cuvinte.

— Dar cine i-a deschis în seara aceasta apartamentul tău?

— I-am trimis cheia printr-un șofer de la firmă.

— Și când i-a dat-o?

— Când am vorbit cu el la telefon, i-am spus că trebuie să-i trimit ceva, iar el mi-a spus că în dimineața următoare, în drum spre birou, va merge la benzinărie să-și facă plinul. L-am întrebat la care benzinărie și, după ce mi-a spus, a fost suficient să-i zic că tot acolo își face plinul și un prieten dintre ai mei. Robert a înțeles că voi trimite pe cineva acolo, dar nu știa pe cine și cu ce anume. Șoferul meu l-a așteptat și, când l-a văzut, i-a întins mâna să dea noroc, să se salute, de parcă s-ar fi cunoscut de-o viață, și în momentul acela i-a plasat cheia în palmă.

— Ce idei ați avut! Parcă îmi povestești un film de spionaj și acțiune, în același timp! Și apoi?

— Apoi m-a sunat și mi-a spus că poate merge la adresa indicată, iar mai departe știi, te-am luat pe sus și te-am dus acolo.

— Îți mulțumesc, Angel! Ai făcut atâtea eforturi pentru noi, cum voi putea vreodată să te răsplătesc pentru prietenia pe care mi-ai arătat-o mereu?

— A fost antrenant, chiar aveam nevoie de puțină adrenalină, a spus amuzat. Răsplată zici? Hm..., stai să mă gândesc, a glumit el.

— Și tu unde ai fost în tot timpul în care noi am stat în apartament? Eu am uitat cu totul de tine, de timp...

— M-am plimbat cu mașina prin oraș și am sunat-o pe Sandra ca să mă asigur că Matei stă cuminte acasă. Oricum Matei nu ar fi putut afla unde se afla Robert decât dacă a angajat pe cineva să-l urmărească nonstop, dar eu am cercetat zona cu mare atenție și nu am văzut nimic suspect. Și oricum Robert și-a lăsat mașina în altă parte și la mine a venit cu un taxi.

— Sper că Sandra nu știe nimic despre toate acestea, m-am îngrijorat eu.

— Nu știe și nu va afla vreodată. Dar nici tu să nu spui nimănui, să nu mai ai încredere în nimeni, Irina, te implor. Spre binele tău! Nici în somn să nu vorbești despre asta.

— Să fii convins că voi fi mută! Angel, să știi că nu voi uita niciodată tot ce ai făcut pentru mine. Și vreau să-ți mărturisesc ceva. Cu cât te cunosc mai bine, cu atât te iubesc mai mult.

M-a privit altfel, părintește aproape, cu inocență, și a deschis larg brațele, iar eu m-am cuibărit la pieptul lui.

— Acum ar trebui să te întreb și eu cum a fost, mi-a spus ușor amuzat.

— Ce anume, întâlnirea cu Robert?

— Nu întâlnirea, știi bine ce...

— Și eu ar trebui să-ți răspund, la fel cum ai făcut tu, că mă pui într-o postură delicată și nedemnă pentru o femeie.

Am început să râd, iar el a continuat:

— Dar sunt curios, la fel ca tine. Sau poate că mă hrănesc și eu cu poveștile altora, măcar așa să trăiesc și eu o poveste de iubire la care doar visez.

— A fost... Nu știu cum să-ți explic că a fost. Ce se întâmplă între noi este nemaipomenit de frumos.

— Deci nu a fost rapid și incomod, cum ai bănuit că a fost între mine și Sandra.

— Așa am vrut eu să cred, că între voi a fost rapid și incomod, ca să nu fiu invidioasă.

A izbucnit în râs și m-a pupat pe frunte.

— Măcar știu că nu a fost incomod, mi-a spus. Patul acela este fantastic, iar menajera mea l-a pregătit frumos pentru voi, nu-i așa?

— Mă crezi că nu am văzut nimic în jur?

— Deci v-ați iubit cu luminile stinse? a continuat el cu glumele.

— Nu te mai preface că nu înțelegi ce vreau să spun!

— Ah, adică te-a legat la ochi?

— Angel! l-am pocnit eu ușor peste mână.

— Dar te-a legat vreodată cineva la ochi? Sau mâinile? mi-a făcut el cu ochiul.

— Nu-ți spun, dar cred că o să te leg eu la gură sau la cap, că văd că ți-a luat-o mintea razna, i-am aruncat eu în joacă perna pe care mi-o așezasem la spate.

A primit un mesaj, l-a citit, apoi mi l-a arătat și mie. Era de la Robert.

Îți mulțumesc pentru tot! Sunt îndatorat.

— Oare când îl voi mai vedea? l-am întrebat visătoare.

— Ori de câte ori va putea să plece de acasă fără să dea de bănuit.

— Angel, tu crezi că eu și el suntem niște ticăloși? am vrut eu să știu părerea lui.

— Te simți vinovată pentru ce simți?

— Nu pentru ce simt, ci pentru ce fac.

— Greşit ar fi să simţi ceva şi să faci altceva. Îţi dai seama, ar însemna să-i minţi şi pe ceilalţi, dar şi pe tine. Mai ales pe tine. Şi, până la urmă, de ce ai face un asemenea sacrificiu? Pentru cine? Pentru unul ca Matei, care nu poate accepta că oamenii sunt liberi şi că pot iubi pe cine vor?

— Când m-am întâlnit cu Matei ultima oară, mi-a spus că mă urăşte şi că nu se va linişti până când nu mă va face să sufăr cumplit.

— Eu nu pot să cred că te urăşte, este doar furios şi rănit, nu mai spun că e şi lovit în orgoliul acela uriaş pe care nu şi-l poate domoli.

— Ba mă urăşte. Îl cunosc. Dar nu înţeleg de ce nu poate merge mai departe, de ce nu mă lasă să trăiesc, am oftat, amintindu-mi iar ameninţările lui Matei.

— Te lasă să trăieşti, dar nu acceptă să i-l iei pe Robert. Ce s-ar face el fără fratele loial şi dedicat lui sută la sută? Unde va mai găsi un om de încredere, care să muncească atât şi care să facă totul în firmele pe care le au?

— Aşa este. Ca să nu mai zic de mândria lui şifonată în ochii lumii. Cum să afle toţi că un crai minunat ca el a fost părăsit pentru alt bărbat, mai ales pentru fratele lui?

— Pot să-l înţeleg până într-un punct, dar ar fi trebuit să obosească şi să renunţe până acum. Eu cred că el nu este destul de ocupat, că are mintea prea odihnită, a concluzionat Angel.

Am mai stat doar două zile la el, cu toate că nu aş mai fi plecat niciodată. Nu voiam să abuzez de ospitalitatea lui, deşi ştiam că îşi dorea mult să mai rămân, că îi plăcea mult compania mea. Şi eu mă bucuram mult să fiu în compania lui. Pur şi simplu, eram din nou plină de viaţă. În ziua în care am plecat, mi-a dat un telefon mobil nou, cu un alt număr, pe care m-a rugat să nu-l spun nimănui, nici măcar mamei mele şi nici măcar Simonei, nimănui dintre cunoscuţii mei care ar putea fi tentaţi să mă sune şi ale căror liste de apeluri ar putea ajunge la Matei.

— Tu şi Robert veţi putea comunica de acum înainte, mi-a spus. Te va suna şi îţi va scrie atunci când va putea. O va face de pe numărul lui secret, pe care îl știm doar noi trei, îl ai salvat în acest telefon, mi-a explicat el în detaliu.

— Oare eu îi pot scrie mesaje oricând doresc?

— Da, telefonul îl ține ascuns și închis. Îl pornește doar când rămâne singur; atunci le va citi și, dacă-i va fi cu putință, îți va răspunde sau chiar te va suna.

Angel m-a dus până acasă cu mașina, iar pe drum am povestit vrute și nevrute, am cântat și am râs foarte mult. Da, redevenisem aceeași Irina dintotdeauna, pregătită să înfrunte viața. Și mai ales pregătită să fie fericită.

— Ce vei face de acum? m-a întrebat, la un moment dat, foarte serios. Ce planuri de viitor ai?

— Voi trăi, pur și simplu. Pentru mine și pentru cei pe care îi iubesc. Pentru bucuria mea, pentru a face lucruri bune și frumoase și pentru a-i face fericiți pe cei care mă iubesc și pentru a-i iubi din tot sufletul.

— Așa te vreau! mi-a răspuns încântat de ce auzise.

— Și într-o zi mă voi plimba în mașina mea decapotabilă pe Coasta Amalfitană, cu pletele fluturând în vânt, și voi râde și voi cânta, în timp ce toți cei care au crezut că mă pot doborî vor asista ca niște spectatori la fericirea mea, fără să mi-o mai poată distruge și fără ca pe mine să mă mai poată atinge.

Mi-am amintit de textul *Dacă mi-aș putea trăi din nou viața*, scris de Erma Bombeck, pe care îl știam de la Luminița, care mi-l trimisese prin e-mail după ce a aflat, la fel ca autoarea textului, că suferă de o boală incurabilă. Și mi-am propus ca mesajul acestui text să mă ghideze tot restul vieții.

Capitolul 27

Eram hotărâtă să las în urmă toată nefericirea și suferința și să merg înainte, fără a mai privi în spate. Nu mai eram dispusă să trăiesc în trecut, să mă lamentez și să sufăr pentru lucrurile care nu mai puteau fi schimbate. Nu mai voiam să trăiesc cu sentimente de vinovăție și remușcări, să mă întreb de ce anumiți oameni nu m-au putut iubi, de ce au răspuns cu răutate la bunătatea mea, de ce au ales să plece, de ce au dorit să mă distrugă.

Acum știam că, atunci când Dumnezeu îi îndepărtează pe unii oameni din viața mea, înseamnă că ei nu au fost, pur și simplu, cei lângă care este menit să fiu.

Acum știam că, dacă nu mai neg când mă doare ceva, ci accept durerea ca pe un bun prieten, pot domoli suferința. Nu aveam de gând să-mi las rănile să-i rănească pe alții și nici să devin ca aceia care m-au rănit. Eram hotărâtă să mă vindec, nu să rămân cu rănile deschise.

Până la urmă, viața mea nu era despre alții, despre cei care m-au dezamăgit și care mi-au făcut sau mi-au dorit răul, ci despre ce am însemnat eu în viața lor, despre ce le-am dat eu. Iar eu le dădusem dragoste și timp, amintiri frumoase și, de ce nu? chiar lucruri care să le facă viața mai bună și mai ușoară. Acum știam că tot ce le-am dat și tot ce mi-au luat nu pierdusem, ci dăruisem, și, mai ales, că, spre deosebire de ei, eu aveam capacitatea de a construi mai mult și de a dărui tot mai mult, din ce în ce mai mult.

Acum ştiam că mâna întinsă ca să mă ridice este cea mai importantă, nu cei care doar m-au salutat, atunci când am fost în picioare şi mi-a fost bine. Nu mai eram dispusă să adun oameni inutili în viaţa mea şi nici să mă mulţumesc cu relaţii mediocre.

Nu mai aveam de gând să mă apăr de insultele celor care căutau să mă denigreze, acum ştiam că, prin tăcerea mea, nu le confirmam că au dreptate, ci că eu sunt deasupra lor, mai puternică şi mai demnă. Nu mai eram dispusă să mă cert cu nimeni, nici să reacţionez la ce mă deranjează sau mă nedreptăţeşte. Acum ştiam că, reacţionând la răutăţi, doar mi-aş pierde energia şi aş crea probleme şi mai mari, conflicte şi mai mari şi doar aş aduce aproape de mine oameni indezirabili.

Acum ştiam că nimeni nu avea dreptul să-mi spună cum ar trebui să trăiesc, cum s-ar cădea să trăiesc, cum aş avea voie să trăiesc sau cum aş putea să trăiesc.

Nimeni nu avea dreptul să pretindă că trebuie să aprobe cum alegeam să-mi trăiesc viaţa.

Când am ajuns în faţa blocului, Angel mi-a spus că nu va urca la mine, că se grăbeşte să se întoarcă la Bucureşti. Le promisese copiilor că vor petrece împreună o seară vizionând filme şi, cum era deja trecut de prânz, trebuia să plece la drum cât mai curând, să nu se lase aşteptat de cei mici. Ne-am luat rămas-bun în faţa blocului, iar eu i-am mulţumit pentru tot ce a făcut pentru mine. Când m-a îmbrăţişat, la final, i-am spus, cu lacrimi de recunoştinţă în ochi, că, atunci când Dumnezeu vrea să salveze un om, nu-i trimite de mâncare, bani sau o casă, ci pe cineva care să-l iubească. Apoi i-am arătat îngerul de pe lanţul de la gâtul meu, cel pe care-l găsisem în cartea de la Rudi...

L-a emoţionat foarte tare ce i-am spus şi m-a ţinut strâns în braţe, ca să-mi arate cât de mult mă iubea.

I-am făcut cu mâna când a plecat şi abia când am ridicat trolerul mi-am dat seama că era destul de greu şi că era neobişnuit pentru Angel, care era un cavaler, să nu mă conducă până în casă, ca să mă ajute. Dar m-am gândit că se grăbea prea tare și că, probabil, nici nu și-a mai dat seama că am un bagaj destul de greu. Am urcat scările spre noul meu apartament închiriat, gândindu-mă cu tristețe că aveam să înfrunt realitatea din viața mea, faptul că mă aştepta o casă goală, fără lucruri utile sau plăcute, dar mai ales fără nimeni în ea. Era imens contrastul dintre vila minunată a lui Angel și apartamentul meu gol, dar am deschis ușa cu multă determinare, amintindu-mi că tata mă încuraja mereu, spunându-mi: *Haide, curaj, fetița mea cu inimă vitează!*

Când am deschis ușa, am avut un șoc. Parcă intrasem în alt apartament, fiindcă nimic nu mai arăta la fel cum lăsasem. Am crezut că am greșit numărul, dar ușa era cea care trebuie, iar cheia se potrivise perfect, din prima. Am pășit cu reţinere înăuntru și din hol am văzut că bucătăria în care aveam doar un dulăpior, un frigider, o masă sărăcăcioasă și un scaun, toate vechi, era acum complet mobilată și utilată, cu o mobilă albă, superbă, iar pe peretele opus se afla o masă rotundă cu patru scaune. Am deschis unul dintre dulapuri și am văzut setul meu de farfurii din porțelan Rosenthall, pe care îl aveam de acasă, din copilărie. *E casa mea*, am gândit. *Dar cred că am murit și sunt în rai. Sau poate am căzut pe scări și sunt în comă.*

Am ieșit din bucătărie și m-am dus în sufragerie, unde am avut surpriza să constat că și aceasta era complet și minunat mobilată. Pe unul dintre pereţi se afla o bibliotecă mare, din lemn alb, în mijlocul căreia se afla televizorul, iar pe rafturi erau aranjate toate cărțile pe care le iubeam. În fața peretelui opus, era o canapea frumoasă, din catifea albă, pe care se aflau câteva pernuțe mov decorative, cu inserţii argintii, iar în fața ferestrei era un fotoliu din aceeași catifea albă cu care era tapițată canapeaua. În fața lor, se afla o măsuță, tot albă, care părea a fi din același set cu biblioteca, așezată pe un covoraș dreptunghiular din care se vedeau doar marginile.

Cineva știe că-mi place albul, am gândit. *Dar cine? Numai proprietarul apartamentului a avut acces aici și ar fi putut aduce toate aceste lucruri. Dar cine ar mobila un apartament obişnuit atât de frumos şi de scump doar ca să-l închirieze?*

M-am dus spre dormitor şi, când am deschis uşa, nu mi-a venit să cred ce vedeam. În locul saltelei, pe care o lăsasem pe jos, în mijlocul camerei, şi al cărţilor din care improvizasem o noptieră, aveam acum un pat matrimonial din catifea gri-deschis, peste care se aflau aşternuturile aşezate frumos. Lângă pat, aveam noptiere albe, iar în faţa patului se găsea un dulap mare, cu oglinzi, pe care l-am deschis imediat – unele dintre haine erau puse pe umeraşe şi altele, împachetate frumos pe rafturi. Aveam prea multe haine şi, de aceea, cine le aranjase a renunţat la un moment dat şi pe multe dintre ele le-a lăsat în saci, pe care i-a înghesuit jos, în dulap.

O perdea diafană din voal alb şi o draperie din catifea albă, cu detalii argintii, acopereau fereastra. Abia atunci mi-am dat seama că nu observasem dacă şi la fereastra din sufragerie aveam o perdea, aşa că am ieşit din dormitor ca să mă conving. Bineînţeles că şi acolo erau o perdea frumoasă şi o draperie asortată cu canapeaua. Eram uluită. Totul era pe gustul meu, era curat ca lacrima, delicat şi feminin, o încântare!

Am început să mă plimb prin casă, încercând să-mi dau seama ce se întâmplă şi cine a făcut toate acele lucruri, şi nu mă mai săturam să admir noua şi superba mea casă. Îmi era şi frică să mă bucur, nu ştiam dacă tot ce se afla acolo era al meu şi de unde ori dacă nu cumva aveam să rămân fără ele în curând. M-am oprit în dormitor şi abia atunci am observat că pe pat, între perne, se afla un ursuleţ alb din pluş. Am dat plapuma deoparte şi am văzut că ursuleţul avea în braţe un bileţel. L-am luat repede, în timp ce-mi tremurau mâinile de emoţie, şi l-am citit.

Un prieten ştie adevărul din inima, casa şi viaţa ta. Şi nu poate dormi liniştit dacă tu nu ai un pat pe care să dormi, nu poate mânca dacă ştie că tu te culci flămând şi nu poate fi fericit dacă tu eşti lipsit de speranţă.

Te iubesc mult! Angel

M-am așezat pe marginea patului și încercam să-mi adun gândurile și să-mi potolesc emoțiile. Nu mai făcuse nimeni ceva atât de frumos pentru mine. Eu am fost mereu persoana care a oferit, nu și una care să primească. Este adevărat că nici nu am avut nevoie, nu am îndurat niciodată lipsuri, poate de aceea mă bucuram de orice gest, de orice lucru aparent neînsemnat, însă oferit din suflet, pe care îl prețuiam foarte mult. Tata m-a învățat să nu văd niciodată în oameni o sursă de beneficii materiale și să nu primesc niciodată lucruri mai scumpe decât își poate permite un om să-mi dăruiască.

Să nu primești niciodată de la cei care au mai puțin decât tine, mi-a spus adesea. Și m-a învățat că între preț și valoare este o mare diferență, că nu orice lucru scump este întotdeauna valoros, așa cum nu orice lucru ieftin este nepărat lipsit de valoare. Știam să prețuiesc orice gest venit din inimă, orice intenție frumoasă, iar darurile exagerate mă făceau să mă simt inconfortabil. Așa mă simțeam și acum, când Angel cheltuise o avere pentru mine, cu toate că știam că este foarte bogat. Eram copleșită de emoții, de recunoștință și mă întrebam dacă meritam tot ce făcuse pentru mine, dar mai ales dacă meritam un prieten desăvârșit ca el.

Am sunt-o pe Simona și i-am povestit tot ce s-a întâmplat, cu toate că aș fi vrut să-l sun pe el mai întâi, să-i mulțumesc pentru tot. Dar aveam nevoie de sfatul prietenei mele mature și înțelepte, iar ea a rămas perplexă când i-am mărturisit că pierdusem totul. M-a certat, a plâns și mi-a reproșat că nu i-am spus că nu am avut bani pentru mâncare și i-a blestemat pe cei care mi-au făcut tot răul prin care am trecut, făcându-mi viața un calvar. Abia am reușit să o liniștesc, dar numai după ce i-am povestit tot ce s-a întâmplat și după ce am asigurat-o că acum eram bine, că aveam banii de la Rudi și că urma să-mi vând casa de la Zărnești și că îmi voi cumpăra un apartament, poate chiar pe acela în care locuiam acum.

— Nu știu ce să fac în momentul ăsta, i-am spus. Ce a făcut Angel este mult, prea mult...

— Pentru că Angel te iubește mult, foarte mult și este un prieten extraordinar. Ce voiai să facă, să te mângâie pe creștet ca să te consoleze că ai pierdut tot și atât? A avut posibilitatea și a acționat așa cum ar face orice prieten care își permite să ajute. Dacă nu ar fi avut posibilități, tot ți-ar fi adus ceva, un lucru necesar, oricât de mic și de ieftin, o pernă, un pahar, orice, fiindcă așa ar proceda orice prieten care știe că ai lipsuri sau că treci printr-un necaz, dăruiește din puținul pe care-l are. Cum să nu fi făcut Angel ce a făcut, dacă a avut cum și situația lui materială i-a permis asta?

— Nici nu am avut curaj să-l sun încă, nici nu știu ce să-i spun.

— Sună-l și spune-i că am și eu un apartament gol aici, că nu am mașină și că am salariul mic, a râs ea ca o nebună. M-am săturat de costumul meu de găină și nici saună nu-mi mai trebuie, asta să-i spui.

După ce am încheiat convorbirea cu ea, l-am sunat pe Angel.

— Tu îți imaginezi ce mi-ai făcut? l-am întrebat emoționată când a răspuns.

— Eu îmi imaginez doar că tu stai acum pe canapeaua ta moale și mângâietoare din catifea sau, poate, pe fotoliu, îmi mai imaginez și că la noapte te vei lăfăi în patul tău și că mâine-dimineață te vei trezi senină, cum te știu, și îți vei pregăti un mic-dejun delicios în bucătăria ta frumoasă.

— Ți-aș spune mulțumesc, dar de ce am impresia că nu este suficient? i-am spus cu glasul înecat de emoție.

— Știi care este cea mai frumoasă răsplată? Fericirea ta.

— Doamne, Angel, efectiv, nu știu ce să spun...

— Nu trebuie să spui nimic. Te rog să ai grijă de tine și niciodată, dar niciodată să nu-mi mai ascunzi când nu ți-e bine. Dacă vei face asta înseamnă că nu ai încredere în mine, că nu mă consideri prieten și asta mă va durea cumplit.

— Tu ești mai mult decât un prieten, tu ești familia mea!

Nu aș fi vrut să plâng, dar i-am simțit emoțiile și nu m-am mai putut stăpâni.

— Să știi că am plâns până acasă în ziua aceea în care am plecat de la tine, mi-a mărturisit el. Și, de atunci, nu am mai avut liniște, nu puteam să las lucrurile așa. Copil încăpățânat, orgolios și nebun ce ești! m-a certat el cu blândețe.

— Iartă-mă, dar nu am vrut să fiu pentru tine o bătaie de cap, i-am șoptit printre lacrimi.

— Tu nu ești o bătaie de cap, ci una de inimă. Să nu uiți asta.

— Te iubesc mult. Și îți mulțumesc pentru că exiști. Nu știu dacă mă voi putea revanșa vreodată pentru toată bunătatea ta...

— Nu tu m-ai învățat că bunătatea nu se oferă la schimb? Că fiecăruia îi vine rândul să primească bunătate, apoi să dăruiască la rândul său? Eu știu deja că tu vei face multe lucruri bune și asta mă împlinește. Tu vei aduce lumină în viața multor oameni, am știut asta din prima zi în care te-am întâlnit. Cum aș fi putut, cunoscându-te, să nu așez și eu măcar o lampă de veghe în viața ta?...

Capitolul 28

Cesara îmi lipsea din ce în ce mai tare, o visam nopţile şi, din zi în zi, eram tot mai disperată să o văd, să petrec puţin timp cu ea, să o asigur că o iubesc şi că nu am uitat-o. Îmi era cumplit de dor de ea, doar crescuse sub ochii mei şi împreună cu mine, pur şi simplu, simţeam că despărţirea forţată de ea îmi sfâşie inima.

Acum, nu ştiam când mă va suna Robert, dar aşteptam cu nerăbdare şi tare emoţionată să vorbim sau, de ce nu? să reluăm din nou convorbirile pe care le aveam atunci când mă suna ca Prieten imaginar şi nu spunea nimic.

Ţineam tot timpul lângă mine telefonul pe care mi-l dăduse Angel, iar într-o seară, în sfârşit, a sunat. Pe ecran mi-a apărut doar un R, fiindcă aşa salvase Angel numărul de telefon, şi am ştiut că nu putea fi nimeni altcineva decât Robert. Nu era un număr de telefon pe care să-l fi ştiut altcineva în afară de noi trei, Robert, Angel şi eu. Am răspuns imediat, dar nu am spus nimic, dacă printr-o împrejurare nefericită ajunsese pe mâna lui Matei?

Era bine să fiu precaută.

De la celălalt capăt al firului nu am auzit vocea lui Robert, apoi, după câteva clipe de tăcere, am auzit glasul Cesarei. Fetiţa nu vorbea cu mine, aşa că mi-am dat seama că Robert era în camera ei şi mă sunase doar ca să o aud, conştient de cât de dor îmi era de ea. La auzul vocii ei, am fost copleşită de emoţie şi am început să plâng. Vorbeau despre cum şi-a petrecut ziua, cum au fost lecţiile de pian şi am închis ochii şi mi-am imaginat cum se juca pe jos în camera ei, înconjurată de jucăriile preferate, cu părul roșu ca focul și ochișorii ei albaștri, mari, senini și inocenți. Robert îi punea întrebări, ea îi răspundea, iar eu eram fericită că le auzeam vocile amândurora. Dintr-odată, simplul fapt că le auzeam glasurile mi se părea o binecuvântare. Robert i-a spus la un moment dat că va pleca în camera lui și mi-am imaginat cum o îmbrățișează și cum ea, cu mânuțele ei, se prinde de gâtul lui ca să o ia în brațe și să o așeze pe pat. Aș fi dat orice să fiu acolo ca să o învelesc, să-i aranjez cârlionții rebeli și să îi spun că o iubesc.

— Facem nani? l-am auzit pe Robert întrebând-o cu blândețea lui caracteristică.

— Daaaa, i-a răspuns ea alintându-se.

— Ai spus rugăciunea?

— Nu. O spun acum. Haide, amândoi!

Parcă o și vedeam cum își împreunează mânuțele, închizând ochișorii și rugându-se sincer, așa cum o învățasem, ca Dumnezeu să-i dăruiască tot ce își dorește. Știa și rugăciunea *Tatăl nostru*, și Îngerașul, le spunea în fiecare seară, dar nu îndemnată de noi, ci pentru că îi plăcea să se roage, cum o învățase Oli.

— Doamne, Doamne, care ești în Ceruri, am auzit-o pe micuță spunând, te rog să ai grijă de mine, de tati și de mami Silvia, de Robert, de Oli și de Irina mea, care trebuie să stea la Brașov ca să vândă casa aia odată și să se întoarcă mai repede, de bunica și de străbunica, de câinii mei și de toți cățeii din lume, de toți oamenii din lume și de toate animăluțele. Și te rog să mă ierți că mai fac prostii, dar nu mă pot abține, pentru că sunt copil, dar rea nu sunt... Aaaa, și îți mulțumesc pentru tot!

Mi-l imaginam pe Robert zâmbind, topit de dragul ei, așa cum îl văzusem de foarte multe ori. Lacrimile îmi curgeau șiroaie, dar eram fericită și împăcată. Cesara era bine, în pătuțul ei, iar Robert, la fel, era acolo, avea grijă de ea și se gândea la mine. Mi se părea că asta e fericirea și că sunt un om împlinit, avându-i pe ei doi aproape, chiar dacă doar în secret.

— Noapte bună! Te iubesc, i-a spus el micuței și, cine știe? poate că și mie...

A închis apelul, iar eu am adormit în noaptea aceea liniștită, după atât de multe nopți pline de frământări, de dor și de lacrimi.

Fericirea mea a fost deplină când, în toiul nopții, telefonul a sunat iarăși. Am răspuns, iar când Robert mi-a auzit vocea somnoroasă, mi-a zis că îi pare rău că m-a trezit și că mă va lăsa să dorm.

— Nu închide, te rog! i-am spus.

— Te iubesc! Ai auzit-o bine pe Cesara mai devreme?

— Da, am auzit-o perfect. Nici nu-ți imaginezi cât de mult m-am bucurat!

— O să mai fac asta atunci când voi putea, bine?

— Da, te rog! Îți mulțumesc mult!

— Iartă-mă că l-am crezut pe Matei.

— Nu mai contează nimic. Haide să nu mai vorbim despre trecut, nu mai vreau să pierdem niciun minut cu reproșuri și cu lamentări, vreau să profităm de fiecare clipă ca să ne bucurăm unul de celălalt. Vreau să fiu pacea ta, refugiul tău, bucuria ta, nu durerea și stresul tău.

— Te iubesc enorm!

Robert mă suna în fiecare zi, ori de câte ori rămânea singur, îmi trimitea mesaje, iar noaptea, când mergea la culcare, mă suna din nou și vorbeam până când unul dintre noi adormea. Ne-am revăzut la București, în apartamentul lui Angel, într-o zi când Matei plecase în Germania, și am putut petrece toată noaptea împreună.

În noaptea aceea, m-a sunat Simona și, când i l-am dat pe Robert la telefon, s-a bucurat așa de tare pentru mine, încât câteva clipe nu a fost în stare să vorbească doar a plâns. A vorbit destul de mult cu Robert și, la un moment dat, i-a povestit că mi s-au furat toate bijuteriile, dar nu am lăsat-o să continue. Știam că, dacă ar fi aflat prin câte am trecut, s-ar fi simțit şi mai vinovat decât se simţea deja, fiindcă-l crezuse pe Matei, şi nu voiam asta. Nu voiam să-i tulbure sufletul nimic, mai ales problemele mele din trecut.

— De ce nu mi-ai spus că ţi-au fost furate toate bijuteriile? mi-a reproşat şocat după ce am închis convorbirea cu Simona.

— Ce rost avea să-ţi spun? Nu mai puteai face nimic...

— Măcar nu ai fi plâns singură.

— Nu după bijuterii am plâns, i-am zis cuibărindu-mă la pieptul lui fericită, ci după tine. Crezi că pentru mine există ceva mai de preţ pe lume?

A doua zi, când ne-am luat rămas-bun, m-a întrebat dacă sunt de acord să-i mărturisească lui Matei că ne iubim, asigurându-mă că e dispus să-şi asume orice, chiar şi oprobriul familiei şi al cunoscuţilor. Pur şi simplu, simţea că trebuie să facă asta, că nu mă mai poate lăsa singură după toate cele pe care le pătimisem cât fusese departe de mine.

— Matei nu va accepta niciodată ca noi doi să fim împreună. Îmi e teamă de el şi de aceea va trebui să ne ascundem în continuare, i-am zis cu tristeţe.

— Până când să ne mai ascundem? m-a întrebat el nemulţumit.

— Până atunci când voi considera eu că a sosit momentul să afle adevărul.

— Irina, de ce ţi-e atât de frică de el?

— Ţi-aş spune, dar sunt sigură că nu mă vei crede.

— Încearcă.

— Eu cred că toate câte mi s-au întâmplat – cu bijuteriile şi cu celelalte nenorociri – au fost uneltite de Matei.

— Cum adică? Şi care au fost celelalte nenorociri despre care vorbeşti?

— Îl bănuiesc pe el că a adus-o în viaţa mea şi apoi în casa mea pe tipa care mi-a furat bijuteriile. Şi prin ea a reuşit să mă lase fără tot ce aveam.

I-am povestit despre tot ce-mi făcuse Delia, iar el m-a ascultat fără să mă întrerupă. La un moment dat, s-a așezat pe un scaun, de parcă nu-l mai țineau picioarele, uluit. Plângea și tremura de nervi, iar mie îmi era teamă că l-am făcut să-l urască pe Matei, relatându-i cum fusese viața mea în perioada în care fusesem singură.

— Irina, de ce nu mi-ai spus toate astea?! mi-a reproșat negru de supărare, ridicând tonul.

— Știi bine de ce. Tu nu mai voiai să auzi de mine, iar mie îmi era oricum frică să te caut.

— De ce? Ți-a interzis să mă cauți? Doar eram prieteni...

— Da. Mi-a interzis să iau legătura cu oricine de la Snagov. M-a amenințat că-mi va înscena o infracțiune, un furt, droguri în geantă – orice va putea ca să îmi ia libertatea. Și am început să-l cred capabil de toate astea după povestea cu Delia.

S-a ridicat și m-a strâns în brațe cu disperare.

— Iartă-mă pentru tot! Te implor să mă ierți! Cum am putut să fiu atât de inconștient încât să-l cred pe Matei?! Nu am știut nimic din tot ce ți s-a întâmplat și nu mi-aș fi imaginat niciodată că treci prin așa ceva!

— Nu sunt supărată pe tine, tu nu ai avut nicio vină că mi s-au întâmplat lucrurile acelea. Tot ce te rog este să mă crezi când îți spun că Matei a luat-o razna și că nu putem risca nimic. Nu vreau să mai facă rău nimănui.

— Idiot sinistru! Așa m-am săturat de prostiile lui, îmi vine să fug undeva, să nu mai aud de el niciodată!

Era cuprins de furie împotriva fratelui său și de neconsolat pentru că nu-mi fusese alături în perioada aceea, atât de grea. L-am ținut în brațe – el stătea pe scaun, iar eu în picioare, în fața lui – și l-am mângâiat până s-a liniștit oarecum.

— O să-ți cumpăr un apartament și ți-l voi mobila, mi-a spus.

— Nu este nevoie să faci asta, am refuzat eu categoric. Voi vinde casa de la Zărnești și îmi voi cumpăra singură un apartament, poate chiar pe acesta în care m-am mutat.

Proprietarul va pleca din ţară şi este dispus să-l vândă, voi discuta cu el serios despre posibilitatea asta.

— Dar măcar acolo unde stai acum ai tot ce-ţi trebuie?

I-am povestit despre surpriza pe care mi-a făcut-o Angel şi, chiar dacă am sesizat pe chipul lui o umbră de gelozie şi chiar de invidie, fiindcă nu fusese el salvatorul meu, i-a fost recunoscător lui Angel pentru ce a făcut şi fericit că se dovedise a fi un astfel de prieten pentru mine. Şi chiar şi pentru el, pentru că datorită lui Angel aflase adevărul despre pierderea sarcinii şi tot datorită lui era acum împreună cu mine. Apoi i-am povestit despre surpriza pe care mi-a făcut-o Rudi şi l-am asigurat că acum îmi era bine şi că nu-mi mai lipseşte nimic.

— Zi-mi că nemernica aia nu ţi-a furat şi lănţişorul cu delfin pe care ţi l-a lăsat Luminiţa! mi-a spus el, realizând că era posibil să se fi întâmplat asta.

— Ba da, Robert. Din păcate, m-a lăsat şi fără acea amintire atât de dragă şi de preţioasă, m-am întristat eu.

— Doamne, o calc în picioare, nu se poate aşa ceva! Haide să facem ceva, să recuperăm tot ce ţi-a luat! Nu putem lăsa lucrurile aşa, nu e drept!

— Nu se mai poate face nimic, crede-mă! Poţi să fii convins că bijuteriile au fost deja vândute de casa de amanet, s-au rispit în lume, cine ştie pe unde au ajuns, doar ştii bine cât erau de speciale, un cunoscător nu ar fi stat pe gânduri, le-ar fi cumpărat imediat. Mai bine uită povestea asta, mi-am amărât eu destul sufletul din cauza asta. Pe mine n-o să mă poată sărăci nimeni, Robert. Şi, chiar dacă mă doare că nu mai am acele obiecte de la oamenii dragi, adevăratele amintiri le port în suflet. Acolo păstrez adevăratele bijuterii, să ştii. Şi de acolo nu mi le va putea fura nimeni.

A oftat şi m-a strâns în braţe, apoi m-a pupat pe frunte şi a tăcut o vreme, cu toate că simţeam în continuare cum se frământa.

— Nu am vrut să-ţi spun niciodată chestia asta, mi-a zis el, dar acum cred că ar trebui să ştii.

— Ce anume? m-am îngrijorat eu brusc.

— Nu, nu, stai liniştită, nu e nimic rău. Eu mi-am făcut testament. Ştii că am apartamentul părinţilor mei, mai am nişte terenuri, bani în bancă şi cele două firme, una este doar a mea, în cealaltă sunt asociat cu Matei. Iar din clădirea de birouri eu deţin 35%, poate ştii că şi Matei deţine 35% şi restul – Elvira...

— De ce ţi-ai face un testament la vârsta ta? Eram şocată de ce-mi spunea.

— Fiindcă nu există nicio garanţie că mâine vom mai fi aici, indiferent de vârsta pe care o avem, şi vreau să las lucrurile în ordine. Am vrut să ştii că tu eşti cea care va moşteni totul, toate bunurile mele, mobile şi imobile, deci inclusiv afacerile.

— Ai înnebunit cumva?! Robert, te implor, nu-mi mai spune aşa ceva!

— Irina, dacă mi se va întâmpla ceva, va trebui să angajezi pe cineva să te ajute să administrezi partea ta din firme. Eu îţi voi lăsa oricum indicaţii, dar deocamdată trebuie să ştii că, în cazul în care eu voi păţi ceva, tu trebuie doar să soliciţi o dezbatere a succesiunii...

— Încetează cu chestia asta, mă sperii! Dacă ţi se va întâmpla ceva, nimic nu va mai conta pentru mine. Să nu îndrăzneşti să mă laşi singură vreodată, ai înţeles?! am izbucnit în plâns. Uită-te la mine, te rog. Nu contează dacă noi doi vom fi împreună sau nu, îmi ajunge doar să te ştiu bine, indiferent unde şi cu cine. Asta îmi va face inima să bată în continuare, ai înţeles? Atât am nevoie ca să fiu fericită, să te ştiu în viaţă, sănătos şi fericit, chiar dacă pentru asta ar trebui să fii departe de mine.

M-a strâns tare în braţe.

— Nu ţi-aş fi spus niciodată asta, dar poate că ar fi bine să ştii.

— Când ţi-ai făcut testamentul, nebunule? l-am întrebat, încercând să mă liniştesc.

— În urmă cu trei ani.

— Şi de ce mie? Pe atunci, eu nici măcar nu însemnam ceva pentru tine, erai confuz...

— Pentru că încă de atunci am simțit și am știut că nu există nimeni mai important în viața mea. Și pentru că am credința că tot ce vei primi va fi folosit frumos, că tu vei dărui și vei ajuta foarte mult oamenii.

— Și cum de nu ți-ai schimbat testamentul când te-ai supărat pe mine? am glumit eu, ca să detensionez atmosfera.

— M-am supărat pe tine, însă nu am încetat să te iubesc.

— Ești culmea, Robert! l-am îmbrățișat eu, fericită că pot să-mi umplu sufletul de bucuria de a fi cu el.

— Mă simt îngrozitor acum, după ce am aflat că ai avut atâtea necazuri. Sunt o cârpă, nu un bărbat, a continuat el să se condamne.

— Ești doar prea bun ca să vezi răul din oameni. Și nu vreau să te îndepărtezi de Matei din cauza celor aflate. Tocmai de aceea nu am vrut să știi nimic. Cine știe, poate că reușești să-l ajuți să se vindece, să fie din nou cum era.

— Ți-am spus că merge la psiholog?

— Nu mi-ai spus, dar e bine că face asta. Sper să-l ajute, am fost eu mulțumită să aud că încearcă să se vindece.

— Merge de trei ori pe săptămână. Și, la un moment dat, psihologul i-a dat o temă, să scrie o scrisoare în care să-ți spună tot ce simte pentru tine, apoi să o ardă.

— Și oare a scris-o?

— Da. Am văzut-o și eu. Fără știrea lui, desigur.

— Și ce a scris în scrisoare?

— A umplut două pagini cu *te urăsc*, cred că a scris de sute de ori asta. Apoi a tăiat fiecare pagină, cu un x, și pe o altă foaie a scris mare *te iubesc*.

— Hm... am înțeles. Și tu încă mai crezi că e momentul să-i spui adevărul despre noi?

— Așa e, ai dreptate, nu este, dar tare greu îmi este să trăiesc așa.

— Nu avem încotro. Dacă asta este viața care ne-a fost dată, atunci să ne bucurăm de ea așa cum este, în așteptarea unor vremuri mai bune, ce putem să facem deocamdată? am încercat eu să-l îmbărbătez și să-i dau speranță și curaj.

— Dar tu meriți mai mult, e nedrept! a continuat el revoltat.

— Nu pot avea nimic mai mult pe lume decât dragostea ta. Așa am totul, înțelegi? Restul nu contează dacă știu că mă iubești...

Câteva clipe am stat îmbrățișați și liniștiți amândoi, ne-am mângâiat și ne-am gândit fiecare la ale sale. Eram foarte surprinsă de decizia lui legată de testament și îmi dădeam seama din nou că el mă iubise cu mult înainte să știu eu și că nicio clipă nu încetase să mă iubească, nici măcar atunci când l-am rănit și l-am abandonat. Eram atât de recunoscătoare pentru că eram iubită astfel!

— Robert, pot să-ți cer ceva?

— Orice, iubita mea.

— Dar nu va fi ceva simplu, să știi.

— Cere-mi orice, știi bine că nu ți-aș refuza nimic.

— Bine atunci. Ascultă-mă bine: dacă vreodată, chiar și peste mulți ani, indiferent când și dacă noi doi vom mai fi împreună, vei afla că sunt pe moarte, vii, te rog, să stai cu mine, să mă aștepți să plec din brațele tale?

A izbucnit în plâns la o asemenea idee și m-a strâns mai tare la pieptul lui.

— De ce suntem acum pesimiști? m-a întrebat el cu cel mai trist glas de până atunci. Doar pentru că am vorbit despre nebunia lui Matei? Despre un testament?

— Nu. Dar mi-a trecut prin minte posibilitatea asta. Ești singurul om lângă care nu mă tem de nimic, nici măcar de moarte, și sunt sigură că aș pleca liniștită și împăcată dacă m-ai ține în brațe în acele momente..., i-am zis senină, cu inima plină de o pace binecuvântată cu adevărat.

— Am să te țin în brațe oricând vei avea nevoie, bine? Să nu te îndoiești de asta, m-a asigurat el, strângându-mă disperat în brațe.

— Chiar dacă vom fi certați? Chiar dacă vom fi despărțiți? Chiar dacă mă vei urî?

— Da. Promit. Te voi ține în brațe indiferent ce se va întâmpla între noi. Trebuie doar să-mi spui că vrei să te țin în brațe și eu voi fi lângă tine. Atât va fi de ajuns.

— Îți mulțumesc! Și aș mai avea o rugăminte. Dacă se va întâmpla să plec pe neașteptate, să nu vii.

— Irina, de ce ai aceste gânduri acum?

— Te rog. Promite-mi că nu ai să vii, nu aș vrea să mă vezi atunci. Știi bine că eu nu voi fi acolo.

— Dar unde vei fi?

— Acolo unde vei fi tu. Mereu lângă tine, până la sfârșit.

Capitolul 29

Știam că sărbătorile mele fără Robert vor fi foarte triste, dar mă mulțumeam să-l aud la telefon. Măcar acum știam ce e cu el, ce face, dacă îi este bine, ce gândește și, mai ales, știam că mă iubește încă. Nu ca în perioada când tot ce se întâmpla cu el era ascuns între zidurile de la Snagov, iar mie îmi era interzis accesul la viața lui. Și nu doar despre viața lui nu mai știam nimic, nici despre a celorlalți oameni din acea casă pe care-i iubeam și de care îmi era cumplit de dor.

Pentru sărbătorile de Crăciun, ca un prieten adevărat, Angel nu m-a lăsat să stau singură la Brașov, ci m-a invitat la el, încât în seara de Ajun ne-am dus la părinții lui să împodobim bradul împreună cu copiii și să le lăsăm cadourile – tatăl lui urma să le așeze sub brad, după ce plecam noi și după ce micuții aveau să adoarmă.

Robert a făcut tot posibilul să mă ajute să-l simt aproape de mine, chiar dacă nu eram împreună, pentru că în noaptea de Ajun am stat amândoi la telefon până când am adormit. În schimb, la Angel acasă am împodobit bradul abia în ziua de Crăciun, cu toate că am fi avut timp să facem asta și în seara de Ajun, după ce ne-am întors de la părinții săi, dar a decis să-l decorăm pe data de 25, iar eu nu m-am opus.

În timp ce împodobeam bradul în livingul lui Angel, ne-am pomenit cu oaspeți – Robert! Vizita lui neașteptată m-a făcut foarte fericită, în urma experienței dure și triste pe care o trăisem nu doar fără el, ci și departe de el, învățasem să prețuiesc enorm fiecare clipă petrecută împreună.

— Sper că Matei nu te urmărește, i-am spus îngrijorată, după ce ne-am îmbrățișat și ne-am sărutat.

— Nu mă urmărește, nu ar avea de ce. Știe că am plecat la bunica, m-a liniștit el. Elvira este la Viena cu prietenele ei, iar bunica a rămas singură cu menajera. Vii cu mine la bunica?

— Tu vorbești serios?!

— Da, haide să mergem! Va trebui să stai pe banchetă, OK? Asta pentru orice eventualitate, deși nu cred că e nevoie, doar în cazul în care ar fi altcineva pus de el să mă urmărească.

Se întunecase deja când am ajuns la doamna Polixenia, iar Robert mi-a spus că o va ține de vorbă pe menajeră, astfel încât eu să mă pot furișa în casă și să urc la mansardă. Am făcut întocmai cum mi-a indicat el, iar când am intrat în camera Doamnei și am văzut-o stând pe fotoliul ei, m-am emoționat atât de tare, încât nu mi-am putut stăpâni lacrimile.

Ultima oară când o văzusem, la ziua mamei lui Matei, credeam că nu o să am bucuria să-i mai privesc ochii aceia expresivi vreodată, să mai fiu în prezența ei. Am mers ușor până la fotoliu, m-am așezat în genunchi, la picioarele ei, și am îmbrățișat-o. Ea m-a pupat pe frunte, apoi mi-a șters, cu blândețea unei mame, lacrimile care îmi curgeau șiroaie pe obraji.

— Crăciun fericit! i-am spus în șoaptă, recunoscătoare pentru ziua aceea minunată care-mi fusese dăruită.

— Crăciun fericit, feblețea mea!

Robert a intrat în cameră și a venit lângă bunica, pe care a îmbrățișat-o, a sărutat-o pe obraz, apoi i-a sărutat și mâna.

— Sărut mâna, Doamnă! Crăciun fericit! i-a urat, așezându-se apoi pe jos, lângă mine, în fața ei.

— Îți mulțumesc! Ce dar frumos mi-ai adus, tinere!

Doamna ne privea pe amândoi cu încântare și cu o dragoste părintească, iar noi ne uitam la ea ca la o icoană.

— Nu v-am spus niciodată asta, dar vă mulțumesc că l-ați primit în familia dumneavoastră pe Robert.

— Parcă a fost ieri, a spus doamna cu nostalgie. Mai ții minte, dragul meu?

— Cum aș putea uita vreodată? i-a răspuns el zâmbind, cu gândul la trecut.

— Scumpa mea, când l-am văzut, m-am topit. Era cel mai frumos băiețel din câți văzusem și să nu uităm că Matei a fost un copil superb. Dar Robert m-a cucerit pe loc – ochii lui, privirea aceea plină de căldură, de om mare și înțelept. Și am știut chiar din acea clipă că este un copil foarte bun și că va fi un adult minunat. El este băiatul pe care mi l-am dorit mereu.

— Vă iubim mult, i-am spus, sărutându-i mâinile acelea fine, splendide.

— Știu, scumpa mea. Și sper că și voi știți că și eu vă iubesc.

Când am plecat de la doamna Polixenia, i-am promis că o voi mai vizita, cât de curând va fi posibil, iar ea ne-a condus până în pragul ușii, unde ne-a îmbrățișat cu dragoste pe fiecare în parte. Robert a procedat la fel ca la sosire, a ținut-o pe menajeră de vorbă în bucătărie, în timp ce eu m-am strecurat afară din casă și m-am ascuns în mașina lui, pe banchetă.

— Crezi că Matei nu o va întreba pe Doamna cât ai stat la ea? m-am gândit eu cu grijă.

— Nu ar avea de ce să o întrebe. Și, chiar dacă ar întreba-o, bunica se pricepe foarte bine să-l pună la punct. Nu-i merge cu ea.

Cât timp a condus până la Angel, eu am stat în spatele lui și l-am mângâiat pe păr, iar din când în când mă întindeam și îl pupam, fără să mă mai satur de prezența sa. Eram topită după el și știam că el era dragostea vieții mele, sufletul meu pereche, omul pe care aveam să-l iubesc cel mai mult în viața aceasta și în toate celelalte pe care le-aș mai fi putut avea, dacă exista o astfel de posibilitate, să trăiesc de mai multe ori.

Când am ajuns la Angel, Robert m-a condus până în casă, apoi s-a scuzat că nu mai poate rămâne, cu o tristețe pe care încerca să o mascheze, ca să nu mă mâhnească, dar eu eram foarte fericită și recunoscătoare divinității că petrecusem o parte din acel Crăciun cu el. Fiindcă el era tot Crăciunul meu, toate sărbătorile mele și fără el nu exista bucurie, fără el, sufletul meu nu putea simți nicio zi specială.

Înainte să plece, ne-a spus că el, familia și prietenii lor vor petrece Revelionul la un restaurant din Poiana Brașov și că și-ar dori foarte mult să fiu și eu acolo.

— Haide, să mergem! a spus Angel entuziasmat, surâzându-i foarte tare ideea. Așa veți putea fi aproape unul de celălalt.

— Și să fim în același loc cu Matei? Dacă va bănui ceva? am întrebat eu neîncrezătoare.

— N-ar avea de ce să devină bănuitor, mai ales dacă te va vedea cu mine. Va fi o simplă coincidență că am ales și eu exact același restaurant, m-a asigurat Angel. Se știe că, mai mult sau mai puțin, mai mereu am ales aceleași locuri pentru petrecerea timpului liber sau a sărbătorilor, nu are el acces exclusiv în vreunul dintre ele și nici proprietarul lor nu e.

— Iar Matei știe deja că sunteți prieteni buni și nu s-ar mira dacă v-ar vedea împreună la Revelion, a fost de acord Robert.

— Dacă nu cumva Matei încă mai crede că suntem mai mult decât prieteni, le-am spus, zâmbindu-le.

— Deci? Veniți? ne-a întrebat Robert rugător.

— Nu aș rata pentru nimic în lume să fiu aproape de tine de Revelion! i-am spus, pupându-l apăsat pe buze.

— Iar eu nu aș rata pentru nimic în lume ocazia să mă vadă Matei cu Irina tocmai în noaptea de Revelion, a spus Angel jubilând, amuzat de idee. Matei s-ar fi înfuriat, era sigur de asta.

— Eu am rezervat oricum locuri pentru voi, ne-a făcut Robert o surpriză.

— Deci tu erai convins că voi veni! l-am lovit ușor cu palma peste braț, iar el m-a strâns în brațe încântat.

— Așa am sperat. Am rezervat patru locuri.

— De ce patru? m-am mirat eu.

— M-am gândit că poate vreți să mai vină cineva cu voi...

— Nu ar fi rău să mai luăm pe cineva, a spus Angel, zâmbind complice. De exemplu, îl putem invita pe Vlad, prietenul meu care a divorțat. Cel pe care l-ați cunoscut la mine în vară și cu care ați stat de vorbă. E singur și deprimat, sigur îi va prinde bine să petreacă Revelionul cu noi și să nu stea izolat, gândindu-se la ce-a avut și ce-a pierdut.

— Chiar te rog, i-a spus Robert încântat de idee.

— Dar dacă Matei va face vreo scenă în public atunci când mă va vedea? m-am îngrijorat dintr-odată.

— Nu va face, stai liniștită. Vor fi zeci, poate chiar sute de persoane acolo, m-a asigurat Robert. Nu-i convine să se dea în spectacol, nu e în avantajul lui să-și arate oftica în fața lumii, doar știi ce orgoliu imens are.

— Și voi putea să te îmbrățișez? m-am alintat eu, dar sperând la o asemenea bucurie.

— Bineînțeles, de ce nu? Doar nu o să fim sălbatici. Ba chiar vom putea să dansăm împreună. Matei nu are ce să facă, va crede că doar încerc să păstrez aparențele și, chiar dacă nu-i convine situația, se va comporta civilizat. Să nu uităm că acolo vor fi și mama, și Oli...

— Și Cesara? am tresărit plină de speranță.

— Da, va fi și Cesara, dar, după miezul nopții, după ce va vedea focul de artificii, pe care abia îl așteaptă, Oli o va duce la vilă, să doarmă.

După plecarea lui Robert, seara de Crăciun am petrecut-o la părinții lui Angel, împreună cu câțiva dintre prietenii lor și, bineînțeles, copiii lui, iar a doua zi m-am dus la Brașov, să stau și cu mama și soțul ei. Și astfel, un Crăciun despre care am crezut că va fi deprimant și înlăcrimat a fost plin de bucurie și de magie. Dar mai ales de iubire.

Până la Revelion, eu și Robert ne-am mai întâlnit o singură dată. Venise la Brașov ca să pregătească vila din Poiană, în care aveau să stea cu toții câteva zile înainte și după Revelion, să le aducă tuturor schiurile, să facă aprovizionarea și să se asigure că totul este în ordine. Desigur că nu am făcut imprudența să ne întâlnim la vilă, ci la un hotel din Poiana Brașov, unde a rezervat un apartament pe numele lui Angel. Ca să se asigure că nimeni nu va afla că ne-am întâlnit, și-a lăsat mașina la vilă și a venit pe jos la hotel, iar eu am ajuns acolo cu un taxi. Nu m-ar fi putut recunoaște nimeni: purtam un palton lung până în pământ, cu glugă, iar ninsoarea puternică de afară a fost scuza perfectă să intru așa în hotel, ca și cum aș fi fost înfrigurată, nicidecum camuflată.

Am petrecut o noapte minunată împreună, iar dimineață, înainte să ne despărțim, m-a anunțat că Matei va veni la Revelion însoțit de o tipă.

— S-a îndrăgostit? l-am întrebat mirată.

M-aș fi bucurat să aflu că s-a liniștit și că iubește din nou, asta ar fi fost salvarea noastră, ne-am fi putut astfel trăi povestea fără să ne mai ferim.

— Nu cred, mi-a spus neîncrezător Robert. Poate că doar încearcă să-și facă o relație, să nu mai fie singur. Poate totul este doar pentru ochii lumii, nu știu. Însă îl va bulversa întâlnirea cu tine, sunt sigur de asta.

— Tu crezi că încă mă mai iubește?

— Sunt convins că te mai iubește, tocmai de aceea nu mă aventurez încă să-i spun despre noi. Nu este vindecat încă, știu asta sigur, doar îl cunosc prea bine.

— De ce ești atât de sigur că încă mă iubește?

— Pentru că îmi spune mereu asta. Și pentru că văd, face tot felul de lucruri care m-au convins că așa este.

— Ce fel de lucruri?

— El vorbește mereu despre tine, cu toate că nouă ne-a cerut să nu-ți pronunțăm numele. Ne cere să ținem lumina aprinsă în camera ta, nu suportă să vadă întuneric la ferestre când vine acasă, zice că dacă sunt luminile aprinse are senzația că ești acolo.

— Of! Păi, și pe tipa aceea o iubește?

— Nu cred. O place, poate, dar o compară mereu cu tine, văd că nu scapă de obiceiul ăsta.

— Sper că nu face asta în prezența ei! Nu ar fi bine deloc.

— Nu, nu face asta. Dar îmi spune mie. Iar uneori nici măcar nu-mi spune, văd în privirea lui și știu ce gândește.

— Pe ea o înșală?

— Da, mi-a răspuns el sec.

— Tu ai fost vreodată tentat să mă înșeli? l-am întrebat eu brusc.

— Niciodată.

— Dar, în timpul în care am fost departe unul de celălalt sau atunci când ai fost supărat pe mine, când ai fost sigur că între noi nu mai este și nu va mai fi nimic, ai fost cu altele? am vrut eu să știu.

— Am încercat, la un moment dat, recunosc. Am sperat că altă femeie mă va ajuta să nu mă mai simt atât de singur, poate am vrut să-mi dovedesc că nu mai ai nicio putere asupra mea, dar a ieșit un fiasco lamentabil.

— Cum adică?

— De ce vrei tu să discutăm despre chestii care nu-ți plac și care te-ar putea indispune? s-a ferit el să-mi răspundă concret.

— Pentru că sunt despre tine, chiar dacă nu-mi plac. Și vreau să știu totul despre tine, știi bine.

— Nu am reușit să merg până la capăt. Pentru că m-am simțit ca un nemernic în clipa când m-am trezit lângă o femeie de care mi-am dat seama că vreau doar să mă folosesc, o femeie care, cine știe? poate avea așteptări de la mine, poate ar fi sperat la altceva, nu să fie folosită. Și nicio femeie nu merită așa ceva, cred că nici măcar cele plătite.

— Gata, nu vreau să știu mai mult, că turbez de gelozie, m-am îmbufnat eu dintr-odată.

— Nu ai pe cine și de ce să fii geloasă, mi-a spus el zâmbind, apoi m-a sărutat cu dragoste, să mă liniștească.

— Tu ești înconjurat de multe femei și unele sunt mult mai frumoase decât mine, am continuat eu să-mi fac scenarii.

— Despre ce frumuseţe vorbeşti tu acolo?

— Despre femeile alea superbe...

— Haide să-ţi povestesc ceva, vrei?

S-a aşezat pe fotoliul din faţa ferestrei şi m-a îndemnat să mă aşez în braţele sale. M-a privit câteva clipe, apoi mi-a aranjat după ureche o şuviţă rebelă de păr.

— Îţi aminteşti ziua aceea când am dus-o împreună pe Cesara la dentist, după care am mers toţi trei la cumpărături? Atunci când i-ai dat geaca ei acelui copil care cerşea în faţa magazinului?

Bineînţeles că-mi aminteam ziua aceea mohorâtă de toamnă târzie în care am văzut un băieţel cu ochi incredibil de frumoşi şi de trişti, zgribulit, cerşind în faţa unui magazin alimentar, îmbrăcat cu un pulover uzat, prea subţire pentru frigul de afară. Am rugat-o atunci pe Cesara, care avea cam aceeaşi statură ca el, să-i dăruiască geaca ei groasă şi frumoasă, iar ea a izbucnit într-o criză de plâns pentru că-i ceream să renunţe la haina ei frumoasă. Am rugat-o atunci să intrăm în maşină şi să discutăm şi i-am explicat că băieţelul acela are nevoie neapărat de o haină mai groasă şi că ea ar putea să i-o dăruiască pe a ei, dacă ar vrea.

— Am putea să-i cumpărăm copilului o geacă, mi-a sugerat Robert, văzând că fetiţa era foarte supărată din cauza propunerii mele de a renunţa la hăinuţa pe care o iubea.

— Este târziu, închide imediat peste tot, nu cred că mai avem timp să căutăm ceva şi copilul acela chiar îngheaţă, i-am spus lui Robert. Cesara, te rog mult, uită-te la băieţelul acela. Îl vezi? Vezi cât este de trist şi cum tremură? Îi este frig. Din păcate, el nu are o haină mai groasă, părinţii lui nu au bani să-i cumpere o geacă. Ar fi minunat dacă tu i-ai dărui geaca ta, i-ar fi şi lui mai cald. Şi nu s-ar îmbolnăvi. Tu ai atâtea haine acasă, iar dacă vrei să faci asta, îţi voi cumpăra alta.

Fetiţa stătea îmbufnată şi-l privea prin fereastră pe băieţelul care stătea lângă uşa magazinului, cu privirea în pământ.

— Eu nu te pot obliga, ai dreptul să alegi ce faci cu lucrurile tale, dar să știi că eu i-aș da bucuroasă geaca mea.

— Dal geaca ta este male, mi-a atras ea atenția, cu glasul ei dulce și peltic.

— Așa este, de aceea ți-am propus să i-o dai pe a ta, tu ai o geacă potrivită pentru el. Să știi că așa ar fi normal, să nu trecem indiferenți pe lângă copiii care nu au haine și cărora le este frig și, dacă putem, să-i ajutăm, să le fie și lor cald și să nu se îmbolnăvească. Dacă îi dai geaca, lui îi va bine. Așa ar proceda o fetiță generoasă și căreia îi pasă de ceilalți copii. Ce zici? Facem un gest frumos pentru acel băiețel, ca să se încălzească și să nu mai sufere de frig?

— Dal îmi dă geaca înapoi?

— Nu, dacă i-o dai, i-o dăruiești de tot, nu i-o împrumuți. Dacă ți-o dă înapoi, mâine tot dezbrăcat va fi, în frig. Dacă tu hotărăști să renunți la ea, lui îi faci o mare bucurie și pe mine mă vei face să fiu foarte mândră de tine. Uite, și Robert zice la fel.

Fetița a încuviințat, iar eu, după ce am întrebat-o încă o dată dacă este convinsă că vrea să dăruiască geaca, am luat hăinuța și m-am dus să i-o dau acelui băiețel.

— De ce ți-ai amintit acum tocmai de ziua aceea, l-am întrebat eu, stând ghemuită în brațele lui. Parcă altul era subiectul.

— Nu, nu, exact ăsta e subiectul și ai să înțelegi imediat de ce. Pentru că în ziua aceea, când ai coborât din mașină și i-ai dus geaca acelui băiețel, iar eu te-am privit cu câtă gingășie l-ai îmbrăcat, cum l-ai îmbrățișat și mângâiat, cum l-ai adus apoi la mașină și i-ai dat o sacoșă cu tot felul de lucruri pe care le cumpărasem, am știut că nu se poate ca o femeie să fie mai frumoasă de atât.

— Ba se poate, dar nu știi tu încă! i-am spus cu lacrimi în ochi, strângându-l în brațe. Te iubesc!

— Eu mai mult.

Capitolul 30

Pentru Revelion, Angel a închiriat un apartament într-o vilă din Poiana Brașov, fiindcă nu îi plăceau deloc hotelurile, dar și pentru că își dorea să avem un spațiu în care să ne putem petrece timpul pe parcursul zilei. A ajuns la Brașov în ajunul Anului Nou însoțit de prietenul lui Vlad și, când ne-am întâlnit în fața blocului, Angel m-a întrebat dacă am la mine lucruri suficiente pentru patru zile, cât aveam să stăm în Poiana Brașov.

— Mi-ar plăcea și să schiem, mi-a zis el.

— Asta mi-ar mai lipsi, să mă întâlnesc cu Matei și pe pârtie, nu doar la petrecerea de Revelion! am făcut eu o grimasă, îngrozită de o atare perspectivă.

— Vor mai fi și alți cunoscuți pe pârtie, mi-a spus Angel zâmbind, făcând referire la Robert, bineînțeles.

— Până la urmă, la petrecerea de Revelion, vom fi doar noi trei? Că mai aveam un loc rezervat, e păcat să rămână neocupat, ați fi putut invita pe cineva.

— Eu nu aș fi avut pe cine, a spus Vlad. Prietenii mei i-au rămas soției, la partaj, s-a amuzat el.

— Angel, din câte tipe s-ar fi bucurat să fie cu tine de Revelion, cum de nu ai invitat niciuna? l-am întrebat curioasă.

— Te am pe tine, crezi că mai pot să am grijă de încă una? Și apoi, de Revelion prefer să fiu strict cu oameni apropiați, nu cu oricine.

— Cum ziceam, păcat. Ar fi fost fain să mai fie o tipă cu noi, dar eu nu mai am prietene, chiar nu aş fi avut pe cine să invit, i-am zis cu tristeţe.

Timeea mai era în ţară, dar ea avea acum un iubit, petrecea seara de Revelion cu el şi familia lui. Da, încă mă durea felul în care foştii mei prieteni mă trataseră...

Când am ajuns la vila în care Angel închiriase apartamentul, m-a rugat să intru, să merg înainte şi să nu stau în frig până când el şi Vlad vor descărca bagajele din maşină. Abia când am ajuns în faţa uşii pe care mi-o indicase Angel mi-am dat seama că nu aveam nicio cheie cu care să deschid şi mi-a trecut prin gând că era posibil ca prietenul meu să mă surprindă din nou şi să-l găsesc pe Robert înăuntru. Însă ştiam deja că Robert era cu toată familia la vilă şi nu putea să dispară de sub ochii lui Matei, aşa că m-am gândit că, probabil, ne aştepta administratorul vilei, să ne prezinte apartamentul. Adică tot ce însemna parterul acelei vile, care era compus din trei dormitoare, cu băi proprii, şi un living foarte mare, cu bucătărie open space.

Am intrat în holul spaţios, m-am dezbrăcat de haina groasă şi am agăţat-o în cuierul de lângă uşă, m-am dus direct în living, încântată de felul în care arăta totul în jur, şi... am rămas uluită.

Dădusem cu ochii de Simona...

— Nu cred, am spus încet, acoperindu-mi gura cu mâinile. Nu creeeed! am strigat dintr-odată.

Am alergat una spre alta şi ne-am îmbrăţişat, izbucnind în lacrimi de fericire, privindu-ne una pe cealaltă de parcă ne vedeam pentru prima dată, bucuroase ca două copile, sărind în sus, purtându-ne ca nişte nebune, sub privirile lui Angel şi ale lui Vlad, foarte încântaţi de spectacolul revederii noastre.

— Acum ai aflat şi cine este a patra persoană care va petrece Revelionul cu noi, mi-a spus Angel zâmbind. Vezi, ai o prietenă. Şi încă una care face cât zece la un loc.

— Sunteți nebuni toți! Doamne, cât vă iubesc! le-am spus, alergând spre Angel și sărindu-i în brațe.

L-am pupat și pe Vlad, apoi am luat-o la întrebări pe Simona, care mi-a povestit că venirea ei a fost aranjată de Robert și Angel, care s-au ocupat de tot ce a însemnat călătoria ei din America spre România.

— Dă-mi o veste bună, zi-mi că nu mai pleci înapoi!

— Nu mai plec, a răsuflat ea ușurată. Cel puțin, nu cât suntem încă tinere și ne putem distra. Nu am de gând să-mi sacrific anii tinereții muncind și agonisind, am timp după patruzeci de ani să fac asta, în caz că va mai fi nevoie și nu dă norocul peste mine să îmi găsesc un tip bogat și frumos, ne-a făcut ea cu ochiul, râzând din tot sufletul, cum numai ea știa să o facă.

— Unul n-ați fi dat zăpada din curtea asta! l-am auzit pe Robert strigând în hol.

Și eu, și Simona am sărit de pe canapea și am alergat spre el. Am lăsat-o pe ea să-l îmbrățișeze prima, apoi l-am îmbrățișat și eu.

— Te iubesc așa de mult, încât nici toate cuvintele frumoase care s-au inventat vreodată nu mi-ar ajunge să-ți spun cât de mult însemni pentru mine! i-am spus cu lacrimi în ochi.

— Eu te iubesc mai mult, mi-a răspuns el ca întotdeauna.

— Uită-te la mine și ascultă ce-ți spun: într-o zi, toate cuvintele pe care nu ți le-am spus se vor aduna într-o carte despre tine. Și vei afla atunci cât de mult te-am iubit.

— Dacă vei scrie o carte, fă-o să fie cât mai groasă, mi-a spus Simona. Că abia aștept să-i dau lui Matei cu ea peste mutră.

— Sunt atât de fericită! Doamne, îți mulțumesc pentru tot! am strigat eu, dansând prin living.

— Chiar vei scrie o carte? m-a întreabat Vlad mirat, impresionat, probabil, de o asemenea posibilitate.

— Da, chiar o scriu deja, i-am spus foarte încrezătoare.

— Și cum se va numi? Dacă îmi permiți să întreb, desigur.

— „Fluturi”.

— Dar este o carte despre fluturi? m-a privit el nedumerit.

— Da, dar despre fluturii iubirii.

— Aaa, super! Succes îți doresc! Abia aștept să o citesc și să mă laud că o cunosc pe autoare, mi-a spus încântat.

Robert a stat cu noi și a băut o cafea, apoi a fost nevoit să se întoarcă la vila lor, unde era adunată toată familia. Matei știa că plecase să mai cumpere apă și, pentru a-l ajuta pe Robert să nu mai piardă timp, Angel îl rugase pe administratorul vilei pe care o închiriase să ne cumpere el câteva baxuri de apă, pe care i le-a dat lui Robert atunci când a plecat.

— Sunteți fantastici amândoi! Cum vă descurcați cu toate! i-am spus lui Angel după ce l-am condus pe Robert.

— N-avem încotro. Asta numai pentru că, atunci când alții își doresc să nu ne lase să trăim, noi ne încăpățânăm să o facem și fără acceptul lor. Și o facem bine, zic eu.

— Îți mulțumesc pentru tot ce faci pentru mine, Angel. Nu știu dacă merit un prieten ca tine, dar mă străduiesc. Te iubesc mult, să știi.

— Mă meriți, bandito. Iar eu nu fac altceva decât să te iubesc sincer și să încerc să te merit..., mi-a zâmbit el încântat de cum decurseseră toate planurile lui și ale lui Robert, puse la punct cu migală.

Cu toate că ne-am propus să dormim câteva ore, să fim cu toții odihniți pentru petrecerea de Revelion, eu și Simona aveam multe de povestit, de parcă nu ne mai văzuserăm de o mie de ani și de parcă nu vorbiserăm oricum mereu la telefon, cât timp fusese plecată.

Mi-a povestit despre perioada petrecută în America și mai ales mi-a împărtășit planurile ei de viitor, acum, după ce se întorsese acasă. Radu, iubitul ei, cu care avusese o relație ciudată, întâlnindu-se doar ocazional, o uitase, ba chiar avea o iubită nouă, iar asta o durea. Încă mai ţinea la el şi o complexa faptul că el nu şi-a dorit niciodată cu ea o relaţie în adevăratul sens al cuvântului, ceea ce era de neînţeles pentru noi, fiindcă Simona era o fată cu multe calităţi, sinceră, onestă, frumoasă şi chiar ţinea la el.

Şi eu i-am împărtăşit tot ce am trăit în perioada în care a fost plecată, iar ea m-a ascultat, aşa cum a făcut-o întotdeauna, cu multă răbdare şi înţelegere. A tunat şi a fulgerat împotriva tuturor celor care-mi făcuseră rău, mi-a şters lacrimile şi a plâns împreună cu mine.

— Vreau să-ţi mulţumesc pentru tot, i-am spus prietenei mele, cu ochii plini de lacrimi.

— Pentru ce să-mi mulţumeşti?

— Pentru că ai fost mereu alături de mine, indiferent cât de bine sau de rău mi-a fost în viaţă. Pentru că niciun drum nu ţi s-a părut prea lung sau prea greu, atunci când a trebuit să vii la mine, şi nu te-ai speriat că va trebui să-l străbaţi. Pentru că nu ai aşteptat să te chem sau să îţi cer ceva, ai intuit mereu când să vii şi când să pleci, dar, mai ales, ai ştiut să-mi oferi ce am avut nevoie, chiar şi când nu ţi-am cerut nimic. Pentru că ai făcut tot posibilul să mă aperi de tot ce a fost rău în viaţa mea şi pentru toate lacrimile pe care le-ai plâns pentru mine şi alături de mine, i-am spus cu emoţie şi cu vocea înecată în lacrimi.

Simona, prietena mea puternică, de obicei, îşi ascundea cu multă pricepere sentimentele, nu arăta niciodată că poate fi slabă şi vulnerabilă, însă acum plângea – lacrimile i se rostogoleau pe obraji – şi se uita drept în ochii mei.

I-am pupat pe rând mâinile.

— Acum ştiu de ce Dumnezeu le-a dat oamenilor prietenii: nu doar ca să se distreze împreună, ci ca să poată avea iubirea şi protecţia părinţilor, atunci când aceştia nu le sunt alături sau când au plecat definitiv din această lume. Fiindcă tu mi-ai fost mereu ca o mamă. Şi ştiu că nu orice prietenă este capabilă să fie bună ca o mamă, tocmai de aceea te apreciez, te preţuiesc şi te iubesc enorm, să nu uiţi asta niciodată.

— Și eu te iubesc enorm! Și să știi că tot ce am trăit lângă tine nu a fost altceva decât încă o viață, fiindcă a mea ar fi fost foarte monotonă fără aventurile trăite alături de tine. Am învățat foarte multe de la tine, nu știu tu dacă ai avut ceva de învățat de la mine.

— Oh, și încă multe! De la tine am învățat cum ar trebui să fie un prieten și vreau să știi că ai sădit în sufletul meu ceva special: dorința de a fi o prietenă bună. Asta de la tine am învățat-o. Acum chiar cred că la un moment dat, în viață, o prietenă trebuie să-i țină locul unei mame. Și îți promit că eu o astfel de prietenă voi fi mereu, nu doar pentru tine, ci pentru oricine va avea nevoie de prietenia mea.

— Șă știi că și tu te-ai purtat ca o mamă, Irina. Ai trecut prin atâtea greutăți și ai tăcut, nu mi-ai spus nimic, doar ca să mă menajezi. Doar o mamă poate fi atât de puternică în dorința ei de a-i proteja pe cei iubiți. Dar să nu-mi mai ascunzi niciodată nimic. Noi două suntem de neînvins împreună.

Ne-am îmbrățișat strâns, apoi ea a făcut o glumă și, din plâns, am început să râdem, așa cum făceam mereu, pentru că, de fiecare dată, ori ea, ori eu spuneam câte o prostioară, care ne stârnea hohote de râs și ne schimbam dintr-odată dispoziția.

I-am spus că-i datorez și lui Angel niște mulțumiri, așa că am lăsat-o singură și m-am dus să-l caut. L-am găsit singur în living, vorbind la telefon, și am așteptat să termine convorbirea, pe care a scurtat-o oricum, de îndată ce m-a văzut lângă el.

— De ce ai ochișorii aceștia triști și umezi? m-a întrebat el îngrijorat.

M-am apropiat de el și l-am îmbrățișat strâns.

— De fericire, Angel. Trebuie și vreau să-ți mulțumesc pentru tot. Sunt conștientă că ai făcut prea multe pentru mine, lucruri pe care nu le-ar face oricine, dar știu că toate acestea vin din inima ta mare și bună. Și nu știu dacă voi reuși să îți răsplătesc vreodată toată bunătatea, dar voi încerca.

— Nu am făcut decât ce ar face un prieten, Irina.

— Nu este adevărat. Nu orice prieten ar face tot ce ai făcut tu pentru mine. Câți prieteni cunoști tu care să se zbată pentru binele și pentru fericirea prietenilor? De obicei, prietenii sunt ca niște spectatori la *show*-ul care e viața ta. Stau confortabil în fotolii și privesc, uneori se emoționează, intrând cu totul în poveste, alteori, detașați, foșnesc ambalajele unei ciocolate și cam atât...

— Tu ești o astfel de prietenă, care se zbate pentru binele altora. Robert este la fel, Simona, chiar și Vlad. Tu sari de pe fotoliu și intri direct în poveste, să fii de ajutor, uneori chiar schimbând scenariul.

— Mulțumesc, Angel! Adevărul e că am avut un an foarte greu, un an plin de lecții, dar acum știu să deosebesc prietenii de niște simpli cunoscuți. Nu știu ce m-aș fi făcut fără tine și vreau să-ți mărturisesc ceva, și anume că trăiesc cu senzația că nu sunt demnă de tine, că nu-ți ofer nimic din ceea ce ai merita.

— Ce prostii spui tu acum? Ce ai putea să-mi oferi mai mult decât prietenia ta, veselia ta, bunătatea ta, dragostea ta sinceră?

— Da, fără doar și poate, cele despre care spui le ai din plin, dar, concret, cu ce te ajută prietenia și dragostea mea?

— Irina, totul este, pur și simplu, viață și oameni. Trăim împreună ceea ce ni se oferă, ne avem unii pe ceilalți, unii suntem mai buni, alții suntem mai răi, dar trebuie să mergem înainte. Învață să trăiești și tu, pur și simplu, cu oamenii care vin în viața ta, cu cei care pleacă și fără să te temi că îi vei pierde.

— Voi încerca. Dar vreau neapărat să știi că te iubesc enorm. Și că nu aș face nimic ca să te rănesc, că nu m-aș ierta dacă ți-aș greși, i-am mărturisit din nou, emoționată.

— Și eu te iubesc, știi bine. Și mă bucur că ți-am furat inelul atunci. Altfel, acum cine știe cu cine aș fi petrecut Revelionul și m-aș fi plictisit teribil.

Am izbucnit în râs amândoi, apoi l-am îmbrățișat strâns, încă o dată.

— Apropo de Vlad, cred că tot cu mine vei dormi, mi-a spus el amuzat.

— Hm... Și ție ți se pare că Simo și Vlad se plac? m-am entuziasmat eu la un asemenea gând.

— Nu mi se pare. Chiar așa e, el mi-a mărturisit că o place.

— O voi întreba și pe ea, să văd ce părere are despre el, cu toate că și mie mi s-a părut că îl place.

— Oricum, tu va trebui să dormi singură. Robert mi-a spus că, după ce vor adormi toți, va veni la tine. I-am dat a doua cheie de la intrare, ca să știi.

— Te ador! Ești cel mai bun prieten al meu!

— Ba tu ești cea mai bună prietenă a mea! mi-a răspuns el amuzat, pupându-mă pe frunte.

Capitolul 31

Pentru petrecerea de Revelion îmi pregătisem două ținute, cu care am făcut paradă în fața celor trei prieteni ai mei, care au decis, în unanimitate, că cel mai bine îmi stă în salopeta din lurex argintiu. Reușisem să slăbesc mult, este adevărat că mă ajutaseră și foamea, și stresul din ultima perioadă, dar chiar și eu, cel mai mare critic al meu, eram foarte mulțumită de felul în care arătam. Pentru că salopeta era deja destul de extravagantă, am ales să-mi las părul liber, cât mai natural și să nu port alte bijuterii în afară de o pereche de cercei micuți și brățara cu diamante de la doamna Polixenia, cea care devenise bijuteria mea preferată, de care nu mă despărțeam niciodată.

Nu știam cum va fi întâlnirea cu Matei, dar nici nu-mi păsa prea tare, mă bucuram prea mult că voi fi aproape de Robert și că îi voi revedea și pe ceilalți. Speram că Matei îmi va permite să o îmbrățișez pe Cesara și aveam încredere că Robert va face tot posibilul ca să pot face asta.

Îmbrăcați toți la patru ace, binedispuși, eleganți și frumoși, odată ajunși la restaurant, am fost întâmpinați de cineva care ne-a condus la masa noastră. Nu m-am uitat în jur, am mers relaxată, de mână cu Angel, în fața Simonei și a lui Vlad, care mergeau braț la braț, ca o adevărată pereche: potriviți, îmbrăcați impecabil și frumoși din cale-afară.

Relaxată, fără să observ ce era în jur, oameni și decoruri, am privit doar înainte, în timp ce mergeam mândră, ținând spatele drept, cu o atitudine de învingătoare, de femeie care ştie că e admirată, ştie că e frumoasă, că e demnă şi mai ştie şi că are sufletul curat – ca o adevărată *Majestate*.

Când am ajuns la masă, Angel mi-a tras scaunul, ajutându-mă să iau loc, iar după ce m-am aşezat, m-a pupat lung pe buze. Atunci mi-am dat seama că probabil Matei ne observase şi preferam să creadă că sunt iubita lui Angel.

Simona mi-a făcut un semn să mă uit în stânga mea şi, când am întors privirea, am văzut-o pe Oli venind spre noi împreună cu Cesara. M-am ridicat şi am încercat să par foarte surprinsă – Doamne, dar cum aşteptam să le îmbrăţişez! Când micuţa m-a văzut, a alergat în braţele mele. Cu greu m-am stăpânit să nu plâng şi am ţinut-o pe Cesara la pieptul meu câteva clipe, moment în care am simţit cea mai sinceră şi pură iubire din câte puteau exista pe pământ. Când Cesara s-a îndreptat spre Simona, am îmbraţişat-o pe Oli şi am schimbat câteva vorbe, iar ea mi-a arătat masa la care erau ceilalţi. Matei era cu spatele la mine, vorbea cu o femeie care stătea lângă el, noua lui iubită, probabil.

— Nu vii să-i saluţi pe toţi? m-a întrebat Oli mirată, când a văzut că nu am nicio intenţie să fac asta.

— Poate mai târziu, i-am spus, apoi ne-am urat reciproc o seară minunată şi ne-am promis că vom vorbi mai târziu.

Am îmbrăţişat-o din nou pe Cesara şi i-am spus că o iubesc şi că mi-a fost foarte dor de ea.

— Tati este cu una, mi-a spus ea la ureche.

— Foarte bine. Să te porţi frumos, da? Eu sunt mândră de tine, eşti o frumuseţe de fetiţă. Eşti frumoasă, educată şi, pentru mine, cel mai minunat copil din lume.

— Dar mai târziu dansăm?

— Bineînţeles. Simona abia aşteaptă să dansaţi aşa cum ştiţi numai voi două, am asigurat-o eu bucuroasă de revedere.

De la locul meu îl puteam vedea pe Robert şi asta deja mă făcea fericită. Nici nu-mi puteam dori mai mult, simţeam că am tot ce mă împlinea, după ce pierdusem totul, la un moment dat. Și nici că-mi mai trebuia altceva. Câțiva metri nu puteau pune distanță între sufletele noastre. Eram în al nouălea cer!

Iar când lumea a început să danseze și am auzit cântecul *Can't Take My Eyes Off You*, ne-am ridicat cu toții de la masă și ne-am dus pe ringul de dans, unde am dansat și am cântat privindu-l pe Robert. Angel cânta cu noi și, când rostea *I love you, baby*, mă privea și întindea mâinile spre mine, sperând că Matei ne vedea și era invidios, crezând că suntem împreună. Era o satisfacție pentru el că se afla, alături de mine, într-un loc unde Matei putea să-l vadă, chipurile, luându-și revanșa pentru iubita pe care cândva i-o furase. Veselia noastră i-a determinat și pe alții să ni se alăture și am dansat cu toții, cu mâinile sus, sărind și cântând, trăind cu bucurie fiecare cuvânt și fiecare notă muzicală.

Am observat, la un moment dat, că Sandra i-a spus lui Matei să se uite spre noi, iar el s-a întors și m-a văzut. Nu aveam niciun motiv să nu-i bag în seamă, așa că am luat-o pe Simona de mână și am mers la masa lor, să le salut pe Elvira și pe Sandra.

M-am gândit că așa ar fi fost frumos din partea mea, până la urmă, fuseseră toți familia mea timp de atâția ani.

— Ce surpriză plăcută! le-am spus când am ajuns lângă masa lor.

Am îmbrățișat-o pe Elvira, care părea ușor crispată, probabil din cauză că la masă era prezentă și noua iubită a lui Matei, apoi am îmbrățișat-o și pe Sandra. Robert, care stătea lângă ea, s-a ridicat și m-a îmbrățișat și el cu o atitudine cât se poate de firească, dar numai noi doi știam ce fericire era în sufletele noastre și că am fi rămas, așa, lipiți unul de celălalt, până la sfârșit. Lui Matei i-am întins mâna civilizat și protocolar, iar el, surprins, dar fără să o arate, mi-a pupat-o imediat. Apoi s-a ridicat și m-a îmbrățișat strâns, pupându-mă pe ambii obraji, de parcă am fi fost cei mai buni prieteni, după o despărțire în cei mai amiabili termeni.

Simona, la rându-i, i-a îmbrățișat pe toți ceilalți, iar Cesara a luat-o de mână și a rugat-o să meargă împreună pe ringul de dans. Matei a încuviinţat, dar fetele nu au plecat, m-au aşteptat şi pe mine, fiindcă Simona ştia că trebuie să plec cât mai repede de acolo.

— Mă bucur să vă revăd, le-am spus zâmbind larg, arătându-le că eram senină, fericită şi că nu aveam niciun fel de resentimente – ceea ce chiar era adevărat. Vă doresc un an nou minunat, plin de fericire şi iubire!

Nu am mai zăbovit la masa lor, am plecat cu fetele pe ringul de dans, unde ne-am distrat de minune, exact ca în cele mai fericite vremuri, când niciun nor nu apăruse pe cerul nostru. Au venit şi Sandra, şi Robert să danseze cu noi, iar Matei nu şi-a luat nicio clipă privirea de la grupul nostru. Probabil că iubita lui i-a cerut să danseze, fiindcă după câteva cântece s-au ridicat şi ei şi ni s-au alăturat, de parcă am fi fost nişte buni prieteni, care s-au întâlnit să petreacă împreună un Revelion perfect, condimentat din belşug cu dans şi bună dispoziţie.

Matei, un maestru greu de ghicit al disimulării, nu părea deranjat de prezenţa mea, ba chiar mi s-a părut că se distra cu adevărat. În schimb, iubita lui mă privea ca pe o intrusă şi cu o invidie evidentă. Eu am încurajat-o, zâmbindu-i atunci când privirile ni se întâlneau, sperând, în adâncul inimii, ca relaţia dintre ei doi să funcţioneze şi astfel să fiu lăsată în pace şi trecutul să rămână pentru totdeauna la locul lui: în trecut...

La miezul nopţii, am fost invitaţi afară, să vedem focul de artificii, iar când a început numărătoarea inversă a secundelor care mai rămăseseră din an şi toată lumea aştepta emoţionată şi plină de speranţă Noul An, cu paharul de şampanie în mână, l-am căutat cu privirea pe Robert. Era destul de aproape de noi, împreună cu toţi ceilalţi, iar eu eram fericită şi împăcată că suntem împreună acolo.

La un moment dat, m-a privit şi i-am zâmbit, ştiind că ochii mei îi spuneau tot ce simţeam pentru el. Da, era un sfârşit plin de pace pentru acel an nebun pe care-l trăisem şi tot ce nădăjduiam era să fie un început minunat pentru un an al speranțelor devenite realitate și al împlinirii prin iubire.

Doamne, îți mulțumesc pentru tot ce mi-ai dat, pentru tot ce mi-ai luat și pentru tot ceea ce vei considera că trebuie să aduci în viața mea de acum înainte, mi-am spus în gând. *Cred că sunt pregătită pentru orice!*

Apoi a început focul de artificii, pe care l-am privit cu toții fascinați, bucurându-ne ca niște copii și visând să devină realitate tot ce are viața mai bun și mai frumos de oferit... Toată lumea în jur se îmbrățișa și se pupa, mi-am îmbrățișat și eu prietenii, apoi Robert și Cesara au venit la noi. Matei și ceilalți i-au urmat, iar eu am îmbrățișat-o pe Cesara și i-am spus că o iubesc. Robert m-a îmbrățișat și, când a auzit-o pe Simona urându-i lui Matei un an nou fericit, m-a pupat apăsat pe buze, de parcă avea un fel de înțelegere cu ea, să-i distragă lui Matei atenția ca să mă poată săruta.

Și sigur avea, ei doi mereu s-au înțeles din priviri!

— La mulți ani, dragostea mea! Te iubesc și te voi iubi până la sfârșit! mi-a șoptit el.

Nu cred că a observat nimeni că m-a pupat, Angel și Vlad erau foarte atenți și pregătiți, la rândul lor, să ne acopere. I-am spus și eu că-l iubesc, apoi am ciocnit cu ceilalți și le-am urat la mulți ani, îmbrățișându-i din nou pe fiecare în parte, chiar și pe Matei, care a venit și mi-a spus că-mi dorește să am un an nou fericit.

— Îmi promit că de acum toți anii mei vor fi fericiți, i-am spus zâmbindu-i cu sinceritate, fără niciun fel de ranchiună – trecutul era trecut, iar eu eram decisă să merg înainte, cu sufletul ușor și cu încredere că vor urma doar lucruri bune. Sper să faci și tu asta.

— Ești superbă, să știi, mi-a spus el pupându-mă pe obraz, dar foarte aproape de ureche. Prea aproape...

După ce ne-am pupat și ne-am îmbrățișat cu toții, am intrat în restaurant împreună cu prietenii mei, dar când am ajuns în hol Matei m-a strigat. Ne-am oprit cu toții, însă i-am rugat să mă lase singură, să vorbesc puțin cu el, că nu e niciun pericol. Matei s-a purtat toată seara ca și cum nu l-a văzut pe Angel, iar acum, când se afla la un metru de el, am crezut că va proceda la fel, dar s-a apropiat și i-a întins mâna. Și-au urat un an nou fericit, iar Angel mi-a spus că mă vor aștepta cu toții înăuntru.

— Nu mai scap de tine niciodată? m-a întrebat Matei zâmbind, după ce s-au îndepărtat ceilalți de noi.

— Dacă aș fi știut că ești aici, îți dai seama că nu aș fi venit, l-am mințit eu senină. Dar mă bucur că i-am văzut pe ai tăi, mi-a fost dor de ei. Vezi, anumite lucruri se întâmplă împotriva voinței tale, oricât ți-ai fi dorit ca eu să nu-i mai văd niciodată.

— Nimic nu se întâmplă împotriva voinței mele, crede-mă, mi-a răspuns el la fel de senin.

— Tot infatuat și închipuit ai rămas, l-am „complimentat” eu zâmbind.

— În schimb, tu tot frumoasă ai rămas. Sau poate că nu ești, poate că încă mă aflu sub vraja ta, mi-a întors el „complimentul” în stilul său: una caldă, una rece.

— Am ajuns să o trăiesc și pe asta! Când eram iubita ta, le complimentai pe alea cu care încercai să te culci. Acum, când ai o altă iubită, mă complimentezi pe mine. Ce ți-e și cu viața asta, cum le întoarce ea!

— Ar fi de condamnat dacă mi-aș dori să fac dragoste cu tine? mi-a trântit-o el brusc, fără să uite să-mi zâmbească.

— De parcă tu ai ști ce este dragostea!

— Apropo de *parcă*! Parcă tu și Angel erați doar prieteni.

— Asta era atunci. Dar lumea nu se oprește în loc, ne vedem de drum, mergem înainte, trăim, ceea ce am observat că faci și tu și chiar mă bucur pentru tine, așa este și normal. De ce nu mi-ai prezentat-o pe iubita ta? Ai fost cam nepoliticos, nu crezi? Mi te aminteam drept un băiat educat.

— În primul rând, nu este iubita mea, apoi, nu este demnă să dea mâna cu tine, mi-a zis el serios, dar continuând să-mi zâmbească cuceritor.

— Of, Matei! Ai făcut de atâtea ori greșeala asta! Încercând să-mi faci mie un compliment, să mă flatezi, să mă faci să mă simt mai importantă decât sunt, ai lovit în alte femei. Fără să știi că detest să văd un bărbat înjosind o femeie, indiferent cine ar fi ea. Mereu m-a dezgustat chestia asta la tine, i-am zis și eu la fel de serios și cu un zâmbet – unul cam strâmb totuși – în colțul gurii.

— Știi bine ce însemni tu pentru mine și cât de sus ești, a încercat el o scăpare.

— Nu știu și nici măcar tu nu știi asta. După atâția ani, nu ai fost în stare nici măcar să mă cunoști.

— Ai dreptate legat de femeia cu care sunt, am fost mitocan. Dar așa am simțit, că nu este cazul să ți-o prezint, fiindcă nu este atât de importantă pentru mine și în viața mea și tocmai de aceea consider că nici nu merită să te cunoască.

Văzând că nu mai vin, Simona s-a întors să se asigure că sunt bine, iar când a văzut-o, Matei și-a dat ochii peste cap, deranjat evident că ne întrerupea discuția.

— Văd că nici la Revelion nu vii fără dulău. Tu nu plecaseși în America? America nu era dorința ta cea mai mare? Ce mai cauți aici?

— Dar tu nu erai cu una la masă? Când erai cu Irina, alte femei nu erau dorința ta cea mai mare? De ce o mai plictisești? i-a aruncat ea printre dinți, chiar ca un dulău enervat.

Terminând ce avea de zis, Simona m-a luat de mână și m-a condus înapoi în restaurant, unde am continuat să ne distrăm de minune cu Angel, Vlad și cele două cupluri care stăteau la aceeași masă cu noi și cu care ne-am împrietenit. Seara chiar era grozavă, ne-am simțit cu toții excelent.

Puțin mai târziu, pentru că Oli trebuia să o ducă pe Cesara la culcare și Robert era cel care le ducea cu mașina, au venit împreună să-și ia rămas-bun de la mine și de la Simona. Matei ne studia cu atenție de la distanță, dar Robert, care era cu spatele la el, a reușit să-mi spună că ne vom vedea mai târziu. Oli credea că el se referea la faptul că urma să se întoarcă la petrecere, sigur nu s-ar fi gândit la altceva, așa că mi-am luat rămas-bun de la micuță și de la ea, apoi ne-am văzut mai departe de distracție, ignorând faptul că Matei făcea ce făcea și continua să mă privească insistent, de parcă n-ar mai fi putut să-și ia ochii de la mine.

— A revenit Robert, mi-a spus Simona la un moment dat, în timp ce eram amândouă pe ringul de dans.

— Știu, i-am zâmbit eu fericită.

— De unde, că ești cu spatele!

— Îl simt. Pur și simplu, simt atunci când este aproape de mine, am știut că a venit înapoi din momentul în care a intrat pe ușă.

M-am întors și l-am privit cu discreție pe Robert, care se îndrepta către masa la care se afla familia lui. Era atât de frumos, era, pur și simplu, un bărbat perfect.

— Nu știu dacă ți-am spus vreodată, dar cândva Robert mi-a spus că, atunci când mă privește, vede fluturi, i-am spus Simonei cu nostalgie. Iar cu o altă ocazie mi-a spus că-și vede restul vieții.

— Și tu ce vezi când îl privești?

— Îmi văd inima. Îl iubesc atât de mult, Simo! Îl vezi? Nu-i așa că este frumos?

— Este splendid!

— Sunt atât de norocoasă să fiu iubită de un bărbat atât de special cum este el! Și sunt atât de norocoasă că am niște prieteni atât de minunați ca voi! Oare de ce și după cine am plâns eu până acum, când am tot ce și-ar putea dori un om? Viața nu este despre cei care m-au rănit și m-au abandonat, ci despre cei care mă iubesc și care au rămas lângă mine, acum știu asta.

Pe la ora două, dimineața, eram destul de obosiți cu toții, mai ales Simona, care încă nu se obișnuise cu fusul orar, iar când Angel ne-a propus să plecăm, am fost cu toții de acord. Oricum fusese o seară minunată, ne-am distrat și ne-am simțit perfect cu toții, noul an începuse cum nu se poate mai bine, așa că întoarcerea la apartament era decizia corectă. Ne-am luat rămas-bun de la cei cu care am stat la masă și am plecat. Eram convinsă că, în toiul distracției din restaurant, Matei nici măcar nu ne-a văzut că plecăm, dar când am ajuns aproape de ieșire, în recepția hotelului în care se afla restaurantul, l-am auzit strigându-mă.

M-am oprit, iar prietenii mei au făcut câțiva pași înainte, ca să-mi lase puțină intimitate.

— Vino la noi în seara asta, mi-a zis Matei direct, uimindu-mă cu o asemenea propunere.

— Ți-ai înecat cumva neuronii în alcool? l-am întrebat, privindu-l circumspect, să fiu sigură că e conștient cu cine stă de vorbă.

— De ce nu vrei să vii? Pentru că ești cu Angel?

— Dar tu de ce mă chemi la tine? i-am răspuns și eu cu o întrebare.

— Să dormi cu mine, pur și simplu. Să-mi încep anul cu cineva care îmi place și care mă face să mă simt iubit.

— Vrei să spui cu cineva care ți-ar putea da iluzia că ești iubit, fiindcă eu nu te mai iubesc de mult timp, Matei, știi bine asta și o știi de ceva timp, nu de acum.

— Minți, m-a contrazis el senin.

— Încearcă să te porți ca un bărbat, l-am sfătuit. Și nu te mai apropia de mine. Eu mi-am respectat partea mea din înțelegerea pe care mi-ai impus-o, am stat departe de tine și de ai tăi. Stai și tu departe de mine, fii corect.

— Și dacă nu vreau?

— Te voi obliga să mă lași în pace. Te pot amenința și eu, l-am avertizat.

— Zău? Tu? Și cu ce anume? Chiar m-ai făcut curios. Neîncrezător, a început să râdă și a venit foarte aproape de mine, încălcându-mi zona de siguranță și confort, probabil încercând să mă intimideze.

— Cu adevărul, Matei, eu nu am nevoie să inventez nimic și să modific adevărul după cum am chef ca să mă apăr, inventând mizerii și fabricând dosare. Le voi spune tuturor că am avut o poveste frumoasă cu Robert, că ne-am îndrăgostit unul de altul și că tu ai aflat, dar ai fost prea laș să accepți să afle toți și că acesta este motivul pentru care m-ai îndepărtat de ei. Îi voi spune maică-tii că ai pierdut averi în cazinouri și le voi spune tuturor cine ești și cum mă amenințí, dar mai ales cât rău ești capabil să faci cu zâmbetul tău ipocrit pe buze. Nu mai am nimic de pierdut și nu mă mai tem de tine, cu mine nu-ți mai merge.

— Chiar ai putea să fii așa de rea? m-a luat el puțin peste picior.

— Pot să fiu cum vreau, dar vreau să fiu cum sunt, i-am spus și eu, sperând că a prins subtilitatea.

— Nu te-ar crede nimeni dintre ai mei, te asigur, orice le-ai spune despre mine.

— Ba vor crede, dragul meu fost iubit. Mă vor crede. Că vor continua să te accepte, asta e altceva. Ești al lor, din familie, nu te pot renega, oricâte păcate ai avea, fiindcă sângele apă nu se face. Dar te vor cunoaște cu adevărat, nu fața aceea pe care le-o arăți tu. Mai devreme sau mai târziu, vor afla toți cine ești. Îți voi lua scena și reflectoarele, promit. Fiindcă nu le meriți.

— Să înțeleg că plănuiești să te răzbuni pe mine? Că mă urăști?

— Nu meriți atâta sacrificiu, să-mi fii povară în suflet și scop în viață. Și nici timp nu am să te urăsc, sunt prea ocupată să iubesc, i-am atras eu atenția.

— Zău? Pe cine? m-a întrebat zeflemitor, de parcă nimeni altcineva pe lume nu ar fi fost demn să fie iubit și nu ar fi meritat dragostea mea, în afară de el, firește.

Robert a venit chiar atunci să-l caute, iar eu mi-am îndreptat privirea spre el, făcându-l pe Matei să se întoarcă să vadă la cine mă uitam atât de îndrăgostită. Nici nu s-ar fi putut o sincronizare mai bună a afirmației mele cu venirea lui Robert!

I-am zâmbit lui Matei și i-am făcut cu ochiul lui Robert, apoi le-am întors spatele și am pornit către ieșire.

— Nu vreau să te mai văd niciodată, ai auzit?! a strigat Matei în urma mea, roșu la față de furie și paralizat parcă de ceea ce înțelesese. Și nu mai vreau să aud de tine!

M-am oprit, m-am întors cu fața la el și i-am zâmbit calmă, dar în același timp triumfătoare.

— Te cred și te înțeleg, i-am spus liniștită și fericită, adică exact așa cum nu-și mai dorise el să fiu vreodată, atunci când crezuse că a reușit să-mi ia totul. Doar că lucrurile nu se întâmplă mereu așa cum vrei tu, Matei, oricâte nenorociri ai pune la cale pentru asta. Știi tu ce vreau să spun... Așa că, vrei, nu vrei, o să mă mai vezi și vei mai auzi de mine!

BOOKZONE